Erster Teil der Pidder Lüng Saga

Historisch

Rüdiger Mörsch-Maletzke

Der Sklave der Freiheit

PIDDER LÜNG

Der Freiheitskampf eines Sylters

Copyright 2008 by Rolf Mörsch-Maletzke
Sylter Kliff Verlag, Tinnum/Sylt
Druck: Sowadruk
ISBN: 978-3-00-024232-8
www.sylterkliffverlag.de
sylter-kliff-verlag@t-online.de

Vom Autor sind außerdem erschienen.

Der Renegat des Teufels   **PIDDER LÜNG**

Fortsetzung der Pidder Lüng Saga

ISBN: 3-00-027651-4

Sylt – Im Spiegel der Geschichte (eine deutsch-dänische Zeitreise)

ISBN: 3-00-015646-1

Insel Geschichten für Kinder (ab 10 Jahre)

1.

Es war wie ein Alptraum, der nicht mehr enden wollte. Der Sturm heulte in den Masten, die Segel hingen zerfetzt an den Rahen. Das Schiff stampfte im Takt der haushohen Wellen durch die Nacht. Das tobende Wasser schlug unaufhörlich über der Kraweel zusammen. Ich hatte ein Seil unter meine Arme geschlungen und die Enden um eine der beiden viereckigen Säulen auf dem vorderen Kastell gebunden, die Bugsprietbetings hießen. Sie dienten als Halterung für die Vorkastellglocke, die an einer rostigen Kette hing. Sie wurde vom Lugaus am Bugspriet geläutet, wenn er Untiefen entdeckte. Jetzt schleuderte der Sturm sie in rasendem Rhythmus hin und her. Ich lag Gott sei Dank auf dem höher gelegenen Vorkastell, da sich die auf dem Hauptdeck festgezurrten Fässer und Kisten allmählich lösten. Sie wurden vom Sturm und der überschießenden Gischt mit tödlicher Wucht über die Planken getrieben. Die Gewalten der Natur zersplitterten die Behälter und ihre Teile und Holzfetzen drohten mit dämonischer Gewalt alles zu zerreißen, was ihnen im Weg war.

Warum befand ich mich überhaupt am Bug? Normalerweise suchte man Schutz am Heck. Dort, im Achterkastell lag meine Unterkunft in der Koje der Offiziere und der Kapitän hatte mich aufgefordert, während des Unwetters besser unter Deck zu bleiben. Aber dem Ort drohte höllenartiges Ungemach. Die Wellen schlugen gegen den Rumpf, hoben ihn hoch und warfen ihn wieder hinunter. Sie schüttelten das Schiff hin und her, so zyklopisch, dass die Planken keuchten, stöhnten und mitunter laut aufschrieen. Mein Körper schleuderte wie ein hilfloser Torso durch das Achterkastell. Da war es doch besser, auf dem Oberdeck dem rasenden Seeungeheuer unmittelbar in den Rachen zu schauen.

Kaum auf dem Hauptdeck angekommen, wo ich auf allen Vieren kriechen musste und mich bei Schräglage des Schiffes an jedem Gegenstand festhielt, hörte ich plötzlich das verhängnisvolle Krachen des Hauptmastes. Um der tödlichen Wucht des herunterfallenden Holzes und Tauwerks zu entkommen, flüchtete ich mit dem Mut letzter Verzweiflung auf das

Vorderkastell, wo es mir gelang, mich am Bugsprietbeting anzubinden. Dort hing ich nun in meiner Verzweiflung und flehte zu Gott und allen Heiligen, die mir in meinem Elend einfielen. Ein Segeltuch, dass die Schiffsbesatzung über ein Luk gedeckt hatte, um die Ladung gegen das über Bord spritzende Wasser zu schützen, hielt nur noch an einer Ecke fest. Alle anderen Knoten hatten sich gelöst. Es flatterte wütend und schlug dröhnend auf das Deck knapp hinter dem geborstenen Hauptmast. Es bot keinen Schutz mehr für die verstaute Ladung, die zunehmend vom eindringenden Wasser geflutet wurde. Ich war Schiffsbauer und wusste, wie verheerend die Folgen für unsere Kraweel sein würden. Die meisten unserer Matrosen kämpften auf dem Zwischendeck, um das salzige Wasser wieder herauszupumpen. Sie schufteten, um die herabsprühende Gischt vom Grund des Rumpfes mit Hilfe der Bilgenpumpe wieder nach oben in Fässer zu leiten, die auf dem Zwischendeck aufgestellt waren. Mit übermenschlicher Kraft wurden die gefüllten Behälter von den Männern bei diesen höllischen Krängungen des Schiffs auf das Oberdeck gehoben, um dort zum Ablaufen über die Speigatten ausgeschüttet zu werden. Aber bei der anstürmenden Flut und ihren gewaltigen Wassermassen schien es aussichtslos, dass die Mühe der Mannschaft von Erfolg gekrönt sein würde. Wenn man das Wasser unmittelbar aus dem Rumpf in die Speigatten hätte pumpen könnte, würde vielleicht eine Chance bestehen, das Schiff zu retten. Aber zur Überwindung dieser enormen Höhe reichte die menschliche Kraft nicht aus. So kämpften die Männer schier aussichtslos gegen die Naturgewalten an. Die Ladung, die zum großen Teil aus Wein- und Ölfässern bestand, hatte sich im Laderaum von der Vertäuung gelöst und polterte mit donnerndem Dröhnen deutlich hörbar von einer Schiffsseite zur anderen. Ein Fass nach dem anderen zerschellte und der Inhalt verschärfte die Situation noch durch den zusätzlichen Anstieg der Flüssigkeitsmenge in der Bilge.

Niemand hatte zu dieser Jahreszeit mit einem solchen Unwetter gerechnet. Eigentlich waren die Frühjahrsstürme, die regelmäßig die Küstenregionen heimsuchten, vorüber. Daher hatte Kapitän Huub van Berge ohne Bedenken den Hafen von Zieriksee in den

Niederlanden verlassen, um nach Lübeck zu segeln. Er hatte sich bereits einige Meilen vor Helgoland mit seinem neuen Schiff, der "Rose von Burgund" deutlich weiter als üblich von der Küste entfernt. Die "Rose von Burgund" war als Kraweel schnittiger und eleganter als die Hulken, die der Holländer früher segelte. Mit diesem Schiff durchpflügte er bereits zum zweiten Mal die Westsee. Das Schiff gehörte zu der neuartigsten, fortschrittlichsten Schiffsbauentwicklung. Es war nicht mehr in Klinkerform erbaut, bei der die einzelnen Planken des Außenrumpfs übereinander standen und war auch nicht mehr so bauchig, wie die Vorgängerschiffe. Bei der neuesten technischen Entwicklung wurden die Planken mit ihren Kanten so dicht aufeinander gesetzt, dass sie eine glatte Außenhaut bildeten. Diese Bauweise ermöglichte den Bau von Schiffen mit größeren Frachträumen. Die Niederländer hatten in ihren Provinzen Holland und Zeeland als erste mit dieser revolutionären Konstruktion begonnen und ich war vor zwei Jahren von meiner Lübecker Werft nach Zieriksee geschickt worden, um diese Schiffskonstruktion bei dem weltweit führenden Fachmann, dem Bretonen Julian zu studieren.

Kapitän van Berge wollte mit seinem neuen Schiff die Wellen der Westsee ordentlich abreiten. Der Südwest-Wind hatte zunächst die passende Stärke, um das Schiff mit seinen drei Masten anzutreiben. Van Berge kannte zuvor, wie die meisten Seefahrer, nur Koggen und Hulken mit einem Segel. Sie bewegten sich nur schwerfällig und langsam über das Wasser. Verständlicherweise entwickelte sich unter diesen Voraussetzungen kein besonderer Ergeiz, die Küstengewässer zu verlassen und auf dem offenen Meer Geschwindigkeit zu fahren. Die Kommandanten zogen es vor, in Sichtweite zur Küste zu bleiben, da das die Orientierung erleichterte. Vor allem war es auf jenen Schiffen von ausschlaggebender Bedeutung, die von hanseatischen Ratsherren ohne nautische Kenntnisse befehligt wurden. Ihnen kam es darauf an, bei aufziehendem Unwetter schnell in Sicherheit zu sein.

Erfahrene Kapitäne dagegen, wie der niederländische Kommandant der "Rose von Burgund", navigierten neuerdings nicht nur mit der Kursbestimmung nach Sicht und dem Stand der Sterne und der Sonne, sondern bereits mit dem Kompass. Er war zwar schon lange erfunden, aber bisher noch kaum in Gebrauch. Dieses geheimnisvolle Ding war wie ein Wunder und viele konnten es nicht begreifen, wie eine Nadel in einem Stück Holz, das wie ein kleines Wassergefäß geformt war, die Richtung nach Norden angeben konnte. Van Berge dagegen wagte es, die sicheren Küstengewässer zu verlassen, um die offene See zu suchen und den Skagerag schneller zu erreichen.

Meine Gedanken rissen ab. Ich hörte mehr als dass ich sah, wie einer der Männer, der mühevoll ein Fass Bilgenwasser ausschütten wollte, von einer Welle ins Meer gerissen wurde. Die Arbeit auf dem durchgeschüttelten Schiff war eine Tortur. Vielleicht, so kam es mir in den Sinn, wäre ein dickbauchiges Schiff in der Form der vormaligen Koggen und Hulken doch von Vorteil. Nicht dass sie technisch besser waren. Eventuell wäre aber die Wirkung bei Sturm undramatischer, wenn die Gewalt des Meeres einen breiteren Schiffskörper nicht unablässig wie ein Spielzeug hin und her werfen könnte. Vielleicht würde er fester auf dem Wasser liegen als dieser schmale, schnittige Segler.

Aber was war das für ein Unsinn, der mir in meiner verzweifelten Lage in den Sinn kam. Die neue Bauweise bestimmte die Zukunft. Die schnittige Form hatte sich als die bessere erwiesen. Die Kraweelen wiesen bei einer Länge von etwa vierzig bis fünfzig Meter von Bugspriet bis Heckgalerie eine gewaltige Tragfähigkeit von etwa vierhundertfünfzig Roggenlasten auf, während die Hulken lediglich etwa hundert bis hundertvierzig Lasten tragen konnten.

Aber was bedeutete das, wenn das Schiff sank. Sollte ich diese göttliche Prüfung überleben, als Schiffbauer hätte ich noch viel Arbeit. Große Tragfähigkeit bei hoher Geschwindigkeit und mehr Sicherheit hieß die Aufgabe der Zukunft. Bisher ging es beim Schiffbau fast ausschließlich nur um die Lastenbeförderung, über die Sicherheit hatte sich bisher kaum jemand Gedanken gemacht.

Das Entfernen von der Küste hatte für van Berge neben der schnelleren Fahrt noch einen Sicherheitsgesichtspunkt gehabt. Die Engländer hatten vor wenigen Jahren, 1468 glaube ich war es gewesen, einen hanseatischen Kaufmann festgenommen und in den Londoner Tower geworfen. Das hatte zu einem offenen Krieg zwischen der Hanse unter Führung meiner Heimatstadt Lübeck und den Engländern geführt, der immer noch anhielt. Obwohl die Bewohner der britannischen Insel keine ernstzunehmenden Gegner für die Hanse waren, war es trotzdem eine zusätzliche Sicherheitsmaßnahme durch Huub van Berge gewesen, die von Feinden bedrohten Küstengewässer zu meiden. Wenn auch die Engländer mit der Stärke unserer hanseatischen Macht nicht konkurrieren konnten, so war ihnen ein gewisser Wagemut, von dem man immer wieder hörte, nicht abzusprechen.

Zudem waren auch die Seeräuber nicht zu unterschätzen. Es gab zwar keinen Godeke Michels mehr, keinen Heinrich von Pommern, keinen Magister Wikbold oder Clawes Stortebeker, aber wenige Jahre nach ihrer Hinrichtung in Hamburg schickte dieselbe Stadt etwa achthundert Vitalienbrüder mit Kaperbriefen gegen den dänischen König Erich. Und ausgerechnet im Augenblick meiner Not waren alle Hansestädte und die Schalme erneut miteinander unerbittlich verfeindet. In Hamburg wurden vor kurzer Zeit vierundsechzig Seeräuber geköpft. Die Stadt verfolgte die Likedeeler wieder so gnadenlos, dass nach hamburgischem Stadtrecht bereits der Diebstahl von drei Pfennigen, die etwa dem Gegenwert von zwanzig Hühnern entsprachen, für die Todesstrafe ausreichte.

Diese Gedanken zuckten mir in meinem Elend in dieser höllischen Nacht durch den Kopf. Mit diesen unbändigen Naturgewalten stellten sich einst die Germanen Ragnarök vor, die Götterdämmerung, den Weltenuntergang. Aber so etwas durfte ich nicht denken, das war Ketzerei. Mit niemandem dürfte ich über solche Gedanken sprechen, wenn ich noch einmal Gelegenheit dazu haben sollte. Ich habe Theologie und Rechtswissenschaft in Köln studiert und habe mich nicht zum Priester weihen lassen, da ich bei meinem Großvater Karl-Friedrich in Lübeck in die Werft als Schiffsbauer eingetreten war. Aber meine Ausbildung bei den Mönchen war von großem Vorteil. Ich lernte Latein, lesen und schreiben, beherrschte die Rhetorik und Disputation und musste erkennen, dass diese

Künste immer wichtiger wurden. Ein erfolgreiches Leben wird in Zukunft für Menschen in herausragender Stellung kaum noch ohne diese Fertigkeiten möglich sein. Auch dem Adel kann man es nur dringlichst empfehlen. Der Wohlstand des Bürgertums in den Städten wird den Aristokraten auf Dauer überlegen sein. Meine Heimatstadt Lübeck, die von Kaiser Karl IV. bereits vor vielen Jahren zusammen mit Rom, Florenz, Venedig und Pisa als die fünf Herrenstädte des Heiligen Römischen Reiches deutscher Nation genannt wurde, bewies es. Nicht ohne Grund führte sie seitdem in ihrem Wappen den Doppeladler.

War es Gottes Wille, dass wir alle in dieser Nacht sterben sollten? Wieder krachte eine Welle gegen die Backbordseite des Schiffes und drückte die Kraweel in ein tiefes Wellental. Sie donnerte schräg mit der Steuerbordseite in die Tiefe. Ich hing angebunden am Bugsprietbeting genau über dem Abgrund. Was war das in der gurgelnden sprühenden Gischt? Die Seeleute berichteten von Ungeheuern, die plötzlich aus dem Wasser aufsteigen und alles Leben zu sich in den Meeresschlund ziehen. Näherte sich auch mir und dem Schiff ein solches Ungeheuer?

Die Kraweel richtete sich stöhnend im Wellental auf. Wie von einer Riesenfaust getroffen krachte sie auf die nächste Welle, die den Teufelstanz mit verzerrter, schäumender Fratze fortsetzte. Ich spürte unter meinen Füßen, dass das Deck vom Salzwasser glatt war wie Öl. Der Sturm heulte sein wildestes Kampflied in der Takelage der "Rose von Burgund". Ich konnte es kaum erkennen, aber erahnen, dass sich an der sechs Meter langen Ruderpinne am Heck vier Seeleute angebunden hatten und vergeblich versuchten, die Kraweel gegen die anstürzenden Wassermassen zu steuern. Aber aussichtslos. Da die Segel bereits zerfetzt waren und auch Rah und Fockmast längst gebrochen, leistete das Schiff dem Sturm keinen Widerstand mehr.

"Oh Gott," fuhr es mir in meiner Not durch den Sinn, "warum musst du mich dieser Prüfung unterziehen? So schlimm können meine Sünden nicht gewesen sein. Habe ich nicht alle Gebote befolgt? Wenn du die Seeleute bestrafst, kann ich das verstehen. Die meisten sind ja auch Diebe, Ehebrecher, Deserteure und

Mörder, die nur mit dem Tauende diszipliniert werden können. Aber willst du mich mit denen gleichsetzen?"

Aber Gott in seiner Allmacht nahm keine Notiz von mir. Das Toben des Sturms ebbte nicht ab, das Schiff tanzte weiter wie eine Nussschale auf dem Wasser der Westsee.

"Ob die Ostsee jetzt auch so stürmisch ist?" Eigentlich interessierte mich die Antwort auf diese Frage nicht wirklich. Was kümmerte mich im Augenblick meines Kampfes mit der Vorsehung die Ostsee. Ich verfluchte innerlich das Schicksal, das mich in diesem Moment auf das Meer westlich von Schleswig und Holstein getrieben hatte. Aber durfte ich mit meiner Heimsuchung hadern? War sie nicht von Gott gewollt und bestimmt? In mir stieg die Furcht auf, ohne letzte Ölung im Meer zu verschwinden. Keine Totenglocke würde mir den Weg in die Ewigkeit erleichtern. Da glaubte ich in meiner Verzweiflung eine Stimme zu hören.

"Ihr Kleingläubigen, warum seid ihr so furchtsam?" So sprach Jesus mit seinen Jüngern, als das Schiff im Sturm zu kentern drohte. Ich fasste wieder Zuversicht und begann zu beten.

Mit einem gewaltigen Splittern krachte das Schiff auf ein unerwartetes Hindernis. Statt auf die Backbord- schlug ich nun, immer noch an meine Säule gebunden auf die Steuerbordseite. Die Kraweel war irgendwo aufgefahren, aber mit solcher Wucht, dass ich verzweifelte Schreie aus dem Innern hörte. Wahrscheinlich waren die Seeleute, die mit dem Auspumpen des einströmenden Wassers beschäftigt waren, gegen die Planken und Stiegen geschleudert worden und in die Tiefen des Rumpfs abgestürzt. Sechsundfünfzig Männer, die noch lebten, hatten sich im Bereich des Zwischendecks gedrängt, um gegen die Wassermassen anzukämpfen. Es schien zwar für den Erhalt des Schiffes vergeblich, aber scheinbar näherten wir uns rettendem Land. Wollte Gott mich doch schonen? Es war bei der Dunkelheit und meiner Aufgeregtheit nichts zu erkennen. Nirgendwo sah ich Licht. Nicht einmal ein falsches, das Schiffe in Untiefen locken sollte.

Ich wollte mich gerade von meiner kleinen Säule losbinden, als ich spürte, wie das Schiff erneut von einer Welle in die Höhe gehoben und wieder auf das Meer hinaus getrieben wurde. Aber das konnte nur einen Augenblick gedauert haben, denn es stürmte nach wie vor ein Südwest-Wind. Und der schleuderte das Schiff wieder umgehend auf eine Sandbank. Es krachte erneut. Die Kraweel jammerte und ächzte in allen Fugen. Wieder wurde der Rumpf mit gewaltigem Schwung und heftigem Dröhnen von der Backbord- auf die Steuerbordseite geworfen. Die "Rose von Burgund" bäumte sich auf. Der Rest des Hauptmastes brach mit splitterndem Getöse. Er kam vom Sturm getrieben wie von Geisterhand getragen mit seiner scharfen, zackenförmigen Bruchstelle auf mich zugeschwebt. Ich duckte mich instinktiv zusammen, obwohl ich gefesselt gar keine Möglichkeit hatte auszuweichen. Aber kurz vor der Galerie, auf der ich angebunden lag, blieb er wie ein weidwundes Tier liegen.

Aus dem Bauch des Schiffes waren nur noch wenige Laute zu vernehmen. Die Masse der Männer war entweder tot oder bewusstlos. Nur an der Pinne bemerkte ich in der Dunkelheit noch Bewegung.

Die Brandung brach über dem Schiff zusammen. Wieder wurde es angehoben und erneut schlug es auf harten Untergrund. Die Planken lösten sich zusehends auf und rollten in Richtung des vermuteten Ufers. Ein Fass nach dem anderen wurde aus dem schützenden Frachtraum des Schiffes geschwemmt und trieb auf den Wellen in die Dunkelheit. Was sollte ich jetzt tun? Wo war ich und war das rettende Ufer wirklich in der Nähe? Wo war eigentlich der Kapitän?

Ich hörte lautes Schreien. Wenn mich nicht alles täuschte, so kam es aus dem Wasser. Es schien mir, als versuchte jemand, in die Richtung zu schwimmen, in der vermutlich das rettende Ufer zu suchen war. Die verzweifelten Rufe klangen jedoch hilflos und mir wurde bewusst, dass Seeleute nur selten schwimmen konnten. Seeleute, die nicht schwimmen konnten, kämpften länger um den Erhalt ihres Schiffes und der Ladung. Jetzt kämpfte aber jemand um sein Leben. Es wunderte mich nicht, dass der Widerhall der Hilferufe bald im Sturmgebraus erstarb.

Was sollte ich tun? Das Wasser war um diese Jahreszeit noch grauenhaft kalt und ich hatte immer noch keine Ahnung, ob Rettung in der Nähe war. War der Weg noch weit, so würde ich das Schwimmen, dem ich glücklicherweise mächtig war, in dieser kalten, aufgewühlten Strömung nicht überleben. Kein Licht war zu sehen. Seitdem die Strandräuberei an den Gestaden der Ost- und Westsee von der Obrigkeit streng bestraft wurde, war es an vielen Stellen aus der Mode gekommen, falsche Lichter zu setzen, um Schiffe in Untiefen zu locken. Möglicherweise war das hier auch so, denn es schien alles dunkel zu sein.

Wieder wurden die Trümmer des Schiffes emporgehoben und von der Welle über die Sandbank geschoben. Sie landeten erneut mit einem verzweifelten Keuchen und Krachen auf dem flachen Grund. Die Kraweel zerplatzte in weitere Einzelteile und ich stürzte nun endgültig, angebunden an meinen Bugsprietbeting, in das kalte Wasser. Ich verspürte dabei einen harten Schlag gegen mein Schienbein. Jetzt fiel mir auf, dass die zwischen den beiden Säulen an einer rostigen Kette hängende Glocke pausenlos geläutet haben musste. Während des Überlebenskampfes des Schiffes war mir das nicht bewusst geworden, obwohl die Todesmelodie dieses wichtigen Signalinstruments unmittelbar neben meinen Ohren während der ganzen schrecklichen Zeit gespielt haben musste.

Die Glocke krachte mit einem laut scheppernden, sterbenden Klang im letzten Akt des aussichtslosen Kampfes in die aufgewühlte See. Ich hatte mich während des Orkans an der Säule angebunden den Verhältnissen entsprechend sicher gefühlt. Als ich jetzt aber im Wasser mit der Sprietbeting auf dem Rücken lag, erwies sie sich als Last. Ich wurde von den ständig auf mich einstürzenden Wellen weggetrieben und fand keinen Grund unter den Füßen. Verzweifelt versuchte ich, das Tau um meiner Hüfte und meiner Brust zu lösen. Die Seeleute kannten zwar Knoten, die sich auch bei Nässe leicht öffnen ließen und ich hatte einige davon erlernt, aber in der Eile und Aufgeregtheit des plötzlich einsetzenden Sturms musste ich wohl einen Fehler gemacht haben. Das Tau öffnete sich nicht. Das ständige hin- und hergeschleudert werden durch die Brandung machte es mir schwer, mich aus der eigenen Schlinge herauszuwinden.

Eine Welle hob mich hoch, drehte mich mit Gesicht und Leib unter die Sprietbeting und schleuderte meinen Körper, ohne das ich mich abfangen konnte, mit herkulischer Kraft auf das Wasser. Die nächste Welle hob mich erneut und ließ mich mit dem Gesicht abwärts hinunterdonnern. Ich zerrte an meiner Fessel, um mich endlich frei bewegen zu können. Dann spürte ich, wie die kleine Säule sich allmählich aus der Umwicklung löste. Bald würde ich frei sein. Es wurde auch Zeit. Meine Kraft war fast am Ende und ich war nahe daran, das Bewusstsein zu verlieren. Ich fürchtete, endgültig zu ertrinken.

Eine Woge trug mich hoch. Die Sprietbeting löste sich von meinem Rücken, ich wurde auf einen Strand oder eine Sandbank geschleudert und spürte im selben Moment, wie etwas hartes auf meinen Kopf schlug. Wahrscheinlich war es die Haltesäule der Glocke, die ich so lange auf meinem Rücken getragen hatte. Ich spürte, wie sich meine körperliche Anspannung löste und mich eine wohltuende Bewusstlosigkeit umfing.

Mein Kopf wurde hochgerissen. Ich konnte durch meine Augenschlitze fast unbewusst wahrnehmen, dass die Dunkelheit immer noch die Herrin über das Weltgeschehen war. Sand trommelte mir vom Sturm gepeitscht stechend auf die Gesichtshaut. Ein Licht stand über mir. Zu der Lichtquelle gehörte ein blond zerzaustes Antlitz. Intuitiv erfasste ich, dass eine hünenhafte Gestalt über mir war, sich über mich beugte und meinen Kopf anhob. Gleichgültige Augen trafen mich. Ich muss wohl den Eindruck erweckt haben, dass ich nicht mehr oder kaum noch lebte. Der Hüne ließ meinen Kopf achtlos auf den Sand zurückfallen und entfernte sich. Würde ihm bewusst geworden sein, dass ich noch lebte, so wäre es sehr wahrscheinlich gewesen, dass er mich erschlagen hätte. Da ich keine Matrosenkleidung trug, war die Möglichkeit groß, dass ich der Eigner des Schiffes war. Als solcher hätte ich ein Drittel des Strandguts für mich zurückfordern können. Um diesen Anteil zu sparen, wurden immer wieder Schiffbrüchige von Strandräubern getötet. Wer konnte das Verbrechen beweisen? Die gesamte Obrigkeit wollte an den Erlösen aus den angeschwemmten Gütern beteiligt werden. Je höher der Wert aus dem Elend der Seefahrer, umso zufriedener die Herrschaften.

Ich kannte diese Form der Räuberei bisher nur vom Hörensagen. Sie hatte mich nie stärker berührt. In der ganzen

Welt war der Strandraub an allen Gestaden üblich und selbstverständlich. Nicht nur die Strandläufer, sondern auch Seeleute bis hinauf zum Kapitän und Kommodore beteiligten sich aktiv daran. Jetzt war ich plötzlich selbst betroffen. Ich spürte, wie der Zorn über meine Hilflosigkeit und Ausgeliefertheit in mir hochstieg. Schlagartig war mir die Unmenschlichkeit der Strandräuberei gar nicht mehr so gleichgültig. Das lag sicherlich daran, dass ich kein Seemann war. Die Seeleute waren schicksalergeben. "Erwischt es dich, ist gut, erwischt es mich, ist auch gut". Ich aber hing noch am Leben. Ich kam aus einer guten Lübecker Kaufmannsfamilie, hatte einen Großvater, der mich für den Schiffbau begeistert hatte und dessen Erbe ich antreten sollte. Wir gehörten zu den einflussreichsten Familien in der bedeutendsten aller Hansestädte und ich habe eine große Zukunft vor mir. Und nun lag ich hier in meiner ganzen Hilflosigkeit und fürchtete um mein Leben.

Ich hörte, wie mehrere Personen schnaufend schwere Lasten trugen und rollten. Plötzlich hörte ich auch Stimmen. Ich konnte männliche und weibliche unterscheiden. Das Schieben, Rollen und Ziehen von Lasten wurde lauter und die Anstrengung, die damit verbunden war, immer deutlicher hörbar.

Ich lag still, wartete und fror. Die Zeit verging. Ich lag in meiner Nässe auf dem feuchten Sand und verzeichnete am ganzen Körper Schmerzen. Der Sturm heulte und Kälteschauer durchbebten meinen Körper. Glücklicherweise war ich gut genährt und hatte daher ausreichend Kraft, diesen Schrecknissen zu widerstehen. Mein Bewusstsein wurde immer klarer. Am Horizont nahm ich die ersten hellen Strahlen wahr. Das Meer ebbte langsam zurück, sodass keine weiteren Wasserschauer über mir zusammenschlugen. Allmählich erkannte ich die Konturen von zwei Männern und zwei Frauen, die eiligst das angeschwemmte Strandgut in Richtung sandiger Hügel rollten oder trugen. Das Schiff hatte viel Wein und Öl in Fässern geladen, aber auch zahlreiche Ballen von wertvollen Stoffen.

Die sandigen Erhebungen, hinter denen die Menschen mit den angeschwemmten Gütern verschwanden, waren niedriger als die Dünen an der Ostsee, dafür hatte man mit Baumästen und Bohlen eine Art Befestigungsanlage geschaffen, die vermutlich das Abtragen des Küstensaums bei Sturmflut verhindern sollte. Ich hatte schon einmal gehört, dass man diese Holzverschalungen Stackdeiche nannte. Sie galten als die modernsten Schutzmaßnahmen gegen die Gewalten des Meeres und waren in Holland entwickelt worden. Sie wurden allerdings immer wieder weggerissen und auch an diesem Ort erkannte ich mehrere Trümmerstätten nach diesem nächtlichen Sturmangriff.

Kaum waren die vier mit ihren Lasten hinter den Sandhügeln verschwunden, tauchten weitere Personen auf. Auch sie rafften schleunigst Strandgut auf und verschwanden damit hinter dem kurzen sandigen Anstieg.

Unvermittelt hörte ich eine weitere weibliche Stimme, die aus nördlicher Richtung zu mir drang. Ich wendete mühsam meinen Kopf. Eine junge Frau, die auch noch ein Mädchen sein konnte, in einem, soweit ich bei dem düsteren Licht erkennen konnte, unordentlich und schmutzig wirkenden Kleid, rannte barfuss und mit aufgelösten Haaren wild gestikulierend auf zwei Männer zu und schrie laute Anweisungen. Ich konnte "kommt auf dem Pferd" und "schnell weg" im Lärm des heulenden Windes hören. Die Szene wirkte in dem schummrigen Zwielicht gespenstig. Ich versuchte aufzustehen. Aber der Versuch misslang kläglich. Ich hatte mein rechtes Bein gebrochen.

Ich stützte mich auf meinen linken Ellenbogen und blickte hilfesuchend auf die beiden Männer und Frauen, die ich zuerst bemerkt hatte. Sie hatten jedoch keinen Blick für mich. Sie nahmen erneut Fässer, Ballen und Holz am Wassersaum auf und wollten damit in Richtung der schützenden Hügel streben. Keiner sah mich. Das Mädchen redete weiter wild gestikulierend auf sie ein. Ich erkannte den blonden Hünen, der sich mein Gesicht im Lichtschein angesehen hatte und einen älteren Mann. Beide drehten sich jetzt in Richtung der Sandhügel und entfernten sich eilenden Schrittes mit dem zusammengeklaubten Strandgut. Die beiden Frauen folgten ihnen, während das Mädchen, das ich seit einer Weile beobachtete, langsam und unbeteiligt in Richtung Flutsaum schlenderte. Dabei kam sie an mir vorbei. Sie bemerkte, dass ich mich leicht aufgerichtet hatte und blickte erstaunt in meine Augen. Die Maid hatte noch ein sehr junges Gesicht, sodass sie durchaus mehr als Mädchen denn als Frau gelten konnte. Sie war sicherlich nicht älter als vierzehn Jahre. Aber die Augen drückten bereits viel Lebenserfahrung aus. Daher wunderte es mich nicht, dass sie sehr energisch auftreten konnte, wie sie eben gezeigt hatte.

Ich erkannte, dass die Blonde etwas sagen wollte. Mir schien es, als sei sie erschrocken, mich zu sehen. Bevor sie aber einen Ton herausbrachte, hörten wir lautes Pferdegetrappel. Das Mädchen wandte sich ab von mir und blickte dem Reiter entgegen. Ich legte mich wieder zurück auf den Rücken, da ich in dieser Lage die geringsten Schmerzen verspürte und drehte meinen Kopf in Richtung des Ankömmlings. Ich sah eine hochaufgerichtete, in einen schwarzen Umhang gehüllte männliche Gestalt, die ein braunes Pferd unmittelbar vor der jungen Frau stoppte. Sie machte ein zorniges Gesicht.

"Wo sind dein Vater und dein Bruder?"

„Siehst du sie, Strandvogt," rief das Mädchen schnippisch. "Wenn nicht, dann sind sie auch nicht hier."

Obwohl meine Lage nicht erfreulich war, musste ich innerlich lachen. Mutig, wie die Kleine dem wohl mächtigen Vogt entgegentrat.

"Hier, Vogt," setzte sie fort, "Das ist das Strandgut dieser Nacht. Du sollst es haben, wie das Gesetz es befiehlt. Sorge du nur dafür, dass auch ich als Finderin den gerechten Anteil erhalte. Ich war die erste, die den Unglücksort erreicht hat. Da außer mir noch niemand hier war, ist auch noch nichts weggekommen. Oder glaubst du etwa, ich schwache Person könnte diese schweren Fässer in die Dünen tragen und dort verstecken?"

"Wo sind dein Vater und dein Bruder," der Strandvogt war misstrauisch.

"Ich weiß nicht, nur die Mutter ist zu Hause."

"Wenn du lügst, weißt du, was passiert. Der neue Amtmann ist sehr gestreng und kennt keine Gnade mit Räubern." Der Strandvogt war zwar bemüht, sehr gebieterisch zu wirken, klang jedoch eher väterlich und verständnisvoll. Recht glauben wollte er dem Mädchen jedoch nicht, das merkte man.

"Warum soll der Amtmann sich beschweren, es ist doch eine Fülle hier am Strand angekommen. Soviel hatten wir in Hörnem noch nie. Alleine das Schiffsholz, das angetrieben wurde, ist für unsere Insel ein Vermögen wert." Das Mädchen blieb ganz ruhig und ließ sich nicht einschüchtern.

Der Vogt lenkte vom Thema ab, da er wenig Hoffnung hatte, von dem jungen Weib etwas anderes zu erfahren. Aber er übersah bis jetzt wichtige Beweise. Ich hatte mich in dem mittlerweile helleren Licht des werdenden Morgens näher umgesehen und konnte feststellen, dass noch Schleif-, Roll- und Fußspuren im Sand zu sehen waren. Der immer noch starke Sturm, der nach wie vor das Meer aufwühlte, drosch zwar mit seiner Riesenkraft den trockner werdenden Sand mit peitschender Gewalt über den Strand, aber es dauerte noch einige Minuten, bis die Spuren verweht waren. Das Mädchen musste den Vertreter der Obrigkeit nur noch so lange vom Weiterreiten abhalten.

"Hast du die beiden Körper hinter dir gesehen," fragte sie die schwarze Gestalt auf dem Pferd. "Das müssten Seeleute des verunglückten Schiffs gewesen sein. Sollen wir nicht vorsichtshalber nachsehen, ob sie noch leben?"

"Was ist denn mit dem Körper hinter dir," fragte der Strandvogt und deutete auf mich, "vielleicht lebt der auch noch."

"Den habe ich mir schon angesehen," antwortete das Mädchen, "der ist tot."

Mir fuhr es heiß und kalt durch die Glieder. Natürlich musste ich tot sein, schließlich war ich Zeuge, dass die Angehörigen der jungen Dame sich bereits kräftig am Strandgut bedient hatten. Sollte der Vogt mich lebend finden und ich würde ihm die Wahrheit sagen, die Strafen für die Strandräuber waren, wie ich gehört hatte, drastisch.

Der Reiter wendete sein Pferd und ritt ein Stück in die Richtung, aus der er gekommen war. Das Mädchen folgte ihm. Im heller werdenden Licht konnte ich nun genauer sehen, dass sie tatsächlich sehr schmutzig war. Ihr Kleid hing in Fetzen herunter und die Haare waren völlig aufgelöst. Aber im Gegensatz zu ihrem ungepflegten Äußeren machte sie einen hellen und trotz ihrer Jugend sehr klugen Eindruck. Bisher hatte sie es geschafft, den Strandvogt von den verräterischen Spuren, die zusehends zugeweht wurden, abzuhalten. Jetzt musste ich nur dafür sorgen, dass der Vogt auf mich aufmerksam wurde. Ich wollte

vermeiden, dass man mich doch noch erschlug.
Der Reiter im schwarzen Umhang stieg in einiger Entfernung von seinem Pferd und untersuchte die leblosen Körper am Strand. Seiner Mimik entnahm ich, dass sie tot waren. Dann blickte er sich um. Er musterte aufmerksam das Gut, das an den Strand gespült worden war. Wahrscheinlich berechnete er bereits den Wert der Fundstücke und was sie ihm nach Abzug für den dänischen König und den Schleswiger Herzog einbrachten. So näherte er sich, sein Pferd am Zügel führend, langsam wieder der Stelle, wo ich mit meinem gebrochenen Bein und meinen schmerzenden Körperteilen lag.

Ich richtete mich wieder mühsam auf, in der Hoffnung, dass er auf mich aufmerksam wurde. Selbstverständlich war das nicht, da er nur noch Augen für die gestrandete Fracht der "Rose von Burgund" hatte.

"Hier fehlt einiges," schrie er plötzlich dem Mädchen zu. Die blickte ihn verdutzt an.

"Wie kommst du darauf, Strandvogt," fragte sie ihn scheinheilig.

"Damit dich die Strafe Gottes nicht trifft, sag mir die Wahrheit. Da führt eine Spur hinauf über die Stackdeiche."

"Wo," rief das Mädchen.

Jetzt sah ich eine Möglichkeit, auf mich aufmerksam zu machen. Aber seltsamerweise hatte ich das Bedürfnis, dem Mädchen zu helfen. Die Spur war kaum noch zu sehen. Noch einige Minuten, und sie war verschwunden.

"Die ist von mir," rief ich mit schwacher Stimme, aber sie wurde trotzdem von beiden gehört. Zwei Köpfe fuhren in meine Richtung. Die Augen des Strandvogts zeigten Überraschung, die des Mädchens drückten Zorn aus. Der Vogt, das war mir sofort klar, fürchtete, ich könnte der Eigner des Schiffes sein oder sein Vertreter und könnte Anspruch auf den mir gesetzlich zustehenden Anteil erheben. Dass ich kein Seemann war, konnte jeder sofort erkennen. Ich trug nicht die typische Matrosenkluft aus Segeltuch.

Wenn ich Ansprüche geltend machen könnte, würde der Wert für den Strandvogt erheblich sinken. Das Mädchen dagegen fürchtete, ich würde nicht nur Rechte auf meinen Anteil anmelden, sondern könnte darüber hinaus dem Strandvogt die

Wahrheit über die Vorkommnisse des frühen Morgens erzählen. Eine verzwickte Situation für alle.

Der Sturm tobte weiter. Sand stach wie spitze Nadeln in meine Gesichtshaut. Mein Körper schmerzte an mehreren Stellen. Ich schlotterte vor Kälte und war müde und ausgelaugt. Aber ich hatte den Wunsch zu überleben.

"Was heißt das, die Spur ist von dir." Der Strandvogt war näher getreten. Das Mädchen war mitgekommen und schaute neugierig auf mich herab. Ihr Blick war unsicher.

"Das Meer hat mich hochgeschleudert und mit der nächsten Welle wieder nach unten gezogen. Dabei ist die Schleifspur entstanden." Das Sprechen fiel mir schwer. Die Augen brannten. Das Salzwasser hatte mir kräftig zugesetzt.

Der Vogt blickte ungläubig auf mich herunter. Konnte er das glauben? Möglich wäre es ja gewesen. Zumindest dürfte ich kein Interesse haben, Strandräuberei zu unterstützen.

"Wer seid ihr," hörte ich noch wie aus weiter Ferne eine Stimme, dann umwehte mich die Gunst der Ohnmacht.

2.

Langsam kam ich zu mir. Ich lag, wie ich schnell feststellte, auf einer weichen Strohmatte, die den gesamten Raum ausfüllte und für drei Personen Platz hatte. Der Raum war klein, aber gut durchlüftet. Das fiel mir sofort auf, da es nicht selbstverständlich war. Auch meine Mutter hielt die Fenster immer fest verschlossen. Die Zimmer der Häuser waren meist dumpf und übel riechend. Auch bei uns in Lübeck. Die studierten Ärzte klärten immer wieder darüber auf, dass Krankheiten durch die Luft verbreitet würden und wir sie einatmeten. Vor allem in den Räumen, in denen wir wohnten und die eng an die Nachbarhäuser grenzten. Aus diesem Grund öffnete meine Mutter die Fenster nur selten.

Als ehemaliger Theologiestudent war ich davon nicht so sehr überzeugt. Ich glaubte vielmehr, dass Gott uns mit Krankheiten und Leid strafte, nicht die Natur. Es gab auch Krankheiten, die auf äußere Verletzungen zurückzuführen waren. Auch die kamen nicht durch Einatmen oder sonstige natürliche Umstände zustande, sondern eindeutig durch Gottes Fügung. So waren auch meine Verletzungen, die ich mir während des Schiffbruchs zuzog, der Wille des Herrn.

Ich fühlte mich müde, kraftlos und zerschlagen. Mein gebrochenes Bein schmerzte höllisch. Ich fühlte ein dumpfes Pochen in meinem Schienbein und der Wade und merkte, dass sich bisher niemand um den Bruch gekümmert hatte.

Ich fragte mich, wo ich war. Das Zimmer war leer. Meine Matte war der einzige Einrichtungsgegenstand. Um mich herum sah ich ein niedriges Balkengerüst, das eine Zimmerdecke aus mehreren, dicken Brettern stützte. Da die Decke nicht geschlossen war, konnte ich ein schräges Dach aus Schilfrohr erkennen. Die Außenwände bestanden aus Backstein. Das war außergewöhnlich. In Lübeck waren nur die öffentlichen Repräsentationsbauten aus Backstein und die Häuser der besonders wohlhabenden Patrizier. Der normale Bürger und die Einwohner ohne Bürgerrecht lebten in Behausungen aus Holz oder Sodenplatten. Sollte ich im Haus hoher Herrschaften gelandet sein?

Von außen drang kein Laut in meine Kammer. Und dann erkannte ich, warum der Raum gut durchlüftet war. Bei einem der beiden kleinen Fenster, die dicht unter der Oberdecke in die Außenwand eingesetzt waren, war die Glasscheibe zerbrochen. Kein Wunder also, dass die frische Luft ungehinderten Einlass fand.

Sonne strömte durch die engen Luken. Hell erleuchtet war die Kammer jedoch nicht, denn dafür waren die Butzenöffnungen zu klein. Es weilte ständig ein schläfriges Dämmerlicht in diesem Raum. Ich fühlte mich verlassen und unsicher. Was hatte Gott mit mir vor? Plötzlich nahm ich wahr, dass ich leise, wie aus weiter Ferne, Brandungsrauschen vernahm. Und mir kam zu Bewusstsein, dass die ersten Jünger unseres Herrn Fischer waren. Waren die Strandräuber auch Fischer? Und war ich in ihrem Haus? Sollten die Fischer so wohlhabend sein, dass sie sich Häuser aus Backstein bauen konnten? Oder brachte der Strandraub an diesem Ort so viel ein? Oder war ich bei reichen Bauern? Welcher reiche Bauer war aber bereit, einen fremden, verletzten Schiffbrüchigen aufzunehmen, von dem er nicht wusste, wer er war und woher er kam? Ich lebte in einer Zeit, in der niemand dem anderen traute. Die Erde und die See waren voller Räuber. Raub und Diebstahl waren an der Tagesordnung und Mord und Totschlag zählten zum ständigen Lebensrisiko. Einen Fremden zu beherbergen war recht ungewöhnlich. Ich begann daher zu beten.

Die Tür zu meiner Kammer öffnete sich leise. Sie stammte mit Sicherheit von einem Schiff, das hier an der Küste gestrandet war. Es erschien der Kopf des blonden Hünen, dessen Bekanntschaft ich kurz nach meiner unglücklichen Strandung gemacht hatte. Dann schob sich langsam die ganze Person in den Raum. Seine blonden Haare, die ihm bis auf die Schulter reichten, waren wild zerzaust, seine Augen blitzten neugierig. Die Natur schien ihn verschwenderisch ausgestattet zu haben. Er war übernatürlich groß, von kräftiger Statur und wirkte offen und ehrlich, aber energisch. Er blieb vor meiner Ruhestatt stehen und blickte stumm auf mich herab.

Ich lächelte ihn freundlich an. "Hast du mich hierher gebracht?" Das Sprechen fiel mir schwer.

Er sah mich nur neugierig an. Ich wunderte mich und fühlte mich unsicher. Warum bekam ich keine Antwort? Ich wiederholte meine Frage. Aber wieder ohne Ergebnis.

Plötzlich ahnte ich, dass der blonde Hüne mich nicht verstand. Ich hatte ihn in meiner Muttersprache angesprochen, die in Lübeck üblich und die wichtigste Sprache der Hanse war. Die Worte, die ich am Strand von dem jungen Mädchen und dem Strandvogt gehört hatte waren jedoch Friesisch. Ich hatte wie selbstverständlich dem Vogt am Strand in seiner Mundart geantwortet, da ich diese Sprache glücklicherweise in Holland in den Niederlanden gelernt hatte. Die Ausdrucksform war zwar etwas anders als hier, aber ich konnte alles verstehen und mich verständlich ausdrücken.

Ich wiederholte also meine Frage auf Friesisch. Die Mine des blonden Hünen erhellte sich zusehends. Als Antwort auf meine Neugier nickte er vergnügt.

Durch die offene Tür erschienen das junge Mädchen und der ältere Mann. Beide zeigten ein strahlendes Lächeln, als sie mich mit offenen Augen auf der Strohmatte liegen sahen. Ich versuchte meine ausgestreckte Lage unter dem Daunenkissen zu verändern, da mir Rippen und Muskeln schmerzten. Aber noch schlimmer peinigte mich mein gebrochenes Bein. Ich verzog gequält das Gesicht.

"Schlimm!" sagte der ältere Mann, der im Gegensatz zu dem jungen Blonden, den ich für seinen Vater und den des Mädchens hielt, keine langen Haare trug, sondern sehr kurz geschnittene. Wie ich später erfuhr, war es bei den alten Friesen üblich, die Haare kurz zu scheren. "Wir wollen einmal sehen, was wir für euch tun können?" Er blickte besorgt.

"Mein Bein ist gebrochen," bemerkte ich mit gequälter Stimme. Ein wenig schämte ich mich, dass ich wie ein verweichlichter, wehleidiger Patrizier mit schmerzverzerrtem Gesicht um Hilfe bitten musste. Alle drei konnten meine Schwäche erkennen und leicht den Eindruck gewinnen, ich sei eine Memme. Ich wagte gar nicht darüber zu klagen, dass mich auch die Rippen und sonstige Körperteile schmerzten. Diese Menschen, dass erkannte ich instinktiv, waren Leid, harte Arbeit und Entbehrungen gewöhnt. Ich durfte mich nicht hängen lassen, ich musste mir jetzt auf die Zähne beißen.

Der alte Herr verzog keine Miene. Er trug wie ein Seemann Kleidung aus hellem Segeltuch. "Euer Bein wächst wieder zusammen, euer Wohlgeboren," meinte der Vater freundlich und ehrerbietig, aber mit Würde und ausgeprägtem Stolz, "ihr müsst nur Geduld haben."

"Ich fürchte," sagte ich und strengte mich an, jeden jammervollen Eindruck zu vermeiden, "mein Bein wächst nicht mehr richtig zusammen." Und plötzlich wusste ich, wie ich diesen Leuten imponieren konnte.

"Ihr müsst es mir einrenken."

"Wie sollen wir das machen," fragte der Vater, "wir sind keine Ärzte, nicht einmal Bader."

"In den Niederlanden habe ich einen Arzt kennen gelernt, der in einem gleichen Fall das gebrochene Bein mit einem Ruck auseinanderzog und so richtete, dass die gesplitterten Knochen wieder zusammenpassten. Wenn der Knochen wieder richtig sitzt, eine Stütze aus Holz bekommt und fest mit Stoff umwickelt wird, ist das Bein schnell geheilt." Ich verschwieg dabei, dass es kein Arzt war, den ich in Holland kennenlernte, sondern ein Henker. Keiner kannte sich besser mit dem Knochenbau der Menschen aus als Scharfrichter. Sie waren für Brüche und Knochenverletzungen die besten Spezialisten. Aber ich musste davon ausgehen, dass es hier nicht anders war als in Lübeck und in Holland. Man sollte zu keinem Scharfrichter Kontakt haben, um nicht selbst geächtet zu werden. Der Henker war von der Obrigkeit gezwungen, Kontakt zu ehrenwerten Menschen zu meiden. In der mir bekannten Welt wollte niemand mit Ehre mit einer Person freundschaftlich verkehren, die solch ein unehrenhaftes, von Gott verfluchtes Leben führte oder zu solch einem unehrenhaften Wesen eine Beziehung hatte. Der Henker war so verachtet, dass seinem Sohn nichts anderes übrig blieb, als ebenfalls den Beruf des Scharfrichters zu übernehmen. Alle anderen Söhne verdingten sich als Abdecker oder Schinder, als Gerber oder als Seemann. Die Töchter ehelichten Henker oder Henkersknechte oder verschwanden in der sündigen Welt der Huren. Man wurde sehr schnell ebenso wie der Scharfrichter selbst aus der Gesellschaft ausgestoßen.

"Dann zeigt mal euer Bein," sagte der Vater, der etwas ungläubig dreinblickte. Und zu seiner Tochter gewandt: "Und du holst Stoff und ein Stück Holz."

Das Mädchen verschwand. Ich bemerkte, dass sie jetzt ein zwar einfaches, aber sauberes, dunkelgraues Kleid aus Leinen trug, das faltenlos an ihrem schlanken Körper abfiel. Außerdem waren ihre Haare gekämmt. Auch hübsch war sie, vor allem, wenn sie lächelte. Sie schien mir nur zu dünn zu sein. In meiner Umgebung liebte man die körperlich fülligeren Frauen, da sie eher geeignet waren, vielen gesunden Kindern das Leben zu schenken. Ich schätzte erneut, dass die Maid vierzehn Jahre alt sein mußte und damit im heiratsfähigen Alter.

Der alte Herr betrachtete mein Bein. Es sah scheinbar nicht gut aus, jedenfalls entnahm ich das seinem Blick. Der untere Teil des Schienbeins ragte an der Bruchstelle ein Stück seitlich heraus. Wenn es nicht eingerenkt würde, lebte ich den Rest meines Lebens mit einer gefährlichen Schwachstelle, die bei jedem unglücklichen Auftreten erneut brechen würden.

Mir trat kalter Schweiß auf die Stirn. Ich fürchtete, dass der

Schmerz unerträglich sein würde. Der Vater bedeutete seinem Sohn, er solle mein Bein vorsichtig in die Hände nehmen.
"So, Pidder, du hast eine ruhige Hand. Du hast gehört, was du machen sollst. Zieh also den Fuß fest an. So wie ich es von dem Arzt aus den Niederlanden verstanden habe, musst du es mit einem starken Ruck versuchen. Habe ich das richtig begriffen?" fragte er mich. Ich nickte angsterfüllt.
"Versuche dann, das Bein an der gebrochenen Stelle genau einzusetzen," der Vater gefiel sich offensichtlich in der Rolle des Medicus, "der Knochen ist bestimmt gesplittert, wie wir das von unserem Schlachtvieh kennen. Du musst beim Einrichten die richtige Stelle finden, damit die beiden Teile genau zusammenpassen." Er blickte noch einmal mit strengem Gesichtsausdruck auf mein Bein. "Hast du auch alles verstanden," wandte er sich an seinen Sohn, den er Pidder nannte. Der nickte bejahend. Ganz unerfahren in der Behandlung von Verletzungen schienen mir beide nicht zu sein. Kein Wunder, in dieser abgelegenen Region.

Das junge Mädchen betrat wieder den Raum. Es brachte die verlangten Gegenstände. Der Vater bemerkte die Schweißtropfen auf meiner Stirn.
"Ihr werdet große Schmerzen haben und ich hoffe, es klappt so, wie ihr es bei dem Arzt in den Niederlanden erlebt habt. Pidder wird sich große Mühe geben, Euer Bein so gut wie möglich einzurenken. Wir sind euch schließlich etwas schuldig. Ohne euch hätte der Strandvogt die Spur verfolgt. Wenn ihr uns aber nicht zutraut, euer Bein zu richten, müssen wir zu Kai Börnsen nach Kaytum. Er ist der Schäfer und Schinder des Dorfs und kennt sich mit Knochen aus. Als Schinder zählt er allerdings zu den unehrenhaften Leuten auf unserer Insel, er ist nicht sehr angesehen und nimmt in der Kirche den hintersten Platz ein. Man sollte sich eigentlich hüten, zu ihm zu gehen. Wer sich bei uns mit dem Schinder einlässt, hat es nicht nur als Fremder schwer, bei unseren Insulanern anerkannt zu werden."
"In Lübeck ist es genauso," erwiderte ich kummervoll.
"Nun, dann ist es besser, wenn Pidder euer Bein einrenkt. Er wird es schon schaffen. Hier habt ihr das Stück Holz. Steckt es zwischen eure Zähne und beißt fest darauf." Pidders Vater strich

mir beruhigend über den Kopf. Ich biss auf das Holz, das, so vermutete ich, anschließend zum Schienen meiner Bruchstelle gedacht war. Kaum spürte ich den Geschmack des trockenen Holzes in meinem Mund, ergriff Pidders alter Herr von hinten meine beiden Arme und drückte sie kräftig und schmerzhaft nach unten. Im selben Augenblick riss der blonde Hüne an meinem rechten Unterbein. Ich konnte nicht anders. Vor Schmerzen riss ich den Mund weit auf, das Holz, auf das ich eigentlich die Qual ableiten sollte, fiel heraus und ich schrie, dass die Wände bebten.

"Lieber Gott, lass mich ohnmächtig werden," schoss es mir durch mein gepeinigtes Hirn. Aber dieses Mal wollten mich meine Sinne nicht von der Drangsal befreien. Die Schmerzen jagten erbarmungslos durch meinen Körper und drohten, mir den Verstand zu rauben. Pidder suchte die richtige Stelle, um mein Bein wieder im alten Zustand zusammenzufügen. Aber ganz so einfach war das nicht. Zum wiederholten Mal versuchte er es. Ich wurde wahnsinnig vor Schmerzen. Plötzlich hörte ich jedoch den erlösenden Ausruf:

"Jetzt hab ich´s." Es war das erste Mal, dass der blonde Hüne gesprochen hatte.

Schweißgebadet lag ich auf der Matte. Ich erkannte undeutlich, dass weitere Personen in das kleine Zimmer drängten. Mein Bein schmerzte höllisch.

"Und siehe, da brachten sie zu ihm einen Gichtbrüchigen, der lag auf einem Bette." Meine Gedanken suchten Kraft bei Gott. Hatte er nicht vielen Kranken in ihren Schmerzen geholfen? "Da nun Jesus ihren Glauben sah, sprach er zu dem Gichtbrüchigen: Sei getrost, mein Sohn; deine Sünden sind dir vergeben. Und siehe, etliche unter den Schriftgelehrten sprachen bei sich selbst: Dieser lästert Gott. Da aber Jesus ihre Gedanken sah, sprach er: Warum denkt ihr so Arges in euren Herzen? Welches ist leichter: zu sagen, dir sind deine Sünden vergeben, oder zu sagen, stehe auf und wandle? Auf dass ihr aber wisset, dass des Menschen Sohn Macht habe, auf Erden die Sünden zu vergeben, sage ich dir Gichtbrüchiger: Stehe auf, hebe dein Bett auf und gehe heim. Und er stand auf und ging heim."

Ich lag wie in Agonie. Auch wenn ich nicht schlagartig gesund wurde und sofort wieder gehen konnte, so durfte ich doch darauf bauen, dass Gott mir nach all diesen grausamen Prüfungen die Sünden vergeben hatte.

Ein helles Licht erstrahlte vor meinem inneren Auge. Es brannte buchstäblich in meine Seele. Ich blickte wie vom Blitz getroffen in einen zauberhaften, blühenden Garten und hörte eine Stimme, die mir zu meiner großen Überraschung bis dahin unbekannt gebliebene Sinnzusammenhänge des Lebens erklärte. Ich fühlte mich urplötzlich ungemein allwissend und glaubte, darin das Wohlwollen Gottes zu erkennen. Die Gesichter meiner Eltern, meiner Brüder und Schwestern und meiner Großeltern tauchten plötzlich aus einem schemenhaften Nichts vor meinem Auge auf, lächelten mir zu und verschwanden wieder. War ich tot und im Himmel? Ich erinnerte mich, dass während meines Studiums ein Freund mir erzählte, der griechische Philosoph Aristoteles habe erfahren, dass schwer verwundete Krieger während der Schlachten ähnliche Erlebnisse hatten. Sie glaubten, bereits in das Reich der Götter eingegangen zu sein. Sie sahen ein helles Licht, dass sie zu ihren Verwandten und Freunden in die Unterwelt führte, die bereits gestorben waren und die ihnen freudig zuwinkten. Sie hörten eine Stimme, die sie fragte, ob sie bereit seien, in die Welt der Götter einzugehen. Wenn sie überzeugend darlegen konnten, dass sie noch nicht bereit seien, sondern noch wichtige Verpflichtungen auf der Erde zu erfüllen hätten, so kamen sie wieder ins Leben zurück.

Ich erinnerte mich, dass wir heimlich, aber begeistert über diese Ketzereien diskutierten. Das durfte aber niemand erfahren. Wir wären nicht nur von der Universität verwiesen worden, die Verbreitung religiöser Irrlehren aus der heidnischen Götterwelt bedeutete überdies das Todesurteil.

Ich dachte an die vielen Aufgaben, die ich noch in meinem Leben erfüllen wollte und schrie daher ganz laut: "Ich will noch nicht. Ich habe noch so viel zu tun."

Ich kam langsam zu mir. Ich bemerkte, schwach wie ich war, die Blicke der Umstehenden und erkannte durch ein Poltern an der Tür, dass jemand das Zimmer fluchtartig verlassen hatte. Ich hörte Kinderstimmen.

"Der Teufel will ihn holen," hörte ich einen Aufschrei. "Gott stehe uns bei."

Mein wundes Bein pochte. Meine Rippen schmerzten. Mein Herz schlug wild. Ich musste endlich zu mir kommen und im Kopf klar werden, damit die Menschen in diesem Haus, die mir geholfen hatten, nicht vor Schreck das Weite suchten und mich in meiner Hilflosigkeit alleine ließen.

Pidder und sein Vater blieben mit weit aufgerissenen Augen im Raum. Als sie sahen, dass ich zusehends klarer wurde und endlich sogar den Hauch eines Lächelns zustande brachte, fassten sie neues Vertrauen und ihre innere Spannung löste sich.

"Mann," sagte der blonde Hüne, "ich dachte schon, der Teufel fährt aus euren Gliedern."

Der Vater nickte beifällig. "Euer Bein ist jetzt gut gerichtet, euer Wohlgeboren. Ihr könnt hier liegen bleiben, bis ihr wieder gehen könnt. Ich nehme an, ihr habt Hunger. Inken wird euch etwas zu essen bringen."

"Ich heiße Michael, benannt nach dem Erzengel des Herrn" rief ich, bevor der Vater den Raum verlassen konnte, "ich stamme aus Lübeck und war jetzt auf der Heimreise von Holland, als es passierte. Ich habe dort Schiffbau studiert. Ich kann also handwerkliche Arbeiten verrichten. Vielleicht kann ich später etwas für euch tun?"

"Könnt ihr auch lesen und schreiben?" Pidder war ganz aufgeregt.

"Ja, natürlich," antwortete ich. Meine Schmerzen waren noch groß, aber ich konnte sie allmählich unterdrücken. "Wenn ihr etwas zu schreiben habt, werde ich euch gerne helfen."

"Ihr seid wohl nicht nur ein Herr, sondern auch ein kluger Mann?" Pidders Vater blickte mich neugierig an. Ich merkte, dass er etwas auf dem Herzen hatte.

"Ich habe in Köln Theologie und Rechtswissenschaften studiert, wenn ihr das meint. Ich kann auf vieles Antworten geben." Ich war bemüht, den alten Herrn ebenfalls würdevoll zu behandeln. Ich hatte das Gefühl, dass er es verdiente.

"Gut," meinte der Vater. "Advokaten sind zwar bei uns unbeliebt, aber das geschriebene Recht wird immer wichtiger. Bisher konnten unsere Ratsherren ohne Gesetzbücher Recht sprechen. In letzter Zeit ändert sich das aber. Immer mehr geschriebene

Gesetze erscheinen und es wird für uns immer komplizierter, vor allem, da die Ratsherren nicht lesen können. Wir bekommen immer mehr Probleme auf unserer Insel mit der Obrigkeit. Deshalb könnt ihr uns tatsächlich helfen."
"Auf welcher Insel bin ich denn?" Ich spürte, wie meine Konzentration wieder nachließ und meine Augen zufielen.
"Auf Syld." Er merkte, dass ich müde war. "Nun schlaft euch aus. Ich glaube, die Schmerzen werden allmählich nachlassen." Damit drehten er, sein Sohn und seine Tochter sich um und verließen das Zimmer.

Ich hörte einen Hund bellen. Mein volles Bewusstsein kehrte langsam zurück. Mein Bein schmerzte und auch die übrigen Prellungen meines Körpers meldeten sich wieder. Ich hörte mit angespannten Sinnen aufmerksam auf alle Geräusche. Sie lenkten mich in der Eintönigkeit etwas ab. Das Brandungsrauschen des Meeres drang deutlich hörbar durch die offene Luke in mein Zimmer. Wie friedlich und harmlos das klang. Wenn man dieses beruhigende Rauschen vernahm, konnte man sich kaum vorstellen, welche Gewalt das Meer entwickeln konnte. Das Rufen eines Vogels drang in meinen Raum. Ich hörte wieder das Bellen des Hundes, Stimmen von kleinen Kindern und unverkennbar das Gackern von Hühnern. Federvieh kannte ich vor allem aus Holland. In großen Mengen schwirrten sie dort girrend um uns herum, sogar auf der Werft. Eier aßen wir in Hülle und Fülle und viel gekochtes Hühnerfleisch.

Die Gedanken an das Essen tauchten nicht unbegründet auf. Ich hatte Hunger. Sogar gewaltigen. Sollte ich rufen und darauf aufmerksam machen, dass ich wach und hungrig war. Ich zögerte. Ich wollte es vermeiden, wie ein verwöhntes Bürgersöhnchen aus der Stadt Forderungen zu stellen. Ich lag wahrscheinlich im Zimmer vom alten Herrn und seiner Frau. Wer weiß, wo sie jetzt die Nächte verbrachten. Es war ungewöhnlich, in diesen harten Zeiten gastfreundschaftlich aufgenommen zu werden. Die Menschen auf dem Land hatten meist nur gerade eben genug für sich selbst zu essen. Gäste waren selten willkommen. Selbst Diener in Patrizierhäusern hatten keine eigenen Zimmer oder Kammern. Sie schliefen, wo sie gerade Platz fanden. Private Räume beim einfachen Volk gab es auch für die Familienmitglieder nicht. Die ganze Familie schlief in einem Raum. Selbst wenn Gäste kamen, schliefen diese zusammen mit dem Gastgeber und seiner Frau in einem Zimmer. Und da ich jetzt erfahren hatte, dass ich mich auf einer Insel befand, konnte ich mir vorstellen, dass es hier besonders knapp und eng war. Ich verhielt mich also still, um nicht als dünkelhaft zu gelten.

Es dämmerte durch die beiden Butzenfenster. Hoffentlich hatte meine Mutter unrecht und es wehten keine Krankheiten mit der Atemluft durch den Raum. Die frische Luft war sehr angenehm. Nur die Schmerzen schienen mir unendlich.

Leise öffnete sich die Tür. Eine zweite junge Frau, die ich bisher noch nicht gesehen hatte, blickte herein. Hinter ihr erschienen zwei Paar neugierige Kinderaugen, die kichernd durch den Türspalt blinzelten. Als sie sahen, dass ich wach war, zuckte die Frau zurück und eilte davon. Hinter ihr verschwanden die Kinder.

Kurze Zeit später erschien die Frau erneut, diesmal jedoch mit Pidders Schwester.

"Habt ihr ausgeschlafen," wollte Inken wissen. Sie hatte ihre langen blonden Haare sorgfältig gekämmt und die Hände und das Gesicht gründlich gewaschen.

"Ja, ich fühle mich ganz wohl," antwortete ich und quälte mir ein Lächeln ab.

"Ihr habt sicherlich Hunger," wollte sie wissen. Gott sei Dank, dachte ich im Stillen. Ich verhungerte beinahe.

"Ja," war alles, was ich herausbrachte.

"Das ist Catharinen, die Frau meines Bruders," stellte Inken mir die zweite Frau vor. Sie trug schmutzige Arbeitskleidung und hatte ein Kopftuch um ihre blonden Haare gebunden. Wenn ich es richtig erkannte, war sie schwanger.

Beide Frauen verschwanden, um kurze Zeit später wieder aufzutauchen. Sie brachten mir Roggenbrot in Scheiben geschnitten, dazu Schmalz und reichlich Fisch. Zum Essen musste ich mich aufrichten. Ich hatte große Mühe, mir meine, wie ich fand, Wehleidigkeit nicht anmerken zu lassen. Ich biss auf die Zähne und ertrug die furchtbaren Schmerzen.

Das Wasser, das sie mir in einer Keramikkaraffe reichten, trank ich wie ein Verdurstender fast in einem Zug aus. Es schmeckte zwar brackig, aber ich war wie ausgetrocknet. Anschließend machte ich mich über das Essen her. Es kam mir vor, als hätte ich in meinem Leben noch nie eine solch köstliche Mahlzeit zu mir genommen.

Durch die Butzenfenster erkannte ich, dass es draußen heller wurde. Es war also morgens, nicht abends, wie ich vermutet hatte. Also hatte ich die ganze Nacht durchgeschlafen.

"Wo sind dein Vater und dein Bruder," fragte ich Inken.

"Die sind rausgefahren zum Fischen," erwiderte sie. Hatte ich also richtig vermutet, es waren Fischer. Und Fischer waren die ersten Jünger unseres Herrn. Das war mit Sicherheit ein gutes Omen.

"Ich danke dir, Herr," dachte ich im Stillen. Laut sagte ich: "Scheinbar haben sie gutes Wetter, so schön und sonnig wie gestern. Damit wird der Fang auch reichlich.

"Gestern war das Wetter leider schlecht. Vorgestern, am Sonntag war es gut. Ihr habt zwei Nächte durchgeschlafen."

Ich war verblüfft. Wie konnte ich mit diesen Schmerzen nur so lange schlafen? Die Todesangst auf dem Schiff und die folgenden Nachwirkungen hatten mich wohl mehr Kräfte gekostet, als ich angenommen hatte. Oder war ich lange ohnmächtig gewesen?

"Schöner Sonnenschein ist aber nicht unbedingt gut für den Fischfang. Je heller die Sonne, umso tiefer schwimmen die Fische." Sie machte eine Pause. Sie fand es wahrscheinlich amüsant, einen studierten Patrizier belehren zu können. Um mich ihren kleinen Triumph aber nicht zu sehr spüren zu lassen wollte sie wissen: "Ihr habt schon viel kennen gelernt?" auch ihre Schwägerin sah mich interessiert an. "Ich würde auch gerne mehr erleben und von der Welt etwas sehen." Die Augen des Mädchens blickten erwartungsvoll.

"So viel habe ich auch noch nicht erlebt," erwiderte ich immer noch mühsam vor Schmerzen. "Ich komme aus Lübeck. Das ist eine mächtige Stadt mit mehr als zwanzigtausend Einwohnern und einem riesigen Hafen. Aber das weißt du sicherlich. Wir sind sehr stolz darauf, dass Lübeck die wichtigste Stadt der Hanse und eine der wichtigsten der Welt ist."

Die Schwägerin unterbrach. "Inken, wir müssen weitermachen.

Wir müssen Salz brennen. Wenn Vater und Pidder zurückkommen, müssen wir fertig sein."
"Ich muss gehen," sagte Inken. "Heute Abend könnt ihr mir vielleicht mehr erzählen."
Ich nickte. Die beiden Frauen verließen den Raum. Ich war wieder alleine. Gerne hätte ich jetzt ein Buch gelesen. Ich bezweifelte aber, dass ich hier bei diesen netten Menschen eines finden würde. Vielleicht aber eine Bibel. Ich würde später danach fragen. Die nächsten Stunden musste ich die Zeit damit verbringen, dass ich die leeren Wände und die nackte Decke anstarren musste. So wie es Generationen vor mir taten, bevor die Buchdruckerkunst erfunden war.
Ich werde meine Zeit damit ausfüllen, dass ich bete. Die Morgenliturgie lag um Mitternacht, das Lobgebet verrichtete man drei Stunden später, die Primes begrüßten den neuen Tag im ersten Morgenlicht, das war zur Zeit meiner Plagen etwa sechs Stunden vor Mittag. Die Vespergebete fanden sechs Stunden mach Mittag statt und die Komplet vor dem Einschlafen. Da sich in der Kammer und mit Sicherheit im ganzen Haus keine Uhr befand und auch keine Kirchturmuhr zu hören war, musste ich die Zeit nach Gefühl und dem Licht, das durch die Butzenscheiben drang, einschätzen.
Irgendwann dämmerte ich wieder in den Schlaf. Ich versuchte regelmäßig, meinen Körper so zu legen, dass ich meine Schmerzen ein wenig linderte. Aber der Erfolg war nicht groß. Deshalb war ich froh, dass gegen Abend, als es draußen wieder dunkelte, Geräusche aus dem Haus zu hören waren. Das Leben kehrte zurück.
"Wie geht es euch," fragte Inken mit fahlem Gesicht. Sie schien abgespannt. Die Tagesarbeit muss sehr schwer gewesen sein.
"Mir geht es den Umständen entsprechend gut," antwortete ich," aber du siehst müde aus. Du hattest einen harten Tag."
"Wie immer," entgegnete das Mädchen, "ich muss jetzt noch meiner Schwägerin beim Zubereiten des Essens helfen. Dann erwarten wir meinen Vater und meinen Bruder."
Draußen war sie wieder. Diesmal ließ sie jedoch die Tür offen stehen, sodass ich erstmals etwas mehr vom Innern des Hauses sehen konnte.

Es war eng, niedrig und klein. Neben meiner Kammer begann gleich die gute Stube. Der enge Durchblick ließ mich zwei einfache Stühle erkennen, die vor einem Tisch mit gedrechselten Beinen standen. An der gegenüberliegenden Wand sah ich einen Teil eines Gemäldes. Es war das Portrait eines Mannes, der unverkennbar dem Patriziat einer Stadt entstammte. Es handelte sich offensichtlich um Strandgut und es war erstaunlich, das dieses Bild einen Schiffsuntergang so schadlos überstanden hatte.

Am Ende des Durchgangs sah ich die Küche. Die beiden Frauen betätigten sich emsig am offenen Feuer. Von Zeit zu Zeit erschien das ältere der beiden Kinder, um ein wenig mitzuhelfen. Was sie dort kochten oder brieten konnte ich nicht erkennen. Ich vermutete aber, dass wieder Fisch auf den Tisch kommen würde. Über allem lagen der Schimmer und der Geruch von Rauchschwaden. In der Küche hatte die Familie eine offene Feuerstelle auf dem Lehmboden, die bei schlechtem und kaltem Wetter benutzt wurde. Bei schöner Witterung wurde außerhalb des Hauses gekocht.

Plötzlich wurde es lauter. Es war unschwer festzustellen, dass die beiden Männer nach Hause kamen. Sie begrüßten die beiden Frauen. Es war deutlich zu spüren, dass Inken und ihre Schwägerin froh waren, die Männer wieder gesund zurückzuhaben.

Der alte Herr kam zu mir in meine Kammer. Sein wettergegerbtes Gesicht strahlte freudig. Ich begrüßte ihn. "Ich hoffe, ihr habt Erfolg gehabt."

"Der Fang war dieses Mal nicht schlecht. Gute Fänge sind leider nicht mehr alltäglich. Aber jetzt wollen wir zuerst essen und anschließend müssen wir die Fische einsalzen. Heute abend können wir noch ein wenig plaudern, bevor wir schlafen gehen."

"Ich nehme an, ich liege auf eurer Schlafstatt?" fragte ich den Fischer.

"Macht euch nichts daraus. Ihr könnt euch sicherlich später erkenntlich zeigen. Jetzt wollen wir zuerst einmal essen."

Inken brachte mir Fisch mit Bohnen und Roggenbrot, dazu einen großen Humpen mit bestem Rotwein. Der war sicherlich von der „Rose von Burgund". Ich war wie ausgehungert und schlang das einfache Mahl mit Heißhunger herunter. Wenn nur diese Schmerzen nicht gewesen wären. Jede Lage bereitete mir Pein. Mein Bein pochte immer noch wie wild. Es war erstaunlich, wie viel ein Mensch ertragen konnte.

Spät am Abend besuchten mich die beiden Männer. Ich war froh, endlich etwas Gesellschaft zu haben und den vergangenen tristen Stunden wenigstens für kurze Zeit entrinnen zu können.

"Wie geht es euch? Haben eure Schmerzen etwas nachgelassen?" wollte der alte Herr wissen.

"Mir geht es schon viel besser," log ich. "Müsst ihr morgen wieder raus zum Fischen?"

"Morgen fahren wir nach Kaytum zum Markt. Dort müssen wir einen Teil unserer Fische und einige Enten und Gänse, die wir gefangen haben, verkaufen. Wir brauchen Fleisch und Roggen. Dann brauche ich noch Schwefel, damit Catharinen euch ein Schmerzmittel mischen kann. Die übrigen Zutaten wie Öl und Essig habe ich noch. Leider können wir in Hörnem nichts anbauen und ernten, da die Ackerflächen völlig mit Sand bedeckt sind. Auch Viehhaltung ist kaum möglich, da die Tiere nur wenig Nahrung finden und wir für den Winter nicht genug Viehfutter vorsorgen können." Der alte Herr blickte nachdenklich auf die Wand hinter mir. "Wir haben nur ein Pferd und zwanzig Schafe. Mehr können wir nicht ernähren. Das Pferd zieht den Wagen, mit dem wir nach Kaytum zum Markt fahren und die Schafe brauchen wir, um Kleidung aus der Wolle zu machen."

"Wie weit ist es zum Markt?" fragte ich. Ich war froh, endlich eine Möglichkeit zu haben, mich von meinen Leiden ablenken zu können.

"Wir fahren nach den Vespergebeten nach Kaytum ab und erreichen das Dorf, bevor die Kirchturmuhr die zehnte Stunde anzeigt."

"Das ist ein langer Weg. Habt ihr nicht zuvor eine Gelegenheit, eure Ware zu verkaufen?"

"Die nächste Siedlung ist Raantem. Dieses Dorf erlebt allerdings so viele Sturmfluten, dass es kaum noch Einwohner hat. Die wenigen Menschen, die dort noch siedeln, können nur vom Fischfang leben, da ihr Land wie unseres völlig von Sand bedeckt ist. Kurz hinter Raantem gab es vor einigen Jahren noch den Ort Eydum. Vor ungefähr dreißig Jahren wurde der jedoch in einer Nacht von den Fluten ins Meer gerissen. Nur die Kirche blieb übrig. Die wenigen Menschen, die überlebt haben, wohnen heute wenige Meilen entfernt auf höher gelegenen Erhebungen. Auch sie versuchen, ihre Fische in Kaytum zu verkaufen."

"Dann muss Gott euch wirklich beistehen." Das Gespräch war reizvoll für mich. Ich war in meinem Leben immer wohlbehütet. Auch mein Studium in Köln und meine Lehrjahre in Holland verliefen unproblematisch. Ich hatte die geziemende Unterstützung meines Elternhauses und es fehlte mir an nichts. Lebenslagen wie die, die ich jetzt kennenlernte, waren nie zuvor in mein Bewusstsein gedrungen. "Betreibt ihr denn keinen Handel mit den Menschen auf dem Festland? Die brauchen doch viel Fisch. Und das Festland ist, wenn ich richtig vermute, gar nicht so weit entfernt."

"Es kommen Händler vom Festland zu uns. Aber ihr wisst, der Händler verdient nicht durch Schaffen, sondern durch Betrug. Er nennt das 'klugen Handel', aber wir von der Insel sind einfache Leute und den Tricks der Händler oft nicht gewachsen. Sie nutzen unsere schwere Situation aus und schlagen uns über´s Ohr. Wer selbst nicht schafft, lebt vom Fleiß der anderen und hat trotzdem ein hohes Einkommen." Der alte Herr wurde zornig.

"Ich weiß," lachte ich, "bei den Griechen hatten die Händler mit Hermes den gleichen Gott wie die Diebe."

Der alte Herr blickte mich fragend an. "Ich weiß nicht, wer die Griechen waren, aber es müssen kluge Leute gewesen sein," bemerkte der Vater von Pidder mit bitterem Unterton. Die Welt war nach der letzten Pest und den Sturmfluten der vergangenen Jahre verdammt arm geworden. Mir wurde immer bewusster, wie sorgenfrei ich meine Jahre in den Niederlanden verbracht hatte. Ich brauchte mich nur um mein Schiffbaustudium zu kümmern, das Essen besorgte die Frau meines Lehrmeisters. Sogar ein Bett hatte ich für mich alleine, was normalerweise auch in meinen bürgerlichen Kreisen ein nicht zu unterschätzender Luxus war.

"Das ganze Land," fuhr er fort, "dass von der großen Flut vor etwa dreißig Jahren überschwemmt wurde, ist heute noch versalzen. Auf Syld sind der Ackerbau und die Viehzucht nur mühselig zu betreiben. Die jungen Männer unserer Insel, die als Seeleute auf Schiffen der Hanse fahren, berichten, dass die Anzahl der Ladungen weniger wird und die Geschäfte überall schlechter gehen. In England will man die Hanse nicht mehr und hat den Handelshof geschlossen. Die Handelswege von London aus könnten sich verändern, da die Engländer ihre Geschäfte in Zukunft selbst wahrnehmen wollen. Sie ziehen mit ihren Schiffen von ihrer Insel aus in Richtung Süden, anstatt nach Osten. Wie man hört, können die Britannier mittlerweile bessere Geschäfte und höhere Gewinne mit anderen Ländern erzielen als mit der Hanse. Und deshalb kommen Händler zu uns und zahlen nur noch Hungergelder für unsere Waren. Wer nicht in der Lage ist, sich selbst zu ernähren verhungert."

Der alte Herr blickte mich zornig an. "Und dann kommen die Steuereintreiber vom König aus Dänemark und pressen uns aus. Der schlimmste Eintreiber von allen ist unser Amtmann in Tuner. Dieser Henning von Pogwisch gehört zu diesem vermaledeiten dänischen Hochadel, der alle Bauern, Seldner und Häusler zu Fronarbeitern machen möchte und nicht anerkennen will, dass bei uns noch freie Menschen leben. Unser Amtmann ist ein Hundsfott, der Bauern und Handwerker aus nichtigem Anlass verstümmeln oder sogar hinrichten lässt. Und das nur, weil unser König Christian I. Viel Geld für seine ständige Eroberungspolitik braucht. Ständig führt der König Krieg gegen die Schweden, die er zwingen will, ihn als ihren König anzuerkennen. Dabei wollen die ihn gar nicht. Und wir haben das Problem, dass er ständig Schulden hat. Aus diesem Grund musste der König das ganze Amt Tuner mit Syld an diesen Hundsfott Pogwischen verpfänden. Und dazu noch die gesamte Gerichtsbarkeit. Zwar können unsere Ratsmänner nach wie vor Gerichtstage abhalten, aber der Amtmann muss alle Urteile genehmigen. Die Därme sollen ihm um die Beine rumzotteln, dieser Schweinspunze."

Der alte Herr schwieg. Seine Augen funkelten wütend.

"Könnt ihr Insulaner beim König keine Eingabe einreichen?" fragte ich und hatte den Eindruck, dass ich sehr naiv wirkte. Entsprechend schaute mich der alte Herr an.

"Eingabe? Der König ist auf Leute wie Pogwisch dringend angewiesen. Er braucht ihr Geld. Früher konnten die dänischen Könige wenigstens noch den Kaiser des heiligen römischen Reichs um Hilfe bitten. Aber der jetzige Kaiser ist nahezu bedeutungslos geworden, vor allem für uns im Norden. Daher muss der König sich dem Willen des Adels beugen. Und der ist davon überzeugt, dass wir immer noch eine reiche Insel sind. Früher hatten wir neben viel Fisch und Fleisch auch große Mengen Roggen, Gerste, Weizen und Buchweizen. Aber durch die Versandung und die Versalzung der Böden gehört dieser Wohlstand der Vergangenheit an."

"Die Versalzung gibt es seit der letzten großen Sturmflut," erkannte ich. "Aber die Versandung dürfte doch seit jeher eine Heimsuchung für die Insel sein?"

Ich wunderte mich. Schließlich gibt es schon seit unendlichen Zeiten den Sand aus dem Meer. Aber der alte Herr erzählte: "Früher war unsere Insel noch wesentlich größer als heute. Sie muss mehr als dreimal so groß gewesen sein. Sie wurde seit altersher von riesigen Sandbänken und von Sandwällen geschützt. Aber schon vor etwa hundert Jahren müssen die meisten von ihnen in einer grauenhaften Nacht weggerissen worden sein, wie mir mein Großvater oft erzählte. Zwei Orte auf Syld gingen damals unter, Woningstair und List. Als dann an Allerheiligen vor etwa dreißig Jahren, ich war etwa zehn Jahre alt und erlernte gerade von meinem Vater den Fischfang, waren wir auf dem Meer gewesen. Mein Vater sah das Unwetter kommen und wir segelten hastig zurück. Abends saßen wir alle in unserem gemütlichen, warmen Zimmer, als ein fürchterlicher Sturm einsetzte, wie ihn niemand auf unserer Insel zuvor erlebt hatte. Wir beteten und sangen Lieder. Wir lebten damals in Raantem auf der Wattseite. Zu unserem Glück. Überall um unser Haus herum stieg das brodelnde Wasser, es war aber nicht gar so wild wie auf der Seite des Weststrands. Die ganzen Stackdeiche, die unsere Insel schützen sollten und die wir mühsam aufgebaut hatten, brachen weg. Die Flut drang von allen Seiten auf die Insel ein. Wir flüchteten auf den Dachschober, wo wir unsere Winternahrung und das Futter für die Tiere gelagert hatten. Glücklicherweise hielt unser Dach.

Mein Vater war der vielleicht beste Schilfrohrdecker der Insel. Bei vielen anderen auf Syld flogen die Dächer davon, die Türen und Tore wurden aus den Angeln gerissen, Häuser, deren Wände noch aus Sodenscheiben bestanden, wurden verwüstet, auch wenn sie nur mit dem Dach aus dem Sand heraus ragten. Tiere und Menschen trieben in den Fluten und keiner konnte in dem wütenden Sturmgetöse helfen. Viel Volk ertrank. Auch unser Vieh. Ganze Inseln vor der Küste wurden weggerissen. Vor allem die Insel Nortstrandt hatte es übel erwischt. Sie ist heute wesentlich kleiner als zuvor. Ein Bruder meines Vaters ist damals mit seiner ganzen Familie untergegangen. Und das alles, weil einige Kleinbauern auf dieser Insel Gott gelästert hatten. Sie verkleideten eine trunkene Sau mit Umhang und Tiara als Papst, knieten vor ihr und küssten ihr die Pfote, der sie einen Reif aus Bronze umgestreift hatten. Das erfuhr natürlich der Pfarrer und verfluchte die Bauern und die ganze Insel. Wenige Tage später begann das Unwetter. Als es endete, waren große Teile Nortstrandts verschwunden und weitere riesige Sandbänke, die Syld vorgelagert waren, weggerissen. Das Wasser peitscht seitdem mit voller Kraft auf unsere kürzer gewordene Küste, die bei jeder Sturmflut weiter abbricht. Die wenigen Überlebenden aus Raantem zogen mit den Eydumern nach Weesterlön oder Arxum, wir siedelten um nach Hörnem. Aber auch hier verfolgt uns das Wasser. Es nähert sich mehr und mehr unserem Haus. Allerdings bilden sich seitdem wie zum Schutz diese kleinen Sanddünen. Sie schützen uns besser, als die Deiche, mit denen wir es bisher versucht haben. Das Meer spült uns langsam wieder, wie zur Wiedergutmachung den weggerissenen Sand zurück, den es einst genommen hat. Nur wird dieser Sand über die ganze Insel verweht, sodass er eine Decke über Wiesen und Äcker legt, wie sonst im Winter der Schnee. Jedoch taut der Sand nicht weg, er bleibt liegen, bedeckt den Boden und macht ihn unfruchtbar."

Lautes Stimmengewirr drang aus dem Haus. Ein hochgewachsener, bärtiger Mann mit schelmenhaft strahlenden Augen und einem wirren Haarschopf betrat die Kammer. Er betrachtete mich neugierig. Sein Gesicht kam mir bekannt vor. "Gelobt sei Jesus Christus," strahlte er.

"In Ewigkeit, Amen," antwortete ich.

"Ich muss deinen Gast begrüßen, Jakob," lachte der Neuankömmling, der mich endlich darüber aufklärte, wie mein Hausherr hieß. Ich wunderte mich über mich selber, dass ich bisher noch nicht nach dem Namen von Pidders und Inkens Vater gefragt hatte. Es war wohl auf meine Verwirrung zurückzuführen.

Der Fremde sah mich freundlich an und tönte mit seiner sonoren Stimme: "Ich habe von eurem Elend gehört und wollte mich erkundigen, wie euch die Bekanntschaft mit unserem Meer bekommen ist." Dabei lachte er dröhnend, was in diesem kleinen Raum etwa wirkte wie ein leichtes Gewitter.

Er hätte mich das besser nicht fragen sollen, denn augenblicklich tat mir wieder alles weh. Ich versuchte, eine andere Lage einzunehmen, da mein schmerzender Körper sich krampfartig versteifte. Hier gab es wohl keine Kräuterfrauen, die schmerzlindernde Mittel herstellen konnten?

Jetzt erkannte ich ihn. Ich hatte ihn am Strand gesehen, als er zusammen mit Jakob und Pidder Strandgut von der "Rose von Burgund" beiseite schaffte. "Ich kann euch die frohe Nachricht bringen, dass unser Strandvogt mit seinen Helfern durch unsere Sandwüste läuft und unser Versteck sucht. Ich hätte große Lust, ihm einen ordentlichen Denkzettel zu verpassen." Uwes Gesicht hatte sich leicht verfinstert, obwohl er sonst ein fröhliches Gemüt zu sein schien.

"Der Mann wird immer lästiger," Jakob blickte nachdenklich vor sich hin. Die Idee, dem Strandvogt eins auszuwischen schien ihm zu gefallen. Nur was konnte man tun? Gewalt anwenden war nicht gut, denn dann wäre der Amtmann mit bewaffneten Kräften auf der Insel erschienen und hätte schauerliche Rache geübt.

"Baut ihm ein Versteck," warf ich ein. "Vergrabt eine Kiste darin, die ihr mit toten Katzen und anderem Getier füllt. Vielleicht verliert er dann die Lust am Suchen."

"Das machen wir," freute sich Uwe. Auch Jakob nickte und Pidder zeigte ein strahlendes Gesicht. Sie mussten etwas gegen den lästiger werdenden Strandvogt unternehmen, ohne dass der Amtmann mit seiner Soldateska einschritt.

"Ich hatte auch einmal so unglücklich dagelegen wie ihr, Hochwohlgeboren," ließ sich der hochgewachsene Uwe wieder vernehmen. Er zeigte sein strahlendstes Gesicht. "Ich bin mein ganzes Leben lang Fischer. Auch wenn ich viele Stürme mitmachen musste, passiert ist mir auf dem Wasser nie etwas. Aber dann ließ ich mich auf festem Boden mit Pferden ein, fiel unter sie und erhielt mehrere Tritte. Verdammt, habe ich gelitten. Wie ein kleiner Junge habe ich gelegen und um göttliche Hilfe gefleht. Dann hat Catharinen mich mit ihrem Wundermittel behandelt und ich wurde schnell wieder gesund. So ist es nicht erstaunlich, dass ich lieber auf dem Wasser bin als auf dem Land."

Er blickte Jakob schelmisch an: "Wir könnten einen Schluck Wein trinken, wir haben doch reichlich."

"Kein Saufgelage heute Abend," schimpfte Jakob, "wir müssen noch Torf stechen, um unseren Salzvorrat zu mehren. Und wir müssen früh zum Markt. Wir wissen nicht, ob genügend Händler kommen, die Fische aufkaufen. Wenn wir zu spät kommen, könnten sie schon wieder weg sein."

Plötzlich erschallte vor dem Haus Pferdegetrappel. Ich hörte, wie ein Reiter sein Tier stoppte und absprang.

"Guten Morgen, Catharinen," hörte ich eine männliche Stimme, "ich möchte gerne zu eurem Schiffbrüchigen. Wie geht es ihm?"

"Gut," antwortete die Frau, mehr nicht.

Jakob und Pidder eilten aus dem Raum. Uwe blieb gelassen stehen. "Wie gesagt, der Strandvogt sucht unser Versteck. Jetzt ist er hier."

Ich hörte energische Fußtritte durch das Haus poltern. Die schwarze Gestalt, die ich vom Strand her kannte, näherte sich.

"Jakob, ich will zu eurem Gast."

"Sicher, Strandvogt, das könnt ihr. Er ist gerade wach, aber es geht ihm sehr schlecht. Ihr solltet ihn nicht zu stark bemühen."

"Ich bin Boy Carstensen, der Strandvogt," hörte ich ihn von der Tür aus grüßen.

Ich nickte artig.

"Geht hinaus," herrschte er die anderen an, "ich muss alleine mit eurem Gast sprechen."

Uwe grinste den Strandvogt frech an. "Boy, weißt du noch, wie

wir in der Kirche den Priester verschreckt haben, als wir ihm geköpfte Hühner, Katzen und Ratten auf seinen Altar gelegt hatten? Und das waren nicht unsere einzigen gemeinsamen Streiche. Und heute bist du plötzlich ein Herrscher über uns und ein Knecht dieses Pogwischen. Hüte dich, Boy Carstensen, dass der Herr dich nicht straft."
"Uwe, wir müssen alle unsere Pflicht tun, du auf deine Weise und ich auf meine. Viele kluge Leute, klügere als du und ich, haben sich Gedanken darüber gemacht, wie diese Welt beschaffen sein muss, um Gerechtigkeit walten zu lassen. Das Ergebnis ist, dass ich als Strandvogt gebraucht werde, um dir und allen anderen den Weg zu zeigen. Ich werde gebraucht, um den göttlichen Willen auf unserer Insel durchzusetzen. Meine Arbeit soll helfen, es dir zu erleichtern, das göttliche Heil zu finden. Diebstahl und Strandraub führen in die höllische Verdammnis. So, nun geht und lasst mich mit eurem Gast alleine."
Alle verließen den Raum
"Wie ist euer Name," fragte er mich, "und wie geht es euch?"
"Ich heiße Michael Isermann und es geht mir mit jedem Tag besser," antwortete ich.
"Ihr habt es mir zu verdanken, dass ihr hier untergebracht worden seid. Wahrscheinlich hätten die Strandräuber euch erschlagen, wenn ich nicht gekommen wäre. Seid ihr der Eigner des Schiffes gewesen oder der Händler, dem die Ladung gehörte?" wollte der Vogt wissen.
"Ich war nur Passagier. Ich bin Schiffbauer aus Lübeck, habe in den Niederlanden modernen Schiffbau studiert und war auf der Heimreise. Mit dem Schiff und der Ladung hatte ich nichts zu tun." Ich war neugierig, was Boy Carstensen mir zu erzählen hatte.
"Können die Niederländer bessere Schiffe bauen als die norddütschen Hansestädte? Ich glaubte immer, Lübeck sei führend auf diesem Gebiet."
Ich nickte. "Lübeck baute die besten Koggen. Aber die moderne Entwicklung ist weitergegangen. Heute baut man Kraweelen mit glattem Rumpf, nicht mehr in Ziegelform."
"Aha," der Strandvogt schwieg einen Moment. Er überlegte

wohl, wie er mit seinem eigentlichen Thema am Geschicktesten umgehen sollte.

"Ihr erhebt also auf Schiff und Ladung keinen Anspruch. Nach dänischem Gesetz stehen dem Schiffbrüchigen, der lebend den Strand erreicht, das volle Recht auf Schiff und Ladung zu. Leider gilt das aber nur für die Gebiete, die dem dänischen König unmittelbar unterstehen. Also die dänischen Küsten, Listland auf Syld, Oomram und Teile von Feer. Alle anderen Strandteile unterliegen dem Recht des Herzogs in Schleswig, auch der Strand von Hörnem, wo wir uns befinden. Der Herzog, dessen Interessen ich zu vertreten habe, beansprucht zwei Drittel des Wertes des angetriebenen Strandguts, ein Drittel darf bei den Bergern bleiben. Dazu könnte ich euch auch zählen. Hinzu kommt das wertvolle Holz des Schiffes. Von diesem erhält der Herzog ein Drittel, ein Drittel bekommen die Berger und den Rest erhält der Eigner. Ich könnte dafür sorgen, dass ihr als Lohn für euer grausames Schicksal ein gutes Geschäft macht."

"Ich bin nicht der Eigner und gehörte, wie sich durch meine Verletzungen schwerlich verheimlichen lässt, nicht zu den Bergern."

"Schade," meinte der Vogt, "aber da ihr zur gehobenen Gesellschaft zählt, nicht zu den kleinen Grundeigentümern wie Seldner, Häusler oder sogar Tagelöhner, ja nicht einmal zu den Bauern oder Fischern, könnt ihr mir sicherlich sagen, ob die Familie von Jakob und Pidder Lüng bereits Strandgut geborgen hatte, bevor ich erschienen war?"

Ich blickte den Strandvogt von unten an. Er war ebenfalls ein groß gewachsener Mann, wie die anderen Insulaner auch, die ich bisher kennengelernt hatte.

"Ich war schon eine Weile zuvor zu mir gekommen, bevor ihr an der Strandungsstelle erschienen seid. Die Tochter von Jakob, die fast zur gleichen Zeit eintraf wie ihr, sah ich zuerst. Also hat niemand zuvor Güter beiseite geschafft."

"Ihr seid sicher?"

"Ich bin ganz sicher," log ich dreist.

"Nun gut," stöhnte der Strandvogt, "dann muss ich damit zufrieden sein. Meine Aufgabe ist schwer. Ich muss unerbittlich gegen das Strandräuberunwesen ankämpfen. Trotz scharfer

Gesetze werden immer noch rechtswidrig Schiffe durch falsche Signale in Untiefen gelockt und werden die Ladungen geraubt."
"Sehr zum Nutzen auch von dir," dachte ich, um laut hinzuzufügen: "Wieviel Anteil bekommt denn ihr."
"Der Landvogt, der mein unmittelbarer Herr ist, und ich bekommen einen kleinen Anteil. Es reicht gerade für uns zum Leben. Reich werden können wir nicht. Wir sind aber als Diener des Landesoberhaupts dem Wohl des Herzogtums und unserer Insel verpflichtet. Nichts zu tun haben wir mit dem Hafen List im Norden der Insel, der dem dänischen König direkt untersteht."
"Ist die Insel so groß, dass es sinnvoll ist, solche Trennungen vorzunehmen?" wollte ich wissen.
"List war ein bedeutender Hafen. Da Husem unserem Herzog gehört, brauchte der König List als Tiefwasserhafen zur Westsee. Deshalb ordnete er es in seinen Einflussbereich ein, wobei er den Hafen offiziell dem Bischof in Ribe unterstellte. Und der war froh, solch einen Hafen zu bekommen, denn man darf den Reichtum eines Bischofs nicht überschätzen. Er hat immer Geldsorgen und soll trotzdem das Reich Gottes ausdehnen und mehren. Daher war es gottgefällig, dass List zum Vermögen der Kirche geschlagen wurde." Ich erkannte den versteckten Zorn in den Worten des Strandvogts. Ein Hafen hat eine große Bedeutung für die Wirtschaft eines Landes oder einer Region. Der von List war für das Herzogtum verloren und ich wusste noch von früher, wenn meine Eltern über Hausmachtpolitik sprachen, dann hieß es immer, dass der dänische König und der Herzog von Schleswig trotz engen Verwandtschaftsgrads meistens spinnefeind waren. Daher fand auch das Strandräubergesetz des dänischen Königs beim Herzog keine Anerkennung. Und der König konnte es im Herzogtum nicht durchsetzen, obwohl zur Zeit der König und der Herzog ein und dieselbe Person waren. Die mächtigen holsteinischen Adligen, von denen mein Vater viele kannte, pochten auf ihre Selbstständigkeit und unterstützten das Herzogtum gegen den König .

Draußen dunkelte es. Das Licht in meiner Kammer verdüsterte sich. Ich wünschte sehnlichst, ich könnte aufstehen und die Strohmatte verlassen. Aber ich fürchtete, noch lange an mein

Lager gefesselt zu sein.

"Habt ihr ein Buch für mich?" fragte ich den Strandvogt.

"Es ist euch sehr langweilig," antwortete der Mann im schwarzen Umhang. "Auf der Insel kann außer dem Landvogt keiner lesen, nicht einmal der Pfarrer. Aber ich will zusehn, was ich für euch erreichen kann."

Von draußen drangen eigenartige Geräusche in den Raum. Plötzlich wurden Rufe in schlechtem Friesisch laut: "Jakob aus Hörnem, rück das Strandgut raus. Es gehört dem König und uns allen!" Die Rufer schienen Dänen zu sein.

Mehrere Stimmen waren zu hören. Im Nebenraum des Hauses wurde es laut. Ich konnte die Stimmen von Jakob und Uwe unterscheiden, konnte aber nicht genau verstehen, was sie sagten. Sie klangen nur ärgerlich. Der Strandvogt blickte erstaunt auf.

Unerwartet setzte ein beißender Qualmgeruch ein. Dichter werdende Rauchschwaden drangen durch das offene Butzenfenster und waberten zur Zimmerdecke empor. Es knisterte drohend. Mir war zumute wie jemandem, der mit nacktem Hintern auf einem Ameisenhaufen sitzt. Ich lag auf meiner Matte und konnte mich kaum bewegen. An Aufstehen war nicht zu denken.

Der Strandvogt sprang entsetzt zur Tür und rannte hinaus. Er hatte wohl den Verdacht, dass seine Gehilfen am reetgedeckten Dach von Jakobs Haus ein Feuer gelegt hatten. An den Geräuschen und dem Geschrei, das ich von außen hörte, konnte ich erkennen, dass die Fischer die Verfolgung der Gehilfen aufgenommen hatten. Sie kamen jedoch umgehend zurück, um das Feuer zu löschen.

Catharinen und Inken hatten schon damit begonnen. Ich hörte, wie regelmäßig zischende Laute ertönten, wenn Wasser über die Flammen geschüttet wurde. Gleichzeitig ertönte das Getrappel des Pferdes, mit dem der Strandvogt hinter seinen Gehilfen herritt. Ob er sie bestrafen würde?, fuhr es mir durch den Kopf.

Als Jakob, Uwe und Pidder mit lautem Schimpfen zurückkamen, war das Feuer schon weitestgehend erstickt. Indes zog der giftige Rauch noch immer in dicken Schwaden durch meinen kleinen Raum. Das Atmen fiel mir schwer. Meine Lunge brannte

wie ein nasser Scheiterhaufen. Über die Balken sah ich schattenhaft Ratten und Mäuse huschen, die durch das Schwelfeuer aus ihren Verstecken aufgescheucht worden waren. Der Strandvogt hatte dummerweise die Türe hinter sich geschlossen und der Qualm konnte nicht abziehen. Ich versuchte daher, zum Eingang zu kriechen, um aus dem Zimmer zu entkommen. Da wurde die Tür von außen aufgerissen. Jakob stand vor mir und blickte mit sorgenvollen Augen auf mich herab.
"Seid ihr unverletzt?", keuchte er.
"Mir geht es gut, helft mir nur wieder zurück auf die Matte."
Pidder, Uwe, die Frauen und die Kinder kamen ebenfalls wieder ins Haus. Catharinen und Inken, die die Hauptlast der Löscharbeiten getragen hatten, waren triefend nass. Die Kinder lachten. Für sie war es ein willkommenes Spiel.
"Gott sei Dank war das Dach noch feucht. Deshalb konnte es nicht richtig brennen. Ich bin nur wütend, dass Dänen versucht haben, mein Haus abzubrennen und wir konnten keinen von ihnen erwischen. Der Strandvogt soll sich hüten, noch einmal zu uns zu kommen und Dänen mitzubringen. Der Teufel wird ihn dann holen." Jakob ballte die Faust und drohte in Richtung Norden. Er wollte wissen, was der Strandvogt mich gefragt hatte.
"Er wollte wissen, ob ihr Strandraub begangen habt," antwortete ich beiläufig.
"Und was habt ihr ihm gesagt?"
"So, wie es war," ich hoffte, er könne meinen Schalk in den Augen erkennen. "Ich antwortete ihm, dass Inken und er zur gleichen Zeit am Strand erschienen waren und sie somit gar keine Zeit hatte, Strandgut zur Seite zu schaffen. Das war alles."
 Jakob lächelte still. Pidder blickte stumm, aber mit funkelnden Augen. Uwe verabschiedete sich.
"Wer weiß, ob die Dänen vor Wut nicht auch noch Schaden bei mir anrichten. Ich muss los. Morgen müssen wir früh zum Markt. Ich brauche dringend Honig und Sirup. Wir haben nichts mehr zum Süßen. Unser Wasser ist wieder brackiger geworden und schmeckt schlechter. Auch nach dem vergangenen Unwetter hat es sich nicht wesentlich verbessert. Mach´s gut, sturmgeprüfter

Seemann," wandte er sich mir zu. "Wir sehen uns bald wieder."
"Seemann bin ich nicht, nur eine Landratte," rief ich ihm lachend nach. "Und sehen werden wir uns sicherlich wieder."
"Macht nichts, dass du nur Landratte bist. Du bist scheinbar ein netter Kerl, auch wenn du ein Hochwohlgeboren bist," hörte ich ihn bereits aus der Stube des kleinen Hauses.

Jakob und seine Familie verabschiedeten sich ebenfalls von mir. Auch für sie wurde es Zeit, sich zur Nachtruhe niederzulegen. Ich nahm an, dass die ganze Familie sich eine Schlafstätte teilte.

Ich war froh gewesen, nach dem langweiligen Tag und dem Entsetzen am Abend Gesellschaft gehabt zu haben. Jetzt war ich jedoch dankbar, dass mich allmählich Müdigkeit überkam. Im Schlaf wurde man nicht nur schneller gesund, die Zeit verging auch rascher. Und die Erwartung, dass Catharinen auch mich mit ihrem schmerzstillenden Wundermittel behandeln würde, ließ meine Stimmung ansteigen. Nur der beißende Brodem des Schwelfeuers hing noch in dem Raum. Er lastete schwer auf meiner Lunge, auch wenn die Tür zum Nebenraum jetzt offen stand. Weniger berührt davon schienen die Ratten. Sie raschelten und nagten wieder ungerührt und drohten, meine Füße anzuknabbern. Ich packte meine Gliedmaße daher zum Schutz fest in meine Decke ein.

Die Nacht war unruhig. Mein Bein, so glaubte ich, pochte wieder stärker. Ich fürchtete mich zwar vor dem einsamen Tag im Bett, war aber dennoch froh, als das erste Dämmerlicht in die Kammer drang.

Meine Gastgeber fuhren früh zum Markt, kurz nach den Vespergebeten. Nachdem der knarrende Wagen außer Hörweite war, hörte ich kaum noch Geräusche im Haus oder von draußen. Nicht einmal die Kinder waren zu hören. Ich nahm aber an, dass wenigstens eine der beiden Frauen zurück geblieben war. Scheinbar bestand die Familie nur aus vier Erwachsenen und dem Nachwuchs. Das war eigentlich ungewöhnlich wenig. Meine gutbürgerliche Familie bestand neben meinem Vater und meiner Mutter aus meinem älteren Bruder und mir, drei Schwestern, dem Großvater und der Großmutter. Ein Bruder und eine Schwester waren gestorben. Trotzdem war unsere Familie nicht groß. Die meisten aus unserem Bekanntenkreis hatten eine größere Anzahl Kinder.

Kein Wunder, dass die Gehilfen des Strandvogts den Mut hatten, das Haus von Jakob und Pidder anzuzünden. Bei der geringen Zahl an Familienmitgliedern war die Gefahr, Opfer der Rache zu werden nicht groß. Feuer zu löschen und gleichzeitig die Täter zu bestrafen war kaum möglich. Aber konnten sie nicht heute im Laufe des Tages wiederkommen? Das Haus war praktisch unbewacht.

Es wunderte mich, dass eine Sippe, die auf jede Arbeitskraft angewiesen war, nur aus Vater, zwei Nachkommen und einer Schwiegertochter bestand. Das erschien mir etwas sehr wenig. Was machen Eltern, wenn sie alt werden, nicht mehr schwer arbeiten und sich nicht alleine ernähren können?

Catharinen erschien, begrüßte mich freundlich und brachte mir mein Essen. Auch dieses Mal dominierte der Fisch und zu trinken gab es wieder Wein, verdünnt mit Wasser.

Drei Stunden waren etwa vergangen. Ein Buch hatte ich immer noch nicht, auch keine Bibel. Verständlich, da keiner lesen konnten und die Bibel außerdem in lateinischer Sprache verfasst war. Aber der Zufall hätte es einrichten können, dass meine Retter eine Bibel als Strandgut gefunden hätten.

Hin und wieder sah ich die Frau von Pidder, aber sie sprach kaum ein Wort. Sie würde in meine langwierige Genesung keine nennenswerte Abwechslung bringen. Nur Inken brachte zwischendurch ein wenig Leben in meine triste Kammer. Aber auch sie musste den größten Teil des Tages schwer arbeiten. Vor allen Dingen gehörte salzsieden zu ihren wichtigsten Tätigkeiten, wobei die beiden Kinder, eins schätzte ich auf fünf Jahre, das andere auf vier, ihr halfen. Wenn die Männer mit frischem Fang vom Meer zurückkamen, mussten die Fische ausgenommen und gesalzen werden. Das dauerte oft bis in die Nacht.

Am angenehmsten war es für mich, wenn Jakob und Pidder früher zurückkamen oder am Sonntag erst gar nicht zum Fischen rausfuhren. Sie besuchten vormittags in Kaytum die heilige Messe und gegen Abend hatten sie immer etwas Zeit, mit mir zu reden.

So erfuhr ich zum Beispiel, dass sie gemeinsam mit ihrem Nachbarn Uwe und einem dritten mit Namen Erik zum Fischen rausfuhren, allerdings in getrennten Booten. Zum einen konnte im Notfall, etwa bei plötzlichem Nebel- oder Unwettereinbruch, der eine dem anderen beistehen, zum anderen war man sicher, nicht nach Feer oder Oomram abgetrieben oder gewaltsam abgeschleppt zu werden. Es gab immer wieder Streitigkeiten darüber, ob der eine oder der andere in fremden Gewässern gewildert habe. Die Sylder Fischer wollten nicht die Fischer aus Feer oder Oomram in ihren Gewässern sehen, die anderen wollten die Sylder nicht dulden. Es war häufig vorgekommen, dass Fischerboote der Nachbarinseln geplündert wurden, weil sie angeblich in den fremden Fanggründen gefischt hatten. Welche Fanggründe zu welcher Insel gehörten, oblag der Einschätzung jedes einzelnen Bootsführers. Mitunter endeten solche Auseinandersetzungen tödlich.

Jakob erzählte mir, dass die Steuerlast immer drückender wurde. "Da ist einmal dieser Pogwischen, der uns tyrannisiert, Steuergelder unterschlägt und eigene Steuern willkürlich erhebt. Zum anderen ist da der dänische König, dem wir diese Zustände verdanken. Da er ständig Krieg führt, wird regelmäßig die Bede erhöht. Wie ich von einem Händler auf dem Markt erfahren habe, hat Christian I. Gerade seinen Krieg vor Stockholm gegen die Schweden verloren. Sein Bruder Graf Gerhard, der königlicher Statthalter ist, war von Anfang an gegen diesen Feldzug. Der König ist auch bei ihm völlig verschuldet und Gerhard hat gemeint, wer kein Geld, sondern nur Schulden hat, solle keine unsinnigen Kriege führen. Der Graf, der als Statthalter gut regiert und den wir im vorigen Jahr in Rendsburg gegen den König und seine adligen Ritter verteidigt haben, der uns Fischer, unsere Handwerker und die Bauern beschirmt und uns vor den Adligen bewahrt, hat uns aufgefordert, die Steuern nicht an den Amtmann zu zahlen, sondern an ihn. Und er verlangt weniger Abgaben als der König und erhebt keine eigenen willkürlichen Steuern. Aber es wird befürchtet, dass es zu Schwierigkeiten kommt, nachdem der Monarch wieder aus Schweden zurück ist. Der Pogwisch tobt wie ein irres Donnerwetter und verlangt, dass wir ihm die Steuern berappen.

Er droht uns mit Feuer und Galgen. Die anderen Adligen aus Schleswig und Holstein, die von ihren Bauern Frondienste verlangen, halten zum König. Sie können ihn natürlich besser drücken und bei ihm mehr Vorteile durchsetzen, als beim Grafen Gerhard, da Christian bei ihnen durch Pfandleihen völlig verschuldet ist."

Ich erinnerte mich daran, dass meine Eltern bereits vor einigen Jahren mit Freunden über diese Verhältnisse sprachen. Aber Lübeck war nicht betroffen, da mein Geburtsort eine freie Reichsstadt war und mit dem dänischen König wenig zu schaffen hatte. Im Gegenteil, wieder und wieder sahen sich die Hansestädte in der Vergangenheit unter Führung von Lübeck gezwungen, Strafmaßnahmen gegen Dänemark zu ergreifen und Seekriege zu führen.

An meinen Gesprächen mit Jakob fand ich immer wieder bemerkenswert, dass er sich auf dieser abgelegenen Insel mit dem Weltgeschehen beschäftigte. Es war sehr ungewöhnlich, da sich das gemeine Volk normalerweise mit solchen Fragen nicht auseinandersetzte. Bewohner vom Land interessierten sich eigentlich nur für ihr Dorf und ihre Scholle. Das war ihr Leben und ihre Zukunft. Alles, was darüberhinaus ging, interessierte sie nicht. Aber die wenigen Insulaner, die ich bisher getroffen hatte, waren anders. Ich war gespannt, was ich alles erlebte, wenn ich wieder laufen konnte.

Jakob erzählte mir auch, warum seine Familie so klein war: "Heute gibt es bei uns kaum noch große Familien. Wir sind zu arm. Gott hat uns bestraft. Die Fischschwärme, die wir einmal hatten, sind verschwunden. Die Böden geben nicht mehr viel Ertrag. Es reicht bei den meisten gerade noch für den Eigenbedarf. Eine große Familie ist heute nicht mehr zu ernähren. Ich glaube, uns droht das Ende der Welt."

Pidder hörte aufmerksam zu, wenn sein Vater erzählte. Ich merkte aber, dass er interessiert daran war, mit mir ins Gespräch zu kommen. Er sprach zwar nicht viel, wenn er aber alleine zu mir in die Kammer kam, erlebte ich bei ihm eine bemerkenswerte Begeisterung. Er lebte eng mit der Natur und achtete ihre göttliche Weisheit.

Ich hatte während meines Studiums viel über die

Zusammenhänge der göttlichen Schöpfung erfahren und hatte von meinen theologischen Professoren gelernt, dass unerklärliche Naturerscheinungen nicht hinterfragt werden dürfen. Alles kam vom Herrn und keine Macht der Erde solle sich anmaßen, Gottes Schöpfung in Frage zu stellen. Der Glaube des Menschen bestehe aus Liebe, Verehrung, Begeisterung für Gott. Hysterie war nicht erwünscht. Sie konnte zur Gefahr werden, wie die Flagellanten zur Zeit der Pestepedemien bewiesen hatten. Der Glaube war mit Riten, mit Formen und Zeremonien von eindrucksvoller Kraft und Schönheit und überirdisch anmutendem Glanz auszuüben. Eine Religion, die auf rein theoretischen, da göttlichen Beweisen und Argumenten beruhte, konnte nicht mit verstandesmäßigen Zusammenhängen und logischen Schlüssen erklärt werden. Ein Verstand, der Gott mit Überlegungen und Deutungen herausforderte, war unerwünscht und galt als Ketzer.

Meine Studienfreunde und ich hielten uns möglichst an diese Regeln. Damit konnten wir nichts falsch machen. Ketzerei wurde schließlich hart bestraft. Das führte zwar zu geistiger Agonie, wie ich fand. Aber warum sollten wir uns auch zu sehr belasten? Ich wollte ohnehin nicht Priester werden, sondern Schiffsbauer. Und in diesem Beruf war die Behandlung philosophisch-theologischer Fragen nicht von grundsätzlicher Bedeutung.

Dieser junge Inselbewohner dagegen, der frei war von solchen Entmutigungen, der weder lesen noch schreiben konnte und dessen Wissen über Gott vom ungebildeten Dorfpfarrer vermittelt wurde, der, wie der Strandvogt mir sagte, ebenfalls des Lesens und Schreibens nicht mächtig war, zeigte mir, wie die Beobachtung der göttlichen Schöpfung den suchenden Geist beflügelte.

"Bald werdet ihr wieder laufen können," erklärte mir Pidder am nächsten Nachmittag, als er mir das langersehnte Schmerzmittel aus Öl, Essig und Schwefel mitbrachte. "Ihr werdet dann feststellen, die Insel ist voll mit Tieren, vor allem mit Vögeln. Es macht Freude ihnen zuzusehen. Es leben heute nur wenige Menschen auf Syld. Früher, vor der Pest und der verheerenden Sturmflut, waren es viel mehr. Jetzt sind, wenn ich alleine bin, Enten und Gänse meine Abwechslung. Zur Zeit, da es wärmer

wird, kommen die Gänse wieder nach Syld zurück. Ich befürchte nur, dass sie zu wenig Nahrung finden werden. Die Enten, die im Winter bei uns bleiben, haben durch den verwehten Sand große Probleme."
"Wohin genau fliegen die Gänse im Winter?" fragte ich ihn.
"Weit nach Süden. Da soll die Sonne auch in dieser Jahreszeit warm scheinen. Aber ich weiß nicht genau, wohin sie fliegen. Ich habe nur von Claas Lornsen, einem Seemann von Syld gehört, dass er viele Gänse und Störche gesehen hat, als er in Byzanz war. Da sind heute keine Christen mehr, da leben jetzt Muselmanen."

Ich war noch ein kleines Kind, als die Türken 1453 Byzanz eroberten. Es war im selben Jahr, in dem auch der Krieg zwischen England und Frankreich endete, der hundert Jahre dauerte. In Lübeck hatte sich lähmendes Entsetzen breit gemacht. Noch Jahre später litten die Kaufleute und Ratsherren unter der uralten Vision vom Untergang des Christentums. Meine Mutter erzählte mir später, bevor ich nach Köln abreiste, dass Papst Nikolaus den türkischen Sultan mit einem roten Drachen verglichen habe, der sich auf sieben Köpfen mit sieben Diademen geschmückt habe, aber darunter wie der Teufel zehn Hörner trage.

"Aber geboren werden die Gänse, genauso wie die Enten bei uns auf der Insel," holte mich Pidder aus meinen Gedanken. "Wenn sie zurückkommen, bringen sie keine Jungen mit. Diese entstehen nämlich aus Seemuscheln. Die gibt es wahrscheinlich bei den Muselmanen nicht. Diese Muscheln sitzen im Wasser an Steinen oder am Holz. Sie sind weiß und werden immer größer, bis die Küken aus dem Wasser auftauchen. Bei den Gänsen habe ich es noch nicht selbst erlebt, nur bei den Enten. Bei den Gänsen müsste es aber genauso sein, denn woher sollen die sonst kommen?"

Er sah mich strahlend an. Ich fragte ihn: "Woher kommen die Seemuscheln?"
"Die entstehen aus Eicheln, die vom Gänsebaum stammen."

Vom Gänsebaum hatte ich bei meinem Professor Jörg Kolbe gehört, erinnerte ich mich. Er lehrte auch vom Pflanzenbaum und vom Homunkulus. Der Pflanzenbaum wächst im Orient, der

Heimat der Muselmanen. Die melonenartigen Früchte dieses Baums bringen Lämmer hervor, deren Fleisch den Eingeborenen als Nahrung dient.

Der Homunkulus ist eine komplizierte Wissenschaft. Ich hatte soviel verstanden, dass man menschliches Sperma nimmt, passives mütterliches und aktives männliches, es in ein besonderes Gefäß füllt und es eine bestimmte Zeit lang mittels verschiedener komplizierter Manipulationen behandelt. Daraus entsteht ein kleines Menschlein, das mit Menschenblut genährt werden muss.

Diese Wissenschaft wurde während meines Studiums nur im stillen Kämmerlein besprochen. Ich erfuhr auch nur davon, weil ich mich während meiner Kölner Zeit mit einem Studenten anfreundete, der bei einem Arzt in die Lehre ging.

"Gibt es hier einen Gänsebaum," wollte ich von Pidder wissen. Meine Neugier war geweckt. Die Lehre vom Gänsebaum wurde von Kardinal Pietro Damiani unterstützt und daher von der Kirche anerkannt. Ich wähnte unvermutet die Aussicht, zusammen mit diesem Naturburschen die Lehre von der Zeugung selbst verfolgen zu können. Ich wurde allerdings umgehend enttäuscht.

"Leider gibt es auf unserer Insel nur einige Büsche, aber keine Bäume. Die Bauern meinen, der Boden sei zu schwach, weil zu viele Tiere aus ihm herausgebrütet werden. So werden bei uns Würmer, Bienen und Wespen aus Schlamm geboren. Aber nicht nur die, auch Krebse, Krabben, Aale und die Fische entwickeln sich aus diesem Stoff, ebenso Frösche und Salamander. Mäuse werden aus feuchter Erde geboren. Vor allem die Zeugung der Wassertiere forderte bisher viel Kraft vom Erdboden. Wahrscheinlich ist das auch der Grund, warum die Fische bei uns in der Westsee seit einiger Zeit knapper geworden sind."

Ich war überrascht, dass ich auf dieser abgelegenen Insel einen jungen Mann traf, der nicht nur vom Zorn Gottes sprach, sondern der natürliche Erklärungen suchte. Ich spürte instinktiv, dass ich von Pidder Lüng noch einiges lernen konnte.

"Die ersten Bäume habe ich gesehen, als mein Vater und ich nach Rendsburg gefahren sind," erzählte er weiter. "Unser Graf Gerhard wurde dort vom dänischen König, diesem Hundsfott und seinen Bluthunden, den machtgierigen Adligen wochenlang

belagert. Er wollte dem König, der wieder einmal von Kämpfen gegen die Schweden zurückgekehrt war, nicht erklären, wieviele Steuern er von uns bekommen hatte. Der Graf war der Meinung, die vorherige königliche Bede sei zu hoch gewesen und sein Bruder habe das Geld für sinnlose Unternehmungen ausgegeben. Er hatte uns auch gesagt, der König habe viel Geld von den Adligen erhalten und denen dafür das Land als Sicherheit gegeben, das eigentlich den Bauern gehörte. Wir sind zwar keine Bauern, haben aber auch Grund und Boden in Hörnem. Deshalb will auch mein Vater nicht, dass der König unser Land verpfändet. Vor allem wollen wir keinen Adel auf der Insel. An der ganzen Küste zur Westsee gibt es keinen Adel. Wir müssen nämlich alle, ohne Ausnahme, mithelfen, wenn Schutzdeiche gegen das Hochwasser gebaut oder erneuert werden müssen. Mein Vater sagt immer, vom Adel würde keiner auch nur einen Finger rühren, die brauchen die Bauern nur für die Fron, aber nicht zum Deichbau."
"Und was ist in Rendsburg mit eurem Grafen passiert?" wollte ich wissen.
"Graf Gerhard hatte sich in seinem Schloss verbarrikadiert und wurde von den Söldnern des Königs und seinen adligen Rittern belagert. Aber dann kamen wir. Wir waren ungefähr dreitausend Bauern und Fischer, alle von der Westküste, Friesen und Elbmarscher. Nur die Dithmarscher waren nicht dabei. Die von der Ostküste werden von ihren Herren unterdrückt, haben keine Rechte und daher nicht den Mut zum Protest. Aber wir sind so furchterregend auf die Söldner und den König losgestürmt, dass denen Angst und Bange wurde. Der Graf wollte jedoch keinen Krieg und der König selbst und viele Adlige kamen zu uns und waren bereit, mit Graf Gerhard Frieden zu schließen. Die beiden einigten sich. Wir waren sehr zufrieden, unser Graf konnte sich weiter für uns einsetzen." Pidder machte eine Pause. "Damals sah ich meine ersten Bäume. Aber einen Gänsebaum habe ich leider nicht gesehen."
Ich war sehr zufrieden, dass ich mich in den wenigen Stunden, die mir meine Gastgeber schenken konnten, interessant mit ihnen unterhalten konnte. Die meiste Zeit jedoch langweilte ich mich schrecklich. Für mich bedeutete das Bellen eines Hundes

bereits Abwechslung. Ich freute mich, wenn die beiden Kinder neugierig in die Kammer kamen und verschüchtert kicherten. Meistens liefen sie gleich wieder kreischend weg.

Ich sehnte das Ende meines Heilungsprozesses herbei. Die Schmerzen im Bein ließen nach, nur in der Brust quälten mich meine Rippen. Eine oder mehrere waren wohl gesplittert und nicht richtig zusammengewachsen.

Und dann kam der Tag, an dem ich mich wieder aufrichten konnte. Pidder löste die Umwicklung an meinem rechten Schienbein und ich bemerkte sofort, dass meine Beine ziemlich dünn geworden waren. Als ich auftreten wollte, knickte ich sofort weg und mußte mich krampfhaft am Bett festhalten, um nicht zu stürzen.

"Wir müssen eine Krücke machen," riet der alte Herr. "Holt ein passendes Stück Holz," rief er seiner Schwiegertochter zu. Sie und Inken liefen los, um einen geeigneten Ast zu suchen.

Mir bleib nichts anderes übrig, als mich in der Zwischenzeit wieder auf das Bett zu legen. Ich war enttäuscht, dass ich nicht sofort loslaufen konnte. Sollte die Quälerei noch länger dauern?

3.

Langsam lernte ich wieder laufen. Zunächst war ich darauf angewiesen, unter einen Arm die Krücke zu klemmen und mich mit dem anderen Arm auf die Schulter von Pidder oder seiner Schwester aufzustützen. Vom langen Liegen waren meine Muskeln an beiden Beinen erheblich geschrumpft. Ich hatte zwar schon davon gehört, aber dass ich das selbst einmal erleben würde, war mir nie in den Sinn gekommen.

Wichtig für mich war, dass ich endlich das kleine Zimmer verlassen konnte. Ich wollte endlich meine Umwelt kennenlernen. Gestützt auf Pidder humpelte ich ins Freie. Als ich die Stube passierte, konnte ich sehen, dass eine große mit Heu gefüllte Matte auf der Erde lag, auf der die fünf die Nächte verbrachten, während ich in ihrem Zimmer lag. Ich hoffte, dass meine Gastgeber ihre Schlafstatt bald wieder zurückbekämen.

Dicke Wolkenbänke schoben sich, getrieben von einem scharfen Wind, über die Insel. Das Wetter begrüßte mich nicht sonderlich freundlich. Um mich herum sah ich viel Sand, so wie mir von Jakob beschrieben. In Richtung Osten, dort, wo die Insel sich auf Meeresniveau hin absenkte, wurde es etwas grün.

Jetzt konnte ich endlich das kleine Haus von außen sehen. Es war niedrig und duckte sich schüchtern zwischen die Sandhügel. Erbaut war es zwar tatsächlich aus Backstein, aber das reetgedeckte Dach neigte sich bis auf den Sand, sodass die Backsteinwände von außen kaum erkennbar waren. Das Dach hatte die Aufgabe, die gesamte Wucht der Naturgewalten von Sturm und Wasser abzufangen.

Ich erkannte auch, wie leicht es war, ein Reetdach anzuzünden. Wir konnten von Glück sagen, dass sich niemand von den Gehilfen des Strandvogts in Abwesenheit von Jakob und Pidder an das Haus herangemacht hatte.

"Ist Backstein nicht sehr teuer?" fragte ich Pidder.

"Da wir keine Bäume auf Syld haben, ist Holz noch teurer. Viele Häuser bestehen aus Sodenscheiben, die aus dem Torfmoor herausgeschnitten wurden. Aber darin wohnen die armen Leute, Tagelöhner, Häusler, Seldner und Kleinbauern. Manche haben auch nur Schaffelle gespannt, hinter denen sie leben. Mein Vater gehörte zu den ersten auf der Insel, die sich Backstein leisten konnten. Das war zu der Zeit, als die Westsee noch reich an Kabeljau und Hering war."

Vor dem Haus sah ich eine kleine Hütte, aus der Rauch aufstieg.

"Was ist das?" wollte ich wissen.

"Hier sieden meine Frau und meine Schwester Salz," erklärte mir Pidder.

"Kann ich mir das einmal ansehen?" meine Neugier als Handwerker war geweckt.

Pidder trug mich mehr, als das ich humpelte. Ich war für ihn ein Leichtgewicht. Der junge Hüne hatte Bärenkräfte.

Vor der Hütte waren kleine, trockene Torfscheiben auf einem Sandhügel aufgeschichtet. Die Scheiben waren zuvor, wie ich erfuhr, mit den Füßen zerstampft worden. Jetzt lagen sie zum Trocknen und wurden anschließend in der aufgeschichteten Form verbrannt.

Pidders Frau füllte die Asche von der Feuerstelle in ein großes

Gefäß aus Thon und vermischte sie mit Seewasser. Die Asche löste sich im Wasser auf und wurde anschließend durch wollene Filter geklärt. Die beiden Frauen kochten die so gewonnene Salzsole aus. Nach einer gewissen Zeit nahm der flüssige Inhalt einen gasförmigen Zustand an, das reine, scharfe Salz blieb als Bodensatz übrig.

So vergingen für mich einige Tage. Der Hund, den ich verschiedentlich vom Bett aus gehört hatte, und der noch keinen Namen hatte, war immer bei mir, wenn ich meine Gehversuche machte. Hier bildete sich eine Freundschaft heraus. Ein Freund braucht aber einen Namen. Ich nannte ihn Asa, nach einem König von Juda, der die Altäre und Säulen fremder Götter zerstörte und seine Mutter als Herrin absetzte, da sie der Göttin Aschera ein Greuelbild gestiftet hatte. Und es gab keinen Streit mehr für fünfunddreißig Jahre.

Mit dem Hund an meiner Seite wurde mein Zustand von Tag zu Tag besser.

"Was ist das für ein Gestell," fragte ich Inken, die in der Wohnstube vor einem kleinen, stelzigen Gerät saß, dass aufwendig mit hellen Locken bepackt war.

Sie lachte. "Hiermit spinne ich das Fell von Schafen zu Wolle."
Wie zur Demonstration drehte sie mit der rechten Hand an einem Rad, durch die Finger der linken Hand lief ein dünner Faden.

"Wenn die Wolle fertig ist, dann kann ich mit dem Gerät in der Ecke dort Kleidung und Decken weben. Diese Sachen können wir gut auf dem Markt verkaufen."

Dirk hatte mir erzählt, dass er Schafe und Lämmer besaß. Ich erinnerte mich, dass ich mit Pidder über den Pflanzenbaum gesprochen hatte, auf dem angeblich die Lämmer wuchsen.

"Wachsen die jungen Schafe auf Bäumen oder wie werden sie geboren?" fragte ich Inken.

Die lachte laut auf. Auch ihre Schwägerin konnte ich jetzt hinter mir vernehmen, die meine Frage verstanden hatte und jetzt unterdrückt kicherte.

"Wie kommt ihr auf diesen Unfug?" fragte sie, "Lämmer werden genauso geboren wie Rinder und Pferde auch. Und im übrigen auch Menschen. Sie kommen aus dem Bauch der Mutter und werden bei der Geburt herausgedrückt. Und wie sie hineinkommen, brauche ich euch wohl hoffentlich nicht zu erklären."

Ich spürte, wie ich einen roten Kopf bekam. Verlegen stammelte ich etwas und schleppte mich auf meinen noch immer unentwickelten Beinen hinaus.

Vor dem Haus lagen Schilfgras und Binsen zum Trocknen. Aus diesen Materialien flochten die Fischer Stricke, um damit Netze für den Fischfang herzustellen. Die bereits benutzten Fanggeräte waren an Stangen befestigt und hingen dort ebenfalls zum Trocknen. Einige Stellen waren gerissen. Ich konnte mir leicht vorstellen, dass die Ausbesserung dieser Netze viel Zeit beanspruchte. Zusammen mit der übrigen Arbeit, die ich bisher kennengelernt hatte, waren viel Einsatz und Ausdauer nötig.

Meine Genesung machte Fortschritte. Meine Gesundheit war jetzt so weit hergestellt, dass Jakob mir vorschlug, am morgigen Sonntag mit ihnen in die Kirche nach Kaytum zu fahren.

"Warum eigentlich nach Kaytum?" fragte ich erstaunt. "Inken hat mir erzählt, die Kirche des untergegangen Kirchspiels Eydum existiere noch und dort würden noch immer für die ehemaligen Bewohner Messen abgehalten. Die liegt doch viel näher für euch."

Jakob sah mich missmutig an: "Aber in diese Kirche kommt auch der Strandvogt. Darum verdammt der Pfarrer das Bergen von Strandgut durch uns als Todsünde. Der Pfarrer in Kaytum dagegen findet es vollkommen richtig, dass wir den größten Anteil am Strandgut für uns behalten. Er predigt, dass es Gottes Wille sei, wenn die Reichen durch den Verlust ihrer Schiffsladungen zugunsten der Ärmeren geschädigt würden. Wenn aber, wie das Gesetz es will, das Strandgut statt zu uns zum Herzog oder sogar König gelangt, wo bleibt dann die Gerechtigkeit Gottes? Daher ist es doch wohl selbstverständlich, dass wir den Pfarrer in Kaytum unterstützen, der die wahre Lehre predigt. Er bekommt dafür auch bei jedem Schiffsunglück vor unserer Küste seinen gerechten Anteil."

Das war eine handfeste und überzeugende Erklärung. Der Pfarrer in Kaytum erhielt sicherlich auch von anderen Strandgängern, wie sich die Strandräuber selbst nannten,

Subsidien. Er dürfte damit erheblich reicher gewesen sein, als der Pfarrer in Eydum. Aber es war auch für einen Priester, obwohl er durch die Kirche geschützt wurde, nicht immer leicht, sich mit der weltlichen Obrigkeit zu verfeinden.

Am nächsten Tag begann bereits frühzeitig die Fahrt mit dem Pferdewagen zur Kirche. Nur die Kinder blieben zu Hause. Die beiden Frauen hatten sich in ihre in dunklen Farben gehaltenen Trachten gekleidet. Modische, farbige Kleidung war ihnen von der Kirche verboten. Sie führte zur Eitelkeit und damit zur Selbstsucht. Die Frauen standen ohnehin bei der Kirche in dem Ruf, dem Teufel näher zu sein als Gott. Daher war die Obrigkeit daran interessiert, vorzubeugen, dass die Frauen mit ihren Verführungskünsten und ihrer skurrilen Lüsternheit den Teufel erfreuten. Um aber ein trostloses Aussehen zu vermeiden und um trotz der Verbote ein wenig hübsch zu erscheinen, wurde die Garderobe mit bunten Bändern und etwas Schmuck verschönert.

Jakob und sein Sohn Pidder waren in leinene Hosen und Röcke gekleidet. Dazu trugen sie lederne Stiefel und Jakob noch einen verräucherten Hut. Beide waren umgürtet mit einem Schwert.

"Erwartet ihr einen Kampf?" fragte ich auf die Schwerter deutend leicht spöttisch. Eigentlich war die Kirche ein Bereich des Friedens. Wozu dann diese Bewaffnung.

"Wir sind freie Männer und als solche tragen wir unser Schwert. Manchmal brauchen wir sie aber auch, wenn Dänen kommen. Seitdem List unmittelbar dem dänischen König untersteht, kommen immer mehr von diesem Volk auf unsere Insel und wollen sogar in unserer Kirche den Gottesdienst besuchen, weil die Kirche von List untergegangen ist. Das wäre noch schöner, diese Königsknechte in unserer Kirche ertragen zu müssen. Die sollen nach Röm rüberfahren, zu ihresgleichen. Wenn sie nach Kaytum kommen, werden sie von uns Syldern mit dem Schwert in der Hand vertrieben. Da machen wir kurzes Federlesen. Ich kenne die Friesen aus List und ich kann bezeugen, die Friesen leiden schrecklich unter den Dänen."

Ich hatte Verständnis für diese Haltung, da es nicht immer leicht war, mit Menschen aus anderen Ländern auszukommen. Ich hatte das selbst erlebt. Obwohl die Niederländer zum Heiligen

Römischen Reich Deutscher Nation gehörten, waren sie doch anders als wir Lübecker. Sie waren eigensinnig, dickköpfig und immer auf ihre Unabhängigkeit bedacht. Und plötzlich dämmerte es mir. Auch die Holländer pflegten friesische Traditionen, ihre Sprache war verwandt, sie lebten genauso mit dem Meer wie die Insulaner, mit denen ich zur Zeit zusammen war und sie mußten genauso hart mit den Naturgewalten kämpfen. Ich glaubte, hier auf Syld verwandte Seelen gefunden zu haben. Was den Niederländern der dütsche Kaiser, war den Syldern der dänische König. Beide waren Unterdrücker und wurden deshalb bekämpft.

Wir fuhren los. Pidder saß auf einem Sitzbrett an der Spitze des Wagens, wir anderen vier in dem zweirädrigen Pferdefuhrwerk auf Strohsäcken, die die harten Stöße auf dem Weg nach Kaytum auffangen sollten. Der Wagen rumpelte auf dem harten Schotterweg zum Erbarmen. Ich fürchtete, dass mein Hinterteil am Ende des Wegs sich sehr rachsüchtig zeigen würde.

Zunächst führte der Weg von Hörnem aus an der Westküste der Insel entlang. Ich hatte während meiner Gesundungsperiode ein langes, leinenes Hemd getragen, anschließend, so wie Jakob und Pidder jetzt, eine leinene Hose, ein Hemd und einen Rock. Jetzt hatte ich wieder meine vornehme Kleidung an, mit der ich auf Syld gestrandet war. Ich trug eine rote Jacke aus Samt mit weißem Kragen, eine schwarze Hose und spitze Schnabelschuhe. Nur hatte meine Kleidung nicht mehr die elegante Form wie zuvor. Sie hing mir bemitleidenswert und jammervoll am Leib herunter. Ich fürchtete, man könnte mich mit einem Gaukler verwechseln.

Asa, der mich in den vergangenen Tagen ins Herz geschlossen hatte, lief ein Stück Wegs neben dem Wagen her. Auf Befehl von Pidder machte er jedoch kehrt und lief zum Haus zurück.

Wir passierten die wenigen Hütten von Raantem. Sie duckten sich in den Sand und vom Weg aus waren fast nur ihre Dächer zu sehen. Eine Kirche war nicht zu erkennen. Die erschien wenige Meilen später. Es war die alte Kirche des in den Fluten verschwundenen Dorfs Eydum, die auch vom Strandvogt besucht wurde.

"Vor dreißig Jahren tobte die letzte Pestepidemie bei uns auf der

Insel. Der damalige Pfarrer dieser Kirche, der Vater des heutigen Pastors dachte nicht daran, sich um die Kranken zu kümmern. Er war der erste, der die Flucht ergriff und sich mit seiner Familie versteckte. Als die Prüfung Gottes vorüber war, nur wenige überlebt hatten und viele Häuser leer standen, hat sich der Vater des heutigen Pfarrers in dem schönsten Haus des Dorfes eingenistet, dessen Bewohner gestorben waren. Sein Sohn bemüht sich seit Übernahme der Pfarrei in guter Tradition seines verwerflichen Vaters darum, dass die Abgaben für die Kirche erhöht werden. Um schneller zu Reichtum zu gelangen, zeigt er immer wieder Menschen bei der Obrigkeit an, die er der Lästerung Gottes anklagt. Auf diese Weise fordert er als Sühne stets Grund und Ackerscholle für die Kirche, das heißt für sich."
Jakob konnte seinen Hass gegen den Priester der Eydumer Kirche nicht verbergen. "Bei der letzten Pestwelle starb meine gesamte Familie. Ich war der einzige, der überlebte. Die Leichen wollte ich verbrennen, fürchtete aber, selbst pestilent zu werden. Wenn der Sand nicht die Leichname meiner Geschwister und Eltern zugedeckt hätte, wer weiß, ob nicht die mit der Krankheit beladene Luft auch mich getötet hätte. Vor lauter Angst und Verzweiflung lief ich jeden Tag ins Wasser, rief nach Gott und flehte meine verstorbenen Vorfahren an, mir beizustehen. Die Frauen und Mütter der Fischer und der Seeleute machen das so, wenn ihre Männer auf dem Meer sind und sie wissen wollen, ob sie noch leben. Das Meer gibt Antwort. Daher war auch ich davon überzeugt, die offene Wasserfläche trägt meine Rufe zu Gott. Und scheinbar hat Gott mich wohl auch erhört."

Ich nickte. "Auf jeden Fall braucht euch Gott noch auf dieser Welt. Er liebt euch."

Jakob sah mich an und lächelte. Ich fragte ihn: "Hat denn dieser Pfarrer auch euch schon einmal angeklagt?"
"Das hat er noch nicht gewagt. Zum einen wissen alle, dass wir seine Kirche nicht besuchen, zum anderen hat er Angst vor Pidder. Der hatte ihm schon einmal Prügel angedroht und er ist stark." Jakob lächelte wieder. Aber eine Frage interessierte mich noch dringend.
"Befolgen die Priester bei euch nicht das Zölibat? Papst Gregor VII. hat sich doch letztlich gegen den gesamten Klerus durchgesetzt

und Eheschließungen seiner Priester, Prälaten und Bischöfe verboten. Und du sprichst jetzt vom Sohn des ehemaligen Pfarrers."

Pidder lachte laut, während das Fuhrwerk über große Steine holperte, die aus dem Sand ragten. Inken lächelte spöttisch, ihre Schwägerin verzog keine Miene und Jakob antwortete zornig: "Einen Priester ohne Ehefrau dulden wir nicht. Wir wollen nicht, dass er unseren Frauen nachsteigt und unsere Ehebetten beschmutzt. Einige Männer der Insel sind als Seeleute lange unterwegs. Die Gelegenheit für die Geistlichen, die überall herumstromern, ist oft günstig. Und außerdem ist es für uns gegen die Natur, dass sich ein Mann enthalten soll. Daran ändert auch ein Papst nichts."

Ich nickte unwillkürlich. Das Zölibat wurde in den Kreisen des Klerus zwar offiziell anerkannt, aber ich hatte immer den Verdacht, dass sich nicht viele daran hielten. Sogar in einem Nonnenkloster war vor nicht allzu langer Zeit ruchbar geworden, dass Orgien mit körperlichen Ausschweifungen stattfanden. Während aber im Allgemeinen die Zügellosigkeiten von Priestern, Mönchen und Nonnen geheim gehalten wurden, schien auf dieser Insel das geschlechtliche Leben der Pfarrer eine öffentliche Angelegenheit zu sein. Das schien mir eigentlich sehr vernünftig. Daher nickte ich noch einmal und sagte: "Gott vergibt den Sündern. Er vergibt auch den Bischöfen und Päpsten. Viele wurden heilig gesprochen, obwohl sie Heerscharen von Kindern und Frauen hatten."

Mir lief es heiß den Rücken herunter. Das war mir unwillkürlich rausgerutscht. Man sollte so etwas besser nie öffentlich sagen. Man wusste nie, ob es nicht eines Tages gegen einen benutzt wurde.

Aber alle lachten. Ich hatte wirklich das Gefühl, bei Freunden zu sein. Es hätte auch anders sein können. Es wäre auch denkbar gewesen, dass sie versuchen würden, bei meinen Angehörigen Lösegeld für mich herauszuschlagen.

Jakob schien plötzlich etwas einzufallen. Er strich sich über seinen langen dunklen Bart, wie er typisch für Seeleute ist. "Was macht eigentlich Sönke? Ich habe in der letzten Zeit nichts von ihm gehört. Ich muss endlich den Hochzeitstermin mit

seinem Vater festlegen," stellte er an seine Tochter gewandt fest.
"Wir werden ihn gleich in der Kirche treffen," antwortete Inken.
"Er hat mich am letzten Sonntag nach der Kirche auch schon gefragt, wann du mit seinen Eltern sprichst."
"Ach," meinte Jakob, "und das sagst du mir erst jetzt? Dann warten seine Eltern bereits auf mich. Es wird ja auch langsam Zeit, dass du ins Ehebett kommst."

Und zu mir gewandt erklärte er: "Sönke ist der Sohn von Fischern aus Kaytum. Die fischen allerdings nicht wie wir auf der offenen Seite der Westsee, sondern im Wattenmeer."
"Fängt man dort auch die Fische mit Netzen?" fragte ich neugierig.
"Sie werfen keine Netze aus wie wir, sie stellen ausschließlich Reusen auf und senkrecht stehende Schilf- und Rohrwände, die keilförmig im Watt aufgebaut werden. Bei Flut können die Fische über die Wände hinweg schwimmen. Wenn das Wasser abläuft, ragen diese aus dem Wasser heraus und die Fische sind dahinter gefangen. An mehreren Stellen werden an der Spitze des Keils Reusen aus Weidenzweigen angelegt. Bei Rücklauf des Wasser schwimmen die Fische hinein und sind auf diese Art gefangen."

Ich nickte. "Ich habe bereits bei meinen Gehversuchen gesehen, wie Pidder in Hörnem im Watt die Reusen geleert hat. Es war sehr interessant für mich."
"Ihr werdet nicht bei mir bleiben, nehme ich an. Wenn Inken den Sönke heiratet, bin ich meine Tochter und damit eine wichtige Kraft los. Ich muss mit seinem Vater darüber sprechen, dass der Junge zu mir kommt und bei Pidder und mir mitarbeitet. Pidders Frau alleine kann die Arbeit im Haus nicht bewältigen. Sönke hat noch zwei Brüder, die ihren Eltern helfen können. Ich muss mein Haus erweitern, damit die beiden bei mir einziehen können. Unsere Frauen müssen nicht nur Holz für den Herd beschaffen, sie müssen kochen, reinigen und waschen, sie müssen Brot backen, Milch verarbeiten und das Fleisch pökeln. Sie müssen aus Flachs Leinen herstellen, Wolle muss gereinigt und zu Stoffen verwebt werden. Und nicht zu vergessen: Salz muss bei uns gesiedet und die Fische damit eingelagert werden. Das ist sehr viel Arbeit. Unsere Frauen haben außer am heiligen

Sonntag kaum eine Minute frei."

Keiner von den drei anderen äußerte sich dazu. Was sollten sie auch sagen. Der Vater sprach die Wahrheit. Die Menschen auf dem Lande, das war sicher, hatten kein leichtes Leben.

Die Insel verbreiterte sich. In der Ferne sah man Häuser. Das waren die Wohnungen der Weesterlöner. Wir fuhren jedoch nicht darauf zu, sondern bogen alsbald nach rechts ab. Die Gegend wurde allmählich grüner. Hatten wir bisher erschaudernd viel Sand gesehen, so drangen zunehmend grüne Gräser und Moose an die Oberfläche. Einige Rinder und Ochsen erschienen auf den Weiden und vereinzelt auch Pferde. Jakob zeigte auf die grüneren Flächen.

"Vor der großen Flut waren hier lauter Kornfelder. Damals haben unsere Vorfahren vom Hafen List aus Getreide bis nach Hamburg, Lübeck, Flensburg und Schleswig, ja sogar bis Köln geliefert. Nicht ohne Grund wurde die Kirche in Kaytum nach dem Kölner Heiligen St. Severin benannt. Heute sind viele Felder versalzen und List ist dänisch. Der König will, dass wir unsere Fische und sonstigen Güter von seinem Hafen aus verschicken. Aber das kommt nicht in Frage. Der will nur bei uns Bede abkassieren und erfahren, wieviel wir fangen und ernten. Lieber fahren wir von Kaytum aus zu den Häfen nach Ayentofft und Tuner, um von dort aus per Schiff zum Hafen Husum zu gelangen."

Die Sonne strahlte vom Himmel. Nur vereinzelt waren Wolken zu sehen. Der Wind wehte angenehm mild. Glücklicherweise war der Weg, den wir fuhren trocken.

Vor uns sah ich zwei weiße quadratische Segel. Auf einem Kanal, der nicht nur zum Entwässern der Insel diente, sondern sich nach wenigen Meilen zu einer Wasserlandschaft ausdehnte, erkannte ich zwei kleine Küstenschiffe, die in Richtung Weesterlön segelten. Es war ein friedliches Bild, ganz anders, als die meisten Menschen es in meiner bisherigen Welt kannten. Bei ihnen herrschte zynischer Pessimismus vor, mit allegorischen Darstellungen von Tod, Not und Krankheiten. Viele Menschen glaubten, Gott wolle sie bestrafen und der Untergang der Welt stehe bald bevor. Aber obwohl die Angst davor die Menschheit beherrschte, wurde sie immer liederlicher in ihrem Verhalten.

Jeder glaubte, er müsse vom Leben noch so viel mitnehmen wie möglich. Kaum einer bereitete sich sittenstreng auf das Himmelreich vor.

Wir erreichten eine flache Furt, durch die der Wagen den Wasserweg durchfahren konnte. Bei Regen, wenn der Wasserspiegel anstieg, war diese Furt nicht passierbar. Dann mußte Jakob mit Familie den weiteren Weg durch Weesterlön nehmen, um zum Markt nach Kaytum zu gelangen.

Vier Gestalten kamen uns entgegen. Sie machten den Anschein, sie hätten sie auf uns gewartet.

"Das sind Dänen," rief Pidder. Er zog sein Schwert, drückte seiner Schwester die Zügel in die Hand und sprang vom Wagen. Die Dänen kamen eiligen Schritts heran. Auch sie hatten blank gezogen. Jetzt sprang auch Jakob vom Wagen und ich machte mich ebenfalls daran, das Fuhrwerk zu verlassen. Womit sollte ich kämpfen? Ein Schwert hatte ich nicht, nur meinen Stab, auf den ich mich noch leicht stützte. Also musste der reichen.

Pidder stieß ein furchterregendes Gebrüll aus und stürzte sich, sein breites Schwert schwingend, auf sie. Die Dänen wichen erschrocken zurück. Als sie jedoch erkannten, dass nur zwei Männer angriffen, während ich humpelnd im Hintergrund blieb, stoppten sie ihren Rückzug und schickten sich an, uns das Lebenslicht auszublasen.

Pidder griff mit der Kraft eines wütenden Keilers an. Jakob folgte ihm mit gleicher Wut. In seinem erhobenen Schwert blitzte die strahlende Sonne. Pidder traf auf seinen ersten Gegner. Er ließ sein Schwert heruntersausen. Der Däne versuchte zwar, den Hieb abzuwehren, aber die Kraft des Hörnemer Hünen, die auf den Schwertknauf des Gegners traf, kugelt dem Skandinavier den Arm aus. Da sich das aus der Schulter herausgesprungene Gliedmaß augenblicklich nach hinten absenkte, erreichte der Hieb des blonden Hünen mit voller Heftigkeit den Hinterkopf des dänischen Angreifers und zerschmetterte ihn. Der Schlag war so wuchtig, dass die scharf geschliffene Hiebwaffe den Schädel öffnete und das Gehirn des tödlich Getroffenen über den sandigen Boden spritzte. Jakob focht derweil mit einem anderen der Räuber, der mit feuerroten Haaren und wutverzerrtem Gesicht mit wilden, unkontrollierten Hieben um sich drosch. Jakob konnte seelenruhig die Stöße und Schläge abwehren, er brauchte nur zu warten, bis der ungeübte dänische Fechter müde wurde.

Ich beobachtete einen weiteren Unruhestifter, der sich seitlich etwas abgesondert und irgendwoher eine handliche Arkebuse hervorgezaubert hatte. Er nestelte am Radschloss der Waffe herum, so, als traue er ihrer Schussgewalt nicht ganz. Das gab mir die Möglichkeit einzugreifen und mich endlich nützlich zu machen. Ich humpelte auf ihn zu und hatte ihn fast erreicht, als er die Waffe hob und auf mich zielte. Die Zeit reichte nicht mehr, um den Stock zu heben. Statt dessen riss ich das Holz mit beiden Händen von unten nach oben, um den Bauch des Dänen zu treffen. Ich traf aber zufällig noch besser. Da ich in der Eile unkontrolliert handelte, traf ich mit voller Wucht sein Gehänge. Der Räuber ließ vor Schmerz seine Waffe fallen, fasste sich an die Hoden und schrie kurz und gellend auf. Das gab mir die Zeit, meinen Stock kräftig zu schwingen und dem Dänen zuerst eine ordentliche Platzwunde am Kopf zu verpassen und ihn anschließend kräftig durchzuknüppeln.

Aus den Augenwinkeln konnte ich sehen, dass der Gegner von Jakob soeben versuchte, einem Stoß des Fischers mit einer Seitendrehung auszuweichen. Aber vergebens. Er hatte seine Kräfte bereits so verbraucht, dass die Bewegungen langsam wurden und Jakob ihm mühelos das Schwert in die Seite stieß. Der Däne brach zusammen, das Blut spritzte mit einem starken Schwall aus der offenen Wunde. Er zitterte wie im Veitstanz, seine Beine streckten sich, zogen sich zusammen und streckten sich wieder aus. Sein Kopf schlackerte hin und her. Seine Hände suchten einen nicht vorhandenen Halt. Jakob hob das Schwert und wollte es dem Räuber in die Brust stoßen. Dann blickte er jedoch hoch und sah Pidder hinter dem flüchtenden vierten Mann herjagen, der die Waffe fortgeworfen hatte und so schnell lief, als sei der Höllenfürst hinter ihm her.

"Heute ist Sonntag, der Tag des Friedens," hörte ich Jakob sagen und dann sah er mich und meinen Gefangenen. Sein Blick war voller Anerkennung. Das hätte er dem verwöhnten Stadtmenschen wohl nicht zugetraut. Er schob sein bluttriefendes Schwert zur Seite, zum Zeichen, dass er dem Dänen das Leben schenken wollte.

"Das sind die Leute vom Strandvogt," rief er mir zu. "Soll der sich um sie kümmern." Dann bückte er sich und riss seinem Opfer die Geldbörse vom Gürtel.

"Nehmt auch die Börse von eurem Opfer. Ihr habt es euch verdient. Wahrscheinlich findet ihr dort den Judaslohn."

Ich tat, wie Jakob mir riet. Mein Opfer war nach kurzer Bewusstlosigkeit zu sich gekommen und lag nun ganz still auf der Erde. Als ich seine Börse vom Gürtel riss, versuchte er erst gar nicht, mich abzuwehren. Er erkannte, dass jede Gegenwehr nutzlos war.

Pidder kam mit hängendem Kopf zurück. Er war wütend, dass er den Flüchtling nicht erwischt hatte. "Er war kein großer Kämpfer, aber dafür ein guter Läufer," war sein Kommentar. Als er sah, dass der Däne mit der Wunde in der Seite noch lebte, wollte er sich auf ihn stürzen, um ihm den Rest zu geben. Aber Jakob hielt ihn zurück. "Heute ist Sonntag, der Tag des Herrn. Lass ihn leben als mahnendes Beispiel auch für den Strandvogt, uns nicht zu behelligen. Der Flüchtling und der andere, den Michael zusammengeschlagen hat, können sich um ihn kümmern. Nimm nur noch die Börse von dem, den du erschlagen hast. Darin ist der Judaslohn, den wir behalten."

Die Frauen, die sich im Hintergrund gehalten hatten, umarmten uns Männer vor Freude und Erleichterung. Auch ich bekam sowohl von Catharinen als auch von Inken einen Kuss. Vor allem war Pidder richtig stolz auf mich, dass ich mich so wacker und mutig geschlagen hatte.

Wir sammelten die Schwerter und die Arkebuse ein und verluden sie auf dem Wagen. Die Waffen würden am Markttag einen guten Preis bringen.

"Warum hat der Strandvogt Dänen als Helfer," wollte ich wissen, als wir wieder auf dem Wagen saßen und den Kampfplatz verließen.

"Den Friesen vertraut er nicht. Er meint, wir würden alle zusammenhalten und hätten nur die Absicht, die Obrigkeit zu hintergehen. Daher bevorzugt er Dänen. Ich glaube, auch da steckt unser Amtmann hinter."

Schweigend fuhren wir weiter. Jeder beschäftigte sich innerlich mit dem Geschehenen. Dann lachte Jakob: "Es ist doch nicht schlecht gewesen, sich zwischendurch mit den Fischern von Feer und Oomram zu schlagen. So wird man ein guter Schwertkämpfer."

Es wehte immer noch viel Sand über die Weiden, aber das grüne Gras drang immer deutlicher durch. Wir begegneten einer Schar Graugänse. Einige standen aufrecht, mit hochgerecktem Hals in ihrem grauen Federkleid, mit rotgelbem Schnabel und weißgeränderten Schwanzfedern. Einzelne beobachteten unsere Bewegungen sehr genau, andere suchten Nahrung oder stritten sich mit lang vorgestreckten Hälsen. Eine gackerte laut und breitete ihre großen Flügel aus. Viele Jungtiere bevölkerten die Gruppe und sorgten in ihrer unbekümmerten Art für aufgeregtes Leben.

In der Ferne thronte die Kirche von Kaytum auf einem Hügel. Normalerweise wäre es nichts Bemerkenswertes gewesen. Verglichen mit Domen, Kathedralen oder den meisten Kirchen, die ich in Lübeck, Köln oder Holland kennengelernt hatte, schien sie ziemlich einfach und klein. Aber sie überstrahlte weithin die gesamte Landschaft und ermahnte den Betrachter schon von Weitem zur inneren Einkehr. So stellte ich mir einen eindrucksvollen Wallfahrtsort vor. Ich kannte als solchen vor allem Köln. Die Stadt hatte einen beeindruckenden Dom. Da er jedoch auf der linken Rheinseite von einem Häusermeer umschlossen war, wuchs das wunderbare Gefühl der Größe und Bedeutung des Herrgotts erst in unserem menschlichen Herzen, wenn man das bedeutende Gotteshaus betrat. In Lübeck war es ähnlich. Der Dom war eingekreist vom Getriebe der Stadt. Hier auf der Insel jedoch stieg das erhabene Gefühl ergreifender Göttlichkeit bereits in der Ferne. So wie Jesus Christus von weitem sichtbar auf einem Hügel gekreuzigt worden war, so konnte der lebende Christus auf diesem Hügel weithin sichtbar triumphieren.

Wir näherten uns im gemächlichen Pferdeschritt der Kirche. Von allen Seiten pilgerten die Menschen in Richtung Gotteshaus. Kaytum, das konnte man schon von Ferne erkennen, war ein ansehnliches Dorf. Etliche größere Gehöfte am Rande des Ortes waren zu erkennen und der Mittelpunkt der Gemeinde bestand aus etlichen kleineren, schilfrohrgedeckten Häusern und Hütten.

Das Dorf hatte keine Einfriedung und keine Tore. Die Kirchspiele des Festlands, die ich kennen gelernt hatte, waren von Erd- oder Steinwällen umgrenzt, mitunter auch von Palisaden. Die Bauernhäuser drängten sich alle auf engstem Raum zusammen und die Ställe standen so dicht beieinander, dass es innerhalb der Orte bestialisch stank. Dieses Dorf dagegen war wegen des Fehlens jeglicher Mauer weitläufig angelegt und verteilte seine Häuser und Katen über die weite Marschebene.

Wir wurden von einer größeren Gruppe gläubiger Kirchenbesucher begrüßt. Jakob und Pidder schilderten unser Abenteuer mit den räuberischen Dänen. Dabei spielte ich zu meiner Überraschung die Hauptrolle. Alle betrachteten mich neugierig. Sie hatten schon gehört, dass Jakob aus Hörnem einen Schiffbrüchigen in seinem Haus aufgenommen und dessen Verletzungen kuriert hatte. Nun stand der Mensch aus der weit entfernten Stadt leibhaftig vor ihnen und hatte dazu noch einen Dänen halbtot geschlagen. Abgesehen von Händlern und verschiedentlich auftretenden Gauklern waren Fremde sehr selten auf der Insel. Es war daher schon etwas besonderes, einen Auswärtigen kennenzulernen.

Vermutlich war mein kämpferischer Einstand die beste Voraussetzung dafür gewesen, dass ich nicht misstrauisch betrachtet wurde. In vielen Dörfern auf dem Festland wurde Fremden der Zutritt verweigert. Die Menschen waren nach leidvollen Jahren sehr ängstlich und argwöhnisch geworden. Dieses Dorf brachte mir jedoch neugieriges Wohlwollen entgegen, sicherlich auch ein Zeichen dafür, dass meinen Freunden aus Hörnem viel Zutrauen entgegengebracht wurde.

Als Stadtbewohner wusste man natürlich, dass Bauern ungehobelter und gröber sind als andere Menschen. Wenn man sich ihre Sitten und Gebärden betrachtete, so kann man sie unschwer von einem höflichen Menschen unterscheiden. Ihre hässlichen Gewohnheiten sind jedermann bekannt. Einem Bauern gehört der Flegel in die Hand und ein Pengel in die Seite, ein Karst auf die Achsel und eine Mistgabel an die Tür. Im Reden ist es ihm gleich, welche Leute er vor sich hat. Nur selten wird er bei der Begrüßung seinen Hut abziehen.

In Köln wurde mir während meines Studiums von einem Prälaten beschrieben, dass der Landmann die armseligste unter den Kreaturen sei. "Die Bauern sind Sklaven und ihre Knechte sind von dem Vieh, das sie hüten, kaum noch zu unterscheiden." Die Kinder würden halb nackt durch das Dorf laufen und die Fremden um Almosen anschreien. Die Eltern hätten kaum noch genügend Lumpen auf dem Leib, um ihre Blöße zu bedecken. Ein paar magere Kühe müssten ihnen den Haken durch die Krume ziehen und dann auch noch die notwendige Milch geben. "Ihre Scheunen sind leer und ihre Hütten drohen alle Augenblicke über einen Haufen zu fallen. Sie selbst sehen kümmerlich und elend aus. Man würde noch mehr Mitleid mit ihnen haben, wenn nicht ein wildes und viehisches Ansehen ein so hartes Schicksal an ihnen zu rechtfertigen schiene. Der Bauer wird wie das dumme Vieh in aller Unwissenheit erzogen."

Ich muss zugeben, die Kleidung der Bauern, die mir gegenüber standen, war einfach und wohl auch zum großen Teil verschlissen. Aber so ganz wollte ich die Vorbehalte des Prälaten denn doch nicht bestätigen. Die Bauern, die mir vor der Kirche in Kaytum auffielen, waren zwar in bescheidene, selbstgefertigte Wollgewänder oder einfaches Leinen gekleidet, aber sie hatten sich große Mühe gemacht, sauber aufzutreten. Das einfachere Volk war ähnlich gekleidet, jedoch wirkte seine Tracht armseliger und wesentlich verschlissener.

Die Aussagen des hohen Kirchenmannes in Köln dürften vor allem jene Bauern betroffen haben, die häufig mit Frondiensten, Botenlaufen, Treibjagen, Schanzen, Graben und dergleichen gepeinigt wurden. Die Bauern, die ich hier traf, waren keinem Frondienst unterworfen und waren stolz darauf, freie Menschen zu sein. Sie litten zwar unter der seit Jahren grassierenden Armut, die nach dem Ende der letzten Pest alle Länder Europas und des Mittelmeerraums getroffen hatte, aber sie wurden, anders als die Bauern im Osten der Herzogtümer Schleswig und Holstein, anders als die Bauern in Dänemark und anders als ihre Leidensgenossen im gesamten dütschen Kaiserreich, nicht zur Zwangsarbeit gezwungen. Von ihnen verlangte die Obrigkeit dafür Deichbau mit eigenen Geldmitteln und höhere Steuern und

Kirchenabgaben.

Ich bemerkte, dass die Mädchen nur in ihren besten Kleidern in die Kirche gingen. Auch Inken hatte ihr bestes Kleid angezogen und sie sah sehr hübsch darin aus. Wie mochte wohl meine Braut in Lübeck jetzt aussehen? Ich kannte sie fast mein Leben lang, hatte sie aber seit über drei Jahren nicht mehr gesehen.

Inken begrüßte einen jungen Mann, der mir als Sönke vorgestellt wurde. Er war fast so groß gewachsen wie Pidder, aber nicht so blond, seine Haut war wettergegerbt und braun gebrannt. Er hatte ein helles und offenes Wesen und behandelte mich, als wenn wir uns schon lange kennen würden. Ich empfand es nicht als unangenehm, es machte das Miteinander unkompliziert.

"Sönke, ich muss nach der Messe mit deinen Eltern sprechen. Du könntest in der Zwischenzeit dem Schinder Bescheid sagen, dass kurz hinter der Furt ein Leichnam liegt. Er soll ihn abholen, damit er uns nicht die Landschaft verpestet. Ich glaube nicht, dass die Dänen ihn mitnehmen, da sie keine Karre dabei hatten."

Plötzlich entstand Unruhe. Alle Augen wandten sich ab und die Menschen, die eben noch gesellig und fröhlich gestimmt miteinander sprachen, liefen an der Kirche entlang zum Hintereingang des Kirchenhofs und riefen, schimpften, spotteten, nahmen Unrat von der Erde auf, warfen damit und benahmen sich wie aufgescheuchte Dämonen. Auch wir folgten der Menge und ich sah eine weißgekleidete, weibliche Gestalt, die mit einem Strohkranz auf ihrem Haupt eine Mistkarre den Weg zur Kirche hochschob. Ihre Haare waren ihr abgeschnitten worden. Neben ihr schritt hocherhobenen und respekteinflößenden Hauptes unverkennbar der Dorfwächter als Büttel der örtlichen Gerichtsbarkeit. Da der Wind aus östlicher Richtung wehte, roch man bereits zeitig den Gestank, der von dem Mist auf der Karre ausging. Die Frau zählte schätzungsweise siebzehn Jahre. Sie war keine besondere Schönheit, aber als ich ihre traurigen Augen sah, empfand ich Mitleid mit ihr. Auch Inken, die neben mir stand, zeigte Betroffenheit in den Augen.

Ich nahm an, dass sie Ehebruch begangen hatte und nun zur Strafe der öffentlichen Willkür ausgeliefert war. Scheinbar hatte ihr der Ehemann verziehen, denn die Tat hätte auch zur Todesstrafe führen können.

Ich fragte daher Inken: "Das ist sicherlich eine Ehebrecherin?"

Inken blickte mich bestürzt an: "Sie heißt Maike und wir haben uns angefreundet. Ihr Vater ist ein kleiner Bauer mit einem Vermögen von etwa hundert Kreuzer. Er hat ein Pferd, zwei Kühe, ein Rind, zwei Schafe und ein Schwein. Sie hat sich heimlich mit einem Gerber verlobt und ohne Wissen und Zustimmung ihrer Eltern mit ihrem Verlobten Beischlaf gehalten und damit die Ehe vollzogen. Als ihr Vater das erfuhr, hat er seine Tochter vor Gericht angezeigt. Er hat getobt wie irre. Ein Gerber in seiner Familie, ein Mensch, der mit Tod und Verwesung zu tun hat und ein nicht gottgefälliges Tagwerk betreibt, ist unvorstellbar. Und so wird sie heute öffentlich wegen Unzucht bestraft."

Die Frau wurde vom Büttel aufgefordert, das Gefährt am Wegesrand stehen zu lassen. Sie bekam vom Pfarrer, der sich jetzt vor sie stellte, eine Rute und einen übergroßen Rosenkranz in die Hände gedrückt und hatte barfuß zum Haupteingang der Kirche hochzusteigen. Am Eingang mußte sie neben dem Gerichtsbüttel zum Gespött der Kirchenbesucher in dieser Aufmachung stehen bleiben, bis die Heilige Messe begann. Menschen, die sie seit Kindheit kannte und mit denen sie Zeit ihres Lebens ein unbeschwertes und freundschaftliches Verhältnis hatte, bewarfen sie nun mit Unrat und warfen ihr die unflätigsten Zoten an den Kopf. "Kackhure" gehörte noch zu den harmloseren Ausrufen, die man ihr zurief. Für die Kindern war es eine aufregende Abwechslung. Man merkte ihnen an, welchen Spaß es machte, mit Kot zu schmeißen. Die Erwachsenen waren dagegen aus Überzeugung über diesen unsittlichen Lebenswandel erbost.

Wir betraten die Kirche. Bereits im Vorraum erwartete mich ein großes Bild, das den Tod als Skelett mit Stundenglas und Sense darstellte. Der Schnitter war in ein weißes Leichentuch gehüllt und lachte hämisch über die Ironie des menschlichen Schicksals.

Die jungen, heiratsfähigen Mädchen aus den wohlhabenden Bauernfamilien hoben beim Abschreiten der wenigen Stufen, die in den Innenraum der Kirche führten, ihr Kleid leicht an, um geziert ihre zierlichen Füße zu zeigen. Die Mäntel oder Umhänge, sofern sie solche trugen, wurden leicht geöffnet, um die schönen Formen darunter zu enthüllen. Wer stolz war auf seinen wohlgeformten Busen trug ein schüchternes Dekolleté.

Die verheirateten Frauen zeigten hoheitsvoll ihre Tracht. Sie war einheitlich und in dunkler Farbe gehalten und verhinderte die verbotene Eitelkeit. Nur die verschiedenen Verzierungen drückten schüchtern den persönlichen Geschmack aus.

"Wir gehören in die erste Reihe," hörte ich Jakob stolz zu mir sagen. Ich war erstaunt, denn nur die einflussreichen und angesehenen Bürger hatten Anspruch auf einen der vorderen Plätze während des Gottesdienstes. Meine Gastgeber gehörten also zu den ansehnlichen Familien dieser Insel.

Wir gingen folglich aufgrund der besonderen gesellschaftlichen Stellung von Jakob und Pidder nach vorne zur ersten Reihe. Wie auch in der Stadt üblich, saßen im schmucken Kirchengestühl links vor dem Altar die Honoratioren und reichsten Großbauern des Dorfes. Ihr Gestühl war reichlich ausgestattet, bequem gepolstert und abschließbar. Gegenüber befand sich der Beichtstuhl, den der Priester anlässlich der Gottesdienste als Sakristei benutzte.

"Der erste vorne im Gestühl ist unser Landvogt Nickels Atyen," hörte ich Jakob flüstern. "Der wichtigste Mann auf unserer Insel."

Das Kirchengestühl bot die einzigen Sitzplätze der Kirche. Alle anderen Gläubigen mussten stehen. Aber trotzdem war die ständische Ordnung klar zu erkennen.

Auf der rechten Seite des Kirchenschiffs standen die Männer, links die Frauen. Die ersten Reihen wurden von den großen und anschließend den mittleren Bauern beansprucht. Zwischen sie mischten sich die Fischer, Müller und Handwerker, gemäß ihres Ansehens und ihres Grundvermögens. Im hinteren Teil der Kirche, bis unter die Empore, fanden sich die Häusler, die Tagelöhner und das Gesinde.

Meine Freunde aus Hörnem zählten zu den angesehendsten Bürgern in dieser Kirche, auch wenn sie nicht Bürger Kaytums waren. Sie zahlten allerdings, wie ich erfuhr, eine erhebliche Summe zur Unterhaltung der Kirche, die zudem als Seezeichen für die Schifffahrt diente. Auch zum Entgelt des Pastors trugen Jakob und Pidder bei, obwohl die Kleriker zu den vermögendsten Bürgern in den Dörfern zählten. Vor allem aber empfand die Dorfgemeinschaft Schadenfreude darüber, dass die Weesterlöner und ihr Pfarrer wohlhabende Mitglieder für ihre Gemeinde verloren hatten und sie konnten es sehr gut verstehen, dass sich Jakobs Familie in der alten Eydumer Kirche nicht heimisch fühlte.

Sönke war nicht bei uns. Während unsere beiden Frauen auf der linken Seite ihren Platz einnehmen mussten, hatte der Verlobte von Inken mit seiner Familie nicht das gleiche Ansehen wie die Hörnemer. Die Kaytumer Fischerfamilie hatte weniger Grundvermögen und musste daher mit einem der hinteren Plätze vorlieb nehmen.

Unerwartet wurde es laut im Gestühl. Meine Augen fanden schnell die Quelle der Unruhe und ich sah, dass eine ältere Frau mit griesgrämigem Gesicht eine jüngere nicht passieren lassen wollte.

"Das ist die Frau von Caspar Schulten, die will das Weib von Jacob Vicken nicht passieren lassen. Die Schulten meint, der Vicken gebühre nicht der gleiche Rang," zischte mir Jakob zu und grinste spöttisch.

Die Kirchengemeinde wurde neugierig. Leises Gelächter legte sich über den Raum und man hörte vom Gestühl her unterdrückte Stimmen. "Weichet, oder ich steige euch über den Leib," drohte die Frau von Jacob Vicken. Daraufhin stellte sich die Frau von Schulten mit dem Rücken vor die Vickensche und rief: "Weib! Ich will dir klar machen, was du bist," hob den Rock und zeigte ihr das nackte Hinterteil. Darauf kreischte die Vicken bissig, sodass alle im sakralen Raum es hören konnten: "Am besten legst du dich gleich hin wie die Säue." Die Reaktion war entsprechend lärmend. Es war nicht alltäglich, eine der angesehendsten Frauen des Dorfes der Fleischeslust zu bezichtigen? Die versammelte Gemeinde prustete heraus vor Lachen. Vor allem aus den hinteren Reihen waren zotige Bemerkungen zu hören. Ich konnte erkennen, dass die Frau von Jacob Vicken ihren Platz erreichte, nachdem ihr Mann sich mit zornigem Gesicht in die Auseinandersetzung eingeschaltet hatte. Caspar Schulten dagegen kratzte seinen Bart und ließ sich nicht aus der Ruhe bringen.

"Das kommt vor Gericht," hörte ich Jakob neben mir sagen.

Kaum hatte sich die Kirchengemeinde wieder beruhigt und es war Stille eingekehrt, wurde die Ehebrecherin hereingeführt. Sie bekam vom Büttel genau vor mir einen Platz zugewiesen. Dort stand sie nun in ihrem weißen Büßerhemd, barfuß, mit einem Strohkranz auf dem geschorenen Kopf, einer Rute und dem großen Rosenkranz in den Händen.

Wenige Sekunden später erschienen drei Bettelmönche in ihren brau-nen Kutten neben der Delinquentin. Sie beteten betont laut, so wie man tut, wenn man den Teufel austreibt. Dabei stäupte einer der Mönche die Frau mit einer Rute auf den Rücken. Er schlug allerdings nicht zu hart, so dass sie keine starken körperlichen Schmerzen zu empfinden schien, mehr seelische.

Ein Kloster hatte ich bisher auf der Insel noch nicht gesehen. Wahrscheinlich war es nur ein kleines. Ich nahm an, dass es sich bei den Kuttenbrüdern um Aufpasser des Bischofs handelte, die alles auf dieser Insel beobachteten und der Obrigkeit meldeten. Schließlich sind die Mönche oft Söhne des Adels, die nicht erbberechtigt sind und sich für viel Geld in die Klöster einkaufen.

Ich blickte auf ihre Füße. Sie trugen keine Stiefel, wie viele Mönche, die zwar im Namen des heiligen Franziskus auf Wanderschaft waren, denen der irdische Genuss jedoch wichtiger war, als das Leben in Armut. Diese Mönche waren barfuß unterwegs, so wie es von ihrem Ordensgründer gewünscht war, um den Geringsten die Liebe Gottes zu bringen.

Die Messglocke erschallte. Der Priester in fleckigem Habit und der Mesner mit der Glocke in der Hand näherten sich dem Altar. Der Geistliche, gekleidet in einen bunt bestickten, langen Rock, breitete die Arme aus und murmelte etwas leise vor sich hin. Er stellte einen Kelch mit Hostien in den Tabernakel und bedeckte einen zweiten mit einem Tuch, in dem sich der Wein befand, der bei der Wandlung zum Blut Christi wurde. Er breitete segnend die Arme aus und machte anschließend mit der rechten Hand das Kreuzzeichen. Die nächsten Minuten stotterte er sich so durch die Liturgie. Er konnte, wie der Strandvogt behauptet hatte,

weder lesen, geschweige denn ein Wort Latein. Möglicherweise konnte er wenigstens gut predigen. Ich war gespannt.
Und als es soweit war, legte er los.
"Und der Herr sprach: Es ist ein Geschrei zu Sodom und Gomorra, das ist groß und ihre Sünden sind sehr schwer."
"Mose 18.20", fuhr es mir durch den Sinn. Diese Bibelstelle hatte er auswendig gelernt.
Der Priester fuhr fort: "Damit nicht auch hier bei uns Sodom und Gomorra einziehen, müssen wir streng urteilen und eine gerechte, gottgewollte Strafe vollziehen. Seht hier dieses Weib," er wies auf die arme Gestalt, die vor mir im Büßergewand stand und bittere Tränen vergoss. "Diese sündige Frau ist die Feindin der Kirche, die Versucherin, die Verbündete des Teufels. Sie ist dem Manne das Hindernis auf dem Weg zur Heiligkeit. Unheilige wie dieses Weib sind die Verwirrung des Mannes und unersättliche Biester, die die Männer zur Lüsternheit reizen. Hütet euch vor dem Zorn Gottes," schrie er, immer wieder auf die verschüchterte Frau weisend, die von einem der Mönche wiederholt mit der Rute gestäupt wurde. Die Schläge wurden mit zunehmendem Zorn des Priesters stärker, während ein anderer der drei Mönche mit kalten, lieblosen Augen den rechten Arm der Frau fest mit seiner kräftigen Hand umschloss.
"Der Teufel lauert überall. Er giert nach euren Seelen, denn er will größer sein als Gott. Er verspricht euch Erlösung in der Hölle, in Wahrheit jedoch erleidet ihr Sünder ewige Qualen. In der Hölle hängen die Verdammten mit ihren Zungen an Feuerbäumen, Rückfällige und Unverbesserliche schmoren in Feueröfen und die Ungläubigen ersticken in stinkendem Rauch. Die Bösen fallen in schwarzes Wasser, die Unzüchtigen werden von monströsen Fischen verschlungen, von Dämonen zerfressen oder von Schlangen gequält. Und am jüngsten Tag werdet ihr vor Gottes Gericht erscheinen müssen. Die wenigen Auserwählten werden von Engeln in das Paradies, die Sünder aber von den Teufeln gefesselt zu den flammenden Kesseln geführt. Hütet euch vor den Verführungskünsten des Weibes, damit Gott euch nicht der verdienten Strafe zuführt. Hütet euch vor diesem Weib. Das Gericht hat darauf verzichtet, ihr das Ohr abzuschneiden. Auch am Pranger muss sie nicht stehen, aus

Rücksicht auf ihre ehrliche und anständige Familie. Dafür hat sie aber in diesem Kirchspiel keine Heimstatt mehr und wird daraus vertrieben. Am besten verschwindet sie ganz von der Insel. Der Mann, den sie verführt hat, darf sein Schwert nicht mehr tragen und die öffentlichen Gasthäuser in Kaytum nicht mehr besuchen."

Die Gläubigen verharrten still und verschüchtert. Es war so still, das man, als der Pfarrer eine Pause einlegte, das leise Schluchzen der Delinquentin hören konnte.

"Wollt ihr wieder die Pest. Gott wird die Plage erneut über euch bringen und nur die Gerechten verschonen. Der Gleichmacher Tod wird niemanden übersehen, ob reich oder arm. Der Herr wird nur beurteilen, wer sich mehr an den weltlichen als an den göttlichen Dingen erfreute."

Priester, die nicht lesen und schreiben konnten, hielten nur ungerne Predigten. Und wenn, dann waren sie meist nur sehr kurz. Sie fürchteten sich vor der Zurechtweisung selbstgerechter Kirchenmitglieder, vor allem vor der Arroganz der Honoratioren im Kirchengestühl. Aber eine Strafpredigt war etwas anderes. Da fühlte sich auch der unwissenste Priester stark. In diesen Fällen verspürte er die Macht, die ihm Gott gegeben hatte, auch ohne Bibelkenntnisse vorweisen zu müssen.

Nach seiner Predigt wickelte er zügig die Opferung, die Wandlung und das Abendmahl ab. Das Sakrament des Abendmahls, an dem der Christ am Fleisch und Blut Gottes Sohnes teilhat, ist der zentrale Ritus des Christentums und die Voraussetzung für die Erlösung. Wir hatten während unseres Studiums sehr lange damit verbracht, über diese Liturgie nachzudenken und zu diskutieren. In dieser Kirche zeigten mir die Gläubigen jedoch, was sich das gemeine Volk unter der Wandlung von Brot und Wein in den Leib und das Blut von Jesus Christus vorstellte.

Der Priester nahm die heilige Hostie aus seinem goldenen Kelch und legte sie den Gottesfürchtigen mit dem Zeichen des Kreuzes auf die Zunge. Kaum hatte er sich entfernt, verschwand die Hostie in der Hand vieler Gläubiger. Ich erfuhr später, dass die Dorfbewohner die Hostien lieber dazu benutzten, sie im Garten auf die Kohlköpfe zu legen. Ihnen wurden magische Kräfte zugesprochen, die schädliche Insekten abwehrten. Auch legte man sie in einen Bienenkorb, weil sie in der Lage war, einen Schwarm zu beruhigen. Einmal soll eine heilige Oblate einen Bienenschwarm dazu gebracht haben, eine ganze Kathedrale aus Bienenwachs mit Bögen, Fenstern, Glockenturm und Altar zu bauen, auf den die Bienen dann die Hostie legten. So bekam das Abendmahl bei den Bewohnern dieser Insel einen ganz besonderen Stellenwert.

Zum Abschluss betete der Priester mit der Gemeinde um die Gnade, dass Gott viele Schiffe schicke, die am Strand zerschellten. "Lieber Gott, die Schiffseigner und die Händler sind trotz der Not, die zur Zeit herrscht, reicher als wir. Sie sind habgierig und haben kein Mitleid mit den Armen. Sei gnädig und hilf uns, ein wenig am Reichtum teilzuhaben."

Die Messe endete. Die arme Maike wurde vom Büttel abgeholt und die drei Mönche folgten ihnen in die Sakristei. Die Frau zog hinter der Tür ihre normale Kleidung an, legte die Rute und den Rosenkranz ab und wurde anschließend an den Rand des Ortes geführt und ihrer Heimat verwiesen. Hätte sie Kaytum wieder betreten, wäre ihr das Todesurteil sicher gewesen.

Ich humpelte mit den anderen aus der Kirche. Das Schicksal der unseligen Maike hatte unseren Kampf mit den Dänen als Dorfgespräch abgelöst.

"Wie konnte sie nur die Ehe vollziehen, ohne die Erlaubnis ihres Vaters einzuholen. Und sie hat sich nicht einmal den Segen Gottes in der Kirche geholt," hörte ich eine Frau zu Jakob und seiner Schwiegertochter sagen. Die nickten bestätigend.

"Wir verdanken Gott alles. Daher dürfen wir keine wichtigen Entscheidungen ohne ihn treffen." Jakob war sehr ernst. "Wenn ich mit meinem Sohn Pidder auf das Meer hinaus fahren würde, ohne Gott um Hilfe anzurufen, würde ich mit Sicherheit nicht mehr leben."

Auf dem Kirchhof passierten wir eine kleine Kate. Aus ihrem Dachgestühl drang Rauch, der mir zeigte, das sie bewohnt war. Da ich kaum annahm, dass hier der Priester lebte, war es wohl die Unterkunft der drei Bettelmönche. Wahrscheinlich begleiteten sie den Büttel und die unglückliche Frau zum Dorfrand. Den Mann von Maike hatte niemand gesehen. Er schien spurlos verschwunden.

"Wir gehen ins Gasthaus," erklärte mir Jakob.
"Wo ist Pidder?", fragte ich. Wenn es jetzt zum gemütlichen Teil überging, wäre ich lieber mit ihm zusammen gewesen. Ich konnte mir vorstellen, dass es unter der jungen Generation interessanter zuging, als unter den alten Herren des Dorfes.
"Er ist," lachte Jakob, "mit dem Wagen bereits zum Gasthaus vorgefahren, um gute Plätze für uns zu reservieren. Ich muss vorher aber zu den Eltern von Sönke Vos, damit Inken endlich unter die Haube kommt. Dahin gehe ich aber alleine. Ihr geht zusammen auf die Festwiese des Gasthauses. Haltet mir einen guten Platz warm."
"Hallo, Jakob," rief eine Stimme aus der Menge.
"Ho, Broder Hansen," antwortete der Hörnemer Fischer. "Ich hoffe, es geht dir gut."
"Mir geht es gut," klang es selbstbewusst, "ist das dein Gast aus der Stadt?", er deutete auf mich.
"Ja, Broder, das ist er. Er ist studierter Advokat. Vielleicht hast du als Ratsherr und Richter eine Frage an ihn."
"Fragen wird es in nächster Zeit viele geben. Ich wollte dir nämlich Bescheid sagen, dass wir heute Nachmittag hinter dem Wirtshaus auf der Festwiese eine große Versammlung haben. Wir müssen darüber beraten, wie wir unseren Graf Gerhard unterstützen. Der König und die Adligen wollen ihn jetzt endgültig weghaben. Er ist ihnen zu bauernfreundlich."
Und an mich gewandt: "Ihr könnt mitkommen und sehen, ob ihr einen Rat für uns habt."
"Sehr gerne," antwortete ich. Broder Hansen brachte deutlich zum Ausdruck, dass er der reichste und mächtigste Bauer des Dorfes war. Er nickte mir betont gleichgültig zu und ging zurück zu seiner Gruppe, aus der heraus er uns angesprochen hatte. Einen besonderen Eindruck schien ich nicht auf ihn gemacht zu haben. Er trat sehr bestimmend auf und ließ mich seinen Rang, den er unverkennbar in diesem Ort hatte, deutlich spüren. Was wollte dieser studierte Städter? Der bildete sich doch sicherlich ein, alles besser zu wissen als die Sylder. Ich hoffte nur, Jakob und seine Familie bekamen es nicht zu spüren.

4.

Wir gingen mit den Kirchenbesuchern aus Kaytum in Richtung Dorf. Sönke hatte sich zu uns gesellt. Er eilte gleich zu Inken und strahlte sie fröhlich an. Jakob unterhielt sich angeregt mit den Kaytumern, während ich zunehmend von neugierigen Kindern umschwärmt wurde. Die waren auch am Sonntag im Gegensatz zu den Erwachsenen ziemlich schmutzig. Viele liefen mit Rotznasen und schmierigen Mündern herum, mit schmutzigen Füßen und Händen sowieso.

Warum sollten die Kinder auch pfleglicher behandelt werden? Nur die stärksten konnten überleben. Herz durfte man nicht an sie verschwenden, ständig waren Verluste zu beklagen. Auch das Christuskind wurde von seiner Mutter nicht besser behandelt. Auf vielen Gemälden der Neuzeit erkannte man, dass Maria ihren Sohn im allgemeinen sehr steif vom Körper weghielt und selbst dann distanziert wirkte, wenn sie ihn stillte. Oft lag der kleine Christus nackt oder gewickelt auf der Erde und seine Mutter blickte geistesabwesend auf ihn herab.

In den Geschichten, die die Menschen sich erzählten, war die häufigste Hauptrolle der Kinder zu sterben. Entweder ertranken sie, erstickten oder wurden auf Geheiß eines abergläubischen Königs oder einer besessenen Königin im Wald ausgesetzt. Kinder waren, vor allem auf dem Land, dazu da zu arbeiten. Sie mussten zusehen, dass sie die ersten fünf bis sechs Jahre überlebten, um dann erst als Lebewesen anerkannt zu werden. Das war in Lübeck so und auf Syld offensichtlich nicht anders.

Wir erreichten die ersten Häuser des Dorfs. Ich konnte mir gut vorstellen, wie die Wege aussehen mussten, wenn es regnete. Jetzt waren sie trocken, staubig und gut passierbar. Eine Gosse, durch die in anderen Dörfern und Städten Unrat weggespült wurde, gab es nicht. Dafür lagen vor den Bauernhäusern aus rotbraunem Backstein, die auf selbst aufgeworfenen und hochwassersicheren Hügeln erbaut waren, große Mist- und Abfallhaufen. Hunde wühlten jaulend darin. Es roch überall penetrant nach Jauche.

Jedes Anwesen hatte einen eigenen Brunnen, meistens nahe dem Misthaufen. Im Hintergrund sah man gestapelten Seetorf, der aus dem Watt ausgegraben, in der Sonne getrocknet und dann zum Salzsieden oder als Wärme- und Kochmaterial verbrannt wurde.

Die kleinen Hütten, in denen Handwerker oder Tagelöhner lebten, hatten zwar Abfallhaufen, aber meistens keinen eigenen Brunnen. Sie waren auf Einrichtungen für die Allgemeinheit angewiesen. So kamen wir zum Dorfbrunnen, um den einige Frauen standen, die nach der heiligen Messe losgeeilt waren und neugierig zu uns herüberblickten. Wir passierten das Waschhaus und das Backhaus, die heute am Sonntag beide leer waren. Dann standen wir vor dem Gasthaus. Die Gaststube befand sich zur Straßenseite hin in einem Bauernhaus.

"Der Wirt ist der Bauer Broder Hansen," erklärte mir Jakob, "den ihr eben kennen gelernt habt. So," er wandte sich ab, "jetzt muss ich zu Sönkes Eltern. Sönke selbst geht mit euch. Ich komme anschließend zum Festplatz."

Ich ging mit Catharinen, Inken und Sönke um das Gehöft mit der Gastwirtschaft herum. Auf der Hinterseite fanden wir eine große Wiese. Einige lange Tische und Bänke waren in einer Reihe aufgestellt, auf denen bereits etliche Menschen Platz genommen hatten. Kinder und Hunde trieben sich zwischen den Tischen, unter den Bänken und in der Nähe der Durchreiche der Gaststätte herum.

Pidder, der in Kaytum nur Pidder Lüng genannt wurde, winkte uns zu. Er hatte einige Plätze freigehalten, auf die wir nun zusteuerten. Wieder wurde ich neugierig angesehen. Aber niemand sprach mich an. Nur die beiden Frauen neben mir und Sönke wurden freundlich begrüßt.

"Wann ist es soweit?", fragte eine Stimme Catharinen. Sie strahlte. Man erkannte deutlich, dass sie Mutterfreuden empfand. Ich nahm aber an, dass es wichtiger für sie war, ihrem Mann einen weiteren Erben und eine Arbeitskraft zu schenken, als am Mutterglück Gefallen zu finden.

Der Festplatz wurde immer voller. Es waren nur noch wenige Sitzgelegenheiten auf den Bänken frei. Es erschienen drei Musiker, einer mit Flöte, einer mit Dudelsack und der dritte mit einer Trommel.

"Sind die drei vom Dorf oder sind es Wandermusiker?", fragte ich Catharinen, die neben mir saß.

"Zwei sind aus Kaytum, Friedrich Jürgensen mit dem Dudelsack kommt aus Muasem."

Sie begannen zu spielen. Die Gläser voller Bier kreisten. Auch ich hatte schon das erste vor mir stehen.

Kaum spielte die Musik auf, strebten bereits die ersten zur Tanzwiese. Es war natürlich kein höfischer Tanz, wie auch nicht zu erwarten war. Es waren typische Volkstänze, die die Kaytumer mit großem Schwung vorführten. So tanzten sie in Reihen oder paarweise. Getanzt wurde von Jung und Alt, Männern wie Frauen, Armen wie Reichen. Auch die Kinder hüpften und sprangen zwischen den Erwachsenen herum. Jakob war noch nicht neben uns auf seinem Platz auf der Bank erschienen, da entdeckte ich ihn bereits auf der Tanzwiese. Pidder mit Catharinen, Inken mit Sönke, alle verdrehten ihre Körper, wimmelten, haspelten und trippelten zur Musik. Nur ich konnte nicht recht mitmachen, da mein Bein noch nicht wollte. Es forderte mich allerdings auch keiner auf, an diesem Herumschwingen teilzunehmen.

Der Pfarrer mit seiner Frau und zwei der Mönche waren ebenfalls erschienen. Sie ließen es sich nicht nehmen, bei diesem wilden Geschehen anwesend zu sein. Dabei beobachtete ich im Laufe der nächsten Stunden bei den Klerikalen aus dem Kloster aufdringliche, begehrliche Blicke für einige Frauen. Einer suchte, so empfand ich es, ausgesprochen häufig die Nähe von Inken.

Ich gewahrte nach einiger Zeit, dass jemand eine kläglich schreiende Katze am Schwanz in Augenhöhe an die Holzwand der Gaststube nagelte. Kurz darauf endete die Musik. Die Katze bäumte sich unter jämmerlichen Schmerzensrufen auf und zappelte unglücklich an der Wand. Sie strampelte mit ihren Pfoten in Panik in der Luft, dann krümmte sie sich, machte einen Buckel, konnte sich aber nicht befreien. Im Gegenteil, ihre Schmerzen wurden nur noch größer. Sie bog und wand ihren kleinen Körper noch mehr und schrie verzweifelt. Einige Hunde sprangen an der Wand hoch, um sie zu fassen und herunterzureißen.

Das war aber nicht der Sinn des Spiels, wie ich gleich erkennen konnte. Der erste Mann, ein schieläugiger, grober Klotz aus dem Dorf trat unter Anfeuerungsrufen der Menge vor. Er hatte noch den halb gefüllten Bierhumpen in der Hand, setzte an, trank ihn aus, putzte mit der Rückseite der Hand den Mund ab und warf das leere Gefäß ins Gras. Die Katze schrie gequält und versuchte erneut, sich durch Drehen und Winden des Körpers zu befreien. Der Mann, der mit dem Namen Johann angerufen wurde, ließ sich von einem jungen Burschen die Hände auf dem Rücken zusammenbinden, grinste beifallheischend in die Menge und rannte strauchelnd mit vorgeneigtem Kopf voller Wucht auf die Katze zu. Bevor er sie erreichen und mit seinem Kopf quetschen konnte, bäumte das Tier sich auf und kratzte ihm in ihrer Angst mit ihren Krallen die Wange auf. Johann konnte nicht mehr abbremsen, versuchte mit dem Gesicht auszuweichen und knallte mit seinem Kopf gegen die Bretterwand.

Er brüllte vor Wut auf. Hätte er die Hände frei gehabt, die Katze wäre von ihm vor Zorn erschlagen worden. So jedoch brüllte die Menge vor Schadenfreude. Einige Kinder tanzten hämisch um ihn herum. Nachdem er von der Fessel befreit war versuchte er, einen der Gören zu erwischen, aber sie waren zu schnell für ihn.

"Was soll das werden?", fragte ich Catharinen.

Sie lachte. "Das Tier soll mit dem Kopf getötet werden. Wer es schafft hat gewonnen. Beim letzten Mal hatte es Sönke geschafft."

Der nächste trat vor. Wieder wurden die Hände auf den Rücken gebunden, er konzentrierte sich, schätzte die Entfernung ab und stürzte los. Diesmal traf er eine Pfote der Katze, ohne selbst gekratzt zu werden.

Das Bier floss in Strömen. Die Besucher gingen mit Begeisterung bei der langsamen, quälenden Exekution der Katze mit. Als Sönke an der Reihe war, krachten bei dem Tier einige Rippen. Andere stießen sich den Kopf oder wurden, wie zuvor Johann, von den Krallen erwischt. Irgendwann hatte das Leiden des Geschöpfs ein Ende. Nachdem es mehrmals durch Kopfstöße gegen die Wand gequetscht worden war, mehrere Männer mit den Krallen im Gesicht und auf dem Kopf getroffen und einem sogar die Augen gefährlich verletzt wurden, die Katze aus Mund, Nase und Augen blutete, wurde schließlich ihr Kopf von einem

Bauern tödlich getroffen und mit einem letzen Aufschrei unter dem begeisterten Applaus der Menge zermalmt.

"Siehst du," schrie eine weibliche Stimme, "so macht man das. Aber du hast es noch nie geschafft." Ich sah, wie eine Frau in ihrer dunklen Tracht schräg gegenüber von mir am Tisch ihrem Mann den Krug mit Bier wegriss und auf ihn einschimpfte. "Nimm dir ein Beispiel an deinem Freund Bo Peter. Der hat schon fünf Mal die Katze getötet. Du noch nie. Du kannst nur saufen und verträgst gar nichts. Und wenn du voll bist, rennst du nicht gegen die Katze, sondern nur mit dem Kopf gegen die Wand."

Der angesprochene Ehemann sprang wild gestikulierend auf, schrie sie an: "Du zänkisches, streitsüchtiges Weibsbild" und schlug sie mit der Faust ins Gesicht. Die Frau stürzte auf den Boden, der Mann holte mit dem Fuß aus und trat ihr so gewaltig gegen die Nase, dass sie brach. Ich fühlte betroffen, dass sie für immer entstellt sein würde.

"Das geschieht dir recht, Martha" schrie eine andere Frau, "nun kannst du vor Scham dein Gesicht nicht mehr zeigen."

Und ein Mann rief: "Recht geschieht dir, Martha. Eine Frau, die eine so üble und grobe Sprache gegen ihren Mann führt, hat es nicht anders verdient."

Die Frau rappelte sich mühsam hoch. Niemand half ihr.

"Die Frau ist der Lockvogel des Teufels. Auf sie ist die Erbsünde zurückzuführen. War es nicht eine Frau, die Unheil über Adam brachte? Auch diese Frau war streitsüchtig und zänkisch. Und nur, weil Adam keinen Streit, sondern den Frieden suchte, fiel er auf ihr Begehr herein." Einer der Franziskaner hatte sich der Szene genähert. "Der Mann macht sich Gedanken über die Qualen der Hölle, während das Weib der Lüsternheit und der weltlichen Anerkennung frönt. Welch ein Unterschied vor den Augen Gottes. Ein zänkisches, streitsüchtiges Weib ist dem ewigen Untergang geweiht. Daher ist es die Aufgabe des Mannes, die Frau auf den rechten Weg zu bringen. Gut hast du gehandelt, Andreß. Nur so hat deine Frau Aussicht, Gnade vor Gottes Augen zu finden."

Die Frau hielt sich die blutende Nase und hatte den Kopf in den Nacken gelegt. Der zweite Mönch hatte sich zu ihr gesellt, machte das Kreuzzeichen über ihr und murmelte in beschwörendem Ton: "Gehe in dich, Weib. Damit du nicht den ewigen Höllenqualen anheim fällst."

Inken, die mit Sönke neben mir stand, zischte in Richtung der Franziskaner: "Dabei stellt ihr selbst jedem Weiberrock nach."

"Noch eine Katze?", rief jemand dazwischen.

"Nein," Broder Hansen trat aus seiner Gastwirtschaft, "es lohnt sich nicht mehr. Wir führen gleich unsere Versammlung durch. Bis dahin könnt ihr noch etwas tanzen."

Die Musik spielte wieder auf. Sie klang erstaunlich modern, wenn man bedenkt, wie abgeschieden die Insel doch war.

"Der Mönch, der eben gesprochen hat, stammt aus der bedeutenden Familie der Sonnefelds," sagte Jakob, der überraschend neben mir auftauchte. Er lächelte und sagte dann, zu seiner Tochter gewandt, die soeben mit Sönke zum Tanzen entschweben wollte: "Ich hoffe, dir wird so etwas nicht passieren. Der Termin für die Hochzeit steht nämlich fest. Und die Eltern von Sönke und ich, wir hoffen, dass du eine bessere Ehefrau wirst."

"Ganz bestimmt," strahlte Inken, nahm ihren Sönke fest in den Arm und lief mit ihm zur Tanzfläche. Das Gras war schon stark abgetreten, was der Begeisterung jedoch keinen Abbruch tat. Ein Bauer lag der Länge nach über der Bank und kotzte seinen Mageninhalt unter dem Gelächter der Umstehenden auf den Rasen. Vermutlich war das nicht der letzte.

Als der Vater von Pidder sich neben mich setzte, fragte ich ihn: "Gibt es hier auf der Insel ein Kloster."

"Nein, kein Kloster. In Tuner, wo der Amtmann seinen Sitz hat, gibt es zwei Klöster, in einem sind Franziskaner, im anderen Dominikaner. Bei uns leben drei Franziskaner-Pater. Sie haben darüber zu wachen, dass die Reliquien in unserer Kirche nicht enthert werden und dass sie nicht wegkommen. Vor einigen Jahren noch ist es geschehen, dass ein bekannter Heide, der noch Odin verehrte, in die Eydumer Kirche kam, sich vor den Altar stellte und den anwesenden Gläubigen zurief: 'Nie werde ich mich mit diesem neuen Glauben anfreunden.' Er nahm sein Messer und schnitt sich die Kehle durch. Ihr werdet also erkennen, dass die Kirche vorsichtig sein muss. Jede christliche

Gemeinde möchte gerne Reliquien. Wer sie hat, wird durch die Fürsprache der Heiligen bei Gott vornehmlich beschützt und erfährt besondere Gnade. Sie können Naturkatastrophen und Dämonen von uns abhalten. Daher werden wir besonders beneidet. Vor allem die Dänen von Röm und in List sind wütend auf uns und zürnen vor allem dem Bischof in Ribe, dass wir Reliquien der heiligen Märtyrer Knut und Mauritius und des heiligen Bekenners Kjeld haben. Auch der Nachbarort Muasem neidet es Kaytum, weil die Muasemer meinen, sie seien der reichere Ort. Aber Kaytum ist auserwählt worden, weil die Vorfahren der jetzigen Kaytumer mehr Geld an das Kloster zahlten, als die Muasemer. Und das hat sich bis heute nicht geändert. Aber das sind die Reliquien wert. Die Kaytumer Kirche hat immerhin einen hohen Turm, der Zeichen für die Seefahrt ist und seit langem Gott wohlgefällig den stürmischen Naturgewalten trotzt. Die Kirche in Muasem hat keinen Turm. Das zeigt, wie geizig und wenig gottgefällig die sind. Der Herr unser Gott ist denen nicht einmal einen Turm wert."

Der Landvogt, den ich in der Kirche im Gestühl gesehen hatte, erschien in Begleitung eines jungen Mannes in Seemannskleidung und mit Vollbart. Er wurde von den Menschen auf der Festwiese begeistert begrüßt. Er winkte lachend zurück. Besonders freute er sich, als er den langen Pidder sah. Beide waren seit Jahren Freunde.

"Das ist Muchell Bohn. Er hat auf einem königlichen Kriegsschiff gedient und ist gerade aus Schweden zurückgekehrt, wo der König seinen Krieg verloren hat. Wahrscheinlich will der Landvogt, dass er uns nachher darüber berichtet und uns erklärt, wo unser Geld bleibt." Jakob war der Ärger erneut anzumerken.

Es dauerte auch nicht lange und der Seemann erzählte unter dem Jubel der versammelten Gemeinde, dass der König von Dänemark seinen Krieg vor den Toren Stockholms verloren habe.

"Ich gehörte zur Besatzung des Orlogschiffs 'König Waldemar'. Wir lagen mit unserer Flotte vor der Hafeneinfahrt der schwedischen Hauptstadt und hörten das Donnern der Geschütze. Aber wir bekamen keinen Befehl, den Hafen und die darin liegende schwedische Flotte anzugreifen. Irgendwann erhielt unser Commandant die Nachricht, dass wir sofort absegeln sollten. Was wir dann auch taten. Der König wollte nach der Einnahme von Stockholm die schwedische Flotte unbeschädigt übernehmen. Da er die Schlacht am Bunkeberg jedoch verlor," hier wurde Muchell Bohn durch lauten Beifall unterbrochen, "konnten wir Gott sei Dank ohne einen Schuss abfeuern zu müssen wieder absegeln." Erneut brandete Applaus auf.

"Ihr wisst," rief der Seemann, "ich wurde in Tuner wegen Beleidigung des Amtmanns eingesperrt. Da Henning Pogwisch harte Strafen verhängt, besonders für Beleidigungen seiner hochwohlgeborenen, ehrwürdigen Person," laute Schmährufe zur Person des Amtmanns wurden laut. Muchell Bohn zögerte einen Moment, grinst dann und fuhr fort, "bin ich nicht freiwillig in die dänische Kriegsflotte eingetreten, ich ließ mich vielmehr aus dem Gefängnis heraus zum Kriegsdienst pressen. Das war immer noch besser, als der Willkür des Pogwischen ausgeliefert zu sein."

Erneut wallte großer Beifall auf und Schmährufe wurden wieder hörbar.

"Und was soll ich euch sagen, nur das Fressen war mies und knapp, die Dänen bestrafen oft und gerne mit Prügel, aber kämpfen für diese Kack-Dänen musste ich mit Gottes Fügung nicht."

Großer Jubel. Jakob, Pidder und die anderen saßen mit glühenden Augen auf ihren Bänken und klatschten vor Begeisterung in die Hände, auf die Schenkel oder auf die Tische vor ihnen. Die Dorfbevölkerung verursachte einen höllischen Lärm.

"Bist du denn entlassen von den Dänen," wollte einer aus der Menge wissen.

"Natürlich nicht, so schnell entlassen die keinen. Die Dänen haben viel zu wenig Seeleute. Die brauchen jeden, den sie zwingen können." Stille setzte ein. Wie kam denn Muchell Bohn zurück auf die Insel?

"Wir haben in einem Hafen in der Nähe von Stockholm die Schwarze Garde des Königs in unser Schiff eingeladen. Es war höchste Zeit, die Schweden waren ihnen schon dicht auf den Fersen. Da die Garde auch Soldaten braucht, haben sie mich heimlich mitgenommen. Ich war also kurze Zeit Söldner der Schwarzen Garde, genau bis Rendsburg. Zunächst wurden wir auf Fehmarn ausgeladen und marschierten nach Rendsburg. Bevor sie auf dem Landweg weiter in Richtung Jütland zogen, machte ich mich dünn." Wieder brandete lauter Beifall auf, nur der Landvogt blickte missmutig.

"Dann bist du ja fahnenflüchtig geworden," sagte er laut, "die Dänen werden nach Syld kommen und dich suchen. Du weißt, dass wir dich ausliefern müssen."

Totenstille trat ein. Das Wort des Landvogts hatte starkes Gewicht.

"Ich weiß," erwiderte Muchell Bohn, "und ihr alle wisst, dass ich in der Erbfolge meiner Familie keine Berücksichtigung finde. Ich muss mir so oder so eine andere Tätigkeit suchen. Da ich nun einmal Seemann geworden bin, werde ich wie Claas Lornsen auf einem Schiff der Hanse anheuern. Ich bin nur hergekommen, um mich von euch und meinen Eltern zu verabschieden. Morgen werde ich wieder verschwinden."

Erneuter Beifall brandete auf. Der Landvogt schien erleichtert. Er lächelte.

"Aber eines möchte ich euch noch ans Herz legen, einer unter uns hat verraten, dass ich Lästerliches über den Amtmann geäußert habe." Muchells Augen blitzten zornig. "Ich glaube zu wissen, wer es war. Hütet euch vor solchen Leuten. Ich kann nicht offen aussprechen, wer es gewesen ist. Ich möchte keine Schwierigkeiten mit unserem Schöpfer oder seinen Dienern bekommen, manche schützt er mehr als andere."

Den Zuhörern stockte der Atem. Alle blickten auf die anwesenden Mönche und den Pfarrer des Ortes. Katholische Geistliche anzugreifen war eine schwere Sünde. Die Kirche schützte ihre Priester und Mönche in besonderer Weise. Verfehlungen gegen die Geistlichkeit konnten Exkommunikation zur Folge haben. Das war die schwerste Bestrafung, wie vogelfrei.

Muchell Bohn hatte sich sehr vorsichtig ausgedrückt. Niemand konnte ihm vorwerfen, ungerechtfertigte Beschuldigen gegen eine bestimmte Person erhoben zu haben.

"Wen beschuldigt ihr?" Die Frage wurde laut in überheblichem

Ton von dem Mönch gestellt, der mir von Jakob als Sonnefeld benannt worden war. Er kehrte in seinem ganzen Gehabe deutlich seine aristokratische Herkunft heraus.

"Ich habe niemanden beschuldigt," antwortete der Seemann. "In unserem Dorf gibt es meist gottesfürchtige Leute, die niemandem Unrechtes antun. Es wäre gut, wenn alle so wären."

"Nun, dann hat das Gericht ja kaum noch eine Funktion in Kaytum," höhnte der Mönch. Der zweite Franziskaner und der Pfarrer fielen in das hämische Lachen ein. "Danach gibt es hier fast nur ehrliche und gottgefällige Menschen. Sei vorsichtig, Seemann," polterte Sonnefeld, "Hochmut und Selbstherrlichkeit trennen euch schnell von der Gemeinschaft der Gläubigen und übereignen euch dem Satan. Gott der Allmächtige hat jeden von euch auf seinen Platz gestellt. Gottes Auftrag ist der ständige Kampf für ein besseres Jenseits, im Diesseits habt ihr die euch übertragenen Aufgaben pflichtgemäß zu erfüllen. Also tut es, wie euch auferlegt. Und wenn euer Platz auf einem Kriegsschiff ist, so füllt ihn aus, wie euch befohlen. Fahnenflucht gehört bestraft. Landvogt, nehmt diesen Abtrünnigen in Haft."

Er blickte zornigen Auges in die Menge und erwartete keinen Widerspruch. Auch wenn die Bauern nicht mit allem übereinstimmten, was die Kirchenmänner predigten, so wollte sich doch keiner mit der Kirche anlegen. Also erwiderte niemand, nur ärgerliches Grummeln und Raunen war vernehmbar.

Die Sache sah weder für Muchell Bohn, noch für den Landvogt Nickels Atyen gut aus. Daher besann ich mich auf meine Ausbildung zum Rechtsgelehrten, erhob mich und stellte fest, dass wir hier erschienen seien, um über den Grafen Gerhard zu beraten und wie er unterstützt werden könne.

"Soweit ich das bisher als Fremder auf dieser Insel verstanden habe, sind die Steuern und Abgaben, also die Bede wie ihr sie nennt, drückend hoch. Nur Graf Gerhard versteht eure Sorgen, möchte euch helfen und wird dafür vom König und seinen adligen Stützen geschmäht. Daher ist jetzt die Frage: haben die Bauern und Fischer in Zukunft mehr Freiheit und bessere Lebensbedingungen, oder wird es ihnen schlechter gehen?"

Während ich sprach, war alles Volk um mich herum still geworden. Alle sahen mich mit großen, staunenden Augen an. Das hatte

auch noch niemand erlebt. Ein Fremder nahm sich das Wort, bevor die wichtigsten Leute des Dorfes gesprochen hatten. Ich sah, dass Broder Hansen mich völlig verstört ansah. Aber dann hatte der lange Pidder als erster die Situation begriffen. Er sprang auf, zog sein Schwert aus dem Gürtel, hob es drohend in die Höhe und schrie:
"Der Adel ist schuld am Elend der Bauern. Wir auf Syld müssen zwar keinen Frondienst leisten, dafür müssen wir aber als Ausgleich höhere Abgaben zahlen. Und jeder will uns ausbeuten, König, Herzog und Kirche."

Der Landvogt bemühte sich um Ruhe. Er versuchte durch auf- und niedergehende Handzeichen die aufkommende Unruhe zu dämpfen. Aber Pidder fuhr fort:
"Wir wissen, dass Bauern und Fischer von Adligen gekreuzigt, geröstet und hinter Pferden hergeschleift wurden. Und wir kennen den Witz der Adligen: 'Schlage einen Bauer und er wird dich segnen, segne einen Bauer und er wird dich schlagen'. Sie halten uns, Bauern und Fischer, für aggressiv, unverschämt, gierig, mürrisch, misstrauisch, hässlich, dumm und immer unzufrieden. Aber ich frage euch: Wozu ist der Adel gut außer zur Unterdrückung armer Bauern und Fischer?"

Das Volk grölte und johlte. So hatten sie Pidder aus Hörnem noch nie erlebt. Der war richtig. So konnte man es dem Schelmendiebsgesindel heimzahlen.

Plötzlich tauchten weitere Schwerter auf. Beim einfacheren Volk sah ich Messer, Knüppel wurden drohend hochgehoben und auch Heugabeln und eine Sichel erschienen. Die Drohrufe wurden immer lauter, die Situation immer unkontrollierbarer. Die meisten hatten schon zu viel getrunken. Die Wut der Insulaner richtete sich bald gegen die Mönche, denen das Feld sehr schnell zu heiß wurde. Sie und der Priester suchten möglichst unbemerkt das Weite. Solch einen Volksaufstand hatten die Kirchenmänner in Kaytum noch nie erlebt.

Ich schob mich still und unbemerkt an den Seemann Muchell Bohn heran.
"Das beste wird sein, du verschwindest jetzt. Tatsächlich muss der Landvogt dich verhaften lassen. Wenn du aber nicht mehr da bist, kann er nichts tun. Und ich nehme an, er wird dich auch

nicht suchen lassen. Am besten wartest du im Haus deines Freundes Pidder auf uns. Heute Abend können wir alles weitere besprechen. Achte nur darauf, dass die Mönche dich nicht sehen. Der Priester dürfte nicht so schlimm sein, er muss sich allerdings auch vor den Klosterbrüdern hüten."
"Ich passe schon auf. Vielen Dank, das habt ihr wirklich gut gemacht." Er strahlte mich mit offener Zuneigung an, ergriff seinen Ranzen und entfernte sich still und leise. Ich tat so, als ob ich nichts wüsste, bemerkte aber, dass der Landvogt uns beobachtet hatte. Er lächelte, drehte sich der aufgebrachten Menge zu und war bestrebt, die Meute zu beruhigen.

Broder Hansen als Dorfältester sprang schließlich auf den Tisch und schrie laut in die Menge: "Hört mir zu und haltet endlich Ruhe. Ruhe!" Es gelang ihm. Allmählich kehrte Ruhe ein.
"Der König will uns mit einer Bede von fünf lübischen Mark pro Pflug belegen. Der Krieg gegen die Schweden war wie üblich sehr teuer."

Wieder brach lautes Getöse aus. Jakob sprach wild gestikulierend mit lauter Stimme auf seinen Nachbarn ein, einen Bauern, der mit beiden Händen seinen hochroten Kopf hielt. Ich stand noch immer einige Schritte entfernt, ungefähr dort, wo der Seemann seine Geschichte erzählt hatte.
"Fünf lübische Mark pro Pflug, wie soll ich das aufbringen?" stammelte der Kaytumer Bauer, wobei auf seinem hochroten Gesicht Schweißperlen erschienen. Der Landvogt saß ruhig auf seiner Bank und wartete ab, was sich weiter ereignete.

Broder Hansen forderte erneut Ruhe. "Der König hat dem Pogwischen unser friesisches Land als Pfand übertragen, da der Amtmann dem König viel Geld gegeben hat. Nun führt sich Amtmann Henning Pogwisch aber auf, als wäre er selbst der König. Nach dem jütischen Recht hat er die Steuern, die er bei uns einzieht, an den König abzuführen. Der König will schließlich das Pfand auf unser Land abbezahlen und will es wieder schuldenfrei machen. Aber Graf Gerhard, und das weiß unser Landvogt, hat nach seiner Rückkehr aus Oldenburg mitgeteilt, dass der Amtmann die Bede für sich behält und nicht an den König weiterleitet. Wenn sich das noch weiter fortsetzt, sind wir bald Fronarbeiter Pogwischs."

Wieder setzte Lärm ein. Broder Hansen stand immer noch mit wild funkelnden Augen auf dem Tisch und war zufrieden, dass die Menge ihm so begeistert folgte. Bei diesem Zuspruch von Seiten der Einwohner Kaytums wuchs sein Ansehen. Er hatte es damit leichter, seine Interessen beim Landvogt durchsetzen zu können. Auch Caspar Schulten und Jakob Vicken, die sich von der Streitsucht ihrer Frauen in der Kirche nicht hatten beeindrucken lassen, applaudierten begeistert. Pidder saß neben seiner Frau und dachte wahrscheinlich darüber nach, welche Abgabeerhöhungen auf die Fischer zukamen. Sie wurden nicht nach Pflug bemessen, sondern nach Größe ihrer Schiffe.

"Seit wann ist Graf Gerhard wieder da?" Diese Frage wurde laut aus der Menge gestellt. Sofort ebbte der Lärm ab. Es stimmte doch, der Graf hatte vor einiger Zeit nach längerem Streit mit seinem königlichen Bruder Christian das Land verlassen. Und nun war er wieder da? Das sei ein Segen, klang es von den Anwesenden zu mir herüber.

Der Sylder Landvogt Nickels Atyen erhob sich und nahm das Wort.

"Liebe Bürger und Einwohner, Graf Gerhard ist wieder zurückgekommen, da die Schulden seines Bruders in der Zwischenzeit weiter gewachsen sind. Graf Gerhard hatte bereits viel Geld gestiftet und Pfänder dafür erhalten, nun musste er seine Anleihen noch ausweiten. Der König ist ebenfalls beim Adel aus Schleswig und Holstein völlig verschuldet und es gehört ihm kaum noch Land. Außerdem ist Christian I. auf Unterstützung von Lübeck und Hamburg angewiesen. Die Hamburger erwarten als Gegenleistung vom König, dass er den Getreidehandel von unseren Häfen an der Westsee aus auf friesischen Schiffen unterbindet. Sie verlangen, dass wir alles nach Hamburg liefern und unser Getreide, unsere Fische und unser Fleisch von dort aus verkauft und auf Hamburger Schiffen versandt wird"

Einer der Bauern knallte seinen Bierkrug mit solcher Wucht auf den Tisch, dass er in tausend Splitter zerschellte und sich sein Inhalt über die Nachbarn ergoss. Andere sprangen hoch und fluchten so unflätig, dass sie Gott eigentlich mit einem Blitz hätte erschlagen müssen. Wieder andere, die meisten davon Frauen, beteten. Es wäre sicherlich nicht schlimmer gewesen, wenn jemand verkündet hätte, dass alle in wenigen Augenblicken in die Qualen der Hölle geschmissen würden. Ein junges Mädchen von etwa acht Jahren, wahrscheinlich die Tochter von Broder Hansen, versuchte, einige Humpen Bier auf den Tisch zu stellen. Sie hatte jedoch Mühe zu verhindern, dass ihr aufgebrachte und wild gestikulierende Menschen die Getränke aus der Hand schlugen.

"Dieses Schinder- und Diebsgesindel," schimpfte jemand in der Menge. "Man sollte diese Hamburger alle unterm Galgen verscharren. Wir brauchen wieder mehr Seeräuber, die die Hamburger Schiffe ausplündern."

Nickels Atyen ergriff wieder das Wort. "Betroffen ist der Lister Hafen und vor allem der größte Hafen an der Westküste: Husem. Die Hamburger sehen in Husem den größten Konkurrenten. Aber Husem macht für die friesischen Uthlande die wichtigsten Geschäfte. Wenn wir von dort aus nicht mehr unser Getreide verkaufen können, wird es uns noch schlechter gehen als ohnehin schon in dieser harten Zeit. Daher ist Graf Gerhard auch zur Zeit in Husem, um die Adligen von Schleswig und Holstein davon zu überzeugen, dass man ein Reich nicht nur mit verpfändeten Ländereien regieren kann. Ein guter König kann sich nicht von jedem bevormunden lassen."

Wieder herrschte Unruhe. Dieses Mal nicht ganz so laut und unbeherrscht wie zuvor, aber mit leidenschaftlichem Zorn.

"Graf Gerhard," fuhr der Landvogt fort, "wünscht, dass seine Freunde aus den Marschlanden zu ihm nach Husem kommen, um ihn zu unterstützen. Es soll sich das wiederholen, was bereits in Rendsburg geschehen ist. Damals haben die Marschenbauern den Grafen allgewaltig unterstützt, und der König machte Zugeständnisse. Graf Gerhard hatte als Statthalter der Länder uns Bauern und Fischer aufgefordert, uns selbst steuerlich einzuschätzen und gemäß dieser Abwägung die Bede zu zahlen. Ihr habt das mit meiner und Gottes Hilfe getan und es war gerecht. Aber Graf Gerhard musste unser Land anschließend verlassen, weil er sich weigerte, mit dem König die Steuereinnahmen abzurechnen. Er weigerte sich, weil der König auf Druck des Adels erhebliche Nacherhebungen ankündigte. Wir hatten dann zwar keinen Grafen mehr, der uns unterstützte, aber wir hatten endlich einmal erlebt, dass die Obrigkeit auch für das gemeine Volk ein Herz haben kann."

Wieder setzte lautes Stimmengewirr ein.

"Jawohl," schrie einer der Bauern, "nach der Viehseuche vor zwei Jahren, ihr erinnert euch noch alle," zustimmendes Rufen wurde laut, "die nach der Ernte begann, und als es im Winter auch noch lange schneite, als die Kühe und Rinder keine Nahrung mehr fanden und vor unseren Augen vor Schwäche und Mattigkeit umfielen, habe ich so gut wie alles Hornvieh verloren. Wir konnten nur froh sein, dass nicht noch eine Überschwemmung dazu kam. Ich hatte noch ein Rind und eine Kuh, einige Schafe und eine Ziege. Nur Gänse, Enten und Hühner waren mir vollzählig geblieben. Meinem Oheim in Schleswig waren von dreihundert Stück Hornvieh nur fünfzehn am Leben geblieben. Wenn Graf Gerhard nicht gewesen und uns von der Steuerlast befreit hätte, säße ich heute in Tuner und mein Oheim in Schleswig im Schuldturm ."

Laute Zustimmung. Fast alle hatten gleiches erlebt. Die Seuche hatte auf der Insel arg gehaust. In dem Jahr war es wohl ein Segen, nicht Bauer, sondern Fischer gewesen zu sein.

"Und den Amtmann interessiert im Auftrag des Königs auch nicht, dass unsere Insel versandet und wir immer ärmer werden. Nur der Graf hatte ein Ohr für uns und Verständnis. Deshalb müssen wir ihn unterstützen." Das war die tiefe Stimme von Caspar Schulten, dessen Sonntagsstaat aus modernen enganliegenden Hosenbeinen und spitzen Schuhen bestand. Er trug eine sehr kurze Hemdjacke, die nicht über das Gesäß reichte. Das hatte ihm im Verlauf der letzten Stunden viel hämischen Spott unter der Hand eingetragen, jetzt aber erhielt er viel Beifall und Zustimmung.

Der Landvogt meldete sich wieder zu Wort.

"Liebe Kaytumer und Nachbarn," dabei sah er Jakob und Pidder an, "ich kann als Landvogt der Landschaft Syld unmöglich für Graf Gerhard Partei ergreifen und mich damit gegen den König und den Amtmann Henning Pogwisch stellen. Wenn ihr der Meinung seid, ihr müsstet den Graf unterstützen, so sollt ihr das jetzt mit Broder Hansen besprechen. Ihr nehmt es bitte nicht übel, wenn ich euch jetzt verlasse."

Dankbar applaudierten die Anwesenden. Der Landvogt sah mich und winkte mich heran.

"Ich heiße Nickels Atyen."

"Mein Name ist Michael Isermann," antwortete ich.

"Ich wäre sehr erfreut, wenn ihr mich in der Landvogtei in Kaytum besuchen würdet. Ihr könnt auch bei mir wohnen. Ich nehme an, bei Jakob und Pidder ist es etwas eng und die wären wahrscheinlich recht froh, wenn sie ihr Bett wieder selbst benutzen könnten. Wenn ihr am Mittwoch mit den beiden zum Markt fahrt, könnt ihr zu mir kommen. Wenn ihr wollt, werde ich mit Jakob darüber sprechen."

Ich war einverstanden. Nickels Atyen winkte Jakob zu sich und entfernte sich mit ihm. Ich konnte mich wieder auf die Versammlung und auf Broder Hansen konzentrieren, der gerade das Wort ergriff.

"Graf Gerhard hat uns einen Boten geschickt, der uns ausgerichtet hat, dass sein Herr sich im Franziskanerkloster in Husem aufhält. Er lässt uns bitten, am nächsten Samstag auf den Markt des Ortes zu kommen, damit wir dem König und dem Adel unsere Macht demonstrieren können."

Unter der strahlend scheinenden Sonne am wolkenlosen Himmel erhob sich erneut großer Jubel. Das Bier floss nach wie vor in Strömen und weitere Männer mussten sich übergeben. Sie taten es ungeniert, was in einigen Fällen dazu führte, dass die Kleidung der Umstehenden oder Sitzenden verdreckt wurde

"Wir Bauern gehören nicht zur Landstandschaft in unserem Land, obwohl, wie Graf Gerhard immer wieder sagt, wir Bauern der wichtigste Stand seien. Aber nur die Kirchenoberen, der Adel und die Räte der größten Städte bestimmen über unser Schicksal. Die Bauern haben kein Mitspracherecht, die Landschaft Syld nicht und nicht einmal Husem als wichtigster Ort und wichtigster Hafen für die friesischen Uthlande. Husem hat bisher noch nicht einmal Stadtrecht."

Wieder wurden laute Proteste vorgebracht.

"Wir werden daher unsere Schiffe flott machen oder unsere Wagen und werden am Freitag nach dem Morgengebet losfahren, jeder auf seine Weise. Der Freitag ist günstig, da kurz nach Primes das Watt trocken ist und wir mit den Pferdewagen zum Festland rüberfahren können. Nehmt genug zu Essen mit, es wird sicherlich, wie beim letzten Mal in Rendsburg, ein paar Tage dauern."

Wieder zeigten einige ihre Schwerter, Knüppel wurden drohend erhoben und sogar Sensen hochgehalten, obwohl am Sonntag niemand auf den Feldern arbeitete. Der Knecht von Broder Hansen hatte das Werkzeug aus der Scheuer geholt.

Es war nun alles klar. Der Zorn der Kaytumer war genug angefacht. Wahrscheinlich hatten die Bewohner der übrigen Dörfer die gleiche Nachricht erhalten und würden ebenso am nächsten Sonntag nach Husem aufbrechen. Für den Rest des Tages war nun Feiern angesagt.

5.

Am Mittwoch war Markt in Kaytum. Muchell Bohn hatte am vergangenen Sonntag in Hörnem wie abgesprochen auf uns gewartet. Es war wichtig, dass er so schnell wie möglich von der Insel verschwand. Auf die nahe liegenden Nachbarinseln konnte er nicht fliehen, da Feer zum großen Teil und Oomram ganz dänisch waren. Somit blieb nur das Festland. Pidder machte sich noch während der nächtlichen Flut auf den Weg, um Muchell dorthin zu bringen. Ich weiß nicht, ob ich in dieser Zeit in einer Stadt eine Freundschaft gefunden hätte, die hiermit verglichen werden konnte. Es musste wohl daran liegen, dass diese Menschen auf der Insel ständig gegen die harten Bedrohungen der Natur ankämpfen mussten. Da einer alleine es kaum schaffen konnte, war man auf die Hilfe der Nachbarn oder der Freunde angewiesen. Im Sommer waren die Probleme geringer, aber die Jahreszeiten Herbst, Winter und Frühjahr verlangten ihnen gewaltige Leistungen ab.

Ich hatte Muchell gebeten, nach Lübeck zu reisen. Dort sollte er meinen Eltern mitteilen, dass ich auf Syld sei, es mir gut gehe und ich bald nach Hause kommen würde. Er sollte unbedingt meinen Großvater besuchen. Der würde ihm sicherlich eine

Heuer auf einem seiner Schiffe anbieten. Ein Referenzschreiben konnte ich leider nicht für ihn ausstellen, da mit Federkiel und Papier fehlten.

Jakob und Pidder fanden es gut, dass der Landvogt mich in seinem Haus aufnehmen wollte. Ihr kleines Haus war wirklich zu eng geworden. Ich musste aber versprechen, solange ich noch auf der Insel war, so oft wie möglich zu ihnen nach Hörnem zu kommen. Auch sollte ich unbedingt einmal mit ihnen zum Fischen rausfahren. "Wer nie zum Fischen auf offener See war, wird die Schöpfung Gottes nicht verstehen," so war das Credo von Jakob aus Hörnem. Und sein Sohn Pidder nickte bestätigend dazu.

Ich eröffnete ihnen aber zu ihrer Überraschung, dass ich mit nach Husem zur Protestveranstaltung reisen wollte. Auch der Hinweis von Jakob, dass es unter Umständen gefährlich werden könnte, sollte mich nicht davon abhalten.

Heute waren wir gemeinsam zum Markt nach Kaytum gefahren. Pidder gab mir vor unserer Abfahrt mit dem beladenen Pferdewagen etwas kleinlaut meinen Geldbeutel.

"Ich habe vergessen, ihn euch vorher zurückzugeben," klagte er, "nicht dass ihr glaubt, ich hätte sie für mich behalten wollen. Ich hatte ihn am Strand bei euch gefunden und in Gedanken weggelegt. Gestern habe ich ihn zufällig wieder entdeckt. Mein Vater war dabei und kann es bezeugen."

Es bedrückte mich, Pidder, den ich wie seine ganze Familie als treuen Gefährten kennen und schätzen gelernt hatte, so bekümmert zu sehen. Ich tröstete ihn daher: "Weißt du, Pidder. Wir sind etwa ein Alter. Ich möchte nicht mehr, dass du mich wie einen hohen Herrn behandelst und 'ihr' zu mir sagst, ich möchte, dass auch du mich als deinen Freund ansiehst und mich mit 'du' anredest. Und das wünsche ich mir von deiner ganzen Familie."

Pidder zeigte sein strahlendstes Gesicht und wusste vor Verlegenheit nicht, was er darauf antworten sollte. Statt dessen fragte er mich:

"Hast du den schönen Tag gestern noch einmal richtig ausgenutzt?"

"Ja," antwortete ich ihm. Ich hatte zwei Tage mit ihm die Rauten im Watt geleert. Große Krebse streiften um die Netze herum, als suchten sie eine Möglichkeit, die gefangenen Fische zu befreien. Aber sie fanden keinen Fluchtweg. Viele Vögel kreisten schweigend oder gar kreischend um uns herum, in der Hoffnung, teilhaben zu können an diesem Festmahl.

Auf die offene See war ich noch nicht mit hinausgefahren. Aber ich hatte trotzdem in diesen zwei Tagen viel über die Natur der Insel lernen können. Ich dachte schon jetzt ein wenig mit Wehmut an den Tag, an dem ich nach Lübeck abreisen würde. Aber es wurde mir immer bewusster, dass ich Sehnsucht nach meinen Eltern und nach meiner Braut hatte.

"Ich werde den Himmel über der Insel vermissen, wenn ich wieder nach Hause fahre, Pidder," antwortete ich ihm etwas bekümmert. "Die Sonne, die sich in solch strahlendem Blau über das Firmament spannt, dass die Augen schmerzen und abends in harmonischer Stille als feuriger Ball im Meer versinkt, so etwas vergisst man nicht. Viele Menschen haben Angst, die Sonne könne auf die Erdscheibe fallen und sie zerstören. Das wäre der Untergang der Welt. Das kann zwar passieren, aber vorher käme das Jüngste Gericht. Deshalb kann uns die feurige Sonnenscheibe nicht überraschen. Auch die Meeresbrandung, die mich das Fürchten gelehrt hat, die mal verführerisch einschmeichelnd flüstert, um anschließend mit zornigem, göttlichem Getöse den Menschen an seine Bedeutungslosigkeit zu mahnen, wird mir fehlen. Weißt du, Pidder, wir Menschen besingen in unseren Minne- und Bänkelgesängen die mutigen Helden, meist die bereits toten. Wir huldigen den schönen, begehrenswerten Frauen, bei denen es sich meist um hässliche, aber wohlhabende Aristokratinnen handelt, sogar um Mörderinnen und Ehebrecherinnen. Aber die Schönheiten unserer Welt, wie sie sich hier zeigen, besingen wir nicht. Ich kann auf jeden Fall verstehen, warum ihr trotz aller Mühe und Härte auf eurer Insel bleibt."

So war unser Morgen verlaufen. Jetzt waren wir in Kaytum. Das sonnige Wetter hatte sich in regnerisches gewandelt. Ich hatte angeboten, mit Jakob, Pidder und Inken am Marktstand zu bleiben, aber sie meinten, da ich kein Fischer sei, solle ich mich lieber im Dorf umsehen. Helfen könne ich ihnen doch nicht.

Außerdem wollte Jakob mit den zukünftigen Schwiegereltern von Inken die Hochzeit im Gasthof vorbereiten. Nicht nur Essen und Trinken mussten ausgesucht werden, auch die Musiker waren zu bestellen. Außerdem ging es darum, wer alles eingeladen wurde. Grundsätzlich nahm das ganze Dorf an Feierlichkeiten teil, aber die Obrigkeit sah es nicht gerne, wenn Hochzeiten, die sich meist über mehrere Tage erstreckten, die Vermögensverhältnisse überstiegen und die Existenz der Beteiligten gefährdeten. Deshalb mussten die Brautleute bei der Anmeldung der Eheschließung vor Gott nachweisen, dass sie keine liederlichen jungen Leute sind und Vermögen haben.

Inken musste sich um ihr Hochzeitskleid kümmern. Bei der Anfertigung hatte sie jede Eitelkeit zu vermeiden, um damit Zank und Streit auszuweichen. Die Braut sorgte dafür, dass sie viele Kleider und Schleier aus Leinen, die die Motten nicht fressen würden, reichen Bestand an Betten und Bettwäsche aus Leinen sowie Tischtücher und Geschirr mit in die Ehe brachte. So waren die Hörnemer an diesem und den folgenden Tagen vollauf beschäftigt. Hinzu kam noch die vorgesehene Protestreise nach Husem zu Graf Gerhard.

Der Nachbarstand bot Leder an. Ich ließ mir erklären, dass sie Kuhhäute anboten, die mit Weidenrinde gegerbt und durch Imprägnieren mit Birkenrindenteer wasserdicht gemacht waren. Sie wurden von den Händlern des Festlands sehr begehrt, da sie für Schuhwerk, Ledermöbel, Kutschen und zunehmend für Bucheinbände Verwendung fanden.

Ich lief noch immer etwas humpelnd im Dorf herum. Auf den Wegen herrschte geschäftiges Treiben. Es trafen noch einige beladene Karren aus verschiedenen Teilen der Insel ein, die mit Marktware beladen waren. Unter einem belaubten Busch saßen zwei Männer und eine Frau mit heruntergelassenen Hosen und hochgezogenem Rock auf einem Donnerbalken und lachten gerade über einen Scherz, der ihnen von einem vorbeiziehenden Bauern zugerufen wurde.

Da das schöne, sonnige Wetter zu Ende gegangen war und es während der Nacht geregnet hatte, watete ich durch dicken Morast. Kleinvieh tummelte sich auf den Wegen, eine Herde mit Rindern und Schafen wurde durch das Dorf getrieben. Am Ortsrand sah ich drei Männer, die Holzzäune ausbesserten und Bauern, die mit ihren Haken oder Pflügen die Ackerkrume wendeten.

Ich lief an Häusern, Hütten und Katen unterschiedlichen Alters und unterschiedlicher Beschaffenheit vorbei. Keines war dem anderen gleich. Viele Häuser zeichneten sich durch eine besondere Gestaltung der Fassade aus und beeindruckten durch die Stärke ihrer Reetdächer. Von den kleinen Häusern oder Katen wirkten manche, als wollten sie jeden Augenblick zusammenfallen. Kein Hof, den ich passierte, hatte sich von der Umwelt abgeschlossen. Jeder Passant und Nachbar konnte sehen, was auf dem Gelände geschah.

Kinder umschwärmten mich heute nicht. Auch sie waren wie die Erwachsenen eingespannt in den allgemeinen Arbeitsablauf. Viele hatten sich als Hirten verdingt, andere trugen Wasser, arbeiteten in Werkstätten oder halfen auf dem Wochenmarkt. Sie lebten hier auf dem Land anders, als die Kinder der Wohlhabenden in den Städten. Die lebten gedankenlos, ohne Sorgen und wollten nur spielen. Sie fürchteten keine Gefahr, nur die Prügel am Abend, wenn sie zuviel Unfug angestellt hatten. Dafür aßen sie so viel, dass ihnen häufig übel wurde.

Auf dem Markt in unmittelbarer Nähe des Wattenmeers waren Händler aus Tuner und Flensburg. Sie waren mit einem kleinen Schmackboot vom Festlandshafen Tuner eingetroffen. Sie suchten nach Woll- und Leinenkleidung, aber vor allem nach Fisch und Fleisch. Groß schien das Angebot an diesem Tag jedoch nicht zu sein.

Am meisten Aufmerksamkeit erregte der Zahnbrecher, der der Gunst der Stunde gehorchend seine Dienste anbot. Außerdem empfahl er sich zudem noch als Bruchschneider und Quacksalber. Er war bei der Obrigkeit zwar als marktschreierischer Urinprophet und Ziegenmistapostel verschrien, aber die Menschen waren von seinem Können und der Wirksamkeit seiner Arzneien überzeugt. Er empfahl lautstark, die Kopfhaut mit Knabenurin zu waschen, um Bandwürmer zu beseitigen und er verkaufte Heilpflaster von Ziegenmist mit Rosmarin und Honig, um Gicht zu behandeln. Gegen alle erdenklichen Leiden mischte er Substanzen zusammen, die durchweg nicht nur teuer waren, sondern auch noch widerlich schmeckten.

Eigentlich war er bei der Marktaufsicht nicht gelitten und es war ihm offiziell nicht erlaubt, auf Märkten seine Dienste anzubieten. Aber praktisch war dieses Verbot kaum durchzusetzen. Die Menschen suchten Linderung ihrer Krankheiten und Seuchen und griffen nach jeder Hilfe, die sich ihnen anbot. Studierte Mediziner, die man auf dieser Insel wohl nur vom Hörensagen kannte, behandelten lieber reiche Aristokraten und Patrizier in den wohlhabenden Städten. Sie kleideten sich mit purpurnen und roten Gewändern mit pelzgesäumten Kapuzen. Sie trugen silbern verzierte Gürtel, kostbare Handschuhe und mitunter goldene Sporen, wenn sie in Begleitung eines Dieners ihre hochgestellten Patienten besuchten. Auch für ihre Frauen galten die Eitelkeitsvorschriften nicht. Sie durften sich in teurer und aufwendiger Kleidung in der Öffentlichkeit zeigen. Für die Bevölkerung vom Land war das unvorstellbar.

Als ich den Stand des Zahnbrechers erreicht hatte, der mit Leinentüchern gegen aufziehenden Regen abgedeckt war, hörte ich lautes Geschrei. Einem Zahnkranken, den zwei kräftige Männer des Dorfes festhielten und in einen Stuhl aus massivem Eichenholz pressten, wurde gerade mit einer furchterregenden Zange ein kranker Backenzahn herausgerissen. Jeder kannte die höllischen Qualen, aber solange es einen anderen traf, war die Schadenfreude groß. Als der Zahn sich aus dem Kiefer löste, spritzten Blut und Eiter in hohem Bogen aus dem Mund des Patienten auf die Kleidung des Zahnbrechers. Der war jedoch bereits so beschmiert, dass es ihm nichts ausmachte. Er wischte seine Hände an einem nicht weniger besudelten Tuch ab und winkte den nächsten Patienten heran. Der wollte die Flucht ergreifen, aber die neben ihm stehenden Männer kannten das, ergriffen ihn und zwangen ihn unter grobschlächtigem Geschimpfe auf den Stuhl. Der Zahnbrecher öffnete dem sich wehrenden Leidenden mit einem breiten Messer den Mund, sah kurz hinein, setzte seine Zange an und begann mit Gewalt zu ziehen. Es war fraglich, ob er den richtigen Zahn erwischte. Wichtig war es nicht, da ein gesunder Zahn über kurz oder lang ohnehin krank wurde und ausgerissen werden musste. Da die meisten Menschen ohnehin mit Zahnlücken herumliefen, kam es auf eine hohle Stelle mehr oder weniger nicht an.

Wieder wurde das animalische Schreien eines Leidenden laut.

Wieder drangen die unflätigen Scherze der Umstehenden über den Markt, bis der Zahn herausgezogen und der Patient der Bewusstlosigkeit nahe war.

Neben mir tauchte einer der Franziskanermönche auf. Das erste, was mir auffiel war, dass er nicht mehr barfuss ging wie am Sonntag, heute trug er wertvolle Lederstiefel.

"Gott sei mit euch, euer Wohlgeboren," hörte ich seine Stimme. Sie klang tief, ruhig und überlegt. "Mein Name ist Heinrich von Hummersbüttel."

Er hatte klare, blaue, aber harte Augen. Auch die Mundwinkel drückten Härte aus. Er war hochgewachsen und es umgab ihn die Aura einer starken, intelligenten Persönlichkeit. Er war ein typischer Aristokrat, der das Erteilen von Befehlen gewohnt war. Heinrich von Hummersbüttel war der zweitgeborene Sohn und hatte sich daher entschieden, in ein Kloster einzutreten.

"Mein Name ist Michael Isermann. Ich habe Schiffbau, Jurisprudenz und Theologie studiert, stamme aus Lübeck und wurde auf meiner Rückreise von Holland in meine Heimatstadt vom Sturm erwischt und auf diese Insel verschlagen. Nun bin ich hier und kuriere meine Verletzungen aus. Das ist meine ganze Lebensgeschichte. Versteht ihr etwas von Heilkunde?"

"Nicht mehr, als andere auch. Ich habe mich mit Heilpflanzen beschäftigt, aber ein Medicus bin ich leider nicht. Auch mit dem Aderlass bin ich vertraut, aber das überlasse ich doch lieber den Barbieren und meinem Mitbruder Werner von Kraake. Ich bin eben für die Seele des Menschen zuständig. Darf ich Michael zu euch sagen?"

Ich nickte bejahend.

"Ich kann auf dieser Insel ungestört Forschungen zur Urzeugung betreiben. Ich nehme an, euch sind die Lehren des griechischen Philosophen Aristoteles bekannt?"

Ich nickte bestätigend, während wir langsam in Richtung Watt schlenderten.

Heinrich von Hummersbüttel fuhr fort: "Aristoteles ging davon aus, dass Würmer, Bienen- und Wespenlarven, Milben, Leuchtkäfer und verschiedene andere Insekten aus Tau, aus faulendem Mist und Schlamm, trockenem Holz, aus Schweiß und Fleisch gezeugt werden. Alle möglichen Arten von

Eingeweidewürmern werden aus verwesenden Körperteilen und Exkrementen geboren. Mücken, Fliegen, Motten, Falter, Mistkäfer, Flöhe, Wanzen und Läuse entstehen aus Brunnen-, Fluss- und Seeschlamm, aus Ackerboden, aus Schimmel und Mist, aus faulendem Holz und Obst, aus tierischen Ausscheidungen und aus Unrat jeder Art, aus Essigsatz sowie aus alter Wolle. Aber nicht nur Insekten und Würmer, sondern auch höhere Lebewesen können durch Urzeugung entstehen. So entspringen Krebse, die ich hier auf der Insel im Watt besonders gut beobachten kann, und verschiedene Weichtiere aus feuchter Erde und faulendem Schlamm. Fische und Aale entwickeln sich aus Seeschlamm, Sand und faulenden Wasserpflanzen. Sogar Frösche und Salamander können sich aus geronnenem Schlamm bilden. Mäuse entstehen laut Aristoteles aus feuchter Erde, ebenso wie andere höhere Lebewesen."

Er machte eine Pause und blickte über das trockengefallene Wattenmeer.

"Bei diesem herrlichen Anblick, der nur von einem Gott geschaffen sein kann, ist es leicht, über komplizierte Gedankengänge zu sprechen. Deshalb habe ich großes Interesse daran, auf dieser Insel bleiben zu können. Unsere Klause auf dem Kirchhof ist zwar sehr einfach und karg, aber die Einfachheit wird durch Eindrücke dieser Art bei Weitem aufgewogen. Das Kloster in Tuner hat natürlich ganz andere Annehmlichkeiten. Auch die würden mich sehr erfreuen, da ich im Verlauf meiner Jugendzeit herrschaftliches Leben gewohnt war. Aber die Erforschung unserer Welt ist so faszinierend, dass ich bereit bin, auf Annehmlichkeiten zu verzichten. Und Frauen gibt es hier auch, zwar nicht so feingliedrig und gepflegt wie in den Städten, aber von wilder Natur und großer Dankbarkeit. Ihre Männer sind grob und gefühllos. Für ein bisschen Zärtlichkeit sind die Weiber der Insel dankbar und sehr zugänglich. Vielleicht habt ihr das auch schon bemerkt?"

Er sah mich prüfend an.

"Ich glaube, ihr seid entsetzt über meine Offenheit. Aber ich bin ein Mann und kann in der Bibel nirgendwo entdecken, dass ein Diener Gottes unverheiratet sein und in völliger Abstinenz leben soll. Außerdem habe ich als Mönch kein Keuschheitsgelübte abgelegt. Ich bin nicht freiwillig in ein Kloster eingetreten. Ich bin weltlich aufgewachsen, da ich im Falle des Todes meines Bruders die Güter geerbt hätte. Da mein Bruder aber lebt und ich als Zweitgeborener keinen Erbanspruch habe, war ich gezwungen, um Erbstreitigkeiten vorzubeugen, Mönch zu werden. Eigentlich müsste es heißen, um Streitigkeiten und unerklärlichen Todesfällen in der Familie vorzubeugen, musste ich Mönch werden. Ich glaube außerdem, dass die Lehre von der Enthaltsamkeit des Mannes von alten Männern aufgestellt wurde, die sich junge Frauen ins Bett holten, ihrer Ehepflichten nicht mehr gerecht wurden und mit der schönen Weiblichkeit anschließend große Probleme bekamen. Ähnlich ist es bei den Muselmanen im Reich des türkischen Sultans. Kreuzritter berichteten bereits vor langer Zeit, dort müssten die Frauen mit einem Schleier herumlaufen, weil ein achtzigjähriger Kalif, Nachfolger des so genannten Propheten, ein Imam namens Omar, ein junges, schönes Mädchen heiratete und dann befürchtete, sie könne ihn betrügen. Daraufhin behauptete er, der Prophet hätte verlangt, Frauen müssen verschleiert sein, um vor den Blicken anderer Männer geschützt zu werden. Den Männer gefiel das, da ihnen ihre Weiber zu selbständig waren. Daher fragte niemand nach der Wahrhaftigkeit dieser Behauptung. Seitdem laufen die Frauen mit einem Schleier vor dem Gesicht in den islamischen Ländern herum. Das wollüstige Verlangen fremder Effendis wird damit unterdrückt. Dagegen ist unser Zölibat das reinste Hurenhaus. Das überträgt sich bei den Muselmanen sogar noch nachträglich auf die Pharaonen des alten Ägypten. Christliche Priester haben dort Erzählungen gehört, wonach die erste weibliche Pharaonin mit dem Namen Hadschepsud nur deshalb Herrscherin über das Land am Nil wurde, weil der Hohepriester ihre geistige Überlegenheit erkannte. Es darf niemand darüber sprechen, dass die Frau mit dem Hohepriester in fleischlicher Lust verkehrte und er sie aus diesem Grund unterstützte. So werden in der geschlechtlichen Beziehung zwischen Mann und Frau, die mit ihrem Trieb von Gott geschaffen wurden, ständig Lügen verbreitet. Die Wahrheit ist, das die Verbote nur eine Schutzmaßnahme vor der eigenen

Eifersucht sind, denn wie ich gehört habe, waren die Frauen des Propheten Mohammed selbst nie verschleiert."

Er machte eine kurze Pause und blickte erneut über das weite Watt.

"Es wäre schon interessant zu wissen, wie viel Leben in diesem Augenblick in diesem Schlamm geboren wird. Aber ich habe noch eine andere Erfahrung gemacht. Die Lehre der Urzeugung trifft auch auf Mäuse zu, die nicht in feuchter Erde geboren werden. Ich habe nämlich erkannt, dass man sie aus Weizenkorn erzeugen kann. Die Grunderkenntnis besagt, das auch menschliche Ausdünstungen als zeugendes Element dienen. Man steckt ein schmutziges Hemd in ein Gefäß mit Weizenkorn und wartet einundzwanzig Tage. Dann ist der Gärprozess beendet und die Ausdünstungen des Hemdes zusammen mit denen des Korns bringen lebendige Mäuse hervor. Und diese Mäuse unterscheiden sich kein wenig von denen in feuchter Erde geborenen."

Mir schwirrte der Kopf. Vor allem verwirrte mich die Offenheit des Kuttenbruders. Wieso sprach er mir gegenüber in dieser Eindeutigkeit von seinem Verhältnis zu Frauen? Warum kritisierte er die geschlechtliche Enthaltsamkeit, eines der fundamentalen Gebote für die katholische Geistlichkeit? Was er über die Muselmanen sagte, war sicherlich nicht mehr als richtig. Sie waren Ungläubige und zur Hölle verdammt. Aber seine Ansichten zum Zölibat konnten nur Ketzerei bedeuten. Kein Wunder, dass dieser Mönch sich mit der göttlichen Schöpfung auseinandersetzte. Ich würde mich nicht wundern, wenn er auch in diesem Falle Ansichten äußern würde, die mit der Meinung der Kirche nicht übereinstimmten. Ich dachte plötzlich an meinen Studienfreund Peter Moor in Köln, der zuviel Wein getrunken und mit benebeltem Verstand geäußert hatte, dass Jesus Christus als normaler Mann bestimmt Maria Magdalena beigeschlafen hatte. Er sprach nicht leise genug, ein Dominikaner hörte es. Kurze Zeit später bemächtigte sich seiner die Inquisition. Er wurde einem peinlichen Verhör unterzogen, weil die Prälaten erfahren wollten, wer ihm diese Idee eingeflößt hatte, wer sonst noch darüber Bescheid wusste und welche weiteren ketzerischen und gotteslästerlichen Vorstellungen in seinem Kopf brüteten. Zu unserem großen Schrecken wurden kurze Zeit später ein Professor und ein weiterer Kommilitone wegen "crimen laesae majestatis divinae", Beleidigung und Verleumdung Gottes verhaftet.

Peter Moor und unserem anderen Studienfreund hatte man während der langen Haft in der Folter Gewichte angehängt, bis die Gelenke auskugelten, Zähne und Fingernägel hatte man einzeln ausgerissen, Knochen mit dem Keil gebrochen und die Füße im Feuer verbrannt. Unser Professor starb während der Haft.

Da die beiden Studenten ihre Verfehlungen zugegeben hatten und den sündigen Gedanken und Behauptungen abschworen, wurde ihnen Gnade zuteil. Sie wurden auf dem Marktplatz auf eine große Bühne geführt, an den Pranger gekettet und die Zunge wurde ihnen herausgerissen. Dann wurden sie von der Universität verwiesen und ihren Eltern zugestellt. Der weltliche Richter, der das Urteil gefällt hatte, verband diese Strafe mit der Mahnung an alle Eltern, Sorge dafür zu tragen, ihren Kindern nicht nur das Schwören und Fluchen abzugewöhnen, sondern vor allem unseren höchsten Herrn Jesus Christus nicht zu verleumden.

Unser Professor, der ebenfalls dem peinlichen Verhör unterworfen war und während der Haft verstarb, gab uns Rätsel auf, da wir nie ein kritisches, auch nur im entferntesten ketzerisches Wort von ihm gehört hatten. Aber niemand kann dem anderen in das Herz hineinsehen.

Ich blickte Heinrich von Hummersbüttel misstrauisch an. Wollte er mich prüfen? Äußerte er gar nicht seine wahre Meinung, sondern versuchte nur, mich in eine falsche Richtung zu drängen? Ich wurde immer verwirrter.

"Ihr wundert euch über mich, Michael Isermann?", seine Stimme klang ruhig und gleichmütig. "aber ihr müsst wissen, diese Menschen hier hassen uns Mönche. Hass ist ebenfalls nicht gottesfürchtig, aber sie wissen, dass wir nicht aus Überzeugung Klosterbrüder geworden sind, sondern in unserem Herzen weltliche Menschen mit all unseren Fehlern geblieben sind. Sie wissen, dass wir ihren Frauen nachsteigen und wir wissen, dass sie nicht davor zurückschrecken, uns zu erschlagen. Vor allem, wenn die Bauern alt werden und ihr Ableben erkennbar wird, werden ihre Söhne für uns zur Gefahr. Die Sylder sind davon überzeugt, dass ihre alten Väter, wenn sie in der Stunde ihres Todes unsere Kutte tragen und damit begraben werden, in das Himmelreich eingehen. Ganz gleich, welche Sünden sie vorher begangen haben. Und einen Mönch zu erschlagen, der Frauen anderer begattet hat, ist ihrer Meinung nach ein gottgefälliges Werk. Daher leben wir gefährlich und sind bemüht, unser Leben so abwechslungsreich und farbig wie möglich zu gestalten. Ihr, lieber Michael Isermann, seid ein kluger, gebildeter und weitgereister Mann, mit dem man offen sprechen kann."

Mit mir sprechen können klang gut. Bisher war ich noch gar nicht zu Wort gekommen. Ich war auch von der Kraft seiner Worte wie erschlagen. Aber dann drängte sich mir doch eine Frage auf:

"Seit ihr sicher, dass eure Taten nicht zu Höllenqualen führen?"

Heinrich von Hummersbüttel lachte laut. Einige Personen, die sich in der Nähe aufhielten, blickten neugierig in unsere Richtung.

"Ich bin zwar nicht mehr der Ritter des elterlichen Erbes, aber habe eine ausreichende Apanage. Es macht mir keine Mühe, in Abständen einen Ablass zu erwerben, mit dem ich mich von meinen Sünden freikaufen kann. Ich handele sogar selbst mit diesen Papieren. Alles mit päpstlichem Segen. Und Großbauern, Müller und Fischer dieser Insel haben bereits bei mir gekauft. Ich kann jedem einen gerechten Preis machen. Mein Abt in Tuner, der zunächst Bedenken gegen den Ablasshandel hatte, weil er das Sakrament der Buße entwürdige, hat aber eingesehen, dass diese Papiere auch ihm einen hohen Profit einbringen. Wenn ihr wollt, habe ich auch ein Ablasspapier für euch. Man kann nie wissen."

Ich fühlte plötzlich eine Dumpfheit in meinem Kopf. Mein Geist war völlig verwirrt.

"Aber wenn ihr diese Ablassbriefe verkauft, dann schützen sie euch doch auch gleichzeitig. Es wäre doch damit nicht mehr nötig, euch zu erschlagen, um mit eurer Kutte in das Himmelreich einzugehen."

"Da kennt ihr aber die Bauern schlecht, Michael Isermann. Sie sind sehr misstrauisch. Der Ablassbrief kann helfen, muss aber nicht. Sie versichern sich lieber mit allem, was ihnen zur Verfügung steht."

Wie sollte ein Mönch wie dieser Seelen retten, wenn er der Heiligkeit so fern war. Ich spürte, wie etwas in mir, an das ich mein Leben lang geglaubt hatte, zerbrach. Und dann musste ich wieder seinen grandiosen Forschergeist bewundern.

"Lebewesen entstehen wie alle konkreten Dinge durch Verbindung des passiven Prinzips, der Materie, die auch als Stoff bezeichnet werden kann, mit dem aktiven Prinzip, der Form. Die Form der lebendigen Geschöpfe ist die Entelechie des Körpers, die Seele. Sie gestaltet den Körper und bewegt ihn. Die Materie selbst hat demzufolge kein Leben, sie wird zweckmäßig gestaltet und bewegt sich durch die Kraft der Seele. Ihr inneres Wesen liefert den Stoff zum Leben und erhält ihn lebendig. Das, lieber Michael Isermann, gilt für alle Lebewesen, nicht nur für den Menschen. Wie ihr aber sicherlich wisst, weigert sich unsere Kirche anzuerkennen, dass nicht nur der Mensch eine Seele hat, sondern auch alle anderen Lebewesen. Wenn ihr das Gegenteil behauptet, seid ihr ein Ketzer. Und wer klagt euch an? Prälaten, die einem Bischof ein christliches Begräbnis verweigern, da er die Schulden seiner Söhne nicht bezahlen kann, Prälaten, die hemmungslose Feste feiern und schneeweiße Pferde mit goldenen Satteldecken reiten, Priester, die nicht lesen und schreiben können, einfache Kirchenleute, die keine Lust mehr an ihren dunklen Röcken haben, die statt dessen eng anliegende rot und grün karierte Mäntel mit besonders weiten Ärmeln tragen, die Pelz- und Seidenbesatz aufweisen, mit Hüten und Stolas von erstaunlicher Länge, mit spitzen und geflochtenen Schuhen und juwelenbesetzten Gürteln mit goldenen Taschen. Sie missachten die Tonsur, tragen Bärte und entgegen den kanonischen Regeln zum Entsetzen der Gläubigen lange Haare. Ihr lauft Gefahr, in Diözesen als Ketzer angeklagt zu werden, die ihren Priestern anbieten, von ihnen die Erlaubnis zu kaufen, sich eine Konkubine zu halten. Wie will aber ein wollüstiger Priester eher Zugang zu Gott haben als ein einfacher Sünder? Die Lüsternheit der Priester ist so groß, dass einem Mann, der einen Ehebruch beichtet, nicht erlaubt ist, den Namen des Weibes zu nennen, damit der Priester den Fehltritt der Frau nicht zu seinen Gunsten erpresserisch ausnutzen kann. Immer wieder kommt es vor, dass der Pfarrer das Abendmahl verweigert, weil der Kommunikant ihm keine Spende angeboten hat. Die Priester brauchen sehr viel Geld, weil die Bischöfe, die euch der Ketzerei anklagen würden, sich Narren halten, Hunde und Falken und mit teurer Ehrengarde im Land umher reisen. Die Bischöfe kaufen sich Pfründe und geben die Kosten nach unten weiter, vom Prior zu den Priestern über die Klostermönche bis zu den Bettelmönchen. Und jeder muss zusehen, dass er selbst Pfründe erhält, um die ihm aufgezwungenen Kosten zahlen zu können. Denn wer die Schulden nicht zahlen kann, bekommt kein christliches Begräbnis. So handeln wir mit Ablasspapieren, aber auch mit Pelzen, Spangen, Schmuckketten, Armreifen und Gürteln für Mädchen und Frauen. Damit beschaffen wir nicht nur Geld, sondern wir können uns leicht bei ihnen einschmeicheln und gewinnen so ihr Herz und ihre Punze."

Ich war wie erschlagen. Das war doch nicht meine Kirche, die hier von diesem adligen Mönch beschrieben wurde. Das konnte nur pure Verzweiflung sein. Oder Hass darauf, dass ein Bruder nun auf dem schönen wohlhabenden Gut saß und er auf diesem armseligen Außenposten eines Bettelordens. Aber ich wollte nicht persönlich werden, deshalb fragte ich ihn: "Warum habt ihr dann aber die Bestrafung dieser Frau am Sonntag unterstützt?"

"Wir haben die Bestrafung unterstützt, weil sie ihren Eltern ungehorsam war. Der fleischliche Verkehr mit ihrem Mann war uns gleichgültig."

Und dann brach aus ihm ein tiefer Seufzer heraus: "Lieber Michael Isermann, ich wünschte, ich hätte mehr Mut. Ich würde meinen Zorn gegen die Kirche liebend gern auf Papier schreiben und am besten in eurer Stadt Lübeck an der Domtür anschlagen, so wie bereits vor etwa hundert Jahren John Wyclif es mit seiner De Civili Domino im Balliol College in England tat. Er hat auch die Bibel in die englische Sprache übersetzt. Alle sollten sie lesen. Aber bei uns sind die Menschen noch nicht genug gedemütigt worden und die Kirche ist noch zu stark. Sie würde mich vernichten und ich könnte meine Studien nicht mehr fortsetzen. Ich habe das Gefühl, dass ich wenigstens damit ein

gutes Werk tue."
Ich hatte das Gefühl, ich müsse jetzt etwas darauf erwidern. Es fiel mir aber nichts besseres ein, als festzustellen, dass ich alles Gehörte erst einmal verarbeiten müsse. Wir würden uns vor meiner Heimreise nach Lübeck sicherlich noch einmal sehen. Dann könnte ich ihm auf seine Ausführungen antworten.
Heinrich von Hummersbüttel lächelte verständig.
"Ich weiß, meine Reden sind nicht leicht zu verkraften, besonders, wenn jemand wie ihr Theologie studiert hat. Aber ich hoffe, ich habe euch etwas geholfen, denn wenn ihr wirklich ein gottgefälliges Leben führen wollt, so müsst ihr euch über die teuflischen Seiten unseres christlichen Lebens im Klaren sein."
Ich kehrte zu Jakob, dem langen Peter und Inken zurück. Sie hatten ihre Fische verkauft und von den Kleidungsstücken war kaum noch etwas vorhanden. Nach Ende des Marktes kehrten wir noch in das Gasthaus ein. Einige Marktteilnehmer hatten sich bereits eingefunden und hatten dampfende Töpfe vor sich stehen. Es gab Kraut als alleinige Mahlzeit.

Die Besucher in der Gaststube, vor allem die männlichen, behielten auch während des Essens ihre Hüte auf dem Kopf. Sie griffen mit den meist schmutzigen Händen in die Schüsseln. Einige drückten den Saft aus dem Kraut heraus, dass er in den Topf zurückfloss, andere ließen sich den Saft direkt in den weit geöffneten Schlund laufen, wobei einiges vorbei und die Wangen hinunterlief bis in den Halskragen. Anschließend folgte der ausgedrückte Krautballen in den Mund. Es wurde dabei gekeucht, geschmatzt und laut gerülpst. Wenn die Rotze aus der Nase kam, wurde sie laut schnaufend mit dem Ärmel abgewischt.

Zu trinken gab es nur Bier. Zwischen den Fässern liefen einige Ratten und Mäuse herum. Zwei Katzen lagen auf einer Bank und schliefen. Sie waren so satt, dass die Nager ohne Rücksicht auf sie auf der Suche nach Nahrung waren.

Gegenüber stritten einige Bauern über das Pflügen.
"Was soll ich mit einem Pflug," rief einer, "dafür brauche ich vier Pferde. Setze ich den Haken ein, brauche ich nur ein Pferd und bin wesentlich schneller fertig."
"Aber," entgegnete ein anderer, "mit dem Pflug kann man den

Ackerboden gründlich wenden. Gerade bei dem vielen Sand, der über unsere Äcker weht, ist das besonders wichtig. Das haben studierte Herren herausgefunden."
"Studierte Herren," schnaufte der Disputationspartner, "die sollen lieber mal herkommen und lernen, was richtige Arbeit ist. Nur quatschen, das kann ich auch." Mit einem lauten Furz beendete er das Gespräch.

Kurz darauf fuhren wir los. Es regnete wieder kräftig. Das Pferd hatte es schwer, den Wagen durch den tiefen Morast zu ziehen. Am Rand von Kaytum verließ ich das Fuhrwerk vor der Landvogtei. Meine drei Freunde verabschiedeten mich mit dem Wunsch, ich sollte sie so oft wie möglich besuchen.

"Am Samstag komme ich mit nach Husem," erklärte ich Jakob und Pidder. "Vielleicht kann ich euch bei eurem Protest unterstützen."

Sie winkten mir noch lange zu, während Nickels Atyen und seine Frau mich herzlich willkommen hießen. Wir betraten das Haus. Es war deutlich größer als der Wohnsitz von Jakob in Hörnem, aber natürlich kein Vergleich mit den Häusern der wohlhabenden Bürger von Lübeck.

Die Landvogtei war ein hübsches Backsteinhaus mit einem ebenfalls typischen, weit nach unten auslaufenden Reetdach. In Lübeck war das vergleichbare Rathaus nicht nur durch seine repräsentative Fassadengestaltung als wichtigstes Gebäude der Stadt erkennbar. Es dominierte auch durch seine Größe. Im Rathaus fanden die Ratsversammlungen statt, dort versammelten sich die Bürger zu gemeinsamen kommunalen Beschlüssen und es beherbergte die beträchtliche städtische Verwaltung. Gleichzeitig war das Rathaus auch Sitz des Gerichts und es wurden außerdem große Festessen, Tanzveranstaltungen und Hochzeitsfeierlichkeiten in diesem Gebäude durchgeführt.

Wie ich bald erfuhr, erfüllte das Amtshaus in Kaytum diese Funktionen nicht. Die Räte und das Gericht tagten im Freien, damit die gesamte Öffentlichkeit daran teilnehmen konnte. Verwaltungsmitarbeiter gab es nicht, da, wie ich bereits gehört hatte, nur der Landvogt schreibkundig war. Große Veranstaltungen fanden entweder im Freien statt, oder im Gasthaus. Daher hatte die Landvogtei von Syld nur ein Dienstzimmer, dass man von außen zuerst betrat, und ansonsten nur noch die privaten Räume des Vogts.

Der Dienstraum des Hauses war hell und freundlich. Die Fenster befanden sich nicht unmittelbar unter der Decke, sondern Butzenscheiben in Augenhöhe erlaubten es dem Landvogt, in die freie Natur zu blicken. Gerade, als ich den Ausblick bewunderte, kämpften sich mehrere Personen mit Arbeitsgeräten auf der Schulter durch tiefen Morast. Der Regen hatte noch zugenommen und der Wind klang immer bedrohlicher.

Ich bekam ein kleines Zimmer zugewiesen, in dem ich allein in einem richtigen Bett mit Daunenkissen und -zudeck schlafen konnte. Das war fürwahr für mich nach langer Zeit höchster Komfort. Anschließend saßen wir in der Wohnstube, aßen Hirsebrot mit Lammfleisch und Bohnen, tranken Wein und unterhielten uns angeregt. An der Seite der Stube war ein Kamin mit offenem Feuer eingebaut, der am heutigen Abend wohlige Gemütlichkeit verbreitete.

Wir saßen auf lederbezogenen Stühlen um einen massiven Eichentisch herum. Nickels Atyen erzählte mir, dass vor einigen Tagen Steffen Niss zu spät ins Watt gegangen ist und nicht mehr rechtzeitig vor Einsetzen der Flut zurückkam. Seine Leiche wurde gestern in Muasem am Kliff gefunden.

Vor drei Wochen hatte es in Arxsum fürchterlich gebrannt. Es begann in der Nacht, brannte noch den ganzen Tag und nahm drei Menschen und viel Vieh mit in den Tod.

In der Nacht, in der mein Schiff vor Hörnem zerschellte, waren fünfundvierzig Fischer aus Weesterlön und Raantem mit vier Schiffen draußen auf See. Nur zehn von ihnen sind lebend zurückgekommen. Die übrigen ertranken.

Teide Atyen, die Frau des Landvogts, erzählte mir, dass das Schicksal von Maike, die wegen Unzucht des Dorfs verwiesen wurde, kein Einzelfall war. Im letzten Jahr wurde Christine Lauersen verurteilt, die lange wegen ihres gott- und ruchlosen Lebens berüchtigt war. Da sie mit Flüchen, abergläubischem Handel und zauberischer Tätigkeit ihren Mann bedrohte, wurde sie durch Gerichtsbeschluss zur Sonntagsmesse beordert, musste dort barfüßig mit entblößtem Haupt und einer Rute in der Hand vor der Kirche stehen. Dann wurde sie vom Büttel vor die

Tore geführt und des Ortes verwiesen, wobei ihr noch lange junge Leute folgten und sie mit Kot, Sand und Erde bewarfen.

Ich erzählte den beiden, dass ich unterwegs beeindruckend große Steine gesehen hätte. Da ich auf der Insel aber keine felsigen Hügel bemerkt hatte, wollte ich wissen, woher diese Kolosse kämen.

Der Landvogt erzählte mir, dass nicht bekannt sei, woher diese Gesteine gekommen seien. Noch sein Großvater habe ihm erzählt, dass Götter sie im Zorn auf die Erde geworfen hätten. Das kann aber nicht sein, da wir aufgeklärten Menschen ja wüssten, dass es niemals Götter gegeben hat, sondern immer nur einen Gott.

"Aber ihr habt sicherlich auch bemerkt, dass diese riesigen Steine auf den höchsten Hügeln unserer Insel zu finden sind. Wie sind die wohl dahin gekommen. Es ist sicher, dass Syld vor einiger Zeit von Giganten, riesigen Wesen bewohnt war, die diese Granite auf die Hügel getragen und dort aufgeschichtet hatten. Da sie auch Burgen gebaut haben, können wir davon ausgehen, dass sie mit den Steinen rund um die Insel Befestigungsanlagen errichteten. Wir nehmen daher an, dass diese Riesen eine bewaffnete Macht waren und die Insel beschützten. Aber wir wissen auch, dass sie irgendwann anfingen, das Volk zu unterdrücken. Damals schickte der dänische König Büttel und Soldaten, die die Riesen gefangen nahmen und anschließend hinrichteten. Heute besteht bei vielen Bewohnern der Insel der Eindruck, als würde der König nur Übles schaffen. Es gibt aber auch gegenteilige Beweise."

Als der Abend in das Haus hineindämmerte, wurden Tranlaternen angezündet. Ich fühlte mich zum ersten Mal nach langer Zeit wieder wie zuhause. Heimweh machte sich bei mir bemerkbar.

Am nächsten Morgen sah ich die Magd des Hauses in der Küche. Sie stand an einem modernen Herd aus Eisen, und bemühte sich, das Feuer zu entzünden. Ich schlurrte mit Filzpantoffeln, die mir der Landvogt überlassen hatte, zum Butzenfenster, um auf die nebelige, glitschige Schlammstraße hinauszublicken. Ich schaute zum Himmel empor. Ich dachte an Jakob und Pidder und daran, dass sie bereits seit Stunden draußen auf dem Meer zum Fischfang waren. In der Ferne hörte ich das Läuten der Glocke zur Frühmesse. Teide Atyen erschien in einem weißen Nachtgewand in der Küche, das etwa den Umfang von drei Ausgehröcken hatte. Sie stolzierte damit auf hochhackigen Schuhen, die ich unter dem Gewand allerdings nicht sehen konnte, zu einem Holzbottich und wusch sich Gesicht und Hals. Die Magd flocht ihr anschließend das Haar und setzte ihr eine spitze Haube auf.

Vor der Landvogtei erschien ein Mann von etwa fünfzig Jahren. Um ihn herum sammelte sich einiges Volk.

"Das ist Matz Bleicken. Er hat die Obrigkeit geschmäht und ist dazu verurteilt, öffentliche Abbitte zu leisten," erläuterte mir der Landvogt, der soeben verschlafen seine Amtsstube betrat. Ich folgte ihm, um das Geschehen vor dem Haus besser verfolgen zu können.

Der Delinquent ließ sich auf sein rechtes Knie nieder, hob seinen Blick zum Fenster des Landvogts und rief für jedermann hörbar: "Ich, Matz Bleicken erkenne allhier auf meinem Knie liegend, dass ich jene unverantwortlich mit meinem Lästermaul wider meine gnädige Obrigkeit und einige Ehrenmitglieder geführten gemeinen Schand- und Schmähreden, die ich aus meinem faulen verlogenen Maul und Magen ausgespeit habe, zurücknehme und ich entschuldige mich hiermit bei all denjenigen, die von mir aus Bosheit wider bessere Wissen und Gewissen gelästert wurden. In kräftigster Form verspreche ich hiermit vor Gott, seinen Statthaltern und der Obrigkeit, dass ich mich zukünftig vor solchem Lästern hüten und jedermann gegenüber so aufführen werde, dass jeglicher Wohlgefallen daran haben wird. Gott gebe mir Gnade dazu."

Das umstehende Volk war begeistert. Nicht etwa, weil es die Obrigkeit in Schutz nehmen wollte. Sie freuten sich vielmehr darüber, dass Matz Bleicken, der seinen Mund immer sehr voll nahm, nun eine gerechte Bestrafung für seine Großschnäuzigkeit erhalten hatte.

Diesen und den nächsten Tag verbrachte ich mit juristischen Gesprächen in der Landvogtei. In der Nacht von Donnerstag auf Freitag war erneut ein Schiff am Strand von Kaamp gestrandet. Nickels Atyen und der Strandvogt waren fieberhaft damit beschäftigt, die Anteile für die Berger, für sich und die Obrigkeit festzulegen. Abends in der gemütlichen Stube unterhielten wir uns lange über Graf Gerhard. Der Landvogt war zwar von der Richtigkeit der friesischen Proteste überzeugt, aber er traute dem Grafen Gerhard nicht so recht.

"Überzeugt euch selbst," riet er mir. "Ihr werdet sicherlich einige interessante Tage in Husem erleben. Ich kann nicht mitkommen, da ich mich nicht gegen meine Obrigkeit stellen kann. Aber versucht, die Gerechtigkeit hinter den Protesten zu finden."

6.

Nickels Atyen hatte mir ein Pferd zur Verfügung gestellt. Früh am Morgen nach dem Lobgebet verließ ich die Vogtei. Die Wege in Richtung Hörnem waren wieder einigermaßen trocken, sodass ich schnell vorankam. Es schien sogar der Mond. Es könnte ein schöner, sonniger Tag werden. Das wäre mir auch nach meiner letzten Seereise sehr lieb. Ich fürchtete, mein Magen könnte beim Besteigen des Schiffs protestieren. Der durch meinen Schiffbruch ausgelöste Schock saß noch immer tief.

Jakob und Pidder warteten bereits auf mich. Sie wollten früh lossegeln, da sie im Gegensatz zu mir eine schlechtere Vorahnung vom aufziehenden Wetter hatten.

"Wir haben jetzt Ostwind, deshalb ist der Himmel wolkenfrei. Aber diese Windrichtung hält meist nicht lange an, der Wind schlägt schnell wieder auf West, Süd- oder Nordwest um und dann kann es rau werden. In diesem Fall wäre es gut, wenn wir schon in Husem oder wenigstens in der Nähe sind," erklärte mir der Vater von Pidder.

Zu den mir bereits bekannten Fischern Uwe und Erik hatte sich mit Dirk noch ein weiterer gesellt, sodass unsere Gruppe mit mir sechs Leute umfasste. Wir gingen gemeinsam zum Strand auf der geschützten Wattseite, wo das Schmackschiff auf den Sand gezogen auf uns wartete. Während Pidder die Pinne übernahm und sich Jakob um das lateinische Segel kümmerte, verteilten wir uns rundherum im Schiff und nahmen auf der Bordwand Platz. Die Fangnetze für die Fischerei, die normalerweise zur

Standardausrüstung zählten waren ausgeräumt, sodass die Füße genügend Bewegungsfreiheit hatten. Nur die Feuchtigkeit machte das Gehen auf den Planken etwas rutschig.

Die Fahrt verlief bei günstigem, recht steifem Nordost-Wind zügig. Das dreieckige Segel blähte sich wie ein krummer Rücken weit auf und verschaffte dem Schiff einen stattlichen Antrieb. Wir saßen dicht über der Wasseroberfläche. Das Wasser schwappte hoch und bespritzte unser Gesäß, dass über die Reling hinaus hing. Es war aber nicht unangenehm, da es in der Sonne immer wärmer wurde und das Wasser uns erfrischte. Aus der Perspektive der niedrigen Bordwand zeigten die Wogen einen deutlich höheren Wellenkamm als vom Ufer aus. Auf jeden Fall schien es so. Was vom Küstensaum her wie kleine, geradezu harmlose Wellen wirkte, erschien in der Unendlichkeit des Meeres in seiner aufbäumenden Schönheit zerstörerisch und unheilbringend. Durch meine Schiffbrucherfahrungen gezeichnet, hatte ich das kleine Schiff mit gemischten Gefühlen betreten. Aber nach einiger Zeit gewann ich wieder genügend Zutrauen und war beruhigt. Die Schmack preschte schneidend durch die Wellen und erweckte das tröstliche Empfinden, unbesorgt den Kampf mit den bedrohlich schäumenden Wellen aufzunehmen zu können.

Als Schiffbauer durfte ich ohnehin weder eine innere, noch eine äußere Panik auf Schiffen empfinden. Die Funktionsweise eines kleinen Schiffes war mir natürlich gut bekannt und ich musste feststellen, dass dieses hier sehr stabil und handwerklich hervorragend gebaut war. Es war daher unangebracht, von beklemmenden Gefühlen durchdrungen zu sein.

Unter dem Eindruck der Weite des Meeres und der drohend aufsteigenden Wogen plauderten wir darüber, dass Männer kaum bereit waren, auf Schiffen anzuheuern. In der Furcht, von gräulichen Dämonen oder Verderben bringenden Seeungeheuern bedroht zu werden und aus Angst vor Stürmen und Schiffbruch war es nach wie vor schwierig, die Schiffe zu bemannen. Nur durchgebrannte Jugendliche, Abenteurer und Männer, denen der Boden unter den Füßen zu heiß wurde wie Deserteure, Bankrotteure und gesetzwidriges Gelichter oder unrettbar verlorene Romantiker meldeten sich freiwillig bei den Kapitänen der Segler. Der Rest bestand aus Gepressten und Sträflingen, die aus den Gefängnissen ausgehoben wurden. Sogar Kinder ab zehn Jahre konnte man bereits auf den Seglern antreffen.

Um die Männer in fremden Häfen von Desertion abzuhalten, drückten die Kapitäne mehr als ein Auge zu. In den skandinavischen Häfen schreckte das Kielgesinde weder vor Plünderungen, noch vor Brandschatzungen zurück. Vor allem, wenn die Besatzungen infolge ungünstigen Windes oder Wartens auf Rückfracht oft wochenlang in den Häfen untätig herumlungerten, wurden die Wartezeiten mit Übergriffen, Saufgelagen und Weibergeschichten totgeschlagen.

An Bord der Koggen und Kraweelen kam es oft zu Ausschweifungen und Aufsässigkeiten. Jeder Seemann trug wegen der Piratengefahr Waffen. Daher entwickelte sich zunehmend ein strenges, autoritäres System. Die neunschwänzige Katze wurde immer häufiger eingesetzt. Missbrauchte jemand seine Waffe, so wurde er unter den Kiel gezogen, was meist mit dem Tode endete. Gleiches geschah, wenn ein Seemann auf der Wache einschlief. Der Tod war ihm sicher. Ich war meinem Schöpfer dankbar, dass das Schicksal es mit mir gut gemeint hatte und ich nicht zu den armen Kreaturen zählte, die Seemann werden mussten.

Wir segelten mit unserem Schmackschiff westlich um die Insel Oomram zum Troode Diep, weiter zum Smale Diep. Da wir nicht fischten, herrschte Frieden zwischen den einzelnen Inselbewohnern. Wir sahen sogar im Morgenlicht weit voraus einige Schiffe, die in die gleiche Richtung fuhren. Sicherlich Protestteilnehmer der anderen Inseln der friesischen Uthlande.

Wir passierten den Westteil von Pilworm an der Noorderoch, um wenige Zeit später an Westerheuer in Richtung Osten zu wenden. Wir segelten nun an der Küste von Nortstrandt entlang und nahmen direkten Kurs auf Husem. In der Zwischenzeit war wieder Ebbe eingekehrt und wir mussten auf unserem Weg in Richtung unseres Ziels sehr vorsichtig navigieren, um nicht auf eine Sandbank aufzulaufen. Es ging jedoch alles gut und wir erreichten Husem etwa vier Stunden nach Mittag.

Es war eine lange Zeit gewesen, die wir auf dem kleinen Schiff zubringen mussten. Um uns die weitere Zeit zu vertreiben, spielten wir Karten. Dabei wurde ich von den flinken Fingern der Insulaner nach Strich und Faden betrogen. Besonders Uwe tat sich hervor. Da er jedoch immer fröhlich und gut gelaunt war, konnte man ihm nie böse sein. Da Jakob Streit vermeiden wollte, sorgte er dafür, dass die Einsätze nur klein waren. Meine Verluste taten daher nicht besonders weh. Zwischen den Spielen wurde über die Zukunft der Insel Syld und der Uthlande diskutiert. Dabei wiesen die Protestteilnehmer immer wieder mit einem deutlichen Seitenblick auf mich darauf hin, dass Hamburg und meine Heimatstadt die Interessen des dänischen Königs vertreten würden und nicht die Anliegen der freien Bauern und des Grafen Gerhard. Für mich war es nicht leicht, für die Haltung Lübecks Verständnis zu erzielen.

Bei der Annäherung an den Hafenflecken Husem erkannten wir bereits aus großer Entfernung ein ansehnliches Häusermeer, das von einer großen Kirche überragt wurde. Beim Näherkommen schätzte ich die Einwohnerzahl auf beachtliche dreitausend. Unser Schiff mussten wir an einem Segler aus der Harde Bokyng vertäuen, der an der Brücke von Husem nach Westerbeuer befestigt war. Die Festmacherplätze im Hafenbecken waren bereits vergeben, obwohl die Schiffe aus den Elbmarschen wegen des Gegenwinds noch nicht eingetroffen waren.

Man erkannte am Erscheinungsbild des Ortes, der kurz vor seiner Erlangung der Stadtrechte stehen sollte, dass es sich um einen wohlhabenden, aufstrebenden Handelsflecken handelte. Schmucke Giebelhäuser strahlten Erfolg und Größe aus. Eigentlich auch kein Wunder. Während Lübeck und Flensburg zu den Handelszentren im Osten ausgerichtet waren, war Husem ein wichtiges Tor nach Holland, Flandern, Frankreich und England. Dieser Hafen hatte bestimmt eine große Zukunft.

Wir kletterten über die Schmack aus Bokyng, die an einer Brücke verankert war und betraten endlich wieder festen Untergrund. Ich hatte weiche Knie und vor meinen Augen schwankte die zukünftige Stadt wie auf einer Schaukel. Riesiges Gedränge herrschte vor den hohen Speicher- und Gasthäusern am Hafen. Freundliche Begrüßungsrufe schallten den Neuankömmlingen entgegen. Auch wir wurden mit lautem Hurra willkommen geheißen. Viele hatten sich bereits bei der

Demonstration in Rendsburg kennen gelernt und freuten sich nun auf das Wiedersehen.

Über der Stadt lag ein dumpfes Stimmengewirr und ein aufdringlicher Gestank machte sich breit. Der Ort war auf so viele Menschen nicht eingerichtet. Daher entleerte viel Volk seine Exkremente unmittelbar in das Hafenbecken. Andere hockten sich hinter Mauern oder Büschen nieder und entleerten sich dort.

Der penetrante Geruch tat der offensichtlich guten Stimmung jedoch keinen Abbruch. Aus allen Gasthäusern, wie sie für Hafenstädte typisch sind, drang Musik. Frauen standen burschikos, mitunter breitbeinig in den Eingängen und forderten zum Eintritt auf.

Jakob und Pidder waren schnell Mittelpunkt einer Gruppe der friesischen Uthlande. Ich gehörte wie selbstverständlich auch dazu, musste mir aber bald erneut Vorwürfe wegen der Haltung Lübecks gefallen lassen.

Die Hauptstraße, die wir in Richtung Kirche nahmen, war gepflastert und vom Markt bis zum Hafen breit genug, um zwei Fuhrwerke gleichzeitig passieren zu lassen. Die Fortsetzung der Straße war dagegen eng, schlammig und von üblem Gestank überlagert. In der Mitte des Fahrwegs floss ein Abflusskanal, der die Abfälle und den Unrat der Anwohner hinwegspülte.

Die Häuser machten einen anmutigen Eindruck. Sie waren zwar nicht reich verziert, wie ich sie aus Lübeck und aus Holland kannte, aber dafür waren sie nicht aus Holz, sondern massiv aus Backstein. Sie hatten rot, grün, blau oder gelb gestrichene Haustüren, die entweder ganz aus Eisen, oder wenn aus Holz, dann zusätzlich mit Eisen stark beschlagen waren. Türen ausschließlich aus Holz hatten nur die wohlhabendsten Bürger des Fleckens.

Neben erwartungsvollen Menschen, die auf die weiteren Ereignisse gespannt waren und neben den Bürgern Husems, die noch verwirrt auf die ungewohnte Invasion reagierten, waren auch viele Bettler zu diesem Ereignis erschienen. Die meisten waren blind, verkrüppelt oder verwachsen, oder gaben sich den Anschein, dass sie es wären. Beinlose schleppten sich mit Hilfe von Holzblöcken fort, die sie an ihre Hände gebunden hatten.

Auf dem Platz vor den Remisen und Speicherhallen, die die Marienkirche wie eine wehrhafte Mauer umschlossen, versuchten einige junge Männer, eine schwingende Strohpuppe mit dem Schwert zu zerlegen.

Gaukler und Schausteller hatten sich eingefunden, um an diesem Großereignis teilhaben zu können. Vaganten, Spielleute, Schausteller, Kleinhändler, Hausierer und Zigeuner trieben sich auf dem Marktplatz herum. Es waren unehrliche Heimatlose, die allesamt von Zünften, Gilden und Innungen gemieden wurden und die von ehrlichen Bürger allgemein der Betrügerei verdächtigt wurden. Auch die vielen Scherenschleifer und Quacksalber, die laut rufend an der Westseite der Marienkirche ihre Dienste anboten, gehörten dazu. Die Schwerter sollten für den eventuell bevorstehenden Kampf geschärft sein, Krankheiten sollte man möglichst vorbeugen, später mussten sicherlich Wunden behandelt werden.

Die Husemer Frauen, die sich alleine auf die Straße gewagt hatten, drückten sich verstört an die Hauswände. Zu Recht, denn die Lüsternheit der rauen Männer war allgegenwärtig.

Wir betraten in einiger Entfernung vom Hafengetriebe ein Wirtshaus. Trotz seiner abseitigen Lage war der Lärmpegel erheblich. Musikanten spielten mit Pfeife, Geige, Horn und Trommel so laut, dass wir sie bereits von Weitem auf der engen Straße hörten. In der Schenke steigerte sich der Lärm zum geräuschvollen Wahnwitz. Kinder liefen artistisch jonglierend mit Krügen voller Bier zwischen den Gästen herum. Einige grell geschminkte Frauen versuchten die Männer zu überreden, mit ihnen noch andere Sinnlichkeiten als das Biertrinken zu genießen. Denn das, man konnte es beim Eintritt in den Gasthof sofort erkennen, floss in Strömen.

Während sich sonst in Wirtshäusern die Gäste mit Karten-, Würfel- oder Brettspielen amüsierten, waren an diesem Nachmittag heiße Disputationen im Gange. Man hatte sich zum großen Teil lange nicht mehr gesehen und demzufolge viel zu erzählen. Dabei stieg die innere Erregung, die mit Bier gelöscht werden musste. Ständig wurde zugetrunken. Beim einfachen Volk war die übliche Erwiderung auf das Zutrinken, dass die anderen Anwesenden am Tisch als Entgegnung die gleiche

Menge trinken mussten, wie der Zuprostende. Natürlich gab unter diesen Voraussetzungen der größte Säufer das Tempo vor und es dauerte nie lange, bis die Gruppe im Vollrausch daniederlag. Während meine Eltern über diese ungehobelten Gewohnheiten entsetzt gewesen wären, hatte ich mich schon in Köln und in Holland an diese Gebräuche gewöhnt.

Im Moment lag noch niemand unter dem Tisch. Auch Erbrochenes war noch nicht zu sehen. Dazu war es scheinbar noch zu früh. Aber der grölenden Lautstärke nach konnte es nicht mehr lange dauern. Der Wirt stand daher hinter seinem Tresen und ergriff erste Gegenmaßnahmen. Ich konnte beobachten, wie er unter seinem Tresen das Bier für die lautesten Tische mit Wasser verdünnte. So erzielte er nicht nur einen höheren Profit, er konnte zusätzlich das unvermeidliche Ende hinauszögern. Es war nur ratsam, dass die Verdünnung des Gebräus von seinen Gästen nicht bemerkt wurde. In diesem Fall wäre es unweigerlich zu massivem Raufhändel gekommen.

Da unser Wirtshaus nicht in unmittelbarer Nähe des Hafens lag, war es ein Gasthof für die bessere Gesellschaft des Ortes und ein Besucherandrang wie heute nicht üblich. Dieses Haus zählte an normalen Tagen zu den Häusern gehobenen Anspruchs, hatte ein Speiseangebot und nannte viele Einheimische seine Gäste. Außerdem bot es Betten für die Übernachtung an. Jakob, Pidder und ich meldeten uns sofort beim Wirt, um eine Schlafgelegenheit zu bekommen. Jakob und sein Sohn wollten zwar im großen Lager vor dem Franziskanerkloster, dass zur Zeit von Zimmerleuten aufgebaut wurde, nach einer Schlafmöglichkeit suchen, aber ich lud sie für die Nacht in den Gasthof ein. Ich glaubte, dass ich den beiden das schuldig sei, nachdem sie so viel für mich getan hatten.

Es seien zwar nur noch zwei Plätze frei, erfuhren wir. Der Wirt würde aber die Plätze so vergeben, dass es noch für drei Personen ausreichte. Wir sollten allerdings rechtzeitig zur Stelle sein, da die Schlafstätten nach Sonnenuntergang von ihm aufgeteilt würden. Wenn wir nicht zur rechten Zeit erschienen, müsste er die Schlafplätze anderweitig vergeben. Die Nachfrage sei sehr groß.

Wir bestellten zu essen und zu trinken und nahmen auf einer

Bank Platz, die noch einige wenige freie Plätze hatte. Neben mir saß offenbar ein Seemann mit langem Bart und krummer Nase. Sein Vollbart war oben mit seinem Bubikopf zusammengewachsen, denn die Matrosen trugen der Einfachheit halber einen Pagenkopf, auch Polkafrisur genannt. Da brauchten sie bei unruhiger See keinen Spiegel und keinen Kamm. Sie strichen sich Ihre Haare nur mit den Händen glatt, und falls sie auch darauf verzichteten, besorgte es der Wind.

Mein Nachbar strahlte mich an, sagte aber kein Wort.

"Wie geht es, Seemann?", fragte ich ihn.

Er grinste erneut, sagte aber wieder kein Wort.

Nun gut, dachte ich, wenn du nicht sprechen willst, ist auch gut. Ich sah Pidder an, der neben mir Platz genommen hatte.

"Hast du schon erfahren, wie das hier weitergehen wird?", fragte ich ihn.

"Morgen werden wir erst einmal zum Kloster gehen. Alle rechnen damit, das der Graf mit uns sprechen wird. Dann werden wir weitersehen."

Einer der Bekannten von Jakob, der sich mir als Stefan aus Ditsbijl vorstellte, erzählte, dass er erfahren habe, der König sei bereits mit einigen Truppen im Anmarsch. Er habe gedroht, Husem und alle die darin sind zu verheeren.

Lauter Unwillen machte sich breit. "Was ist los?", klang es vom Nachbartisch herüber. Stefan musste seine Mitteilung noch einmal ansagen.

"Die sollen kommen," schrieen gleich mehrere Männer mit hochroten, bierseligen Gesichtern. Schwerter wurden gezogen und in der Luft geschwenkt. Es gab einen dröhnenden, ohrenbetäubenden Knall und Splitter fielen von der Decke herunter. Irgendjemand in dieser aufgedrehten Menge hatte seine Arkebuse abgefeuert. Das rief umgehend den Wirt auf den Plan, der spätestens jetzt um seine Einrichtung fürchtete. Aber sein Zetern wurde von einer hellen, lärmenden Stimme übertönt.

"Der König hat versprochen, die Steuern nicht zu erhöhen. Jetzt soll er sich auch daran halten, sonst soll er uns Friesen kennenlernen."

"Confound it," hörte ich neben mir eine Stimme und blickte in die belustigten Augen des Seemanns. "that is a warlike atmosphere."

Jetzt begriff ich seine Sprachlosigkeit. Er war Engländer und verstand kein Friesisch.

Ich hatte bereits in Lübeck in der Klosterschule die nicht unwichtige Handelssprache Englisch gelernt. Immerhin war England für die Hanse ein bedeutender Markt und der Stahlhof in London ein ganz wichtiger Außenposten. In den Niederlanden war ich häufiger Engländern begegnet und konnte bei diesen Gelegenheiten meine Sprachkenntnisse verbessern. Ich war daher angenehm überrascht, trotz des Krieges zwischen der Hanse und den Briten einen Engländer hier zu treffen.

"Ich verstehe euch," sprach ich ihn an. Pidder Lüng staunte, dass ich auch der englischen Sprache mächtig war. Mein Ansehen bei ihm stieg gewaltig.

Die Augen des Engländers strahlten. Endlich jemand, mit dem er sprechen konnte.

"Ich bin Kapitän William Morrison aus Portsmouth. Ich spreche zwar ein wenig Deutsch, wie es in Lübeck und Hamburg gesprochen wird, aber diese Sprache hier kenne ich nicht. Ich befehle eine englische Kraweel. Habt ihr sie im Hafen liegen sehen?", fragte er mich.

Ich hatte mehrere Kraweels bei der Ankunft unserer Schmack bemerkt. Ich hatte aber nicht darauf geachtet, woher sie kamen. Das sagte ich ihm auch.

"Wir sind mit vier Schiffen nach Husem gekommen. Es ist besser, mit mehreren zu fahren, da sich zu viele Seeräuber in der Westsee herumtreiben. Außerdem führt die Hanse Krieg gegen England, wie ihr ja wisst. Aber zu den Friesen können wir fahren, mit denen gibt es keine Probleme. Meistens segeln wir nur bis Helgoland. Aber wenn wir uns stark genug fühlen, kommen wir auch nach Husem. Jetzt liegen wir hier und warten auf Getreide- und Fischladungen, um sie nach London zu bringen. Aber bei dem Aufruhr, der hier eingesetzt hat, ist wohl im Augenblick nicht damit zu rechnen."

"Ihr werdet euch gedulden müssen," erwiderte ich, "wir müssen auf Gottes Hilfe hoffen und darauf, dass es nicht wirklich zu schweren Auseinandersetzungen kommt und die Streitigkeiten bald beendet sein werden."

"Soweit ich bisher verstanden habe, geht es um

Steuererhöhungen. Der König hat wohl zur Zeit von Papst Pius II. versichert, die Steuern nicht anzuheben, um den Krieg damit zu bezahlen. Und nun ist er wortbrüchig geworden."
"So ist es," bestätigte ich. "Ich kann den Menschen, die davon betroffen sind nur zustimmen. Sie leben im ständigen Kampf mit einer harten Natur, haben neben der Pestilenz, die alle in Europa betroffen hat, noch mit Stürmen und Überschwemmungen zu kämpfen, die das Ackerland verwüsten und darüber hinaus noch mit Tierseuchen. Jede Erhöhung von Abgaben wäre ungerecht."
"Ihr seid ein Idealist, Michael. Überall in der Welt findet ihr die gleichen Probleme und dieselben Ungerechtigkeiten. Ich bin viel herumgekommen und weiß, wovon ich rede. Ich war in Ländern, von denen man annimmt, dass dort der Garten Eden zu finden ist. Ich war im Heiligen Land, in Syrien, in Ägypten und in Marokko. Ich sah dort Wasserspiele und Bäume, die so hoch waren, dass sie den Himmel berührten. Blumen mit berauschenden Farben und betörenden Düften, die heilende Wirkung haben. Weder Wind noch Regen, weder Hitze noch Kälte störten den paradiesischen Frieden. Nur einer störte, der Sultan, der ständig die Steuern erhöhte. Paradiese sind teuer, und da die Menschen ebenso wie ihr Sultan und seine Fürsten im Paradies leben wollten, mussten sie bezahlen. Wenn das Geld knapp wird, und das wird es regelmäßig, und das Volk sich weigert, dem Sultan mehr Abgaben zu leisten, führt er einfach den nächsten Krieg. Die Menschen brauchen dann keine höheren Steuern mehr zu bezahlen, sie sterben als Helden und dürfen ins Paradies eingehen, ob sie wollen oder nicht. Für uns hieß es bei diesen Gelegenheiten immer, so schnell wie möglich zu verschwinden, um nicht auf dem Sklavenmarkt verkauft und nur gegen Lösegeld freigelassen zu werden. So wird es immer den Kampf um Geld und höhere Steuern geben. Und auch das reiche Venedig ist nicht besser. Nachdem Byzanz sein Hinterland an die Türken verloren hatte und kein interessanter Marktplatz mehr für die Venezianer war, entsagten sie ihren christlichen Verbündeten die Hilfe. Seitdem heißt Byzanz Istanbul. Was interessieren Gott, christliche Nächstenliebe und Gerechtigkeit, wenn es ums Geld geht? Gerechtigkeit ist ohnehin nur eine persönliche Auslegung."

"Ich verstehe euch," entgegnete ich, "aber die Zeiten ändern sich. Ich habe Rechtswissenschaften studiert und muss daran festhalten, dass Abmachungen und Verträge eingehalten werden. Wenn der dänische König mit dem Adel von Schleswig und Holstein einen Vertrag abgeschlossen hat, aus dem hervorgeht, dass er den Krieg gegen Schweden aus eigenen Mitteln ohne Erhöhung der Steuern bezahlen will, dann muss er sich auch daran halten. Ohne Recht gibt es keine Gerechtigkeit. Und Jesus Christus hat von uns die Ausübung der Gerechtigkeit gefordert. Wenn Willkür herrscht, würde Gott, erschiene er wieder auf der Erde, vielleicht nicht gekreuzigt, aber mit Sicherheit verbrannt."

"Euer Wort in Gottes Ohr, mein Freund," erwiderte Kapitän Morrison. "Ich habe es wesentlich einfacher als ihr. Ich muss mich zwar mit Gott verbünden, aber ich gehe auf See ständig durch die Hölle. Daher brauche ich ebenso den Teufel als Verbündeten. Menschliches kann mich nicht mehr erschüttern."

Bevor ich etwas erwidern konnte lachte er. Der erste Gast kippte volltrunken von der Bank. Mit Sicherheit würden in Kürze weitere folgen. Das Grölen in der Wirtsstube wurde immer lauter. Die Demonstranten tranken sich immer weiter Mut zu und drohten dem König und seinem verbündeten Adel mit Konsequenzen. Die Stimmung nahm Formen einer Kriegsvorbereitung an. Kaum jemand hier im Raum vermochte sich vorzustellen, dass disziplinierte, kampferprobte Söldner des dänischen Monarchen mit einem wilden Bauernhaufen kurzen Prozess machen würden.

"Die ersten Bauern aus der Elbmarsch sind da," rief plötzlich jemand in den Raum. Großer Jubel brach los. Da die Dithmarscher auf Seiten der Städte Lübeck und Hamburg standen und nicht zur Protestversammlung erschienen, hatten die Elbmarschbauern ein besonderes Gewicht. Sie hatten immerhin die Möglichkeit, die Elbzufahrt zum Hamburger Hafen zu stören und den Hamburger Kaufleuten erhebliche Verluste zuzufügen.

"Auch die Bauern aus Tuner und aus Syld sind eben mit den Fuhrwagen angekommen," klang es erneut aus Richtung Eingangstür. Wieder setzte Jubel ein. An allen Tischen tranken

die Männer und die Frauen sich begeistert zu.
"Wisst ihr," hörte ich die Stimme von Kapitän Morrison, "wir Engländer trinken viel und gerne. Vor allem wir Seeleute sind schreckliche Säufer. Aber nirgendwo ist die Gesellschaft von Trunkenbolden so ausgeprägt wie in den dütschen Landen. Komme ich in ein Zimmer, in dem mehrere Dütsche zusammensitzen, hat jeder ein Glas Bier vor sich stehen. Will ich in die Gesellschaft aufgenommen werden, so muss ich erst einmal jedermanns Glas bis zur Neige leeren. Erst dann darf ich mich setzen. Manchmal ist es daher besser, unter seine Feinde mit Fechten als unter seine Freunde mit Trinken zu geraten."
"Das die Engländer ebenfalls gut trinken können, habe ich mehrmals in den Niederlanden kennen gelernt. Sie sind allerdings beim Trinken lustiger und redseliger als wir." Der Kapitän gefiel mir. In der Regel waren es ungehobelte Menschen, die auf den Schiffen fuhren, ganz gleich, welchen Rang sie einnahmen. Das Schicksal eines Seemanns hing in aller Regel von seinen körperlichen Fähigkeiten, weniger von seinem Verstand ab. Daher gehörte dieser Engländer zu den rühmlichen Ausnahmen.
"Ja," lachte er, "ihr im Heiligen Römischen Reich ruft statt dessen ständig: seid fröhlich, trinkt aus. Und nach jedem Gespräch ruft jemand: Ich bring's euch, ich trinke euch zu. Ich habe schon erlebt, dass drei Gläser auf einmal genommen wurden. Sie hakten jedes auf einen Finger und tranken sie zu gleicher Zeit aus. Das nannten sie die Krönung des Kaisers."
Ich musste lachen. Ich kannte die Saufgelage. Wo immer die Menschen Zeit fanden, vergnügten sie sich. Und zu jedem Vergnügen gehörte Bier. Wer natürlich mehr auf sich hielt trank Wein. Und wenn er zusätzlich noch ein besonders gutes Benehmen hatte, tunkte er seine Finger nach dem Essen und Trinken in eine Schale mit Wasser und trocknete sie an einem Leinentuch ab.

Ich blickte mich um, ob ich jemanden mit einem besseren Benehmen sah. Aber in diesem Durcheinander konnte man nichts erkennen.

Auf der Tanzdiele, die zu jedem Gasthof gehörte, tummelten sich etliche Paare. Sie tanzten die im gemeinen Volk sehr beliebte Volte mit ihren Verdrehungen, Hüpfen und Springen.

Sie tobten, wimmelten und drehten sich, dass man meinen konnte, sie wären alle rasend geworden. Da es durch den großen Herd, auf dem das Essen kochte und die menschlichen Ausdünstungen in der Gaststube sehr warm war, floss der Schweiß bei den Tanzenden in Strömen. Aber ihre fröhlichen Gesichter gaben zu erkennen, dass ihnen das Stampfen und Gewirbel große Freude machte.

Ein alter Mann trat plötzlich aus dem Hintergrund hervor, hob drohend die Faust und rief mit belegter Zunge: "Das ist Teufelswerk. Der Tag des jüngsten Gerichts wird kommen und dann wird über euch gerichtet. Schande komme über euch. Statt diesem unzüchtigen Lebenswandel zu frönen, solltet ihr euer Seelenheil suchen. Nur so findet ihr den Weg zu Gott."

"Alter, halte deinen stinkenden Schlund!", rief jemand vom Nebentisch und einige Männer drohten ihm unmissverständlich Prügel an. Der Alte aber gab nicht auf.

"Die Frau ist die Verwirrung des Mannes, ein unersättliches Biest, unablässige Angst, fortwährender Krieg, täglicher Ruin, ein Haus des Sturms, ein Hindernis zur Gottergebenheit. Hat nicht die Frau das Elend über Adam gebracht und damit über uns alle. Durch den Sündenfall hat die Menschheit das Schicksal von Mühe und Arbeit ereilt. Nur Christus kann uns erlösen. Weichet ab von den Weibern," schrie er immer lauter.

"Du sollst deinen stinkenden Schlund halten, du alter Satan." Der Alte verlor fast die Fassung, als er mit Satan gleichgesetzt wurde. Er setzte erneut zur Verdammung an. Da aber erhob sich der Lange Peter neben mir , ging auf den Alten zu, legte ihm den Arm um die Schulter und geleitete ihn langsam bis vor die Tür. Ich bemerkte, wie er etwas zu ihm sagte, sich umdrehte, die Tür schloss und lächelnd zurückkam.

"Armer alter Mann, er wird bald vor seinem Schöpfer stehen," murmelte er nur, blickte dann zur Tür, die sich gerade erneut öffnete und strahlte über das ganze Gesicht.

"Da kommen unsere Freunde von Syld." Pidder war offensichtlich sehr stolz auf die starke Unterstützung, die die gemeinsame Sache durch seine Heimat erfuhr. Als erster erschien Broder Hansen mit den Bauern Jakob Vicken und dem Andress, der am Wochenende in Kaytum seine Frau verprügelt hatte. Begleitet wurden sie von weiteren Syldern und Personen, die mir unbekannt waren. Mir fiel vor allem ein großer, korpulenter Mann auf, der sehr selbstbewusst und bestimmt auftrat. Er trug einen weiten, langen Wams mit langen pelz- und seidengefütterten Ärmeln, einen breiten Ledergürtel und einen über die Stirn spitz zulaufenden Hut. Die Ausstattung war sehr aufwendig, aber es war alte Mode. Die Neuzeit repräsentierte er modisch nicht.

Es war stiller geworden im Raum. Begrüßungsrufe wurden laut. Die Neuankömmlinge traten an unseren Tisch. Broder Hansen stellte uns einzeln vor, wobei ich erfuhr, dass der stolze Mann Edlef Knudsen hieß und der Staller von Nortstrandt war. Er war der eigentliche Kopf des Aufstands und ihm war es zu verdanken, dass Graf Gerhard nach seinem Rückzug nach Oldenburg überhaupt wieder in die Uthlande zurückgekommen war.

Jakob war kein Unbekannter. Er und sein Sohn Pidder wurden besonders freudig von Edlef Knudsen begrüßt. Sie fielen sich in die Arme und versprachen sich einen selbstlosen Einsatz zum Erreichen ihrer Ziele.

Als der Staller vor mir stand und mir mit seiner gewaltigen Pranke die Hand fast zerquetschte, erklärte ihm Broder Hansen als Wortführer der Sylder, ich sei ein Rechtskundiger aus der feindlich gesonnenen Stadt Lübeck, wolle aber die Sache der Friesen zu meiner machen.

"Da bin ich aber gespannt," meinte misstrauisch der Nortstrandter, "ein Bürger der wichtigsten Hansestadt auf der Seite der freien Bauern der Westküste? Ganz verstehen kann ich das nicht. Wollt ihr mir das nicht erklären?"

"Ich wurde von Jakob und Pidder aus Seenot gerettet. Sie pflegten mich wie Gottesmenschen gesund, ohne von mir Lohn oder Gegengaben zu verlangen. Ich lernte die Menschen und ihre Probleme auf der Insel kennen, kann mich in eure Schwierigkeiten hineindenken und bin überzeugt davon, dass es Gottes Wille ist, dass ich eurer Sache mit meinen Kenntnissen beistehe. So wahr mir Gott helfe."

"Gut, mein Freund, ich hoffe, ihr bewährt euch, wie ihr es vorhabt. Die Anfeindungen der Obrigkeit werden für euch nicht einfach sein. Aber wir sind einfache Leute und freuen uns über jeden, der unsere Sache mit Verstand vertreten kann. Vielleicht hat euch wirklich unser Herr geschickt."

Meinen Nachbarn, Kapitän Morrison musste ich vorstellen. Da er für unsere Sache keine Bedeutung hatte, fiel der Händedruck nur sehr kurz aus und der Staller zog zum nächsten Tisch.

Hier sah ich gerade, wie ein schmaler, langnasiger Jüngling die Unaufmerksamkeit der anderen Personen am Tisch ausnutzte und seiner Nachbarin unter den Rock fasste. Ihr gefiel es jedoch entgegen der Erwartung des jungen Mannes nicht und sie schrie laut auf. Ihr Ehemann bemerkte was geschah, sprang hinter seiner Frau über die Sitzbank, an die Seite des Jünglings, ergriff seinen rechten Arm, schmetterte die Elle über die Kante des Tisches und brach ihm mit roher Gewalt den Arm. Dann hob er ihn wie einen Sack Gerste hoch in die Luft und unter dem Geschrei des Betroffenen und dem grölenden Beifall der Menge warf er ihn vor die Eingangstür auf den harten Lehmboden. Es dauerte einige Minuten, bis der junge Mann sich wieder rührte. Eines der Kinder, die die Getränke servierten, eilte herbei, riss dem am Boden liegenden die Geldbörse vom Gürtel, nahm einige Münzen heraus und warf sie ihm auf den Boden zurück. Der kleine Bursche lief mit dem Geld stolz lächelnd zum Wirt, der ihm dankbar den Kopf tätschelte.

In der Zwischenzeit hatte der Ehemann unter dem frivolen Grölen der Gäste seinem Weib eine gehörige Tracht Prügel verpasst.

"Du bist wohl vom Dämon befallen, Weib. Musstest du stundenlang mit diesem Kerl hüpfen und springen, als wärest du von Sinnen. Ich werde dir den Teufel wieder austreiben, warte nur," schrie er sie an, während die Frau grässlich heulte.

"Schluss mit dieser lüsternen Musik. Die Weiber werden ja alle verrückt," schrie er weiter mit Blick auf den Wirt. Jetzt nahm Edlef Knudsen das Wort.

"Freunde, die Musik muss jetzt ohnehin länger schweigen, jetzt will ich mit euch über das weitere Vorgehen sprechen."

Breite Zustimmung brandete auf. Im selben Augenblick öffnete sich die Tür und weitere Besucher strömten herein. Der blasse, langnasige Jüngling nahm die Gelegenheit wahr und verschwand auf allen Vieren kriechend durch die Tür.

Der Staller von Nortstrandt ergriff erneut das Wort. "Die meisten von euch wissen, wie es in Rendsburg war. Ihr habt trotz vieler Probleme treu zu unserer Sache gestanden." Begeisterte Rufe wurden laut. "Dieses Mal könnte es schwerer werden. Der König wird nach seinem damaligen Sieg hochmütiger auftreten."
"Der König ist ein Hundsfott," schallte es aus einer Ecke. Laute Zustimmung drang durch den großen Gastraum.
"Aber unser Kampf dieses Mal wird kein Kampf für Schwächlinge. Wie wir angesehen sind beim dänischen König und Herzog von Schleswig und Holstein, erkennen wir daran, dass unser wichtigster Hafen- und Handelsflecken Husem nicht einmal die Stadtrechte hat, wie Heide, die Stadt der Dithmarscher, die nicht zu uns stehen, sondern zum König. Husem hat nur die Weichbildrechte und ist damit nicht mehr als ein Flecken." Laute Rufe des Missfallens wurden laut und unterbrachen Edlef Knudsen. Aber dann sprach er weiter.
"Härte und Furcht sind Teil unseres Lebens an der Westküste. Wir müssen ständig unsere Besorgnis im Antlitz der wilden Natur und der teuflischen Dämonen überwinden. Wir setzen uns jeder Gefahr aus. Wir weihen unsere Körper der Erfahrung des Todes im Leben."
Es war ehrfurchtsvoll still geworden im Raum. Weder im Parterre des Gasthauses, noch auf der Galerie war ein Laut zu hören. Die wilden Horden der letzten Stunde lauschten still und aufmerksam. Hier sprach ihr anerkannter Führer.
"Ihr wisst, was uns in den nächsten Tagen möglicherweise erwartet: Schimmeliges Brot und Zwieback, gebratenes oder auch rohes Fleisch oder Fisch, den einen Tag genug zu essen, den anderen Tag nichts, wenig Bier oder gar keins, Wasser aus dem Tümpel oder aus dem Fass, schlechte Unterkünfte unter Zweigen oder Zelten, ein schlechtes Bett, wenig Schlaf unter euren Waffen, der Feind in Kürze einen Schuss entfernt. 'Achtung! Wer da? Zu den Waffen! Zu den Waffen!' In der ersten Morgendämmerung ein Alarm, gegen Abend bläst die Trompete zum Ende. 'Auf die Pferde! Auf die Pferde! Aufstellung! Aufstellung!' Als Posten und als Späher seid ihr Tag und Nacht wach. Ihr kämpft ohne Deckung als Vorhut und als Spähtrupp. Ihr habt Wache auf Wache, Pflicht auf Pflicht und ihr seid

Bauern, Fischer und Müller, aber keine Soldaten. 'Da kommen sie! Da! Es sind viele. Hierher, dorthin - kommt hier herüber - schlagt sie dort - Achtung, Achtung'. Die Freunde kommen verletzt zurück. Haben sie Gefangene? Nein, doch nicht. 'Los, vorwärts - vorwärts! Gebt keinen Zoll auf! Vorwärts!' Aber es ist der Beruf der Soldaten, nicht eurer. Wollt ihr trotzdem kämpfen, Freunde?"

Ein unbeschreiblicher Begeisterungssturm brach los. Schwerter wurden in die Höhe gehoben und drohend geschwenkt. Dreschflegel kamen zum Vorschein und sogar Sensen. Pidder Lüng neben mir hatte hochrote Backen vor Begeisterung. Er schlug mir mit seiner kraftvollen Faust so auf die Schulter, dass ich fürchtete, er breche mir die Knochen. Broder Hansen wischte sich vor Begeisterung eine Freudenträne aus seinem rechten Auge. Er sah mich zufällig an und nickte mir beifällig zu. Ich war ebenso wie diese Männer kein Soldat, nicht einmal ein Kämpfer und war zudem davon überzeugt, kein ausgeprägtes Kämpferherz zu besitzen. Vielleicht hatte ich deshalb das Gefühl, dass diese Begeisterung in einem düsteren Inferno enden würde.

Edlef Knudsen beschrieb noch einmal die Rechte und Forderungen der freien Bauern. Die zustimmende Begeisterung schlug hohe Wellen. Ich hörte nicht mehr recht zu. Mein Gefühl sagte mir, dass es notwendig sein würde, mit dem König und seinem Anhang klug zu verhandeln. Der Staller von Nortstrandt hatte recht. Die Bauern waren keine kampferprobten Soldaten und der König würde nicht mit einem vergleichbaren Pöbelhaufen vor dem Flecken Husem erscheinen. Aber ein friedlicher Ausgang der Geschichte, wie ich es mir eigentlich zu Anfang vorgestellt hatte, schien bei dieser aufgebrachten Stimmung nicht möglich.

"Freunde, ich muss euch jetzt verlassen," hörte ich die Stimme von Edlef Knudsen durch meine Gedanken hallen. "Ich muss heute Abend noch andere Gruppen besuchen und werde später wieder mit Graf Gerhard im Kloster zusammentreffen. Wir sehen uns morgen in der Kirche."

Beim Herausgehen kam er zu mir und meinte: "Einen guten Rechtsgelehrten können wir gebrauchen. Ich erwarte euch morgen um die dritte Stunde nach Mittag im Kloster. Dort haben wir uns mit dem Grafen einquartiert. Nennt meinen Namen und ihr werdet zu mir gebracht."

Damit verließ er unter dem tosenden Beifall seiner Anhänger den Gasthof.

Jetzt wurde das Essen aufgetragen, Lammfleisch mit Erbsen, Möhren, Brot und Schweineschmalz. Broder Hansen gönnte sich etwas ganz Besonderes. Er hatte Gänseviertel und gefüllte Tauben bestellt.

"Heute kein Fisch?" fragte ich schmunzelnd Pidder neben mir.

"Heute einmal keine Fastenzeit," lachte er. "Heute schwelge ich in Völlerei und mäste mich."

"Du hast gehört, dass ich morgen Nachmittag zu Edlef Knudsen in das Kloster kommen soll. Ich möchte gerne, dass du mitkommst."

"Gut," sagte er nur und begann zu essen.

Es wurde stiller im Raum, man hörte zufriedenes Schmatzen und Rülpsen, nur ständig unterbrochen von "Seid fröhlich, trinkt aus!" oder "Ich bring's euch, ich trinke euch zu." Es tauchten auch die zuvor verschreckten Ratten und Mäuse wieder auf, die versuchten, Leckerbissen unter den Tischen zu erhaschen. Meistens ereilten sie allerdings Flüche und Tritte, die jedoch in den meisten Fällen fehlgingen.

Kapitän Morrison schmunzelte. Er hatte kaum etwas verstehen können, aber die gesamte Szene war auch für einen weitgereisten Seebär köstlich. Sein langer Bart war beim Essen recht hinderlich, da er ständig im Teller hing.

"Eigentlich," sagte ich daher zu ihm, "könntet ich doch auf dem Festland euren Bart abschneiden."

"Nur stutzen, nicht abschneiden. Ihr seid kein Seemann, daher wisst ihr das nicht. Rasieren an Bord ist verpönt, es erzürnt Rasmus, einen der vierzehn Nothelfer, der uns auf unserer letzten Fahrt in sein Reich holt, in die See. Der Bart ist unser Talisman, er schützt uns vor Dämonen und wärmt gleichzeitig unsere Brust."

"Habt ihr Engländer keine warme Kleidung?" fragte ich scherzhaft, da auch dütsche Seeleute mit ebensolch langen Bärten herumliefen.

"Recht habt ihr," lachte er, "eure Seeräuber und unsere Pfarrer plündern uns ständig aus. Eure Seeräuber brauchen unsere Stoffe, um nicht zu erfrieren und unsere Pfaffen laufen wie eitle Pfauen mit viel Stoff, Samt und Seide herum, um Jesus Christus, der selbst als einfacher Mensch lebte zu zeigen, wie tüchtig sie sind und was sie Nützliches aus ihren Talenten gemacht haben."

"Aber nicht alle sind so," erwiderte ich etwas bedrückt, "es gibt schließlich auch ehrliche Mittler zwischen Gott und den Menschen."

Der Kapitän sah mich mitleidig an. "Es mag sein, aber ich komme wahrscheinlich nicht oft genug auf das feste Land, um bis zum heutigen Tag einen gefunden zu haben."

Ich wollte vom Thema ablenken, da die Furcht in mir stieg, durch solche ketzerischen Gespräche mein Seelenheil zu gefährden. Außerdem bestand überall die Gefahr, dass uns jemand belauschte, der darob die Obrigkeit oder den Klerus informierte. Ich wollte mir ein peinliches Verhör wohl ersparen.

Morrison merkte, dass mir die Unterhaltung peinlich wurde. Er bekam plötzlich strahlende Augen, stand auf, hob sein Glas Bier in die Höhe und rief in gebrochenem lübischen Dütsch: "Seid fröhlich, drinked out."

Und dann holte er tief Luft, streckte die Brust heraus und sang.

"Veyra, veyra, gentil gallandis. Veynde, I see hym, Pourbossa! Hail al ande Anke, hail hym up til us!"

Es war bisher niemandem aufgefallen, dass wir einen Engländer unter uns hatten. Alle blickten erstaunt zu unserem Tisch. Und unvermutet erschallten aus einer anderen, dunklen Ecke, die ich bisher für einen dunklen Abstellraum gehalten hatte, zwei tiefe Stimmen:

"Seefahrt ist mein Leben, Liebe ist mein Stern. Und min ganzes Streben, 'ne lütte seute Deern. Fröh morgens kümmt Lisette, un mittags de Marie, des Abends Antoinette, un nachts de lütt Sophie."

Die beiden Sänger traten hervor und kamen auf uns zu. Die Menge war begeistert.

"Weitersingen," applaudierte sie freudetrunken.

Auch der englische Kapitän freute sich, zwei dütsche Seeleute zu treffen.

"Ihr könnt gleich bei mir anheuern," rief er lachend den beiden

entgegen. Die Dütschen verstanden seine Sprache.
"Mal seh´n," antworteten sie und drückten ihm die breite Pranke.
"Wir können uns allemal über die Heuer unterhalten. Aber wir haben gehört, die neunschwänzige Katze wird auf englischen Schiffen häufiger eingesetzt als auf unseren. Da ist es natürlich zu überlegen, ob wir bei euch anheuern sollen."
Kapitän Morrison lachte: "Ich glaube nicht, dass wir häufiger von der Peitsche Gebrauch machen als ihr. Aber eins ist sicher, wir legen weitere Strecken zurück als eure Schiffe. Während eure Schiffe meist in der West- und Ostsee rumdümpeln, segeln wir bereits auf dem Atlantik und dem Mittelmeer. Wir kommen nach Nordafrika, nach Istanbul und Venedig. Von dort bringen wir Gewürze, wertvolles Glas aus Murano, emaillierte und edelsteingeschmückte Pokale, Rubine und Smaragde aus Istanbul, Felle von grauen Eichhörnchen, Maulwürfen und Mardern mit. Ihr transportiert dagegen Stockfisch, Salzfisch, Getreide, Holz, Salz, Wachs und Harz. Was glaubt ihr wohl, bringt die größere Heuer?"
"Da irrt ihr aber gewaltig, Engländer. Wir verfrachten Baumwollflanell, böhmisches Glas, Schwerter und Messer aus Solingen und Harnische aus Nürnberg. Wir befördern Wein, Hanf und Kupfer. Wer glaubt ihr nun, hat die bessere Heuer?"
"Da gebe ich mich geschlagen," spöttelte Morrison weiter, "aber ich glaube, wir sollten noch einige Ankerauf - Lieder singen. Was habt ihr noch zu bieten."
Damit begannen sie zur Freude der Anwesenden mit einem regelrechten Gesangswettstreit. Natürlich zog der Engländer den Kürzeren, da bei den dütschen Matrosen die Gäste im Gasthof oft mitsingen konnten, während die englischen Texte niemand kannte. Das tat der Begeisterung jedoch keinen Abbruch, da letzten Endes nur noch die Dütschen grölten, während der englische Kapitän nicht mehr zu Wort kam. Es war aber für eine kurze Zeit gelungen, die wilde Kampfentschlossenheit der Bauern, Müller und Fischer zu dämpfen und die nächsten Stunden bis in die Nacht hinein mit fröhlicher Lustbarkeit zu begehen.
Mit der Abenddämmerung wurden die Glocken der Marienkirche geläutet. Das war das allabendliche Signal, die Feuer wegen der

Brandgefahr zu löschen. Alle Handwerker hatten ihre Tätigkeiten jetzt einzustellen, da sie bei dem schlechten Licht nicht mehr zuverlässig arbeiten konnten. In der Gaststube wurden Kerzen und Rüböllämpchen angezündet und der Gesang ging weiter.

Wir wurden vom Wirt zur Betteneinteilung gerufen. Ich stieg mit Jakob und Pidder die Treppe zur Empore hinauf, an die sich der Schlafraum anschloss. Andere Gäste verschwanden im Hof.

Der Boden des Raums, der uns im Obergeschoss mit schrägen Dach-wänden zugewiesen wurde, war abgedeckt mit einigen eng aneinander liegenden Strohsäcken. Das Dachgeschoss war feucht, die Schlafunterlage war durch Kot, Blut und Eiter verdreckt, durch Ratten- und Mäusefraß zerbissen und jeder Laut aus der Gaststube war deutlich zu hören. Für jeden Strohsack wurden drei Personen eingeteilt. Ich war froh, dass Jakob, Pidder und ich zusammenliegen konnten. An den Seiten des Raums tummelten sich die Ratten und Mäuse, die uns mit großen, gleichgültigen Augen ansahen und auf den Säcken sah man deutlich die springenden Flöhe. Mir grauste jetzt schon vor der Nacht und ich beneidete Morrison, der auf seinem Schiff schlafen konnte, wenngleich es auch wie alle Schiffe von Ratten bevölkert wurde. Aber wenn man sein eigenes Bett in seiner eigenen Kajüte hatte, konnten einen auch ein paar Ratten nicht abschrecken.

Irgendwann im Laufe der ersten Nachthälfte stolperte Jakob müde und beschwipst die Treppe hoch in den Schlafraum. Pidder Lüng und ich blieben noch mit der fröhlichen Gesellschaft in der Gaststube. Auch wir tanzten zwischendurch, wenngleich es mittlerweile durch die milde Nacht draußen und die Ausdünstungen der Körper in dem Wirtshaus so schwül war, dass uns der Schweiß aus allen Poren drang. Aber besser hier unten tanzen, trinken und diskutieren, als oben in dem flohverseuchten und stickig lauten Schlafraum zu liegen. Ich tanzte einige Male mit einer lieblichen, bezaubernd hübschen Frau, die unter ihrer weiten Kleidung sehr gut geformt und, wie ich bemerkte, mit einem verzweifelten Unterton sehr fröhlich und ausgelassen war. Bei jedem Tanzschritt raschelten ihre Unterröcke. Ich war so schüchtern, dass ich es zunächst nicht wagte, ihr in die schönen, dunklen Augen zu blicken. Etwas unbeholfen hatte ich mich vor ihr verbeugt und berührte, wie ich fand, recht linkisch mit meinen Lippen ihre Finger. Sie waren zart und dufteten wohlgefällig nach erlesenen Salben.

Mit einem heiter klingenden Lachen meinte sie: "Wir wollen nicht förmlich sein. Ich will heute abend fröhlich sein. Wir sind beide jung. Ich bin nur zu oft in meiner Kammer eingesperrt."

Damit blickte sie zu einem Mann, der mit seinem vernarbten Gesicht einen ziemlich rohen und gefühllosen Eindruck machte. War das etwa der Mann dieser anmutigen Frau? Mit ihr zu tanzen machte mir Freude. Sie verwirrte mich, wenn sie mit gurrenden Lauten und einem verschleierten Blick in mich hineinsah und meine innersten Sehnsüchte erriet.

"Ich werde euch nicht verschlingen, edler Herr. Erhebt ruhig euer hübsches Antlitz und schaut mir fest in die Augen. In euren Armen bilde ich mir ein, ich wäre eine edle Frau und würde von einem edlen Mann geliebt."

Mir stieg das Blut in die Wangen. Ich hatte zwar eine Braut, aber welche Kinderei war das im Vergleich zu dieser schönen, liebreizenden Frau. Ich tanzte mit steigender Begeisterung mit ihr und wir tauschten im Lauf des Abends Neckereien, auch sinnliche aus. Es hätte jedoch wesentlich mehr Freude gemacht, wäre sie nicht in Begleitung ihres groben Mannes gewesen. Er blickte einige Mal drohend in meine Richtung. Auf meine Frage, wer ihr Mann sei, der offensichtlich seine Frau mit reichlich Geld, Schmuck und schönen Kleidern ausstatten konnte, jedoch nicht mit Zärtlichkeiten, wich sie immer wieder aus. Sie hasste ihn, das spürte man, aber durch irgendein unsichtbares Schicksal war sie an ihn gebunden. Gott hatte den Hass den Menschen zwar verboten, aber manch grausames Ungemach drängte das Gefühl dennoch in die Herzen der Menschen. Diese bösartige Empfindung und die Sorge, ihr Mann könnte die Beherrschung verlieren, führten dazu, dass ich mich nach einer geraumen Zeit anderen Gästen zuwandte, um mit ihnen Bekanntschaft zu schließen und die üblichen unbedeutenden männlichen Kneipengespräche zu führen.

Irgendwann wurde es auch für uns Zeit, schlafen zu gehen. Pidder und ich konnten uns kaum noch auf den Füßen halten. Morrison war reichlich betrunken verschwunden, der Gastraum weiterhin voll mit Menschen. Es schienen immer noch neue hinzuzukommen.

Aber wir brauchten nach dem anstrengenden Tag ausgiebigen Schlaf, wenn ich auch keine ruhige Nacht erwartete. Wir stiegen infolgedessen zum Schlafraum hoch. Mit der Kerze in der Hand stellte ich fest, dass kaum noch ein Platz auf den Strohsäcken frei war. Es drang ein garstiges, wüstes Schnarchen und Stöhnen durch den Raum. Es klang, als würden Drachen und Dämonen sich einander befehden.

Ich brauchte, ebenfalls nicht mehr nüchtern, einen Augenblick, um mich zurecht zu finden und den Durchgang zu meinem Liegeplatz zu entdecken. Pidder, der immer noch leise ein Lied trällerte und sich an mir festhielt, machte erst gar keine Anstalten sich zurecht zu finden. Er verließ sich völlig auf mich. Ich schätzte, dass etwa dreißig Menschen in diesem Raum unterbracht waren. Mit Pidders nach Orientierung suchender Hand an meinem Wams schritt ich wie ein Seiltänzer zwischen den liegenden Körpern hindurch, in der Enge immer einen Fuß vor den anderen setzend.

"Aua, du Schweinsfott, pass auf," schallte es mir entgegen. Ich hatte einer dunklen Gestalt auf die ausgestreckte Hand getreten.

Endlich hatte ich meinen Platz erreicht. Ich schob Pidder zwischen mich und seinen Vater, löschte die Kerze, achtete darauf, dass ich den flüssigen Wachs nicht über den Nebenmann schüttete, öffnete die Knöpfe meines Wams, legte den Dolch ab, den ich trug, verstaute ihn unter dem Strohsack und legte mich hin. Ich konnte zwischen lautem Schnarchen, Stöhnen und Furzen so schnell nicht einschlafen. Ein bestialischer Gestank peinigte meine Nase. Irgendwann hörte ich den Nachtwächter auf der Straße vor dem Gasthof, der mitteilte, dass es bis zum Morgen nicht mehr lange dauern würde und dass kein Feuer ausgebrochen sei.

Nach einiger Zeit hatten sich meine Augen an die Dunkelheit gewöhnt. Das bisschen Dämmerlicht, dass durch die kleinen Butzenscheiben von außen hereindrang, half mir, wenigstens meine unmittelbare Umgebung zu erkunden. Plötzlich zuckte ich leicht zusammen. Neben mir lag kein Mann, sondern eine Frau. Auch sie sah mich an. Es war das hübsche Weibsbild, mit dem ich unten in der Gaststube mehrmals getanzt und gescherzt hatte. Sie war mit etwa achtzehn Jahren jünger als ich, aber erfahrener. Ich hatte den Eindruck, dass sie Gefallen an mir fand, was mir ungute Gefühle bereitete. Ich bemerkte jetzt, trotz des matten Lichts, deutlicher als zuvor ihre wollüstigen Brüste, die sich über dem Dekolleté ihres Leinenhemds deutlich abhoben. Ich wusste, dass sie und ihr Mann mit unserer Protestveranstaltung nichts zu tun hatten, aber was die beiden hier wollten, blieb für mich im Nebel.

Ich dachte daran, wie fröhlich und ausgelassen sie war. Aber sofort nach jedem Tanz war sie zu ihrem Mann zurückgekehrt, sicherlich, um seine brutalen Instinkte nicht zu reizen. Jetzt schlief er hinter ihr mit weit geöffnetem Rachen und schnarchte in grässlichen Oktaven.

Ich war erschrocken, da ich viel über die Lüsternheit der Frauen gehört hatte. Sie verkörperten Falschheit und Heuchelei, waren intrigant, geschminkt, käuflich und hemmungslos. Was würde passieren, wenn sie mich jetzt anfassen würde. Sollte ich vorsichtshalber den Schlafraum wieder verlassen. Mein Herz schlug höher, mein Blut wallte. Ich schloss die Augen, um mich schlafend zu stellen. Wie es sich für ein Mitglied eines bedeutenden Lübecker Handelsgeschlechts geziemte, war ich nicht zum Kämpfer erzogen. Ich wollte keine Schwierigkeiten mit ihrem Mann bekommen, der mir mit seinem zernarbten Gesicht Angst einflößte. Ich hatte zwar Pidder bei mir, aber gegen brutale Hinterhältigkeit und Verschlagenheit schien mir auch dieser grundehrliche Sylder machtlos.

Langsam wurde ich ruhiger. Ich merkte, dass die Frau keine Anstalten machte, mich mit ihrer Lüsternheit zu umgarnen. Es deutete also darauf hin, dass es auch anständige Frauen gab, im Gegensatz zu denen, die immer wieder von Gottesmännern und Kuttenbrüdern beschrieben wurden.

Bevor es mir jedoch möglich war einzuschlafen, hörte ich das Stöhnen eines Weibes. Zunächst begriff ich nicht, was dort vorging. Ich vermutete, die Frau hätte einen Traum. Die Geräusche wurden immer lauter und mir schwante endlich, dass ein Mann mit einer Frau kopulierte. Ich hatte das noch nie erlebt. In den höheren Gesellschaftsschichten, in denen die Mädchen frühestens mit vierzehn Jahren verheiratet wurden, war es nicht üblich, sich vor der Ehe einem Mann hinzugeben. Zu den unteren Schichten, die bekanntlich ihren tierischen Trieb hemmungslos austobten, wollte ich mich nicht abwerten.

Flöhe bissen mich, Ratten näherten sich mir und prüften, ob ich spendabel sei. Ich hatte vergessen, mich mit Fleisch- oder Käsestücken einzudecken, um sie für die Nager auszulegen. Glücklicherweise hatte Jakob daran gedacht und zog die Ratten auf seine Seite. Daher hatte ich vor ihnen Ruhe.

Gegen Morgen, als die ersten aufwachten und den Dachraum verließen, schlief ich erst fest ein. Pidder hatte sich nicht stören lassen, war gleich eingeschlafen und bis zum hellen Morgen auch nicht mehr aufgewacht. Ich hatte nur im Morgengrauen bemerkt, wie er sich im Schlaf an Bauch und Rücken kratzte. Auch mir setzten die Flöhe nach wie vor zu, ebenso wie meiner Nachbarin, die neben mir eine unruhige Nacht verbracht hatte.

Ich wurde irgendwann wach. Die Wirtin hatte den Schlafraum betreten und forderte laut schreiend dazu auf, sofort die Kammer zu verlassen.

"Was bildet ihr euch ein. Wenn ihr so viel saufen müsst, könnt ihr auch zeitig aufstehen. Wir müssen auch unsere Arbeit machen, also raus hier."

Neben Pidder und mir lagen noch sechs weitere Personen verteilt im Raum auf ihren Strohsäcken. Knurrend erhoben wir uns alle.

"Komm, Pidder, wir gehen runter uns waschen. Schlafen können wir sowieso nicht mehr. Und gegen diesen Drachen haben wir ohnehin keine Aussicht auf Erfolg."

Wir erhoben uns mürrisch und verschlafen.

"Deine schöne Nachbarin ist schon weg." Pidder sah mich an. Er grinste.

"Du hast ihr gefallen. Sie hat dich längere Zeit angesehen," erklärte er mir.

"Und ihr Mann, was hat der getan?" fragte ich ihn.

"Der war schon vorgegangen, der hat sich für seine Frau kaum interessiert. Ich nehme an, er wird sie häufig verprügeln. Die traut sich nicht, zu einem anderen ins Bett zu steigen."

Wir schlichen müde zu einem Brunnen im Hof und schütteten

uns eiskaltes Wasser über Gesicht und Oberkörper. Mehrere Leidensgefährten lümmelten um uns herum, darunter auch einige Sylder, von denen ich mehrere kannte. So auch Bo Peter, der in Kaytum das grausame Katzenspiel gewonnen hatte. Er sah mich mit neugierigen Augen an. Als ich fragend zurückblickte, grinste er und meinte:
"Ihr werdet Berater von Edlef Knudsen?"
"Wie kommt ihr darauf?" wollte ich wissen.
"Oh, das ist kein Geheimnis mehr. Nur viele fragen sich, ob ihr als Lübecker auch wirklich unsere Interessen wahrnehmen werdet."

Ich antwortete nichts. Es ist nicht leicht, Misstrauen ohne nachweisbare gute Taten zu zerstreuen.
"Er vertritt unsere Ansichten." Die Stimme von Pidder klang energisch. "Ihr werdet noch merken, dass ihr euch ein Beispiel an ihm nehmen könnt."

Er klopfte mir auf die Schulter und bedeutete mir, den Hof und das Gasthaus zu verlassen.

Die Heilige Messe begann bald. Wir machten uns also auf den Weg zur Marienkirche. Als der mächtige Turm vor mir aufragte, sah ich heiser schreiende Dohlen um ihn herum flattern. Sie schienen mir wie die gemarterten Seelen von Totschlägern, Kindsmördern, Dieben, Ketzern, Hexen und Sodomisten, die Gott um Gnade anflehten. Vor dem Gotteshaus sahen wir eine lange Schlange von Menschen, die hineinströmten oder es versuchten. Es schien aber bereits aussichtslos, der Ort war mit Volk überfüllt und die passten nur zum Teil in die Kirche. Pidder und ich beschlossen, abzuwarten, da mit Sicherheit anschließend noch eine weitere Messe stattfand. Allein, ohne Gottes Segen konnte man uns nicht belassen.

Vor der Kirche auf dem Marktplatz hatte sich ein quirlig lärmender Jahrmarkt aufgebaut. Obwohl die Zeit der Kirchweih noch nicht gekommen war, hatten sich aus Anlass der Demonstration Schausteller-Attraktionen verschiedenster Art eingefunden. So gab es Luftspringer, Seiltänzer, Gruppenakrobaten, Jongleure und Kunstreiter. Uns zog es zunächst an einen Stand, auf dem bereits am Morgen ein ganzes Schwein über offenem Feuer gebraten wurde. Hiervon aßen wir zum Frühstück.

Das besondere Interesse des zahlreichen Publikums galt einem Feuerkünstler, der "wundernswürdige Feuerkünste" darbot, die im Heiligen Römischen Reich bei vielen Potentaten gezeigt worden seien.

Der Künstler nahm zum grausenden Erstaunen der Zuschauer ein Stück glühendes Eisen von zwei Spannen Länge in den Mund und trug es feuerrot mit dem Mund umher. Dann strich er Schwefel auf das glühende Eisen, sodass das ganze Gesicht in vollem Feuer stand. Anschließend strich er erneut Schwefel auf das Eisen, zündete ihn an und ließ ihn brennend auf die Finger tropfen.

Aber damit waren die Schaurigkeiten noch nicht zu Ende. Der Feuerkünstler nahm Schwefel, Pech, Siegellack und gelbes Wachs, kochte es in einem Gefäß über dem offenen Feuer und aß es brennend mit dem Löffel. Anschließend nahm er glühende und feuerrote Kohle in den Mund und verschluckte sie.

Aber es wurde noch grausiger. Er legte eine etwa drei Ellen lange Form auf die Erde, füllte sie mir glühender Kohle und lief mit bloßen Füßen drei mal hin und zurück. Das wirkte auf mich und die übrigen Zuschauer wie Hexenzauber. Schaurige Rufe waren zu hören.

Pidder schüttelte neben mir den Kopf. "Das ist Teufelswerk," war sein ganzer Kommentar dazu. Ich sagte gar nichts. Ich konnte mir beim besten Willen nicht erklären, wie so etwas möglich war. Sollte hier wirklich ein Mensch mit dem Teufel im Bunde stehen? Dann hätte aber sicherlich die Obrigkeit schon eingegriffen. Immerhin mussten die Gaukler ihre Kunstfertigkeiten im Rathaus anmelden und genehmigen lassen. Sie mussten auch darlegen, dass sie kein Teufelswerk betrieben.

Gleich nebenan hörten wir einen Bänkelsänger, der von der verlorenen Schlacht am Bunkeberg vor den Toren Stockholms sang. Er wurde dicht umlagert, da er den Protestierern aus dem Herzen sang. Jedes Mal, wenn er den Refrain "und der dänische Koning mit seiner schwarzen Horde musste die Flucht ergreifen" zum Besten gab, grölten alle Umstehenden unflätig und verwünschten den Monarchen.

Ein Stück weiter sahen wir eine Bühne, auf der Wanderkomödianten ein Schauspiel aufführten. Neben einigen

Männern, Frauen und Kindern traten eine Zwergin, zwei Soldaten, mehrere Musiker mit Dudelsäcken und als besondere Attraktion zwei Kamele auf.

Die Zuschauer staunten, als eine Flut die Bühne überschwemmte und die Arche Noahs davontrieb Sie erschauderten, als Engel und Teufel erschienen und wie durch Magie spurlos verschwanden. Vom Publikum unbemerkt hatte sich eine Falltür geöffnet und die beiden verschluckt. Ich hatte ähnliches schon in Köln gesehen und manchen Trick erfahren. Die erschaudernden Zuschauer erlebten, wie sich die Hölle mit donnernden Lauten und aufsteigendem Dampf öffnete und ihr mächtiges Maul sich wieder hinter den Verdammten schloss. Das Publikum schrie entsetzt auf, als Johannes der Täufer im nächsten Akt enthauptet wurde. Ich konnte erleben, wie von neuem der Trick mit der Falltür das Blut der Zuschauer erstarren ließ. Der Darsteller des Johannes fiel blitzartig durch einen sich öffnenden Schlitz und ebenso schnell wurde er durch eine kopflose, blutige, täuschend ähnliche Puppe ersetzt. Vor allem die Szene, als Jesus blutüberströmt am Kreuz hing, wühlte das Publikum im tiefsten Inneren auf.

Die Vergewaltigung der Dina, der Tochter Jakobs und Leas aus Haran durch den Fürstensohn Hiwiters Hamor aus Kanaan rührte die Zuschauer wenig, die Folterszenen dagegen riefen ergötzliche Freudenschauer auf die Haut und als der römische Kaiser Nero seiner Mutter den Bauch aufschlitzte, um in den blutenden Eingeweiden, die durch tierische Innereien nachgestellt wurden, nachzusehen, woher er gekommen war, lachte das Publikum stürmisch und applaudierte vergnügt.

"Pidder, wir haben die Kirche vergessen," erschrocken blickte ich zur Kirchturmuhr. Die Gaukler, Akrobaten und Komödianten hatten uns so betört, dass wir unsere Sonntagspflicht völlig vergessen hatten. Wir waren zwar nicht die einzigen, denn eine große Volksmenge stand um uns herum, aber wir selbst waren für unser Seelenheil verantwortlich.

Deshalb stürzten Pidder Lüng und ich los. Wir erreichten das Gotteshaus und merkten, dass zwar eine weitere Messe stattfand, wir jedoch alles Wichtige verpasst hatten. Drei Priester in ihrem wertvollen, brokatverzierten Gewand verteilten bereits das Heilige Abendmahl an die Gläubigen. Aber das Sakrament der Wandlung von Christi Fleisch und Blut hatten wir versäumt. Das konnte nicht ungestraft bleiben. Ich war fest davon überzeugt, dass Gott von mir Vergeltung fordern würde und stellte mich auf einen verhängnisvollen Tagesablauf ein. Wie sollte Gott mir auch verzeihen, dass ich fast die ganze Nacht gesoffen und möglicherweise auch mit einem liederlichen Weibsbild getanzt hatte, und nun vergaß ich die heilige Messe. Das gemeine Volk, dass sich lieber auf dem Jahrmarkt amüsierte, anstatt den Gottesdienst zu besuchen, stand nicht so sehr in der Pflicht. Davon war ich überzeugt. Aber mir hatte Gott mehr Verstand und damit eine größere Verantwortung übertragen, von mir erwartete er mehr Dankbarkeit. Ich glaubte daher, dass ich jeden Augenblick damit rechnen musste, ein verheerendes Zeichen von unserem Herrn zu erhalten, mit dem ich für mein Versagen bestraft wurde.

Jakob und Broder Hansen kamen nach der Messe vor der Marienkirche auf uns zugeschlendert. Sie bemerkten meine Unruhe.

"Was fehlt dir," fragte mich der Vater von Pidder Lüng, nachdem Großbauer Broder Hansen freundlich gegrüßt hatte.

"Wir haben die Messe verpasst," antwortete Pidder an meiner Stelle. "Michael fürchtet sich jetzt vor der Strafe Gottes."

Broder Hansen lachte:"Wenn ich jedes Mal von Gott bestraft worden wäre, wenn ich gegen eine Regel der Religion verstoßen hatte, mein Leben wäre sehr unglücklich verlaufen. Gott kann verzeihen. Der Vorgänger unseres jetzigen Landvogts, Knut Lornsen wurde einmal vom Pfarrer Boh Andersen gefragt, warum er so selten in die Kirche komme, die doch so wichtig für sein Seelenheil sei. Der Landvogt antwortete ihm: 'Wahrhaftig, dass wusste ich nicht, nein. Ich glaubte nämlich, die Priester halten die Messe nur wegen der Kollekte.' Und glaubt mir, Michael, der Landvogt wurde nie von Gott bestraft. Im Gegenteil, er war ein guter und glücklicher Mann. Ich nehme deshalb an, ihr habt von Gott nichts zu befürchten. Im Gegenteil, ihr dient unserer guten Sache und werdet heute abend im Kloster diese Sache mit Gottes Hilfe gut vertreten."

Broder Hansen strahlte solche Gewissheit aus, dass ich ruhiger wurde und begann, mich in Gedanken mit der Aufgabe zu beschäftigen, die heute Abend auf mich wartete. Graf Gerhard war der Liebling der Menschen an der Westküste, aber ich glaubte nicht, dass er rein eigennützig handelte. Mir schien es eher, dass er sehr viel Eigennutz in die Sache einbrachte, was die Bauern nicht sahen oder nicht sehen wollten. Es ging für mich vermutlich jetzt darum, die Bauern und ihre Verbündeten nicht dem König und seinen Söldnern zum Fraß vorzuwerfen. Mir schien es wichtig, einen Ausgleich zwischen den Interessen der Friesen und Elbmarschenbauern einerseits und dem König andererseits herzustellen. Aber ich musste vorsichtig sein. Ich wurde voraussichtlich nur als Ratgeber der Jurisprudenz akzeptiert, nicht als Staatsmann.

Pidder und ich nutzten die nächsten Stunden und machten einen Rundgang durch den Flecken. Sie war keine Festung, da sie keine Stadtmauern hatte und frei und offen im flachen Gelände lag. Ich war erstaunt, dass der Graf sich ausgerechnet diesen offenen Ort als Stützpunkt erwählt hatte. Es war daher von großer Bedeutung, wie er geschützt werden sollte. Oder nahm der Graf an, dass sein Bruder, der Däne sich keinem Kampf stellen würde?

Östlich des Zentrums am Ufer der Hevera war eine Zeltstadt aufgebaut, in der die Masse der angereisten Demonstranten untergebracht war. Der Zugang zum Lager wurde von Arkebusiern, die Graf Gerhard aus seiner Grafschaft mitgebracht hatte, bewacht. Es waren immer zwei, die eine Gabel in die Erde gerammt hatten, um im Notfall ihre schwere Hakenbüchse waagerecht einzulegen und mit einer brennenden Lunte auf Gegner oder Unruhestifter abzufeuern. Auch auf Spione, für die ein solches Lager begehrtes Zielobjekt war, hatte man ein aufmerksames Auge.

Aus der Ferne vermittelte das Lager noch einen malerischen Reiz. Als wir es aber erreichten, erkannten wir es als eine Brutstätte gewaltigen Schmutzes und Gestanks. Überall tummelten sich Mäuse und Ratten und taten sich gütlich an den zahllosen Haufen Unrat. Der üble, scharfe Geruch, das Klirren von Waffen, laute Flüche, Lärm und Gebrüll verletzten das Ehrgefühl eines hochherrschaftlichen Menschen. Sogar Pidder, dessen Lebensumstände unvergleichlich schlechter gewesen waren als meine, schüttelte sich angewidert.

Im Lager fanden wir Erik und Dirk, unsere Sylder Mitreisenden aus der Schmack. Sie hatten sich mit Schwert und Hellebarden, die sie sich ausgeliehen hatten, bewaffnet und übten gerade den Nahkampf. Sehr gekonnt wirkten beide nicht. Sie hüpften und sprangen im Kreis, als vollführten sie ein kindliches Ringelspiel. So würden sie keinem erfahrenen Söldner Angst einflößen. Trotzdem lächelten wir ihnen aufmunternd zu. Zumindest an Begeisterung ließen sie nichts vermissen.

In der Mitte des Platzes erhob sich auf einem kleinen Hügel das große Zelt des Hauptmanns, seines Lagersergeanten und seiner Profosen. Sie gehörten ebenso wie die Arkebusiere zum unmittelbaren Tross des Grafen, stammten aus der Grafschaft Oldenburg und Delmenhorst und hatten die Aufgabe, das Zeltlager der Bauern zu organisieren. In unmittelbarer Nähe des Kommandeurszelts gossen Büchsenschützen Bleikugeln für ihre Waffen. Falkonetten, Feldschlangen oder andere Geschütze sah ich keine. Möglicherweise waren sie bereits an der Ostseite des Orts bereitgestellt.

Jedem Haufen aus den einzelnen Regionen der Uthlande war mit Zweigen ein bestimmter Platz zugewiesen. Die einzelnen Gruppen lagen in Zelten von jeweils fünfzig Mann parallel nebeneinander. Vor den Zelten waren Spieße, Kurzspieße, Piken, Hellebarden und neuartige Partisanen mit breiter, schwertförmiger Hauptspitze und zwei Nebenspitzen in den trockenen Boden eingerammt. In den Zelten hausten die Bauern und ihre Mitkämpfer zu sechsen bis zu zehn, einige von ihnen mit ihren Weibern, Dirnen oder Hunden.

Dazwischen standen die Fuhrwerke, an denen die Pferde festgemacht waren. Im Umfeld dieser Wagen häufte sich der Unrat. Der Lagerhauptmann hatte jedoch einen Dienst organisiert, der den Abfall fortschaffte, indem er alles in den Fluss zum Hafen schüttete.

Einige Zelte waren noch unbewohnt oder nur teilweise belegt, da noch mehrere Haufen erwartet wurden. Außerdem war ein ständiges Kommen und Gehen durch die Fouragiere, die Feuerholz, Stroh für die Zelte, Lebensmittel und Futter heranschafften. Aus allen Richtungen näherten sich Fuhrwerke und Herden von Schlachttieren wurden in Pferche getrieben. Am Rand der Stadt patrollierten Husemer Büttel und Bürger mit ihren Hunden, die fürchteten, die Horden der Zeltstadt könnten ihnen Holzwerk und Reet von den Dächern abreißen und zum Bau von Lagerhütten oder als Brennmaterial verwenden.

Auf den freien Plätzen des Zeltplatzes waren Tische aufgestellt, um die sich die Spieler des Lagers ballten. Karten wurden unter lauten Begleitrufen ausgeteilt und aufgespielt, Herzkönig schlägt Schellendame, Kreuzas übertrumpft Karobube. Viele Spieler reagierten aggressiv, wenn ihnen jemand über die Schulter blickte.

Um Schummeln zu verhindern, war jedem Spieltisch ein Profos zugeteilt. Geschickte Spieler entwickelten eine Fingerfertigkeit, die oft dazu führte, dass ungeübte, meist jüngere Spieler neben Geld auch Waffen, Pferde und Kleider verloren. Immer wieder kam es in solchen Fällen zu wütenden Schlägereien, die nicht selten durch blitzende Schwerter beendet wurden und zum Tod führten.

Ich fand es richtig, dass die Spielleidenschaften unter die Aufsicht der Lagerverwaltung gestellt wurden. Häufig verbündeten sich zwei Spieler gegen einen ahnungslosen Dritten, um ihn auszunehmen. Dabei waren viele Karten gezinkt oder doppelt im Spiel. Beim Würfelspiel mit drei Hexaeder, die aus Knochen herausgesägt waren, wurden manche Würfel durch winzig kleine Löcher, die mit dem bloßen Auge nicht zu sehen waren, mit Blei oder Quecksilber gefüllt. Auch zerschnittene Haare, Spreu oder Kohlenstaub wurden verwendet. Es gab Hexaeder von Hirschhorn, die oben leicht und unten schwer waren. Es gab "Niederländer", die man schleifend rollen musste und "Oberländer", die man aus "bayerischer Höhe" warf, damit sie gut fielen. Manche Würfel hatten zwei Fünfen oder Sechsen.

Ein stämmiger Spieler sprang plötzlich hoch, zog einen Dolch aus seinem Gürtel, lief um den Spieltisch herum, um einem seiner Mitspieler den Dolch in die Gedärme zu rammen.

"Habt ihr nichts bemerkt," rief er den anderen am Tisch zu, "dieser Schweineschelm hat falsche Würfel."

Der zerlumpte Beschuldigte sprang auf, um seinen Gegner

besser abwehren zu können. Er war kleiner als sein Angreifer und machte einen hilflosen Eindruck. Er hatte weder einen Dolch, geschweige denn ein Schwert. Niemand hätte in diesem Augenblick auch nur einen Pfennig für sein Leben gegeben. Der Profos war so verwundert, dass er zunächst nicht reagierte. Der Angriff kam für alle völlig überraschend.

Der Betrogene stach auf seinen Widersacher ein, der unter dem Gegröhle der Mitspieler und Herumstehenden zu entkommen versuchte, traf ihn aber nicht. Jetzt reagierte der Profos. Er sprang hoch und versuchte, den Messerstecher festzuhalten. Der aber tobte wie ein wildes Tier, riss sich los, stach wirren Blicks auf den Hüter der Lagerordnung ein und versuchte erneut, den angeblichen Falschspieler mit dem Dolch zu treffen.

Damit hatte er sich uns genähert und gelangte in Reichweite Pidders. Der machte kurzen Prozess. Er schlug dem Wildgewordenen die Faust in den Nacken, sodass dieser das Gleichgewicht verlor und sich der Länge nach auf den Boden legte. Während der zerlumpte Bauer entkommen konnte, kniete sich der Profos auf den rechten Arm und ein Schulterblatt des Niedergeschlagenen und rief einige Büttel zu Hilfe, die bereits aufmerksam geworden waren.

Ich war neugierig. Ich hatte mich schnurstracks hinter dem vermeintlichen Falschspieler hergemacht, der im Eilschritt dem Lagerausgang zustrebte. Als ich ihn eingeholte, sprach ich ihn an.

"Wer seid ihr? Habt ihr falsch gespielt oder nicht? Ich bin kein Profos und habe kein Interesse, euch zu bestrafen. Ich bin nur interessiert und will euch näher kennen lernen."

Er sah mich mit scheuen Augen misstrauisch an. Dann blickte er sich um, ob mögliche Häscher folgten.

"Mein Freund hat deinen Gegner niedergeschlagen und dich damit gerettet," erklärte ich ihm. "Mich würde interessieren, ob mein Freund richtig gehandelt hat."

Als er sich davon überzeugt hatte, dass ich tatsächlich alleine war, schlug er seinen Blick nieder.

"Natürlich hat euer Freund richtig gehandelt. Ich habe etwas lübisches Geld gewonnen und die, die es verloren haben, werden mit Sicherheit nicht daran zugrunde gehen. Die anderen

Bauern haben Pflüge und Pferde, ich muss meine Erde mit Hacke und Spaten umgraben. Was glaubt ihr, wie mühselig meine Familie und ich unser Leben fristen müssen. Wir leben von Brot, Zwiebeln und einigen Früchten. Wir schlafen in einer kleinen Hütte, von jedem Sturm und Regen bedroht, auf dem nackten Boden. Wir haben nie einen Ruhetag. Meine Kinder hungern und wenn ich nach Hause komme, strecken sie mir ihre bittenden Hände entgegen. Ich bin wie ein durchnässter Hahn im Regen, mit hängendem Kopf und Gefieder und werde von jedem verachtet. Darum spiele ich und versuche, mein Los etwas zu verbessern."

Er sah mich mit Augen an, die um Verständnis baten, drehte sich um und ging eilenden Schrittes von dannen. Pidder hatte mich eingeholt. Er sagte kein Wort. Auch ich schwieg zu dem Vorfall. Wir ließen uns weiter von der Stimmung auf dem Platz einfangen.

Zwischen den aufgeregten Spielern schlichen lauernde Händler, die bereit waren, die gesetzten Ringe, Ketten, Gürtel und Beutestücke aufzukaufen. Aber wenn sie die Stücke einschätzten, mussten auch sie mit der Aufmerksamkeit der Profose rechnen. Die achteten darauf, dass niemand übervorteilt wurde. Aber meistens misslang es dennoch, da die Anzahl der Aufsichtspersonen zu gering war. Während Pidder gerade ein Würfelspiel verfolgte und vermutete, dass Betrug im Spiel war, konnte ich beobachten, wie ein verschlagener Händler gerade einem jungen Burschen einen bunt bestickten Gürtel, der mit wertvollem Pelz und schmucken kleinen Glocken besetzt war, zu einem geringen Preis abschwindelte.

"Du bist betrogen worden," sprach ich den Jungen an. Er blickte erschrocken.

"Keine Sorge," erklärte ich ihm. "Ich bin kein Profos. Ich kann nur erkennen, was dieser Gürtel wirklich wert ist."

"Ich weiß das," erwiderte der Milchbart, "aber mir ist nicht erlaubt, solch einen wertvollen Gürtel zu tragen. Ich bin nur Trommler und wenn ein Profos sieht, das ich den wertvollen Gürtel verkaufe, gerate ich in Verdacht, ihn gestohlen zu haben. Aber mein Vater war Kapitän auf einer Hulk und hat ihn von einem wohlhabenden Schiffbrüchigen geschenkt bekommen, den er vor Jahren retten konnte. Mein Vater ist im letzten Jahr gestorben und hat mir den Gürtel hinterlassen. Aber es ist niemand hier, der es beweisen kann. Daher bin ich froh, dass kein Profos den Handel gesehen hat."

Dieser junge Mensch war etwa zehn Lebensjahre alt und hatte schon eine solch gehörige Spielleidenschaft entwickelt, dass er die wertvolle Erinnerung an seinen Vater verschleuderte. Aber das einfache Volk lebte nur für den Augenblick, alles andere war ihnen gleichgültig. Der Tod war unser aller ständiger Begleiter, was interessierte da schon das Morgen.

Pidder und ich verließen die Spieler. Ich selber war anders erzogen und machte mir nichts aus dem Glücksspiel. Pidder zeigte zu meiner Überraschung auch kein Interesse, obwohl ich wusste, dass er seine freie Zeit gerne mit dem Spiel verbrachte.

"Warum spielst du nicht", wollte ich daher von ihm wissen.

"Die Spieler hier gieren mir zu sehr nach Gewinn. Das führt zu Streit, Besessenheit und Mordlust. Du wirst sehen, wenn wir noch lange in Husem warten müssen, wird noch viel Schlimmes geschehen. Warte nur ab."

Ich glaubte es auch. Eine streitlüsterne Atmosphäre umgab uns. Wir wandten uns daher etwas angewidert den Buden der Marketender und Fleischer zu, zwischen deren Ständen die Garküchen aufgestellt waren, die sich an die Spieltische in Reih und Glied anschlossen. Von den Küchen stieg verführerisch duftender Rauch auf. Die Fleischer töteten das Schlachtvieh an Ort und Stelle, sodass der Rasen an ihren Ständen blutrot verfärbt war. Wir beobachteten einen Metzger, der mit einem alten Weib Schweinsmägen aus einem Holzbottich nahm und sie mit dunklem Bred füllte. Fröhlich winkte er uns mit seinen bis zum Ellenbogen blutigen Armen zu. Die Frau band die roten Plunzen der Schweinsmägen mit Schnüren ab und hängte sie auf Brühstangen auf. Über anregend knisternden Tannenholzscheiten kochte ein schwarzer Kessel mit Brühe. Ein angenehm wohliger Geruch stieg hoch und verband sich mit dem Duft frischer Kümmelwecken und Salzbrezeln. Auch Pidder und ich bekamen Appetit und wir kauften eine große Wurst mit Wecken, um sie genussvoll zu verzehren. Da drängte sich ein rotweiß gefleckter Tagedieb zwischen uns und bat um etwas Essen. Sein verschlagener

Blick warnte uns. Entsprechend reagierte Pidder. Er gab dem Halsabschneider einen gewaltigen Tritt in den Hintern, der ihm gewiss für lange Zeit in Erinnerung blieb.

Bei einem Marketender malte ein Lagerprofos gerade auf ein Fass Bier, das angezapft werden sollte, groß und deutlich mit Kreide den offiziellen Preis auf. Der Marketender versuchte zwar, durch Bitten und Wehklagen seinen Preis zu verringern, aber ohne Erfolg. Niemand sollte benachteiligt werden und kein Händler sollte den anderen preislich ausstechen, daher legten die Profose alle Verkaufspreise fest.

Abseits der Spieltische herrschte im Lager eine überhebliche Jubelstimmung. Schon kurz nach der Mittagszeit zogen angetrunkene Demonstrationsteilnehmer durch das Zeltlager, hinaus in den Flecken und die umliegenden Dörfer auf der Suche nach Weibsbildern.

Wir wurden durch ein Trommelsignal unterbrochen. Langsam näherte sich der junge Bursche, der kurz zuvor noch den Gürtel seines Vaters verscherbelt hatte, mit einer großen Trommel meinem Standort. Sein einförmiger Schlag rief die Lagerinsassen, die sich in der Nähe aufhielten, herbei. Hinter ihm erschien ein Herold auf seinem Pferd. Er trug über seiner Kleidung einen Levitenrock aus roter und blauer Seide, der vorne und auf dem Rücken mit dem Wappen von Graf Gerhard bestickt war.

Der Klang der Trommel endete. Das Milchgesicht dahinter war nicht zu beneiden, da diese Jungen in der rauen Männergesellschaft die erklärten Narren waren. Aller Spott und manche Wut entlud sich über ihnen. Und im Kampf erklang ihr dumpfer Trommelschlag immer in vorderer Linie.

"Bauern und Gefolgschaft, hört, hört, was der Graf euch zu vermelden hat. Die Entscheidung wird nicht mehr lange auf sich warten lassen. Der König ist mit wenigen Truppen im Anmarsch. Er scheint verhandlungsbereit zu sein. Daher können wir mit Zuversicht in die nächste Zukunft blicken. Ich erwarte aber, dass Disziplin unter meinen Anhängern herrscht. Der Stadtvogt von Husem, Ludwig Nettelbek hat Klage geführt, dass häufig Frauen angefallen und unzüchtig behandelt werden. Der Staller von Nortstrandt, Edlef Knudsen als Vertreter der friesischen Bauern,

Henneke Wulf als Vertreter der Kremper Elbmarschbauern und ich, Graf Gerhard von Oldenburg und Delmenhorst sehen uns daher gezwungen, alle aufzufordern, diese Übergriffe sofort zu unterlassen. Ich habe meine Büttel und Profose angewiesen, im Falle von Zuwiderhandlung die Schuldigen der Husemer Gerichtsbarkeit zu überstellen. Die Strafen sind drastisch. Ich erwarte daher Disziplin und Ordnung. Graf Gerhard von Oldenburg-Delmenhorst."

Nach dieser Verkündigung brach keine Begeisterung aus. Nur Gleichgültigkeit oder Murren war allenthalben zu vernehmen.

Pidder Lüng und ich zogen in Richtung Husem, um das Franziskanerkloster zu erreichen. Kurz hinter dem Ausgang des Feldlagers begegnete uns ein Bauer aus der Elbmarsch, der in trunkenem Zustand dahinstolperte und mit verblüfftem Gesichtsausdruck eine abgeschlagene Hand in seiner verbliebenen rechten hielt, während er gleichzeitig versuchte, das Blut einzudämmen. Da ich nicht aussah wie ein Bauer, hielt er mich wohl für einen Arzt und lallte mich an: "Hochwohlgeboren, bei Gott, helft mir und näht mir die Hand wieder an. Wenn ich in mein Dorf zurückkomme, werden alle über mich Krüppel lachen und werden sich lustig über mich machen und mich bespucken. Ich werde nicht mehr die Ernte einholen können und werde mit meiner Familie verhungern. Helft mir in Gottes Namen."

Ich hatte in der Nähe des Lagertors ein Zelt gesehen, dass ich für eine Krankenstation hielt. Ich packte den Verletzten an die Schulter und ging, gefolgt von Pidder zurück in die Richtung, aus der wir gekommen waren. Der Elbmarschenbauer stolperte mehr als er ging, versuchte weiter das wild fließende Blut zu stillen und krampfte gleichzeitig seine rechte Hand um das abgetrennte Teil, aus Angst, er könne es verlieren.

Vor dem Zelt saß ein älterer, knorriger Mann mit einem hämischen Lächeln um die Mundwinkel. Er trug einen schwarzen Talar, der ihn als Gelehrten auswies, fluchte aber gottserbärmlich bei unserem Anblick und schnauzte uns entgegen: "Wohl wieder welche, der ein Wunder erwarten."

"Euer Hochwohlgeboren, edler Herr, verehrter gelehrter Doktor," keuchte der blutverschmierte Bauer. Sein Blick geisterte wie irre in die Augen des Arztes, "helft mir in Gottes Namen. Möge es euch belieben, mir meine Hand wieder anzunähen." Damit öffnete er die Faust und der Arzt erblickte das ganze dreckige, blutige Ding, das in seinem Zustand Ähnlichkeit mit einer großen Raubvogelkralle hatte. "Ich habe die Hoffnung, dass ihr mir mit euren dämonischen Fertigkeiten helfen könnt."

Der gelehrte Mann vor uns spuckte aus und schrie: "Lass Gott aus dem Spiel, du versoffene Sau. Du gehörst auch zu denen, die Gott immer nur dann entdecken, wenn sie in Not sind. Ich bin Pater Ignatius, Priester und Arzt, aber ich bin nicht allmächtig, das ist nur Gott, den du schmähst, wie es bei deinesgleichen üblich ist. Deshalb wird er sich kaum zu uns herabbegeben, nur um dir deine Hand wieder anzunähen. Da siehst du einen Bottich, darin liegen schon mehrere Glieder wie Beine, Arme, Hände und Ohren. Wirf deine Hand dazu. Dann wasche ich dir deine Wunde mit heißem Öl aus und verbinde sie dir."

Der Bauer erstarrte, dann heulte er laut los. Aus dem seifig verschmierten Gefäß stieg ein bestialischer Gestank hoch. Der Doktor fischte die blutige Kralle aus der gesunden Hand des weidwunden Mannes und warf sie in den Bottich.

"Haltet ihn fest," befahl uns Pater Ignazio. Pidder packte den Elbmarschenbauer an seinem gesunden Arm, drehte ihn auf den Rücken und unter heftigem Wehklagen säuberte der Arzt die Wunde am linken Armstumpf mit einem verschmierten Leinenlappen und einer Tinktur und verband sie anschließend. Auf die Aufforderung des Doktors, ihm seine Hilfe zu bezahlen, zeigte der Bauer keine Regung. Ich nahm seine Geldbörse, die am Gürtel hing und blickte hinein.

"Die ist leer," stellte ich fest, "kein Wunder, dass er beim Glücksspiel Ärger bekommen hat."

Pidder schob den Bauern, der nicht bezahlen konnte, vor den Zelteingang, wo wir ihn seinem Schicksal überließen. Ich zog meine Börse und gab dem heilenden Priester einen niederländischen Heller. Er wog die Münze in der Hand und stellte fest, dass sie nicht untergewichtig war, wie so viele Geldmünzen, die zur Zeit überall im Umlauf waren.

"Die Münze ist manches wert," erklärte ich ihm, "neben den

Hansestädten sind die Niederländer die wohlhabendsten Leute in Europa. Sie haben es nicht nötig, ihre Münzen zu mindern."

Bevor der Arzt etwas erwidern konnte, wurden wir unterbrochen. Ein weiterer Bauer wurde hereingetragen, der sich durch einen Schwerthieb eine Schädelverletzung eingehandelt hatte. Das Blut des Bauern tropfte unablässig auf die Erde. Zu viert legten sie ihn auf eine Bettstatt. Er fiel kraftlos zur Seite. "Der stirbt uns weg," flüstert Pidder.

Jetzt zeigte Pater Igatius, dass er tatsächlich etwas von seiner Kunst verstand. "Ich bin der gute Hirte, spricht der Herr," zitierte der Arzt die Bibel, "Denn ihr wart wie irrende Schafe. Jetzt aber seid ihr hingewandert zum Hirten und Hüter eurer Seelen."

"Bring Wasser," rief er mir zu. Ich rannte aus dem Zelt zum Stand des Fleischers, weil ich bei dem heißes Wasser gesehen hatte. Ich bekam es. Mit dem Nass kehrte ich zurück zu Pater Igantius.

"Bring kaltes, du Tropf," schrie er mich an, "was soll ich mit heißem! Und bringe Eier mit." Ich starre ihn ungläubig an. "Eier, spute dich." Ich rannte wieder los und trieb tatsächlich Eier auf. Mit diesen und kaltem Wasser kehrte ich zurück.

Pater Ignatio tauchte einen Lappen in das Wasser und wischte das Blut von Stirn und Gesicht. Dann nahm er eine Schafschere, die Pidder aus einer Kiste geholt hatte und schnitt rund um die Wunde das Kopfhaar ab. Wir sahen mit Entsetzen, dass die Schädelplatte eingebrochen war und erkannten die blutige Hirnhaut. Der Pater legte den Kopf des Verletzten behutsam auf die Decke. "Der Kopf ist stark beschädigt," erklärte er uns. "Ein solch arg lädiertes Leben zu salvieren erfordert Gottes Hilfe oder meine chirurgische Kunst." Er forderte Pidder auf, ihm ein Gerät aus seiner Kiste zu holen, dass aussah wie eine kleine Zange. Damit und mit einem kleinen Messer zog er die eingedrückte Platte heraus und setzte sie kunstgerecht wieder so ein, dass sie scheinbar fest saß. Dann ging er zu einem Gefäß und schlug etwa fünf Eier auf. Er verrührte sie zusammen mit etwas Rosenöl und Terpentin mit einem abgenagten Hühnerknochen und schmierte mit der entstandenen Pampe eine dicke Schicht über das Schädelloch. "Obendrauf lege ich noch feine Seide, die bringt jedwede Fäulnis zum Stillstand," erklärte er uns.

Der Bauer war zeitweise bei Bewusstsein und schrie bei der Behandlung vor Schmerzen wie ein Schwein, das lebendig auf einen Spieß gezogen wird. Aber nachdem er in Ohnmacht gefallen war, konnte der Medicus den Prozess der Heilung in Ruhe einleiten.

"Ich könnte einen Gehilfen gebrauchen," sprach er uns an, "hat nicht einer von euch Interesse, mir bei meiner Arbeit zu helfen. Ich muss viel mit Feldschern, weisen Kräuterfrauen, Zigeunern und Scharfrichtern disputieren, denn alle die haben wertvolles Wissen. Und dieses Wissen ist für mich wichtig, um als Arzt helfen zu können."

Er öffnete eine Truhe und zeigte uns seine Kräutersammlung. "Mit all diesen Mitteln kann ich heilen, aber wir stehen mit unserer Kunst erst am Anfang. Es wäre bestimmt eine gottgefällige Aufgabe für euch, an Menschen ärztliche Hilfe zu leisten."

Pidder und ich hatten zwar eine andere Aufgabe in Husem als die Heilung von Wunden, aber wir waren uns einig, dass die Wartezeit bis zur Ankunft des Königs sicherlich besser genutzt werden konnte als durch Nichtstun. Also verabredeten wir mit Pater Ignatius, ihm in den nächsten Tagen zu helfen.

Für den Augenblick verabschiedeten wir uns, wanderten zu den Franziskanern und sahen vor den Klostermauern am Stadtrand einige fertige Holzhäuser, die offensichtlich bewohnt waren. Die Arbeit an den noch unfertigen Gebäuden ging zügig voran. Im gesamten Außenbereich an der Ostseite von Husem bauten, sägten und zimmerten Handwerker. Überall türmten sich die Balken, die als Baumaterial dienten. Ein Hofbeamter im schimmernden Brustharnisch schritt zwischen den Zimmerleuten hin und her und drängte zur Eile.

"Wo haben die das ganze viele Holz her?", wollte ich von Pidder wissen. "Holz ist doch verdammt knapp hier?"

"Ich habe gerade meinen Vater gesehen. Vielleicht kann der uns sagen, was das alles hier zu bedeuten hat." Pidder Lüng schlug die Richtung ein, in der er seinen Vater erblickt hatte. Und tatsächlich fanden wir ihn schnell.

"Was wird denn hier gebaut, Jakob?" Ich blickte in sein vor Eifer und Begeisterung gerötetes Gesicht.

"Der Graf hat das angeordnet. Er hat auf seinen eigenen

Schiffen Holz aus Oldenburg anlanden lassen und weiteres ist aus Rendsburg gebracht worden. Die Grafschaft Oldenburg ist verdammt wohlhabend, das muss man wohl sagen. Graf Gerhard ist vermögender als sein Bruder, der König. Die Häuser sollen zunächst Unterkunft für uns alle bieten, anschließend, wenn wir siegreich aus dem Kampf hervorgegangen sind, werden sie die Unterkünfte der Lakaien der zukünftigen Residenzstadt Husem sein."

Ich betrachtete die Holzhäuser noch einmal aufmerksam.

"Jakob, ich habe den Eindruck, die Häuser sollen vorderhand als Abwehrwall gegen die Soldaten des Königs dienen. Du kannst aber davon ausgehen, dass sie, wenn der König Kanonen mitbringt, keinen besonderen Schutz bieten werden."

"Der König wird keine Kanonen mitbringen. Wir haben auch keine. Er kommt ausschließlich um zu verhandeln. Davon sind wir überzeugt. Er hat nämlich durch seinen Krieg in Schweden kein Geld mehr, um ausreichenden Sold für Soldaten zahlen zu können. Daher sind wir mit unserer Stärke im Vorteil. Außerdem braucht der König seinen brüderlichen Grafen. Nur der kann ihm helfen, dem Adel die Schulden zurückzuzahlen." Jakob lächelte siegesgewiss vor sich hin.

Die Spannung in der Luft wurde immer fühlbarer. Es war fast soweit, die dritte Stunde nach Mittag würde gleich schlagen. Man erwartete mich im Kloster.

"Ich hoffe, du hast recht," mäkelte ich ungläubig. "Pidder, es ist an der Zeit," rief ich dann, "wir müssen gehen."

Der blonde Hüne von Syld nickte und wir zogen los. Auf der Zufahrt zum Kloster mussten wir zwei schweren Furagewagen ausweichen, die uns überholten. Unter den Planen hervor grunzten Schweine und schnatterten erregte Gänse in Weidenkörben. Mehl- und Hafersäcke, Salz und sonstiger Proviant waren geladen. Allerdings schien es mir, als sähe ich im zweiten Wagen nicht nur Proviant-, sondern auch Pulversäcke. Der Graf schloss also eine kriegerische Handlung nicht aus.

Das Kloster reckte sich hoch hinaus. Als ich unmittelbar vor der hohen Eingangstür stand und nach oben blickte, schien es, als würde die Spitze des Glockenturms die Wolken ankratzen. Dabei war der Turm über dem Eingang des Klosters bei Weitem nicht so hoch, wie der höchste Punkt der Marienkirche, der zu Gott strebte. Aber das Kloster war in seinen Ausmaßen wuchtiger und massiver und hatte eher als Husem selbst den Charakter einer Festung.

Ich nannte der weltlichen Wache den Namen Edlef Knudsen und dass wir erwartet würden. Der Staller hatte tatsächlich Bescheid hinterlassen und wir konnten passieren. Ich kam mir plötzlich furchtbar wichtig vor.

Es empfing mich eine geschäftige Stimmung. Überall auf den Gängen spürte ich lebhafte Betriebsamkeit. Pidder blickte mit großen Augen die teilweise mit Holz belegten Flure entlang. Solche Ausmaße eines Gebäudes, solche schwindelerregende Höhe der Räume und die Größe der Fenster beunruhigten ihn. Bilder nie verspürter Ausdruckskraft und Größe hingen an den Wänden. Stuckarbeiten schmückten die Decken und künstliche Gesichter blickten uns freundlich oder auch mürrisch aus den eckigen Deckenwinkeln entgegen. Pidder betrat eine neue, ihm bisher völlig unbekannte Welt. Ich selbst war aus Lübeck schon einiges gewohnt und fühlte mich nicht so überrascht und befremdet.

Wir erreichten den uns angewiesenen Kapitelsaal im hinteren Teil des Klosters und betraten ihn. Es war ein sehr lichter Raum mit einem gewaltigen Kamin an der Stirnseite. Eine hohe Bogendecke überspannte die zahlreich anwesenden Personen, von denen wir, das sah ich mit einem Blick, mit Abstand die jüngsten waren. Weitgeschwungene Bogenfenster ließen breite Streifen Sonnenlichts einfallen, ganz anders, als die gewohnten schmalen Schlitze in älteren Gemäuern. Große Bilder hingen an den Wänden. Es fanden sich einige Portraits von ehemaligen Äbten, auf anderen wurde zu meinem Erstaunen der, wie ich fand, pessimistische Geist unserer Zeit ausgedrückt. So sahen wir auf dem ersten die Gestalt einer alten Frau mit wehenden Haaren und wilden Augen, ausgestattet mit einer breitschneidigen, mörderischen Sichel in den Händen und mit Krallen anstatt Zehen an den Füßen. Gewöhnlich wurde der Tod als Skelett mit Stundenglas und Sense dargestellt, der in ein weißes Leichentuch eingehüllt und mit seiner nackten Knochigkeit über die menschlichen Schicksale grinste. Auf diesem Bild war der

Gleichmacher für Bettler und Kaiser, für Hure und Königin, für den zerlumpten Mönch und den Papst eine alte, widerwärtige Frauengestalt.

Auf einem weiteren Bild stößt der Tod durch die Luft auf eine Gruppe sorgloser, junger, tanzender Edelleute herab, die sich in einem Blütenhain mit Büchern und Musik vergnügen. Eine Schriftrolle am unteren Ende des Bildes warnte: "Weder Weisheit noch Reichtum, weder Adel noch Tapferkeit können euch vor den Schlägen des Todes bewahren." In einem Berg von Leichen abseits der jungen Menschen lagen gekrönte Häupter, ein Papst mit der Tiara, ein Ritter zusammen mit Armen, während Engel und Teufel am Himmel um ihre Seelen kämpften. Eine jämmerliche Gruppe von Leprakranken, in Lumpen gehüllten Bettlern und Krüppeln, von denen einem die Nase weggefressen war, anderen fehlten die Hände, die Beine oder sie waren blind, baten flehend den Tod um Erlösung. "Sie haben sich mehr an den weltlichen als an den göttlichen Dingen erfreut," stand auf einem weiteren Spruchband.

Edlef Knudsen erblickte mich und kam strahlend auf uns zu.

"Ich freue mich, Euch zu sehen. Wer ist denn euer Freund neben euch."

"Das ist Pidder Lüng von Syld. Ich habe ihn gebeten mich zu begleiten, denn ich bin nur mitgekommen, um die juristischen Interessen der Insel zu vertreten. Da ich mit den Verhältnissen der Insel und mit den Uthlanden jedoch nicht so gut vertraut bin, möchte ich Pidder als Unterstützung bei mir haben."

"Das ist vernünftig," stimmte mir der Staller von Nortstrandt zu und nickte. "Ich glaube, ich habe gut entschieden, euch um Mithilfe zu bitten. Ihr scheint ein kluger Mann zu sein. Nun müsste jeden Augenblick der Graf eintreffen und wir können mit den Beratungen beginnen. Ich wäre euch dankbar, wenn ihr in meiner Nähe bleiben würdet."

In der Zwischenzeit trat auch Broder Hansen zu uns. Als größter Bauer Sylds hatte er in diesem Kreis ein bedeutendes Gewicht. Er sah sich um, ob außer dem Staller kein weiterer zuhörte und blickte dann auf Pidder und mich.

"Wisst ihr, Michael, obwohl die Advokaten bei uns Bauern nicht sehr beliebt sind, müssen wir jedoch einsehen, dass wir ohne

sie die verwickelten Angelegenheiten nicht mehr lösen können. Wir sind bisher gut ohne sie zurecht gekommen. Aber die Welt hat sich verändert. Der Adel und die Obrigkeit beschäftigen Rechtsgelehrte in großer Menge und die knechten und knebeln uns mit ihren Winkelzügen. Wir Bauern haben nicht das nötige Wissen. Daher verhält sich die Sprache der Herren zur Sprache unseres unwissenden Volks und uns Bauern wie der Gesang der Lerche zum Schrei des Hahns. Und noch schlimmer ist es mit der Geistlichkeit. Durch ihre Latein- und Bibelkenntnisse klingt ihre Sprache im Vergleich zu unserer sogar nachtigallengleich. Wie können wir uns besser verständlich machen bei den hohen Herren, wenn nicht durch jemanden, der ihre Sprache versteht? Darum seid ihr für uns sehr wichtig, Michael. Wir sind davon überzeugt, dass Graf Gerhard der richtige Mann an der Spitze unseres Herzogtums ist. Am besten wäre es, er würde sogar König. Aber seine Berater, die ihr dort stehen seht, reden und fordern im gleichen Stil, wie wir es zu unserem Nachteil seit Jahr und Tag gewohnt sind. Sie reden über unsere Köpfe hinweg nur über ihre hochherrschaftlichen Interessen, wir spielen gar keine Rolle. Daher brauchen wir euch, nicht wahr, Edlef Knudsen?"
"Ja," antwortete der Angesprochene, "ich bin zwar der Führer der Bauern, fühle mich aber nur wie ein Befehlshaber von Truppen. Die Entscheidungen fällen andere. Aber, Michael Isermann, wir werden den Herrschaften schon zeigen, welche Macht wir sind."
 Hier zeigte sich wieder einmal deutlich, was mir schon meine Eltern und Lehrer gesagt haben, nur Bildung und Strebsamkeit sind in der Lage, höhere Ziele zu erreichen. Ich war daher für meine Schulausbildung und mein Studium sehr dankbar.
"Broder Hansen, wessen Eier esst ihr, die Eier von Lerchen, von Nachtigallen oder von Hühnern? Wessen Fleisch esst ihr, das Fleisch von Lerchen, Nachtigallen oder Hühnern? Wer also, glaubt ihr, hat einen höheren Wert, der Hahn und seine Hühner oder die Lerchen und Nachtigallen? Ich bin in einem herrschaftlichen Haus erzogen, da aber mein älterer Bruder das Handelshaus erbt, habe ich mit meinen Händen das Arbeiten erlernen müssen. Ich verstehe euch und hoffe sehr, ich kann eurer Sache dienen. Der Nachteil ist jedoch, dass nur ein kleiner

Teil der Bauern aus Schleswig und Holstein hier anwesend ist. Vor allem die Dithmarscher stehen nicht auf eurer Seite. Das ist ein herber Verlust. Warum ist das so?"

Edlef Knudsen und Broder Hansen blickten etwas verstört, so, als wäre die Antwort ihnen unangenehm. Ich glaubte sogar, sie aufatmen zu sehen, als einer der geistlichen Herren mit einigen Begleitern auf uns zutrat.

"Ich bin Adam Eitzen, der Abt dieses Klosters in Husem," stellte er sich vor. Er trug die einfache Kutte eines Mönchs, jedoch keine Tonsur. Am Ringfinger seiner rechten Hand blitzte ein wertvoller, schwerer Smaragdring. Wir tauschten die üblichen Höflichkeiten aus.

"Ihr seid unser Verbündeter aus Lübeck, Michael," fuhr er fort, "ich kenne eure Familie und würde mich natürlich sehr freuen, wenn sie hinter der guten Sache stehen würde. Immerhin hat sie großen Einfluss in Lübeck." Seine Begleiter, die aus Kirchenmännern und niederem Adel bestanden, nickten strahlend.

"Bis jetzt, Exzellenz, hat sie noch keine Kenntnisse von meiner Absicht, die friesischen Uthlande zu unterstützen. Ob meine Familie meine Taten gutheißen würde, weiß ich nicht. Ich weiß aber, dass Gott alle Menschen liebt. Auch wenn unsere erlauchte Gesellschaft meint, Gott habe uns die Privilegien gegeben, um über Menschen zu herrschen, so hat Gott den Bauern und Fischern das Privileg gegeben, in seiner göttlichen Natur zu wirken, um die Grundlagen für das Überleben zu schaffen und zu erhalten. Ich frage mich daher, wer Gott wohl näher ist, der Feudalherr, oder die Bauern und Fischer. Ich nehme an, beide haben für unseren Gott den gleichen Wert und die gleiche Bedeutung. Nur müssen beide auch gleich behandelt werden und gleiche Lebenschancen haben."

Der Abt sah mich anerkennend an. "Ihr seht das gewiss richtig. Nur sind der König und die Ritterschaft völlig anderer Meinung. Sie gehen davon aus, dass Gott festlegt, wer zum Herrschen bestimmt ist und wer zum Gehorchen. Ich würde mich aber freuen, wenn wir an den Verhältnissen etwas ändern können. Entschuldigt mich nun, Michal Isermann, Graf Gerhard kommt und ich muss ihn begrüßen."

Damit entschwand er in Richtung Saaltür, die sich geöffnet hatte und zunächst einen Herold sichtbar werden ließ. Aber dann betrat eine drahtige Gestalt von mittlerer Größe in Begleitung einiger Höflinge und Schreiber den Saal. Sie trug eine kurze Hemdjacke, eine pluderige Hose, die an ihren unteren Beinenden durch hohe Schuhe bedeckt war, die um die Waden geschnürt waren. Auf dem Kopf trug sie einen federgeschmückten Hut und an der linken Seite ein Schwert. Der Graf strahlte angespannte Ruhe aus, aber ich spürte, dass ein tosender Vulkan in ihm arbeitete. Seine Augen blickten unruhig in die Menge der Anwesenden, die ihm laut applaudierten. Ich konnte mir vorstellen, dass er sich mehr Unterstützung vorgestellt hatte. Er schien etwas enttäuscht.

Der Herold gab durch ein Zeichen zu verstehen, dass Ruhe einkehren soll. Graf Gerhard wolle zu den Anwesenden sprechen.

"Meine Hochwohlgeboren, ich danke euch für euer Erscheinen und für das Vertrauen, dass ihr mir entgegenbringt. Ich möchte mich bei Adam Eitzen, dem Abt dieses schönen Klosters bedanken, dass er es uns erlaubt hat, unser Treffen in seinem Hause durchzuführen. Leider hat Husem kein Gebäude außer diesem, in dem genügend Raum zur Verfügung steht, um die notwendigen Versammlungen und Besprechungen durchführen zu können." Dankbarer Applaus für den Abt klang auf, dann fuhr Graf Gerhard fort. "Mein Bruder ist bereits auf dem Weg zu uns und ich muss euch leider mitteilen, dass sich nicht nur die Hansestädte Lübeck und Hamburg mit ihm verbündet haben, sondern auch der Herzog von Mecklenburg, der ihm Truppen zur Verfügung gestellt hat. Die Aufgabe, die wir vor uns haben, ist also nicht leicht."

Er hielt mit seiner Rede inne und schaute in die Runde. Auf Edlef Knutzen blieb sein Blick ruhen.

"Ihr Leute der Marschländer habt mich bereits einmal treu unterstützt. In Rendsburg habe ich meinem Bruder nachgegeben, um ein Blutbad zu verhindern. Ich hatte aber erwartet, dass er euch in Zukunft besser schützen und die Bede nicht über die Maßen erhöhen würde. Aber genau das hat er jetzt wieder getan." Zustimmendes Gemurmel bestätigte seine Worte.

"Meinem Bruder gehört sowohl in dem Herzogtum Schleswig als auch in Holstein so gut wie nichts mehr. Er hat alles an den Adel und die Hansestädte verpfänden müssen. Die ziehen große Erlöse aus ihren Pfändern, führen aber nichts an den König ab, damit er die verpfändeten Güter und Harden ablösen kann. Somit ist mein Bruder nur noch ein Vasall der Mächtigen in diesen Landen. Auf den Landestagen, auf denen alle wichtigen Entscheidungen fallen, bestimmen nur die Geistlichkeit und die Ritterschaft, also der Groß- und der Kleinadel, was in Schleswig und Holstein geschieht. Die Bauern haben kein Stimmrecht und die eigentlich freien Landschaften der friesischen Uthlande sind durch adlige Amtmänner vertreten, die keine Friesen sind. Sie stammen zum Teil aus Dänemark, denen der König eure Landschaften verpfänden musste. Auch mir und meinem Bruder Moritz schuldet der König viel Geld. Seine Misswirtschaft treibt er dadurch noch zusätzlich auf die Spitze, dass er keinen Kämmerer mehr eingesetzt hat und damit die Übersicht über sein Geld und sein Vermögen völlig verloren hat. Durch die Unterschlagungen des Adels sehe ich keine Möglichkeit, dass mein Bruder Christian mir das Geld zurückzahlen kann. Die einzige Möglichkeit wäre, er machte mich zum Herzog von Schleswig."

Großer Jubel brach aus. Jetzt war der Weg klar und eindeutig vorgegeben und alle wussten, worüber bei den bevorstehenden Auseinandersetzungen verhandelt würde. Der Graf hatte jetzt leuchtende Augen. Hatte er zunächst noch Befürchtungen gehabt, dass sein Unternehmen scheitern könnte, sah er nun bei dieser Begeisterung dem Kommenden positiver entgegen. Seine Wangen hatten sich rosa gefärbt, seine Stimme klang jetzt fest und optimistisch. Diese Stimmung übertrug sich auf die anwesenden Verbündeten. Was sollte schon schief gehen. Auch wenn der dänische König mit der größeren und besser ausgerüsteten Streitmacht vor Husem erschiene, Graf Gerhard hatte berechtigte Forderungen an ihn zu stellen und diese hatten ohne Zweifel rechtliche Konsequenzen. Ein Bauer, der seine Schulden nicht zahlen konnte, kam in den Schuldturm. Ein König hatte demgemäß ebenfalls die Pflicht, seine Schulden zurückzuzahlen.

Graf Gerhard fuhr fort: "Dieser Flecken Husem, in dem wir uns befinden, ist wohlhabend und aufstrebend. Alleine die Marienkirche hat fast die Ausmaße des Doms in Schleswig. Der Hafen wird immer wichtiger für die Friesen und das Herzogtum. Aber bisher hat mein Bruder diesem Ort lediglich einen Stadtvogt erlaubt, aber noch keine Stadtrechte verliehen. Ich nehme an, dass die Geldzuwendungen Husems an den König, die Ritterschaft und die Bischöfe nicht groß genug waren. Daher verweigert sich mein Bruder bisher dieser Stadt. Es ist eine niederträchtige Handlung allen Marschenbauern gegenüber. Dafür verbündet er sich mit dem größten Feind dieses erfolgreichsten Orts an der Westküste, mit Hamburg. Die Hansestadt könnte für die junge Blüte Husems zum Schicksal werden. Die Hamburger verlangen, dass alle Waren der friesischen Lande von ihrem Hafen aus verkauft werden müssen, nicht von Husem aus. Sie beanspruchen für sich das gesamte Stapelrecht. Und mein Bruder ist bereit, sich das Stapelrecht Husems von den Hansestädtern abkaufen zu lassen. Für Geld verrät er seine Landeskinder."

Laute Proteste begleiteten seine letzten Worte. Geistliche und Adlige umlagerten ihn, um ihn ihrer uneingeschränkten Unterstützung zu versichern. Ich konnte sehen, wie der Graf den Staller von Nortstrandt besonders freundlich begrüßte. Auch Pidder bemerkte es. Er war stolz darauf, das er bei diesem Treffen im Kloster dabei sein durfte und strahlte mit hochrotem Kopf in die Menge. Um uns herum gewahrten wir freundliches Schulterklopfen und mutiges Zureden. Auch ich erfuhr viel Zustimmung und beschwörendes Zureden. Bis der Graf neben mir erschien.

7.

Helle Sonne durchflutete den großen Raum. Es war ein strahlender Tag. Ich stellte mir gerade vor, wie ich mit meiner Braut Christine eingehakt in Lübeck an der Trave entlang schlenderte, als Graf Gerhard mich mit scharfen, aber freundlichen Augen musterte. "Sie sind der junge Mann aus Lübeck?"

"Ja, ich bin Michael Isermann aus Lübeck," antwortete ich.
"Warum interessiert ihr euch für unsere Sache in Klein-Friesland?", wollte er wissen, "ihr seid euch doch klar darüber, dass es eurem Rat sehr missfallen wird, wenn ihr uns unterstützt. Eure Familie hat einen guten Namen in Lübeck. Ihr werdet Schwierigkeiten bekommen."
"Ich glaube schon, dass es so ist. Aber zum einen habe ich einen Dank an meine Freunde von Syld abzustatten, vor allem meinem Freund Pidder Lüng hier neben mir, der mit seiner Familie zu euren treuesten und begeistertsten Anhängern zählt, zum anderen glaube ich gewiss, dass eure Sache gerecht ist. Und wenn eine Sache vor Gott, unserem Herrn gerecht ist, so wird sie sich auch durchsetzen. Meine Heimatstadt wird, davon bin ich überzeugt, ihre Feindschaft euch gegenüber einstellen."
Der Graf blickte mir anerkennend mit offenem, aber etwas starr wirkendem Blick in die Augen.
"Eure Stadt hat eine gute Tradition im Kampf für die Rechte des gemeinen Volks. Haben nicht bereits einmal Handwerker und gemeine Bürger wegen einer Steuererhöhung gegen die Ratsherren protestiert? Haben nicht sogar einmal die Knochenhauer geplant, die Ratsherren zu ermorden?"
"Aber der Anschlag wurde rechtzeitig entdeckt," erwiderte ich, "und statt den Ratsherren ging es den Knochenhauern an den Kragen."
Der Graf ließ sich nicht ablenken.
"Einige Jahre später erkämpften sich Handwerker und kleine Kaufleute sogar Sitz und Stimme im Rat. Wieder ging es um die Steuern. Erst nach Intervention des Kaisers und des dänischen Königs, die ihnen Unruhestiftung vorwarfen und Minderung der Herrlichkeit des Rates, konnten die Bürger aus dem Rat vertrieben werden. Man sieht, Michael Isermann, die Lübecker hatten schon immer großen Mut und ein Gefühl für Gerechtigkeit. Ich hoffe, dass eure Ratsherren, die meinen Bruder begleiten werden, in euch die Berechtigung für unsere Forderungen erkennen werden. Schließlich zählt eure Familie in Lübeck nicht zum gemeinen Volk, sondern zur Führungsschicht der Stadt. Umso bedeutungsvoller ist eure Zustimmung zu unseren Absichten."

Alle um uns Stehenden nickten beifällig und freundlich lächelnd. Mir schwante allmählich, dass ich nicht als Rechtsberater gefragt war, sondern als Mitglied einer angesehenen Lübecker Kaufmanns- und Schiffsbaufamilie. Ich sollte als schlechtes Gewissen meiner Heimatstadt präsentiert werden. "Seht her," beendete der Graf meine Gedanken, indem er auf die Briefe und Schriftbündel deutete, die im Hintergrund auf dem Holzboden lagen und an der Wand aufgestapelt waren, "das alles sind Beschwerden der Bauern, Müller, Handwerker und Fischer der letzten Jahre. Wenn man bedenkt, dass sie kaum des Schreibens mächtig sind, so erkennt man an der Flut der Beschwerden und Eingaben, welcher Zorn sich im Volk angesammelt hat. Christus hat uns alle mit seinem kostbaren, vergossenen Blut erlöst, den einfachsten Tagelöhner und den allerhöchsten Herrn. Daher möchte ich, dass alle Menschen in unseren Landen behandelt werden, wie Christus es uns vorgeschrieben hat, als Ebenbild Gottes und des Herrn Kinder. Außerdem gibt es zu viele Amtsinhaber von der Gnade meines Bruders, die willkürlich Recht sprechen. Ich will daher, dass das geschriebene Recht an die Stelle der Willkür tritt. Ich wünsche mir, dass ihr als Lübecker unsere Ziele vor euren Ratsherren vertreten werdet."

Damit drehte er sich ab, einer anderen Gruppe von Bauern zu, die bereits leutselig und lautstark Graf Gerhard wie einen alten Bekann-ten erwarteten.

Da war es wieder. Ich war der Lübecker, der den Rat meiner Stadt gütlich stimmen sollte. Ich hoffte jetzt wirklich, nicht auf die falsche Truppe gesetzt zu haben und kam mir plötzlich recht einsam vor.

Pidder merkte nichts von meinen Sorgen. Er hatte bereits das Buffet entdeckt, dass unlängst von Pagen aufgedeckt worden war. Auch in diesem Fall ließ sich der Graf nicht lumpen. Die Klosterküche hatte alle Register gezogen, um die Gäste zu entzücken, zu erstaunen und vor allem vollzustopfen. Es wurden Kapaune, Rebhühner, Hasenbizet, Fleisch- und Fischaspik, Lerchenpastete, Pasteten aus Rindermark, schwarzer Pudding und Würste, gewürzter Reis, Zwischengerichte von Schwan, Pfau, Rohrdommel und Reiher, Süß- und Salzwasserfisch mit

Süßwasserheringssauce, weißer Lauch mit gebratenem Regenpfeifer, Ente mit Schweineinnereien, gefülltes Ferkel und geschmorte Bohnen serviert. Später wurden als Nachspeise Fruchtwaffeln, Birnen, Konfekt, Mispelfrucht, Nüsse und gewürzter Wein aufgetragen.

Lautes Stimmengewirr war zu hören. Überall wurde disputiert, geschimpft, gedroht und gelacht, je nach Thema und Stimmungslage. Ich wurde ständig begrüßt und angesprochen. Als Angehöriger einer Lübecker Patrizierfamilie stellte ich etwas Besonderes dar. Laufend hörte ich, wie wichtig unsere Aufgabe sei und wie wenig Aussichten der dänische König habe, sich gegen den Grafen durchzusetzen.

Ein Bote erschien und überbrachte Graf Gerhard eine Nachricht. Der blickte verärgert um sich und gab einigen seiner engeren Berater ein Zeichen. Sie entfernten sich. Das Stimmengewirr im Saal setzte sich weiter fort. Ich erzählte einem reichen Bauern aus der Krempermarsch und seinen drei Begleitern mein Erlebnis mit dem Falschspieler im Zeltlager. Er lachte und schilderte mir einige Hintergründe vom Bauerndasein in Schleswig und Holstein.

"Der Bauer, von dem ihr sprecht, hat es sogar noch gut. Die Bauern in unseren Herzogtümern sind im Westen frei, im Osten aber geht es ihnen wesentlich schlechter, sie sind abhängig von ihrer Herrschaft. Die Bauern im Ostteil müssen für ihre Herrschaft Dienste leisten, wofür sie als Gegenleistung Schutz und Gerechtigkeit beanspruchen können. Für Schutz und Gerechtigkeit brauchen wir an der Westküste niemanden, dass schaffen wir selbst."

"Obwohl die adligen Amtmänner, die uns als königliches Pfandlehen verwalten und auszubeuten versuchen, das gerne ändern wollen," rief einer seiner Begleiter dazwischen.

"Da werden sie kein Glück haben", entgegnete der Kremper, "wir beweisen auch hier in Husem wieder, dass wir zum Kampf für unsere Rechte bereit sind. Außerdem sind dem Adel Bau und Unterhaltung der Deiche zu aufwendig und mühselig. Das überlässt er lieber uns, vor allem, da das Gesetz besteht, alle Personen, unabhängig von Stand und Geschlecht müssen am Bau und an der Erhaltung der Deiche mitarbeiten. Aber welcher

Adlige will sich wohl die Finger schmutzig machen?"
Alle um uns herum lachten. Einige zotige Bemerkungen über den Adel wurden gemacht. Der Kremper fuhr mit seiner Schilderung fort.
"Die Bauern im Osten leisten für eine selbstverständliche Leistung der Herrschaft, nämlich Schutz und Gerechtigkeit, Feldarbeit für ihren Herrn, Straßen- und Brückenbauarbeiten, Holzbeschaffung, Schmiedearbeiten, Spinnerei- und Webereiarbeiten. Für ihre bewirtschafteten Felder zahlen sie Pacht. Darüberhinaus zahlen sie den Kirchenzehnten, Beiträge für Lösegelder für ihren Herren, die eventuell einmal anfallen, falls ihr Herr in Gefangenschaft gerät, für die Ausbildung des Herrensohnes und die Mitgift der Tochter. Sie zahlen Gebühren für die herrschaftliche Mühle, den Backofen, die Apfelmostpresse und für das herrschaftliche Gericht. Die herrschaftlichen Felder müssen die Fronbauern zuerst besorgen. Diese werden gepflügt, gesät, abgeerntet und vor Sturm geschützt. Erst dann können sich die Bauern um ihr eigenes Land kümmern. Sie müssen ihr Vieh zum Weiden über die Felder des Herrn treiben, damit der Dung der Tiere dem Herrn zugute kommt. Damit hat der Herr immer den Löwenanteil am Wert der Arbeit. Dieses System wird von der Kirche unterstützt, die lieber an der Seite der Starken als der Schwachen steht. Sie lehrt die Bauern im Osten, dass Nachlässigkeit im Dienst des Herrn und Ungehorsam in der Hölle bestraft würden und dass Säumigkeit beim Zahlen des Zehnten die Seele in Gefahr brächte. Wenn kein Geld vorhanden ist, so übt der Priester ständigen Druck aus, dass der Bauer seine Schuld mit Naturalien zahle. So erpresst er Korn, Eier, Hühner oder Schweine, was, wie er sagt, eine Steuer sei, die der Bauer Gott schulde. Und die Priester und Prälaten werden dick und fett von dem, was für Gott ist. Warum erzähle ich euch das? Die Bauern von der Ostküste würden gerne mit uns protestieren, können aber nicht. Sie hätten mit schwersten Strafen zu rechnen. Daher ist auch ein armer Bauer von der Westküste, wie ihr ihn kennengelernt habt, zu beneiden, weil er in Freiheit lebt und die Möglichkeit hat, sein Los zu verbessern. Nur sehe ich hier in unseren Landen und auch in diesem Raum das Problem, dass die Geistlichkeit mit

uns nicht ehrlich ist. Ich bin davon überzeugt, dass ein Mann wie der Abt des Husemer Klosters, der sich hier als Freund der Bauern ausgibt, obwohl er Spross des Adelsstandes ist, auch bei uns lieber Verhältnisse wie an der Ostküste hätte. Die Kirche wäre dann auch bei uns reicher und wohlhabender. Auch wir zahlen neben der Steuer für den König und die Wehrsteuer unsere Abgaben für die Kirche. Bei uns hat die Kirche aber nicht die gleiche Macht wie in den östlichen Teilen der Herzogtümer Schleswig und Holstein, da sie bei uns nicht auf die Büttel der adligen Herrschaften zurückgreifen kann. Die Büttel haben fast unbegrenzte Macht über die Bauern und bereichern sich auch noch zusätzlich an ihnen."

Er machte eine Pause. Dann fuhr er fort. "Natürlich gibt es auch bei uns arme Bauern. Die meisten können sich weder Pflug noch Pferd leisten. Manche mieten sich ein Gespann oder arbeiten mit Hacke und Spaten. Einige können ihre Familie soeben damit ernähren, andere schaffen es so gut wie nicht. Diese versuchen wir davon zu überzeugen, dass sie Handwerker werden sollen. Der Bauer kann nicht mehr alles selbst leisten. Viele Arbeiten können von anderen übernommen werden. Aber die meisten der armen Bauern wollen sich nicht verändern, da sie mit ihrem Ansehen im Dorf absinken würden. Hat der Bauer eigenes Land, und sei es noch so wenig, hat er mehr Geltung als der beste Handwerker. Daher sollte auch ein Bauer, der beim Falschspiel erwischt wird, bestraft werden, auch wenn er Armut für seine Tat vorgibt."

"Ich nehme an, ihr seid Rat und Richter in eurer Harde?", fragte ich den Kremser Bauern. Er nickte. "Wie würdet ihr in dem von mir geschilderten Fall richten, Todschlag oder Mord?"

"Eindeutig Todschlag," antwortete entschieden der Bauer. "Es hätte sich in dem von euch geschilderten Fall um eine Tötung in einem offenen Streit gehandelt, die ohne Vorsatz geschah. Ich nehme an, eine Tötung, die ohne das Eingreifen eures Freundes unumgänglich gewesen wäre, hätte unter den Familien geregelt werden können. Da die Familie des von euch Geretteten arm ist, wäre sie sicherlich für eine größere Geldzahlung des Totschlägers sehr dankbar gewesen. Nur in dem Falle, dass der Totschläger den Hinterbliebenen des Getöteten nicht den erforderlichen

Geldwert zahlt, wird er zum Tod durch das Schwert verurteilt. Ein Mord mit Vorsatz dagegen endet auf dem Rad oder am Galgen. Aber das hätte hier nicht vorgelegen. Die Tötung jedoch eines Geistlichen, einer Amtsperson oder einer schwangeren Frau verlangt nach unserem Recht die höchste Form der unehrenhaften Bestrafung. Wer eine schwangere Frau tötet, um die Glieder des ungeborenen Kindes zu Heilzwecken oder abergläubischen Praktiken zu verwenden, begeht die grässlichste aller Mordtaten."

Ich nickte zustimmend. Diese Rechtsauslegung war grundsätzlich überall gleich. Die Frage war nur, wann eine Tötung von der Zufälligkeit zum Vorsatz wird. Für den Bauern der Kremper Marsch war es aber wichtiger, dass die Hinterbliebenen mit Geld abgefunden wurden. Da konnte auch schon einmal aus Mord Todschlag werden.

Es hatten sich noch weitere Personen zu uns gesellt. Sie disputierten heftig über das soeben gehörte. Einer meldete sich zu Wort.

"Ich bin Bauernvogt aus Bollingstede. Wir haben häufig Kontakt mit abhängigen Bauern. Ich kann euch versichern, euer Hochwohlgeboren aus Lübeck, die Bauern werden von den hohen adligen Herrschaften ständig als dreckig und stinkend beschimpft, obwohl wir wie alle anderen ebenso ein Badehaus in unserem Dorf haben und es auch regelmäßig aufsuchen. Ständig hetzen die Herrschaften gegen uns, wir seien aggressiv, unverschämt und undankbar, gierig, mürrisch, misstrauisch, hässlich, dumm und immer unzufrieden. Sie sprechen ständig beim König und beim Herzog darüber, sodass unsere Eingaben kaum noch Beachtung finden. Ich weiß von Bauern im östlichen Herzogtum, die wurden wegen Kleinigkeiten über Feuer geröstet und hinter Pferden hergeschleift. Das rief sogar den Zorn und das Mitleid geistlicher Herren hervor. Sie forderten die Herrschaften auf, mehr Mitleid und Achtung walten zu lassen. Aber bis heute konnten auch sie keine Änderung erreichen, im Gegenteil, sie fordern die abhängigen Bauern nur immer zu Geduld, Gehorsam und Ergebenheit auf."

Viel Zustimmung wurde ihm von den Umstehenden zuteil, bis eine laute Stimme aus der Menge heraustrat.

"Mein Bruder ist Bauer in Bornhöved. Er war auf dem Weg zurück von Segeberg, als er von Briganten überfallen wurde. Sie raubten seine Wagen mit Saatgut für Gemüse und Getreide, seine Werkzeuge, sein Vieh und einen Pflug. Alles Güter, die er auf dem Markt erworben hatte und für seinen Hof brauchte. Er meldete diesen Überfall seinem Herrn, der ihm seinen Schutz zugesagt hatte. Der Herr jedoch interessiert sich nicht für das Schicksal meines Bruders. Er besteht weiterhin auf den Abgaben, Steuern und den Beiträgen für die Lösegeldzahlungen und ist nicht einmal bereit, sie ihm zu stunden. Es ist schändlich, wenn man bedenkt, dass die mühsam aufgebrachten Gelder letztlich in die Verschwendungssucht der hohen Herren fließen."

Und mit lauter Stimme, sodass alle im Saal ihn hören konnten, fügte er hinzu: "Es lebe Graf Gerhard. Nur er ist in der Lage, den König und seine kleinen Heckenritter, die dem König schmeicheln und sich durch Pfänder an ihm bereichern, so zu erschrecken, dass sie uns nie wieder reizen werden. Gott entgelte unseren Graf. Er hat für uns und unsere Sache sehr viel Verdienst erworben. Mit ihm an der Spitze fürchten wir keinen Feind."

Alle im Saal hatten seiner laut tönenden Stimme gelauscht. Jetzt brandete Beifall auf. Begeisterte, zustimmende Rufe erschallten. Bier- und Weingläser wurden gehoben und alle prosteten sich zu. Da wurde die Saaltür erneut geöffnet. Der Graf kehrte mit seinen Ratgebern zurück. Er blieb stehen und blickte mit glanzlosen Augen über die Menge. Das Stimmengewirr erstarb. Irgendetwas Unerfreuliches schien geschehen zu sein. Alle blickten voller Neugier.

Graf Gerhard gab ein Zeichen, dass er zu den Anwesenden sprechen wollte. Sein Gesicht hatte keinen freundlichen Ausdruck.

"In einige unserer Freunde und Verbündete ist der Teufel in die Köpfe gedrungen." Der Graf machte eine kurze Pause, um seine Worte wirken zu lassen. Im Saal war es so still, dass eine Nadel, die zu Boden gefallen wäre, gedröhnt hätte wie eine Kanone.

"Es ist etwas geschehen, was für unsere Sache höchst unerfreuliche Folgen haben könnte. Bauern aus dem Amt Tuner aus der Gegend um Leck und Schafftlund sind auf ihrem Weg hierhin durch das benachbarte Amtsgebiet Flens gezogen und haben unterwegs alle Richter und Advokaten des Königs und Herzogs, derer sie habhaft werden konnten umgebracht. Jedes Haus eines Richters oder Anwalts haben sie zerstört. Mir wurde berichtet, dass sie einen Richter an einen Pfahl gebunden und vor seinen Augen seine schwangere Frau und seine Tochter vergewaltigt haben. Danach töteten sie die schwangere Frau, dann seine Tochter und seinen Sohn und anschließend verbrannten sie den Richter bei lebendigem Leib." Hier machte er wieder eine Pause. Nur ein Räuspern aus einer der hinteren Reihen war zu hören. Der Graf fuhr fort.

"Ich wollte die Auseinandersetzung mit meinem Bruder friedlich beenden und ich war froh, als ich hörte, dass mein Bruder mit kleinem Gefolge in Kopenhagen aufgebrochen ist. Nun aber nimmt die Angelegenheit ernstere Formen an und ich rechne damit, dass alle Adligen sich ihm mit Truppen auf dem Weg hierhin anschließen werden. Der König kann unmöglich zulassen, dass seine Richter und Amtsträger willkürlich ermordet werden. Die Edlen bekommen Angst und werden entsprechende Gegenmaßnahmen ergreifen. Es mag viel Ärger geben durch Advokaten, aber es darf nicht zu solchen Exzessen führen. Mein Bruder schuldet auch der Ritterschaft von Schleswig und Holstein viel Geld und auch ich bin nicht in der Lage, diese ganzen Gelder zurückzuerstatten. Daher wäre auch ich als Herzog der dütschen Lande auf die Zustimmung der Adligen und vor allem der Städte angewiesen. Es war daher ein großer Fehler, diese Taten zu begehen. Auch die Städte werden es nicht gutheißen."

Starkes Gemurmel unter den Anwesenden setzte ein. Dann ergriff Edlef Knudsen das Wort.

"Hochwohledelgeborener Graf, wir bedauern die Vorkommnisse gewiss. Aber sie zeigen deutlich die große Verärgerung unserer Freunde über die Zustände. Auch wenn wir keine leibeigenen Bauern, Müller oder Fischer sind, so werden wir dennoch auf unzumutbare Weise vom Adel ausgepresst. Einer der grausamsten ist der Amtmann Henning Pogwisch aus Tuner, der schon viele Bauern hat foltern und verstümmeln lassen, weil sie ihm den nötigen Tribut nicht gleich zahlen konnten. Er hat kein Verständnis für die schwierige Lage, in der sich alle Bauern seit dem Ende der letzten Pestepdemie und den immer wiederkehrenden

Sturmfluten befinden. Die Überfälle der Betroffenen auf die Rechtsgelehrten des Herzogtums, dass zur Zeit noch in Personalunion vom König regiert wird, ist zwar verwerflich, aber aus der Not der Bauern heraus durchaus zu verstehen."

Adam Eitzen, der Abt des Husemer Klosters meldete sich. Als der Staller eine Pause machte, nutzte er den Augenblick und begann.

"Ich kann dem Staller von Nortstrandt nur zum Teil zustimmen. Die Verhältnisse für die Bauern sind schwer, sie haben immer wieder mit Naturkatastrophen zu kämpfen. Die aber sind von Gott gesandt und es drängt sich die Frage auf, in wieweit die Gottlosigkeit vieler Bauern diese Schicksalsschläge heraufbeschworen hat? Wer begeht schon solche grausamen Morde an unschuldigen Frauen und Kindern? Wer das tut, ist vom Teufel besessen. Und ich fürchte, zu viele unter den Protestierenden in Husem stehen mit dem Teufel im Bunde. Als nächstes, so steht zu befürchten, werden sie Frevel an Kirchen begehen. Sie werden Bücher stehlen, Kreuze, sogar Reliquien und das Abendmahlgeschirr. Und Priester, die sich ihnen in den Weg stellen, werden sie töten. Ihr wisst, eine Kirche, in der Blut vergossen worden ist, gilt als geschändet und darf für lange Zeit nicht mehr für den Gottesdienst benutzt werden. Wer aber will dann die betroffenen Menschen von ihren Sünden freisprechen? Wer will ohne Priester und ohne Gottesdienst Absolution erbitten? Und wer ohne Absolution stirbt, wird in den ewigen Höllenqualen leiden. Daher gilt es, rechtzeitig vorzubeugen und die Täter zu bestrafen. Solche eigenmächtigen Untaten dürfen nicht ungesühnt bleiben."

Es erhob sich ein immer lauter werdender Lärm. Die Stimmung wurde gereizter. Fürsprecher und Gegner einer Bestrafung der Tuner Bauern gifteten oder schrien sich an. Bis sich ein hochgewachsener, korpulenter Bauer aus den Elbmarschen Gehör verschaffen konnte.

"Ihr Adligen seid wie hungrige Wölfe," schrie er den Abt an, "darum sollt ihr, aber nicht wir in der Hölle heulen. Ihr seid es, die ihre Untergebenen misshandeln und von dem Blut und dem Schweiß der Armen leben. Wieviel ein Bauer auch in einem Jahr erarbeitet, der Adlige verschlingt es in einer Stunde. Obwohl wir keine Leibeigenen sind, erpressen die adligen Amtmänner und Kirchenmänner auch bei uns illegale Steuern und Abgaben. Bauern, sowie jeder Ochse und jedes Pferd vor dem Pflug sollten aufgrund ihrer Arbeit, die sie tun, immun sein. Der Bauer ist es, der für alle arbeitet und alle ernährt, nicht der Advokat. Der Advokat rechtfertigt nur die Plünderungen und Bedrückungen des Adels und der Könige. Dreck, meine Herrschaften, Dreck. Wir brauchen keinen König, wir brauchen nur Gott. Meine Herren Hochwohlgeboren," Zorn hatte sein Gesicht gerötet, "ich warne davor, uns Niedere zu verachten oder unseren Hass zu wecken. Da wir den Herrschaften helfen können, können wir ihnen auch schaden."

Er sprach damit den meisten der Anwesenden aus dem Herzen. Entsprechend laut fiel der Beifall für ihn aus.

Als die Unruhe im Saal sich etwas gelegt hatte, und bevor der Abt erneut die Höllenqualen heraufbeschwören konnte, meldete ich mich zu Wort. Ich spürte aus den Augenwinkeln, wie mich Pidder erstaunt ansah. Das ein junger Mann es wagte, vor solch erlauchtem Kreis reputierlicher Männer sprechen zu wollen, war für ihn ein überraschendes Ereignis. Er beendete sein Essen und sah mich andächtig an. Es kehrte sofort überraschte Stille ein und alle Ohren wandten sich mir zu.

"Meine Wohlgeborenen und Hochwohlgeborenen, es ist nicht zu begrüßen, wenn wir uns jetzt untereinander zerstreiten. Die Situation ist zu ernst. Wir müssen jetzt Einigkeit vorzeigen. Was geschehen ist, ist nicht zu rechtfertigen, es sei denn, ihr alle wollt den blutigen Kampf. Wer ihn jedoch verliert und gedemütigt wird, ist auf lange Zeit unterdrückt und erniedrigt. Wer den Kampf gewinnt, wird ständig in der Furcht leben müssen, bald wieder zu kämpfen, denn die Verlierer sinnen immer auf Rache. Ich bin selber studierter Advokat und weiß, dass das Recht leider häufig für den ist, der die Macht hat. Und die Macht, lieber Abt wird immer von Gott gegeben. Wer also keine Macht hat, ist, so glauben die Mächtigen, kein Kind Gottes und hat weniger oder keine Rechte. Ihr, Graf Gerhard stützt euren Einsatz hier in Husem somit auf die Kraft von Menschen, die keine oder nur wenig Macht haben und damit nicht oder nur gering von Gott auserwählt sind. Gerade unter dieser Voraussetzung liegt die Kraft unserer Demonstration in der Einigkeit. Es ist allerdings nicht zu rechtfertigen, was im Amt Flens geschehen ist. Der Kriegszustand ist damit gegeben und eine Bestrafung der Schuldigen unumgänglich. Wenn die Schuldigen jedoch zum jetzigen Zeitpunkt im Lager ausfindig gemacht werden können, wenn sie festgesetzt oder bestraft werden, kann es unter unserer Anhängerschaft zu Unruhe führen. Wir müssen die zuständigen Bauernvögte, die vielleicht hier anwesend sind, davon überzeugen, dass sie ihre Leute, die die Untaten begangen haben, mit Aufgaben betrauen, die sie aus dem Lager und der Stadt hinausführen. Sie könnten etwa für die Furage eingesetzt werden. Da Furagefahrten nicht ungefährlich sind, sondern Strauchritter ihnen häufig auflauern, sind die nun kampferprobten Bauern aus dem Amt Tuner die richtigen Männer für diese Fahrten. Sollte es in Husem zum Kampf kommen, können wir sie jederzeit zurückholen lassen und sie können eingreifen. Kommt es nicht zum Kampf, so nützen sie uns bei den Verhandlungen mit König Christian nichts, sie schaden nur."

Eine zornige Stimme aus dem Hintergrund ertönte.

"Natürlich werden wir kämpfen. Oder glaubt der junge Mann aus Lübeck etwa, wenn wir liebevoll mit dem Adel konfidentiell plauschen, werden wir zukünftig geliebt, geehrt und geachtet? Wir bleiben die armen Schweine. Nur wenn wir unsere Kraft und Stärke beweisen, wird es anders werden. Und die Advokaten sind die schlimmste Seuche, die je über uns kam."

Derjenige, der das rief war ein etwas grobschlächtiger Mann mit zornigen, rotgeäderten Augen. Seine Wangenknochen stachen stark hervor. Ich vermutete, dass er zu den Tätern gehörte.

Der Graf blickte still vor sich hin. Es war für ihn sicherlich eine schwierige Situation. Die militärische Kraft der Bauernhorden war nicht sehr groß, dass konnte sogar ich als kampfunerprobter Laie erkennen. Der König war trotz des verlorenen Kriegs, vor allem nach den bekannt gewordenen Vorfällen, besser vorbereitet.

"Man kann auch Held werden, wenn man sich auf Unterhandlungen einlässt," rief ich in die Menge. Erfreulicherweise sah ich viele Köpfe zustimmend nicken. "Graf Gerhard macht sich für euch stark. Ohne euch, Hochwohledelgeborener wären wir heute nicht hier und niemand könnte Hoffnungen hegen, dass seine

Situation sich verbesserte. Also wäre es auch am besten, wir ließen Graf Gerhard entscheiden, wie wir weiter zu verfahren haben. Ich schlage noch einmal vor, dass die Täter aus dem Amt Tuner in der Furageabteilung eingesetzt werden."

Erneut kehrte Stille im Kapitelsaal des Husemer Klosters ein. Alle warteten gespannt darauf, wie Graf Gerhard entscheiden würde. Von außen drangen Strahlen der sinkenden Sonne durch die Fenster des Raumes. Lärm der Pferdefuhrwerke, die durch den Schlosshof rumpelten, drang durch die teilweise geöffneten Fenster. Im Saal herrschte eine drückende Schwüle. Dann richtete der Graf sich auf, ließ seinen Blick über die Anwesenden streifen, bis er bei mir endete.

"Ich nehme den Vorschlag unseres Lübecker Freundes an und fordere die Bauernvögte des Amtes Tuner auf, dafür zu sorgen, dass die Verantwortlichen für die Bluttaten im Amt Flens für die Furageabteilung eingesetzt werden. Über alles andere sprechen wir bei unserer nächsten Zusammenkunft hier im Saal. Ich werde durch den Herold wissen lassen, wann das sein wird."

Damit drehte der Graf sich um und verließ mit einigen seiner Höflinge den Saal. Die übrigen Teilnehmer der Versammlung disputierten eifrig weiter, wobei einige Blicke in meine Richtung gingen. Edlef Knudsen, der Staller von Nortstrandt und Broder Hansen, Bauernvogt von Kaytum näherten sich Pidder Lüng und mir.

"Ihr habt euch gut geschlagen," hörte ich Edlef Knudsen sagen, "ich nehme an, dass ihr die komplizierte Situation gerettet habt. Auch wenn nicht alle euch als Lübecker trauen, der Graf achtet eure Meinung. Ich hoffe nur, dass der König nicht zu zornig auf uns wird."

Broder Hansen stimmte dem Staller zu. Im gleichen Augenblick trat Abt Adam Eitzen mit einigen Mitgliedern des niederen Adels der Westküste zu uns.

"Lübeck wird nicht gutheißen, was im Amt Flens geschehen ist. Ihr wisst, dass eure Heimatstadt und Hamburg mit dem König Verträge haben. Nicht nur Graf Gerhard hat seinem Bruder viel Unterstützung gewährt und Pfänder dafür erhalten, auch die Hansestädte kommen ebenso wie der Adel Christian I. mit viel Geld zu Hilfe. Sie wollen natürlich ihr Geld zurückhaben und sind überzeugt davon, dass sie dabei mit dem König mehr Erfolg haben werden, als mit Graf Gerhard. Denn mit dem Grafen haben sie keine Verträge und gerade die Stadt Lübeck bezweifelt, dass sie mit dem Grafen ein Einverständnis erzielen kann. Sie sieht in ihm einen Machtmenschen, der die Verbindlichkeiten seines Bruders nicht übernehmen wird. Daher können wir damit rechnen, dass nicht nur Lübeck, sondern auch Hamburg spätestens nach diesem Vorkommnis in Flens dem König Söldner zur Hilfe schicken werden. Wenn der Graf sich also gegen seinen Bruder durchsetzen soll, so müssen wir mit einer blutigen Auseinandersetzung rechnen. Nun, lieber Michael Isermann, kennt ihr die Bedingungen. Euer Vorschlag, die Bauern aus dem Amt Tuner zur Furage zu schicken war klug, aber wird uns nichts nutzen. Lübeck und Hamburg werden in jedem Falle auf eine Entscheidung drängen."

Ich nickte nachdenklich. Pidder neben mir blickte mit erstaunten Augen auf die Personen vor uns, vor allem auf den Abt und verstand nicht, worum es bei dieser Disputation ging. Er war ein ehrlicher und anständiger Mensch und ich hatte ihm noch nicht erklären können, dass ich über die Bauern aus dem Amt Tuner das Todesurteil gesprochen hatte.

"Aber der Graf hat vertraglich abgefasste Rechte, die ihm nicht vorenthalten werden dürfen," sagte ich etwas lahm.

Der adlige Abt lachte: "Er hat Rechte, die vom Landestag, dem der König als Herzog der dütschen Länder Schleswig und Holstein und der Adel und die Städte angehören, beschlossen, bestätigt und überwacht werden. Wer aber will die Rechte von jemandem bestätigen, der sich durch Mordbanden gegen das Recht vergangen hat."

"So geht es aber nicht," tönte es von der Seite. Ein Bauer, den ich bereits kennengelernt hatte und der aus Tonning stammte, nahm eine zornige Haltung an.

"Wozu werden denn Verträge abgeschlossen, wenn sie nachher nicht mehr gelten?"

"Verträge müssen gottgefällig sein. Wer sich aber gegen die Gesetze Gottes vergeht, dessen Verträge sind rechtlos." Das war die Meinung des Abts. Es war immer schwer, wenn nicht unmöglich, gegen Gott zu argumentieren. Deshalb sah ich keinen Grund mehr, länger im Kloster zu verweilen. Ich stieß Pidder an und machte ihm ein Zeichen, dass wir uns stillschweigend verdrücken. Eine Disputation über die Frage, wie gottgefällig königliche Verträge sind, war für mich heute nicht mehr wichtig genug. Lieber traf ich noch einige Bekannte, um mit ihnen und Pidder unbeschwert den Rest des Tages feiern zu können.

Auf unserem Weg aus dem Saal begegneten wir einem hochgewachsenen, graubärtigen Mann, den ich bereits zuvor gesehen hatte und von dem ich annahm, dass er der Stadtvogt Ludwig Nettelbek von Husem sei. So stellte er sich mir auch vor. Er begrüßte mich mit offenem und ehrlichem Gesicht und meinte: "Michael Isermann, so heißt ihr doch?" Ich nickte.

"Ja, der Satan versucht uns mit Klauen und Hörnern beizukommen," fuhr er mit gespielt ernster Miene fort. "Aber der Abt unseres Klosters, mit dem ihr gerade gesprochen habt, ist ein ehrlicher Mensch und sehr bemüht, die Gerechtigkeit Gottes über uns zu ergießen. Es geht ihm um unsere Erlösung durch die Bibel, aber auch darum, ob sie die Erhebung des Zehnten rechtfertigt. Er erforscht mit Inbrunst den Glauben an das Fegefeuer und disputiert mit uns und allen Kirchenmännern, ob die Verstorbenen jemals das Antlitz Gottes zu sehen bekommen. Wenn nicht, können sie auch keine Fürsprecher im Himmel für unsere armen Seelen sein."

Der Stadtvogt grinste leicht spöttisch. "Die Weber bei uns disputieren jedoch ganz anders. Ihrer Meinung nach sind die Klöster eine Erfindung des Teufels, nur dazu geschaffen, ehrlichen Handwerkern das Leben zu zerstören. Nicht nur, dass sie mit Zustimmung der Obrigkeit Abgaben erzwingen, sie betreiben große Webereien hinter ihren klösterlichen Mauern und da sie von allen Steuern und Abgaben, auch für das Stadtsäckel, befreit sind, können die Weber nicht nur in unserem Flecken, sondern im ganzen Land mit den Preisen des Klosters nicht mehr mithalten und ihre Familien nicht mehr ernähren. Üblicherweise regeln die Zünfte die Bedingungen des Marktes. Aber die Klöster als Verwalter göttlicher Gerechtigkeit ignorieren diese Regeln. Gewiss war es nie Gottes Wille, dass die Mönche in den Klöstern prassen und fett werden, während Bauern und

Handwerker auf dem Land und in den Städten sich für eine Scheibe Brot plagen und abmühen müssen. Nein, wir müssen mit alledem ein Ende machen. Ein König kann nicht zulassen, dass die Äste abgehauen werden, mit denen er selbst nur reich werden kann. Bauern und Handwerker müssen besser geschützt werden. Ich hoffe, dass das auch die Lübecker Ratsherren einsehen."

Pidder und ich gingen zurück in den Ort, dem schwer nachvollziehbar noch das Stadtrecht fehlte. Der blonde Hüne sprach mit mir über die Mordtaten im Amtsbereich Flens. Er hatte im Gegensatz zu den meisten anderen Bauern und Fischern wenig Verständnis für die Untaten seiner friesischen Weggenossen.

"Ich mag die Rechtsgelehrten auch nicht, sie sind lügnerisch und verschlagen. Aber es war dumm, in dieser Situation so viele zu ermorden. Meinst du, dass der König jetzt mit vielen Truppen kommt?"

"Ich nehme an, er wird von vielen Adligen mit ihren Reisigen und Söldnern begleitet werden. Sie wissen, dass die Bauern eine Macht sind und haben jetzt Angst. Auch die Städte haben Sorge vor Unruhe. Sie wollen ihren Geschäften nachgehen, nicht bäuerlichen Unruhen. Die Hanse hat Probleme mit England. Da können sich Lübeck und Hamburg keine aufsässigen Bauern in ihrem Umfeld erlauben. Zumal die Sicherheit der Seewege noch immer von Seeräubern gefährdet wird."

"Diese Tölpel," stöhnte Pidder, "es wird sicherlich Unruhe unter unserer Schar in Husem entstehen."

"Darum habe ich auch den Vorschlag gemacht," erklärte ich meinem Freund, "die Schuldigen zur Furage einzuteilen. Wenn der Graf für eure Sache weiterkämpfen will, wird ihm nichts anderes übrig bleiben, als die Mörder selbst beseitigen zu lassen. Weit entfernt vom Lager kann er die Täter unbeschadet erschlagen lassen. Er kann seinem Bruder und dessen Verbündeten beweisen, dass er die Ungerechtigkeit bestraft und nicht gutheißt. Die Verbündeten in Husem merken zunächst nichts davon und bleiben ruhig. Das war der einzige Ausweg."

Pidder nickte. Es war ihm sicherlich nicht recht, dass Menschen, die viel Ungerechtigkeit ertragen hatten, leichten Herzens in den

Tod geschickt wurden; aber um der höheren Sache willen war es notwendig. Und er erkannte sofort, dass im Falle, dass die Schuldigen am Leben blieben, der Graf den Kampf gegen seinen Bruder bereits aufgegeben hatte. Ich konnte mich immer glücklicher preisen, in diesem jungen Fischer einen Freund gefunden zu haben.

Unser Schritt führte uns vor die Marienkirche. Da wir die Messe verpasst hatten, holten wir wenigstens einige Gebete in der Ruhe des dämmerigen Raums nach. Nur wenige Personen hatten sich um diese Stunde in das Gotteshaus verirrt. Als wir mit unseren Gebeten zu Ende waren und uns dem Ausgang zuwandten, bemerkte ich eine Frauengestalt einige Reihen hinter uns. Irgendwie hatte ich den Eindruck, diese Gestalt zu kennen. Aber im Augenblick wusste ich nicht woher. Sie hatte sich einen bunten Umhang so fest um das Gesicht gezogen, dass sie unmöglich zu erkennen war. Ich nahm an, dass ich sie mit Sicherheit irgendwo in Husem wiedertreffen würde. Die Frauengestalt interessierte mich, da ich empfänglich war für spontane Gefühle. Es machte mich neugierig, wenn ich spürte, dass eine Verbindung von mir zu einem anderen Menschen bestand. Manche Erscheinungen hatten etwas Schicksalverwobenes, andere etwas Übernatürliches. Als Kind war ich einige Male erstaunt, wenn ich an einem mir völlig unbekannten Ort oder Platz ankam, den ich nach meiner festen Überzeugung in diesem Leben noch nie gesehen hatte. Und trotzdem drängte sich mir die Gewissheit auf, dass ich diese Stelle bereits kannte. Wie war das möglich? Kamen mir Erinnerungen aus einem früheren Leben? Immer wieder wurde darüber gemunkelt, dass es bereits ein Leben vor diesem gegeben haben sollte. Ich konnte es zwar nicht glauben, aber wie sollte ich mir solche Erscheinungen erklären? Und nun hatte ich trotz dämmerigen Lichts in der Kirche und einer tiefen Verschleierung den Eindruck, diese Frau bereits zu kennen.

Ich wollte ihre Andacht nicht stören, daher verließen wir das Gotteshaus. Innerhalb der Mauern, die den Kirchplatz umgaben, war es noch recht ruhig, außerhalb pulsierte das bekannte bunte Treiben. Pidder und ich waren uns einig, dass wir jetzt wieder zu unseren Freunden und Verbündeten gehörten, die sicherlich irgendwo zusammen saßen und sich unterhielten. Das

Naheliegendste war, in den umliegenden Wirtshäusern nach ihnen zu suchen.

Überall drangen laute Stimmen und Gesang heraus. Und tatsächlich, bereits im zweiten Versuch hatten wir unsere Bekannten von der Insel gefunden. Mit großem Jubel begrüßten sie uns. Jakob freute sich besonders, seinen Sohn wieder zu sehen. Von ihm erfuhren wir, dass die Sylder sich mit ihren Nachbarn von den Inseln Rüm, Oomran und Feer versöhnt und sich geschworen hatten, nie wieder Fischerboote der Nachbarn anzugreifen und auszurauben. Nikolaus Lüders von Feer schwor mit bierseligen Tränen in den Augen ewige Freundschaft mit den Sylder Nachbarn. Und ein Oomraner stimmte das Kampflied der Eidechse an.

"Eidechse, Eidechse - bist nur eine kleine Echse und kannst ein Drache sein, Eidechse, Eidechse - machst uns Mut, den Teufel zu frei´n."

Da griffen Elbmarschener Bauern in den Gesang ein. "Wenn die vollen Bischofswagen rollen - über unseren Wiesengrund, wenn unser Vieh und unsere Steuern - verschwinden in der Kirche Schlund. Da gibt es einen harten Kampf, bei dem das Schwert durchschneidet Speck - und nimmt zurück, was kam uns weg. Da gibt's ein Fest nach solchen Taten, und wir im Regen der Dukaten - beim Bier, beim Wein und Lieder pfeifen - den drallen Weibern an die Punze greifen."

Hochrufe auf die Sänger wurden laut. Die ausgelassene Stimmung riss uns beide, Pidder und mich mit.

"Es lebe Graf Gerhard," rief der Sylder Jakob Vicken. Er hob einen Humpen in die Höhe und rief "Ich bring´s euch, ich trinke euch zu!", trank dann so hastig, dass ihm wasserfallartig ein Bierschwall über den Bart lief und er anschließend selig lächelnd unter den Tisch sank.

"Euer Graf Gerhard ist auch ein Adliger. Der ist auch nicht besser als die anderen. Von dem bekommen wir Husemer auch nicht die Stadt- und Stapelrechte für den Verkauf unserer Waren. Alle Adligen lügen. Zum Teufel mit denen," schrie lallend ein wild um sich blickender Mann mit wirren Haaren, dem Bierschaum auf dem Bart und den Mundwinkeln stand. Er hatte sein Schwert gezogen und drohte damit in die Runde.

"Auf geht´s," brüllten einige Gäste des Wirtshauses, darunter auch Uwe und Erik, Pidder Lüngs Nachbarn. Der Wirt starrte entgeistert hinter seinem Tresen hervor. Pidders Vater sprang auf, als hätte er auf solchen Augenblick gewartet. Er schwenkte ebenfalls sein Schwert und baute sich vor dem Bürger aus Husem auf.

"Du willst unseren Grafen beleidigen, du Hundsfott. Er ist der einzige, der uns versteht und uns helfen will. Aber natürlich haben wir von euch Husemer Pfeffersäcken nichts Gutes zu erwarten," sagte er und hieb auf den Bösewicht ein. Da auch Jakob reichlich Bier getrunken hatte, ging der Hieb daneben. Er verlor durch den eigenen Schwung das Gleichgewicht und schlug der Länge nach hin. Eigentlich erschien die ganze Szene mehr als Übermut und ich war geneigt, darüber zu lachen. Aber nun fühlten sich die übrigen Sylder herausgefordert, zogen ihre Waffen und brüllten nach Husemern, denen sie den Kopf einschlagen könnten. Außer dem Wirt und dem Großmaul von eben tauchte jedoch keiner mehr auf, sodass alle in Verdacht gerieten, die mit dem Husemer am selben Tisch gesessen hatten. Drei Sylder, Jakob, Uwe und Erik und ihre Verbündeten umringten die vier Ignoranten. Der Wirt hinter dem Tresen erkannte die bedrohliche Situation und erhob ein jammerndes Geheul.

"Da nimm," schallte es ihm entgegen. Der Hörnemer Fischer Uwe war es, der sich umdrehte und mit seinem Schwert auf den Wirtshausbesitzer einschlug. Er war allerdings so betrunken, dass er ein Bierfass auf dem Tresen traf, nicht den Wirt. Der Schwerthieb war so kräftig geführt, dass das Bierfass zerplatzte und die edle Flüssigkeit sich über den ganzen Lehmboden ergoss.

Im Schankraum ertönten anfeuernde Rufe. Die Bauern, die in der Überzahl waren und sich gegen die Husemer wandten, schlugen mit ihren Schwertern wahllos auf sie ein. Die vier Angegriffenen waren jedoch nicht ängstlich, scharten sich zusammen und hieben kräftig zurück. "Vorwärts im Namen Gottes," war ihr Schlachtruf. In kürzester Zeit brachen Knochen und floss Blut. Pidder neben mir amüsierte sich leicht angeheitert und nahm einen weiteren kräftigen Schluck aus seinem

Humpen.

Einer der mutigen, aber gnadenlos unterlegenen Husemer wich einem der vielen planlosen Schwerthiebe aus, geriet auf die vom ausgelaufenen Bierfass durchnässte Lehmfläche der Wirtsstube und rutschte rücklings aus, genau vor die Füße von Jakob. Der kämpfte seit seiner anfänglichen Heldentat mit dem Gleichgewicht, sah aber jetzt seine Stunde gekommen. An eine Säule gelehnt hob er sein Schwert und stach zu. Er traf den gestrauchelten Husemer genau zwischen Nase und Stirn. Der bäumte sich nur ganz kurz auf, seine Augen starrten ziellos in die Höhe, das Blut schoss in hohem Bogen, Hirn trat heraus und er sank leblos auf seinen Rücken.

Der Vater von Pidder, eigentlich ein ruhiger und besonnener Mann, kicherte einfältig im Bierrausch. Pidder dagegen war plötzlich hellwach. Er sprang hoch, entriss seinem Vater das blutverschmierte Schwert, packte ihn dann fest unter die Achsel und zog ihn durch die zurückweichende Menge aus dem Gastraum. Der Lärm schwoll zum Orkan. Es wurde lebhaft disputiert, ob der Kampf zurecht stattgefunden hatte oder nicht. Noch mehr, schien mir, sprachen die Gäste darüber, ob die Schwerthiebe fachgerecht geführt wurden oder nur laienhaft. Natürlich ergab sich, dass die Mehrheit den ungleichen Kampf geschickter geführt hätte, als die Kontrahenten es vorgeführt hatten. Der Tote selbst rührte niemanden. Es hatte sich eine große Blutlache um seien Kopf gebildet und der rote Lebenssaft lief ungehindert weiter auf den Lehmboden. Endlich rief der Sylder Fischer Uwe einen seiner Kampfgefährten der Nachbarinsel Feer zu Hilfe. Sie nahmen den Leichnam und trugen ihn in den Hof des Gasthauses. Dort legten sie ihn vor einen Stapel Holz und kümmerten sich weiter nicht mehr um ihn. In der Gaststube selbst hatte die Dienstmagd des Hauses zwischenzeitlich Wasser vom Brunnen geholt, spülte mit der Füllung eines Holzeimers das Blut und Teile des Hirns über den Lehmboden und begann, es mit einem großen Lappen zu beseitigen.

Die überlebenden drei Husemer hatten mittlerweile das Gasthaus laut fluchend und schimpfend verlassen. Blutend und durch Knochenbrüche behindert waren sie auf die Gasse gerannt und liefen laut Klage führend in Richtung Kloster. Ich folgte, da ich Pidder mit seinem Vater wiederfinden wollte. Die Menschen, die sich auf den Straßen und Gassen bewegten, blickten neugierig auf die wild gestikulierenden und aus mehreren Wunden blutenden Schwertkämpfer, waren weitestgehend jedoch desinteressiert. Erst einige Nachbarn der Betroffenen aus Husem zeigten Interesse an den Geschehnissen.

Ich überholte die Gruppe und strebte in Richtung Ortsgrenze. Bald erreichte ich die neuen Holzhäuser, die festungsartig aufgebaut worden waren. Jakob hatte uns erzählt, dass er dort eine Unterkunft gefunden hätte und hatte Pidder und mir angeboten, ebenfalls dort zu wohnen. Ich traf auf Broder Hansen, den Bauernvogt von Kaytum.

"Sucht ihr Pidder und seinen Vater? Die beiden hatten es sehr eilig zu verschwinden. Ist etwas passiert?"

"Es ist besser, wenn die beiden es euch selbst erzählen," entgegnete ich. "Ich kann nur sagen, Jakob hat die Ehre des Grafen verteidigt."

"Gut so," frohlockte Broder Hansen. "Wer hat denn etwas gegen Graf Gerhard gesagt?"

"Ein Husemer. Er beschwerte sich, dass Husem noch keine Stadtrechte habe und behauptete, auch Graf Gerhard würde daran nichts ändern, genauso wie sein Bruder. Daraufhin kam es zur Prügelei. Aber jetzt entschuldigt mich, Broder Hansen, ich muss zu den beiden."

"Habt ihr etwas dagegen, wenn ich mitkomme. Vielleicht braucht Jakob meine Hilfe."

"Kommt mit. Ihr wisst besser als ich, in welchem Haus er wohnt."

Der Bauernvogt führte mich umgehend zu Jakobs Unterkunft und wir fanden Vater und Sohn. Pidder wirkte erleichtert, als er uns kommen sah.

"Mein Vater hat einen Husemer erschlagen," erzählte er dem Kaytumer Bauernführer. "Wenn bekannt wird, dass er es war, müssen wir uns freikaufen. Ich weiß nicht, ob wir das können, oder ob die Angehörigen des Getöteten überhaupt damit einverstanden sind. Wenn ja, werden wir dabei Haus und Schiff verlieren. Auf jeden Fall will ich verhindern, dass er zum Tod durch das Schwert verurteilt wird. Wenn nötig, müssen wir so

schnell wie möglich verschwinden."
"Den Husemern ist dein Vater nicht bekannt und die anderen, die ihn kennen, werden den Mund halten," bemerkte Broder Hansen. "Sieh zu, dass er einige Tage hier im Haus bleibt. Am besten, bis der König kommt und wir alle auf den Beinen sind. Dann hat keiner mehr Laune, sich um den Raufhandel in dieser Kaschemme zu kümmern."
"Dieser Hundsfott," schnaubte Jakob, selbst aus einer Wunde am linken Oberarm blutend, "beschuldigt den Grafen, nicht zu seinem Wort zu stehen. Wir müssen diese verdammte Brut ausrotten. Diese elenden Königskriecher und Speichellecker. Gott soll sie alle strafen. Der Höllenhund soll sie alle vernichten."
Pidder Lüng blickte seinen Vater nachdenklich an.
"Ist gut, Vater. Sie werden schon sehen, welch prachtvoller Mensch unser Graf ist. Gott wird uns für alle bisherigen Leiden und Schwierigkeiten belohnen. Sieh zu, dass du jetzt erst einmal schläfst." Und zu uns gewandt meinte er: "Wir werden es so machen: zunächst verschwindet mein Vater und wir wissen von nichts. Aus Husem mich still verdrücken möchte ich nicht. Wir können unsere Freunde nicht im Stich lassen."
So geschah es. Der blonde Hüne und ich fanden noch Platz in der Unterkunft, in der Jakob mit mehreren anderen untergebracht war und wir zogen uns hierhin für die nächsten Tage zurück. In den Holzhäusern war es zu gefährlich, eine offene Feuerstelle einzurichten. Daher schichteten wir im Freien einige große Steine auf, um auf ihnen unser Essen zuzubereiten. Sylder Freunde, die nicht bei uns wohnten, besuchten und versorgten uns mit dem Wichtigsten und berichteten, was alles passierte. So erfuhren wir, dass die Friesen aus dem Amt Tuner, die im Amt Flens Advokaten und Richter erschlagen hatten, wahrscheinlich von Wegelagerern oder von Piraten auf Landraub auf einer Furagefahrt umgebracht worden waren. Als wir das hörten, sah mich Pidder schweigend an und zuckte nur bedauernd die Schulter. Wir verkürzten uns die Zeit mit unseren Besuchen bei Pater Ignatius. Er suchte als gebildeter Mann nicht die Nähe der Adligen oder Kirchenmänner, er war am liebsten mit dem Pöbel zusammen. Er war regelmäßig betrunken und, da er Tag und Nacht nicht aus seiner Kleidung herauskam, stank er beinahe

wie ein Fass faulendes Schweinefleisch. Aber er behandelte Kranke und Verletzte gut, so gut, dass er niemanden als Herrn über sich anerkannte. Er fühlte sich als Heiler gottähnlich.

Nachts pflegte er häufig unter beschwörenden Reden aufzustehen. Er befragte die Planetenkonstellationen, und wenn sie günstig standen, wanderte er im Mondlicht hinaus auf Wiesen und Felder und sammelte Kräuter. Er fürchtete weder den Gestank von Würmern, die aus totem Fleisch krochen, noch nächtliche Begräbnisstätten. Pater Ignatius besuchte bei Dunkelheit immer wieder den Friedhof. Dort hielt er Zwiesprache mit Geistern, die entweder aus Gräbern aufstiegen, vor denen er in finsteren Stunden stand, oder ihn aus Sträuchern anstarrten. Er beschwor die Geister der Toten, die ihm für sein Wirken Erleuchtung bringen sollten. Erfreulicherweise gab er sein Wissen an mich weiter, da die ärztliche Kunst mir immer mehr Freude bereitete. Nur seine Gespräche mit den Geistern blieben sein Geheimnis. "Du musst ihre Liebe und ihr Vertrauen gewinne, sonst erscheinen sie dir nicht," antwortete er mir auf meine Frage.

Von Graf Gerhard hörten wir während dieser Zeit nichts. Kein Herold erschien, um uns zu einer Versammlung zusammen zu rufen. Statt dessen kursierten die wildesten Gerüchte. So erfuhren wir, dass der König mit dem gesamten Adel von Schleswig und Holstein und einer gewaltigen Streitmacht von Norden auf Husem zumarschierte. Sogar Kanonen solle er mitführen. Von Süden, so war zu hören, näherten sich mindestens fünfhundert Ritter des Herzogs von Mecklenburg. Und vom Meer rückten die Hamburger und Lübecker mit einer gewaltigen Flotte auf unsere Lagerstatt zu. Wenn die Gerüchte zutrafen, sah die Sache für die Friesen und Elbmarschen-Bauern nicht gut aus. Entsprechend gedrückt war die Stimmung unter den Demonstranten. Die Husemer, die bisher zwar stillschweigend, aber nicht minder hoffnungsfroh die Entwicklung beobachteten, wurden zunehmend widerborstiger und aggressiver. Sie hätten es gerne gesehen, wenn wir so schnell wie möglich wieder verschwunden wären.

Die Gaukler, Händler und Schausteller, die den Markt bevölkert hatten, packten zusammen und zogen davon. Es wurde still in den Straßen und Gassen. Nur die Nächte zeigten weiterhin das laute Leben. Wir drei konnten uns allmählich wieder freier bewegen,

da die Raufhändel zunahmen und die einzelne Tat in dem chaotischer werdenden Durcheinander kaum noch Konsequenzen nach sich ziehen würde. In den Gassen stieß man vermehrt auf Verwundete und Leichen, die achtlos in die Gosse geworfen worden waren. Die Auseinandersetzungen spielten sich nicht mehr wie zu Beginn verstärkt zwischen Demonstranten und Husemern ab, sondern zunehmend unter den reizbarer werdenden Bauern, Müllern und Fischern und den mit ihnen verbündeten Handwerkern. Die Nachrichten, die immer beunruhigender klangen, zerrten an den Nerven. Wann erscheint der dänische König vor Husem und wie stark ist seine Streitmacht wirklich? Will er Kampf oder ist er bereit, mit Graf Gerhard zu verhandeln?
"Der König kommt. Er hat eine Streitmacht von mindestens zwanzigtausend Rittern und Söldnern. Ich habe sie kommen sehen. Sie sind schon bei Olderup. Und sie haben Kanonen dabei."
Ein Bauer aus der Region kam mit seinem schweißüberströmten Pferd auf den Markt geritten und schrie die Nachricht aufgeregt in die Menge. Zunächst herrschte erschrockene Stille. Dann jedoch brach sich die nach der langen Wartezeit aufgestaute Wut Bahn und das anwesende Volk brüllte los. Sie zogen ihre Schwerter, schüttelten drohend Spieße oder Hellebarden und vereinzelt donnerten sogar Arkebusen. Durch den Krach angelockt erschienen immer mehr Menschen auf dem Husemer Forum und die Drohgebärden entwickelten wie von einer übernatürlichen Macht bestimmt eine leidenschaftliche, unbeugsame und rohe Wildheit.
Auch Jakob ließ sich wieder mitreißen. Er riss sein Schwert in die Höhe und drohte: "Ich werde jedem den Kopf einschlagen, der seine Nase in diese Stadt steckt. Wir kämpfen für eine gerechte Sache und Gott ist mit uns."
Einige Sylder und etliche Fischer von Feer hatten sich um uns versammelt. Ich erkannte Sönke Vos, den Verlobten von Pidders Schwester. Ihn hatten wir schon eine ganze Weile nicht mehr gesehen. Aber dafür glühten seine roten Wangen vor Begeisterung und sein Schwert hieb kraftvolle Attacken in die Luft.
"Wo warst du," fragte ich ihn.
"Ich war im Zeltlager. Ich habe dort bei einem alten

Schwertkämpfer das richtige Kämpfen mit der Waffe gelernt. Jetzt können die adligen Ritter mit ihren Söldnern kommen. Ich bin gewappnet."
Die Gasthäuser waren überfüllt. Der Andrang war so stark, dass die Gastwirte und ihre Mägde kaum mit den Bestellungen nachkamen. Und dann erblickte ich sie wieder, die Frauengestalt, die ich in der Kirche gesehen hatte. Ich stand in einer Meute großschnäuziger, prahlender Bauern, als sich eine weibliche Gestalt an mich drückte. Sie hatte ihr Gesicht unter einem tief über die Augen gezogenen bunten Tuch verborgenen. Ich sah sie an und erkannte die Frau, mit der ich vor einigen Nächten wild getanzt und die mich während der Nacht auf der Strohmatte im Gasthof zu wilden Träumen verführt hatte. Sie trug ein samtenes Wams, das mit Schwänen und Schafen bestickt war. Jedes Tier trug ein Halsband mit einer Perle. Man konnte deutlich erkennen, dass sie eine wohlhabende Frau war, was ich bei unseren bisherigen Begegnungen in dieser Deutlichkeit noch nicht bemerkt hatte. Mich erstaunte immer mehr, wie eine solch attraktive Frau mit einem Mann verheiratet sein konnte, der ein dergestalt brutales und vulgäres Aussehen hatte, an das ich mich noch sehr gut erinnerte.

Sie sah mich mit dunklen, traurigen Augen an und drängte mich sachte in unmittelbare Nähe zur Hoftür, wo im Augenblick niemand stand.

"Verlasst den Ort," sagte sie in leisem, aber bei dem Lärm dennoch verständlichem Ton. "Husem ist verloren. Der König weiß über alles Bescheid. Seine Spione haben ihn über alles informiert. Und dieses Mal wird es nicht so glimpflich ablaufen wie vor einem Jahr in Rendsburg. Dieses Mal will der König ein Exempel statuieren. Er weiß, dass kein ernstzunehmender Widerstand zu erwarten ist. Diese wilden Bauernhorden können seinen erprobten Söldnern nichts entgegensetzen. Ich habe gemerkt, dass ihr eigentlich gar nicht dazu gehört. Ihr seid ein ehrlicher und guter Mensch. Daher möchte ich euch warnen. Verlasst schnell diesen Ort."
"Woher wisst ihr das?"
"Fragt mich nicht. Das Schwert des Henkers ist schon geschärft. Geht!" Damit entfernte sie sich in der Menge.

Ich suchte Pidder und erzählte ihm von meiner Begegnung. Er lächelte still vor sich hin, nickte dann und meinte: "So wird es kommen."

Pidder Lüng, der hünenhafte blonde Fischer aus Hörnem auf Syld hatte eine bewundernswerte Ruhe. In seiner Gesellschaft fühlte ich mich sicher und hatte daher keinen Grund, den Worten der schönen, geheimnisumwitterten Frau zu folgen. Ich wartete vielmehr darauf, dass Graf Gerhard uns zusammenrief, um die Lage zu besprechen. Aber es geschah nichts.

Der Wind wehte aus Südwest und trieb auf der Westsee gischtauftürmende Wellen vor sich her. Dicke Wolkenballen hetzten über den Himmel. Die nächtliche Dunkelheit legte sich über den Ort. Im Kloster waren nur wenige Fenster erleuchtet. Nach dem nervösen Treiben, das am Tag geherrscht hatte, legte sich zu fortschreitender Stunde eine gespenstische, spannungsgeladene Ruhe über Husem und sogar über das wüste Zeltlager. Nach Mitternacht waren kaum noch Menschen zu sehen.

Ich lief alleine unruhig durch die stillen, stinkenden Gassen. Überall tummelten sich dreist Mäuse und Ratten. Pidder war mit seinem Vater bereits in dem Holzhaus am Ortsrand verschwunden. Ich bedauerte, dass ich mich nicht mit der geheimnisvollen Schönen verabredet hatte. Plötzlich verspürte ich ein großes Verlangen nach ihr. Kennengelernt hatte ich sie beim Tanz. Dabei machte sie den Eindruck einer lebensfrohen Frau aus dem gemeinen Volk auf mich. Mitglieder dieser Schicht waren für mich nicht begehrenswert, mein Verstand hielt mich sogar davon ab, mich mit ihnen der Lustbefriedigung hinzugeben. Dann zog ich es doch vor, lieber in der Erinnerung an meine Braut zu leben. Aber diese Frau schien mir nicht der Schicht des Pöbels anzugehören. Ihre gute Ausdrucksform und ihre luxuriöse Kleidung sprachen dagegen. Aber wenn ich an sie dachte, drängte sich das narbige, gewalttätige Gesicht ihres Mannes in meine Erinnerung. Es wäre sicherlich nicht ungefährlich, mit ihm in eine gewaltsame Auseinandersetzung zu geraten. Er war ein sehr lautstarker Mann, der bei Angehörigen des Lumpengesindels sehr schnell Befehlsgewalt übernahm und hörigen Mob um sich zu scharen verstand. Die hatten ihre Ohren überall und würden ihm Spitzeldienste leisten. Daher war ich im Geheimen eigentlich ganz froh, dass ich die Frau nicht traf. Trotzdem führten mich meine Beine wie unter Zwang in Richtung des Gasthofs, in dem wir uns kennengelernt hatten.

Plötzlich jedoch wurde mein Schritt aufgehalten. Durch die Dunkelheit kamen eilenden Fußes mehrere Gestalten auf mich zu. Vorneweg liefen Helebardenträger, dahinter Männer mit gezückten Schwertern. Sie deckten eine Person, die sich beim Näherkommen als Graf Gerhard entpuppte. Ich hatte mich eiligst in die Nische eines Eingangstors gedrückt und konnte das Gesicht nicht erkennen. Aber am Gang, der Körperhaltung und der Kleidung war er es unverkennbar. Der eilige Gang der Gruppe führte sie in Richtung Hafen.

Als alle an mir vorbeigezogen waren, folgte ich in respektvollem Abstand. Ich war mir klar darüber, was diese Prozession zu bedeuten hatte, wollte jedoch unmittelbar Zeuge dieser Flucht werden. Zwei Angeheiterte kamen dem Grafen und seinen Begleitern entgegen. Sie sangen unflätige Lieder. Als die Gruppe sich ihnen näherte, erkannten die beiden trotz ihres bierseligen Zustands, wer ihnen begegnete. Sie begannen laut den Namen des Grafen zu rufen. Sofort waren mehrere bewaffnete Begleiter Graf Gerhards bei ihnen und in Sekundenschnelle lagen die zwei Vorlauten am Boden, ohne noch einen Laut von sich zu geben.

Ich erreichte die Gestürzten, nachdem die Flüchtigen den Hafen fast erreicht hatten. Sie bluteten beide aus Kopfwunden, ich erkannte jedoch, dass sie nicht tot waren. Sie waren nur bewusstlos geschlagen worden. Hier auf der Straße würden sie weiter kaum auffallen, da tägliche Auseinandersetzungen mit Toten und Verwundeten an der Tagesordnung waren. Und wenn sie Zeter und Mordio schreien sollten, dass sie das Opfer des Grafen geworden sind, so konnte er damit brüsten, dass keiner seiner Anhänger durch sein Verschulden getötet worden sei. So konnte er trotz seiner Flucht als gutherzige Legende erhalten bleiben.

Im Hafen ging alles sehr schnell. Die Gruppe wurde bereits von der Mannschaft einer fast fertig aufgetakelten Kraweel erwartet.

Sie musste sich beeilen, da der starke Wind unbarmherzig an den Segeln zerrte. Entsprechend schnell, wie die Dunkelheit es zuließ, kletterten die Männer aus Oldenburg auf das nur mit einer Laterne beleuchtet Schiff. Sobald der letzte das Deck erreicht hatte, fielen die Haltetaue und die Kraweel verließ ohne Laut und Glockenschlagen schleunigst den Hafen.

Das war das klägliche Ende des großen Kampfs der Friesen und der Bauern aus den Elbmarschen um gerechtere Besteuerung und gerechtere Behandlung durch den König und seine adligen Amtmänner. Alle Demonstranten waren nun dem Monarchen und seinen Befehlshabern schutzlos ausgeliefert. Ich hätte eigentlich laut schreiend durch die Straßen laufen und alle aufwecken müssen. Aber wer hätte mir schon, dem Lübecker geglaubt? Den Schädel hätte man mir eingeschlagen, wenn ich den beliebten Grafen beschuldigte, den Kampfplatz schmählich verlassen zu haben.

Ich fühlte mich elend. Rebellische Gedanken begannen nun, sich in meinem Kopf zu entwickeln. Wie Unkraut, das alle nützlichen Pflanzen erstickt, begannen in meinem Herzen Zorn und Erbitterung aufzukeimen. Ich musste etwas unternehmen, um mich wieder in den Griff zu bekommen.

Die schöne Frau hatte ich vergessen. Innerlich war ich stark aufgewühlt. Fast wie im Traumzustand trugen mich meine Beine in unsere Behausung am Rande von Husem. Alle schliefen. Vorsichtig weckte ich den Langen Peter. Seine Nerven waren auch im Schlaf so angespannt, dass er sich unmittelbar im Bett steil aufrichtete und zum Schlag ausholte. Immerhin kampierten wir in einer Verteidigungsanlage und damit in der vordersten Front. Jeden Augenblick war mit dem Eindringen des Feindes zu rechnen. Ich konnte Pidder aber gerade noch bremsen, mir einen Schlag zu verpassen.

"Pidder," ich flüsterte, um die anderen, zum Teil unruhigen Schläfer nicht aufzuwecken, "wenn du wach bist, hör mir zu. Der Graf hat mit seinem Gefolge soeben Husem mit einem Schiff verlassen. Es gibt keine Möglichkeit mehr, den Kampf gegen den König zu bestehen."

Pidder blickte mich durch die Dunkelheit still an. Dann erhob er sich langsam von seinem Strohsack, um seinen neben ihm

liegenden Vater nicht zu wecken und ging mit mir ins Freie. Er atmete tief durch. Die Luft im Schlafraum war durch die Ausdünstungen der Menschen schwül und drückend. Die kleinen Luken unter der Decke reichten, falls sie überhaupt geöffnet wurden, zur Frischluftzufuhr nicht aus. Ich hatte in den vergangenen Nächten, in denen ich in diesem Raum übernachtete, so gut wie möglich für frische Atemluft gesorgt. Die meisten aber schlossen aus Angst vor Krankheiten die Luken wieder.
"Hast du dich auch nicht getäuscht," wollte Pidder wissen.
"Nein, es ist ganz sicher. Sie haben sogar zwei Männer niedergeschlagen, damit die nichts verraten konnten. Mich haben sie nicht gesehen, sonst wäre es mir genauso ergangen."
"Gut," entgegnete der lange Hüne, "heute Nacht können wir nichts mehr tun. Wir können schlecht alleine verschwinden. Wir müssen unsere Freunde in unserer Schmack mitnehmen. Warten wir bis zum Morgengrauen, dann können wir alles weitere verabreden." Dann grinste er. "Hast du deine Freundin, die so sehr an deinem Leben hängt, gefunden?"
Ich spürte, wie ich rot wurde. Glücklicherweise konnte Pidder es in der Dunkelheit nicht sehen.
"Wie kommst du darauf?" spielte ich den Überraschten.
"Alle sind müde und voller Spannung, nur du nicht. Du läufst während der Nacht aufgeregt durch diesen Ort. Das muss doch einen tieferen Grund haben. Und welcher Grund kann wichtiger sein als die Aussicht auf Ruhm und Ehre vor Gott und den Menschen. Nur eine Frau. Hast du sie gesehen."
"Nein," antwortete ich bockig. Hatte dieser schlaue Kerl mich doch durchschaut. Er war früher hinter meine unterdrückten Triebträume gekommen als ich selbst. Das machte mich hilflos.
"Komm," sagte er, "da wir ohnehin wach sind, gehen wir jetzt in das Gasthaus, in dem wir die erste Nacht verbracht haben. Vielleicht finden wir dort eine interessante Gesellschaft."
"Schlitzohr," knurrte ich. Dann gingen wir los durch die dunklen Gassen.

Es waren tatsächlich noch einige Gäste in der Gaststube versammelt. Zu dieser späten Stunde war keiner mehr nüchtern. Die Musik hatte bereits aufgehört zu spielen und dem Wirt konnten wir deutlich ansehen, dass er sich über unseren Besuch keineswegs freute. Er wollte gerne Feierabend machen.

Gleich am ersten Tisch unmittelbar vor dem Tresen sah ich das Narbengesicht. Er hatte einige Gäste um sich geschaart und protzte lauthals.

"Als die Engländer uns in Bordeaux angriffen, haben wir diesen Ärschen eine gehörige Prügel verabreicht. Hundert Jahre hatten England und Frankreich Krieg geführt und die Franzosen haben in all diesen Jahren dumm dagestanden. Aber als wir dütschen zusammen mit flandrischen Söldnern mitmischten, war es um die Engländer bald geschehen. Wir hatten uns einem Jean Bureau, keinem Adligen, sondern einem Bürger von Paris angeschlossen. Unser Hauptmann hatte ihn kennengelernt, als irgendwo in den Vororten von Paris Kinder von hungrigen Wölfen angegriffen wurden. Er war zwar ein kleiner Mann, aber voller Mut und Entschlossenheit. Er konnte uns überzeugen, dass er die Kraft hatte, Frankreich endgültig von den Engländern zu befreien. Und da die Engländer in all den Jahren viele Reichtümer in Frankreich zusammenraffen konnten, waren für uns die Aussichten auf Beute gigantisch. Jean Bureau war genial im Einsatz moderner Kriegsgeräte. Eine vergleichbar moderne Artillerie hatten wir zuvor noch nicht gesehen. Wir belagerten die Stadt Bordeaux. Da die Engländer kurz zuvor Castillon verloren hatten, schickten sie ihre Truppen nach Bordeaux, um eine ihrer letzten bedeutenden Festungen zu retten. Wenn sie die verloren, blieb ihnen nur noch Calais. Wir zogen mit den Franzosen zunächst einen Graben um unser Lager und dann einen Wall. Den bestückten wir mit Kulverinen, Feldschlangen, Arbalesten und anderen Geschosswerfern. Als die Engländer wie wilde Verderber angriffen, haben wir sie mit einem Hagel von Blei, Steinen und Geschossen jeder Art zurückgeschlagen. Dann setzten wir denen von der Insel nach und haben ihnen das verpasst, was sie verdienten. Mit unseren Schwertern und Äxten durchschlugen wir die englischen Helme mit einem Lärm, wie sie alle Schmieden von Paris und Köln zusammen nicht hätten verursachen können. Wir haben die Engländer so zusammengedrängt und aneinandergepresst, dass sie zum Schluss weder die Arme noch die Waffen heben konnten. Sie konnten weder schlagen noch schreien, selbst das Atmen wurde schwierig. Mit Lanzen, Schwertern und Äxten hieben und stachen wir in ihre Körper. Die Toten stapelten sich immer höher. So haben wir die hochmütigen Engländer auf dem Feld vernichtet."

Der Pockennarbige lachte laut. Seine Zuhörer lauschten gespannt. "Ich war rot von ihrem Blut, was sie auch verdient hatten, diese Hundesöhne. Zum Schluss stürmten wir die Stadt und plünderten sie. Ich habe große Reichtümer erbeuten können, sodass ich heute ein wohlhabender Mann bin. Ich war in das Haus des englischen Bürgermeisters eingedrungen. Wir vergewaltigten seine Frau, ich als erster, dann noch zwölf meiner Schar. Wir töteten ihren Mann und rösteten ihn. Zum Schluss zwangen wir die verfluchte Engländerin, vom Fleisch ihres Mannes zu essen. Da sie unaufhörlich lauthals schrie und damit immer mehr französische Kriegsknechte anlockte, die uns unsere Beute streitig machen wollten, schlug ich der Frau kurzerhand den Kopf ab. So haben Feinde es verdient."

Der ehemalige Söldner lachte wieder. Er gefiel sich in der Rolle des mutigen Helden. Mit solchen Geschichten hatte man immer die Aufmerksamkeit des Publikums und wurde bewundert. Vor allem von denen, die selbst keine Heldentaten vollbracht hatten und wohl auch nie vollbringen werden. Sie lebten fortan von den Taten anderer, die sie in allen Spelunken und an Spieltischen weiter verbreiteten.

Pidder blickte verächtlich auf dieses Subjekt.

"Das ist ein Totschläger," sagte er zu mir.

"Lass uns lieber gehen," reagierte ich. "Ich fürchte, mit diesem Menschen bekommen wir heute abend noch Streit. Da ich zudem noch Mitleid mit seiner Frau habe, werde ich mich nur schwerlich beherrschen können."

"He," rief einer aus der Runde, "setzt euch zu uns. Ich trinke euch zu. Wir sind in bester Stimmung und bereiten uns auf den Kampf am morgigen Tag vor. Hier haben wir einen kampf- und schlachtenerprobten Feldherrn am Tisch, der uns wichtige Ratschläge geben kann."

Er trank uns zu, wir hatten noch kein Glas mit Bier erhalten und konnten nicht angemessen antworten. Daher erklärte ich, dass es für uns besser sei, sofort unsere Unterkunft aufzusuchen und

den wichtigen morgigen Tag ausgeruht zu beginnen.
"Aber warum seid ihr erst hier herein gekommen, wenn ihr eigentlich schlafen wollt. Oder steht eure Schlafstätte in diesem Gasthaus."
"Oder wollt ihr unsere Gesellschaft nicht?" fragte der Pockennarbige und machte ein düsteres, fast drohendes Gesicht.
"Lieber Herr," antwortete ich, "wir haben eure spannende Geschichte gehört und sind fasziniert von euren Erlebnissen und Taten. Wir wissen, dass auch wir, ebenso wie eure Freunde hier am Tisch, nicht genug bekommen können von solchen Erzählungen. Ich fürchte, wir werden noch am Morgen bei euch sitzen und mit euch disputieren. Aber das wäre nicht gut für uns, da wir morgen mit dem König eine harte Auseinandersetzung erwarten. Wir sind nicht so kampferprobt wie ihr und sind unerfahren. Daher müssen wir ausgeschlafen sein. Um nicht Gefahr zu laufen, von euren Berichten so gefesselt zu werden, dass wir nicht mehr von dannen ziehen können, um uns auszuschlafen, ziehen wir es vor, lieber gleich zu verschwinden. Ich hoffe, wir können uns nach der Auseinandersetzung mit dem König wieder treffen und haben dann eventuell auch spannende Geschichten zu erzählen. Daher freuen wir uns lieber auf später."
Der Pockennarbige lachte wieder laut.
"Ich werde sicherlich viele von euch wiedersehen. Ich werde einen Siegestanz mit ihnen veranstalten, denn das habt ihr Bauern mit eurem heldenhafte Mut verdient."
Ich fühlte, dass hier ein zweideutiger Unterton mitschwang. Aber was hatte das zu bedeuten?
"Nur ihr seid kein Bauer," fuhr der Pockennarbige fort, "man erkennt es an eurer feinen Gesichtshaut und eurer Kleidung. Ich nehme an, ihr seid der Mann aus Lübeck, der Ärger mit seiner Heimatstadt bekommen wird." Dabei lachte er wieder dröhnend.
"Wir sind Fischer," warf Pidder ein.
Im selben Augenblick sprang einer der Zechgenossen von seinem Sitz hoch und rief:
"Der war dabei und der andere auch, als die Bauern uns im 'Seebär' angriffen und Hake Sönksen tot schlugen. Die wissen,

wer es war."
"Wisst ihr es," fragte der Pockennarbige drohend. Ich bekam einen Schrecken. Meine Handflächen wurden feucht. Anstelle der Frau, nach der ich ein starkes Verlangen verspürt hatte, trafen wir ihren ekelhaften Mann in diesem Gasthaus und handelten uns auch noch Ärger ein. Morgen hätten wir Husem stillschweigend verlassen können und niemand hätte sich um uns gekümmert. Jetzt mussten wir unbedingt noch diesem einheimischen Zecher über den Weg laufen.

Die Gesellschaft vor uns erhob sich langsam und nahm eine drohende Haltung an. Da ich als Bakkalaureus Artium der Universität Köln kein großer Kämpfer war, führte ich selten ein Schwert mit mir. Auch Pidder hatte seines in der Hast der überraschenden Nachricht von der Flucht Graf Gerhards in der Unterkunft vergessen. Aber es waren genügend Gäste aus der Schar der Bauern und ihrer Mitstreiter anwesend. Von den Tischen erschallen drohende Rufe. Einige hatten Pidder erkannt und riefen uns aufmunternde Worte zu. Daraufhin ließen sich der Pockennarbige und seine Gesellen schnell wieder auf ihren Sitzflächen nieder.

Der Lange Peter rief seinen Verbündeten lachend einige freundliche Worte zu und wir verließen den Gasthof.
"Passen wir auf, dass uns keiner folgt. Niemand muss wissen, wo wir übernachten und wo dein Vater zu finden ist."

Pidder nickte. Er trat mit seinem Fuß gegen eine Ratte, die unvorsichtig nahe seinen Weg gekreuzt hatte. Dabei bemerkten wir eine Gruppe von Männern, die äußerst erregt waren und einander bedrohten. Als wir näher kamen, erkannte ich die zwei Männer, die zuvor von den Begleitern des Grafen bewusstlos geschlagen worden und nun von angetrunkenen Bauern umringt waren. Wir sahen sie im Lichtschein der Laterne des Nachtwächters und ich erkannte sie an ihren Kopfwunden. Sie hatten ihre Schwerter gezogen und verteidigten sich gegen fünf Angreifer. Einer von den beiden spuckte gerade mehrere ausgeschlagene Zähne aus. Voller Wut schlug er auf seinen Peiniger ein und schlitzte ihm den Bauch auf. Der Getroffene spürte zunächst nichts. Er kämpfte wütend weiter. Während er sich schrittweise vorwärts bewegte, traten plötzlich seine

Gedärme heraus, rutschten nach unten bis auf die Erde und er trat auf seine eigenen Eingeweide. Jetzt erkannte der Getroffene sein Malheur. Er blieb erstaunt stehen, blickte verdutzt nach unten und erhielt im selben Augenblick einen fürchterlichen Hieb auf den Hals, dass sein Kopf sich zur Hälfte vom Rumpf löste und nach vorne auf seine Brust fiel. Anschließend sank der ganze Körper in sich zusammen und blieb still in seinem Blut auf der Husemer Straße liegen.

Der zweite der beiden Angegriffenen überstand den Kampf nicht so gut. Er sackte in sich zusammen. Sein linker Arm hing ihm oberhalb des Ellenbogens zerfetzt herunter. Nach dem Schlag auf den Kopf durch die Begleiter des Grafen war es ein Wunder, dass er bisher überhaupt in der Lage gewesen war, seine Angreifer abzuwehren.

"Was ist los?" Die Stimme von Pidder schallte drohend durch die Nacht. Erschrocken drehte sich der Nachtwächter um. Er hatte bisher nur als Lichtspender amtiert, obwohl er eigentlich den Raufhandel hätte verhindern müssen. Aber die Angst vor den Streitbolden hatte gesiegt, er hatte sich nicht getraut einzugreifen.

"Hallo Pidder Lüng," erschall eine hohe Stimme aus dem dunklen Umfeld. Ich erkannte den Müllergesellen Martin Jürgensen aus Muasem, den ich in Kaytum als Dudelsack-Spieler erlebt hatte. Er kam einfältig grinsend aus der Dunkelheit auf uns zu. Er wirkte in dem dämmrigen Licht, das die Lampe des Nachtwächters ausstrahlte, noch dürrer, als ich ihn in Erinnerung hatte. Seine spitze Nase stieß wie ein Schnabel aus seinem Gesicht hervor.

"Was um Gottes Willen ist los, Martin? Sind das schon Knechte des Königs?" Pidders Stimme klang verärgert.

Martin Jürgensen blickte uns an, spuckte verächtlich aus und meinte dann mit wichtig hervorgeschobener Brust: "Diese beiden müssen tatsächlich Spione des Königs sein. Sie kamen auf uns zu und behaupteten, der Graf habe sich soeben auf ein Schiff geflüchtet und Husem und uns im Stich gelassen. Wir konnten nicht zulassen, dass diese beiden so kurz vor unserem Ziel solche Lügen verbreiten. Sie hätten das ganze Lager in Aufruhr versetzen können und der König wäre mit seinen Rittern ohne Widerstand in Husem eingezogen. Die beiden hätten ihn

freudig begrüßt und uns eine lange Nase gezogen."
"Deine kann kaum noch länger werden," dachte ich sarkastisch. Und laut fügte ich hinzu: "Da der Nachtwächter Zeuge eurer Tat gewesen ist, wird es unumgänglich sein, dass ihr euch für die Tat verantworten müsst. Aber das hat Zeit bis nach der Auseinandersetzung mit dem König. Da ihr nicht sicher wisst, ob es sich tatsächlich um Spione handelt oder nur um Betrunkene, solltet ihr jetzt dem Nachtwächter helfen, den Toten und den Verletzten wegzutragen. Der Lebendige gehört in sein Quartier, der Tote gehört am besten gleich auf den Kirchhofsacker."
"Aber die beiden sind Spione," meckerte der Kaytumer Dudelsackspieler los. "Sie haben Schandreden auf den Grafen geführt, dieses stinkende Lumpengesindel."
Pidder wurde ärgerlich: "Halte jetzt deinen Schlund und tu, was dir mein Freund Michael gesagt hat. Morgen reden wir weiter."
Wir wussten, dass die Schläger die beiden Opfer ohnehin umgehend in den Hafen warfen. Der Nachtwächter machte nämlich sogleich klar, dass er weiter seine Runde ziehen müsse und am nächsten Morgen im Rathaus den Vorfall melden würde. Pidder und ich beobachteten noch, wie die beiden Körper aufgenommen und weggetragen wurden. So konnten wir wenigstens unser christliches Gewissen beruhigen, denn wir hatten unser Möglichstes versucht. Dann machten wir uns auf den Weg zu unserer Unterkunft, um wenigstens noch bis Sonnenaufgang zu schlafen.
Das war nicht leicht. Die Gedanken drehten sich in meinem Kopf. Flöhe und Läuse tummelten sich auf Kopf und Gliedern. Aasgeruch drang durch die Luken in den Raum. An Schlafen war kaum zu denken, und als ich froh war, endlich den ersten Strahl des kommenden Morgens durch die Luken zu sehen, war ich abgespannt und wollte nicht aufstehen. Aber dann erhob ich mich doch. Auch Pidder war sofort munter. Wir weckten vorsichtig seinen Vater, um Aufsehen zu vermeiden und verließen das Haus.
"Ist was passiert," wollte Jakob wissen, "oder warum weckt ihr mich so früh. Ist der König schon da?"
"Möglich," antwortete ich. "Jakob, du musst jetzt stark sein und deine Gefühle zähmen."

Er blickte mich fragend an. Was sollte diese schwülstige Einleitung?

"Du hast viel auf Graf Gerhard gesetzt. Deine ganzen Hoffnungen lagen auf ihm. Du hast ihm vertraut und erwartet, mit ihm als Landesherr eine bessere Zukunft erleben zu können."

"So ist es. Wir einfachen Menschen sollen es endlich einmal besser haben. Der Graf ist ein ehrlicher Mann, das hat er schon bewiesen."

"Wisst ihr was," schlug ich vor, "wir gehen zuerst einmal in die Kirche. Die Frühmesse müsste gleich beginnen. Wir sollten alle Buße tun und im eigenen Herzen nach dem Rechten sehen. Wir sollten niemanden verurteilen, dessen Beweggründe wir nicht verstehen und nur durch unser christliches Leben und Handeln können wir unseren eigenen Seelenfrieden finden."

Jakob sah mich verständnislos an. Er hörte von mir zum ersten Mal in der langen Zeit, die wir uns schon kannten, eine Predigt. Warum ich sie hielt, verstand er nicht und es erstaunte ihn. Pidder grinste still vor sich hin. Aber wir erklärten zunächst noch nichts.

Die Größe der Marienkirche, die, wie ich mir erneut deutlich machte, etwa die Ausmaße des Doms in Schleswig hatte, und die beeindruckende Höhe des Turms boten einen denkwürdigen und ehrfurchtgebietenden Anblick. Ich hatte es bisher noch nie so stark empfunden, aber in der besonderen Stimmung, in der ich mich augenblicklich befand, bewegte das Bauwerk mein Gemüt.

Im Inneren der Kirche hatte sich bereits eine Fülle von Menschen eingefunden. Eine nervöse Spannung lag über ihnen. Die Madonna, die wir passierten, war durch den Rauch zahlloser brennender Kerzen so geschwärzt, dass sie einem Mohren glich, von denen man nach dem Fall von Byzanz durch die ungläubigen Muselmanen immer mehr Furchterregendes hörte. Der Altar spiegelte sich im warmen Licht der Öllampen und ein leichter Geruch von Weihrauch lag über den Gläubigen in dem hohen sakralen Raum.

Wir beteten für unser Seelenheil. In der andächtigen Stille der Kirche, nur hin und wieder unterbrochen durch die Gebete, die die Priester am Altar in lateinischer Sprache hielten, wurde mir immer bewusster, wie nahe wir am Abgrund standen. Unwillkürlich fasste ich mir an den Hals und sah vor meinem inneren Auge das Schwert des Henkers. Begeistert dürften meine Lübecker Landsleute nicht davon sein, dass ich den aufsässigen Grafen Gerhard und seine aufständischen Anhänger unterstützt hatte. Aber wer weiss schon rechtzeitig, welche verzwickten Wege die Staatskunst macht. Häufig hatte es Auseinandersetzungen zwischen Lübeck und dem dänischen König gegeben. Wirkliche Freunde waren sie nie. Aber ausgerechnet zum jetzigen Zeitpunkt, als ich zum ersten Mal in meinem Leben eine eigene Meinung bildete und mich einer Seite zuschlug, geriet ich in Konflikt mit meiner Heimatstadt. Sie hatte nach der verlorenen Schlacht vor Stockholm die Schwäche des dänischen Königs genutzt und für sich und die übrigen Hansestädte günstige Verträge ausgehandelt. Schließlich kontrollierte Christian I. Die enge Durchfahrt von der Ostsee zur Nordsee und hatte viele Möglichkeiten, sie zu sperren. Vor allem, da die Engländer versuchten, den bisher von der Hanse bestimmten Handel in eigene Hände zu übernehmen, war Dänemark ein wichtiger politischer Faktor. Daher war jede Art eines Aufstands in meiner Heimatstadt unerwünscht und musste unter-drückt werden. Und ich hatte damit zu rechnen, von Lübeck als Verräter gebrandmarkt zu werden. Gerade als Mitglied einer der bedeutendsten Familien der Hansestadt war ich zur Rücksichtnahme auf die hansischen Interessen besonders gefordert.

Mich überfiel bei diesen Gedanken eine körperliche Müdigkeit. Plötzlich wurde mir bewusst, dass im menschlichen Herzen nicht nur Gott wohnte, sondern auch der Satan. Der beste Beweis war die Kirche selber. Wie war es sonst zu erklären, dass sie in schändlicher Weise ständig nach Besitz gierte. Sie strebte nach weltlicher Macht und unterstützte Kriege. Sie spendete häufig nur Sakramente, wenn die Zahlungen dafür hoch genug waren.

Besonders großzügig wurden Bischöfe und Priester vom Papst mit Ablässen ausgestattet. Sie hatten nicht nur die Befugnis, Absolution zu erteilen, sie hatten geradezu die Pflicht, Absolution zu verkaufen. Es wurde ihnen auferlegt, Absolution zu verweigern, wenn die Gabe nicht dem Stand und Besitz entsprechend hoch genug war. Vor allem Frauen wurde damit gedroht, nicht mehr an den Weihen und Sakramenten der Heiligen Kirche teilnehmen zu dürfen. Auf diese Weise wurde ihnen der wertvolle Schmuck aus den Schatullen gezogen, der eigentlich einen wesentlichen, wenn auch heimlichen Anteil am Schatz des Reichs ausmachte.

Besonders schlimm war es gewesen, als zwei Päpste regierten. Es musste sowohl der Sitz in Rom als auch der in Avignon ausgebaut, modernisiert und schließlich unterhalten werden. Papst Johannes XXII. kaufte vierzig Kleidungsstücke aus Goldbrokat für seinen persönlichen Gebrauch im muselmanischen Damaskus ein. Sie kosteten ein Vermögen. Aber noch mehr gab er für Pelze aus, einschließlich eines nerzbesetzten Kissens.

Papst Benedikt XII. ließ zehn Pferdeställe bauen, Klemens VI. benötigte einundfünfzig Häuser, nur um sein Gesinde unterzubringen. Welches Recht hatte die Kirche, Fleisch und Blut unseres Herrn Jesus Christus für Gold und Silber zu verschachern?

Dieses sündhafte Verhalten konnte nur auf Einflüsterungen des Teufels zurückgeführt werden. So war auch ich den Einflüssen und Einflüsterungen des Satans verfallen, als ich als Schiffbrüchiger auf der Insel strandete und Partei gegen meine Stadt ergriff. Ich musste nun die Kräfte des Guten in meinem Herzen fördern, um mich vor Bestrafung retten zu können. Vor allem musste ich erreichen, dass ich nicht der Verbannung anheim fiel.

Ich lebte in einer verückten, geradezu sinnlos erscheinenden Welt, in der sich die Menschen in einem ständigen Ringen aus Gier und Todesangst ständig bekämpften. Bei aller Frömmigkeit setzte sich immer wieder der Satan im Herzen der Menschen durch.

Mir wurde plötzlich bewusst, wie ketzerisch meine Gedanken waren. Sie hatten sich unablässig in meinem Innersten aufgebaut und lange gebraucht, sich freie Bahn zu verschaffen. Sie waren harte Kost, da ich mich lange Zeit von jedem Luftzug hatte treiben lassen.

Ich sah neben mir Jakob und Pidder auf dem Lehmboden knien. Ein unruhiges Gefühl stieg in mir hoch. Wir mussten weg,

jeden Augenblick konnten die Kräfte des Königs eintreffen.
"Lasst uns gehen," flüsterte ich den beiden zu.
"Die Messe ist noch nicht zu Ende," flüsterte Jakob zurück, "ich möchte noch zum Abendmahl."
"Komm," hörte ich von Pidder, der sich sofort erhob, seinen Vater am Arm nahm und aus der Kirche führte.
"Was soll das," beschwerte sich Jakob, "die Messe ist noch nicht zu Ende, ich habe noch kein Abendmahl. Das ist nicht wohlgefällig, den wichtigsten Teil des Gottesdienstes zu verpassen. Was ist mit euch los? Seid ihr unter die Ketzer gegangen?"
Ich sah Jakob gefasst an. Ich musste ihm jetzt erklären, dass der Graf, auf den er alle Hoffnungen gesetzt hatte, den Schauplatz längst verlassen hatte. Jakob hatte vor Erregung einen hochroten Kopf bekommen. Wenn ich die falschen Worte fand, würde er vor Zorn explodieren und uns eine ganze Meute auf den Hals hetzen.
"Heute Nacht war ich im Ort unterwegs. Da sah ich plötzlich einen durchsichtigen Leib über mir schweben, der einen Körper an der Hand mit sich führte. Als die Gestalten näher kamen, erkannte ich den Grafen, der mit geschlossenen Augen, wie ein Nachtwandler hinter dem Astralleib, den ich für einen Engel hielt, herschwang. Er bestieg zusammen mit dem Engel ein Schiff, dass seit einigen Tagen mit der Oldenburger Flagge im Hafen gelegen hatte. Ich nehme an, du hast das Schiff gesehen. Es ist verschwunden."
Damit waren wir im Hafen angekommen. Jakob bestätigte, dass er die Kraweel gesehen hatte. "Gestern lag sie noch hier an der Hafenmauer. Jetzt ist sie weg."
"So ist es. Du wirst sicherlich nicht annehmen, dass der Graf so kurz vor der Entscheidung sein Schiff mit voller Kriegsausrüstung wegschicken wird. Es sei denn, er ist selbst damit weggesegelt. Ich glaube, Gott wollte nicht, dass der Graf seinen Bruder bedrängt. Vor allem wollte er nicht, dass es zwischen den Brüdern zum Kampf kommt. Uns jedoch droht eine Bestrafung. Gleichwohl hat er mich in die Nacht geschickt, damit ich den Weg erkenne, dich und unsere Freunde zu warnen und rechtzeitig davonzusegeln. Deshalb müssen wir uns jetzt beeilen und

unsere Begleiter suchen, damit wir so schnell wie möglich von hier wegkommen. Ich hoffe, du weißt wo sie alle zu finden sind?"
Jakob starrte mich ungläubig an. "Der Graf hat uns doch nicht verlassen, das kannst du mir nicht erzählen. Wenn er weggesegelt ist, kommt er wieder zurück, das wirst du sehen. Die vielen Tage, die wir unsere Arbeit vernachlässigt haben und die viele Familien in den Hunger führten, können nicht umsonst gewesen sein. Solch ein Schwein kann Graf Gerhard unmöglich sein. Wenn er begreift, was geschehen ist, kommt er bestimmt wieder zurück. So ungerecht kann Gott nicht sein, dass er uns einem ungewissen Schicksal überlässt und wieder die siegen lässt, die uns trotz unserer täglichen Mühe und Last unterdrücken und uns mit hohen Steuern drangsalieren. Das glaube ich dir nicht, Michael. Wenn du die Unwahrheit sprichst, soll der liebe Gott einen Donnerkeil vom Himmel schleudern und deinen verräterischen Kopf zerschmettern. Geifernde Köter sollen deinen heimtückischen Körper zerfleischen."
Jakob glühte vor Zorn. Seine kräftigen Schultern bebten zornig unter seinem Lederwams.
"Bei Gott, Jakob, ich schwöre dir bei allen Heiligen und bei der Liebe meiner Mutter, der Graf ist davongesegelt, weil Gott es so wollte. Auch wenn der Graf anderer Meinung sein sollte, gegen Gottes Willen kann er sich nicht auflehnen. Lass uns jetzt schnell unsere Freunde holen. Solltest du jedoch recht haben, so wird der Graf in der Zwischenzeit sicherlich wieder zurückkommen. Dann werden wir ihn standesgemäß begrüßen."
"Du kannst ihm glauben, Vater," Pidder versuchte zu vermitteln, "lass uns verschwinden, ich glaube nicht, dass der König sich über uns freuen wird."
Jakob war zwar nicht glücklich, aber als Pidder ihm noch aufmunternd auf die Schulter klopfte, erklärte er sich bereit zu folgen. Wir besprachen schnell, wer unserer Kameraden an welchem Ort informieren und abholen würde. Wir waren uns einig, keine Fremden einzuweihen, um die Unruhe nicht zu fördern. Wir hatten nur eine begrenzte Möglichkeit, Gefährten auf unser Schiff zu laden. Also konnten wir nur die mitnehmen, die wir mitgebracht hatten und wenige mehr, die dem Fassungsvermögen unserer Schmack entsprachen. Die meisten

waren im Zeltlager untergebracht, wohin Pidder und Jakob zogen. Ich versuchte mein Glück in den neuen Holzhäusern, in denen wir die Nächte verbracht hatten. Ich fand zwei Sylder. Einer von ihnen war Jakob Clausen, der bei einem Raufhandel ein Auge verloren hatte.

Wir trafen uns eine Stunde später am Hafen wieder. Alle waren sehr aufgeregt, da sie sich die Eile, die wir vorgaben, nicht deuten konnten. Jakob und Pidder hatten allen erklärt, ich würde ihnen den Grund auf unserem Schiff mitteilen. So waren alle sehr gespannt, als wir uns auf der Schmack drängten. Aber kaum eingeschifft, sahen wir bereits die Segel, die auf uns zu kamen. Drei voll ausgerüstete Kriegsschiffe näherten sich dem Hafen. Nach kurzer Dauer erkannte ich die Hamburger Flagge am Heck eines jeden. Drohend waren die Kanonen auf den Gallerien der Kraweelen ausgefahren. Mindestens fünfhundert Seeleute und schwer bewaffnetes Kriegsvolk waren auf den einzelnen Decks zu sehen.

"Zu spät," rief ich. "Das beste ist, wir verschwinden wieder in Husem. Wenn sie uns hier auf dem Schiff schnappen, werden sie uns gleich ohne viel Federlesen an der Rah aufhängen."

"Wir können doch kämpfen," jammerte Jakob, der entgegen seiner starken Worte ziemlich blass geworden war.

"Etwa mit Schwertern gegen Kanonen und Hakenbüchsen?" ließ sich Jakobs Nachbar Uwe vernehmen. "Wir haben nichts Unrechtes getan, wir brauchen nichts zu flüchten."

"So ist´s recht," ich hoffte, dass meine Stimme fest und zuversichtlich klang. Vermutlich war niemandem auf diesem Boot klar, wie massiv wir tatsächlich gegen die Interessen der großen Mächte verstoßen hatten. So zogen wir uns schleunigst auf das feste Ufer zurück. Hier angekommen, hörten wir bereits den Schreckensruf, der König nähere sich mit viel Kriegsvolk dem Ort. Da wir jetzt keine Möglichkeit mehr hatten zu entkommen, beschlossen wir, die weiteren Ereignisse möglichst unbemerkt zu beobachten.

Das Kriegsvolk ergoss sich mit gezückten Schwertern, angelegten Piken und Hellebarden über die Husemer Hafenanlagen. Niemand konnte mehr über das Wasser entweichen. Kurze Zeit später bemerkten wir zwei weitere

Segel, die Kurs auf Husem nahmen. Als sie näher kamen, erkannte Pidder als erster die Flagge Lübecks am Heck der Schiffe.

In den Straßen und Gassen des Städtchens rannten bewaffnete und unbewaffnete Bauern mit ihren Verbündeten ziellos durch die Straßen und Gassen. Gleichzeitig sahen wir die ersten Husemer Bürger in Festtagskleidung. Sie kamen aus ihren Häusern, um den König und sein Gefolge gebührend freudig zu empfangen. Viele waren sichtlich erleichtert, dass die zunehmende Anarchie der Bauern und ihrer Gleichgesinnten in ihrer Kommune endlich beendet war. Der König würde sicherlich Verständnis für ihre Situation haben und ihnen trotz des von Husem unterstützten Aufstands die Stadtrechte zuerkennen.

Die Glocken der Marienkirche läuteten jubelnd. Die Kriegsknechte der Hanseschiffe zogen einen engen Ring um das Zeltlager der Aufständischen. Dann drangen sie mit gezückter Waffe in das bäuerliche Heerlager ein und plünderten die von den flüchtenden Bauern verlassenen Unterkünfte.

Viele Flüchtlinge versuchen schwimmend durch die Hevera zu entkommen. Einige, die erkannten, dass ihr Versuch vergeblich war, bemühten sich, wieder umzukehren. Aber von unbarmherzigen Schwertern ins Wasser zurückgetrieben, endeten die meisten Schicksale durch Ertrinken. Andere wurden herausgezogen und gefesselt auf einen Platz in der Nähe des Hafens geführt, wo sie streng bewacht auf den Vollzug ihres Schicksals warten mussten.

"Lass uns sehen, was hinter dem Kloster geschieht. Dort entscheidet sich unser Schicksal," schlug ich unserer Sylder Gruppe vor. Wir machten uns schweigend auf den Weg. Wir mussten uns durch wild aufgescheuchte Menschenhaufen kämpfen, die ziellos durcheinanderliefen, da niemand da war, der Befehle erteilte. Jeder war auf sich selbst angewiesen und entsprechend planlos verhielt sich die Meute.

Auf der Ostseite der Ortschaft waren bereits die Truppen des Königs eingetroffen. Sie hatten damit begonnen, die Holzhäuser, die als Festung dienen sollten, zu plündern und anschließend zu zerstören. Wer noch schlafend angetroffen wurde, wurde kurzerhand von den Landsknechten erschlagen. Handwerker folgten der Soldateska mit Fuhrwerken, um das Holz der zertrümmerten Häuser aufzuladen und abzutransportieren. Mit Holz war in der waldarmen Region des Nordens ein hoher Gewinn zu erzielen.

Ludwig Nettelbek, der Stadtvogt von Husem, der Abt der Franziskaner Adam Eitzen und die gesamte Schar der Ratsherren strebten eilenden Schritts nach Osten, um den König willkommen zu heißen. Männer und Frauen, die sich in Festtagskleidung am Straßenrand postiert hatten, wurden von Söldnern in Gassen oder Hinterhöfe gezerrt, wo die Frauen vor den Augen ihrer Angehörigen vergewaltigt wurden. Die Männer wurden brutal niedergeschlagen oder getötet, wenn sie sich nicht freikaufen konnten. Kinder in vornehmer Kleidung nahm man gefangen und führte sie ab, um sie später gegen Lösegeld freizugeben.

"Kommt," rief ich meinen Freunden zu, "wir folgen den Honoratioren. Bei denen sind wir besser aufgehoben, als in dieser Meute."

Wir gingen mit den erlauchten Herren der Stadt Husem, um den König und seinen Anhang zu begrüßen. Wir sahen zwar nicht aus wie Ratsherren, die in schwarzer Robe und gleichfarbigem Barett gekleidet waren, aber ich rechnete damit, dass wir in der aufgeregten und hektischen Atmosphäre nicht besonders auffielen.

Entlang der Straße, die wir langzogen, hatten sich dänische, holsteinische und mecklenburgische Söldnerhorden aufgebaut, die dem Stadtvogt und den Ratsherren hämische und boshafte Zoten nachriefen. Die strahlende Morgensonne konnte die dräuende und bedrohliche Stimmung nicht verdrängen und so eilten wir verwirrt unserem Ziel entgegen.

Der König saß auf einem Schimmel, umgeben von berittenen Schleswiger, Holsteiner und Mecklenburger Ritter. Er trug einen pelzgefütterten weißen Umhang, der im Wind leicht wehte und eine schimmernde Rüstung, an der er leicht zu erkennen war. Auf dem Kopf saß ein runder, über der Stirn breit verlaufender Hut. Hinter den Adligen hatten sich dicht wie ein Wald Hellebardiere und Pikeniere aufgebaut. Unter ihren unflätigen, zotigen Rufen nahm der König schweigend den Schlüssel des Rathauses entgegen, den ihm der Husemer Stadtvogt auf einem purpurfarbenen Samtkissen heraufreichte. Aus nächster Nähe hörte man die Schläge, mit denen die Holzhäuser nicht mehr von Söldnern, sondern inzwischen von den Marketendern des königlichen Trosses zerlegt wurden. Die Bauern und ihre Anhänger, die dort gehaust hatten, waren bereits ausgeplündert. Es blieb also nur noch das Holz, dass die Kriegsknechte schlecht zum Markt bringen konnten und das deshalb eine reiche Beute für Händler und Handwerker war. Hinter uns hörten wir aus den Gassen des großen Ortes vielmals das Schreien und Winseln von Frauen und das zornige Gebrüll von Männern. Auch Todesschreie erschallten.

"Hinter dem König ist der Pogwisch," hörte ich Jakob schnaufen. "Ich glaube, er hat uns erkannt. Er spricht gerade mit seinem Nebenmann, den ich nicht kenne."

Bevor ich etwas dazu sagen konnte, hörte ich die Stimme des Königs.

"Kennt ihr mich?" fragte er den Stadtvogt.

"Gewiss, Majestät," antwortete der. "Ich habe oft gebettelt, dass mein Ort die Stadtrechte bekommt."

"Und darum habt ihr den Frieden gefährdet? Ihr ward kurz davor, Stadt zu werden. Und was habt ihr jetzt? Meine Soldaten plündern nach dem geltenden Recht eure Häuser und nehmen sich eure Frauen. Was sie an Wertvollem nicht tragen können, verbrennnen, verderben oder verwüsten sie. Hamburg unterstützt mich, eure Aufwiegelung abzuwenden. Als Gegenleistung verlangt die Hansestadt von mir, Husem völlig zu zerstören. Glaubt ihr, dass das den Menschen in eurem Ort gefällt? Ihr habt unehrenhaft gehandelt und eine schreckliche Tat begangen. Ihr werdet dafür zur Rechenschaft gezogen."

"Ich bitte euch um Vergebung." Der Stadtvogt machte ein schmerzverzerrtes Gesicht und sank auf die Knie. "Lasst nicht zu, dass Husem, seine Bürger und die Vertreter des Ortes ganz der Armut und der Schande verfallen. Die Menschen vertrauen auf euer Verständnis und eure Nachsicht. Uns trifft keine Schuld an diesem Aufstand. Der Wohlstand des Ortes ist abhängig von den Bauern. Sie haben uns gedroht, ihre Ernten nicht mehr über unseren Hafen zu versenden, wenn wir nicht ihnen und Graf Gerhard, eurem Bruder unsere Gemeinde als Versammlungsort zur Verfügung stellen. Wir Husemer Ratsherren waren der Ansicht, dass wir sowohl euch als unserer Majestät, als auch unserer heiligen Kirche verpflichtet sind, den Wohlstand, aus dem ihr viele Steuern zieht, für unseren Ort zu erhalten und nicht zu gefährden. Immerhin war euer Bruder lange euer Statthalter in Schleswig und Holstein und wir waren immer der Überzeugung, dass das Problem zwischen euch friedlich gelöst werden kann."

Das Gesicht von Ludwig Nettelbek hellte sich allmählich auf. Er wurde sicherer und vertraute darauf, dass der König ihn höchstens zu einer Geldstrafe verurteilen würde. Der Abt des Klosters stand mit lächelndem Gesicht neben ihm. "Habt Mitleid mit den armen Sündern, Majestät. Gott, unser Herr hat sie bereits genug bestraft."

"Ich bin euer König und ihr habt mir zu folgen. Als erstes verfüge ich, dass alles Volk aus Husem in seinen vier Wänden zu bleiben hat. Die Aufständischen haben sich in dem von ihnen errichteten Lager zu versammeln und dort auf weitere Anweisungen von mir zu warten. Niemand darf ein Schiff im Hafen betreten."

Damit gab er seinem Pferd die Sporen und ritt, gefolgt von den Adligen in Richtung Marienkirche. Dort wartete bereits der Husemer Klerus auf ihn. Der Abt gab sich die größte Mühe, die Kirche gleichzeitig mit dem König zu erreichen. Er lief erstaunlich leichtfüßigen Schrittes hinter dem König her und sprang über Gossen und Unrat. Die Schöße seines Habits hielt er dabei hochgerafft und die haarigen Beine trommelten auf den festen Sandboden, sodass er es tatsächlich schaffte, zeitgleich mit dem Monarchen das Kirchenportal zu erreichen. Christian I. betrat mit seinem Anhang das Gotteshaus zum Gebet, während draußen mecklenburgische Kriegsknechte den Eingang bewachten und niemanden hineinließen.

Auf unserem Rückweg von der königlichen Begegnung nach Husem floss Blut durch die Gossen der Straßen und eine abgeschlagene Hand schwemmte gerade an uns vorbei. Eine Katze leckte an einer roten Lache. Niemand konnte mit Schonung rechnen, das wurde immer deutlicher.

Als der Stadtvogt und seine Ratsherren mit uns im Schlepptau gerade das Kloster passierten, drängten Soldaten uns mit lauten Befehlen durch die große Eingangstür hinein. Während Ludwig Nettelbek und seine Würdenträger mit den Söldnern disputierten und ihnen androhten, sich beim König zu beschweren, beeilte ich mich, mit meinen Freunden von Syld den großen Kapitelsaal im oberen Stockwerk zu erreichen. Der König hatte Befehl erteilt, alle müssten in ihren vier Wänden oder im Feldlager bleiben. Unsere Unterkunft am Rande des Orts war bereits zerstört. Wir hatten keine Möglichkeit mehr, unser Haupt auf eine Strohmatte zu legen. Daher wollte ich versuchen, in diesem christlichen Gemäuer eine Unterkunft für uns zu finden.

Diener betraten den großen Saal, um ihn für das Bankett und die folgenden Beratungen vorzubereiten. Sie blickten uns überrascht an.

"Was wollt ihr hier," fragte der Hofmarschall.

"Wir sind eine Abordnung der dem König treu ergebenen Bauern und warten auf unsere Audienz. Wir wurden angewiesen, hier zu warten." Ich hoffte, überzeugend zu lügen.

"Wenn das so ist, wartet dort in der Ecke. Es wird aber noch eine ganze Weile dauern, bis der König eintrifft."

Um uns herum war emsiges Hofleben entstanden. In kurzer Zeit erblühte der Klostersaal in monarchischer Prachtfülle. Wertvolle Wandteppiche und Seidenvorhänge schmückten den bisher kargen Raum. Welch krasser Unterschied zu der plündernden und lärmenden Soldateska draußen vor dem Schloss. Am Kopfende des Saals zimmerten Handwerker in Eile ein Podest, auf dem der König nach dem Bankett zur Beratung und als oberster Richter Platz nehmen würde.

"Was sollen wir hier?" fragte mich Jakob. "Lass uns verschwinden. Den König wird es nicht freuen, uns hier zu sehen. Wir sind Aufständische von Syld."

Die anderen murrten ebenfalls. "Lass uns gehen. Der Pogwisch ist dabei. Der kennt uns und wird Sorge tragen, das wir bestraft werden." Einer der Fischer aus Raantem blickte ängstlich um sich.

Ich schaute meine Freunde an und konnte sie verstehen. Diese Welt war ihnen fremd. Livrierte Diener hatten sie noch nie gesehen und sie erschienen ihnen wie aus einer unwirklichen

Märchenwelt. Außerdem konnte ich ihnen keine Sicherheit garantieren, wenn sie hier blieben und den König erwarteten. Der wäre ohnehin überrascht, uns hier anzutreffen. Ich konnte selber nicht erklären, welche Idee mich darauf gebracht hatte, in diesem Klostersaal auf den Monarchen zu warten. Es war ein Impuls, der mir vorgaukelte, eine offensive Verteidigung sei besser für mich und meine Freunde. Wenn ich allerdings irgendwo als Mitglied pöbelhafter Haufen aufgegriffen würde, wären meine Aussichten, ungeschoren davonzukommen wesentlich schlechter. Nur hatte der König sicherlich kein Interesse, mit mir oder den Fischern von Syld über Schicksalszwänge zu sprechen.

"Dann geht zurück in den Ort," sagte ich, "aber denkt daran, der Befehl lautet, ihr habt euch in euren vier Wänden aufzuhalten. Sagt den Söldnern, die euch anhalten werden, dass ihr hier im Kloster mit eurem Amtmann sprechen musstet und dass ihr daher verspätet auf der Straße seid. Ich werde hier bleiben und versuchen, mit meinem Ratsherrn aus Lübeck und vielleicht auch dem König zu sprechen. Ich will herausfinden, was Christian und der Adel planen und ob für euch Gefahr besteht. Ich hoffe, ich kann euch nachher wiederfinden."

"Wir gehen wieder ins Zeltlager. Dort hatten wir unser Quartier. Jakob und Pidder können wir dort auch unterbringen."

"Lasst eure Waffen hier im Schloss. Sie nutzen euch nichts mehr und bringen euch nur unnötig in Gefahr." Die Männer der Insel wirkten nicht mehr kämpferisch und selbstzufrieden wie in den Tagen zuvor. Sie waren unruhig und ängstlich. Es war für die meisten das erste Mal, dass sie mit einer zu allem entschlossenen, bewaffneten Macht konfrontiert waren. Daher wurde mein Rat dankbar angenommen. Die Waffen wurden sofort abgeschnallt und im Treppenhaus vor dem Saal deponiert.

"Ich bleibe bei dir," hörte ich die Stimme von Pidder Lüng. "Du bist mir zu mutig. Vielleicht brauchst du eine kräftige Hand." Der Lange Peter sah mich mit seinen blauen Augen schelmisch an und grinste. Ich nickte. Allein hätte ich mich äußerst unwohl gefühlt, mit dem Hünen war mir wohler.

Es dauerte nicht mehr lange und Poltern und laute Stimmen auf der Treppe zeigten an, dass der Tross mit dem König erschien. Nachdem der Regent nicht mehr auf dem Pferd saß, konnte ich ihn besser einschätzen. Körperlich hatte die Natur ihn gut ausgestattet. Er war überdurchschnittlich groß und von kräftiger Statur. Die langen Haare reichten ihm fast bis auf die Schultern.

Wie zu erwarten, bemerkte er uns gar nicht. In dem Gewusel von Lakaien fielen wir nicht weiter auf, auch wenn wir nicht standesgemäß gekleidet waren. Ich fand aber schnell heraus, dass der Lübecker Ratsherr Hinrich Castorp Kommandant der Expeditionsschiffe meiner Vaterstadt war, denn er gehörte zur engeren Begleitung des Regenten. Außerdem erkannte ich den Lübecker Bischof. Vor dem Mittagsbankett wollte ich jedoch niemanden von ihnen ansprechen, denn mit vollem Magen verhandelt es sich besser.

"Komm, Pidder, wir setzen uns einfach dazu. Ich glaube, das fällt gar nicht auf. Sieh da vorne, dort sitzt bereits der Abt des Klosters. Wahrscheinlich unterhält er sich gerade mit einem nahen Verwandten, der mit seinen Reisigen dem Tross des Königs angehört. Ich nehme an, der Abt hat für den König spioniert und ihm von Anbeginn an Boten mit Informationen geschickt. Wir setzen uns dazu. Es könnte ja sein, dass ich Spion für Lübeck war. Ich habe auf jeden Fall Hunger und will essen."

"Ich auch," meinte Pidder, "ich war Spion für Syld. Ich habe auch Hunger." Wir lachten und bewegten uns auf den Tisch zu. Dabei fiel mir die geheimnisvolle Frau ein, die mich gewarnt hatte. Sie wusste so gut Bescheid, dass sie intime Informationen gehabt haben musste. Stand sie auch mit dem Abt in Verbindung?

Der Abt sah uns überrascht an. Er hatte sich aber sehr schnell gefangen und erklärte den Umsitzenden: "Dieser junge Mann ist Michael Isermann aus Lübeck. Er gehörte zu den Aufständischen."

"Seid ihr sicher?" rief ich aus, "vielleicht schien es nur so. Auch ihr erwecktet den Eindruck, ihr würdet mithelfen, den König zu stürzen."

Nach einer ersten Überraschung mussten die Anwesenden lachen. Besonders der große hagere Nachbar des Abts, dessen greifvogelhaftes Gesicht beim Lachen mehrere Zahnlücken aufwies, schlug mit einem Wonneschrei seine Faust mit Wucht auf den Tisch. Auch andere hatten Lücken zwischen den Zähnen, hielten jedoch beim Öffnen des Mundes die Hand schützend davor.

"Ich bin Jakob Eitzen. Mein Bruder, der Abt, dessen Leben dem Seelenheil seiner Mitmenschen gewidmet ist, gehört zu den treuesten Anhängern des Königs. Er hat sich große Sorgen um die Seligkeit der Aufwiegler in Husem gemacht, auch um eure Seele hat er sich gesorgt. Eure Eltern, deren Bote euch auf Syld nicht mehr erreichen konnte, da ihr bereits zu diesem Ort abgesegelt ward, sind voller Kümmernis. Sie fragen sich, ob der Satan euch den Blick getrübt hat. Die Menschen sind voller Pessimismus und fragen sich, ob das Ende der Welt gekommen sei. Glaubt ihr etwa, ihr könntet die Welt verbessern, wenn ihr die fest gefügte christliche Ordnung zerstören helft? Glaubt ihr etwa, es würde sich etwas positiv verändern, wenn jeder Bauer, Schmied oder Schusterlehrling die Wirkungen des Lebens und der Welt nach seiner Unwissenheit deuten und umwandeln will? Michael Isermann, Gott hat den Menschen zum Verwalter seiner schönen Erde gemacht. Er hat ihm Macht über die Tiere auf dem Feld, die Vögel in der Luft und die Fische im Wasser gegeben. Und mit dem Blut seines einzigen Sohnes hat er die Menschheit erlöst."

Er blickte mich mit professorenhaft belehrenden Augen an. Ich konnte mir denken, was er mir erklären wollte. Bevor er aber weitersprach, fiel ich ihm unhöflich ins Wort.

"Die ganze Menschheit hat er erlöst, nicht nur einzelne. Und die Gerechtigkeit Gottes ist größer als die Gerechtigkeit der Kirche oder des Kaisers. Und für Jesus Christus waren alle gleich, ob reich oder arm."

Adam Eitzen, der Abt musterte mich von oben bis unten und seine Stirn legte sich in Falten. "Eben, Michael, Gott sieht nicht auf den einzelnen Menschen. Er hat seine Talente unterschiedlich verteilt und damit jedem seinen verschiedenartigen Platz zugewiesen. Er lässt Menschen herrschen und gehorchen, von Geburt an. So muss der Bauer für seinen Herrn schuften und der Schweiß des Handwerkers kommt vor allem dem Kaufmann zugute. Das solltet ihr eigentlich wissen. Jesus schätzte zwar das einfache Volk und einfache Fischer waren seine Jünger,

aber er machte sie nicht zu Herren, nur zu Dienern."
"Außerdem," fuhr sein Bruder fort, der wieder seinen professoralen Ausdruck im Gesicht angenommen hatte, "Warum gibt es unter den Menschen verschiedene Hautfarben? Warum bräunt die Sonne menschliche Haut, während sie Leinentücher bleicht? Warum erlaubt Gott das Gute und das Böse, Reichtum und Armut? Gott hat uns ein Ziel vorgegeben, er will nicht die Verbesserung des Diesseits, er will nur unser unbeflecktes Streben in das Jenseits. Deshalb ist das Diesseits nur ein ständiger Kampf gegen uns selbst, und das haben wir vor Gott zu akzeptieren. Sonst droht die Gefahr, Michael Isermann, dass wir uns wie ein Frosch aufblasen bis wir platzen. Ist es nicht so, dass die Unwissenden heilige Dinge lästern und ständig die Fastengebote übertreten. Obwohl sie die Bibel nicht lesen können, erfinden sie Bibelstellen, mit denen sie sich reinwaschen wollen. Knicker und Geizhälse bekennen sich zum Evangelium, um sich vor dem Zehnten zu drücken. Söldner tragen die Bibel im Ränzel, weil sie glauben, sie hätten damit einen Freibrief, Kirchen und Klöster zu plündern und Nonnen zu vergewaltigen. Die Worte der Bibel sind eine fürchterliche Waffe im Kopf der Unwissenden, die damit nur die Befriedigung ihrer Begierden rechtfertigen. Glaubt mir, Michael, der Teufel ist der brennendste Bibelleser."

Mir drehte sich der Kopf. Nicht, dass ich keine passenden Antworten auf die Aussagen der Brüder gefunden hätte, ich spürte immer deutlicher das Schwert an meinem Hals. Mir wäre es lieber gewesen, der Bruder des Abts hätte weniger theologisch argumentiert. Mit weltlichen Erklärungen und Äußerungen konnte man leichter sein Leben retten. Die Gottbezogenheit des Klerus war rigoroser. Sie förderte die Angst vor dem Ungewissen und Unerklärlichen und erkannte im Tod einen Segen für alle die, die nach Ansicht der Kirche den göttlichen Regeln des Lebens nicht gewachsen waren. Und diese Regeln wurden mir jetzt deutlich vor Augen geführt.

Mehrere Lakaien traten mit Serviertabletts an unseren Tisch. Alles Fleisch und aller Fisch wurden vergoldet aufgetragen. Es gab Ferkel mit Krebsen, Hasen mit Hecht, Rebhühner und Fasanen mit Forellen, Enten und Reiher mit Karpfen, Rindfleisch,

Kalbfleisch und Kabeljau in Zitronensauce. Dazu gab es verschiedene Sorten Kohl, Bohnen, süße Dickmilch und Käse. Ich hatte das Gefühl, es wäre meine Henkersmahlzeit.

Niemand nahm Anstoß an meiner mittlerweile verblichenen Kleidung. Manche Ritterkleidung hatte dem Marsch nach Husem ebenfalls Tribut zollen müssen. Daher fielen Pidder Lüng und ich nicht weiter unangenehm auf. Pidder hatte die ganze Zeit über schweigend neben mir gesessen. Niemand der Anwesenden hatte Notiz von ihm genommen. Ich bemerkte, dass er mit gutem Appetit eine ansehnliche Menge an Essen herunterdrückte. Dabei sah er mich an, grinste fröhlich, holte tief Luft und meinte: "Das schmeckt gut. So etwas Tolles habe ich noch nie gegessen. Ich hätte nichts dagegen, wenn mir das öfter passieren würde."

"Du fühlst dich wohl gar nicht unwohl?" fragte ich etwas kleinlaut.

"Ach was," Pidder lachte wieder, "alle sind gut gelaunt hier, alle lachen und sind fröhlich. Auch der König. Was soll schon passieren. Du wirst das schon machen. Ich glaube nicht, dass wir Probleme bekommen werden."

"Du Einfaltspinsel," dachte ich still. Ich nahm einen kräftigen Schluck von dem ausgezeichneten Gewürzwein, der sicherlich aus meiner Heimatstadt angeliefert worden war.

Jakob Eitzen sah mich wieder an. "Ein guter Wein, den wir trinken. Er stammt aus Italien. Die Italiener verstehen sehr viel von guten Weinen. Sie keltern auch ein starkes Gebräu aus Wein und einem Getränk mit dem Namen Wermut. Davon wird man nicht nur betrunken," lachte er, "sondern damit kurieren sie auch Magenkrämpfe und Schüttelfrost. Überhaupt geben sich die Italiener große Mühe, gute Arzneien zu entwickeln."

Er wurde in seinem Redefluss vom Hofmarschall unterbrochen, der ankündigte, dass der König sich zur Mittagsruhe zurückziehen möchte. Alle Anwesenden im Saal erhoben sich und folgten dem Regenten mit den Blicken. Einige seiner engsten Berater begleiteten ihn. Der Lübecker Ratsherr blieb jedoch zurück.

Das wollte ich mir zunutze machen und Hinrich Castorp so bald wie möglich aufsuchen. Diese Mühe brauchte ich mir jedoch

nicht zu machen, da er kurze Zeit später schnurstracks auf mich zukam. Pidder neben mir räusperte sich.
"Der will zu dir," hörte ich ihn leise sagen.
Hoch aufgerichtet und mit brennenden Augen stand er vor mir. In einen schwarzen Umhang mit Nerzbesatz am Kragen gehüllt erschien er mir wie der Rächer, der das Ende der Welt ankündigen wollte.
"Michael Isermann, was habt ihr getan? Eure Eltern sind entsetzt. Sie haben euch auf die beste Schule, zur besten Universität und zum besten Schiffbauer geschickt, damit ihr eurem Stand entsprechend zu höchstem Ansehen gelangt, und was macht ihr? Ihr bewegt euch auf dem Stand des gemeinen Volks und habt eurer Stadt und eurer Familie große Schande bereitet."
"Euer Hochwohlgeboren, verzeiht mir," ich konnte den Zorn in meiner Stimme kaum unterdrücken, "wenn meine Eltern wüssten, dass dieses gemeine Volk, von dem ihr sprecht und zu dem der junge Mann neben mir gehört, mein Leben gerettet hat, würden sie meine Handlung gut heißen. Dieses gemeine Volk hätte mich sterben lassen oder hätte von meinen Eltern Lösegeld fordern können. Aber sie haben mich selbstlos aufgenommen und mich wie ihren eigenen Sohn gepflegt, obwohl sie nicht wohlhabend sind. Sie haben mir zum ersten Mal in meinem Leben die Liebe Jesu Christi nahe gebracht."
"Versündigt euch nicht, Michael Isermann. Wie könnt ihr gemeines Volk mit Jesus Christus gleichsetzen. Ihr habt an einem Aufstand gegen den König teilgenommen und damit die Interessen unserer Heimatstadt auf das Äußerste verletzt. Ihr wisst, wie häufig wir Auseinandersetzungen mit Dänemark hatten, wie oft unsere Handelswege gestört waren. Jetzt haben wir endlich einen dauerhaften Frieden mit König Christian und dem Reichsrat schließen können, was vor allem seit Englands Aufsässigkeit für uns von größter Bedeutung ist. Und ausgerechnet jetzt schließt sich ein Mitglied einer der angesehendsten Familien Lübecks den Aufwieglern und Aufständischen einer Bauernsoldateska an und bedroht die fein gesponnenen und sehr empfindlichen politischen Fäden. Ihr werdet euch für eure Tat rechtfertigen müssen."
"Dazu bin ich bereit, Hochwohlgeborener Ratsherr. Ich habe

gute Menschen kennengelernt und schäme mich ihrer nicht. Und es hat keine ernsthafte Auseinandersetzung gegeben, wie ihr wohl gemerkt habt. Dazu habe ich mit beigetragen."
"Wir werden noch darüber sprechen. Bis dahin haltet euch zur Verfügung."
Damit war ich entlassen. Ich zitterte vor Zorn am ganzen Körper und beschloss, diesen kummervollen Tag möglichst schnell zu vergessen. Wie war es möglich, im Glauben an einen Gott, dessen Sohn die Menschen liebte, achtete und alle durch seinen Tod von Sünden befreite, solche unerbittliche Überheblichkeit zu zeigen. Ich erinnerte mich daran, dass ich in einer Familie aufgewachsen war, die sich mit der gleichen Verachtung dem einfachen Volk und den Bauern gegenüber verhalten hatte. Ich schämte mich plötzlich und empfand Pidder gegenüber, den keiner dieser vermeintlich edlen Männer bisher beachtet hatte, ein Gefühl der Wiedergutmachung.

8.

Wir planten, während der Nacht im Kloster zu bleiben. Pidder und ich zogen los, um uns ein geeignetes Zimmer zu suchen. Die Räume, die nicht dem Klosterbetrieb dienten, wurden vom Gefolge des Königs beansprucht. Wir gesellten uns deshalb zu den Wachsoldaten, denen es gleich war, ob wir zu den Aufständischen oder dem Tross des Königs gehörten. Sie besorgten uns für ein Silberstück zwei Strohmatten und wir konnten uns für die Nacht im Gang des Klosters ausbreiten.
Die folgenden Nachtstunden waren sehr unruhig. Ständig wurden Bauern oder ihre Verbündeten von Soldaten hereingebracht und von königlichen Reisigen in die Kellerräume geführt. Gegen Morgen tauchten plötzlich an Händen und Füßen gefesselt der Staller von Nortstrandt Edlef Knudsen, der Führer der Kremper Bauern Henneke Wulf und unser Bauernvogt aus Kaytum, Broder Hansen auf. Ich stürzte mich ihnen entgegen und wollte wissen, warum sie verhaftet wurden. Natürlich war mir der Grund klar, aber ihr Anblick in Fesseln versetzte sowohl Pidder als auch mich in einen großen Schrecken. Bei Pidder spannten

sich die Muskeln. Ich spürte die plötzlich aufflammende Kraft dieses blonden Hünen und drängte mich vor ihn, um ihn von einer Dummheit abzuhalten.

Bevor die drei in Fesseln im Treppenhaus verschwanden, konnte Broder Hansen mir noch zurufen, dass sie wegen des Verbrechens des Aufruhrs gegen den König von Gottes Gnaden angeklagt würden. Wann wusste er nicht. Die Reisigen gestatteten unseren Freunden, mit uns reden zu dürfen. Wahrscheinlich hatten die drei Bauernführer ihnen eine stattliche Geldsumme zugesteckt, um sie gnädig zu stimmen.

"Ich werde vor dem Gericht für euch sprechen. Ich versuche herauszufinden, wann euer Prozess ist. Dann sehen wir uns wieder." Ich wusste, dass ich eine harte Nuss zu knacken hatte, aber ich war voller Zuversicht.

Das Getriebe im Kloster wurde immer hektischer. Ich erkundigte mich bei dem jungen Leutnant der Wache, der einen Haufen Söldner in der Empfangshalle befehligte, was los sei.

"Die Prozesse gegen die Aufwiegler beginnen. Der Henker hat bald einiges zu tun."

"Was, so schnell will der König Rache?" fuhr ich hoch. Die Rache ist mein, spricht der Herr. Der König sollte Gnade üben.

Plötzlich kam ein Franziskanermönch hereingelaufen. Ich hatte ihn vor Tagen im Feldlager der Bauern gesehen, als er einige kleinere Wunden behandelte. Er hatte ein vor Eifer gerötetes Gesicht, blieb stehen und blickte mit forschenden Augen um sich, als wenn er jemand Bestimmten suchte.

"Ihr seid arg nachdenklich, ist etwas geschehen?" Ich versuchte, möglichst gleichgültig zu klingen. Der Mönch sollte den Eindruck gewinnen, dass ich ein Anhänger des Königs sei.

"Ich bin dazu auserwählt worden, die Schuldigen dieses Aufstands in den Tod zu geleiten. Auf dem Forum vor der Marienkirche ist bereits das Blutgerüst errichtet worden. Der Henker ist schon anwesend und erwartet die ersten Verurteilten. Der Befehl kam vom Generalprofos. Ich brauche nur noch die Zustimmung meines Abts. Dann kann ich meine ehrenvolle und segensreiche Tätigkeit mit Gott im Herzen erfüllen."

"Der Abt wird keine Bedenken haben. Ich nehme an, er wird mit zu Gericht sitzen." Eisige Schauer und brennende Hitze überliefen mich abwechselnd.

"Pidder, wir müssen rauf in den Saal. Wir sind zwar nicht eingeladen, aber ich muss für unsere Freunde sprechen. Das Gericht beginnt bereits mit seinen Verfahren."

Wir rannten beide die breite Treppe nach oben. Einige der von uns Überholten machten spitze Bemerkungen ob unserer Eile. Vor dem Eingang zum Kapitelsaal, der jetzt zum Gerichtssaal umgewandelt wurde, hielten uns Söldner des Herzogs von Schleswig auf, die zur Zeit gezwungenermaßen dem dänischen König in seiner Eigenschaft als Herzog dienten.

"Halt, was wollt ihr hier. Habt ihr eine Order, diesen Raum zu betreten?"

"Wir sind die Advokaten der Bauern, die jetzt angeklagt sind," sprach ich für Pidder und mich, "wir sind vom Generalprofos gerufen worden."

Der Sergeant der Türwache wurde unsicher. Da ich jedoch sehr energisch auftrat, ließ er uns schließlich passieren.

Im Saal herrschte großer Betrieb, da alle führenden Ratgeber und Gefolgsleute des Königs zu der Sitzung zugelassen waren. So erkannte ich unter vielen die Grafen Ahlefeld und Reventlow, die Ratsherrn Hinrich Castorp, Hinrich Rumor und Andreas Brekelvelde aus Lübeck, zwei Ratsherrn aus Hamburg und den Abt des Husemer Klosters. Er gab soeben seinem Klosterbruder, der vor ihm kniete, den Segen für seine seelenrettende Aufgabe am Richtplatz.

Pidder und ich in unserer unscheinbaren Kleidung wurden neugierig betrachtet. Aber ich kümmerte mich weiter nicht darum. Ich wartete nur erregt auf die zu erwartenden Auseinandersetzungen.

Der König erschien zusammen mit dem Generalprofos Wilhelm von Elswig aus Schleswig, einem alten, mürrisch dreinschauenden Menschen. Die Anwesenden, die es sich auf den knapp vorhandenen Stühlen bequem gemacht hatten, erhoben sich, um ihnen die Ehre zu erweisen. Auf ein Handzeichen des Regenten trat Ruhe im Saal ein.

"Hochwohlgeborene," sein Gesicht zeigte einen unwilligen und düsteren Ausdruck, so, als behagte ihm die kommende Aufgabe nicht, "zu meiner großen Enttäuschung musste ich erneut ein großes Heer aufstellen, um Gewalt mit Gewalt zu beantworten. In meinem Reich leben die Bauern freier, friedlicher und angesehener als in anderen Ländern. Aber was soll ich tun, wenn sie wie wilde Bestien ihr Banner ergreifen und sich in unheilvolle Abenteuer stürzen. Schon vor zwei Jahren folgten sie meinem irregeleiteten Bruder und drohten, unser Reich zu zerstören. Die Bauern drohten schon damals offen damit, sie wollten den gesamten Adel und die Besitzenden der Herzogtümer ausrotten. Und das, obwohl sie fürsorglich und behutsam von uns und unseren Amtmännern und Vögten regiert werden. Ich bin kein Mann der Rache, ich habe vor zwei Jahren auf jegliche Bestrafung verzichtet. Dieses Mal jedoch muss ich schweren Herzens ein Exempel statuieren und die Verantwortlichen an diesem Aufstand ihrer gerechten Strafe zuführen. Wir werden daher zu Gericht sitzen und auf gerechte göttliche Eingebung vertrauen. Den Vorsitz der Verhandlungen führt der Generalprofos."

Damit setzte er sich auf seinen hochbeinigen, breiten Stuhl und faltete seinen weiten, brokatbestickten Umhang über seine Knie.

Der Generalprofos gab ein Zeichen in Richtung Tür, damit die ersten Beschuldigten hereingeführt werden konnten. Es erschienen Edlef Knudsen, Henneke Wulf und Broder Hansen, immer noch gefesselt an Händen und Füßen. Das Gedränge im Saal nahm zu. Immer mehr Söldner und Reisige drängten hinein.

Ich hatte keine Sitzmöglichkeit ergattern können, dafür stand ich aber zusammen mit Pidder in der vordersten Reihe. Mein Herz schlug bis zum Hals. Im Innersten fragte ich mich, ob ich den Mund nicht doch zu voll genommen hatte und ob ich nicht besser im Hintergrund bliebe. Aber ich gab mir einen Ruck und trat einen Schritt vor.

"Euer Hochwohlgeboren, ich bin Michael Isermann aus Lübeck und möchte hiermit anzeigen, dass ich als Advokat der Universität Köln für die hier angeklagten Personen sprechen werde."

Ich bemerkte, wie der König mich anblinzelte. Er hatte meinen Namen offensichtlich bereits gehört. Aber die erwartete Antwort kam vom Generalprofos.

"Ihr seid Michael Isermann, der Verräter. Und ausgerechnet ihr wollt die Vertretung dieser Männer vor Gericht ausüben?"
"Ich, der ihr mich Verräter nennt, hatte von Anfang an keine andere Absicht als diese. Die Bauern sind nicht so beredt wie euereiner, daher sehe ich es als meine Christenpflicht, ihnen bei ihren Schwierigkeiten zu helfen. Ich bitte euch daher, mir mitzuteilen, welchen Verbrechens sie angeklagt sind."
Ich fürchtete einen Augenblick, Wilhelm von Elswig würde vor Zorn explodieren. Auch beim König sah ich verärgerte Zuckungen um seine Mundwinkel.
"Wessen diese Verräter und Aufwiegler angeklagt sind fragt ihr? Michael Isermann, wenn ihr so weitermachen wollt, werde ich euch des Saales verweisen. Wir haben hier mit gefährlichen Aufständischen zu tun, die die göttliche Ordnung in unseren Landen zerstören wollten. Ich werde euch beugen, euch und alle die anderen Bauern," drohte der Generalprofos in Richtung der drei Angeklagten.
"Die Angeklagten haben sich in Husem beim Bruder des Königs, Graf Gerhard von Oldenburg und Delmenhorst eingefunden, da er ihnen versicherte, mit dem König über ihre Rechte zu sprechen. Ein Aufstand gegen den König war nicht vorgesehen, schließlich hatte es vor zwei Jahren in Rendsburg auch keinen Kampf gegeben. Natürlich sind immer einige Hitzköpfe darunter, aber gerade diese drei Angeklagten haben sich darum bemüht, die Unterstützung für eueren Bruder friedlich durchzuführen."
Das entsprach zwar nicht ganz der Wahrheit, aber die drei hatten sich wirklich nicht als Aufwiegler gebärdet. Sie waren vielmehr hoffnungsvoll den Versprechungen ihres geliebten Grafen gefolgt. "Daher war ich auch gebeten worden, als Rechtsberater mitzukommen. Als Advokat bin ich dem Recht und der Menschlichkeit verpflichtet, nicht der Zerstörung. So habe ich es bei meinen Professoren gelernt."
"Wir, Herr Advokat sind völlig anders unterrichtet worden. Wir haben keine Informationen über Menschlichkeit erhalten, nur über Hass gegen den König und seine Amtmänner und waffenstarrenden Pöbel. Waren es nicht die Bauern aus dem Amtsbereich von Hennig Pogwisch, die im Amt Flens Richter und Advokaten erschlugen?"

"Sie haben ihre gerechte Strafe erhalten. Von den Tätern lebt keiner mehr," unterbrach ich ihn. Aber er ließ sich nicht bremsen.
"Wie viele Bauern haben sich in letzter Zeit auf Räuberei und Plünderung geworfen. Hühner und Schlachtvieh wurden geraubt, Karpfen aus den Teichen gefischt, Wein aus dem Keller der Herrschaften geholt und große Feste auf Kosten der Herren gefeiert. Und der gleiche Hass schlägt in zunehmendem Maße der Geistlichkeit entgegen. Die durch göttliche Gnade eingesetzten Herrschaften, die ihre Aufgabe, Leib und Leben ihrer Untergebenen zu schützen verantwortungsvoll wahrnehmen, müssen zunehmend um ihr eigenes Leben fürchten. Sie werden ständig vom Mob, der Steuereinnehmern die Kehlen durchschneidet und Richter, Advokaten und Notare sogar aus dem Kirchenasyl wegschleppt, bedroht. Vor kurzer Zeit rissen sie einen Steuereinnehmer vom Altar einer Kirche weg, wo er sich in seinem Schrecken an die Statue der Heiligen Jungfrau geklammert hatte, und schnitten ihm die Kehle durch. Und das nennt ihr gut und gottgefällig, Michael Isermann?"
"Euer Hochwohlgeboren, das Problem ergibt sich, da Gottes Gnade den einen mehr und den anderen weniger beglückt hat. Aber wenn alle Menschen von Adam und Eva abstammen, warum sollen dann einige von ihnen in vererbter Knechtschaft leben? Wenn alle Menschen vom Tod gleichgemacht werden, ist es dann nicht möglich, dass die Ungleichheit auf Erden gar nicht Gottes Wille ist? Führt keinen Krieg gegen Christen, denn das beleidigt Gott. Gott versagt den Henkern seiner Kinder Einlass ins Paradies."
Der Generalprofos lief puterrot an. Hinrich Castorp, zu dem ich zufällig blickte, war kreideweiß geworden. Der König, der mich unverwandt anblickte, saß zu meiner Überraschung ziemlich unberührt auf seinem Stuhl und stützte seine Arme lässig auf die breiten Lehnen.
"Aber Gott erwartet von uns, dass wir die von ihm geschaffene Weltordnung erhalten. Er erwartet von uns den Gebrauch des Schwerts zu seiner höheren Ehre. Ein Mann muss seinen Feind ergreifen, wo immer er kann. Auch das haben eure Bauern getan, als sie ihre niederen Triebe hier in Husem austobten. Mehr als ein Bewohner ist zu Schaden gekommen. Und es war

ein Bauer der Westküste, der vor Zeugen äußerte, mir wäre lieber, alle Könige krepierten, als dass mein Sohn sich am kleinen Finger verletze. War das eine göttliche Eingebung? Glaubt ihr das? So sind sie wie Hunde, die nicht angekettet wurden. Unser Leben, auch das der Bauern, sei nicht auf das Diesseits gerichtet, sondern auf die Ewigkeit. Im Himmel werden alle belohnt, die glauben, auf Erden unrecht behandelt worden zu sein und es werden alle die gerecht behandelt, die selbst unrecht gehandelt haben. Daher, Herr Advokat, können wir unsere Verhandlung ruhigen Herzens beenden."

Ich dachte nicht daran, schon jetzt mit meiner Argumentation zu enden. Ich fühlte mich sehr sicher, da der Generalprofos mehr ein Soldat, aber weniger eine bibelkundige Autorität war. Im Saal wurde es immer unruhiger. Ob die Unruhe mir galt oder Wilhelm von Elswig konnte ich allerdings nicht erkennen. Jedoch wollte ich auch nicht auf Stimmungen reagieren, denn ich hatte nichts zu verlieren, nur zu gewinnen.

"Ich bin ein noch junger Mann und im Vergleich zu euch äußerst ungebildet," sagte ich mit kühnem Blick in sein Gesicht. Ich glaubte, auf der Miene des Königs ein leichtes Lächeln zu erkennen. "Meine Meinung wird auf der Waage des Schicksals im Vergleich zu euren Worten und Taten dereinst weniger wiegen als ein Sandkorn. Aber glaubt mir, diese Leute, die ihr als Verräter, Aufwiegler und aufständische Unruhestifter anprangert, sind schlichte, gottesfürchtige Männer, die sich nach nichts anderem sehnen als nach Gottes Gerechtigkeit auf Erden. Ihr wisst, dass die Bauern des Marschlandes freie Menschen sind und deshalb ihre Waffen tragen. Es ist ein Symbol, kein Kampfinstrument. Keiner der Bauern und Fischer und anderer Berufe ist in Kampftechniken ausgebildet. Wie wollten sie dann gegen ausgebildeten, kampferprobten Ritter und Söldner antreten? Aber da die Bauern der Westküste keinen Frondienst leisten, zahlen sie die höchsten Steuern. So müssen sie neben dem Zehnten für den König und den Herzog auch noch hohe Abgaben an die Kirche und die Klöster leisten. Neben der hohen Wehrsteuer müssen sie ihre Kirchen in den Dörfern und ihre Priester selbst bezahlen. Außerdem obliegt es ihnen, mit eigenen Mitteln die Deiche zu bauen und zu schützen. Keine

Obrigkeit leistet Unterstützung. Zu allem Überfluss haben sie vom Bruder des Königs, von Graf Gerhard erfahren müssen, dass die adligen Amtmänner, die vom König eingesetzt werden, zum Teil erhöhte Abgaben kassiert haben, ohne sie an den Monarchen weiterzuleiten."

Laute Proteste waren im Saal zu hören. Ich achtete aber nicht darauf, drehte mich auch nicht um. Ich wartete geduldig ab, bis wieder Ruhe eingekehrt war. Ich bemerkte, wie der Generalprofos die Pause nutzen und mir das Wort entziehen wollte. Aber ich setzte rechtzeitig meine Ausführungen fort.

"Ich sagte nicht, dass es so war, ich sagte lediglich, dass Graf Gerhard es behauptete. Und da er besser informiert gewesen sein dürfte als die Bauern, war es für ihn ein Leichtes, sie zu verführen. Ich, Gnädige Herren, finde es befremdend, wenn so getan wird, als wären Obrigkeiten, die aufgrund der Pflichten, die ihnen vom König auferlegt wurden, immun gegen persönliche Anfechtungen. Aber bedenkt: die Sicherheit des arbeitenden Menschen und seiner Tiere kommt allen zugute, weil er für alle arbeitet und alle ernährt. Das Getreide und das Korn, was ist es anderes als das Blut und die Knochen der arbeitenden Menschen, vor allem derer, die das Land pflügen? Warum müssen ihre Seelen zu Gott um Rache schreien? Alle können sich ihre Taschen füllen, nur der Bauer und die Fischer bleiben arm. Ich weiß, wovon ich rede. Fischer, wie die Jünger unseres Herrn, haben mir als Schiffbrüchigem das Leben gerettet. Ich kam als Mitglied einer der angesehendsten und wohlhabendsten Familien Lübecks und erlebte ihre Armut und ihr bescheidenes Leben. Nun gehe ich als Freund. Ich kann den König nur ermahnen, dass er durch Tötung seiner Bauern nicht seinen eigenen Reichtum zerstören möge, da er sonst selbst mit dem Spaten arbeiten muss."

Tumultartige Rufe und Schreie wurden laut. Wie konnte ein junger Mann, der selbst im Verdacht des Verrats stand, solche majetätsbeleidigenden Äußerungen tun.

Eine laute, donnernde Stimme erschall hinter meinem Rücken.

"Du näherst dich der Ketzerei, du schamloser Strick. Du glaubst, du kannst dem Galgen, dem König, dem Adel und den Ratsherren der Hansestädte trotzen." Ich drehte mich um und erkannte den Kommandanten der Hamburger Abordnung. "Du bleicher, zorniger Jüngling glaubst, die Stimme des Gewissens zu sein. Du bist das Trugbild des Teufels, du bist der unter uns, der genarrt wurde durch die Listen und Ränke dieses Teufels. Verschwinde, du Versucher und Genarrter, verschwinde wieder im Arschloch des Satans, woher du fraglos gekommen bist."

Tosender Beifall brandete auf. Die Augen des Hamburgers ruhten nachdenklich auf mir, sein Kinn wirkte wie aus Eisen gegossen. Er schüttelte mitleidig seinen Kopf, drehte sich um und ließ mich in meiner plötzlichen Einsamkeit allein. Der rachsüchtige Ton des Ratsherrn war mir eiskalt durch die Glieder gefahren. Ich sah keine geplünderten Kirchen, keine nackten Leichen von Richtern, Steuereintreibern und Advokaten, ich dachte in diesem Augenblick an die vielen schlichten, gottesfürchtigen Menschen, die sich ihr Leben lang abmühten, ohne auch nur ein paar armselige Pfennige, Batzen oder sogar Mark sparen zu können und die gehofft hatten, ein Graf könne ihr Leben leichter machen.

Der König hob die Hand. Der Hofmarschall gab das Zeichen, damit Ruhe einkehrte. Christian I. blickte auf mich. Seine Augen zeigten keinen Zorn.

"Armer Michael Isermann," begann er milde, "ihr erkennt nicht die teuflische Falle, in die ihr geraten seid. Ihr habt ein reines Gesicht und ich behaupte, ihr seid nicht schuld an eurem Irrtum. Schuld ist der höllische Wind, der jetzt über unsere Lande weht. Ich bewundere euch, Michael Isermann, ihr habt sehr großen Mut bewiesen. Ihr redet für eure Jugend auch recht weise. Gott hat euch gewiss die Gabe der Vernunft verliehen. Aber ich bin der König und ich kann keine Aufsässigkeit dulden. Junger Mann aus Lübeck, auch wenn, wie Aristoteles sagt, die Idee größer ist als der Mensch, so ist es das menschliche Gift der Eigensucht, das die Welt zerstört. Die Bauernführer der Westküste gleichen Wildsäuen im Acker des Herrn. Sie waren es, die meinen Bruder riefen und ihn aufforderten, erneut gegen mich Stellung zu beziehen. Mein Bruder ist machtgierig. Er wollte mich mit Hilfe dieser Bauern vom Thron stoßen. Die Bauern waren ihm nur Mittel zum Zweck. Wie eigensüchtig mein Bruder war, zeigt die Tatsache, dass er die Burg in Rendsburg monatelang bewohnte und bis heute keinen Silberthaler Wohnungsmiete an die Witwe von Hohenstein entrichtete. Sie verschuldete sich daher und musste ihre Burg an meine Frau Dorothea verpfänden. So behandelte er auch die Abgaben der Bauern, die er nie an mich weiterleitete und deren Abrechnungen er verweigerte. So schwächte er das Reich und die Lande Schleswig und Holstein. Sie sollten ihm wie faule Früchte in den Schoß fallen. Ich bin der König und bin dem gemeinen Volk keine Rechenschaft schuldig. Aber ich kann nicht zulassen, dass ein tollwütiger Pöbel mein Reich in Trümmer schlägt, denn sie sind hart und unbeugsam in ihren Verbrechen. Und wenn ihr, Michael Isermann, von der Armut sprecht, der die arbeitende Bevölkerung ausgesetzt ist, so denkt an eure Zeit in Lübeck. In den Zünften werden die Meister immer reicher, die Arbeiter sinken auf den Stand von Tagelöhnern mit wenig Aussichten auf ein Fortkommen. So müsst ihr einsehen, dass nicht nur der Adel scheinbar unchristlich handelt. Ihr müsst auch einsehen, dass Gott eher mit dem katholischen König ist als mit ketzerischen Bauern. Denn ist es nicht so, dass die Bibel uns Gehorsam gegenüber der Obrigkeit gebietet? Und es steht geschrieben, man gebe Gott, was Gott ist und dem Kaiser, was des Kaisers. Der Papst, die Bischöfe, der Kaiser und ich verstehen das so, dass Leben, Ehre und weltliche Güter dem Regenten gehören, die Seele jedoch Gott. "

Der Saal bebte, so lautstark applaudierten die Anwesenden. Da nutzte auch kein Winken des Hofmarschalls, der König konnte vorübergehend nicht weitersprechen.

Diese furchtbaren Worte des Monarchen trafen mich hart. Ich fühlte mich sehr gedemütigt, empfand aber nach wie vor glühenden Trotz und Zorn in meinem Herzen. Aber ich fühlte, dass mir auch der energischste Einsatz nicht mehr helfen würde. Jedes weitere Wort konnte nur noch Schaden zufügen. Ich nutzte daher die Unruhe im Saal und wandte mich den Delinquenten zu.

"Bittet den König um Gnade. Die Aussichten darauf, dass er euch erhört, sind nicht schlecht."

Broder Hansen machte ein verzagtes und schreckensbleiches Gesicht. Er war kein Krieger, der ständig bereit sein musste zu sterben. Er war ein Bauer, der sein Land liebte und nur die

Sehnsucht nach mehr Gerechtigkeit hatte. Edlef Knudsen und Henneke Wulf dagegen waren sich ihrer Führungsrolle bewusst. Hätten sie hier vor dem gesamten Adel Schleswigs und Holsteins klein beigegeben und um Gnade gewinselt, niemand hätte sie mehr beachtet.
Als der Lärm endlich abebbte, ergriff Edlef Knudsen das Wort. "Majestät, Hochwohlgeborene! Ich freue mich, dass dieser junge Mann, " er deutete mit seinem Kinn in meine Richtung, "den bewundernswerten Mut hatte, für uns zu sprechen. Ich bitte deshalb darum, dass ihm unseretwegen kein Schaden zugefügt wird. Ich habe den König bereits als gnädigen Herrscher kennen gelernt und weiß, dass er gütig sein kann. Was mich anbelangt, Majestät, so habe ich nichts getan, worum ich um Gnade bitten soll. Gott weiß, dass ich kein Verbrechen begangen habe und keinen Aufstand gegen den König plante. Und nur Gott werde ich um Gnade bitten und ihn demütig anflehen, mir meine Sünden zu vergeben."
Henneke Wulf äußerte sich genauso und bat mit keinem Wort um Milde. Beide wussten, dass sie die Möglichkeit hatten, sich beim König freizukaufen. Das hätte aber bedeutet, dass der König alle ihre Güter, Tiere und Fahrhabe eingezogen hätte und sie völlig verarmt hätten weiterleben müssen. So blieb wenigstens ihrer Familie genug Grund und Boden zum Weiterleben. Nur Broder Hansen konnte nicht verstehen, was man von ihm wollte.
"Ich habe doch gar nichts Unrechtes getan. Ich glaubte nur den Versprechungen eures Bruders, der immer wieder betonte, dass er keinen Krieg gegen euch führen wolle. Habt Gnade mit mir, Majestät, ich bin ein einfacher Bauer und kein Söldnerführer."
Es wurde gespenstisch still im Saal, nur der Sand, der durch das Stundenglas des Sekretärs floss, war zu hören. Alle warteten gespannt auf den Schuldspruch und das Urteil des Regenten. Ich starrte in seine Augen, die ausdruckslos glänzten. Ich spürte, dass er sich das Urteil nicht leicht machte. Ich wandte meinen Blick ab und merkte plötzlich, dass ich zwar schon einige Male diesen Saal aufgesucht, aber den Blick zum Fenster hinaus noch nie richtig wahrgenommen hatte. Er verfehlte sein Wirkung nicht. In diesem schicksalhaften Moment

drang die endlose grüne Weite mit ihren farbigen Wiesenblumen, die nun die Morgensonne verklärte, besonders eindringlich in mein Bewusstsein. Es wirkte besänftigend, geradezu befreiend auf mein Gemüt und deutete mir, jetzt würde sich alles zum Guten wenden. Aber dann packte mich ein höllischer Schreck.

"Der junge Mann aus Lübeck hat gut gesprochen und sich wacker geschlagen. Aber seine Argumente waren nicht überzeugend. Aufsässigkeit gegen den König wird seit jeher mit der härtesten Strafe belegt. Es gibt nichts Schändlicheres und Teuflischeres als einen aufrührerischen Menschen. Gleich wie einen tollwütigen Hund muss man ihn behandeln, denn schlägst du nicht, so schlägt er dich und das ganze Land mit dir. Ich, Christian I., König von Gottes Gnaden verfüge daher: Die Missetäter, die nach Ansicht aller mit mir verbündeten Oligarchen ein ungeheuerliches Malefiz begangen haben und daher unverkennbar mit dem Teufel verbündet sind, werden morgen früh nach Sonnenaufgang mit anderen, die noch verurteilt werden, zur wohlverdienten Strafe und anderen zum Exempel zur Richtstätte geschleift, wo sie durch die Hand des Scharfrichters gerädert und ihnen anschließend der Kopf mit dem Schwert von dem Leibe getrennt wird. Die entseelten Körper werden auf dem Schindanger verscharrt. Ich verfüge, dass alle Bewohner des Ortes Husem, der hiermit alle Ansprüche auf die Stadtrechte für alle Zeiten verliert, und alle von meinen Soldaten in Haft gehaltenen Bauern und ihre Mitverschwörer bei der Bestrafung der Verräter-Bagage zur Abschreckung anwesend zu sein haben." Der König machte eine Pause. Ich hatte das Gefühl, dass mir die Sinne schwanden. Aber ich stützte mich auf den Arm von Pidder und konnte den kurzen Schwächemoment überstehen.

Der Generalprofos flüsterte dem König etwas zu.

"Michael Isermann, ihr hattet Mut und habt die Bauern gut verteidigt. Daher will ich euch euren Verrat und die Unterstützung des Aufwieglergesindels verzeihen und keine Strafe aussprechen. Aber ihr seid nicht Bürger meines Reichs, euer Herr ist die freie Reichsstadt Lübeck. Daher muss der Rat eurer Heimat über euer weiteres Schicksal befinden. Die Verurteilten werden jetzt abgeführt."

Damit gab er den Reisigen ein Zeichen. Sie griffen die Arme der drei Todgeweihten und führten sie aus dem Saal. Der Staller von Nortstrandt hielt sich bewundernswert aufrecht und verließ mit stolz erhobenem Haupt den Raum. Ebenso der Anführer der Hollischen Bauern, Henneke Wulf. Broder Hansen dagegen konnte es nicht begreifen. Die beiden Reisigen, die ihn abführten, mussten ihn stützen. Warum wurde ausgerechnet er zum Todestanz geführt? Er hatte doch nur einen geringen Anteil an dem Aufstand. Er war doch nur ein kleiner, unbedeutender Dorfvogt. Warum hatte Gott ihn so bestraft? Als gebrochener Mann, bleich und in sich zusammengesunken verschwand er über die Treppe. Rufe zufriedener Genugtuung der adligen Führer verfolgten die drei Unglücklichen.

Wie wir von den Söldnern im Schloss erfuhren, hatten die Kellergewölbe Gefängnisräume. Wir konnten sie über den Hof erreichen. Für zwei Heller bekamen Pidder und ich die Erlaubnis, die Gefangenen zu besuchen.

Als ich mit meinem Freund und Schicksalsgefährten auf den abendlichen Hof hinaustrat und die uns sanft umfächelnde frische Luft durchatmete, verspürte ich einen gewaltigen Hunger. Die Aufgabe, die drei Bauern vor dem Henker zu bewahren, hatte mich viel Kraft gekostet. So fanden wir auf der Rückseite des hohen Herrenhauses hinter einer schmucken Fensterwand die Küche, wo eine hübsche Magd uns auf ein freundliches Wort Brot, Käse, einen Kabeljau und einen Humpen schäumendes Bier herausbrachte. Anschließend überquerten wir den Hof und drückten dem Schließer weitere drei Pfennige in die Hand, damit er uns die eisenbeschlagene Tür öffnete. Er ergriff eine Öllaterne und führte uns durch eine stinkende Finsternis hinab zu den Gefangenen.

Wir stolperten über eine Fülle von Schmutz und Exkrementen. Ich bangte, an dem scheußlichen Gestank zu ersticken. Ab und zu hörte ich, wie Ratten davonhuschten. Ich war froh, dass die Ölfunzel des Schließers wenig Licht warf. Wahrscheinlich hätte mehr Helligkeit mich noch mehr schaudern lassen.

Wir hörten Stimmen, Husten und andere menschliche Laute. Das waren mehr als drei Personen, die wir hier antreffen würden. Endlich hatte das Stolpern ein Ende. Der Schließer hob die Lampe und in dem dämmrigen Schein sahen wir mehrere Personen entweder auf dem Lehmboden ausgestreckt und in die schmalen Löcher des Stocks gesteckt, oder mit Armen und Beinen in Eisen gelegt.

Broder Hansen lag ausgestreckt mit den Händen und Füßen im Stock. Er blickte uns gequält an, während der Staller von Nortstrandt und der Hollische Bauernvogt uns gefasst entgegen sahen.

"Seid ihr das, Michael Isermann?" hörte ich die Stimme von Edlef Knudsen. Lautes Stimmengewirr drang aus dem dunkelen Teil des Verlieses.

"Sprecht ihr auch für uns, Michael Isermann? Wir haben noch nicht vor dem König gestanden. Im Augenblick steht der Stadtvogt von Husem vor dem Tribunal."

Ich sah mit einem Stich im Herzen diesen gütig dreinblickenden hochgewachsenen, graubärtigen Mann, der mich hintergründig, aber deutlich vor dem Abt des Husemer Klosters gewarnt hatte. Wie ich die Lage beurteilte, hatte auch er keine Gnade zu erwarten.

"Michael," hörte ich wieder den Staller von Nortstrandt, "ich könnte zwar versuchen, jetzt zu verhungern, dann würde ich morgen früh den König und seine Pfandleiher, die sich schamlos an allen bereichern, der Freude an meiner Hinrichtung berauben. Aber ich fürchte, morgen noch genügend Leben in mir zu haben, um auf das Blutgerüst geschleppt zu werden. Daher wäre ich euch dankbar, wenn ihr dafür sorgen könntet, dass wir noch einmal etwas Ordentliches zu essen bekommen. Ich muss aber bekennen, dass man uns unserer Geldbörsen beraubt hat. Wir haben nicht einmal mehr Münzen, um morgen den Scharfrichter zu entlohnen und ihn gnädig zu stimmen, uns möglichst mit wenig Schmerzen in das Jenseits zu befördern. Falls es euch möglich ist, wäre ich sehr dankbar, wenn ihr uns ein letztes Mahl etwas beschaffen könntet."

Ich schaute an dem schmächtigen Schließer herunter, aus dessen braunseidenen Kniehosen ein paar dünne Beine hervortraten.

"Wo sind die Geldbörsen der Verhafteten geblieben," fuhr ich ihn scharf an. Der Schließer zuckte zusammen.

"Hoher Herr, die Söldner und Reisigen haben sich die Börsen

angeeignet. Ich bin völlig schuldlos."
"Du hast nur die Tür geöffnet, damit wir unbeobachtet beraubt werden konnten," rief Henneke Wulf. "Wieviel hast du dafür bekommen?"
"Die Soldaten und Reisigen haben mich dazu gezwungen," stammelte der kleine Halunke, "ich habe nichts dafür bekommen."
Plötzlich spürte ich hinter mir Bewegung. Pidder trat vor, packte den Schließer am Gürtel, hob ihn hoch, packte ein Bein und drehte ihn mit Kopfrichtung zum Boden. Dann schüttelte er ihn, damit alles aus seinen Taschen fallen konnte. Aber es fiel nichts. Wahrscheinlich hatte der Gauner bereits alles in Sicherheit gebracht. Vorsichtshalber tastete Pidder noch seine Kleidung und den breiten Gürtel ab, aber auch diese Maßnahme förderte nichts zutage. Wenn wir den Delinquenten helfen wollten, mussten wir unser eigenes Vermögen angreifen. Dabei wurde mir bewusst, dass auch meine Mittel, die ich vor dem Schiffbruch noch retten konnte, beinahe erschöpft waren.

Trotzdem konnten wir die Todgeweihten nicht im Stich lassen. Wir stiegen wieder über den Unrat nach oben, um Mittel aufzutreiben, den armen Seelen ihren letzten Wunsch zu erfüllen. An wen konnten wir uns wenden? Pidder und ich gingen zurück in das Kloster und machten uns auf den Weg in den Kapitelsaal. Die Morgensonne war einer dicken, grauen Wolkenschicht gewichen. Die dunkle Stimmung verdüsterte das weite, flache Land. Der Lärm im Treppenhaus wurde bei unserem Eintritt in den großen Raum abgelöst von einer gespannten Stille, die uns gerade noch das Todesurteil für den Stadtvogt und einige seiner Ratsherren vernehmen ließ. Der Generalprofos warf den Schächern vor, dass niemand zu ihren Gunsten das Wort ergriffen habe, was zeige, dass sie die Strafe verdient hätten. "Was wir von Abt Adam Eitzen erfahren haben zeigt deutlich, dass ihr der Antichrist seid. Ihr habt die göttliche Ordnung auf das Schwerste verletzt. Ihr, Ludwig Nettelbek habt damit das Recht verwirkt, euch freizukaufen. Gott sei eurer armen Seele gnädig."

Wieder brandete jubelnder Beifall auf. Die Ritter waren voller Rachsucht, obwohl sich Gott unser Herr die Rache vorbehalten hatte. Aber weder Bischof noch Abt riefen zur Mäßigung auf. Der einzige, der nachdenklich blickte, war seine Majestät der König. Er fürchtete sicherlich, dass im friesischen Volk auf Dauer Unruhe herrschen könnte.

Ich wandte mich an den Abt, der gewiss dem Husemer Stadtvogt lange Zeit nahe gestanden hatte.

"Euer Eminenz. Den Gefangenen sind die Geldbörsen entwendet worden. Sie haben damit weder die Möglichkeit, den Scharfrichter zu entlohnen, noch können sie den Schließer bitten, ihnen die Henkersmahlzeit zu beschaffen. Ich wäre euch dankbar, wenn ihr den König um die Gnade bitten würdet, den letzten Schmaus der Verurteilten aus seiner Küche zu übernehmen."

"Michael Isermann," Adam Eitzen blickte mich mitleidig an, "Jesus nahm mit seinen Jüngern am Abend vor seiner Gefangennahme das letzte Abendmahl. Aber wie ihr wisst, war Jesus unschuldig und fiel sündigen, teuflischen Menschen zum Opfer. Diese Kreaturen aber, für die ihr euch so mannhaft einsetzt, sind schuldig und verdienen kein Mitleid. Sie haben sich in unverantwortlicher Weise gegen die göttliche Ordnung vergangen. Auge um Auge, Zahn um Zahn. Daher, Michael Isermann würde ich euch empfehlen, den König nicht selber zu bitten. Und ich kann für niemanden fürsprechen, der unseren Herrn in dieser Art und Weise beleidigt hat. Die Verurteilten gehen jetzt schnurstracks ihrem Schicksal entgegen und das Fasten heute wird ihre Seele läutern."

Damit wandte er sich ab und verließ eiligen Schritts den Saal. Zwei der vier verurteilten Ratsherren konnten ihre Tränen nicht zurückhalten. Ein dritter musste von den Reisigen gestützt werden, sonst wäre er zusammengebrochen. Ludwig Nettelbek, der meinen kurzen Dialog mit dem Abt hören konnte, bat die Reisigen, ihn einen Moment bei mir verweilen und mit mir sprechen zu dürfen. Er drängte sich so dicht wie möglich an mich und sprach teils laut, damit die Reisigen ihn verstehen konnten und niemand auf die Idee kam, wir planten Unbotmäßiges, teils leise, damit niemand Vertrauliches erfuhr.

"Ihr scheint mir ein ehrlicher und vernünftiger junger Mann zu sein. Geht in mein Haus. Ihr werdet meine Familie dort finden. Sagt ihnen, was passiert ist." Dann fuhr er leise fort: "Dann geht

in den Keller. Ihr werdet dort unten im Boden einen losen Ziegel finden, unter dem ich fast hundert Goldstücke verborgen habe. Es sind lübische Mark und rheinische Batzen. Meine Familie weiß nichts davon, es war meine Reserve für schlechte Zeiten. Mit dem Geld könnt ihr für alle im Gefängnis Nahrung beschaffen und den Henker bestechen. Ich hoffe, dass die Söldner des Königs das Versteck noch nicht entdeckt haben. Wenn doch, hütet euch davor, wegen Diebstahls angeklagt zu werden. Bringt zum Schein einige Flaschen von meinem Wein mit." Dann wieder laut: "Sagt meiner Frau, sie soll es mit Fassung tragen. Ich bin nicht mehr jung und Gott hätte mich ohnehin bald geholt. Nun geht mit eurem Freund und Gott mit euch."
"Aber der König hat den Befehl erteilt, alle müssten in ihren vier Wänden bleiben. Niemand darf seine unmittelbare Umgebung verlassen," jammerte ich.
"Bestecht einen Offizier, damit er euch bis zu meinem Haus begleitet." Der Stadtvogt nickte mir noch einmal aufmunternd zu und wurde von den Reisigen abgeführt.
Pidder und ich taten wie geheißen. Ich kaufte den Leutnant der Schlosswache für fünf Silberstücke und er begleitete uns durch Straßen und Gassen, in denen nur grölende, trunkene oder marodierende Söldner zu sehen waren und Männer, die gefesselt abgeführt wurden. Aus vielen Häusern hörten wir das Weinen von Frauen und die Schreie der Kinder, die für Lösegeld entführt wurden. Wir hörten dröhnende Hammerschläge, mit denen eiserne Truhen aufgebrochen wurden. Haustüren wurden mit Äxten aufgeschlagen und Bier- und Weinfässer aus den Kellern gerollt. Pidder bekreuzigte sich, sagte aber kein Wort. Auch ich blieb stumm. Die Zeit war hart und grausam, aber wer noch etwas Mitgefühl im Herzen hatte, den musste eine tiefe seelische Qual ergreifen. In einigen Häusern war nicht nur geplündert worden, in ihnen wurden zusätzlich zur Plünderung noch Angehörige betrauert. Wir passierten einen Weinladen, in dem Söldner Schränke und Truhen erbrachen und ihren Inhalt über den Boden verstreuten. Der Händler und seine Frau lagen im Angesicht ihrer beiden kleinen Kindern vor ihnen auf den Knien und baten sie, davon abzulassen, da sie keine

Reichtümer hätten. Dann begutachtete der erste die prallen Rundungen der Frau und verkündete laut, der leichte Sieg müsse mit einem Weib gefeiert werden. Er fing an, sie ungeniert zu betatschen und zu streicheln. Dann riss er ihr unter dem zotenreichen Gelächter der Kameraden mit einem raschen, festen Griff das lange braune Kleid vom Leib und anschließend das Unterhemd. Die Frau stand splitternackt vor ihm. Die Augen des Söldners wurden gierig, die Kinder schrieen laut und der Getränkehändler versuchte, den Soldaten zu hindern. Aber der lachte nur:
"Du halbe Portion. Was will denn deine Frau mit dir. Die braucht mal einen richtigen Mann und den bekommt sie jetzt."
 Damit stürzte er das Weib auf den Ladentisch und hielt ihr den Mund mit solcher Gewalt zu, dass sie nur zwei kurze Schreie ausstoßen konnte. Dann wurden sie von der übrigen Soldateska umringt. Einige zogen bereits ihre Hose herunter, um anschließend schnellstens das Werk ihres Kameraden fortzusetzen. Der Ehemann, der immer noch mutig gegen die Wand der Söldner anrannte, wurde mit der flachen Seite eines Schwerts niedergeschlagen. Die schreienden Kinder jagte einer der Soldaten auf die Straße. Als dieser seine Nase aus der Tür steckte, konnte Pidder es sich nicht verkneifen, ihm einen kräftigen Schlag in den Nacken zu verpassen, der ihn für eine Weile in das Reich der Ohnmacht schickte.
 Ich empfand Ekel vor der augenfälligen Brutalität, der Leutnant stand gleichgültig neben mir und grinste begierig und Pidder wäre am liebsten in den Laden gestürzt und hätte die Meute verprügelt. Aber ich hielt ihn zurück, da wir im Gegensatz zu den Soldaten keine Waffen hatten. Deshalb gingen wir weiter und passierten den Gefängnisturm von Husem. Es war deutlich zu vernehmen, dass er völlig überfüllt war.
"Das wird morgen ein Fest für Gevatter Tod," sagte ich bitter zu Pidder und dem Leutnant, einem Offizier, der ein junger Mann mit knabenhaftem, schütterem Bartwuchs war, aber den Augen eines empfindungslosen Verheerers. Er lachte herzlos. "Das wird ein Tanz. Nachdem es uns vor Stockholm nach der verlorenen Schlacht beinahe erwischt hätte, kann ich jetzt die Gnade Gottes zu meiner eigenen Rechtfertigung kennenlernen.

Ich habe es richtig und zum Wohlgefallen des Herrn gemacht, dem dänischen König in den Krieg gefolgt zu sein. Wenn wir das nächste mal nach Schweden ziehen, werden wir mehr Erfolg haben. Da bin ich mir sicher."

Das Haus von Ludwig Nettelbek war schnell gefunden. Ich bat den Leutnant, vor dem Haus zu warten und darauf zu achten, dass während unserer Anwesenheit keine Söldner eindringen würden.

Die Frau des Stadtvogts wartete bereits voller Sorge auf eine Nachricht von ihrem Mann. Sie stand mit verheulten Augen, zerrissenen Kleidern und aufgelösten Haaren vor mir. Ohne Zweifel war sie vergewaltigt worden. Außerdem hatte man ihr die Fußsohlen versengt, damit sie das Versteck des Geldes verriet. Das, welches sie kannte, war ausgeräumt. Ich konnte nur hoffen, dass die Plünderer das Gold im Keller, von dem die Frau nach Aussage ihres Mannes nichts wusste, nicht gefunden hatten.

Als sie von mir erfuhr, wie das Urteil ausgefallen war, schrie sie laut auf. Sie wollte sofort losrennen, um den König um Gnade zu bitten. Aber ich konnte sie davon abhalten, da es zu dieser Stunde, in der die Gemüter im Gerichtssaal aufgewühlt waren, völlig aussichtslos schien.

"Versucht es morgen früh, bevor euer Mann zum Blutgerüst geführt wird und der König eine Nacht darüber geschlafen hat. Alle Bewohner Husems müssen anwesend sein. Ich nehme an, der Herold wird es noch ausrufen. Der König wird anwesend sein und wenn weitere Husemer euch in eurem Anliegen unterstützen, habt ihr bestimmt Aussichten auf Gnade. Jetzt sollen wir aber auf Wunsch eures Gatten im Keller einige Flaschen Wein holen und zu ihm in den Klosterkeller bringen. Er will damit die Wachen bestechen."

"Unsere Dienerschaft ist geflohen. Sie glaubten, als arme Leute kämen sie besser durch, als in einem reichen Haus. Vielleicht sind sie auch selbst unter die Plünderer gegangen. Mein Vater liegt oben im Bett und macht sich bereit zu sterben. Er wünscht sich so sehr einen Priester, der ihm die Sterbesakramente gibt. Aber wie soll ich jetzt einen Priester finden? Wie soll ich unter all diesen reißenden Tieren einen Menschen finden? Abgesehen von euch natürlich. Eure Anwesenheit bei mir zeigt ja euer gutes Herz. Gott wird es euch lohnen. Die Barbaren jedenfalls haben meinen alten, kranken Vater aus dem Bett gezerrt und die Matratze aufgeschlitzt, weil sie darin Geld vermuteten. Und als ich vorhin einen Priester suchen wollte, wurde ich überfallen und ausgeplündert."

Die Frau tat mir leid. Ihr Vater lag im Sterben und ihr Mann hatte morgen eine Verabredung mit dem Henker. Daher sagte ich ihr, dass wir bereit seien, einen Priester zu rufen.

Pidder und ich zogen also los. Dem Leutnant versprach ich noch einmal vier Silberstücke und er begleitete uns zur Kirche. Dort flezte sich ein Haufen von Soldaten, der Bier- und Weinfässer vor den Altar gerollt hatte. Jeder konnte sich bedienen. Auch wir wurden lautstark eingeladen, an dem Gelage teilzuhaben. Die geweihten Kelche dienten als Trinkgefäße und einige Söldner stolzierten komödiantisch grotesk in priesterlichen Gewändern einher. Etliche andere hatten ein Grabmal aufgebrochen und vollführten ein Kugelspiel mit einem Totenschädel. Weitere jagten so lange ein Schwein mit Knüppeln durch die Kirche, bis sein Herz versagte und es tot umfiel. Zwei Priester hatten sie in Frauenkleider gesteckt, die von vier Landsknechten mit Rutenschlägen und unflätigen Bemerkungen um den Altar gejagt wurden.

In einem der beiden Priester erkannten Pidder und ich den Mönch, der morgen die Todeskandidaten zum Richtplatz begleiten sollte. Mein blonder Freund, der eine lautere Stimme hatte als ich und den Lärm übertönen konnte, rief den Söldnern zu: "Haltet ein, ihr Kämpfer für königliches Recht. Ihr prügelt hier die Priester, die morgen die Verurteilten auf ihren Herrgott vorbereiten müssen. Sie werden im Kloster beim König erwartet. Lasst also ab von ihnen."

Damit war das Leiden der beiden Gottesmänner beendet. Eilig entledigten sie sich ihrer Frauenkleider und stürmten zu uns in Sicherheit. Sie keuchten laut, wollten aber schnellstens die Kirche verlassen. Ich schilderte ihnen unser wahres Anliegen. Der Mönch, den wir bereits kennengelernt hatten und der sich uns als Pater Innocenz vorstellte, holte die heiligen Gefäße und das Öl aus einem Versteck unter einem Grabmahl und beide

Gottesmänner verließen mit uns die Marienkirche.

Wieder im Haus des Stadtvogts angekommen stiegen wir sofort in das obere Stockwerk, um dem alten Mann Beistand zu leisten. Er lag ausgemergelt auf seiner Lagerstatt, zugedeckt mit einem dicken Daunenüberbett, unter dem er zu frieren schien. Obwohl ich kein fertiger Arzt war, fühlte ich den Puls des Greises und wusste instinktiv, dass er nur noch ganz kurze Zeit zu leben hatte. Ich überließ ihn den beiden Mönchen und ging zu Pidder und dem Leutnant in das Untergeschoss, wo sie gewartet hatten. Hier wanderten wir neugierig durch die Räume. Ich fand einige Bücher, die die Landsknechte achtlos auf den Boden geworfen hatten und konnte an den verbliebenen Schatten erkennen, dass Bilder von den Wänden verschwunden waren. In und auf den Anrichten fand sich kaum noch ein heiles Stück, ganz zu schweigen von Gegenständen mit Wert. Überall lagen Trümmer und Scherben im Zimmer verteilt. In der Mitte des Raums verteilten sich die Reste von zwei aufgebrochenen Truhen.

In einem kleinen Zimmer fand ich zwei Mädchen von etwa zehn und elf Jahren. Sie waren verschmutzt und Blut klebte an ihren Beinen. Sie kauerten völlig verängstigt hinter einem umgekippten Tisch und blickten mich mit verweinten Augen an. Auf meine Frage, was sie dort machen und warum sie Angst haben, bekam ich keine Antwort. Sie war auch nicht nötig, es war offensichtlich, dass sie von den Söldnern vergewaltigt worden waren.

Ich ließ die beiden in der Obhut von Pidder und dem Leutnant und schlich mich in den Keller. Dort fand ich wider Erwarten in einer dunklen Ecke noch einige verschlossene Weinflaschen. Scheinbar waren die Söldner und Reisigen so zufrieden mit ihrem Plündergut im Haus, dass sie die untersten Räume nur flüchtig durchsucht hatten. Vermutlich waren sie sehr in Eile. Husem war schließlich eine wohlhabende, aufstrebende Stadt. Sie hatten es daher vorgezogen, noch weitere Häuser auszuplündern, bevor andere ihnen zuvor kamen.

Somit war es für mich nicht schwer, an der beschriebenen Stelle das Geld unter dem losen Ziegel zu finden. Später verstaute Pidder die Börse unter seiner Jacke, da die Golddukaten bei dem Hünen sicherer waren, als bei mir.

Als ich wieder nach oben kam, war der Greis bereits gestorben. Die Frau des Stadtvogts weinte, trocknete sich dann aber bei meinem Anblick die Tränen aus den Augen und sagte mit einem tiefen Seufzer: "Ich bin froh, dass mein Vater wenigstens noch die christlichen Sterbesakramente erhalten hat. Ich hoffe, dass Gott ihm verzeiht, dass er oft die Heilige Messe versäumt hat und sich stattdessen lieber mit heidnischen Schriften abgab. Ich werde jetzt noch für ein ehrliches christliches Begräbnis sorgen und hoffe, dass ihm das Fegefeuer erspart bleibt."

Auf die Idee, es könnte auch die Hölle werden, kam die Frau nicht. Sicherlich war ihr Vater ein liebendes Familienoberhaupt gewesen, der sich den Himmel verdient hatte. Daher verließen wir das Haus, nachdem ich der Frau des Stadtvogts gesagt hatte, wo sie ihre verschreckten Töchter finden konnte. Wir mussten eilig zum Kloster zurückkehren, da die Todeskandidaten dringend auf unsere Rückkehr warteten. Dort angekommen, ging ich in die Küche und gab den Auftrag, allen Gefangenen eine ordentliche Henkersmahlzeit zuzubereiten. Ich beauftragte den Schließer, Kerzen zu besorgen, damit die Gefangenen in ihrer letzten Nacht etwas Licht im Verlies hatten. Dann ergriff ich die Laterne und wir kletterten erneut über den Unrat hinweg in den Untergrund. Der Gestank war in der Zwischenzeit noch unerträglicher geworden. Wir fanden den Stadtvogt und seine Ratsherren ebenfalls in Stöcke gepfercht.

"Habt ihr Glück gehabt, Michael?" fragte Ludwig Nettelbek. "Da ihr unser guter Engel zu sein scheint, bitte ich euch, für uns, die wir dem Tod geweiht sind, den Scharfrichter zu entlohnen, damit unser Tod schnell und schmerzlos vollzogen wird. Gott möge euch beschützen, Michael. Der König hat sehr schnell gehandelt. Seine Söldner haben unsere Häuser erbrochen, haben uns oder unsere Frauen gezwungen, die Schlüssel herauszugeben und alles von Wert geplündert. Viele unserer Familien, wenn nicht sogar alle, sind der bitteren Armut preisgegeben. Und das Schlimmste ist wohl, dass Menschen, deren Stadtvogt ich bin und für deren Belange ich mich jahrelang unter persönlichen Opfern eingesetzt habe, nun losstürmen, plaudern und anzeigen, was das Zeug hält, um selbst der Bestrafung zu entkommen. Ich fürchte, sehr viele Unschuldige werden morgen

vor dem Henker stehen."
"Wir sind nur auf der Durchfahrt zur ewigen Seligkeit," klang es verbittert aus dem dunklen Hintergrund. "Wir ziehen morgen zum neuen Jerusalem, in unsere neue Heimat. Das Leben ist sowieso nichts anderes als eine schwere und entbehrungsreiche Reise zu der ewigen Heimat, die wir schließlich suchen. Sollten wir jedoch die Erlösung verfehlen, wie sicherlich mehrere unserer Richter durch Gottes Gerechtigkeit erwarten , so wird es eine freudlose Reise in den ewigen Tod. Salvandorum paucitas damnamdorum multitudo."
"Wenige gerettet, viele verdammt," übersetzte ich für alle, die der lateinischen Sprache nicht mächtig waren. Ich hob die Laterne etwas an und starrte in das dämmrige Dunkel, um den Sprecher besser erkennen zu können. Schemenhaft erkannte ich einen noch recht jungen Mann, der in eine Mönchskutte gekleidet war. Er grinste mich an.
"Ihr seht richtig, ich bin ein Mann der Kirche," lachte er laut. Er war an Handfesseln geschmiedet und versuchte gerade, eine Ratte zu verscheuchen.
"Ich habe mit dem Aufstand nichts zu tun. Aber die Gelegenheit war für meinen Abt und meinen Bischof günstig mich loszuwerden, denn ich habe nichts Geringeres als die Enteignung aller weltlichen Besitzungen der Kirche und den Ausschluss der Geistlichkeit von der weltlichen Macht gefordert. Alle Macht ist von Gott verliehen und er hat den Menschen die irdischen Güter übertragen, damit sie von weltlichen Instanzen verwaltet, gehütet und vermehrt werden. Dazu versah er uns mit Talenten, die wir zu Gottes Ehre nutzen und einsetzen sollen. Ich aber werde beschuldigt, die Allmacht Gottes, die seine Hirten zu überlegenen Geistern werden lässt, zu schmähen und zu verketzern. Daher wurde ich sofort nach dem Einzug des Königs in Husem ohne Gerichtsverhandlung dem Scharfrichter überantwortet."
"Auch ich hatte noch keine Verhandlung," hörte ich aus der Dunkelheit des Kellers.
"Ich auch nicht." "Ich ebenfalls nicht," klang es mir von mehreren Seiten entgegen.
"Dann werden wir und der Stadtvogt mit seinen Ratsherren wohl

stellvertretend für andere schuldig gesprochen worden sein," hörte ich die Stimme von Edlef Knudsen. "Der König und seine Ritter sind sicherlich der Ansicht, dass alle weiteren das gleiche Maß an Schuld auf sich geladen haben."

Der Schließer erschien mit einigen Kerzen am Fuß der engen Stiege. Er stellte sie um die Gefangenen herum auf. Nun konnten wir einander besser sehen und ich bemerkte, dass zwölf Männer hier unten gefangen waren.

"Es wird gleich Essen für alle kommen," bemerkte ich. Ich fühlte mich gar nicht wohl in meiner Haut. In Pidder, das konnte ich deutlich erkennen, kochte es vor Zorn. Er war ein einfacher, fleißiger und ehrlicher Mensch, der die Ungerechtigkeit der Herrschaften nicht verstehen konnte. Er glaubte auch nicht daran, dass Gott so etwas wünschte. Und als wenn er meine Gedanken gelesen hätte, sagte er laut und deutlich: "Ich glaube nicht, dass Gott etwas mit eurem Schicksal zu tun hat. Ich glaube auch nicht, dass es sein Wille ist. Ich weiß nur, dass der König sich keinen Gefallen mit eurem Tod tut, denn wir Friesen werden das nicht vergessen."

Erstaunte Stille trat ein. Niemand hätte erwartet, dass der junge Fischer von Syld sich so klug und mutig zu Wort melden würde. Daher klangen die Worte von Broder Hansen aus Kaytum trotz seiner Niedergeschlagenheit sehr bewegt, als er sagte: "Du bist ein guter Freund, Pidder Lüng. Du und dein Vater, ich habe euch immer richtig eingeschätzt. Daher möchte ich, dass du nach deiner Rückkehr auf die Insel zu meiner Frau gehst und sie um meine Hakenbüchse bittest. Michael ist Zeuge, dass ich sie dir vermacht habe. Dazu gehören Kugelbeutel, Pulvermaß und ein silberbeschlagenes Pulverhorn. Dazu kommt noch ein Gürtel mit Holzbechern daran, mit denen die Pulverladungen abgemessen werden können. Ich glaube, die Büchse ist bei dir am besten aufgehoben."

Ich hörte Stimmen von oben und dann lautes Stampfen auf der Stiege. Angeführt vom Schließer mit seiner Laterne erschienen Mägde und Knechte aus der Küche, die das Essen herunterbrachten. Ich befahl in dreistem Ton dem Schließer, die Hände der Verurteilten freizumachen, damit sie ihr Essen mit Anstand einnehmen könnten. Er jammerte laut und kläglich, dass er dass nicht dürfe. Dann war er endlich bereit dazu, da die im Stock gefesselten weiterhin mit den Füßen festsaßen. Der Schließer drehte an den rostigen Schrauben, Pidder und ich hoben gemeinsam den oberen Balken des Stocks und die Gefangenen konnten ihre Hände zurückziehen. Henneke Wulf, der Staller der Hollischen Bauern rieb sich die taub gewordenen Gelenke, reckte sich, stieß ein paar grobe Flüche aus und zeigte uns seine Fingerspitzen, an denen die Ratten bereits begonnen hatten zu nagen.

Alle, die an der Wand an Eisen gefesselt waren, konnte er jedoch nur an einem Arm befreien. Das reichte zum Essen und die Gefangenen waren darüberhinaus froh, ihre körperliche Lage verändern zu können.

Pidder und ich blieben noch einige Zeit in dem dunklen Verlies, um den Unglücklichen ihr Schicksal zu erleichtern. Ich erzählte dem Stadtvogt, dass der Vater seiner Frau gestorben sei, verschwieg ihm aber, dass seine Töchter und seine Frau vergewaltigt worden waren. Ich bot an, seinem Weib das verbleibende Geld zurück zu geben.

"Lasst nur, Michael. Wenn etwas übrig bleibt, was ich sehr hoffe, so behaltet es für euch. Meine Frau hat noch eine reichliche Reserve bei Verwandten auf Nortstrandt. Ich glaube nicht, dass sie Not leiden muss. Wenn ihr und den Kindern nur nichts Unrechtes geschieht." Pidder und ich sagten kein Wort dazu.

Irgendwann mussten auch wir unserer Müdigkeit Tribut zollen und verließen die Bedauernswerten zu abendlicher Stunde. Als ich auf den Hof hinaustrat und die frische Luft meine Lunge erquickte, war mir, als hätte ich soeben die unterirdische Hölle verlassen. Was aber würde mich morgen erwarten. Abgesehen von den Scheußlichkeiten, die sich auf dem Husemer Markt abspielen würden, erwartete ich noch den Urteilsspruch der Lübecker. Was hatten sie für mich ersonnen. Weglaufen konnte ich nicht, ich wäre für vogelfrei erklärt worden und dürfte nie wieder heimischen Boden betreten. Das könnte mir jetzt auch passieren, aber es bestünde immerhin die Möglichkeit, vom Gnadenrecht Gebrauch zu machen.

Als wir den Flur im Kloster erreichten, in dem wir zwischen den Söldnern unser Strohlager ausgebreitet hatten, erwartete uns

ein Bote. Er hatte bereits auf unserer Schlafstätte geschnarcht und wurde von grölenden Soldaten, die sich mit Bier und Würfelspiel unterhielten, von unserer Matte verscheucht.
"Seid ihr Michael Isermann?" Ich bejate.
"Dann soll ich euch zum Rat der Stadt Lübeck führen. Ihr werdet dort erwartet."
Pidder bestand darauf mitzukommen. Wir zogen erneut durch Husem, misstrauisch beäugt von Söldnern. Hunde lungerten überall auf der Straße und in den Gassen herum. Für sie gab es reichlich Beute. Landsknechte hatten willkürlich Schweine, Schafe, Pferde und Rinder getötet und ihre Kadaver in den Dreck geschmissen. Für die Hunde des Orts eine wahre Orgie.

Der Rat meiner Heimatstadt hatte seinen Sitz im Rathaus aufgeschlagen. Auch hier lärmten, tranken und würfelten die Soldaten trotz der späten Stunde. Sie waren wie trunken nach den Plünderungen in den Häusern. Die Beute musste für viele beträchtlich gewesen zu sein. Daher gierten sie jetzt nach ihren Lieblingsbeschäftigungen: Biertrinken, Karten- und Würfelspiel.

Der Bote führte uns in den Dienstraum des ehemaligen Stadtvogts. Er war an den Wänden mit Portraits von Männern und Frauen ausgeschmückt. An einer Seite waren handgeschnitzte Bänke mit Samtkissen für die Ratsherren aufgestellt. Fast in der Mitte des Raums stand ein großer Eichentisch, dessen breite Füße mit Teufelsfratzen verziert waren, über denen an allen vier Ecken ein Engelskopf strahlte, der die Fratzen in die höllischen Tiefen verwies. Hinter dem Tisch saß eingeschlummert Hinrich Castorp. Sein Kopf war in den Nacken gesunken und er schnarchte mit weit aufgerissenem Mund. Seine beiden verbliebenen Schneidezähne im Oberkiefer schimmerten dunkel im trüben Licht der Rüböllampen.

Der Bote weckte ihn vorsichtig. Ich konnte mich noch erinnern, dass mein Vater häufiger davon sprach, dass der Ratsherr sehr aufbrausend werden konnte. Daher war die Vorsicht des Boten verständlich. Beliebt war Hinrich Castorp nicht. Da er aber auf Lebenszeit ernannt worden war, konnte er nicht abgesetzt werden.

Ich gab Pidder ein Zeichen, im Hintergrund an der Türe stehen zu bleiben. Der Ratsherr wachte auf, schaute verschwommen in die Runde und blickte verständnislos auf mich. Dann aber glätteten sich seine Gesichtszüge. Er war endgültig wach geworden, erkannte mich und es dämmerte ihm, warum ich vor ihm stand.

"Michael Isermann, ich schätze eure Eltern und eure Familie. Unsere Familien gehören zu den ältesten in Lübeck und entsprechend groß ist unsere Verantwortung für die Stadt und die Hanse. Ihr aber habt es vorgezogen, eurer Heimat und Familie in den Rücken zu fallen und euch mit diesem gräßlichen Pöbel zu verbünden. Michael, mein Freund, Tränen laufen über meine Seele, wenn ich sehe, wie ihr eure vielversprechende Zukunft weggeworfen habt. Ihr seid sicherlich ein kluger Geist und kluge Geister neigen zur Unruhe. Ihr seid berauscht von eurem Wissen, dass ihr an der Universität erlangt habt. Wissen bedeutet Macht, fürwahr. Aber Nichtwissen bedeutet Verdammnis. Und ihr habt euch mit Nichtwissenden verbrüdert. Ihr habt vergessen, Michael Isermann, wenn man dem Teufel den kleinen Finger gibt, will er die ganze Hand. Ihr habt euch mitschuldig gemacht an der blutigen Suppe, die zu kochen ihr mitgeholfen habt. Und macht nicht den Fehler, den König dafür verdammen zu wollen. Eine Königskrone ist keine leichte Last und durch viele Sorgen wird sie immer schwerer, ebenso, wie das Amt eines Ratsherren Lübecks, für das ihr sicherlich einmal vorgesehen gewesen wäret. Aber durch euer verwerfliches Verhalten habt ihr all das verwirkt. Die in Husem anwesenden Ratsherren eurer ehemaligen Heimatstadt, neben mir die euch ebenfalls bekannten Hinrich Rumor und Andreas Brekelvelde haben beschlossen, dass ihr für euren Verrat nicht dem Schwert zum Opfer fallen sollt, das können wir eurer Familie nicht antun, obwohl ihr es verdient hättet. Aber wir sehen es als unsere Christenpflicht an, dass ihr auf alle Zeit aus unserer Stadt verbannt seid. Wir verzichten in unserer Großmut darauf, euch nach Lübeck überführen zu lassen, um euch dort an den Pranger zu stellen und euch mittels Staupenschlag aus der Stadt zu weisen. Wir sehen uns aber gezwungen, trotz unserer Liebe zu eurer Familie, die Stadt über eure Schandtaten und unser Urteil zu informieren, damit ihr nie wieder von einem Lübecker eine Hilfe zu erwarten habt. Lasst euch das eine Lehre sein, Michael Isermann und lebt weiter im Sinne Jesu Christi. Die heilige Kirche steht nun bereits seit fast tausendfünfhundert Jahren festgefügt durch das Blut ihrer Märtyrer und Heiligen. Geleitet durch dieses christliche Blut baut sich die weltliche Ordnung auf. Trotzdem versuchen Bauern, gleichgesinnte Tölpel und Tagelöhner immer häufiger, diese von Gott vorgegebene Ordnung zu zerstören. Die Zerstörung kann aber nur von Menschen gewollt sein, die den Glauben an die heiligen Sakramente verloren haben. Das Ende wird Sünde, Verderben und der Untergang des Christentums sein. Wie viele Menschen aus den Kreisen der Unwissenden übertreten das Fastengebot. Wie viele von ihnen lästern heilige Anliegen, um sich anschließend mit Bibelworten, die sie mangels Lateinkenntnissen gar nicht verstehen, rein waschen zu wollen. Wie gefährlich die Bibelworte im Munde des Pöbels sind zeigt sich daran, dass sie ihnen dazu dienen, sich vor der Abgabe des Zehnten zu drücken. Aber unsere besten Kunden, Michael Isermann, von denen unser Wohlstand abhängig ist, können uns Lübecker nur bezahlen, wenn die Bauern, Müller, Fischer und Handwerker ihren Zehnten an sie abführen. Daher seid uns dankbar, dass die Strafe, die euch hiermit getroffen hat, nicht noch schärfer ausgefallen ist. Solltet ihr allerdings die Dreistigkeit besitzen, nach Lübeck zurück zu kommen, so seid gewiss, dass euch der Tod am Galgen erwartet."

Er endete, indem er die Luft tief durch die behaarten Nasenlöcher einzog. Er erhob sich von seinem Stuhl und kam langsam auf mich zu. Er blickte sorgenvoll drein und tätschelte mir mit seiner blutleeren, trockenen Hand die Wange.

"Geht mit Gott, Michael Isermann. Eure Mutter wird bitterlich weinen. Aber ich hoffe, die Strafe wird euch läutern und ihr könnt trotz eurer Verfehlung das Reich Gottes gewinnen. Einem reuigen Sünder wird verziehen."

Hinrich Castorp merkte, dass ich noch etwas sagen wollte. "Ihr habt noch etwas auf dem Herzen?"

"Ich möchte das Urteil schriftlich von euch," forderte ich.

"Das ist bereits geschehen, mit allen drei Unterschriften. Hier habt ihr es. Aber ihr fordert es in einem Ton, dass ich annehmen muss, ihr wollt etwas unternehmen."

"Edler Herr," mir war elend zumute. Ich war zwar froh, dass ich nicht dem Schwert zum Opfer fallen sollte, aber meine Familie hätte ich gerne wieder gesehen. Aber bei der Starrsinnigkeit dieses Mannes war die Hoffnung aussichtslos. Das wusste ich instinktiv. Da ich aber das Urteil schriftlich hatte, konnte mir im Augenblick rechtsgültig nichts geschehen. Daher maß ich mir an, dem alten Mann meine ungeschminkte Wahrheit entgegenzuschleudern. "Wie ihr schon gesagt habt, ich bin Mitglied einer der bedeutendsten Familien Lübecks. Ich habe Wissenschaften in Köln studiert und in den Niederlanden Schiffbau. Meine Eltern haben mir das ermöglicht. Sie haben dabei nur nicht bedacht, dass Lübecker Handelsherren nicht den notwendigen Scharfsinn haben, um die Veränderungen in der Welt zu begreifen und der Entwicklung des philosophischen Verstands zu folgen. Ich gehe daher davon aus, dass bei eurer Selbstgefälligkeit und bei eurem Eigensinn jedes weitere Wort nutzlos ist. Glücklicherweise bin ich ein junger Mann und ihr ein alter. Ihr werdet bald die Erde verlassen und vor eurem Richter stehen. Ich hoffe daher, dass Lübeck einen Nachfolger für euch finden wird, der weniger eigensinnig und starrköpfig ist und der mit mehr Klugheit ausgestattet sein wird als ihr. Ich werde, wenn die Zeit gekommen ist, mein Recht als Lübecker Bürger einfordern. Ich habe mir nichts zuschulden kommen lassen."

Der Ratsherr setzte sich erschrocken über meine Worte wieder auf seinen Stuhl und musterte mich mit maskenhaftem Blick. Dann jedoch sprang er mit einer Behendigkeit hoch, die ich ihm nicht zugetraut hätte. Pidder, der zwar der lübischen Sprache nur unvollkommen mächtig war, aber intuitiv erfasste was geschah, stand plötzlich neben mir. Hinrich Castorp durchfuhr ein tödlicher Schreck und er blieb wie angewurzelt hinter seinem Amtstisch stehen.

"Bemüht euch nicht, Hochwohlgeboren" klang meine Stimme voller Ironie, "ihr braucht mich nicht hinauszubegleiten, ich finde den Weg alleine."

Damit verließen wir den Raum. Pidder packte im Vorübergehen den Boten beim Kragen und zog ihn mit. Er musste uns zurück zum Kloster begleiten, damit wir auf dem Weg dorthin keine Schwierigkeiten mit den Söldnern des Königs bekamen.

"Wir müssen unseren Schlafplatz wechseln, Pidder. Ich bin rechtmäßig verurteilt, daran kann der Ratsherr nichts ändern. Aber er kann Söldner zu mir schicken, die mich ins Jenseits befördern sollen. Und ich rechne damit, dass er das tut. Er fürchtet sich vor meiner Familie."

Pidder Lüng lächelte. "Du hast heute genug für unsere Sache getan. Du musst jetzt schlafen. Morgen musst du sehr früh wach sein. Wir gehen zum Kloster und können vielleicht in der Küche übernachten. Ich werde über dich wachen und wehe, es will dir jemand etwas antun." Im Schimmer des Mondes, der immer wieder durch die Wolken drang, erkannte ich die blitzenden Augen des jungen Fischers. Ich war froh darüber, dass er der beste Schutz für mich war.

Im Kloster angekommen fanden wir, unbemerkt von dem Boten, den wir vor dem Eingang entlassen hatten, tatsächlich zwei Plätze in der Küche. Alle anwesenden Lakaien schliefen in gespannter Erwartung, was der folgende Tag bringen würde, noch nicht und redeten laut durcheinander. Da ich die Küchenmägde und -knechte gut entlohnt hatte, rückten sie zusammen und halfen uns beim Zurechtlegen des Strohs. Kaum hatte ich mich hingelegt, schlief ich auch bereits ein.

Wie lange ich geschlafen hatte weiß ich nicht. Ich wurde nur von einem schrecklichen Lärm geweckt und erkannte im Schein einiger Rüböllämpchen, dass Pidder in einen Händel verwickelt war. Zwei Hamburger Söldner standen ihm mit gezücktem Schwert gegenüber und verlangten Durchlass. Der blonde Hüne hatte sich einen großen, schweren Kessel gegriffen, den er von unten herauf dem am nächsten stehenden Soldaten blitzschnell unter das Kinn schlug. Er hatte ihn mit solcher Wucht durchgebeutelt, dass dem Söldner das Schwert aus der Hand fuhr und einige Meter entfernt liegen blieb. Den zweiten Soldat durchfuhr ein höllischer Schrecken. Er begriff die Riesenkraft des Sylder Hünen und wandte sich zur Flucht. Pidder packte ihn jedoch am Kragen seines rot-blauen Wams, schüttelte ihn kräftig, verpasste ihm zwei deftige Ohrfeigen, entwand ihm sein Schwert und gab ihm einen kräftigen Tritt in seinen Arsch.

"Gottes Gerechtigkeit ist die einzige, auf die ihr hier auf Erden rechnen könnt. Sagt dem Herrn aus Lübeck, der Teufel wartet schon auf ihn und auf euch. Sagt ihm, ihr hättet ihn heute Nacht kennen gelernt." Pidder lachte laut und höhnisch hinter ihm her, während der erste Soldat wieder langsam zu sich kam, voller Angst um einen großen Küchentisch herumkroch und im günstigsten Moment durch die offene Tür zum Hof entwich.

Alle Mägde und Knechte waren wach geworden, aber keiner wagte einen Mucks. Der Schreck, dass Söldner versucht hatten, bei ihnen einzudringen saß tief. Zum einen fürchteten sie eine blutige Fehde, bei der sie leicht selbst zum Opfer werden konnten, zum anderen waren Kampfhandlungen von Soldaten immer mit Plünderungen verbunden. Als außen Pferdegetrappel laut wurde, sprangen alle auf und rannten unter Rufen und Schreien nach draußen.

Pidder dehnte sich. Er stieß einen jubelnden Brunftschrei aus und trat zur Küchentür. Für mich wurde es jetzt auch Zeit, mich zu erheben, denn die ganze Aufregung war durch meine Person entstanden. Ich konnte die Abwehr der Meuchelmörder unmöglich nur dem Langen Peter überlassen. Also bewaffnete ich mich mit dem Schwert, das der von Pidder niedergeschlagene Söldner liegengelassen hatte und lief ebenfalls zur Tür, um zu sehen, wie der blonde Hüne in den Hof trat und sich einem Feldhauptmann zu Pferde näherte. Aus allen Zugängen zum Hof näherten sich Söldner. Fast alle waren angetrunken und in einem reizbaren Zustand. Um sie friedlich zu stimmen, hätte das Geld, dass mir der Stadtvogt von Husem für die Schicksale seiner Todesgezeichneten überlassen hatte, nicht ausgereicht. Ob das für Pidder ein ausschlaggebender Grund war bezweifele ich. Er hatte vielmehr Freude daran gefunden, den Herren und den Dienern der Obrigkeit ihre Arroganz, Machtbesessenheit und Ungerechtigkeit heimzuzahlen. Er näherte sich mit angespannter Muskelkraft dem Offizier.

"Was wollt ihr mitten in der Nacht," stieß er zornig hervor.

"Wir suchen einen Lübecker mit Namen Michael Isermann. Wir haben schon im Kloster nach ihm gesucht und nicht gefunden. Ich nehme daher an, er hat sich hier in der Küche versteckt."

"Was wollt ihr von ihm. Er spricht gerade mit Gott, seinem Herrn. Seht ihr dort den hellen Glanz in der Küche. Dort ist er soeben Michael Isermann erschienen. Er hat ihm gesagt, dass ihr alle mit fürchterlichen Qualen zu rechnen habt, wenn ihr nicht augenblicklich verschwindet."

Bei einem gläubigen Menschen hätte diese Darstellung von Pidder sicherlich Eindruck gemacht. Der Feldhauptmann jedoch gehörte zu den Landsknechten, die zwar die Bibel im Ränzel mitführten, jedoch nur, um Plünderungen, Vergewaltigungen und Todschlag zu rechtfertigen. Sie lebten zu eng mit dem Tod, um tatsächlich noch überzeugte Katholiken zu sein. Daher lachten der Feldhauptmann und einige der umstehenden Kriegsknechte laut auf.

"Heliga Kristus, willst du Arschbacke mich verspotten? Weg da, geh mir aus dem Weg. Auch wenn ihr zwei Söldner verjagt habt, mir habt ihr zu gehorchen. Ich will den Lübecker, er hat den Ratsherren Hinrich Castorp angegriffen und ihn fast totgeschlagen. Ich habe ihn seiner gerechten Strafe zuzuführen. Aus dem Weg."

Damit wollte er seinem Gaul die Sporen geben. Pidder war jedoch schneller. Er packte das Pferd am Halfter und zwang es mit seiner Kraft in die Knie. Ich sah, wie der Feldhauptmann, umgeben von gewappneten Söldnern, die in brüllendes Gelächter ausbrachen, schreckensbleich auf dem Rücken seines Pferdes saß und sich an den Sattelknopf klammernd mühsam aufrecht hielt. Dann packte ihn Pidder an seinem ledernen Wams, griff mit der linken Hand zu dem Schwert des Söldnerführers, dass er aus der Scheide zog und auf den sandigen Boden warf, zog den Offizier mit der rechten vom Sattel des Reittiers und stemmte ihn wie spielerisch in die Höhe. Vor Schreck strampelte der Feldhauptmann mit seinen Beinen freischwebend in der Luft.

Alle erwarteten, dass Pidder sein Opfer auf die Erde plumpsen lassen würde. Aber weit gefehlt. Er stellte den bleich gewordenen Feldhauptmann vorsichtig auf die Beine, gab ihm einen leichten Backenstreich und blinzelte ihn frech an. Der wusste nicht recht, was er tun sollte und flüchtete einen kurzen Augenblick später geschwind zwischen die umstehenden und lachenden Soldaten. Ich sah, wie er die ihm zunächst stehenden Kriegsknechte anstachelte, über Pidder herzufallen. Die überlegten. Angetrunken und kampfesunlustig waren sie jedoch in der Mehrzahl, und da der Hauptmann ihnen eine Belohnung versprach, sollte die

Aufgabe wohl leicht zu erfüllen sein.

Plötzlich bemerkte ich, wie Pidder zu dem Pferd schnellte. Es stand laut schnaubend einige Meter entfernt an der Hofmauer und stampfte unruhig mit seinen Beinen. Der blonde Hüne bückte sich und schob seinen Körper unter den Leib des Pferdes. Ich sah, wie er umgeben von näher kommenden Söldnern, die in lautes Gelächter ausbrachen, seine ganze Muskelkraft anspannte und sich langsam aufrichtete. Das Pferd hatte einen staunenden Ausdruck in seinem Blick, als es sich mit einem Gewicht von mehr als drei ausgewachsenen Schweinen langsam in die Höhe hob. Die Augen des Feldhauptmanns dagegen weiteten sich vor Schreck und sein Gesicht wurde noch bleicher. Jetzt wurde ihm endlich bewusst, wie wenig sein Leben in den Händen dieses Mannes noch wert gewesen wäre.

Angesichts dieses ungewöhnlichen Kraftaktes erstarb das Gelächter auf den Lippen der Landsknechte augenblicklich und Rufe der Bewunderung wurden laut. Sie traten zurück und machten Platz, damit Pidder mit dem Tier auf seinem starken Nacken langsam zum Hoftor gelangen konnte. Dort trat ihm überraschend der Feldhauptmann in den Weg und zog sein Schwert. Er wollte seinen Ruf aufbessern, damit die Söldner ihn nicht bei der ganzen Truppe lächerlich machen konnten.

Unter der Last des Gauls hätte der junge Hüne sich gegen die Waffe des Kriegsmannes nicht wehren können. Also musste ich eingreifen. Ich stürzte mit dem Schwert des geflüchteten Söldners durch die Reihe der jubelnden Landsknechte auf den Feldhauptmann, schlug ihm sein eigenes aus der Hand und hielt ihm meins an seinen Hals. So verbunden folgten wir Pidder und dem Pferd bis zum Hoftor nach. Die Söldner lachten jetzt noch mehr. Der Feldhauptmann gehörte zu einer mecklenburgischen Einheit, und die Bewohner dieses Landstrichs waren bei den Holsteinern nicht sonderlich beliebt. Man sah in ihnen immer noch Slawen, die in der Vergangenheit häufiger holsteinisches Land an der Ostsee erobert und verwüstet hatten.

Pidder setzte das Reittier ab, das er am Halfter festhalten musste, da es davonstürmen wollte. Dann drehte er sich lächelnd zu den versammelten Landsknechten um, die ihn begeistert feierten. Endlich kam er zu mir und dem Mecklenburger. Er machte ein einladendes Zeichen, um den Offizier zu drängen, sein Pferd zu besteigen und zu verschwinden.

Ich sah, dass die Landsknechte hämisch auf den Feldhauptmann blickten. Das wollte ich nutzen.

"Warum hat der alte Mann aus Lübeck keinen seiner Seesoldaten geschickt, warum einen Mecklenburger? Dürfen die Lübecker nicht wissen, dass der alte Ratsherr einen Meuchelmörder ausschickt, um einen anderen Lübecker ermorden zu lassen? Sag ihm, dass wir, mein starker Freund und ich, eines Tages bei ihm erscheinen und ihn zur Rechenschaft ziehen werden."

Damit setzte ich das Schwert von seiner Kehle ab, griff an seinen Gürtel, fasste seine Geldkatze und schnitt sie mit der scharfen Klinge ab.

"Ich nehme an, dass dein Judaslohn in diesem Beutel zu finden sein wird," donnerte ich ihn an. "Da du deine Arbeit aber nicht ordnungsgemäß ausgeführt hast, bin ich als Lübecker befugt, das Geld meiner Heimatstadt zurückzufordern. Gehe nun zu dem alten Mann und berichte ihm alles."

Pidder packte ihn unter dem Gejohle der Söldner an Kragen und Hosenbein, hob ihn hoch und setzte ihn rücklings aufs Pferd. Dann gab er dem Zossen einen kräftigen Schlag auf das Hinterteil, worauf er einen Satz machte und mit dem sich krampfhaft festhaltenden und hin und her schwankenden Feldhauptmann davonstob.

Derweil blickte ich in die Börse und sah, dass mein Leben dem Herrn Ratsherrn Hinrich Castorp siebzig lübische Goldstücke wert war. Ein beträchtliches Vermögen für einen Söldnerführer. Ich blickte auf die feixenden Soldaten um uns herum.

"Ich habe hier das Blutgeld für mich. Das könnt ihr euch verdienen, wenn ihr später auf dem Marktplatz darauf achtet, dass uns beiden nichts geschieht."

Die Landsknechte waren von meinem Vorschlag sehr angetan. Sie schworen uns beim Geiste ihrer Ahnen, was auch immer das wert sein mochte, dass sie uns behüten würden wie Edelsteine. Ich überreichte die Geldkatze Pidder, bei dem gewiss niemand versuchen würde, das Geld zu entwenden. Dann zogen wir mit den Söldnern zurück ins Treppenhaus des Klosters, wo der Leutnant mit einigen Komplizen seiner Einheit Pidders Bravourstück verschlafen hatte. Trotz der fortgeschrittenen Stunde war im Treppenhaus ein ständiges Auf und Ab.

"Wer sind diese Leute?" fragte ich den Sergeanten. "Sie gehen mit niedergeschlagener Miene hoch und kommen frohgestimmt wieder herunter."

Der Haudegen lachte grimmig. Er fuhr sich mit dem Handrücken über den Mund und nahm einen tiefen Zug aus seinem Krug.

"Die frohe Stimmung wird nicht lange anhalten. Wenn sie von oben herunterkommen, haben sie Haus und Hof verloren. Das sind Bauern und Husemer Bürger, die bei den Hofschranzen des Königs um ihr Leben flehen. Gegen entsprechendes Entgelt, wie ich schon sagte, gegen Haus und Hof, bleibt ihnen die Todesstrafe erspart. Dafür singen sie wie Nachtigallen und zeigen alle an, von denen sie irgendeine Schandtat wissen. Und sie wissen viele Schandtaten, solche, die begangen wurden und andere, die nicht begangen wurden. Und alle Anschuldigungen bringen dem König viel Geld. Er braucht nicht zu plündern. Ihm fällt alles in den Schoß. Sogar die Wertsachen, die irgendwo gut versteckt sind. Der Preis für ein Leben ist sehr hoch, der Henker dagegen sehr billig."

Die Söldner, in deren Gesellschaft Pidder Lüng und ich uns befanden, stammten aus Holstein und waren aus der Festung Rendsburg kommend mit dem König nach Husem marschiert. Der Sergeant der Truppe erzählte uns, dass sie bereits bei der verlorenen Schlacht am Brunkeberg vor Stockholm dabei gewesen waren. Laut Vertrag des Königs mit dem Adel von Schleswig und Holstein sollten zwar keine Truppen aus den Herzogtümern in kriegerische Auseinandersetzungen des dänischen Königs außerhalb der beiden Länder eingesetzt werden, aber niemand konnte verhindern, dass sich viele freiwillig meldeten. Nicht nur lichtscheues Gesindel, sondern auch nicht erbberechtigte Söhne.

Der Sergeant berichtete, dass die Söldner vor einem Jahr bei ihrem Kriegszug nach Schweden der Ansicht waren, dass Stockholm sehr schnell kapitulieren würde. Keiner von ihnen war darauf erpicht, sich in ernsthafte, kämpferische Auseinandersetzungen verwickeln zu lassen. Auf Seiten der Dänen stammten die meisten Soldaten aus Schweden. Sie waren Untertanen derjenigen Adligen, die den Zusammenschluss Schwedens, Norwegens und Dänemarks unter der Führung des dänischen Königs unterstützten. Die Stockholmer, einige weitere Regionen Schwedens und die Finnen wehrten sich dagegen.

Die Schiffe der Dänen ankerten vor einer Insel, die unmittelbar Stockholm vorgelagert war. Während der Belagerung wurden von Zeit zu Zeit einzelne Schüsse auf die Stadt abgegeben, um die Bewohner und vor allem die Stände, die den Friedensvertrag unterzeichnen sollten, an ihr mögliches Schicksal zu erinnern. Aber die Wirkung war bescheiden, der Palast und die Stadt Stockholm leisteten erbitterten Widerstand. Die Dänen errichteten ihr Lager nördlich der Stadt, aber von den Angreifern war niemand ernsthaft bemüht, die Mauern Stockholms anzugreifen, da sie mit Proviant, Waffen und Munition gut versorgt waren. Die Kanonen und Feuerwaffen speiten jedes Mal ein höllisches Feuer, wenn sich auch nur ein einziger feindlicher Landsknecht den Befestigungsanlagen näherte. Die Söldner des Königs freuten sich deshalb darüber, dass sie im Lager herumlungern konnten und dafür noch bezahlt wurden. Aber jeder Tag, den das Heer erfolglos vor den Mauern der Stadt lag, kostete den dänischen Monarchen ungeheure Summen an Geld. Er musste sich daher etwas einfallen lassen.

Seine besten Verbündeten waren die Hauptleute des Söldnerheers. Für sie war der lange, vergebliche Aufenthalt vor Stockholm ein besonderes Unglück, da sie gehofft hatten, reiche Witwen für sich zum Heiraten zu erobern. Für die Dänen zählte das zu ihrem gottgewollten Recht, da die Kalmarer Union im Norden Europas bereits seit fast hundert Jahren bestand und Schweden ständig Aufruhr stifteten und vor Blutvergießen nicht zurückschreckten. Sie waren so vermessen, dass sie den dänischen König nicht als ihr natürliches Oberhaupt anerkennen wollten. Im Gegenteil, bei jeder Gelegenheit fielen sie ihm in den Rücken.

Der Sergeant machte an dieser Stelle ein bekümmertes Gesicht. "Die Kriege mit Schweden haben Dänemark bereits völlig verarmen lassen. Ich werde nach diesem Zug, der mir etwas Plünderungsgut eingebracht hat, den Dienst sowohl für Holstein als auch für Dänemark aufkündigen und wieder bei meinem alten Dienstherrn anheuern."

Ich konnte den schnauzbärtigen Kriegsknecht verstehen. Krieg war sein Handwerk, und wie jeder Handwerker wollte er aus seinen Geschicklichkeiten möglichen Nutzen ziehen. Dafür lebten die Soldaten ständig im Angesicht des Todes, auch wenn sie bei einem Feldzug lieber im Lager herumdösten, tranken und spielten, anstatt ihre tödlichen Händel auszutragen. Obwohl ich selbst keine Kampferfahrung hatte, nahm ich dennoch an, dass ein erfolgloser Feldzug eher in der mangelnden Vorbereitung durch die Verantwortlichen zu suchen war.

"Wie kam es denn zu der verlorenen Schlacht?" wollte ich wissen. Ich war froh, dass ich mich von der Drangsal der Ereignisse ablenken konnte. Der Sergeant verzog angewiedert das Gesicht und spuckte in zorniger Erinnerung auf den Steinboden.

"Den Schweden war es gelungen, zunächst unbemerkt Truppen westlich unseres Lagers aufziehen zu lassen. Als wir ihrer angesichtig wurden, stellten wir fest, dass es keine große Streitmacht war. Daher fühlten wir uns siegessicher. Als wir jedoch angriffen, fielen uns von Süden und Osten Söldnerhaufen an, die sich dort seit dem frühen Morgen versteckt hielten und die wir ebenfalls nicht bemerkt hatten. Ehe wir es uns versahen, waren unsere Truppen in der Mitte geteilt und ohne Verbindung zueinander. Zu allem Überfluss wurde der König von einer Kugel getroffen, die ihm einige Zähne ausschlug. Das führte zu einem völligen Zusammenbruch unserer Ordnung. Da die Schweden Spione in unserem Lager hatten, waren sie natürlich genau darüber informiert, wie die Stimmung bei uns war. Wir hatten keine Lust mehr zu kämpfen. Als die Stockholmer erkannten, dass wir kaum Gegenwehr leisteten, brachen sie aus der Stadt hervor und griffen unser Hauptlager vor dem Brunkeberg an. Die Söldnerhaufen des dänischen Königs ergriffen das Hasenpanier und rannten, als sei der Teufel hinter ihnen her. Da die Schweden jedoch in der Zwischenzeit die Brücken, die zu den rettenden Schiffen führten zerstört hatten, erkannten viele, dass die Flucht aussichtslos war. So liefen unsere Truppen in Scharen zum Feind über. Der König war noch rechtzeitig zu seiner Flotte geflüchtet und versuchte, so viele der Söldner wie möglich auf seine Schiffe zu retten. Zu denen gehörte ich, darum bin ich jetzt hier."

Obwohl die Zeiten unruhig waren und überall Kriegsschauplätze entstanden, hatten weder Pidder noch ich viel über Kriegshandlungen gehört. Wir nahmen daher solche Berichte, wie jetzt die von dem Sergeanten sehr interessiert in uns auf. Da ich bereits ein wenig in der Küche geschlafen hatte, war ich in der Lage aufmerksam zuzuhören. Pidder dagegen war hundemüde. Er kämpfte verzweifelt gegen den Schlaf an, denn er wollte sich nichts entgehen lassen.

Der Sergeant kam in Erzähllaune. Er nahm einen tiefen Schluck Bier aus seinem Humpen, biss ein Stück von einem Laib trockenen Brots ab und berichtete weiter. "Sergeant wurde ich in Diensten von Albrecht 'Achilles'. Er stammt aus dem Haus der Hohenzollern und war damals nur der Markgraf von Ansbach. Ich lernte ihn kennen, als wir mit achttausend Mann am rechten Ufer der Brenz unweit des württembergischen Orts Giengen lagen. Gegenüber hatten sich die Heere des Wittelsbacher Herzogs Ludwig von Baiern und des Königs von Böhmen, dieses Hussitenteufels und Königsmörders Georg Podiebrad, aufgestellt."

Ich unterbrach ihn: "Warum war dieser Podiebrad ein Königsmörder? Er war doch der König von Böhmen."

"Der legale König war der noch unmündige Pflegesohn von Kaiser Friedrich III., Ladislaus Postumus, Sohn König Albrechts II. aus dem Hause Habsburg, ehemals dütscher König und König von Ungarn und Böhmen. Der hätte mit Sicherheit in Aachen den Kaiserthron Karls des Großen besteigen können, hätte er nicht nach Serbien marschieren müssen, um die Türken abzuwehren. Dabei ereilte ihn die Ruhr und er starb. Als nun sein unmündiger Sohn in Prag eine französische Prinzessin heiraten sollte, verschied er ganz plötzlich auf seltsame Weise. Niemand sprach darüber, aber alle Welt wusste Bescheid, Ladislaus Postumus war vergiftet worden."

Hier machte der Söldner eine Pause, um erneut einen kräftigen Schluck aus seinem Krug zu nehmen. Er kratzte sich am Kopf, trat sitzend nach einer Ratte, die ihm zu nahe gekommen war, schnaufte laut durch die Nasenlöcher und setzte seine

Erzählung fort. "Was tat der Kaiser? Er machte das, was er bis heute am besten kann: nichts. Außer, dass er es zuließ, dass dieser Emporkömmling Podiebrad die Königskrone erhielt."
Wieder spuckte der Sergeant aus. "Die Mutter des Kaisers, eine Polin soll eine große Frau mit mächtigem Körperbau gewesen sein. Sie soll Nägel mit der bloßen Faust in Holzbalken getrieben haben. Ihr Sohn, der Kaiser soll die Körperfülle und wohl auch Muskelkraft von seiner Mutter geerbt haben. Er soll ein Riese sein, der nichts mit seiner Kraft anzufangen weiß. Er ist wie ein unbeweglicher Klotz, der höchstens mit Wasser verdünnten Wein trinkt und lieber ein unfruchtbares Weib neben sich haben will als eine Säuferin."
Wieder setzte der Soldat seinen Humpen an, aber er war leer. "Einen neuen, vollen Bierkrug," rief er einem Söldner zu, der mit drei anderen vor dem Bierfass hockte und dem Würfelspiel verfallen war. Aber der Sergeant hatte genügend Autorität, um den Landsknecht zu bewegen, ihm im Laufschritt einen frischen Humpen mit dem Gerstengebräu zu bringen.
"Wo war ich stehen geblieben," versuchte er sich nach einem langen dreifachen Schluck zu erinnern, "ach ja, bei dem unbeweglichen Klotz. Also, der Kaiser führt keine Kriege, er regiert nicht einmal. Lieber sitzt er über seinen Büchern, Schriften und magischen Formeln und grübelt darüber nach, wie er alle gefährlichen Auseinandersetzungen und politischen Entscheidungen verhindern kann. Daher gibt es im dütschen Kaiserreich heute für einen tüchtigen Soldaten eine riesige Menge reicher Beute. Jeder kämpft gegen jeden, Bürger gegen Adlige, Adlige gegen Adlige, Bauern zusammen mit den Adligen gegen die ungeliebten Städte und die Städte mit wechselnden Verbündeten gegen alle. Und unglaubliche Reichtümer werden erobert. Und ich Einfaltspinsel sitze hier und habe mich einem König verschworen, der völlig verarmt ist, alles verpfändet hat und die Bauern ausquetschen muss, damit ihm der Adel nicht den Hals umdreht. Da gehe ich lieber wieder zu meinem alten Herrn zurück. Auch wenn wir die letzte Schlacht gegen den Hundsfott aus Baiern und das Hussitenschwein aus Böhmen verloren haben."
Der Sergeant erhob sich tapsig, rülpste kräftig, ging einige

wenige Schritte zur Seite und pisste gegen die Statue des Erbauers des Klosters. Er knöpfte seine Hose zu und kam zu uns zurück. Pidder hatte es nicht geschafft. Die Müdigkeit hatte ihn übermannt. Auch ich begann zu gähnen, wollte aber die Erzählung des Soldaten zu Ende hören. Ich konnte zumindest in den nächsten Jahren nicht mehr in meine Heimatstadt Lübeck zurückkehren. Da konnte es bedeutsam für mich sein, mehr über die Welt um uns herum zu erfahren.

"Wo war ich stehen geblieben?" Der Sergeant rülpste erneut so laut, dass es durch das ganze Treppenhaus dröhnte. Ich musste mich an der Lende kratzen. Wahrscheinlich hatte ich wieder einen Floh erwischt.

"Bei der verlorenen Schlacht," antwortete ich mit zwischenzeitlich müder gewordenen Augen.

"Ja, edler Herr, wir hatten zwar verloren, aber gegen eine Übermacht. Wir hatten mit dem Hohenzoller den besten Befehlshaber des Reichs. Ohne ihn wäre die Unordnung im Kaiserreich noch größer gewesen. Er hatte an nahezu allen Kriegen teilgenommen, die seit seinem siebzehnten Lebensjahr stattfanden. Niemand konnte es mit ihm an Mut und taktischer Finesse aufnehmen. Er war die Krone der Reichsritterschaft, ein Turnierkämpfer, dem kein Gegner gleichkam. Sein Körper ist von Narben übersät und seine Frau die schönste unserer Zeit. Seinen Beinamen Achilles gab ihm sein Freund Enea Silvio Piccolomini, der Papst Pius II. wurde. Albrecht Achilles strebte danach, seinen kleinen ererbten Besitz zu vergrößern und zu einem Herzogtum Franken auszuweiten. Für einen Söldner wie mich der ideale Kriegsherr. Solche Leute," lachte er prustend, "nutzen auch nichtige Anlässe, um ihr Ziel zu erreichen. So passierte es in Hall, dass in einem Papstmonat," er machte eine kurze Pause, als er mein erstauntes Gesicht sah, "ihr wisst nicht, was ein Papstmonat ist? Es ist auch noch nicht lange her, da hat der allzu nachgiebige und untätige Kaiser Friedrich dem Papst in einem Konkordat das Privileg zugestanden, dass die Kurie in den ungraden Monaten freigewordene Stellen des niederen Klerus mit einem ihr genehmen Priester besetzen darf. In den geraden Monaten sind dafür die Landesfürsten zuständig. So trug es sich also zu, dass ein Priester der Reichsstadt Hall von einer Reise zurückkam und sein Pfarrhaus von einem fremden Amtsbruder besetzt fand. Der Abt eines nahe gelegenen Klosters hatte das Privileg ausgenutzt und einen Gottesmann seines Gefallens eingesetzt. Die Haller Bürger hatten aber nicht die Absicht, sich dem Willen des höchsten Kuttenträgers zu fügen. Sie kamen ihrem Priester zu Hilfe, schnappten sich den Eindringling aus dem Kloster und ersäuften ihn im nächstgelegenen Gumpen." Der Söldner schüttelte sich: "Schrecklicher Tod, ersäuft mit Wasser," und er nahm einen weiteren tiefen Zug aus seinem Bierkrug. Er sah mich mit blutunterlaufenen Augen an, grinste und fuhr fort: "Das war das Kommando für Albrecht Achilles. Es war für ihn Anlass genug, um von Hall aus einen Krieg gegen die mächtige Stadt Nürenberg zu beginnen, um von der ehemaligen Burg seiner Väter aus das Herzogtum Franken regieren zu können. Vier Jahre lang dauerte der Krieg, achtmal wurden die Nürenberger in offener Feldschlacht besiegt. Als die Stadt endgültig bezwungen schien, forderte Albrecht die Bürger auf, sich mit ihm am Kloster Pillenreuth zu treffen. Er wollte mit ihnen in einem Weiher friedlich Fische fangen und vor Ort verspeisen. Aber die feigen Nürenberger kamen mit fünftausend Bewaffneten und wollten den Markgraf fangen. Der aber entkam ihnen und hat sich furchtbar gerächt. Er zog mit seinen Scharen lange Zeit plündernd durch das Land der Franken, um Nürenberg zu ermatten. Für uns Söldner, ich stieß irgendwann in dieser Zeit dazu, waren diese Monate eine wahre Orgie. Wir wurden durch die vielen Plünderungen vermögend wie selten zuvor. Und was das Vergewaltigen anbelangt, so muss ich sagen, dass die Weiber uns nachliefen, nicht wir den Weibern." Er spuckte erneut in weitem Bogen auf die Erde. "Der Markgraf handelte sich mächtige Fürsten aus Landshut und München, aus der Pfalz und diesen Podiebrad aus Böhmen als Feinde ein. Jetzt reagierte der Kaiser einmal überraschend. Er rief alle Kontrahenten zu einer Versammlung nach Wiener Neustadt ein, um Frieden zu stiften. An dieser Versammlung nahmen nicht nur hohe Adlige teil, sondern auch bürgerliche Advokaten. Markgraf Albrecht Achilles trat daher vor dem Kaiser und den Fürsten sehr bestimmt und kämpferisch auf. Er erklärte, ihm als Fürst stehe das Recht zu, das seine Taten nur von seinesgleichen, nicht jedoch von Bürgerlichen beurteilt würden. So hat es Karl IV. in seinem Reichsgrundgesetz, der 'Goldenen Bulle' bestimmt."

Der Sergeant blickte träumerisch vor sich hin. Mittlerweile war kaum einer der Kriegsknechte um uns herum noch wach. Ihre Schnarchlaute wurden immer eindringlicher. Nur das Auf und Ab auf der Treppe hielt weiter an. Scheinbar versuchten immer mehr Bürger sich freizukaufen. Der König wurde immer reicher.

"Markgraf Achilles setzte sich natürlich durch. Alle waren froh, dass das Reich durch solche Auseinandersetzungen nicht restlos zerbrach. Und als der Kaiser wenig später von dem Wittelsbach aus Baiern, der gerne selber Kaiser geworden wäre und dem Hussiten aus Böhmen, der sich den deutschen Kurfürsten anbiederte, bedroht wurde, ergriff Albrecht Achilles Partei für den Habsburg aus Wien und wurde Reichshauptmann. Wir marschierten also los und lagen an der Brenz den Heeren der beiden gegenüber. Wir lagen auf den Hängen des Güssenbergs, als die vereinigten Armeen der Kaisermörder angriffen."

Er machte wieder eine Pause: "Kaiser Friedrich III. ist bestimmt nicht der beste Regent. Aber er ist von den Kurfürsten gewählt und von Gott gesalbt. Daher wäre der Hohenzoller Albrecht Achilles, der meiner Meinung nach sicherlich ein besserer Kaiser wäre, nie auf die Idee gekommen, Friedrich III. gewaltsam zu beseitigen. Daher kämpften wir mutig wie die Löwen. Mit den Baiern wären wir sicherlich leicht fertiggeworden, aber die Böhmen hauten und hieben, als säße Belzebub ihnen im Nacken. Daran erkannten wir, dass die Hussiten mit dem Teufel im Bunde waren. Dreimal stürmten unsere Feinde mit einer gewaltigen Übermacht die Hänge des Bergs hinauf, dreimal schlugen wir sie zurück. Berge von Leichen bedeckten die Abhänge. Aber auch wir hatten enorme Verluste. Ich kommandierte eine Geschützeinheit mit drei Feldschlangen und zwei Haubitzen. Die Feldschlangen lagen schon auf einer zweirädrigen Lafette und wurden von einem Pferd gezogen. Sie verschossen Bleikugeln von zwei Pfund Gewicht mit großer Wirkung. Die Haubitzen dagegen, deren Rohre zehnmal länger als ihre Geschosse waren, hatten mit ihren Steinkartätschen weniger Treffsicherheit und damit weniger Geschosswirkung zum

Aufbrechen der gegnerischen Schlachtordnung. Ihr Wert lag mehr in der Schreckwirkung auf die Pferde." Er lachte leise und träumerisch vor sich hin. "Neben den zielsicheren Bleikugeln aus den Feldschlangen donnerten Steinkugeln von fünfzig Pfund Gewicht dem Feind entgegen. Dreißig Männer waren nötig, um die gesamte Batterie zu bedienen. Nach dem dritten Angriff waren wir todmüde. Ich hatte mich mit Pulversäcken zugedeckt und war eingeschlafen. Lange kann es aber nicht gedauert haben. Ein lautes Dröhnen weckte mich und ohrenbetäubender Trommelwirbel drang in mein Ohr. Ich sprang auf und scheuchte meine Leute auf, die wie tot herumlagen und schliefen. Die Baiern und Böhmen stiegen schon wieder die Hänge hinauf. Unsere Wagenburg bot nur noch wenig Schutz, da sie reichlich demoliert war. Wir hatten unsere Feldschlangen zum flacheren Süden hin ausgerichtet, woher wir den Angriff der Reiterei erwarteten. Die Haubitzen sicherten den Hang. Einen Trupp mit neuartigen Hakenbüchsen stellte ich in einer Linie auf und hieß sie, ihre Lunten anzubrennen und bereit zu halten, aber nur abzufeuern, wenn sie die Gesichter der Reiter erkennen konnten. Und dann ging es los. Wie bereits bei den vorherigen Angriffen streuten wir Tod und Verderben unter unsere Feinde. Unsere Geschütze brüllten laut. Einige Ritter stürzten und auch Pikeniere, die mit gesenkten Piken im Laufschritt nach oben strebten. Viele von ihnen begegneten im nächsten Augenblick ihrem höchsten Richter. Meine Arkebusiere konnten sich nicht länger beherrschen und feuerten los. Einige weitere Ritter flogen aus dem Sattel, die übrigen machten kehrt und flohen so rasch, als sei der Leibhaftige hinter ihnen her. Reiterlose Pferde und verstörte Menschen irrten über die Hänge. Wir alle waren überzeugt von einem weiteren Sieg, dieses Mal leichter errungen als die vorherigen. Unsere Mannen, trunken von ihrem Erfolg und überzeugt, der Gegner hätte nun genug, sprangen hinter der Wagenburg hervor und stürzten sich auf die gefallenen Gegner. Aus unserem Stützpunkt ergossen sich die Männer in Scharen. Jeder wollte der erste sein, da die gefallenen Ritter mehr Lohn versprachen als die einfachen Söldner. Sie plünderten die Toten und töteten die Verwundeten. Alle Befehle, stehenzubleiben und zurückzukommen wurden überhört. Unsere Truppen lachten, brüllten und umarmten sich, weil sie davon überzeugt waren, dass die Kämpfe jetzt endlich beendet seien. So schmählich hatte der Feind den Kampfplatz bisher noch nicht verlassen. Aber dann war die Stunde der Prüfung gekommen."

Ich bemerkte, dass Pidder wieder aufgewacht war. Er war zwar immer noch müde, da er lang anhaltend gähnte, aber er hörte trotzdem aufmerksam der Erzählung des Söldners zu.

Der Sergeant verzog angewidert das Gesicht: "Der Feind hatte uns umgangen, was aber viel schlimmer war, auf einem bewaldeten Hügel westlich von uns hatten die Böhmen während der Nacht unbemerkt von uns fahrbare Bombarden, schwere Steinbüchsen und Riesengeschütze aus Bronze gegossen aufgebaut, wie wir sie zuvor noch nicht erlebt hatten. Unsere Geschütze wirkten dagegen wie reines Spielzeug. Von Norden und dem östlichen Ufer der Brenz drangen gewaltige Heersäulen im Harnisch und mit Lanzen auf uns ein. Sie funkelten in der gleißenden Sonne. Ich hätte es nicht für möglich gehalten, dass die Gegner nach den vorangegangenen Kämpfen noch über so viele Reserven verfügten. Trotzdem waren wir voller Zuversicht, bis uns ein Schreck in die Glieder fuhr. Aus einer Entfernung, die wir mit unseren Geschützen nicht erreichen konnten, wurde eine Kugel abgeschossen, die wie ein verwunschener Vogel über unsere Köpfe hinwegflog, aber keinen Schaden anrichtete."

Der Sergeant spuckte wieder aus und nahm einen weiteren Schluck aus seinem Krug. Ich blickte zu den Fenstern im Treppenhaus hinauf und bemerkte, dass das erste Morgengrau in das Kloster drang. Mir fielen die zum Tode verurteilten ein, die im Keller angekettet auf ihren letzten Auftritt warteten. Ich schüttelte mich innerlich und eine bittere Kälte überkam mich. Wie leicht hätte ich auch dazu zählen können. Vielleicht war es mein Glück, dass ich als Fürsprecher der drei Delinquenten eingetreten war. Durch mein öffentliches Auftreten war es für die Edlen des königlichen Herzogtums und für den Lübecker Rat schwerer, mein Ableben durch das Schwert des Henkers der Öffentlichkeit begreiflich zu machen. Ich hoffte sehr, dass meine Verbannung in meiner Heimatstadt für Aufsehen sorgen würde. Die Eitelkeit des Ratsherrn Hinrich Castorp, der mich im Gegensatz zu dem Urteilsspruch der drei führenden Köpfe der

Stadt sogar gegen einen Judaslohn heimlich ermorden lassen wollte, musste Sühne erfahren. Aber das musste ich Gott überlassen, denn Rache zu üben war mir als Sterblichem nicht erlaubt.

Der Sergeant sah mich unverwandt an und rülpste kräftig. Eine heiße Bierwolke schlug mir ins Gesicht.

"Mist," meinte er, "die Kanoniere der Gegenseite fingen an, sich mit ihren dreihundert bis sechshundert Pfund schweren Geschossen einzuschießen und wir konnten nichts dagegen tun. Eine Steinbüchse schießt eine Eisenkugel mit gut verdämmtem Schwarzpulver mehr als dreitausend Ellen weit." Der Söldner atmete tief durch, dann fuhr er fort. „Die nächste Kugel lag zu kurz, wie es für das genaue Einstellen der Geschütze nötig ist. Die dritte Salve visierte einen Punkt an, der genau zwischen diesen beiden Einschüssen lag. Und dann begann der Tanz. Eine Salve nach der anderen landete pfeifend in unserer Mitte. Wagen splitterten und Menschen schrien. Deichseln, Räder, Lafettenteile, Pferdekadaver, Gliedmaßen, Eingeweide und Köpfe wirbelten durch die Luft. Verdammt, dachte ich, wo haben die nur diese Kanonen her? Ich hatte zuvor nichts davon gehört, dass solche Höllenmaschinen existierten. Aber diese Hussiten, diese Teufelsdiener hatten schon immer ihre Kriege mit besonders gut ausgestatteten Geschützen geführt. Ein Glück, dass sie Pausen einlegen mussten, um die Rohre abzukühlen. Die Hellebardiere und Pikeniere der Feinde kamen fast schweigend den Hügel hinauf. Viele unserer Männer, die nicht schnell genug vom Plündern zurückkamen, wurden niedergemacht. Unsere Offiziere bemühten sich, aus den zurückkehrenden Haufen eine wirksame Front aufzubauen. Mehrere schrien mir zu, ich solle mit meinen Kanonen das Feuer eröffnen. Um sie zu beruhigen und unseren Männern Mut zu machen, ließ ich die Lunten anzünden und feuern. Unsere Kanonen machten einen schönen Krach und viel imposanter Rauch stieg auf, aber die Kugeln fielen vor den anrückenden Feinden auf den abschüssigen Boden und holperten dann den Hügel runter. Unsere Kugeln waren so gefährlich, dass der Gegner aufpassen musste, dass sie nicht über seine Füße rollten." Der Sergeant lachte höhnisch. "Unsere ersten Gruppen, die wieder einsatzfähig waren, zogen mit aufgerichteten Lanzen und Piken den Hügel hinunter. Aber sie waren jämmerlich unterlegen und standen plötzlich unseren Geschützen im Weg. Wir mussten unsere Kanonen schwenken und neue Ziele anvisieren, da wir ansonsten die eigenen Leute erwischt hätten. Obwohl unsere Männer heldenhaft kämpften und es sogar schafften, dass die gegnerischen Fußsoldaten zurückwichen, hatten wir keine Aussicht auf Erfolg. Die feindliche Reiterei hatte uns umgangen und unsere Kanonen waren wirkungslos, weil wir wieder unter dauerndem Beschuss der feindlichen Artillerie lagen. Wir wurden mehr und mehr in den Resten unserer Wagenburg eingeengt. Die Böhmen und die Baiern hackten mit ihren Lanzen und Äxten in die dichte Masse unserer aneinander gedrängten Körper. Sie machten mit den Verwundeten gnadenlos ein Ende, als wären es Hunde. Ich sah, wie ganz in meiner Nähe der vermaledeite blutüberströmte Wittelsbacher Herzog Ludwig mit seiner Garde auf unseren Markgraf Albrecht Achilles eindrang, der einen Berg von erschlagenen Feinden um sich aufgetürmt hatte. Ich gab meinen Leuten, die noch lebten, den Befehl, sich zu unserem Grafen durchzuschlagen, was uns auch gelang. Wir schlugen eine Schneise durch die Gegner und befreiten ihn aus der Umklammerung. Dann schützten wir ihn mit unseren Leibern und da unsere Sache sowieso verloren war, flüchteten wir nur mit dem, was wir auf dem Leib trugen. Einer von meinen Leuten fing ein Pferd ein, wir setzten Albrecht Achilles darauf und er war weg."

Draußen war es heller geworden. Der Zeitpunkt der Hinrichtungen näherte sich. Von außerhalb drangen bereits die ersten Laute der Herolde in das Kloster.

"Da sich der Ansbacher Markgraf daraufhin eine Zeit lang zurückzog, landete ich beim König von Dänemark. Da der aber zu wenig Kanonen hat, bin ich jetzt Fußsoldat und kein Kanonier mehr. Aber Albrecht Achilles braucht mich wieder. Daher werde ich zurückkehren. Er ist nach dem Tod seines Bruders Kurfürst von Brandenburg geworden und ich habe erfahren, dass er von den pommerschen und schlesischen Herzögen hart bedrängt wird, die seine Lehnshoheit nicht anerkennen wollen. Es wird zum Krieg kommen und die Beute wird sehr groß sein. Es gibt

dort sehr wohlhabende Städte, die zu plündern sich lohnen."
Um seinen letzten Worten das nötige Gewicht zu verleihen, nahm er erneut einen langen Schluck Bier, rülpste laut, strich über seinen buschigen Schnurrbart, ließ einen lauten Furz aus seinem Hinterteil streichen, legte sich auf die Seite und schlief ein. Wie lange er schlief, weiß ich nicht, da Pidder und ich langsam unruhig wurden. Die Stunde der königlichen Abrechnung war gekommen. Die Unruhe nahm zu und die Bewegungen auf der Treppe schwollen an. Der Bierdunst im Treppenhaus hatte sich allmählich verzogen. Von außen drang der Duft feuchten Grases in das Kloster und eine zunehmende Helligkeit drängte durch die Fenster im Treppenhaus und die offenen Türen. Befehle des Feldhauptmanns wurden laut. Die Söldner, die vom nächtlichen Wachdienst im Kloster freigestellt waren und sich über Nacht erholen konnten, waren zwischenzeitlich aufgewacht und bereiteten sich auf ihren Dienst am Hinrichtungsplatz vor. Ich entfernte mich mit Pidder in den Hof, damit wir uns am Brunnen den Schlafmangel aus den Augen waschen konnten.

9.

An jenem Morgen bot der Flecken Husem einen gar traurigen Anblick. Ich glaube, ich habe nie einen unheilvolleren Morgen erlebt. Kühler Regen fiel aus den Wolken, die nach kurzer Zeit jedoch von der Sonne durchbrochen wurden. Pidder und ich waren übernächtigt und nicht besonders gut gelaunt. Sobald jedoch die Sonne durch die Wolkenwand stieß, beflügelten sich unsere Lebensgeister. Gleichwohl verschwand sie im nächsten Augenblick wieder hinter dunklen Wolken und die graue Tristesse bemächtigte sich erneut unserer Gemüter.

Irgendwo krähte ein Hahn, Hunde bellten aufgeregt und schienen sich um eine Beute zu streiten. Die Dohlen flogen bereits wieder um die mächtige Turmspitze der Marienkirche.

Soldaten trieben mit ihren Piken und Hellebarden das Volk aus den Häusern und dem Zeltlager zum Hinrichtungsplatz auf den Markt, dem Rathaus gegenüber. Vor der Kirchhofsmauer, die die Rückseite bildete, war über Nacht ein Podium aufgebaut worden. Auf ihm würden die Adligen und die verbündeten Ratsherren aus Lübeck und Hamburg Platz nehmen. Die Gesichter der Menschen waren blass und angespannt und die Frauen hatten zum Teil vom Weinen gerötete Augen. Wir erkannten von weitem Jakob mit seinen Nachbarn und Freunden von Syld. Es war uns aber nicht möglich zu ihnen zu gelangen, da wir uns unter den Schutz unserer Schlossgarde gestellt hatten, die vor allem auf mein Leben aufpassen sollte. Außerdem wäre es fraglich gewesen, ob die anderen Söldner, die das Volk zu bewachen und die Ordnung zu garantieren hatten, uns durchlassen würden.

Der Scharfrichter mit seinen Knechten stand schon bereit. Er trug eine feudale rote Weste aus Samt mit Brokatstickereien, an den Füßen spitz zulaufende Lederstiefel und einen Hut mit Pfauenfedern. Diese vornehme Ausstattung ließ mich im ersten Moment an meiner Augenschärfe zweifeln. Aber dann blickte ich näher hin. Es war tatsächlich der pockennarbige Kerl, den ich bereits am ersten Abend in unserem Nachtquartier wahrgenommen hatte und der diese bildhübsche Frau sein eigen nannte. Jetzt verstand ich ihren melancholischen, traurigen Blick, mit dem sie mich immer wieder nahezu hilfesuchend angesehen hatte. Aber ich fühlte mich beschmutzt. Der Henker als Mitglied der untersten Stufe auf der gesellschaftlichen Leiter galt mit seinen Angehörigen als unberührbar. Keine Frau heiratete diesen Todesengel, es sei denn, sie entstammte selbst dieser Klasse. Es war klar, dass der Vater der Frau ebenfalls Henker gewesen sein musste und eine Gänsehaut überzog meinen Rücken. Ich fühlte mich besudelt, nicht nur, weil ich Kontakt mit dem Weib des Scharfrichters hatte, ich hatte auch ein körperliches Verlangen nach ihr verspürt. Nur der brutale Ausdruck ihres Ehemanns hatte mich davon abgehalten, ihr entsprechende Anträge zu machen. Und diesen Mann, gegen den ich eine tiefe Abneigung empfand, musste ich jetzt um gnadenvolle Behandlung für meine Freunde bitten.

Aber es musste sein. Pidder gab mir den Geldbeutel mit den Goldstücken des Stadtvogts und ich sprach mit dem Leutnant der Garde, der mir den Zutritt zum Richtplatz ermöglichte. Als ich mich dem Blutgerüst näherte, grinste der Henker mich an.

"Mein Name ist Michal Isermann. Ich komme, um euch um Milde zu bitten." Ich musste mich hüten, ihn nicht spüren zu lassen, welche Abneigung ich gegen ihn empfand.

"Für wen bittet ihr?" Sein Gesicht war jetzt ernst geworden und zeigte wieder den gewalttätigen Ausdruck, den ich bereits an ihm kannte. Dazu gesellte sich jetzt noch ein Ausdruck von Habgier.

"Es sind der Staller von Nortstrandt, der Bauernvogt der Kremser, der Bauernvogt von Kaytum auf Syld, der Stadtvogt und die Ratsherren von Husem, ein Mönch, der mit ihnen zusammen verurteilt wurde und zwei weitere Kandidaten, die alle zusammen im Keller des Klosters über Nacht eingesperrt waren. Besonders bitte ich um den Sylder, denn er ist eigentlich ein harmloser Bauer, der noch nie mit einem Schwert in der Hand gekämpft hat. Beschert ihm einen schnellen Tod, ohne ihn zu rädern."

"Ihr verlangt viel von mir, Michael Isermann. Könnt ihr mich und meine Knechte denn auch für unsere Milde entlohnen?

Ich zog meine Geldbörse und reichte ihm fünfzig Goldstücke. Er blickte sie nachdenklich an, sah auf mich und schüttelte bedächtig den Kopf.

"Das reicht nicht. Da müsst ihr noch etwas drauflegen."

"Verzeiht, mein Herr," versuchte ich unglücklich und bejammernswert zu erscheinen, "aber durch die Plünderungen ist mir nicht mehr geblieben."

Ich tat so, als suchte ich verzweifelt nach weiterem Geld und fand schließlich noch ein weiteres Goldstück.

"Nun gut," meinte er mich mit seitlich geneigtem Kopf anblickend, "ich will zufrieden damit sein. Ich werde euren Freunden einen Trank geben, der sie dämmern und die Hinrichtung in betäubtem Zustand erleben lässt. Ich werde schnell handeln, damit niemand unnötig leiden muss. Nur die, die mir unangenehm aufgefallen sind, werden leiden, bevor sie ihrem Herrgott gegenübertreten." Er stieß dabei ein böses Lachen aus, sodass mir erneut die Gänsehaut auf den Armen und dem Rücken vereiste.

"Ich vertraue auf euch, Scharfrichter," rief ich ihm noch zu, bevor weitere Angehörige als zahlende Bittsteller bei ihm erschienen.

Dann betraten die Notabeln das Podium. Der König erschien mit seinen engsten Beratern auf dem Balkon des Rathauses. Die, die auf dem Podium keinen Platz fanden, gruppierten sich im Halbkreis um die Richtstätte. Sie stellten sich hinter einer Wand von Lanzen auf, die sie weniger vor der Wut des Volkes schützen sollte, sie diente mehr dazu, die Macht des Königs und seiner Adligen zu demonstrieren. Viele Hände von klagenden Frauen und Kindern streckten sich ihm nach oben entgegen und baten um Gnade für ihre Männer, Väter und Söhne. Der Generalpofos hob die Hand und schrie so laut er konnte, damit seine Stimme die Menge übertönte: "Die Zeit der Gnade ist vorbei. Ihr sollt nie vergessen, dass der König hier war und ihr sollt nie wieder dem gleichen Irrtum verfallen. Der König gewährt euch jedoch die Gnade, dass er Gott darum bittet, aus euch allen bessere, demütigere, tugendhaftere und katholischere Menschen zu machen. Nun, Scharfrichter, walte deines Amtes."

Die Frauen und Kinder klagten weiter mit lauter Stimme, die Bauern und ihre Verbündeten ballten vor Zorn die Fäuste. Dann erschienen die Todgeweihten auf mehreren Schandkarren. Einer nach dem anderen. Es kamen nicht nur die, die ich im Gerichtssaal vertreten hatte und die anderen, die zusammen mit ihnen im Keller des Klosters inhaftiert waren, sondern auch die vielen, die im Gefängnis des Hafenfleckens eingesperrt waren und die ohne königliches Gerichtsverfahren hingerichtet werden sollten. Ich sah genau hin, konnte aber weiter keinen Sylder erkennen, den ich kannte. Das beruhigte mich etwas, wenngleich ich auch darunter litt, dass Broder Hansen einer der ersten von denen war, die zum Hinrichtungsplatz geschleppt wurden. Er kletterte als gebeugtes, zerrüttetes Wrack vom Karren und stieg leichenblass, von zwei Söldnern an den Armen geführt, die Stufen zum Richtplatz hinauf. Die beiden anderen Bauernführer waren bestrebt, Stärke zu zeigen. Bemüht aufrecht gehend bewegten sie sich mit gebundenen Händen auf ihren letzten Platz in diesem Leben zu.

Der Mönch, der ihnen den Gang zu Gott erleichtern sollte, tauchte neben ihnen auf. Er betete laut und forderte die Unglücklichen auf, mit ihm Gott zu preisen. Auch die Menge um uns herum fiel in die Gebete ein, einige knieten nieder.

Ich sah, dass der Henker sein Versprechen hielt. Er gab den Delinquenten einen Trank, der ihnen ihr Schicksal erleichtern sollte. Edlef Knudsen und der Kremper Henneke Wulf machten von ihrem Recht Gebrauch, noch ein letztes Wort an die Volksmenge zu richten.

"Wo sind die, die mich mit Recht verurteilen können," rief der Staller von Nortstrandt. "Lasst sie vortreten und meine Verurteilung rechtfertigen, wenn sie es können. Aber sind es nicht die dort," Edlef Knudsen wies mit einer Kopfbewegung in Richtung des Königs und des Adels, "die das Volk auspressen und demütigen." Und der Kremser rief laut dazwischen: "Der König kann zwar Männer mit furchtlosem Herzen töten lassen, aber selbst wenn er alle Kremser ausrotten würde, würden sich noch ihre trockenen Knochen erheben und ihn bekämpfen."

Der König machte eine unwillige Handbewegung, wagte es aber nicht, die Reden der beiden zu unterbinden. Deshalb fuhr Edlef Knudsen fort: "Unschuldige müssen Hungers sterben, weil diese Wölfe dort täglich ihren Rachen füllen müssen. Alles Getreide, alle Früchte, alle Fische, was ist es anderes, als das Blut und die Knochen der armen Kreaturen, die das Land pflügen und bei Sturm und Regen die Netze auswerfen. Fürchtet euch, ihr Herren, wir werden bald vor unserem Herrgott stehen, unsere Seelen werden vor Gott um Rache schreien. Wehe, denn niemand unter euch denkt an anderes, als sich die Taschen zu füllen. Ich werde den König auch jetzt nicht um Gnade bitten, ich bitte nur Gott um Vergebung."

Damit traten er und Henneke Wulf zum Scharfrichter, dessen Knechte unter dem Schauder des Publikums die beiden auf das Rad flochten. Broder Hansen, der blass und verstört neben den beiden gestanden hatte, wurde von einem der Henkersknechte gepackt, sein Kopf auf den Blutklotz gelegt und im gleichen Augenblick sauste das Schwert schon herab. Sein Kopf rollte über die Holzplanken und blieb mit offenen Augen kurz vor den drei Stufen zum Schafott liegen. Das Blut stürzte in wütenden Kaskaden aus dem Rumpf, der einmal Broder Hansen war.

Die Menge stöhnte auf. Kinder weinten und drückten ihr Gesicht in die Schürzen und Röcke der Mütter. Der König hatte mittlerweile Anweisung erteilt, dass niemand mehr vor seiner

Hinrichtung zum Volk sprechend durfte. Der Staller von Nordstrand und sein Schicksalsgefährte lagen flach auf ihren Rädern und warteten mit Zagen auf die kommenden Schmerzen. Durch den Trank des Henkers waren ihre Sinne zwar einigermaßen getrübt, aber die Angst war dennoch groß.

Dass der Henker Broder Hansen sofort geköpft hatte, obwohl auch er zum Rädern verurteilt worden war, würde sicherlich anschließend niemanden mehr interessieren. Immerhin warteten etwa vierzig Menschen auf ihren Tod. Daher musste der Scharfrichter sich beeilen, mit seinem Geschäft fortzufahren. Er hatte noch ein hartes Tagewerk vor sich.

Er stellte sich breitbeinig über Edlef Knutzen, hob ein mit Eisen beschlagenes Rad in die Höhe und zertrümmerte ihm mit einem kräftigen Schlag die Beine. Der Staller schrie laut auf. Der Henker hob erneut das Rad und wieder donnerte es auf den Delinquenten nieder. Dieses Mal traf es die Knochen am Unterleib, die mit einem deutlich hörbaren, malenden Krachen zu Bruch gingen. Ein kurzes Aufstöhnen des Gemarterten war zu hören, dann fiel er in Ohnmacht. Der dritte Schlag traf die Schulter des Stallers, von dem er jedoch nichts mehr spürte.

Der Scharfrichter legte das Rad zur Seite und griff zu seinem Schwert. Ein kurzer, ausholender Schwung und der Kopf von Edlef Knutzen rollte über das Blutgerüst. Zwei Henkersknechte nahmen nun das Rad, auf das der Staller zuvor festgebunden worden war und richteten den kopflosen Rumpf waagerecht auf. Er sollte dort als mahnendes Beispiel für alle Unbelehrbaren die nächsten Tagen gezeigt werden und den Dohlen und anderen Vögeln zum Fraß dienen.

Die Menge um uns herum war unruhig und verstört. Auf den Plätzen der Ritter waren lebhafte Unterhaltungen mit freudigen Gesichtern zu beobachten. Mich packte ein Gefühl von Widerwärtigkeit. Auch die Ratsherren aus Lübeck und Hamburg hatten glühende Gesichter im Anblick des Todes, nur Albert Krummendiek, der Bischof meiner Heimatstadt blickte nachdenklich und ernst. Er hatte die Hände gefaltet und schien ins Gebet vertieft.

Die gleiche grausame Prozedur wie der Staller durchlitt anschließend der Bauernvogt der Elbmarschen. Dort, wo seine

Freunde standen, wurden die ersten Proteste laut. Einige drohten mit den Fäusten, woraufhin die Bauern und Fischer anderer Landschaften ebenfalls in die Proteste einfielen. Die Söldner legten ihre Hakenbüchsen an, senkten die Lanzen und blickten drohend um sich. Nach und nach erstarben die Protestrufe.

Nun ging es Schlag auf Schlag. Der letzte Verurteilte, der gerädert wurde, war der Stadtvogt von Husem, seine Ratsherren wurden nur noch geköpft. Zuvor leerte Ludwig Nettelbek den Becher des Henkers und wollte zur Menge sprechen. Aber der König hatte es nach den aufrührerischen Worten der beiden Bauernführer untersagt. Die Proteste der Husemer wurden jedoch laut, sie wollten noch einmal ihren obersten Herrn hören.

"Verrat, Gesetzlosigkeit, Willkür" erschall es im weiten Rund. Schließlich gab der König nach und erlaubte nach Rücksprache mit seinen engsten Ratgebern die letzte Ansprache eines der Delinquenten.

"Weint nicht um mich, ihr guten Leute," begann der oberste Bürger des unglücklichen Fleckens. "Ich empfange die gerechte Strafe dafür, dass ich den Versprechungen eines Grafen, des Bruders des Königs mehr glaubte als meinen Erfahrungen mit Versprechungen und Eiden der Fürsten. Ich war davon überzeugt, dass die Brüder sich verständigen könnten und dass Frieden zwischen unseren Bürgern, den Bauern und dem König einkehren könnte. Aber ich habe mich getäuscht. Wir sind nach wie vor bedeutungslos und haben kein Stimmrecht auf den Landestagen. Wir dürfen nur schuften für das Wohl des Adels und dürfen nie krank werden, denn dann können wir unsere Abgaben nicht mehr entrichten. Hört mich an und lasst nicht zu, dass Steuergelder noch länger für die Narreteien von Fürsten und den Unterhalt von Schauspielern und Possenreißern verschwendet werden. Liebe Leute, weint um unser Land, denn ich fürchte, dass in Zukunft kein Hals mehr sicher sein wird, der auf dem Rumpf eines Niederen sitzt. Als Symbol dafür werdet ihr meinen Kopf gleich auf den Boden fallen sehen."

Der Trank des Henkers zeigte seine Wirkung. Ludwig Nettelbek machte eine Pause, um schwer durchzuatmen, richtete sich noch einmal zur vollen Größe auf und hob sein Antlitz zum

Himmel.

"Höre mich, Gott. Möge mein Blut zu dir hinaufschreien und dich auffordern, diese Ungerechtigkeiten zu sühnen. Verzeih mir, Gott. Ich weiß, ich darf nicht fluchen. Aber ich kann nicht anders, ich verfluche König Christian und die ganze Meute der Ritterschaft, die so viel Übel über unsere Welt bringen. Allmächtiger Gott, ich rufe aus und flehe dich an: mögen die Schuldigen an dieser Sünde die gerechte Strafe in ihrem Leben erleiden."

Viele Menschen in der Menge bekreuzigten sich. Die Worte des Unglücklichen klangen trotz der einsetzenden Wirkung des Bechers so kraftvoll, dass viele, sogar Söldner zum Himmel hinauf blickten, als erwarteten sie, dass er sich öffne und die Erzengel führen mit ihren Schwertern zwischen die Herrschaften.

Der König gab ein Zeichen. Der Generalprofos, an dessen Gebärden ich erkennen konnte, dass er von Anfang an dagegen war, dass der Stadtvogt sprechen durfte, ließ die Trommler auf ihre Instrumente einschlagen, um den Redner zu übertönen. Der Mönch schob sich neben Ludwig Nettelbek und bat ihn niederzuknien, um mit ihm zu beten und Gott für seine Flüche um Vergebung zu bitten. Der Stadtvogt jedoch trat alleine und ohne Geleit durch einen Henkersknecht zum Rad. Er gab dem Scharfrichter ein Zeichen, dass er seine Pflicht erfüllen möge.

Das Oberhaupt von Husem verschied von dieser Welt, ohne noch einen vernehmbaren Ton von sich zu geben. Seine Ratsherren waren weniger mutig, aber letztlich fügten auch sie sich in das Unvermeidliche.

Die Tränen des Volkes trockneten immer langsamer. Die Trommeln dröhnten immer lauter. Es war nervenaufreibend. Mich bedrückte der Eindruck, der Generalprofos hätte es darauf angelegt, die Menschen so zu reizen, dass sie ihre Haltung verlören und handgreiflich würden. Das wäre ein fürchterliches Blutbad geworden und der König hätte sich die Entscheidung leicht machen und den Wunsch der Hansestadt Hamburg erfüllen können, Husem dem Erdboden gleich zu machen und damit seine Existenz zu beenden.

Einer nach dem anderen wurde zum Blutgerüst geführt. Der Holzboden wurde schlüpfrig vom Blut, das in Strömen auf ihn niederfloss. Die schmucke Kleidung des Henkers war blutverschmiert, seinen Hut mit den schmucken Federn hatte er längst abgelegt und sein Schwert sauste unaufhörlich zischend auf die Hälse herab. Einer der Henkersknechte füllte die abgeschlagenen Köpfe in Körbe und zwei andere schichteten die leblosen Körper an zwei Seiten des Gerüstes auf.

Als der letzte der Verurteilten hingerichtet war und die Menge glaubte, nun sei alles vorbei, tauchten weitere Personen, getrieben von den Lanzenschächten der Schergen des Königs, auf. Menschen, die völlig unvorbereitet aufgegriffen wurden, die sich keiner Schuld bewusst waren, die aber von Widersachern und Neidern denunziert worden waren. Die Menge schrie auf, das sei Lüge und Verrat. Vom Balkon des Rathauses schall es dagegen herunter, dass sei die gerechte Strafe für Verbrecher, Verschwörer und Ketzer. Einen jungen Mann, fast noch ein Kind, der durch die Kette der Söldner zur Hinrichtungsstätte rennen wollte, auf die gerade sein überraschter Vater geführt wurde, ergriffen die Schergen und reihten ihn gleich hinter seinem Vater in die Reihe der Verdammten ein. Es gab kein Entkommen mehr. Der Henker und seine Knechte gerieten in einen wahren Blutrausch. Es war keine Zeit mehr gegeben für den christlichen Beistand durch den Mönch des Husemer Klosters. Der verließ voller Entsetzen die Stätte. Die Gefangenen mussten alleine beten und ihre Seele Gottes Gnade empfehlen. Die Starken trösteten die Schwachen, die Alten füllten die Herzen der Jungen mit Zuversicht und Hoffnung. Auch gab es für die Angehörigen keine Möglichkeit mehr, den Scharfrichter mit Geld zu bestechen, damit er die Delinquenten möglichst schonend in den Tod schickte. Wer von den Verhafteten das Glück hatte, selber noch Geld in seinem Beutel zu finden, bekam von einem Henkersknecht zumindest noch einen Trunk. Die anderen mussten auf ihr Glück und das wohlwollende Können des Henkers hoffen. Sie blickten mit vollem Bewusstsein in die Fratze des Todes.

Aber es zeigte sich, dass der Todesengel des Königs so erfahren war, dass kein Hieb daneben ging. Jeder Kopf rollte vorschriftsmäßig auf den Boden der Hinrichtungsstätte; das Blut floss in Strömen die Stufen zum Schafott hinunter.

Der Dunst des warmen Blutes hing schwer in der feuchten Luft.

Das entsetzliche Schauspiel lähmte die Menschen so sehr, dass niemand mehr an Widerstand dachte. Ich sah, wie ein Mann im Kreis von Söldnern auf die Gruppe der Sylder zulief und wild gestikulierend auf einen der Männer wies. Die Soldaten griffen in die Menge und zerrten Jakob hervor. Jetzt erkannte ich den Denunzianten. Es war einer der Männer, mit denen sich Jakob in der Gaststätte geprügelt hatte und der dabei seinen Arm verlor.

Jakob wehrte sich, aber gegen fünf Söldner hatte er keine Aussicht, sein Schicksal zu wenden. Die Sylder Bauern und Fischer drohten, aber sofort traten ihnen umstehende Söldner mit ihren Lanzen entgegen. Die Insulaner waren machtlos. Jetzt reagierte Pidder. Er spannte seine Muskeln und wollte gerade losstürmen, als ich ihm in die Arme fallen konnte.

"Nicht, Pidder, es hat keinen Zweck. Du kommst ebenfalls unter das Schwert, wenn du jetzt losstürmst," schrie ich ihn an.

"Lass mich, ich schicke die Schweine in die Hölle, wo sie hingehören."

"Dann musst du den König dort hinschicken," schrie ich wieder. "Er ist an allem schuld."

Pidder wollte sich freimachen, aber ich entwickelte Teufelskräfte. Der Sergeant erkannte meine Situation und kam mir zu Hilfe.

"Lass sein, du hast keine Aussicht auf Erfolg. Du wirst sterben, wenn du jetzt dort hinläufst."

"Denk an deine Frau und deine Kinder," stammelte ich und kam mir bei meiner Klugheit doch vor wie ein Verräter. Es war fürchterlich, so machtlos zu sein und tatenlos zusehen zu müssen, wie ein guter Mensch in den Tod geschickt wurde.

Aber ich hatte keine Zeit, weiter darüber nachzudenken. Plötzlich spürte ich harte Hände auf meiner Schulter, die mich herumrissen. Ich stand einer Gruppe von Söldnern gegenüber, die mir eröffneten, dass ich als Verräter an der Sache meiner Heimatstadt Lübeck zum Tod durch das Schwert verurteilt sei. Ich war starr vor Schreck. Dieser verfluchte Hinrich Castorp hatte die Verwirrung benutzt, um das Urteil der Verbannung eigenmächtig in ein Todesurteil umzuwandeln. In Lübeck und den anderen Ratsherren gegenüber konnte er behaupten, ich sei in den auftretenden Wirren willkürlich zum Opfer geworden. Die Söldner stammten nicht aus Lübeck und somit wäre von seiner

Schandtat in der Stadt nichts bekannt geworden.

Der lange Peter hatte nur auf eine solche Gelegenheit gewartet. Wenn er schon nicht seinen Vater retten konnte, so konnte er sich wenigstens an diesen Schergen der unmenschlichen Obrigkeit rächen. Er holte aus und schlug dem ersten die Faust so kräftig auf die Schulter, das man die Knochen krachen hörte, als sie splitterten. Den zweiten erwischte es im Gesicht. Der verlor seine Lanze, flog einige Meter weit in Richtung Hinrichtungsstätte und spuckte einige Zähne aus seinem breiig geschlagenen Schlund. Den Rest besorgte der Sergeant. Er machte den vier verbliebenen Söldnern klar, dass wir unter dem Schutz der königlichen Garde stehen würden und dass sie unverzüglich zu verschwinden hätten. Als sie weitere Piken unserer Söldner aus dem Kloster unter der Nase fühlten, ergriffen sie schleunigst das Hasenpanier. Ich fühlte mich ermattet, sank auf die Knie und machte das Kreuzzeichen.

Dann aber war es Zeit, dass ich mich wieder um Pidder kümmerte. Er stand wie erstarrt und blickte zum Blutgerüst. Sein Vater stand gebeugt vor dem Henker. Er kramte ein paar Münzen aus seinem Geldbeutel, damit das Narbengesicht sein Geschäft schnell und geschickt verrichte, kniete nieder und betete. Da weitere Opfer zum Blutgerüst geschleppt wurden, ließen die Knechte ihm nicht viel Zeit, seinen Frieden mit Gott zu schließen. Sie packten ihn, legten seinen Kopf auf den Klotz und im gleichen Augenblick sauste das Schwert herab. Jakob spürte nichts. Sein Kopf fiel wie der aller anderen auf den Boden, einer der Knechte warf ihn in den Korb. Der Körper, aus dem das Blut in Strömen schoss, wurde eilig seitlich auf einen Haufen von kopflosen Körpern geworfen, den etliche Hunde und Katzen umlagerten. Während die Katzen nur am Blut leckten, rissen die Hunde Teile der Leiber ab. Niemand machte sich die Mühe, die Tiere wegzujagen.

Pidder war gebrochen. Es traf ihn schrecklich, dass er seinem Vater nicht helfen konnte. Ich hörte, wie er leise seine tote Mutter um Verzeihung bat. Dann drehte er sich um, blickte zum Balkon des Rathauses hoch und drohte mit der Faust.

"Wehe dir, du Hundsfott. Du wirst mich noch kennen lernen. Das Blut meines Vater schreit nach Rache. Ihr seid wie tolle Hunde,

nutzlose Männer niedrigster Gesinnung, dreckig und schäbig."
Das zum Zuschauen verdammte Volk war von dem Entsetzlichen so betäubt, dass sich die aus der Menge gegriffenen Todeskandidaten wie die Lämmer zur Schlachtbank führen ließen. Und alle hatten das Gefühl, dass sie nicht weniger Schuld an dem ganzen Debakel hatten, als die unglücklich Betroffenen auch. Ich konnte mich daher nicht mehr beherrschen und schrie aus voller Brust: "Aufhören, in Gottes Namen: aufhören."
Ich nahm den Sergeanten an den Arm, der mit gezogenem Schwert und überraschtem Gesicht mit mir in Richtung Podium lief. Ich blickte dem Bischof von Lübeck, der wegen seines hohen Alters als einer von Wenigen eine Sitzgelegenheit hatte, starr in die Augen und flehte ihn an: "Exellenz, tun sie etwas. Das ist kein gottgefälliges Werk. Die Verdammnis kommt über sie."
Die Adligen reagierten empört. Am wütendsten schien mir das Gesicht vom Amtmann Pogwisch aus Tuner. Die Bauern seines Amtsbezirks hatten eine zentrale Rolle bei diesem Aufstand gespielt. Das würde er sie in Zukunft, und das konnte ich seinem Gesicht jetzt bereits ansehen, fürchterlich spüren lassen. Mein Bischof dagegen schien bei meinen Rufen aus einer Starre zu erwachen. Er sah mich mit großen, warmherzigen Augen an, blickte anschließend zur Hinrichtungsstätte, stand von seinem Sitz auf und eilte so schnell, wie sein Alter es zuließ, die Stufen zum Rathaus empor. Wenige Minuten später stand er vor dem König und ich sah, wie er beschwörend auf ihn einredete. Endlich nickte der Monarch und gab ein Zeichen, das Todeshandwerk zu beenden. Sofort kehrte Ruhe ein, nur das Weinen und Klagen der Hinterbliebenen war noch zu hören. Dohlen kreisten über den Leichen, angeknurrt von den Hunden.
Der König sprach mit dem Generalprofos, der begab sich an die Ballustrade und rief: "Der König lässt für alle anderen Schuldigen Gnade vor Recht ergehen. Er hofft, dass dieses Blutgericht für alle abschreckendes Beispiel genug ist, sich nie wieder gegen den König zu erheben und in Zukunft anstandslos, wie es ehrlichen Menschen geziemt, die Steuern an König, Herzog, Adel und Kirche zu bezahlen. Die Männer wurden ehrenvoll durch das Schwert hingerichtet, unabhängig von ihrem

Stand. Niemand musste unehrenhaft den Galgen besteigen. Das habt ihr dem Großmut unseres Königs Christian I. zu verdanken. Die Leichen der Hingerichteten bleiben allerdings drei Tage zur Abschreckung auf dem Hinrichtungsgerüst liegen. Dafür sieht der Herrscher davon ab, die Köpfe aufzupfählen und aufstellen zu lassen. Gott beschütze unseren großmütigen König."
Sofort nach diesen Worten stürmten Söldner das Blutgerüst, um die Leichen nach Geldbörsen, Ringen, Schnallen und sonstigen Werten zu durchsuchen. Unser Sergeant spuckte abfällig aus.
Ich stützte mich auf seinen Arm und erbrach alles Essen, dass ich am Abend zuvor zu mir genommen hatte. Mir war plötzlich so übel, dass ich fürchtete, mich vergiftet zu haben. Aber der Leutnant brachte mich wieder auf den Boden der Tatsachen.
"Wir haben euch gut beschützt, jetzt zahlt unseren Lohn."
"Ich lege noch fünf Goldstücke drauf, wenn ihr mich und meine Freunde zum Hafen bringt. Wir haben dort unser Schiff und wollen jetzt so schnell wie möglich weg."
Der Leutnant blickte auf das heillose Durcheinander, das mittlerweile an der Richtstätte eingesetzt hatte. Menschen flüchteten voller Entsetzen in alle Richtungen, wurden von Söldnern angehalten und nach Wertsachen durchsucht. Andere stürmten das Gerüst, um sich von ihren toten Angehörigen zu verabschieden. Auch Pidder rannte los, um wenigstens den Körper seines Vaters noch einmal zu sehen. Der Kopf lag in irgendeinem Korb oder auf dem Boden der Richtstätte, auf den die Körbe ausgekippt wurden. Alle Hinterbliebenen wollten noch einmal das geliebte Antlitz sehen. Es setzte ein wildes Wühlen, Werfen und Zerren ein, bis das richtige Haupt gefunden wurde.
Der junge Offizier nickte. "Einverstanden."
Wir warteten in einem pietätvollen Abstand, bis der junge Sylder Fischer von seinem Vater Abschied genommen hatte und gingen dann mit den Kriegsknechten zur Gruppe unserer Freunde, die immer noch völlig fassungslos auf ihrem Platz vor dem Blutgerüst standen.
Die Trommeln schwiegen. Der Scharfrichter hockte keuchend vor Anstrengung auf den Stufen zum Blutgerüst. Wenn ich richtig gezählt hatte, so waren mindestens siebzig Menschen unter seinem Schwert gestorben. Er war von oben bis unten mit

Blut beschmiert und nur seine Augen und wenige kleine Hautfetzen im Gesicht ließen noch ihre natürliche Farbe durchschimmern. Sowohl die Menschen, die ihre Angehörigen betrauerten als auch die Söldner wichen angewidert vor ihm zurück.

Nur Pidder traute sich zu ihm. Bevor ich mich versah stand er neben ihm. Ich folgte voller Schrecken, um eingreifen zu können, wenn der Lange Peter ihm an den Kragen ging.

"Meister," sagte Pidder ruhig und gefasst, "verkauft mir euer Schwert."

Der Scharfrichter blickte langsam hoch. Er musterte Pidder mit trüben, erschöpften Augen. Dann erhob er sich auf das Schwert gestützt langsam in die Höhe. Er nickte geistesabwesend vor sich hin.

"Ihr könnt es haben, ich will kein Geld. Nehmt es ruhig. Nach solch einem Gräuel fürchte ich mich selbst vor meinem Schwert. Ich hatte das Gefühl, ein dämonischer Geist steckt in ihm, ein Geist, der mir mein Handeln vorgab, der mich zum Handlanger des Teufels werden ließ. Nehmt das Schwert und befreit mich von den Geistern. Ich muss jetzt los, ich friere. Ich hole mir den Tod, wenn ich jetzt nicht in eine Badestube komme."

Er drückte Pidder das Schwert in die rechte Hand. Es war ein langer, breiter Bihänder mit einem Kreuzgriff und einem großen, vergoldeten Knauf obendrauf. Der junge Sylder blickte träumerisch auf die blutverschmierte Klinge, drehte sich zum Rathaus hin um und lachte drohend.

"Ich schwöre, dieses Schwert soll noch einmal eine laute Sprache sprechen. Es soll so laut schreien, dass es euch in euren Palästen in den Ohren dröhnen soll."

Damit verließen wir beide die Richtstätte. Mir wurde erst jetzt deutlich, dass wir tief im hohen Blut gestanden hatten und unsere Lederschuhe völlig verschmiert waren.

Ich war erstaunt, den Scharfrichter so nachdenklich und betroffen erlebt zu haben. Der Mann, der mit seinem vernarbten Gesicht einen abstoßenden Eindruck auf mich machte und gegen den ich eine tiefe Abneigung empfand, hatte nicht nur seine Zusagen eingehalten und seine Arbeit wahrhaft vollbracht, er zeigte sich selbst von seinen Handlungen auf dem Blutgerüst erschüttert. Wie schrecklich musste das unehrenhafte, erzwungene Leben

eines Henkers und seiner Familie sein. Auch ein Scharfrichter verspürte in seinem Innersten den Wunsch nach Menschlichkeit, nur durfte er sie nicht austragen. Damit dachte ich wieder an seine liebreizende Frau, die sich in schöne Kleider und wertvollen Schmuck hüllte, um wenigstens durch äußeren Eindruck und Schein dem Leben einen positiven Glanz abzuhandeln. Ich hoffte, dass ich sie nicht mehr wiedersehen würde. Jetzt, nachdem ich meine Braut durch die Verbannung verloren hatte, wäre ich ihr möglicherweise aus purer Verzweiflung verfallen. Denn ihre Ausstrahlung erweckte in mir starkes Verlangen und das Leben an der Seite eines Henkers musste fürchterlich sein. Oder war es die Strafe Gottes? Aber wofür? Warum wurde ein unehrenhafter Mensch, bevor er überhaupt sündigen konnte, in eine ausgestoßene Familie hineingeboren? Und warum wurde er bereits bestraft, bevor die erste Sünde ihn überkam? War das der eigentliche Sinn der Erbsünde, die dem betroffenen Menschen bereits bei der Geburt anhaftete? Erbte er ein Schicksal, für das er nicht durch eigenen Lebenswandel verantwortlich war? Hatte die herrschende Schicht also doch recht, wenn sie ihre Rechte von Gottes Willen ableitete? Denn wenn die einen von unserem Schöpfer wegen Taten, die ihre Ahnen begangen hatten, mit der Erbsünde bestraft wurden, so belohnte er die anderen wegen guter Taten der Vorfahren. Also waren die Adligen und die Patrizier doch die besseren, Gott wohlgefälligeren Menschen? In dem Falle lag ich mit meiner Einschätzung der menschlichen Sittlichkeiten tatsächlich völlig falsch und hatte mich schwer gegen Gottes Willen versündigt.
"Wir sollten gehen," hörte ich den Leutnant neben mir, "je früher ihr weg seid, umso besser. Die Stadt wird hart bestraft werden. Sie wird noch brennen und in den nächsten Tagen von einer Hungersnot heimgesucht. Wir werden die Stadt kahl fressen. Wenn ihr noch länger hier bleibt, werdet ihr noch helfen müssen, die Leichen auf dem Schindanger zu verbuddeln."
"Dann sollten wir weg," ächzte ich. Ich nahm Pidder Lüng am Arm und wir zogen, gefolgt von den Syldern, die wir auf unserem Schiff mitnehmen konnten, los in Richtung Hafen. Die übrigen Freunde der Insel verabschiedeten uns. Sie waren mit eigenen Fuhrwerken nach Husem gefahren und hofften, sowohl Fahrzeuge

als auch Zugpferde wiederzufinden. Ich hatte da erhebliche Zweifel.
Ich entlohnte den Leutnant, der das Geld an seine Leute verteilen sollte. Immerhin waren es insgesamt sechs Männer, die sich um unsere Sicherheit bemüht hatten. Der Dank von mir für diese Dienste war recht fürstlich, was vor allem der Sergeant anerkannte. Er rief mir noch zu, als wir bereits auf unserem Schiff waren: "Überlegt es euch, da ihr jetzt heimatlos seid, zieht mit mir nach Brandenburg. Ihr werdet es nicht bereuen."
Ich winkte ihm zu. "Wer weiß, vielleicht sehen wir uns wieder. Gottes Wege sind wundersam."
Die Rückfahrt verlief bei starkem Nordwind unruhig, die Stimmung war bedrückt. Kaum jemand sprach auf dem Rückweg. Pidder übernahm wortlos die Pinne und steuerte angestrengt, aber äußerlich gelassen das Schiff gegen den Wind. Aus der Ferne sahen wir die ersten schwarzen Rauchwolken über dem großen Ort. Unterwegs mussten wir in Pilworm auf der Insel Nortstrand noch Nahrung und Getränke besorgen, da wir in Husem keine Möglichkeit dazu hatten. Wir berichteten den Menschen, was in dem Flecken geschehen war und auch hier war das Entsetzen groß.

10.

Zwei Tage später landeten wir auf der Wattseite von Hörnem am Faretrup. Wir zogen das Schiff auf den Sandstrand und verabschiedeten uns niedergeschlagen von unseren Begleitern. Die Sonne brach durch die Wolken, die die ganze Nacht dräuend über uns den Himmel entlang gehetzt waren. Es hatte nicht geregnet, aber ein steifer Wind folgte uns drohend. Die Sonne verbreitete zuversichtliche Stimmung und es war, als wolle Gott wieder etwas gut machen. Der blauer werdende Himmel wirkte auf uns wie ein hoffnungsfrohes Zeichen, das uns in friedliche Stimmung versetzen und uns gemahnen sollte, wieder der Liebe Gottes zu vertrauen. Ich aber hatte erkennen müssen, das Leben war ein Glücksspiel. Ich verstand jetzt die Würfelspieler. Das Leben war am besten mit gezinkten Würfeln zu ertragen, man durfte sich nur nicht erwischen lassen.

Wie sollte mein Leben nun weiter verlaufen. Ich hatte wieder ausreichend Geld, eigentlich mehr als zuvor, und konnte damit gut in die Welt reisen. Nur wohin? Vielleicht wieder nach Holland oder doch besser nach Brandenburg. In Holland bot sich mir eine glückliche Zukunft als Schiffbauer. Pidder könnte sich einen Gehilfen suchen und als Fischer hinausfahren. Für einen einzelnen Mann war die Arbeit auf der Westsee zu schwer. Er würde sich sicherlich nicht damit zufrieden geben, im Watt nur die Reusen zu leeren. Auf mich konnte er nicht zählen, da es für mich nicht das richtige Leben war.

Als wir uns dem schilfrohrgedeckten Haus näherten, kam uns die hochschwangere Catharinen entgegen. Vorneweg lief der Hund mit hechelnder Zunge, der uns außer sich vor Freude begrüßte. Er sprang an Pidder und mir hoch und jaulte mit den höchsten Tönen. Pidder lächelte nach der langen Rückfahrt zum ersten Mal. Aber sein Gesicht wurde wieder ernst, als er die erschrockene Miene seiner Frau auf uns zukommen sah. Kaum hatte sie uns erreicht, fiel sie ihrem Mann schluchzend in die Arme. Pidder wollte sie trösten, aber Catharinen erzählte ihm klagend, dass am gestrigen Abend einer der Mönche aus Kaytum, es war Werner von Kraake, zu ihnen ins Haus gekommen sei und habe ihr und Inken vom Schicksal der Bauern und Fischer in Husum berichtet.

"Er erzählte uns, dass dein Vater hingerichtet worden sei, was mit dir sei, wusste er nicht. Er war sehr nett und voller Verständnis," ihr Ausdruck wurde zynisch, "dann bat er mich, ich solle zu Uwes Frau gehen und ihr vom grausigen Schicksal ihres Mannes erzählen. Er würde gerne selber gehen, hätte sich aber auf dem Weg zu uns wunde Füße gelaufen und wolle lieber eine Weile Pause machen. Ich ging also zu Uwes Familie und erzählte ihnen, was in Husem passiert sei und dass der Mönch mir erzählt habe, auch Uwe sei unter den Toten. Christine war, wie du dir denken kannst, völlig verzweifelt. Die Kinder sind noch zu klein, wer soll nun die Familie ernähren."

"Der Mönch hat gelogen," knurrte Pidder und ich bestätigte, dass Uwe mit uns zurückgekommen ist und noch lebte.

Catharinen sank in sich zusammen. Was war bloß mit ihr

geschehen? Sie war völlig aufgelöst.

"Als ich wieder nach Hause kam, war der Mönch weg und Inken lag splitternackt in der Kammer, in der Michael geschlafen hatte. Als ich weg war, hatte er ihr den Mund zugehalten, bis sie halbtot war, die Kleider vom Leib gerissen und sie dann mit Gewalt genommen. Inken ist völlig fertig. Er hat ihr zum Schluss gesagt, die Tochter, die von einem Vater abstammt, der mit dem Teufel im Bunde stand, wäre nur noch für die Lustbarkeit der Männer dienlich. Eine Frau, deren Vater als Ketzer und Verbrecher zum Tod verurteilt worden wäre, solle froh sein, wenn überhaupt noch ein Mann ihrer begehre."

Der Lange Peter und ich waren wie vom Blitz geschlagen. Pidder nahm seine Frau in den Arm und wir stolperten von Zorn und Wut getrieben durch den aufgewehten Sand. Im Haus fanden wir eine weinende Inken. Pidder versuchte, sie zu trösten, während ich reichlich hilflos daneben stand. Ihre Ehe mit Sönke war damit hinfällig geworden, auf der Insel galt sie von nun als verdorben und befleckt.

Pidder griff zu seinem Henkersschwert, dass er an seiner Seite hängen hatte.

"Ich ahnte, dass ich dich bald brauche," flüsterte er beinahe liebevoll und zärtlich. Dann drehte er sich um und lief hinaus.

"Wenn du willst, kannst du mitkommen," rief er mir zu, während er das Pferd aus dem Unterstand holte und vor den Wagen spannte.

Natürlich wollte ich mit. Ich musste Pidder beruhigen, damit er keine Dummheiten machte. Es war das größte Verbrechen, einen Gottesmann zu töten. Zwar war die Bestrafung des Mönchs nach einer Schandtat erlaubt, aber das Vergehen musste nachgewiesen werden. Ich war sicher, dass die Kapuzenmänner es so hinstellen würden, dass Inken den Mönch verführt hatte.

Der zweirädrige Wagen knirschte zunächst durch den Sand, um anschließend in der Nähe der Burg von Tinem über den harten Untergrund zu holpern. Pidder trieb sein Pferd so schnell wie möglich an.

"Beeile dich nicht zu sehr, Pidder," versuchte ich ihn zu beruhigen, "du kannst den Mönch jetzt noch nicht zur Rechenschaft ziehen ohne aufzufallen. Du weißt, auf Tätlichkeiten einem Kirchenmann gegenüber stehen harte Strafen."

Pidder blickte starr geradeaus. Der Pferdekarren tanzte rumpelnd über den Schotterboden. Das friedliche Bild, dass normalerweise über dieser Wasserlandschaft lag, war wie weggeblasen. Den Langen Peter trieb der Hass und ich hatte Sorge, er könne einen folgenschweren Fehler machen. So erreichten wir Kaytum.

Die Sonne lag strahlend über dem Dorf. Über den reetgedeckten Häusern, Katen und Hütten thronte drohenden Blickes die Kirche. Bunte Wiesenblumen zauberten eine friedvolle Stimmung hervor, die keineswegs der Seelenlage im Ort entsprach. Überall standen Menschen auf den Gassen und sprachen über die vergangenen Ereignisse. Immer wieder glitten die Blick in Richtung des Hofs von Broder Hansen, in dem nun der älteste Sohn das Schicksal der Familie in Händen hielt. Der Gasthof war geschlossen. Das musste allerdings nichts mit der Trauer der Familie zu tun haben, tagsüber lohnte sich die Öffnung nur an Markt- oder Sonntagen.

Das Leben ging trotz allem seinen normalen Gang. Wir erfuhren, dass die Bauern, die mit ihren Fuhrwerken Husem erreicht hatten, noch nicht zurückgekehrt waren. Ob man sie noch festhielt oder ob die Überfahrt vom Festland so lange Zeit in Anspruch nahm, konnten wir nicht erfahren.

Zunächst fuhren wir ziellos durch das Dorf. Ich brauchte Zeit, um Pidder von vorschnellem Handeln abzuhalten. Der blonde Hüne hielt während unserer Rundfahrt Ausschau nach seinem Opfer. Er sah es aber nicht. Immer mehr Kinder erkannten uns und folgten lärmend unserem Wagen. Auch die Erwachsenen, neben einigen Handwerkern, Schäfern und Tagelöhnern meist Frauen und alte Männer, strömten immer zahlreicher zusammen, um von uns zu hören, was in Husem geschehen war. Unser Fahrweg endete beim Hof von Jakob Vicken, wo seine Frau herausgelaufen kam, um uns anzuhalten. Wir erzählten bei einem Glas Bier und umgeben von der, wie mir schien, gesamten Bevölkerung des Dorfes, was wir in Husem mit Graf Gerhard und dem König erlebt hatten. Als ich über die folgenden Hinrichtungen berichtete, stand Pidder auf und schweifte seinen gedankenverlorenen Blick über das weite Watt.

"Dort ist das Reich der Teufel," sagte er mit Blick auf das Festland, dass weit in der Ferne in der hellen Luft als Spiegelung erkennbar war, "diese Hauptleute und Herrichter von Kämpfen des Satans, diese Raubritter der Unbarmherzigkeit, die sich mit Hilfe der Kirche durch Ablässe von ihren Sünden freikaufen, haben sogar so unmenschlich gehandelt, dass sie grundlos Verurteilte ohne priesterliche Freisprechung von ihren Sünden in den Tod geschickt haben. Die Toten werden auch im Jenseits keine Ruhe finden und als Geister zurückkehren, um Absolution zu fordern. Und überall war der Pogwisch dabei. Er drängte sich immer in die Nähe des Königs, um ihn aufzustacheln." Pidders Stimme klang hasserfüllt.

"Der Teufel soll den Pogwisch holen, jetzt kann er uns wieder weiter auspressen, denn jetzt wird der König uns erst recht nicht erhören," schnauzte ein alter Mann, der mir als Schwiegervater von Jakob Vicken vorgestellt wurde. Seine Tochter, unsere Gastgeberin hatte die unvergessene Auseinandersetzung mit der Schulten bei meinem ersten Besuch in der Kirche von Kaytum gehabt. Der alte Mann fuhr fort: "Dieser Hundsfott ist gierig, hinterlistig und grausam. Er hat den Aufseher seiner Jagdhunde hängen lassen, weil eines der Tiere angeblich in schlechter Verfassung war. Und ebenso werden Bauern gehängt, wenn sie ihm nicht schnell genug ihre Bede zahlen. Angehörige von Familien, die durch solche Willkür verarmen und aus Hungersnot heraus ein Reh oder einen Hasen fangen, werden von ihm gnadenlos ohne Gerichtsverfahren hingerichtet. Wenn Gott uns doch nur endlich von dieser Plage befreien würde. Der Pogwischen soll sogar gesagt haben, dass er Gott auf Erden sei. Solch ein Ketzer gehört vom Blitz erschlagen. Wenn wir noch die alten Götter hätten, von denen mir mein Großvater viel erzählte, hätte solch einen Menschen Gott Odin oder sein Schmied Thor mit einem Blitz getroffen. Ich glaube, die alten Götter waren gerechter."

Die Menge erstarrte ob dieser ketzerischen Äußerungen. Nur die Kinder kümmerten sich nicht darum und lärmten im Haus und im Hof.

"Gott unterzieht uns ständig harter Prüfungen," erklärte ich darob, "er will immer wieder Auskunft darüber, ob wir stark genug im Glauben sind. Das Leben hier auf Erden ist nur eine

Durchgangsstation auf unserem Weg zur ewigen Glückseligkeit. Wenn Gott uns solch harter Prüfungen unterzieht, dann ist er unzufrieden mit uns und es liegt nahe anzunehmen, dass er bald zum Jüngsten Gericht aufruft. Vieles deutet darauf hin, dass es bald so weit sein könnte. Die Welt scheint in der Sünde unterzugehen und weder Priester, Bischöfe noch der Papst vermögen uns zu retten. Jedoch waren es die alten Götter, die diese chaotische Welt hinterlassen haben. Unser Gott hat nun die undankbare Aufgabe, all das falsche Denken und Handeln aus den Menschen zu verbannen. Daher glaube ich nicht, dass das Jüngste Gericht kommt. Ich glaube nicht, dass unser Gott vor den alten Göttern kapituliert."

Alle nickten zustimmend. Wenngleich das Leben auch hart und die Umstände grausam waren, das Jüngste Gericht und damit das Ende der Welt sehnte niemand herbei. Vor allem wären wir mehr oder weniger alle in der Hölle gelandet, wenn Gott mit uns Menschen unzufrieden gewesen wäre. Er hätte uns nämlich aus dieser Unzufriedenheit heraus zum Untergang verurteilt. So fühlten sich alle erleichtert, dass ich als weitgereister und erfahrener Mann, der an einer bedeutenden Universität studiert hatte, solche Tröstungen und Hoffnungen aussprach. Ich wurde in meiner Bedeutung zwar erheblich überschätzt, da ich noch jung war und bisher noch keine großen Erfahrungen sammeln konnte, aber diesen Menschen auf ihrer abgelegenen Insel erschien ich als eindrucksvolle Gelehrtheit. Die Anerkennung hatte ich erlangt, wie mir schien, da ich mich bemüht hatte, bescheiden und nicht wie ein Patriziersohn überheblich aufzutreten. Viele erhofften sich von mir, dass ich ihre Interesse mit weisen Worten und als Schriftkundiger vor der Obrigkeit entschiedener wahrnehmen könne als sie selbst .

"Aber warum quält der Herr uns mit den Ungerechtigkeiten der Herrschaften?", hörte ich jemanden aus der Menge fragen. Die Stimme des Kaytumer Pfarrers Andreas Pam, der fast unbemerkt erschienen war, antwortete ihm aus dem Hintergrund: "Gott ist nicht ungerecht, aber ihr seid maßlos. Ihr wollt besitzen, ihr wollt prassen und seid geizig. Das Heil ist nicht im Reichtum irdischer Anhäufungen und in der Verschwendung weltlicher Güter zu suchen, wie ihr ständig glaubt, sondern einzig bei Gott. Das

Erdenleben ist vergänglich und die Welt unabänderlich böse. Daher hat Michael aus Lübeck recht, dass die alten Götter schuld sind an diesen Zuständen. Haben nicht eure Vorfahren sich ganz besonders lange gegen den einen, den wahren Gott gewehrt? Glaubt ihr wirklich, unser Herr könne das vergessen? Die Erlösung könnt ihr nur durch den Verzicht auf irdische Genüsse, durch die Entsagung auf Reichtümer und durch die Zurückweisung eitler Ehren gewinnen. Geld ist von Übel, Schönheit macht eitel und beides ist vergänglich. Ehrgeiz ist verdammenswürdiger Stolz, Besitzstreben ist Habsucht, Sehnsucht nach dem Fleisch des anderen Geschlechts ist triebhafte Lust und Streben nach Wissen ist Hoffart. Alle diese Dinge sind Sünde, da sie euch davon ablenken, euer Seelenheil zu suchen. Kehrt also in euch und bittet Gott um Verzeihung, dann werdet ihr im Himmel willkommen sein."

Einen Augenblick herrschte Ruhe. Da die führenden Bauern noch immer abwesend waren, traute sich zunächst niemand, dem Priester zu widersprechen. Ich selbst wollte Abstand davon nehmen, da die Priester auf dem Lande ungebildete Menschen waren, die nur nachplapperten, was ihnen ihre Prälaten vorsagten. Auf Syld galt das in besonderem Maße, da er unter dem besonderen Einfluss der gebildeten Mönche stand. Aber der alte Herr der Vicken meldete sich erneut zu Wort: "Warum haben aber König, Ritter und Kirche das Recht, maßlos zu sein. Und anstatt, dass Gott sie bestraft, werden sie mit immer mehr Reichtum belohnt und dürfen uns aus nichtigem Anlass die Köpfe abschlagen oder hängen?"

"Gottes Wege sind unergründlich, mein Sohn. Du wirst bald vor deinem Herrn stehen und du wirst es dann verstehen. Habt Vertrauen zu Gott, er ist unbestechlich und jeder erhält seinen gerechten Lohn." Man spürte den Stolz des Priesters auf seine rethorischen Fähigkeiten. Ich musste zugeben, dass es nur wenige gab, die es ihm gleichtun konnten. Daher ritt mich jetzt der Teufel und ich musste ihm zeigen, dass ich nicht nur daherreden, sondern auch die Bibel kannte und zitieren konnte.

"Der Herr sprach: Ihr Pharisäer haltet die Becher und Schüsseln auswendig reinlich; aber euer Inwendiges ist voll Raubes und Bosheit. Ihr Narren, meinet ihr, dass es inwendig rein sei, wenn

ʼs auswendig rein ist? Aber weh euch Pharisäern, dass ihr verzehntet die Minze und Raute und allerlei Kohl, und geht vorbei an dem Gericht und an der Liebe Gottes! Weh euch Pharisäern, dass ihr gern obenan sitzet in den Schulen und wollt gegrüßt sein auf dem Markte! Weh euch, Schriftgelehrte und Pharisäer, ihr Heuchler, dass ihr seid wie die verdeckten Totengräber, denn ihr beladet die Menschen mit unerträglichen Lasten und ihr rühret sie nicht mit einem Finger an. Weh euch! Denn ihr bauet der Propheten Gräber; eure Väter aber haben sie getötet. So bezeuget ihr und billiget eurer Väter Werke; denn sie töteten sie und ihr bauet ihre Gräber. Darum spricht die Weisheit Gottes: Ich will Propheten und Apostel zu ihnen senden, und sie werden derselben etliche töten und verfolgen; auf dass gefordert werde von diesem heuchlerischen Geschlecht das Blut aller Propheten, von Abel bis auf das Blut des Zacharias, der umkam zwischen dem Altar und Tempel. Ja, ich sage euch: Es wird gefordert werden von diesem Geschlecht. Weh euch Pharisäer und Schriftgelehrte: denn ihr habt den Schlüssel der Erkenntnis weggenommen. Ihr kommt nicht hinein und wehret denen, die hinein wollen. Und Jesus sagte zu seinen Jüngern: Zum ersten hütet euch vor dem Sauerteig der Pharisäer, welches ist die Heuchelei. Aber es ist nichts verborgen, das nicht offenbar werde, noch heimlich, das man nicht wissen werde. Darum, was ihr in der Finsternis saget, das wird man im Licht hören; was ihr redet ins Ohr in den Kammern, das wird man auf den Dächern predigen. Ich sage euch aber, meinen Freunden: Fürchtet euch nicht vor denen, die den Leib töten und darnach nichts mehr tun können. Ich will euch aber zeigen, vor welchem ihr euch fürchten sollt: Fürchtet euch vor dem, der, nachdem er getötet hat, auch die Macht hat, zu werfen in die Hölle. Ja, ich sage euch, vor dem fürchtet euch."

Meine Stimme hatte einen drohenden Klang angenommen und verschüchterte Stille lastete in dem Bauernhof. Einige betrachteten mich mit entsetzten Augen, als wäre ich der Erzengel Gabriel mit dem feurigen Schwert. Der Vater der Vicken dagegen strahlte mich an, als hätte ich soeben den Teufel für immer aus ihrer Mitte vertrieben.

"Ihr kennt die Heilige Schrift, Michael. Ihr seid wirklich ein gelehrter Mann und euch hat der Herr zu uns geschickt. Hier kann niemand die lateinische Bibel lesen, nicht einmal der Priester. Daher ist uns das Wort Gottes bisher völlig fremd geblieben."

Und dann blickte er triumphierend zu den Mönchen, zu allen drei, die neben dem Pfarrer der Kirche erschienen waren. Heinrich von Hummersbüttel lachte in ehrlicher Anerkennung und sagte: "Ihr hättet Priester werden sollen, Michael Isermann. Vielleicht überlegt ihr es euch noch. Aber bedenkt, Jesus schalt nicht nur die Obrigkeit, er hatte auch zürnende Worte für die Bauern. Er erzählte dem Volk: Es war ein reicher Mann, das Feld hatte wohl getragen. Und er dachte: Was soll ich tun? Ich habe nichts, wohin ich meine Früchte sammeln kann. Und er sprach: Das will ich tun: ich will meine Scheunen abbrechen und größere bauen und will drein sammeln alles, was mir gewachsen ist, und meine anderen Güter; und will sagen zu meiner Seele: Liebe Seele, du hast einen großen Vorrat auf viele Jahre; habe nun Ruhe, iss, trink und habe guten Mut. Aber Gott sprach zu ihm: Du Narr! Diese Nacht wird man deine Seele von dir fordern; und was wird es sein, das du bereitet hast? So wird es demjenigen sein, der sich Schätze sammelt und ist nicht reich in Gott. Er sprach also zu seinen Jüngern: Darum sage ich euch: Sorget nicht für euer Leben, was ihr essen sollt, auch nicht für euren Leib, was ihr antun sollt. Das Leben ist mehr denn die Speise, und der Leib mehr denn die Kleidung. Nehmt wahr die Raben: die säen nicht, sie ernten auch nicht, sie haben auch keinen Keller noch Scheune; und Gott nährt sie doch. Wie viel aber seid ihr besser denn die Vögel! Nehmet wahr die Lilien auf dem Felde, wie sie wachsen: sie arbeiten nicht, auch spinnen sie nicht. Ich sage euch aber, dass auch Salomo in all seiner Herrlichkeit nicht ist bekleidet gewesen wie eine der Lilien. So denn das Gras, das heute auf dem Felde steht und morgen in den Ofen geworfen wird, Gott also kleidet, wie viel mehr wird er euch kleiden, ihr Kleingläubigen! Trachtet nach dem Reich Gottes, so wird euch das alles zufallen. Fürchte dich nicht, du kleine Herde, denn es ist eures Vaters Wohlgefallen, euch das Reich zu geben."

Die Bewohner Kaytums sagten kein Wort. Es war das erste Mal, dass sie die Worte Gottes im originalen Wortlaut hörten. Wahrscheinlich blieb ihnen aus diesem Grunde auch der wahre Sinn dieser Zitate verborgen. Sie spürten aber, dass hier etwas Ungewöhnliches passierte. Daher wollte ich noch nicht aufhören, sondern die Mönche weiter reizen. "Siehe, unter seinen Knechten ist keiner ohne Tadel, und seine Boten zeiht er der Torheit. Aber wie viel mehr, die in Lehmhäusern wohnen und auf Erde begründet sind. Auch sie werden von den Würmern gefressen. Es währt vom Morgen bis an den Abend, so werden sie zerschlagen; und ehe sie es gewahr werden, sind sie gar dahin, und ihre Nachgelassenen vergehen und sterben auch unversehens."

Ich machte eine kurze Pause um dann fortzufahren: "Ihr seht, Heinrich von Hummersbüttel, in der Bibel gibt es keine überzeugende Überlieferung, aus der hervorgeht, dass besonders Geborene Macht über andere Menschen haben sollen. Wer Macht ausübt, wird ohne gottgefälliges Wirken entweder noch auf Erden oder im Jenseits bestraft."

"Gut gesprochen, Michael. Ihr seid also davon überzeugt, dass in Husem Unrecht geschah und die Bestrafung der Schuldigen kein gottgefälliges Werk war?"

"Es war unrecht. Es war ein Konflikt zwischen den königlichen Brüdern. Jeder von beiden benutzte Menschen für seine persönlichen Zwecke."

Werner von Kraake hielt sich dicht neben seinem Klosterbruder Ahlefeld auf. Er warf hin und wieder einen verstohlenen Blick auf Pidder Lüng, der ihn fest im Visier hatte. Beide belauerten sich wie wilde Tiere. Während der eine losschlagen wollte, stellte sich der andere auf die Flucht ein.

Es wurde in den nächsten Stunden viel disputiert. Viele entfernten sich zwischendurch, um das Vieh zu füttern. Anschließend erschienen sie wieder, um an dem unterhaltsamen politischen Zeitvertreib teilzunehmen. Es dauerte nicht lange und die ersten Würfel und Spielkarten tauchten auf. In den frühen Abendstunden erschienen die Musiker und spielten zum Tanz. Jetzt war Pidder auf der Hut, dass die Mönche, vor allem der von Kraake nicht verschwanden. Ich machte mir zwar große Sorgen, dass der Hüne eine Dummheit begehen könnte und sich in einem Malefizverfahren vor Gericht verantworten müsste. Andererseits war seine Abrechnung mit dem Mönch Werner von Kraake unumgänglich, da er ansonsten keine Ruhe mehr finden würde. Es ging nur darum, dass er es so geschickt anstellte, dass niemand ihn anzeigen konnte. Was Pidder vorhatte wusste ich nicht. Da er kein Todschläger war, hoffte ich, dass er dem Kuttenbruder lediglich einen ordentlichen Denkzettel verpassen würde.

Ich unternahm alles, um die Mönche an diesem Abend im Kreis der Kaytumer Bürger festzuhalten. Vielleicht konnte man erreichen, dass sie getrennt zu ihrer Klause zurückgingen. Ich bemerkte, dass Pidder stillschweigend dafür gesorgt hatte, dass immer ein Bier vor den drei Klosterbrüdern stand. Und die zeigten Wirkung. Die Unterhaltung mit Heinrich von Hummersbüttel und dem Ahlefeld wurde immer lauter und vergnügter und da alle drei nicht aus Überzeugung in das Kloster eingetreten waren, sondern durch familiären Druck, wurden die Äußerungen und Erzählungen der drei immer frivoler und weltlicher. Irgendwann stand Pidder schweigend auf und verschwand unbemerkt.

Wir erfreuten uns noch eine Weile an der lauschigen Abendluft. Der Mond zeichnete mit seinem blassen Licht fahle Schatten auf die Insel. Feen und Elfen erschienen im flackernden Leuchten des Sumpfgases. Leuchtkäfer irrlichterten unher. Sie waren die Seelen ungetauft verstorbener Kinder. Sobald ein Käfer sichtbar wurde, schlugen die Menschen ein Kreuz.

"Wisst ihr, Michael," hörte ich Heinrich von Hummersbüttel im lallenden Tonfall eines Betrunkenen, "wisst ihr, dass die Erde eine Kugel ist. Einen Vorteil hat die Insel, man hat Ruhe und Muße und vor allem die erforderliche Langeweile, sich mit allem nötigen und unnötigen Unsinn zu beschäftigen. So auch mit der Frage, ob uns Jesus Christus verschwiegen hat, dass die Erde ein Kugel ist."

"Ich habe schon davon gehört," antwortete ich, "der französische Geistliche Gautier de Metz hat in seinem Buch geschrieben, der Mensch könne um die Erde wandern wie eine Fliege um einen Apfel. Und wenn ein Stein von einem anderen Stern herabfiele, brauchte er mehr als hundert Jahre, um auf der Erde anzukommen. Er hat aber nichts darüber geschrieben, wann ein Mensch auf einem der Nachbarsterne ankommen würde, wenn

er von der anderen Seite der Erde herunter fiele."
Alle lachten und prosteten sich erneut zu. Die Stimmung hatte ihren Höhepunkt erreicht.

Da ich wusste, dass der Lange Peter etwas plante, lag für mich Spannung in der Luft. Ich wollte nicht, dass jemand etwas davon spürte. Wenn ich auch verhindern wollte, dass Pidder einen Mord beging, einen Denkzettel hatte der Mönch mit seinem spitzen Rabengesicht verdient. Er hatte den ganzen Abend geschwiegen, hatte nur verschiedentlich ein hintergründiges, falsches Lächeln gezeigt und war immer eng um den Mitbruder Ahlefeld herumscharwenzelt. Dieser von Kraake hatte eine unbehagliche Ausstrahlung und ich wünschte ihm geradezu den von Pidder erwarteten Denkzettel.

Die Stunde des Endes der Festlichkeit nahte. Einer nach dem anderen brach auf. Auch die Mönche verabschiedeten sich. Der Priester war schon lange vorher im volltrunkenen Zustand entschwunden. Er war mit ironischen, zotigen Zurufen verabschiedet und irgendwo von der Dunkelheit aufgesogen worden. Auch die Mönche schwankten wie Schiffsmasten auf stürmischer See. Ich ging ihnen nach.

"Graf Heinrich," rief ich kurze Zeit später leise. Heinrich von Hummersbüttel drehte sich langsam um. Bevor er mich aber zurechtweisen konnte, dass nicht er sondern sein Bruder der Graf sei, fragte ich ihn: "Habt ihr schon gehört von gehörnten Zwergenmenschen, die in Herden leben und in sieben Jahren erwachsen sind, oder von Menschen mit Hundeköpfen und sechs Zehen, von einäugigen Zyklonen, die nur einen einzigen Fuß haben und trotzdem schnell wie der Wind laufen, von Einhörnern, die man nur fangen kann, wenn sie im Schoß einer Jungfrau ruhen und von Panthern, die mit ihren Krallen den Bauch von Frauen öffnen, um Säuglingen bei der schweren Geburt zu helfen?"

"Michael," lallte er, "woher habt ihr diese Weisheiten? Wo soll es das geben?" Obwohl er stark angetrunken war und nur schwerfällig auf seinen Beinen stand, war sein Verstand sehr wach und klar. Daher antwortete ich: "In Persien, einem Land der Absonderlichkeiten. Kein Wunder, es sind schließlich Ungläubige."

"Glaubt ihr wirklich, dass es so etwas gibt? Ich habe auch von hundert Meter langen Schlangen gehört, die kostbare Edelsteine als Augen haben und von Schlangen, die Musik so sehr lieben, dass sie sich, um nicht irritiert zu werden, aus Vorsicht das Schwanzende in ihre Ohren stecken. Aber ich habe noch niemanden getroffen, der solche Schilderungen bestätigen konnte."

Unmerklich war ich mit ihm an der Seite in Richtung Wattenmeer gewandert. So hatte Pidder, falls er dem verbrecherischen Mönch auflauerte, nur noch mit zwei Personen zu tun. Darüberhinaus wollte ich nicht, dass Heinrich von Hummersbüttel zu Schaden kam, da ich große Sympathieen für ihn empfand.

Es dauerte nicht lange, und ich hörte einen wilden Aufschrei. Wie würde von Hummersbüttel reagieren? Der reagierte gar nicht. Er trottete, krampfhaft das Gleichgewicht haltend, weiter in Richtung Kirche, um zu seiner Klause zu gelangen. Was interessierten ihn Schlägereien der Dorfjugend. Ich blieb stehen. Er merkte es nicht und stakste gleichmütig weiter.

Ich wandte mich eiligst wieder den Bauernhöfen zu, aus deren Richtung weitere Schreie kamen. Es war ausgerechnet der Hof von Broder Hansen, in dessen Scheune ich Lichtgeflacker bemerkte. Bevor ich das Gehöft erreichte, fand ich den Ahlefeld am Wegesrand liegen. Er war nur betäubt, wie ich sehr schnell feststellte. Ich nahm an, dass Pidder ihn mit der Breitseite seines Schwertes niedergeschlagen hatte.

Im Hof traf ich die Witwe, die beiden Söhne und die Töchter von Broder Hansen. Sie waren sehr erregt, wagten sich aber nicht in die Scheune hinein.

"Bleibt draußen," flehten sie mich an. "In der Scheune tobt der Leibhaftige."

"Ich werde nachsehen," erwiderte ich, "aber ihr solltet wirklich draußen bleiben. Da die Diener des Teufels euren Mann und Vater geholt haben, ist die Gefahr für euch besonders groß."

In der Scheune erwartete mich im Schein mehrerer Öllampen ein grauenvoller Anblick. Pidder hatte den Mönch ausgezogen und ihm gerade einen dünnen Strick um die Hoden gebunden. Den Strang hatte er über einen Querbalken geworfen und zog ihn nun hoch. Werner von Kraake schwebte gefesselt an den Hoden zappelnd in die Höhe. Vor Schmerzen schrie der

Klosterbruder ohne Unterbrechung in grauenvollen Tönen. Pidder riss ihn mit auf dem Rücken zusammengebundenen Händen hoch, sodass er nur durch Zuckungen und Windungen seines Körpers versuchen konnte, sich von den Schmerzen und dem Strick zu entlasten. Aber je mehr er sich wand, umso schlimmer traf ihn die Marter. Der Strick drehte sich bei seinen Zuckungen um die eigene Achse und zog sich immer enger und fester um die Hoden. Aber Gott war wohl mit diesem Martyrium einverstanden, denn der frevelhafte Mönch fiel trotz der unerträglichen Qualen nicht in Ohnmacht.

Dann endlich, die Schreie betäubten zusehends mein Gehör und drangen zutiefst in die erschrockenen Seelen der Menschen auf dem Hof, rissen die Hoden durch die Schwere des Körpers ab und der blutende Leib fiel auf den harten Boden.

Pidder nahm sein Schwert und holte aus, um den Kopf des Mönchs vom Rumpf zu trennen. Ich fiel ihm in den Arm.

"Meinst du nicht, Pidder, dass die Strafe für ihn ohne Hoden größer ist als der Tod? Mit dem Tod tust du ihm nur einen Gefallen, vor allem, da er im Moment ohnehin nichts empfindet. Lass ihn mit dieser Schande leben, es wird die Hölle für ihn sein."

Pidder senkte sein Schwert, steckte es in die Scheide und sah mich zustimmend an. "Soll der Teufel den Rest besorgen."

Wir traten in den Hof. Schreiend liefen einige, die durch das qualvolle Gebrüll des Mönchs angelockt wurden, davon. Sie waren wirklich überzeugt, der Teufel triebe in der Scheune sein Unwesen und käme jetzt heraus. Wir näherten uns der verängstigten Frau von Broder Hansen.

"Es war nicht der Teufel, der in eurer Scheune sein Unwesen getrieben hat, es war ein Gericht Gottes, dass an einem adligen Unhold mit Kapuze vollzogen wurde. Die Rache für den Tod deines Mannes und meines Vaters soll die Schuldigen erschüttern. Es soll auch niemand aus dem Kreis der Ritter glauben, auf unserer Insel beugen wir uns der Willkür. Der von Gott bestrafte Sünder liegt noch in deinem Schober. Pack ihn auf einen Karren und bringe ihn in das Kloster. Auf dem Weg dorthin findest du noch einen liegen. Nimm ihn gleich mit."

Pidder nahm die Bäuerin in seine Arme und drückte sie an sich.

"Dein Mann und mein Vater sind jetzt bei Gott. Geh bitte morgen zum Priester und bestelle auch für mich eine heilige Messe."

Die Bäuerin weinte leise. Sie drückte Pidder fest an sich.

"Hast du den dort drin," die Frau deutete auf den Schober, "bestraft, weil er oder einer seiner Angehörigen deinen Vater getötet hat?"

"Dieser nichtsnutzige Schelm, dieser Gottesmann hat meine Schwester vergewaltigt."

Die Bäuerin hielt sich erschrocken die Hand vor den Mund und schrie laut auf.

"Das arme Mädchen! Der Teufel soll diesen Unhold holen."

Umstehende, die Pidders Äußerungen gehört hatten, schrieen ebenfalls auf. Inken war auf der Insel sehr beliebt, das spürte man deutlich. Aber alle wussten, dass die Mönche es so darstellen würden, dass Pidders Schwester den Franziskaner verführt hatte. Sie würden es sogar bei Gott beschwören und viele würden es glauben. Schließlich war die Frau der Lockvogel des Teufels.

Thiess Petersen, ein Schmied aus dem Dorf, betrat als erster die Scheune. Er sah den schmerzhaft stammelnden Mönch in seinem Blut auf der Erde liegen. Den Grund für das Blutbad erkannte er zunächst nicht, den bemerkte als erste die Witwe von Broder Hansen. Sie schrie erneut auf, dieses Mal jedoch triumphierend.

"Dieser verruchte Gottesmann stieg ständig den Frauen nach. Keine hat er in Ruhe gelassen. Alle bedrohte er mit der Ungnade Gottes oder machte ihnen lügnerische Versprechungen und schwor falsche Eide. Jetzt ist es vorbei, du Schwein!" Sie hob die Faust zu einer triumphalen Geste und drehte sich zu den übrigen um. "Der fasst keine Frau mehr an. Der ist kein Mann mehr."

Mehrere Frauen stürzten sich mit lauten Schreien auf ihn, schlugen und traten ihn. Bei jedem Aufstöhnen des Unholds jubelten sie. "Los," schrie eine, "wir kastrieren ihn völlig."

Tatsächlich zog eine der wildgewordenen Weiber ein Messer aus ihrer Schürze hervor und schnitt in seinen Unterleib. Mit zornigen Augen zerstückelte sie förmlich den Rest seiner Männlichkeit, da das Messer stumpf war und es nur mit

Schwierigkeiten durchdrang. Werner von Kraake gab keinen Ton mehr von sich. Er war entweder ohnmächtig oder tot. Genauer wollte ich es nicht wissen, da ich mich angewidert abwandte. Ich hatte in den letzten Tagen zu viel Blut gesehen und gerochen. Es reichte mir. Die Männer standen zwar abseits, feuerten jedoch den Zorn der Frauen noch zusätzlich an. Auch ihnen war der Mönch ein Dorn im Auge gewesen, da er ihren Frauen ständig nachstieg. Aber niemand hatte bisher den Mut gefunden, sich an dem Gottesmann zu vergreifen. Die Furcht vor dem Zorn des Herrn war zu groß gewesen. Deshalb war es nicht verwunderlich, dass sich einige zu Pidder herandrängten, um ihm anerkennend auf die Schulter zu klopfen. Nur wusste er, dass damit sein Problem nicht gelöst war. Er war jetzt verantwortlich für Inken. Denn niemand würde trotz der Sympathiebekundungen bereit sein, seine Schwester nach diesem Vorfall zu heiraten. Und falls noch zusätzlich aus dieser Vergewaltigung ein Kind hervorgehen sollte, würden alle diesen Bankert ablehnen. Die Zukunft für Inken war nicht verheißungsvoll. Ich ging daher davon aus, dass ihr Bruder sich weiterhin um sie kümmern würde. Da er nunmehr als Fischer alleine ohne die Tatkraft seines Vaters dastand, konnte er weiterhin für die Hilfe seiner Schwester dankbar sein.

In Pidders Haus war die Stimmung in den nächsten Tagen gedrückt. Ich hatte zwar nie die Absicht gehabt, den Beruf des Fischers zu ergreifen, empfand es aber dennoch als notwendig, meinen drei Freunden und ihren Kindern sowohl beim Fischen als auch beim Einlegen des Fangs in Salz zu helfen. Ich lernte sogar Torf zu stechen und Salz zu sieden. Auf See war die Arbeit hart. Wir fuhren morgens ganz früh hinaus, da die Fische zu dieser Stunde am besten zu fangen waren. Wenn es sich lohnte, waren wir mittags wieder zurück. Meistens jedoch erreichten wir spät abends den Strand, da wir weit hinaus mussten und erst wieder in den Abendstunden die Fische ins Netz gingen. Da wir zu zweit waren, konnten wir zwei Netze gleichzeitig auswerfen. Erwischten wir einen großen Schwarm, konnten wir die Rönnen gleich anschließend wieder aus dem Wasser ziehen und die zappelnden Fische aus dem Flechtwerk heraussammeln. Erreichten wir jedoch ein Gebiet, das weniger dicht besetzt war, so banden wir die Netze an den hinteren Seiten des Bootes fest, griffen kräftig in die Ruder oder setzten bei günstigem Wind das Segel. Wir hofften darauf, dass sich bei guter Fahrt die Fische in den Maschen des Netzes verfingen. So hatten wir manchmal mehr, manchmal weniger Glück. Der lange Peter und ich schnitten am besten ab, wenn das Wetter schlecht war. Dann hatten wir jedoch mit dem starkem Wind und dem Regen zu kämpfen. Die Wellen schlugen über die Bordwand und wir mussten ständig Wasser schöpfen, damit das Boot nicht zu schwer wurde und unterging. Nach der langen Reise nach Husem hatten die Planken des Boots ohnehin zu lecken begonnen. Ich hatte nun die Möglichkeit, meine Fähigkeiten als Schiffbauer einzubringen. Dazu mussten wir zum Versteck Pidders in den sandigen Untergrund, um Holz von havarierten Schiffen zu holen. Glücklicherweise reichte der Vorrat aus und ich konnte das Schiff schnell ausbessern.

Eines Tages gerieten wir in ein grässliches Gewitter. Gottes Zorn auf uns war furchtbar. Er hatte lange Zeit gewartet und uns in dem Glauben gelassen, Pidders Strafhandlung gegen einen seiner Diener längst vergessen zu haben. Aber umso erbarmungsloser traf uns sein Strafgericht. Unmittelbar neben unserem Fischerboot schlug ein Feuerball in eine hohe Welle. Trotz des Sturms war das Zischen des Wassers deutlich zu hören und heißer Dampf stieg in dichten Wolken auf. Als wir nach Hörnem zurückkehrten, fanden wir völlig aufgelöste Frauen und Kinder vor. Sie hielten sich gerade in der Salzsiederhütte auf, als ein Blitz mit fürchterlichem Getöse in das schilfrohrgedeckte Dach einschlug und das Haus bis auf die Grundmauern niederbrannte. Wir konnten zunächst mit den noch vorhandenen Planken ein provisorisches Dach bauen, um nicht im Freien übernachten zu müssen. Aber nun hatten wir das Problem, dass der Strandvogt das verbliebene Holz nicht finden durfte, für das Pidder keine Bergungskennzeichnung vorweisen konnte. So mussten wir uns mit dem Aufbau des Hauses teuflisch beeilen und hatten in dieser Zeit keine Möglichkeit, zum Fischfang rauszufahren und die Beute auf dem Markt zu verkaufen.

Auf dem Handelsplatz in Kaytum waren die Preise ohnehin

zusammengebrochen. Die Angebote waren sehr hoch, die Nachfrage gering. Die meisten Händler vom Festland, die zuvor auf dem Markt von Syld erschienen waren, kamen gar nicht mehr. So konnten wir froh sein, dass ich vom Geld des Husemer Stadtvogts noch einiges übrig behalten hatte. Ich hütete mich allerdings vor unnötigen Ausgaben, da ich nicht wusste, was die Zukunft bringen würde. Daher leisteten wir uns nur das Notwendigste. Der einzige Luxus, den ich finanzierte, waren die Backsteine für das neue Haus. Reet für das Dach konnten wir im seichten Wasser selber schneiden.

Als wir endlich fertig waren, mussten wir uns schleunigst auf die kalte Jahreszeit vorbereiten. Vor allem war Vorratsnahrung für den Winter für Mensch und Tier heranzuschaffen. Das bedeutete harte Arbeit, da wir durch unser Unglück weit zurücklagen. Die Herbststürme setzten bereits ein. Damit wurde das Fischen auf der Westseite der Insel zu einer unabwägbaren Gefahr. Leichter war es, auf der Wattseite die Reusen zu leeren. Trotzdem hatten wir Hoffnung, noch genügend einlagern zu können.

Zwischendurch schrieb ich meinen Eltern einen langen Brief, in dem ich ihnen meine Sicht der Dinge darstellte. Ich hoffte sehr, dass sie Verständnis für meine Entscheidung hatten und wünschte mir, dass die Verbannung aus Lübeck eines Tages wieder aufgehoben würde. Vor allem lag mir daran, meinem Vater mitzuteilen, welch unchristlicher Mensch der Ratsherr Hinrich Castorp sei, der trotz königlicher und gerichtlicher Verfügung versucht hatte, mich von Meuchelmördern umbringen zu lassen. Ich war überzeugt davon, dass mein Vater die richtigen Maßnahmen ergreifen würde, um dem alten, rachsüchtigen Individuum seine Bösartigkeit heimzuzahlen.

Über die Herbststürme hörte ich von Pidder die schauerlichsten Geschichten. Immer wieder war es in der Vergangenheit vorgekommen, dass er und sein Vater, wenn sie vom Sturm überrascht wurden, den gesamten Fang des Tages ins Meer zurückwerfen mussten, um unbeschadet zurückkehren zu können. Erfahrene Fischer konnten zwar an der Wolkenbildung rechtzeitig erkennen, ob die Wetterlage gefährlich wurde, auch klare Sicht zum Festland hinüber zeigte vorzeitig an, ob sich etwas zusammenbraute, aber unvorhergesehene Gewalt und

Stärke eines Sturms waren gleichwohl häufig eine unangenehme Überraschung. Insbesondere schlug der Wind öfter um und änderte die Richtung. Dann machten die Strömungen den Fischern zu schaffen. Bei Sturm konnte kein Segel aufgezogen werden. Das Tuch und der Mast hielten dem starken Druck meist nicht stand. In diesen Fällen wurde das Fischerboot zum Spielball der Strömungen und es konnte passieren, dass man, anstatt zum Ufer zu gelangen, weiter aufs Meer hinausgetrieben wurde. Pidder Lüng hatte aber, wie er mir erklärte, mit seinem Vater einen Trick entwickelt, mit dem sie auch bei Sturm die gewünschte Richtung halten konnten. Er band seinen steinernen Anker nicht am Bug, sondern am Heck fest und schleppte ihn beim Rudern hinter sich her. Dadurch hatten Wind und Strömung es schwerer, das Boot beliebig aus der Richtung zu drängen. Der Anker am Heck erschwerte zwar durch seine Zugkraft die Fortbewegung, aber ermöglichte den rechten Heimweg.

Die steifen Winde, die ich in den Sommermonaten und der vorherbstlichen Zeit kennen gelernt hatte, reichten mir und machten nicht unbedingt Appetit auf mehr. Aber wenn ich weiterhin auf dieser Insel bliebe, könnte ich sicherlich auch diese Gefahren meistern lernen. Denn wohin sollte ich? Nach Lübeck konnte ich zumindest vorerst nicht zurück. In Holland müsste ich glaubhaft erklären, warum ich ohne Vermögen wieder erschien. Keine guten Aussichten, da auch bei Freunden der Makel des Verräters an mir hängen bleiben würde. In Brandenburg könnte ich ein Söldner werden, der nur an Beute interessiert ist. Diesen Berufsstand hatte ich seit jeher als unwürdig angesehen. Daher schien er mir nicht gerade erstrebenswert, zumal man immer mit einem Bein im Grab stand. Sterben für einen Fürsten, den ich unter Umständen als unliebsam empfand, gehörte nicht zu meinen Wunschträumen. Was also sollte ich tun? So fuhr ich weiter mit Pidder zum Fischfang hinaus.

Inken wurde tatsächlich schwanger, Catharinen brauchte nicht mehr lange bis zu ihrer dritten Niederkunft. Da ich mit meinen Mitteln sparsam umgegangen war, war ich froh, dass ich anbieten konnte, den nötigen Vorrat für den Winter einzukaufen. Wir brauchten uns somit nicht ohne Not in Gefahr zu begeben und unser Leben in einem Herbststurm aufs Spiel zu setzen. Pidder hatte eine große Verantwortung seiner Familie gegenüber, vermochte ich zu argumentieren. Aber ganz auf den Fischfang verzichten konnten wir dann doch nicht. Mehrere Male fuhren wir hinaus und ich erlebte auch noch einen aufreibenden Herbststurm. Wir waren allerdings so dicht am Ufer, dass wir uns schnell in Sicherheit bringen konnten.

Überdies erreichte erneut Strandgut das sandige Ufer der Insel. Das erste der havarierten Schiffe war eine kleine Kogge, die in der Nähe von Raantem auf Grund lief und zerbrach. Ich glaube, die Fischer in diesem Ort hatten Rindern Lichter auf die Hörner gesetzt und zu den Plätzen geführt, die weit entfernt von den Sandbänken waren. Dadurch wurde das Schiff in die tückischen Untiefen gelockt und zerbrach. Gesagt hat mir allerdings niemand etwas, so viel Vertrauen genoss ich als Fremder in den Dörfern doch noch nicht.

Da die alte Kogge nur klein war, war auch die Ladung entsprechend. Den Strandvogt trafen wir bereits an, als wir eintrafen. Wir konnten infolgedessen nur noch unseren Bergeanteil für die Güter geltend machen, die wir aus dem Wasser fischten. Da sich viele Strandläufer eingefunden hatten, war der Erlös recht klein.

Das zweite Schiff war ein Englandfahrer, der vermutlich aus Flensburg oder Lübeck kam und der bereits weit draußen nahe Hörnem von haushohen Welle zerschlagen wurde. Dementsprechend weiträumig verteilte sich das Gut am Sylder Weststrand. Wir erwischten nur zwei Fässer mit Wein, zwei Fässer mit Öl und drei Fässer mit Salzfisch. Bevor der Strandvogt mit seinem Gehilfen auftauchte, hatten wir das wenige Beutegut bereits in dem unterirdischen Versteck unter dem Sand verstaut. Wenige Tage später fuhren wir die Ware in einer Nacht- und Nebelaktion zum Festland nach Embsboll, wo Pidders Händler saß, dem er vertrauen konnte und von dem der Strandvogt nichts erfuhr.

Der Winter war sehr kalt. Das Haus war Gott sei Dank rechtzeitig fertig geworden. Es war wirklich ein Glück, denn die beginnende kältere Jahreszeit hatte uns bereits kräftig zugesetzt. Das provisorische Holzdach ließ die Nässe durch und es hatte in den letzten Wochen einige Male fürchterlich geregnet. Leider war die neue Behausung nicht schöner oder geräumiger geworden als das alte Haus. Dazu hatte uns die notwendige Zeit gefehlt. Außerdem stank es eine Zeitlang schauderhaft, da wir die Balken und Bretter ansengen mussten. Sie sollten den Eindruck erwecken, sie seien vom Brand weitgehend verschont geblieben und wieder eingesetzt worden.

Es hatte geschneit und das Meer überzog sich an seinen seichten Stellen mit Eis. Am Wattenmeer schoben sich in den nächsten Tagen die gefrorenen Platten übereinander. Eine einzigartige bizarre Landschaft entstand. Trotzdem verlief der Winter nicht ohne Arbeit. Die Zeit wurde genutzt, die im Verlauf der Herbststürme an den Stackdeichen aufgetretenen Schäden auszubessern. Es war eine harte Arbeit. Die dicken Holzpflöcke, die vor den aufgeworfenen Erdwällen in den Strandboden gerammt wurden und die Bretter, die wie eine Schiffsplankenwand an ihnen befestigt werden mussten, waren vom Landvogt beschafft und gelagert worden und ihr Einsatz wurde vom Strandvogt überwacht.

Endlich wurde wieder Frühling. Es taute, das Meer warf die Fesseln des Eises ab und die Straßen weichten auf. Catharinen hatte einen Sohn geboren und Inken war ihrer Niederkunft auch näher gekommen. Da brachte uns Uwe die Nachrichten mit, dass das kleine Kloster in Kaytum von der Kirche geschlossen worden sei und dass der Amtmann aus Tuner seinen Sohn mit einem Kommando auf die Insel geschickt hätte, um säumige Steuern einzutreiben.

Die Nachmittagssonne zeigte ihr strahlendstes Gesicht. Am frühen Morgen wurden noch Nebelschwaden von den feuchten Mooren herübergeweht. Jetzt blickten Pidder und ich auf die trockene sandverwehte Ebene, die sich von seinem Haus bis zum Wattenmeer erstreckte. In der Ferne sahen wir mehrere Punkte, die sich schnell näherten.

Es dauerte nicht lange und der blonde Hüne erklärte mir mit zusammengekniffenen Augen, dass sich dort der Sohn des Amtmanns Pogwisch und der Strandvogt auf dem Pferd näherten, während sechs Soldaten mit Piken und Hellebarden nebenher liefen.

"Wir gehen ins Haus und warten dort bei den Frauen. Ich möchte nicht, dass sie alleine sind, wenn die Soldaten kommen." Pidder war beunruhigt. Durch die Probleme der vergangenen Monate hatte er sich über die Steuerzahlungen noch keine Gedanken gemacht. Landvogt Nickels Atyen hatte ihn auch noch nicht gemahnt, da er die Nöte seiner Inselbewohner kannte.

Catharinen kochte auf der neuen Feuerstelle Grünkohl. Die eigene Ernte des Winterkohls war sehr dürftig ausgefallen, daher waren wir froh, dass Uwe uns einige Köpfe aus Kaytum mitgebracht hatte. Aber bevor wir die Mahlzeit genießen konnten, von der mir Pidder und die beiden Frauen vorgeschwärmt hatten, mussten wir erst den Besuch des Pogwischen über uns ergehen lassen.

Da es noch früh in der Jahreszeit war und die Sonne niedrig stand, schien sie in greller Helligkeit, die Augen blendend durch die offene Tür, als der Sohn des Amtmanns in das Haus trat. Hinter ihm folgte der Strandvogt. Vor dem Haus bauten sich die sechs Landsknechte auf. Der Pogwisch sog tief den Duft des Grünkohls ein, der dampfend im Kessel auf dem Herd stand. Seine Gesichtsfarbe war grau, seine kalten blauen Augen blickten misstrauisch und wachsam. Er verbarg sie unter schweren Lidern, als wolle er jede Regung verhüllen, die an den Augen abzulesen war. Sein Kinn wurde bedeckt von spärlichem Bartwuchs und die Ohren standen etwas vom Kopf ab. Er war von durchschnittlicher Größe, sein Körperbau war muskulös. Er trat sehr selbstbewusst, nahezu arrogant auf.

"Ich sehe, es geht euch gut," sagte er in blasiertem Ton. "Ich muss mir also von euch keine Klagen über eure Not anhören. Das habe ich heute auch schon genug gehört. Von dir, Pidder Lüng werde ich die Steuern, die du meinem Vater und dem König schuldest, gewiss ohne Schwierigkeiten bekommen."

Pidder sagte zunächst nichts. Keiner von uns hatte sich vom Stuhl oder von der Bank erhoben. Dann äußerte Pidder in ruhigem Ton: "Euer Hochwohlgeboren, ihr habt sicherlich Verständnis dafür, dass wir nach harter Arbeit unser wohlverdientes Mahl zu uns nehmen. Die Frauen haben genug gekocht, ihr könnt euch gerne bedienen."

"Ich bin nicht zu dir gekommen, um mit euch Grünkohl zu essen, Pidder Lüng. Ich bin hier, um den gerechten Anteil für deinen

König einzutreiben. Auch der Kirche schuldest du die Abgaben. Ich würde dir empfehlen, lass mich nicht hier stehen. Gib mir die hundertzwanzig Kreuzer, die du schuldest. Dann kann ich zufrieden abziehen und ihr könnt euer verdientes Mahl zu euch nehmen."

"Euer Hochwohlgeboren," antwortete Pidder, "unser Essen ist kein edles Mahl, wie ihr es gewohnt seid. Wir können uns nur ein Mahl armer Leute leisten. Ihr könnt also dem, was hier auf dem Tisch steht nicht ansehen, wie gut es uns geht. Ihr wisst, dass wir für unseren Fisch kaum noch Abnehmer finden. Der Preis ist ganz unten. Mein Haus war verbrannt und ich musste es vor Einbruch des Winters wieder aufbauen, mein Schiff war undicht und musste gründlich repariert werden. Mein Vater lebt nicht mehr und ich musste den Rest des Jahres mit einem guten Freund, aber unerfahrenen Anfänger meinen Unterhalt bestreiten. Sagt mir, euer Hochwohlgeboren, wie ich das Geld für die immer höher werdenden Abgaben aufbringen soll."

"Auch wir haben hohe Ausgaben für unsere Pflichten unseren Untergebenen gegenüber. Wir garantieren euch Gerechtigkeit und Schutz vor Feinden. Den Verlust deines Vaters verantwortet ihr selber. Niemand hat ihn gezwungen, an diesem Aufstand teilzunehmen. Ihr hättet weiter eure Arbeit machen sollen und keine Revolution, dann ginge es euch heute allen gut. Ihr brauchtet nicht jammern und wehklagen. Auch nicht dein Freund aus Lübeck, der als Verräter verbannt wurde. Der Brand deines Hauses, Pidder Lüng war die Strafe Gottes für eure Schandtaten. Dein Vater hat große Schuld auf sich geladen und du warst ebenfalls in Husem dabei. Außerdem bist du es gewesen, der den Diener Gottes in Kaytum zum Märtyrer gemacht hat. Deine Schwester hatte ihn mit dem Teufel im Bunde verführt und du hast ihn deswegen grausam entstellt. Daher kannst du keine Gnade erwarten. Ich will jetzt sofort deine Bede für König und Kirche, sonst bringen wir dich nach Tuner ins Gefängnis. Dort wirst du angeklagt der bestialischen Sünde gegen den Diener Gottes und der Unterschlagung deiner Steuerpflichten dem König, Herzog und der gnadenbringenden Kirche gegenüber."

Pidder erhob sich langsam von seinem Platz. Seine Augen

blitzten gefährlich. Der Strandvogt, der bisher schweigend im Hintergrund gestanden hatte, räusperte sich warnend. Wen er damit aufmerksam machen wollte, konnte ich nicht erkennen. Er konnte Pidder damit meinen, den er mahnen wollte, dass die Soldaten ihn verhaften würden, wenn er sich an dem Pogwisch verging, oder er meinte den Sohn des Amtmanns, den er vor dem Hünen warnen wollte.

Mir war nicht wohl zumute. Ich kannte in der Zwischenzeit den ruhigen, gelassenen Pidder Lüng, der von einem Augenblick zum anderen zu einem explodierenden Vulkan werden konnte. Seine Augen und sein scharf zusammengezogener Mund beunruhigten mich. Damit die Situation sich nicht verschärfte, griff ich in die Diskussion ein: "In welcher Eigenschaft seid ihr hier, als Sohn des Amtmanns, oder als Amtsperson?"

"Hütet euch vor eurem Hochmut," fauchte der junge Pogwisch mich an, "ihr könntet auch für eure Verbrechen in Husem zur Rechenschaft gezogen werden. Ihr seid es gewesen, der die Sylder aufgestachelt hat, nach Husem zu ziehen und dem König Ungehorsam zu leisten."

Jetzt reichte es meinem Freund Pidder. Er trat blitzschnell um den Tisch herum, packte den Pogwisch im Nacken, stieß ihn zur Feuerstelle und ehe der begriff wie ihm geschah, steckte Pidder sein Gesicht in den Kessel mit heißem Grünkohl. Man hörte wildes Prusten und Glucksen aus dem Gefäß, der Pogwisch schlug heftig mit seinen Armen um sich, aber es nutzte nichts, die Hände von Pidder hatten sich wie ein Schraubstock um seinen Kopf gelegt.

"Ich bin lieber tot, als dein Sklave, du elender Hundsfott!", schrie der blonde Hüne dröhnend in den kleinen Raum. In diesem Augenblick erwachte der Strandvogt aus seiner Starre. Er schrie aus vollem Hals die Soldaten herbei, die sogleich mit gesenkten Piken und Hellebarden in den Raum stürmten. Da die Eingangstür aber eng und der Raum klein waren, konnten lediglich drei der Landsknechte eindringen.

Pidder hatte den jungen Adligen wieder aus dem Grünkohlkessel befreit. Der schrie vor Schmerz viehisch auf. Zunächst war an seinem Gesicht nichts weiter zu erkennen, da es durch den Kohl völlig bedeckt war. Nachdem Pidder ihn jedoch mit den Worten:

"Allein traust du dich nicht her, du feiger hungriger Wolf. Musst eine ganze Armee mitbringen," kräftig geschüttelt hatte, fiel ein Teil des Grünkohls von ihm ab und es tauchte ein knallrotes Gesicht unter der Maske auf. "Hier habt ihr euren Herrn. Passt gut auf ihn auf," schrie Pidder und stieß den jungen, adligen Steuereintreiber den Landsknechten entgegen. Die ließen vor Schreck ihre Waffen fallen, um ihren stolpernden Schützling aufzufangen. Über das Gesicht des Pogwisch breiteten sich bereits die ersten kleinen Brandblasen aus.

Jetzt bedauerte ich, dass wir beim Wiederaufbau des Hauses keinen rückwärtigen Ausgang eingebaut hatten. Wir hätten sicherlich entwischen können. So jedoch blieb nur die eine Tür nach vorne. Pidder packte die drei Söldner, die den Sprössling des Amtmanns stützten und schob alle vier wie leere Körbe aus dem Haus. Dort warteten die drei übrigen Landsknechte, von denen zwei in der Zwischenzeit ihre Arkebusen auf den Haken gelegt hatten und auf uns zielten. Ich zog Pidder schnell wieder ins Haus, damit er nicht zur Zielscheibe wurde.

Der Strandvogt stand in der Stube und zitterte. Er hatte seinen Kopf schräg gestellt und halb hochgezogen und blickte uns mit verdrehten Augen verdattert an. Er sagte aber zunächst keine Wort. Dafür legte ihm Pidder den Arm um die Schulter und äußerte aufgeräumt und schmunzelnd: "Geh hin zu deinem neuen Herrn, Boy Carstensen und sage ihm, er solle schnell verschwinden. Sonst bin ich geneigt, mit ihm dafür abzurechnen, was seinesgleichen meinem Vater angetan hat."

Voller Schrecken blickte der Strandvogt erst auf den Pogwischen und die Söldner, dann auf Pidder und schließlich hilfesuchend auf mich.

"Michael Isermann, macht Pidder Lüng klar, dass er keine Aussichten hat, aus dieser Lage ohne Schaden herauszukommen. Er kann sich nicht gegen sechs bewaffnete Soldaten durchsetzen. Jeder Widerstand wäre sein Tod. Die Soldaten werden ihn jetzt verhaften und mit nach Tuner nehmen. Wir werden uns dafür einsetzen, dass die Ratsherren von Syld über ihn richten. Die werden ihn nicht zum Tode verurteilen."

Pidder rollte die Augen. Catharinen hatte sich mit den Kindern voller Furcht in den äußersten Winkel verzogen. Dort kauerten sie zwischen einem Stützbalken und der Backsteinwand. Der Säugling begann laut zu schreien. Inken blieb bei ihrem Bruder und fauchte den Strandvogt Boy Carstensen an: "Pidder hat recht, wir sterben lieber als länger Sklaven dieses Ausbeuters zu sein."

Es krachte. Eine der Arkebusen war abgefeuert worden und die Kugel schlug dicht neben der Eingangstür in die Außenwand. Ich hörte, wie kleine Bruchstücke aus dem Mauerwerk dumpf auf den sandigen Boden fielen. Pidder nahm sein Schwert, dass er dekorativ und zugleich warnend an der Wand aufgehängt hatte. Er trat zur Tür. Sofort erklang ein weiterer Knall aus der zweiten Arkebuse, die aber wiederum nur das Mauerwerk traf. Der blonde Hüne trat zur Seite.

"Hör zu, du unglücklicher Tolpatsch," hörten wir die schmerzverzerrte Stimme des Pogwischen. "Komm sofort raus, sonst verbrennen wir dir deine Hütte. Und ich werde dafür sorgen, dass du und deine ganze Sippschaft mit verbrennen. Dann sind wir dich endlich los und die Insel wird wieder zu ihrem Frieden zurückfinden. Vielleicht findest du für deine Schandtaten Milde vor dem obersten Richter."

Die Arkebusiere hatten ihre Hakenbüchsen neu geladen und standen schussbereit vor der Tür. Da es Dänen waren, war anzunehmen, dass sie Pidder in dem Augenblick, in dem er sein Haus verließ, erschießen würden. Die übrigen Soldaten standen unmittelbar neben dem Ausgang mit angelegten Piken und Hellebarden.

"Strandvogt, du wärst ein guter Schutz für mich. Aber ich traue dem Pogwisch zu, dass er auch dich erschießen oder erstechen lassen würde. Daher will ich dich schonen. Ich will auch meine Frau, meine Schwester und meinen Freund Michael nicht gefährden. Ich werde jetzt rausgehen und mich stellen. Vielleicht kann mein Vater bei Gott für mich bitten und ich werde verschont. Michael, hier nimm mein Schwert und verwahre es. Wenn ich nicht mehr zurückkomme, gehört es dir."

"Ich werde dich vor Gericht vertreten." Pidders Entscheidung machte uns alle bestürzt, war aber unter diesen Umständen die beste Lösung. Seine Frau fing an, bitterlich zu weinen. Auch Inken standen die Tränen in den Augen. In mir wuchs jetzt wieder der Kampfeswille, nicht mit dem Schwert, sondern mit dem Wort. Ich hoffte erneut, ich könne mit meinen Argumenten einen verständnisvollen Richter finden und eine milde Strafe erwirken. Viel hing natürlich davon ab, ob es gelang, die Sylder Ratsherren zu seinen Richtern zu berufen. "Als dein Advokat habe ich das Recht, dich im Gefängnis aufsuchen. Dort werden wir deine Verteidigung vorbereiten."

Ich war froh, dass ich eine ansehnliche Summe an Goldstücken behalten hatte. So konnte ich in Tuner das Gefängnispersonal bestechen und wenn nötig, auch die Richter. Ich war zuversichtlich, dass wir Pidder aus dem Kerker herausholen würden.

Wie klug Inken war, zeigte sich erneut. "Ich gehe vor dir raus," sagte sie zu Pidder gewandt, "auf mich werden sie nicht schießen." "Bist du bald so weit, Fischer?", die Stimme des Pogwischen klang bedrohlich. "Ich warte nicht mehr länger!"

"Ich gehe mit dir zusammen," bot der Strandvogt an, "auch auf mich wird keiner schießen."

"Ich hoffe, Michael, das war nicht das Ende unserer Freundschaft. Tu, was du kannst, um mich wieder da heraus zu holen," bat Pidder Lüng mit schwacher Stimme. Seine Zuversicht war verschwunden und er war sich jetzt klar, in welcher unheilvollen Situation er sich befand.

"Wir werden es schaffen. Ich glaube, ich habe eine gute Idee. Aber darüber reden wir später. Geh jetzt, sonst dreht der Schweinearsch noch durch."

Das war das erste Mal, das ich mit einem ungebührlichen Wort ausfallend geworden war. Mir wurde plötzlich bewusst, dass ich mich unmerklich verändert hatte und meine gute Erziehung zu einem Schatten aus meiner Vergangenheit wurde.

Pidder lächelte mich an: "Ich vertraue dir. Dich hat Gott zu uns geschickt. Komm, Strandvogt, wir gehen."

Inken trat vorsichtig durch die Tür nach draußen. Es fiel kein Schuss. Dann folgte Boy Carstensen. Er wedelte die Hände in Richtung der Arkebusiere, um anzuzeigen, dass Pidder Lüng sich freiwillig stellen würde und keine Gewalt notwendig sei. So geschah es auch. Pidder trat mit fröhlichem Gesicht aus dem Haus. Trotz seines freundlichen Antlitzes witterte er wie ein Wolf, immer sprungbereit. Es war nicht auszuschließen, dass einer der Söldner nervös werden oder der hinterhältige Pogwisch durch ein Zeichen den Schießbefehl geben könnte. Aber zum einen litt der adlige Lümmel Qualen mit seinem schmerzhaften Gesicht, zum anderen war es bei den vielen Zeugen auch nicht angeraten, solchen verhängnisvollen Befehl zu geben. Außerdem würde es im Amtsbezirk immerhin eine kleine Sensation sein, den blonden Hünen vor Gericht zittern zu sehen. Und das der junge Hörnemer Fischer zittern würde, davon war der Sohn des Amtmanns überzeugt.

Die Soldaten, die neben der Haustür gewartet hatten, stürzten sich auf Pidder, der zwar gerne zugeschlagen hätte, aber er hielt sich zurück, um nicht seine Familie zu gefährden. Sein Hund stand mit bleckenden Zähnen und giftigem Knurren vor den Söldnern, um seinen Herrn zu verteidigen. Einer der Kriegsknechte hob seine Hellebarde, um sie in den Körper Asas zu rammen. Da sprang ich vor, griff dem Hund um den Hals und zog ihn zurück.

Pidder wurde sowohl in Hand- als auch Fußfessel gelegt. So sollte er unter dem hämischen Lachen des Pogwisch bis Muasem laufen, wo der Nachen auf die Gruppe für die Rückfahrt wartete. Catharinen hielt ihre Kinder umklammert und weinte, Inken wäre dem jungen Pogwisch am liebsten an die Gurgel gesprungen und ich sperrte den Hund sicherheitshalber in das Haus. Dann ging ich zu der sandigen Weide, auf der das Pferd und die Schafe in der kühlen Frühlingssonne weideten.

Der Sohn des Amtmanns Henning Pogwisch und der Strandvogt ritten los, die Söldner mit Pidder in ihrer Mitte marschierten hinterher. Die Kette um die Beine des jungen Fischers ließ keine weit ausholenden Schritte zu, sodass Pidder Lüng zweimal die Füße voreinander setzen musste, wenn die Söldnergruppe einen machte. Ich hatte Zweifel, dass mein Freund den Weg bis Muasem ohne Blessuren überstehen würde. Daher spannte ich das Ross vor den Wagen und fuhr hinter der Gruppe her.

"Aufsteigen," rief ich den Söldnern zu. Der Pogwisch mit seinem schmerzenden Gesicht und der Strandvogt waren bereits vorausgeritten. Die Soldaten zögerten nicht lange und stiegen lachend auf den Wagen.

"Euer Gefangener auch," rief ich ihnen zu.

Pidder wurde in den Wagen gehoben und musste sich derbe

Witze gefallen lassen. Als ich wieder losfuhr, kam der Pogwisch auf seinem Pferd angehetzt.

"Was macht ihr da?" Er funkelte mich mit zornigen Augen in seinem feuerroten Gesicht finster an.

"Ich will zeigen, dass ihr Milde walten lasst und ein guter Sachwalter eures Vaters seid." Der junge Mann blickte mich immer noch verärgert an und wusste nicht, ob ich im Ernst sprach oder ihn lächerlich machen wollte.

"Der Gefangene soll laufen. Er steht mit dem Teufel im Bunde und jeder direkte Kontakt mit ihm ist zu vermeiden."

Ich hielt meinen Wagen nicht an, sondern fuhr so schnell das Pferd ziehen konnte weiter. Daher hörte ich einen der Söldner sagen: "Hoher Herr, und wer von uns soll freiwillig neben dem Gefangenen herlaufen? Wir sind schon fast über die ganze Insel gehastet und fühlen uns auf dem Wagen nun recht wohl. Ihr könnt immer noch euer Vergnügen mit eurem Gefangenen haben, aber jetzt wollen wir auch etwas Muße haben."

Damit richtete er auf dem Boden des rumpelnden Wagens sitzend drohend seine Pike auf, holte Spielwürfel aus dem Beutel an seinem Gürtel und forderte seine Kumpane zum Spiel auf. Der Pogwisch blickte völlig konsterniert. Als er aber sah, dass niemand mehr auf ihn achtete, trat er seinem Pferd wütend in die Seite und trieb es vorwärts. Ich rumpelte mit meinem Fuhrwerk seelenruhig weiter, bis wir in Muasem an einem rotbraunen Kliff das Boot erreichten, das auf einem schmalen Strand lag. In der Nähe hatte im Sand ein kleiner Mann gelegen, der uns nun völlig verschlafen entgegenkam und offensichtlich der Bootsführer war.

Wir mussten warten. Der Pogwisch versuchte, in Muasem Hilfe zur Linderung seiner Schmerzen im Gesicht zu finden. Als er am Boot zur Rückfahrt erschien, hatte sich an seinen Verbrennungen und den Schmerzen nichts geändert. Die Muasemer hatten ihm offensichtlich ihre Hilfe versagt. Er versuchte, mit einem feuchten Tuch die schlimmste Pein zu lindern. Um das Tuch hinreichend feucht zu halten, saß er mehrmals von seinem Pferd ab und tränkte den schmuddeligen Lappen in Pfützen, die noch vom letzten Regen auf den Wegen standen.

Ich verabschiedete mich von Pidder, der während der Fahrt im

Pferdewagen am Würfelspiel teilgenommen und eine beachtliche Summe gewonnen hatte.
"Ich komme so schnell ich kann nach Tuner. Dann werden wir alles weitere besprechen. Ich bete zu Gott, dass ich dich da raus hole."
Pidder nickte still, drehte sich um und sprang trotz seiner Fesseln ohne Hilfe der Söldner in den Nachen. Der Sohn des Amtmanns hatte die Zügel seines Pferdes dem Strandvogt übergeben und stieg ohne Gruß oder Dank für die geleistete Hilfe in das Boot. Nach kurzer, herrischer Gebärde des jungen Adligen fuhr es los. Da die Flut ihren höchsten Stand noch nicht erreicht hatte, konnte sich das kleine Schiffe nur langsam vorwärts bewegen. Der Bootsführer musste genau auf die Furt achten, damit sich das Boot nicht im Wattschlick festfuhr und hängen blieb. Nach einer Stunde etwa konnte ich die Konturen der einzelnen Personen an Bord immer noch deutlich erkennen. Aber nun wurde es Zeit, dass ich wieder nach Hörnem zurückfuhr. Auf dem Rückweg kehrte ich beim Landvogt ein, um mit ihm das jüngste Ereignis zu besprechen. Er konnte mir jedoch keinen Mut machen, dass es uns gelingen würde, Pidder vor das Sylder Gericht zu zitieren. "Das lässt sich der Pogwisch nicht nehmen. Im Fall Pidder wird er selbst der Richter sein, und zwar nur er allein. Es wird nicht leicht sein, Pidder Lüng da rauszuholen."

11.

Der Himmel prangte in strahlendem Blau. Uwe hatte mich und Catharinen mit seinem Kahn nach Tuner gebracht, damit wir Pidder im Gefängnis besuchen konnten. Wir mussten die meiste Zeit rudern oder mit einer langen Stange durch die Fahrrinne staksen, da kaum genügend Wind zum Setzen des Segels herrschte. Nachdem wir Ayentofft passiert hatten, erreichten wir über den schmalen, übel riechenden Wasserweg Wydatu, der als Abfluss für den Unrat der Stadt diente, das Zentrum des Verwaltungssitzes Tuner. Für den Besuch im Kerker benötigten wir die Zustimmung des Amtmanns. Da ich befürchten musste, dass er mir, entgegen den gesetzlichen Bestimmungen für

Advokaten, die Genehmigung versagen würde, hatte ich Catharinen mitgenommen. Der Ehefrau konnte der Pogwisch die Erlaubnis nur schwerlich verweigern.

Eine schmale steinerne Treppe führte von unserer Anlegestelle den kurzen Hang hinauf zur Innenstadt. Ein blondes Geschöpf, das ihre nackten Beine unter dem hochgeschürzten Rock bis zu den Kniekehlen zeigte, stand auf der untersten Stufe der Stiege und zog ein hellbraunes Kleidungsstück durch das übel riechende Wasser. Als sie uns bemerkte, verfinsterte sich ihre Miene. Sie richtete sich hoch auf, legte das nasse Wäschestück zur Seite, stemmte trotzig die Arme in die Hüften und trällerte mit heller Stimme ein Lied in dänischer Sprache. Zwei bärtige, braungebrannte Männer, die in einem Lastkahn aus der Gegenrichtung kamen, lachten laut auf und stimmten mit dunkler Stimme in den Gesang ein. Obwohl ich nichts verstand, erkannte ich doch, dass es sich um ein spöttisches Lied handelte.

Zwei weitere Personen erschienen an der kleinen Treppe. Zunächst eine korpulente Frau, die einen Korb mit Gemüse auf der Schulter trug. Sie rief ärgerlich der jungen Wäscherin etwas zu, woraufhin die eine schnippische Antwort zurückgab. Die andere Person war ein weißhaariger Mann, offensichtlich ein Fischer. Er trug eine Ruderstange auf seiner Schulter und hatte ein Fangnetz daran befestigt, das fast über den Boden schleifte. Auch er rief der jungen Frau etwas zu, was jedoch freundlicher klang.

Uwe, ähnlich muskulös und kernig wie Pidder, sprang vom Kahn. Ein Augenblick der Stille trat ein. Jeder erwartete, dass der kräftige Sylder zupacken und der vorlauten Maid eine Tracht Prügel verpassen würde. Der aber sank auf der schmalen, engen Treppe vor der blonden Anmut auf die Knie, breitete beide Arme verlangend nach der trällernden Spötterin aus und setzte mit klarer, wohltönender Stimme den einfachen Gesang auf Friesisch fort. Die junge Dänin blickte überrascht aus ihren blauen Augen auf Uwe. Der aber dachte nicht daran, Hohn und Spott fortzusetzen. Er veränderte seinen Gesang in eine zauberhafte Liebesanbetung, an deren Ende er mit sehnsüchtigen Blicken die Wäscherin mit seinen kräftigen Armen zu umfassen drohte.

Die beiden Männer in ihrem Lastkahn hatten ihr Boot gestoppt und brachen in Bravorufe aus. Bravo lachten auch die Marktfrau und der alte Fischer. Uwe merkte, dass die Sympathien auf seiner Seite waren. Er erhob sich von seinen Knien und beugte sich zu dem Mädchen. Sie versuchte, ihre Befangenheit unter einem verlegenen Lächeln zu verbergen und setzte einen unvorsichtigen Schritt zurück. Sie verlor ihr Gleichgewicht, breitete die Arme aus und fiel mit einem erschrockenen Aufschrei ins Wasser.

Nun ging das allgemeine Gelächter auf ihre Kosten. In der Zwischenzeit hatten sich noch weitere Personen eingefunden und lachten schadenfroh mit. Uwe kniete sich erneut nieder, fasst die junge Maid an der Hand und zog sie aus dem stinkenden Wasser. Als sie triefend nass mit gesenktem Blick und rotem Kopf wie ein Häufchen Elend auf der untersten Stufe vor ihm stand, die strähnigen Haare vor dem Gesicht, bot er der kleinen Wäscherin stilvoll ein Silberstück auf seiner flachen Hand als Lohn für ihren schönen Gesang. Das Gesicht der Kleinen verfärbte sich noch dunkler, blickte ihm ungläubig in die wasserhellen Augen, starrte anschließend auf die offene Hand und griff hastig nach dem Silberstück. "Danke," flüsterte sie auf dänisch, küsste Uwes Handrücken und lief, immer noch puterrot, davon.

Lachend zogen wir los, um nach kurzer Zeit das Amtshaus zu erreichen. Auf dem Weg dorthin begegneten wir in der Schar der Passanten überraschend vielen Bettlern. Die meisten waren blind, verkrüppelt, krank oder verwachsen. Einige gaben sich auch nur den Anschein, es zu sein oder hatten sich selbst Verletzungen zugefügt, weil sie anders ihre Familie nicht mehr ernähren konnten. Auch mehrere Vaganten mit Laute oder Geige kreuzten unseren Weg, die auf mildtätige Gaben hofften.

Das Amtshaus war ein großes, geschäftiges Gebäude aus Backstein. Viele Bittsteller umlagerten den Vorhof und füllten den Flur. Catharinen reagierte erschrocken: "Wie lange müssen wir warten, bis wir eine Besuchsgenehmigung bekommen?" Ihre von der harten Arbeit zersplissenen Hände strichen enttäuscht über die Stirn.

Glücklicherweise war der Amtmann anwesend. Von Syld aus

war es nicht immer leicht, seine Anwesenheit zu erfahren. Daher konnte es durchaus geschehen, dass man mehrere Tage warten musste, bis Henning Pogwisch in seinem Amtssitz zum Dienst erschien. Der Andrang der Bittsteller war daher entsprechend groß und wir mussten jetzt geduldig abwarten, wie schnell sich das Gedränge der Besucher vorwärts bewegte. Dabei erfuhr ich einiges durch die Gespräche anderer Wartender. Eine Frau berichtete ihrem Nebenmann voller Zorn: "Mein Mann sitzt im Kerker, weil wir nicht sofort die Steuern entrichten konnten. Der Winter ist gerade erst vorbei und wir sollen alles auf Anhieb zahlen. Wenn wir das nicht können, droht der Amtmann meinem Mann mit dem Galgen."

"Wir haben dieselbe Schwierigkeit," zürnte ein alter Mann. "Wir hatten im letzten Jahr eine schlechte Ernte. Unsere Roggen- und Rapsfelder sind ausgelaugt und bringen keine Erträge mehr. Da wir in den vergangenen Jahren bereits mehrere von unseren Tieren verkaufen mussten, um unsere Steuern und Abgaben zahlen zu können, haben wir nicht mehr genügend Viehbestand, um unsere Äcker düngen zu können. Wir müssen dieses Jahr die Felder brach liegen lassen, damit sie sich wieder erholen. Jetzt will der Amtmann bei uns die Fron einführen. Da wir seine Beden nicht zahlen können, die er nach eigenem Wunsch willkürlich erhöht, soll mein Sohn, der den Hof seit zwei Jahren führt, auf den Äckern des hohen Herrn Pogwisch arbeiten, anstatt auf seinen eigenen."

Zornig meldete sich ein anderer Mann zu Wort: "Der König hat die Fron bei uns Friesen untersagt, da wir nach den häufigen Stürmen die Küsten schützen und die zerstörten Deiche wieder aufbauen müssen. Ohne uns würde das ganze Land absaufen. Das ist Fron genug. Das muss der Amtmann endlich begreifen. Stirbt der Bauer, stirbt das Land."

Immer mehr Stimmen meldeten sich zu Wort, bis sich plötzlich ein hagerer Mann in mittleren Jahren zu mir durchdrängte und fragte: "Habt ihr nicht in Husem vor dem König für die Bauernführer gesprochen."

Plötzlich trat Stille ein. "Ihr seid doch Advokat und kennt unsere Rechte."

Ich blickte um mich herum in neugierige, hoffnungsvolle Gesichter.

Hoffentlich einmal ein Rechtsgelehrter, der nicht für die Aristokratie arbeitet, sondern sich für das einfache Volk einsetzt, deutete ich die Mienen. Wenn ich jetzt ja sagte, würde ich von allen angefleht, ihre Interessen vor dem Amtmann zu vertreten. Würde ich nein sagen, würde man mir nicht mehr vertrauen und ich würde Verbündete verlieren, von denen ich nicht wusste, ob ich sie irgendwann einmal gebrauchen könnte. Also entschloss ich mich, bei der Wahrheit zu bleiben und bestätigte, dass ich vor dem König das Wort ergriffen hatte. Zustimmende Rufe schallten in meine Ohren und mehrere Personen drängten sich an mich heran, um mir die Hände zu drücken oder auf die Schultern zu klopfen.

"Ich bin Johann Linekogel," stellte sich der Bauer vor, der mich erkannt hatte. "Ich bin als Nächster beim Amtmann an der Reihe. Ich würde mich freuen, wenn ihr mich begleiten würdet."

Meine Wartezeit würde sich erheblich verkürzen, schoss es mir durch den Kopf. Ich kann Johann Linekogel vertreten und gleichzeitig den Besuchsantrag für Catharinen und mich einreichen. Also nickte ich: "Schildert mir schnell euer Problem. Ich glaube, der Pogwisch fertigt alle Besucher zügig ab. Wir sind demnach sehr rasch bei ihm im Amtsraum."

"Im letzten Jahr hat mich eine Viehseuche heimgesucht. Von meinen fünfzig Stück Hornvieh sind mir ganze fünf übrig geblieben. Ich weiß nicht, wie ich meine Steuern zahlen soll. Außerdem kann ich nicht Fronarbeit leisten. Dann bekomme ich meinen Hof nie wieder hoch."

Die Tür zur Amtsstube öffnete sich. Eine niedergeschlagene, blasse Frau kam heraus, blickte mich an und stammelte: "Er will meinen Mann aufhängen lassen. Nur weil mein Mann im Winter ein Reh geschossen hat, um mich und unsere Kinder zu ernähren. Wir wären sonst verhungert. Zusätzlich soll ich für ihn arbeiten, auf seinen Feldern. Ich weiß nicht, wie ich das machen soll. Meine Kinder sind noch zu jung, um alleine zu bleiben."

Ich strich tröstend, aber hilflos über ihr Haar. Dann betrat ich mit Catharinen und Johann Linekogel das Amtszimmer. Während ein dürrer, farbloser Schreiber im Hintergrund an einem hohen Pult stand, saß Henning Pogwisch umrahmt von dunkelbraunen, gedrechselten Möbeln und apokalyptischen Bildern hinter einem großen, plumpen Tisch. Er trug einen buschigen, aber adretten Oberlippenbart und einen spitzgeschnittenen, kurzen Kinnbart. Aus seinem glatten und gepflegten Gesicht blickten kalte Augen. Seine Hände, die er auf dem Tisch weit von sich gestreckt hatte, waren groß und die Linke zierten drei schwere goldene Ringe mit je einem protzigen Stein. Der Amtmann war sehr kostbar gekleidet. Er trug einen Überrock aus dunkelrotem Samt, aus dem auch ein Barett beschaffen war, dass auf einem kleinen, zierlichen Tisch neben ihm lag. Ein schmaler Kragen aus weißer Seide umrahmte seinen fetten Hals und seine Art, sich auf dem breiten Stuhl zu fläzen, zeugte von Arroganz und Gleichgültigkeit.

"Euer Ehren," begann ich sofort, um die Angelegenheit nicht zu sehr in die Länge zu ziehen. Ich wusste ohnehin, dass Henning Pogwisch mich erkannte und ich keine Sympathien von ihm erwarten konnte. "Wir sind hier, um eine Besuchserlaubnis für Pidder Lüng aus Hörnem erwirken zu können. Außerdem will ich für den Bauern Johann Linekogel sprechen, der ein treuer Untertan des Königs und Herzogs ist."

Mit einer herrischen Handbewegung unterbrach mich der Amtmann.

"Ihr seid doch der Lübecker Verräter, der sich in meinem Amtsbezirk auf Syld eingeschlichen hat, um dort die Bürger gegen die Obrigkeit aufzustacheln. Wollt ihr jetzt euer Unwesen auch noch auf dem Festland treiben? Ihr habt euch in Husem bereits in Angelegenheiten eingemischt, die euch nichts angingen, nun wollt ihr eure Nase weiter in Sachen hineinstecken, die eurer Teilnahme nicht bedürfen."

"Verzeiht mir, euer Ehren. Ihr ward in Husem anwesend und wisst, dass der König mich freigesprochen hat. Er hat mich als Fürsprecher anerkannt und ich sehe keinen Grund, warum ihr mich ablehnen solltet."

"Junger Mann, der König ist nicht hier, oder seht ihr ihn? Hier entscheide ich und für mich seid ihr ein Verräter. Ihr seid dem König von Gottes Gnaden mit aufständischem Landvolk in den Rücken gefallen. Daher seid ihr außerdem noch ein Ketzer, einer, der den Herrn und Erlöser der Menschheit beleidigt und verleumdet hat. Eure Arroganz, weil ihr lesen und schreiben könnt und studiert habt, wie ich weiß, hat euch verblendet und zu einem Toren gemacht. Hütet euch, Lübecker, ihr seid eitel und Eitelkeit kann gerichtet werden. Auch Ketzerei wird bei uns schwer bestraft."

"Irrtum, euer Ehren, Gotteslästerung wird bestraft, nicht jedoch Ketzerei. Wenn ich ein Ketzer sein sollte, muss ich das mit meinem Gott und der Kirche ausmachen, nicht mit euch."

"Jetzt irrt ihr euch, junger Mann. Wir sind schon weiter. Bei uns in Tuner wird auch Ketzerei bestraft, genauso hart wie Gotteslästerung. Morgen früh könnt ihr euch auf dem Markt davon überzeugen, wie hart wir Gotteslästerer und Ketzer bestrafen."

Sein feistes Gesicht zeigte ein selbstzufriedenes Grinsen. Ich spürte, wie Zorn in mir aufstieg. Ich wusste aber, dass ich mich unbedingt beherrschen musste. Sonst hatte ich bei diesem selbstherrlichen Despoten restlos verloren.

"Euer Hochwohlgeboren," fuhr ich fort, "ich möchte euch anzeigen, dass ich vor Gericht sowohl diesen Bauern hier neben mir als auch den Hörnemer Fischer Pidder Lüng vertreten werde. Vorher bitte ich jedoch um eine Besuchserlaubnis im Kerker für seine Frau Catharinen und für mich."

"Die Besuchserlaubnis will ich euch nicht verweigern," äußerte sich Henning Pogwisch großzügig, "jedoch ist mir nicht klar, von welchem Gericht ihr sprecht."

"Wenn ihr, Hochwohlgeboren, ein Urteil fällen wollt, ist das nur nach einer Gerichtsverhandlung möglich. Ich nehme nicht an, dass ihr auch in diesem Falle in Tuner andere Gesetze habt."

"Wir haben hier in Tuner die richtigen Gesetze. Wenn etwas unklar ist, sehen auch wir die Notwendigkeit, ein Gericht zur Klärung einzuberufen. Im Falle eures Pidder Lüng ist die Anzeige meines Sohnes, dessen Gesicht auf Dauer entstellt ist, jedoch so klar und eindeutig, dass sich der Aufwand eines Gerichtsverfahrens erübrigt. Er hat meinem Sohn nach dem Leben getrachtet, hat sich erneut gegen die Obrigkeit aufgelehnt und hat seine Steuern nicht gezahlt. Daher habe ich das Urteil bereits auf der Basis unserer vom König und Herzog erlassenen Gesetze gefällt, und daran ist nichts mehr zu ändern."

"Dann werde ich beim König eine Eingabe machen."

"Macht das," lachte der Amtmann, "bis die Eingabe in Kopenhagen

vorliegt und eine Antwort zurückkommt, ist euer Freund, der ebenfalls zu den aufständischen Verrätern am König in Husem zählte, längst hingerichtet. Und wie die Antwort, sofern überhaupt eine kommt, ausfällt, kann ich euch auch schon sagen. Der König hat von mir eine Pfandanleihe über achtundzwanzigtausend Mark bekommen. Das ist ein Vermögen. Glaubt ihr etwa im Ernst, er würde meine Unterstützung wegen eurer unbedeutenden Sache gefährden. Daher gewöhnt euch an die Tatsache, dass ich hier der Herr bin, sonst niemand."
"Und was ist mit dem Bauern hier, mit Johann Linekogel? Wie schwer hat er sich versündigt?" Ich spürte, wie in mir das Blut zum Vulkan hochsiedete. "Sein Vieh ist durch eine Epidemie fast völlig dahingerafft worden. Die Preise sind abgestürzt, sodass die Bauern und Fischer kaum noch Erlöse erzielen können. An anderen Stellen ist der Boden fast völlig versandet. Wie sollen die Menschen bei diesen hohen Abgaben noch leben?"
"Hört, junger Mann, ihr seid noch sehr unerfahren. Daher seid ihr auch auf die Betrügereien der Bauern in Husem hereingefallen. Auch der König und Herzog und auch wir, die Herren über das Land, müssen unsere Latifundien aufblühen lassen. Wir verteidigen Recht und Ordnung, wir schützen das Volk vor Unterdrückung und bekämpfen die Tyrannei. Wir pflegen die Tugenden und verwirklichen die höheren Ideale der Menschheit, wozu die schmutzigen unwissenden Bauern, Handwerker und Fischer, ganz zu schweigen die Tagelöhner, nicht fähig sind. Ich kann nicht durch das Land reiten ohne bewaffnete Begleiter. Und mein Sohn auch nicht, wie ihr selbst erlebt habt. Es kann uns passieren, dass wir von aufsässigen Bauern getötet oder überfallen und für Lösegeld gefangen genommen werden. Der König greift ungern in seinen Beutel, er will Subsidien von mir haben. Er will Einnahmen von den Bauern, die meine Bauern heißen, aber in Wahrheit seine sind. Er will keine Ausgaben durch sie. Und so kann ich mich keine Meile ohne strenge Bewachung bewegen, sei es auch nur zum Fischen oder Jagen. Wenn ihr von den sinkenden Preisen sprecht, so bedenkt, dass der König bemüht ist, neue Länder, vor allem Schweden zu erobern, damit neue Märkte und Abnehmer hinzukommen und die Preise wieder steigen. Aber

das kostet Geld. Wie ihr aber wisst, wehren sich die Untertanen dagegen, den König in seinen Bemühungen zu unterstützen. Auch eure Bauern müssen bereit sein, Opfer zu bringen für eine bessere Zukunft. Und wenn ihr von Epidemien sprecht, so werden sie dadurch ausgelöst, dass die Bauern ihre Tiere und ihr Land nicht genügend pflegen. Alles kommt auf das Futter und die Pflege an. Je kräftiger und besser das Futter wächst, desto edler und größer wird bei einer guten Pflege die Viehzucht sein. Und wenn ihr die Versandung der Böden in Küstennähe beklagt, so seid gewiss, dass die Bauern und Fischer nicht mit der nötigen Sorgfalt die Stackdeiche erhalten. Sie sind auch nicht bereit, sie zu erhöhen, damit der Sand nicht so leicht über sie hinwegwehen und das Land unfruchtbar machen kann. Die Erhaltung und Verbesserung der Deiche ist für die Küstenbewohner nur eine ungeliebte, lästige Pflicht, obwohl sie dadurch von der Fron befreit worden sind. Wenn sie aber schon nicht bereit sind, ihre Pflichten sorgfältig durchzuführen, dann ist es besser, sie arbeiten auf meinen Gütern. Meine Güter sind ordentlich geführt und bringen sogar Geld ein. Ich beweise also, dass durch gute Führung der Höfe ein Erfolg erzielt werden kann."

Ich schluckte kläglich. Ich war zu wenig Fachmann für Deichbau und für landwirtschaftliche Betriebe, um hierauf die passenden Antworten geben zu können. Trotzdem versuchte ich es noch einmal: "Euer Ehren, ich bin kein Bauer und mir fehlen die richtigen Antworten auf eure Ausführungen. Aber ich habe schon mehrmals an der Ausbesserung der Deiche mitgearbeitet und muss sagen, dass ich erkennen konnte, dass die beteiligten Bauern und Fischer größte Sorgfalt walten ließen. Es mangelt ihnen nur an Holz, um die Deiche noch weiter zu erhöhen und stärker zu befestigen."

Der Amtmann erhob sich von seinem Stuhl und blitzte mich mit seinen kalten Augen an. "Seht ihr, Lübecker, ihr ward sicherlich auch schon an der Strandräuberei beteiligt. Wieviel Holz wird an den Küsten angeschwemmt, das dem Herzog, dem Amtmann und dem Landvogt vorenthalten wird. Wovon sollen der Landvogt, der Strandvogt und auch ich eigentlich leben? Ihr könnt nicht erwarten, dass ich die verantwortungsvollen Arbeiten eines Amtmanns verrichte und diese Arbeiten aus meinen privaten Mitteln begleiche. Wer bezahlt den Landvogt und wer den Strandvogt? Auch sie brauchen Zuwendungen aus dem Strandgut. Das wird ihnen aber durch eure Freunde vorenthalten. Ihr seht, junger Mann, gebt dem König, was des Königs und Gott, was Gottes. Wer sich dagegen versündigt, muss bestraft werden. Nun geht und besucht euren Freund im Gefängnis. Und du, Johann Linekogel meldest dich in der nächsten Woche bei meinem Verwalter. Dort sollst du lernen, wie Viehpflege richtig betrieben wird. Du wirst dort einige Bauern treffen, die genau wie du sorglos mit den Tieren umgingen und mir weismachen wollten, sie wären in Not und könnten die Bede nicht bezahlen." Dann blickte er Catharinen an, die verschüchtert und ängstlich hinter mir stand: "Die Hinrichtung deines Mannes ist in drei Wochen, wenn ich von meiner Reise nach Schleswig wieder zurückgekommen bin. Er wird sogar die ihm eigentlich nicht zukommende Ehre haben, dass er durch das Schwert und nicht durch den Galgen sterben wird."

Damit entließ er uns mit einer herrischen Handbewegung. Sein Schreiber lief uns bis zur Tür hinterher und reichte mir die Besuchsgenehmigung für das Pforthaus.

Wir standen ziemlich niedergeschlagen auf der Straße. Johann Linekogel war völlig aufgelöst, drückte mir aber die Hand und bedankte sich für meine Hilfe.

"Ich habe leider nichts für euch tun können," bemerkte ich kläglich.

"Oh doch," erwiderte der Bauer heftig, "der Amtmann hat zum ersten Mal echten Widerspruch gespürt. Ihr habt nicht gebettelt, wie wir es tun, ihr habt gefordert. Ihr kanntet ihn noch nicht, jetzt wisst ihr, wie er ist und wie er denkt. Beim nächsten Mal könnt ihr ihm besser parieren. Ich wünschte, ich könnte dabei sein."

Er drückte mir fest die Hand und schmunzelte, trotz seiner Niedergeschlagenheit, über mein verdutztes Gesicht. Dann drehte er sich misstrauisch um, erkundete die Gesichter in unserer Umgebung und wisperte mir zu: "Wenn ihr ein Siegel vom Amtmann braucht, geht zu Buntje Lützen in der Nähe des Pforthauses. Er kennt mich. Ich bin ein guter Freund von ihm."

Dann drehte er sich um und zog traurig und mit hängenden Schultern seines Wegs. Wenn seine Frau und seine Kinder, die er zurücklassen würde, den Hof nicht aus eigener Kraft retten könnten, würde der Pogwisch ihn eines Tages ohne Gegenleistung übernehmen.

Aber mein Problem hatte er eventuell gelöst. Ich stand aufs Höchste erregt auf der Straße und ahnte sofort, dass ich meinen Freund retten konnte. Wenn ich ein Siegel des Amtmanns bekäme, hätte ich die Möglichkeit, Pidder durch einen gefälschten Auslieferungsschein zu retten. Die Gelegenheit war durch den Umstand, dass der Pogwisch nach Schleswig fuhr und erst nach drei Wochen zurückkehrte, besonders günstig. Mein Herz schlug plötzlich höher. Ich hatte das Gefühl, der Himmel würde einen endlos schimmernden Glanz über mir ausschütten.

Uwe erschien mit erwartungsvollem Gesicht. Ich steuerte ihn und Catharienen in eine Seitengasse und erklärte ihnen, was ich plante. "Ihr zwei geht alleine zu Pidder und sagt ihm Bescheid. Die Schließer des Pforthauses dürfen mich nicht sehen. Ich muss später als Amtsperson gelten, da darf ich nicht vorher als Besucher des Verurteilten auffallen. Bevor ihr aber ins Gefängnis geht, wartet auf mich, bis ich sicher bin, das Siegel zu bekommen."

Wir verabredeten uns auf dem Markt. In der Menge würden wir nicht so sehr auffallen. Dann ging ich los, um Buntje Lützen zu finden.

Ich brauchte nicht lange zu suchen. Ganz in der Nähe des Pforthauses, das sehr große Ähnlichkeit mit einer spärlichen Kirche ohne Kirchturm hatte, fand ich ein kleines, unauffälliges Haus. Hier, in diesem Teil der Stadt sah ich kaum einen Menschen. Es schien fast, als läge ein Fluch auf diesem Areal und die Menschen mieden furchtsam diese Gegend. Gut für mich, denn so konnte ich unauffällig das unscheinbare Haus betreten.

Ich stand sofort in der Küche. Eine stämmige, resolute Frau mit einem breiten Tuch um ihren Kopf gewickelt stand am offenen Feuer und kochte etwas angenehm Duftendes in einem großen Kupferkessel. Ihr breites, aber ausdrucksstarkes Gesicht glänzte vor Feuchtigkeit.

"Wer seid ihr," fragte sie mich in bestimmendem Ton.

"Mein Name ist Michael Isermann. Ich komme von Syld herüber und suche Buntje Lützen."

"Was wollt ihr von ihm."

Damit hatte ich nicht gerechnet. Was sollte ich ihr sagen? Musste ich sie hoheitsvoll behandeln und ihr schmeicheln? Brauchte ich sie? Buntje Lützen musste vorsichtig sein. Wurde er mit seinem Siegelhandel erwischt, bedeutete es für ihn die Todesstrafe. Daher musste ich so vorsichtig wie möglich vorgehen.

"Ich möchte ihm viele Grüße ausrichten. Auf Syld gibt es einige Leute, die ihn gut kennen. Er soll einigen von ihnen schon einen Gefallen getan haben."

"Soso," lachte die Frau, " dann kommt einmal mit."

Sie führte mich eine knarrende, dunkle Stiege hinauf. Oben angekommen öffnete sie die rechte Tür und wir betraten einen kleinen, dunklen und muffigen Raum.

"Hier habt ihr Buntje Lützen." Sie zeigte auf das hagere, hohlwangige Gesicht eines alten Mannes, der mit geschlossenen Augen in seinem Bett lag. "Überbringt ihm eure Grüße, ich gehe derweil in meine Küche und sorge dafür, dass mein Essen nicht anbrennt. Wenn ihr Hunger habt, könnt ihr anschließend eine Portion von mir bekommen."

Damit verschwand sie. Ich stand verloren am Fußende des Bettes und hoffte darauf, dass sich die Augen in diesem ausgemergelten, zahnlosen Gesicht öffneten. Aber sie waren nicht bereit dazu. War die Gestalt etwa schon tot? In welcher Hexenküche war ich hier gelandet?

Plötzlich öffneten sich die Augen doch noch und starrten leer an die Decke.

"Buntje Lützen," begann ich und hoffte, das Haus wieder schnellstens verlassen zu können, "ein guter Freund schickt mich, Johann Linekogel. Er meint, ihr könnt mir helfen."

"Wie soll mein Vater euch noch helfen. Der Priester hat ihn schon gestern auf seine letzte Reise vorbereitet. Gott erwartet ihn schon. Im Moment scheint es sich nur vor seinem Himmelstor aufzustauen. Irgendwo ist wohl Krieg oder eine Seuche ausgebrochen, die Menschen sterben in Scharen. Daher hat mein Vater noch eine Gnadenfrist." Die Frau war leise und von mir unbemerkt zurückgekommen und hatte plötzlich hinter mir gestanden. "Ich wollte nur wissen, wie ihr reagiert. Ich glaube, ihr könnt mir euer Anliegen vortragen. Kommt wieder mit hinunter."

Unten angekommen rührte sie in ihrem Topf und führte mich anschließend durch eine niedrige Tür in die angrenzende Stube.

Die strafte das ärmliche Erscheinungsbild des Hauses Lügen. Mit viel Zierat versehene Möbel schmückten den Raum. Platz nehmen konnte ich in einem Ledersessel, der einer Liege aus Leder gegenüber stand.
"Was führt euch zu mir?" Die Stimme der Frau klang jetzt freundlich und vertrauensvoll.
"Geschickt hat mich Johann Linekogel. Er wurde heute leider vom Amtmann auf dessen Gut zur Fronarbeit verbannt. Ich habe mich zwar für ihn eingesetzt, konnte es aber leider nicht verhindern."
"Wie ist euer Name?" fragte sie neugierig.
"Michael Isermann," antwortete ich mit fragendem Blick.
"Euer Name ist mir bekannt. Ihr habt doch in Husem für das Leben einiger Verurteilter gekämpft."
Ich nickte.
"So viel Heldenmut bringt hier kaum jemand auf. Ich hoffe, Michael Isermann, ich kann etwas für euch tun."
"Ich habe einen Freund im Gefängnis, der soll in drei Wochen gehängt werden. Der Amtmann will morgen für diese Zeit nach Schleswig verreisen."
Die Frau hob die Hand. "Euer Freund heißt Pidder Lüng," kam die prompte Feststellung. "Seine Taten haben sich schon herumgesprochen. Wir haben alle große Freude empfunden, sowohl Dänen, als auch Friesen."
Sie hielt inne, gab mir aber mit der Hand ein Zeichen, dass sie weitersprechen wolle. Ich schwieg also.
"Für euch ist es leicht, ihn aus dem Pforthaus herauszuholen, da ihr schreiben könnt. Ich habe große Sympathien für eure und die Taten eures Freundes. Ich will es für euch auch nicht zu teuer machen. Ich gebe euch jetzt Papier und Kiel und ihr schreibt euch eine Vollmacht zur Überführung Pidder Lüngs nach Schleswig vor das Gericht des Herzogs. Das macht Eindruck auf den Schließer und die Stadtwachen, die euch möglicherweise aufhalten könnten. Ihr geht dann zum Gasthof 'Zum Pfeffersack'. Der Wirt ist mein Bruder. Dort könnt ihr übernachten. Morgen früh schicke ich euch einen Boten. Der bringt euch eure Vollmacht. Sie wird sowohl das Siegel des Herzogs als auch das des Amtmanns enthalten. Damit ist euer Freund sicher aus dem

Kerker befreit und vor dem Schwert gerettet."

Ich schrieb die Vollmacht auf Pergament und gab der Tochter von Buntje Lützen anschließend ein lübisches Goldstück als Anzahlung für ihre Arbeit, von der ich hoffte, dass sie gut sein würde. Zwei weitere Goldstücke würde ich morgen dem Überbringer zahlen. Drei Goldstücke waren sehr viel Geld, aber das Leben meines Freundes war mehr wert.

Anschließend traf ich auf dem Markt mit Catharinen und Uwe zusammen. Ich berichtete über meine Begegnung und schickte sie beide alleine zu Pidder ins Pfortenhaus. Dann machte ich mich auf den Weg zum Gasthof, um mich für die Nacht anzumelden. Auf halber Strecke machte ich einen kleinen Umweg und setzte ich mich auf eine Steinbank am Rande der Wydatu. Ich blickte verloren auf das schwarzglänzende Wasser des kleinen Flusses und bemühte mich, meine wilden Gedanken zu ordnen. Die Ruhe, die dieser vom Stadtgetriebe abseits gelegene Winkel ausstrahlte, wirkte tröstlich und heilsam auf mein aufgewühltes Herz. Ein leises Geräusch ließ mich aufmerken.

Ich hörte einen sanften Schritt. Er klang so zart, dass ich sofort spürte, er konnte nur mir gelten. Ich blieb still sitzen, ohne mich umzudrehen. Als der Schritt neben mir Halt machte hob ich den Kopf. Sie sah mich schweigend mit ihren glänzenden, braunen Augen an. Dann nahm sie einen bunten Strauß Blumen, den sie frisch gepflückt haben musste und warf die Blüten einzeln in den Fluss. Sie blickte ihnen nach, wie sie langsam abwärts trieben.

"Der Mann tötet Menschen, die Frau tötet Blumen. So stellt man sich doch wohl in euren Kreisen die Welt der unehrenhaften Henker vor."

Eine Träne lief ihre Wange hinunter. Sie wirkte in ihrem langen, samtbestickten hellen Umhang wunderschön. Ich schaute sie verlegen an und vergaß, höflich aufzustehen und ihr einen Platz anzubieten. Schwermut lag auf ihrem Antlitz. Sie drehte sich langsam um und machte Anstalten, wieder in Richtung Stadtzentrum davonzueilen. Da sprang ich endlich auf und machte den kurzen Schritt zu ihr hin.

Ich stand vor ihr, blickte ihr in die schönen Augen und wusste nicht, was ich sagen sollte. Ich wusste schließlich nicht einmal, ob ich mich auf dieses Wiedersehen freuen sollte. Die Frau eines Henkers, schrecklich. Und ich spürte wieder das Verlangen, das mich schon in Husem bei unserem ersten Zusammentreffen ergriffen hatte. Und dann hatte ich wieder das schreckliche Gesicht ihres Mannes vor Augen.

Er war anständig gewesen und hatte seine Zusagen bei der Hinrichtung eingehalten. Trotzdem spürte ich wieder diese abgrundtiefe Abneigung, die, wie ich fürchtete, Hass sein konnte. Ich stand mit hängenden Schultern vor ihr und wagte nicht, in ihre Augen zu blicken. Ich suchte nach Worten und fand sie nicht. Ich schalt mich einen Tölpel, aber es half mir nichts. Ich wäre am liebsten davongelaufen, aber ich wäre mir lächerlich und als Feigling vorgekommen.

Sie lächelte mich von unten her an. Dann nahm sie meine Hände und sank mir langsam an die Brust. Unwillkürlich umfing ich sie und plötzlich lag sie in meinen Armen. Ein wohltuender, süßlicher Geruch ging von ihrem Körper aus. Meine Sinne waren wie benommen.

"Was macht euer Mann?", dümmlicher hätte ich nicht fragen können.

Sie hob den Kopf von meiner Schulter, rückte ein wenig ab und blickte mich an.

"Morgen früh könnt ihr ihn auf dem Markt wieder im Glanze seiner Männlichkeit erleben. Er hat leichte Arbeit. Morgen werden nur Gotteslästerer bestraft."

Sie lächelte gequält und blickte auf das muffig riechende Wasser. Wir hielten uns an der Hand und ich hatte plötzlich den Wunsch, diese Hand nie wieder loszulassen. Dann tauchte jedoch aus meinem tiefsten Inneren das Bild meiner Braut aus Lübeck vor mir auf. War sie das wirklich? Ich konnte ihr Gesicht nicht mehr erkennen. Es war schon zu lange her, dass ich sie das letzte Mal gesehen hatte. Ich sah nur noch das schöne Gesicht der Frau des Henkers und beschloss, mich gehen zu lassen. Es war mir gleich, was daraus wurde. Ich hatte ohnehin meine Wurzeln verloren und musste mir klar sein, dass ich aus den höheren Gesellschaftskreisen meiner Heimatstadt ausgeschlossen war. Warum sollte ich nicht die Schönheiten des Lebens durch eine Frau kennen lernen, die ich begehrte.

Gott, dessen Milde ich bisher nicht verspürt hatte, kann mir verzeihen, wenn er will, und der Teufel soll mir am Arsch vorbeiziehen. Warum lebe ich? Nur um mich zu demütigen oder mich demütigen zu lassen, wie jetzt wieder von dem Schweinskopf Henning Pogwisch? Der Teufel soll sie holen, diese Aristokraten und auch die hochnäsigen Ratsherren meiner ehemaligen Heimatstadt Lübeck. Ich werde jetzt Pidder Lüng aus dem Kerker befreien und dann werden wir hinausgehen in die Welt. Auf Syld können wir nicht mehr bleiben, dort würden wir ständig von den Häschern des Amtmanns verfolgt. Auch der gütige Landvogt könnte uns nicht schützen. Also müssen wir unsere Heimat woanders suchen. Vielleicht finde ich dann auch wieder zu meinem Gott zurück, den ich, wie ich in diesem Augenblick brennend heiß spürte, längst innerlich verlassen hatte. Er hatte mir zuviel zugemutet und ich war nicht stark und wahrscheinlich nicht klug genug, um den Sinn seiner Entscheidungen nur annähernd zu begreifen. Ich beschloss, das Leben, das sehr kurz sein konnte zu genießen und wollte diese Frau lieben.

Ich spürte, dass Tränen in meine Augen drangen. Da ich es ihr nicht zeigen wollte, ließ ich mich rückwärts auf die Steinbank sinken und zog sie mit mir hinunter. Sie folgte willig. Ihr Gesicht war über meinem, wir blickten uns an. Die Zeit stand still wie der Klang einer Glocke, der in der Ewigkeit verrann. Aus den Augenwinkeln sah ich Leute, die an uns vorübergingen. Aber es störte mich nicht. Ich nahm ihr Gesicht in meine Hände und zog es sanft zu mir hinunter, bis sich unsere Lippen trafen. Aber die Berührung verursachte wenig Erregung in mir. Das konnte doch nicht das sein, was die Sänger lauthals in ihren Liedern priesen. Aber bevor Entäuschung sich meiner bemächtigte, spürte ich ihre Zunge. Und die Freuden der Berührung ergriffen mich. Jeder Nerv in mir vibrierte und meine Seele verschwand in einem Taumel nie zuvor gekannter Gefühle. Ich beneidete plötzlich all die Menschen, die ich bisher kennen gelernt hatte und die sich bei jeder Gelegenheit der Liebe hingaben. Die keine Rücksicht nahmen auf irgendeine gesellschaftliche Stellung, sondern ergriffen, was ihnen gefiel. Sicherlich wollte ich mich nicht so verhalten, wie das einfache Volk, das sich häufig kaum von animalischen Wesen unterschied und für die das Wort Liebe meist nicht mehr als ein vulgärer Witz war. Ich wollte mich mit keiner Frau in Gegenwart anderer Menschen vereinigen, wie es in öffentlichen Herbergen durchaus üblich war. Aber ich wollte jetzt endlich eine Frau, mit allem, was die Liebe bot.

Ich konnte es kaum erwarten. Aber wo sollten wir hin? Wenn uns jemand entdeckte, so wurde sie wegen Ehebruch angeklagt. Ich wusste nicht, wie bekannt diese Frau in Tuner war, ich ahnte nur, dass ihr Mann uns beide voller Rachsucht verfolgen würde.

Ihr Gesicht glühte in meinen Armen. Sie blickte mich verträumt an. In meiner Hilflosigkeit fiel mir ein, dass ich zumindest erst einmal ihren Namen wissen müsste.

"Ich heiße Agnes," flüsterte sie mir zu.

"Lebst du in Tuner," wollte ich ferner wissen.

"Nein," sie richtete sich etwas auf, da der Zauber vorerst verflogen war. "Wir reisen von Henkersplatz zu Henkersplatz und von Schindanger zu Schindanger. Gott will es so. Er hat mich verflucht und mit dem Teufel vermählt."

Sie blickte mich ängstlich an. Würde ich mich jetzt wieder zurückziehen? Aber ich dachte nicht daran. Ich suchte eine Gelegenheit, diese Frau zu lieben, ohne dabei entdeckt zu werden. Ich musste zuerst zum Gasthof, um festzustellen, ob es die Möglichkeit dort gab.

Das Verlangen nach ihr trieb mich an. Ich vergaß alles um mich herum und eilte mit Agnes zum Gasthof "Zum Pfeffersack". Dort bat ich den Wirt, mir ein einzelnes Zimmer für mich und meine von der langen Reise geschwächte Frau zu geben. Ich wollte mein Verlangen nicht mit anderen Kunden im eigentlichen Gästeschlafraum teilen. Der Wirt stimmte sofort das Klagelied an, dass die Zeiten und entsprechend die Einnahmen sehr schlecht seien. Nach längerer Disputation einigten wir uns auf einen stolzen Preis und er überzeugte seine Frau, ihren Sohn und seine Familie in Hojier zu besuchen. Nach kurzer Zeit konnten wir einziehen. Wir fanden ein großes Bett mit Daunenkissen und auf einem Wandregal viele Andenken, wie alte Leute sie als Erinnerung an ihr Leben zu sammeln pflegen. Außerdem stand neben einem großen Fenster, das auf die

Straße blickte, ein breiter Tisch mit einem großen Waschbottich aus Keramik, der der Morgenwäsche diente. Sonst war nichts in dem kleinen Raum, aber uns reichte er.

Da stand ich nun, mein Herz schlug mir bis zum Hals. Der Zauber der ersten Berührung auf der Bank war vergangen. Ich spürte, dass sorgenvolle Gedanken meinen Geist durchdrangen. Ich dachte an Pidder und an den Mann von Agnes, den Scharfrichter. Und vor allem dachte ich immer wieder daran, dass ich eine große Sünde beging, wenn ich mit ihr Ehebruch betrieb. Auch die Sorge, jemand könne uns entdecken und ich würde verhaftet, bevor ich Pidder befreit hatte, belastete mich. Ich wollte aber endlich die vielbesungenen Freuden der Liebe kennen lernen und hatte bereits am Fluss beschlossen, alle Vorbehalte fallenzulassen und mich endlich meinen Sinnenfreuden hinzugeben. Daran wollte ich mich jetzt halten. War es aber klug, Agnes mein nahezu hemmungsloses Verlangen zu zeigen? Zeigte ich damit nicht Schwäche und gab mich ihr in die Hand? Mein Körper raste.

Ich stand dicht vor ihr und küsste ihr mit heißen Wangen das Gesicht. Ich verfluchte jetzt meine Unerfahrenheit und stammelte: "Verzeih mir, Agnes. Ich schäme mich, dir mein Verlangen so offen zu zeigen. Ich war schon in Husem in Leidenschaft zu dir entbrannt. Aber ich fürchtete die Sünde des Ehebruchs."

"Und du schämtest dich der Frau eines Scharfrichters. Siehst du, welch schreckliches Leben ich führe. Von allen geächtet, gehasst und ausgestoßen. Keine Freunde und keine Liebe, mein Mann versorgt mich nur mit viel Geld, damit ich mir schöne Sachen kaufe. Aber was ist das wert? Ich bin immer einsam und alleine und muss immer Furcht vor meinem Gemahl haben. Du bist anders als die Barbaren, die ich bisher kennen gelernt habe. Wenn du mich lieben könntest, könnte ich vielleicht mit dir fliehen. Wenn nicht, schenke ich dir so viele schöne Stunden wie ich vermag. Gott wird dir um meinetwillen verzeihen und wird dich glücklich machen."

Mit ihren Händen hielt sie mich eng umschlungen. Ihr Kopf lag an meiner Schulter und ihre Mandelaugen sahen mich fordernd an. Ihr Blick raubte mir alle Willenskraft. Ich presste sie an mich und küsste wie ein Ertrinkender ihren süßen, roten Mund. Sie hatte zierlich geschwungene Augenbrauen, ein rundes Kinn, eine weiße Kehle und große, feste Brüste, die ich liebevoll mit meiner Hand liebkoste.

Wir sanken auf das ungemachte Bett nieder. Aber diese Unvollkommenheit störte uns nicht. Stattdessen kam mir eine Geschichte in den Sinn, die ich vor einigen Jahren gehört hatte. Ein Ritter, der nicht so aussah, als könne er eine Geliebte erfreuen, wurde von der Königin gefragt, ob er schon Kinder gezeugt hätte. Der Ritter musste zugeben, dass er keine hat. Die Königin antwortete ihm, dass sie keinen Zweifel an seinen Worten habe, denn wo kein Heu sei, ist auch keine Heugabel. Daraufhin fragte der Ritter die Königin, ob sie Haare zwischen den Beinen habe. Die Königin antwortete ihm erheitert, sie habe nicht ein einziges. Der Ritter entgegnete daraufhin, das glaube er gerne, denn wo Schlag auf Schlag erfolgt, da wächst kein Gras mehr.

Wie würde es mir ergehen? Habe ich kein Heu oder hat Agnes keine Haare mehr zwischen den Beinen? Ich wollte es endlich wissen. Ich zog ihr langsam die Kleider vom Leib, sie half mir bei meinen. Ich strich zärtlich über ihren wunderschönen Körper. Sie hatte wohlgeformte Schenkel und Beine, schöne Hüften und einen wunderschönen "cul de Paris", oder eine Punze, wie das einfache Volk es vulgär ausdrückte. Meine Lippen und meine Zunge gingen auf Forschungsreise und ich war verblüfft, wie viel Neuland sie entdeckten. Und endlich war der Weg bereit. Ich schob die Blütenblätter auseinander und öffnete die Knospe. Ich erforschte den Kelch bis in seine innersten Tiefen und verschüttete meinen Samen in seine Mitte. Dann erschlaffte mein Körper und die bösen Schwaden der Fleischeslust erreichten meine Sinne. Wie gellte die Klage der Kirche: die Frauen sind ausnahmslos Betrügerinnen. Sie sind untreu, streitsüchtig, lüstern, schamlos und skrupellos. Sie sind die Verwirrung des Mannes, unersättliche Biester, unablässige Angst, fortwährender Krieg und täglicher Ruin. Sie tragen die Schuld an der Erbsünde. Im Buch Genesis ist die Erbsünde der Ungehorsam Evas in ihrer Suche nach göttlichem Wissen. Durch Verschulden eines Weibes war des Menschen Schicksal seitdem Mühe und Arbeit.

Hatte ich mich jetzt in die Fänge einer lüsternen, unersättlichen Frau begeben, die als Lockvogel des Teufels nur darauf aus war, mich von meinem Gottesheil abzubringen? Die Kirche stimmt zwar zu, dass der Mann dem Weib die Pflicht erfüllen soll wie auch das Weib dem Manne. Aber sie besteht darauf, dass der Geschlechtsakt der Fortpflanzung dienen soll, nicht dem Vergnügen. Aber plötzlich besann ich mich wieder darauf, wie sehr ich in letzter Zeit von der Kirche enttäuscht worden war und zweifelte an der Wahrheit ihrer Lehren. Zumal bekannt war, dass die Kirchenfürsten sich selbst nicht an die Regeln hielten. Ich pfiff also auf die Schreckensbilder, die ständig an die Wand gemalt wurden und umarmte die Frau des Henkers erneut. Sie antwortete mit derselben Inbrunst und ich erlebte ein weiteres Mal die Freuden des mir von Gott verliehenen Triebs. Und auch dieses Mal erzitterte keine Erde, es öffnete sich kein Himmel, kein Blitz schlug ein und nirgendwo erklang Donnergrollen. Im Gegenteil, die Sonne erstrahlte in ihrem schönsten Spätnachmittagsglanz.

Ich erinnerte mich an Catharinen und Uwe, die sicherlich schon auf dem Markt warteten. Ich entschuldigte mich bei Agnes, die mit strahlendem Lächeln auf dem Bett lag und mich mit ihren Augen anhimmelte. Ich würde bald zurückkommen. Sie verabschiedete mich mit sinnlichen Blicken.

Auf dem Markt fand ich Catharinen mit verweinten Augen. Uwe erzählte mir, dass Pidder in einem fensterlosen muffigen Raum angekettet liege und Ratten und Mäuse seine einzigen Gefährten in diesem Loch seien. Ich war froh, dass ich den beiden bestätigen konnte, dass ich den Langen Peter in etwa einer Woche aus dieser Lage befreien würde. Ich erklärte ihnen, dass ich diese Woche in Tuner bliebe. Die Vollmacht des Herzogs und des Amtmanns müsse glaubwürdig erscheinen. Da Henning Pogwisch voraussichtlich erst am morgigen Tag abreisen würde, könne nicht bereits gleichzeitig die Vollmacht aus Schleswig in Tuner erscheinen. Das dauerte etwa diese eine Woche.

"Dann kannst du doch morgen mit uns zurück auf die Insel fahren. Ich bringe dich in einer Woche wieder her," bot Uwe an.

"Ich habe jemanden kennengelernt, mit dem ich noch gerne

zusammensein möchte," Uwe verstand sofort, Catharinen blickte mich fragend an. "Außerdem muss ich zum Schneider. Ich benötige einen neuen Anzug, der mich wie einen Dienstmann des Herzogs erscheinen lässt. Du, Uwe, musst in einer Woche pünktlich wieder hier zu sein. Für dich lasse ich ebenfalls Dienstkleidung nähen. Du bringst das Schwert von Pidder mit und, wenn möglich, eine Pike. Du bist der herzogliche Reisige, der Pidder Lüng auf seinem Weg von hier nach Schleswig bewachen muss. Hole mich heute in sieben Tagen im Gasthof "Zum Pfeffersack" ab. Da es jetzt zu spät ist, nach Syld zurückzufahren, sucht ihr euch am besten eine andere Unterkunft für diese Nacht. Es ist besser, wenn wir nicht zusammen gesehen werden." So trennten wir uns.

Ich hatte bisher wenig Augen für den Markt gehabt, auf dem gegen Abend die Karren mit lebensnotwendigen und wertvollen Waren beladen wurden, die die Händler zu einem Pappenstiel von den bedrängten Bauern erworben hatten und nun in den Städten zu Schandpreisen losschlugen. So sah ich beim Gang über den Marktplatz die Verladung von Fässern mit Fisch und Zwieback, tragbare Handmühlen, um Getreide zu mahlen, Taue, Kerzen, Laternen, Matratzen und Strohsäcke, Urinier- und Rasierbecken, Wäschetröge und Laufplanken, um Pferde auf Schiffe zu verladen. Etwas weiter wurden gerade schwere Weinfässer von Tagelöhnern auf einen großen Wagen verladen, der gleichzeitig mit Schaufeln, Pickäxten und Hämmern aufgefüllt wurde. Gleich daneben stand ein Karren abfahrbereit, auf dem ich neben Pökelfleisch auch Behälter mit Ingwer, Pfeffer, Safran, Zimt und Gewürznelken entdeckte. Daneben sah ich Salz, Schinken, Räucherhering, Stockfisch, getrocknete Erbsen und Bohnen.

Die Sonne verschwand allmählich als feuerroter Ball im nahe gelegenen Meer. Ich hatte es jetzt eilig. Ich verspürte erneut dieses verzehrende Verlangen nach der größten Liebe, die ich bisher kennen gelernt hatte. Meine Schritte wurden immer schneller. Sie trieben mich zurück zum Gasthof.

Das Zimmer war leer. Agnes war nicht da. Ich blickte zum Fenster hinaus, ob ich sie auf der Straße sehen könnte. Aber ich erkannte nur fremde Gestalten. Von der Frau meiner Sehnsucht keine Spur. Ich wurde zornig. Hatte sie nur ihr Vergnügen gesucht und jetzt schon genug von mir? War sie doch nur eine Hure? Aber dann wurde ich ruhiger. Ich erinnerte mich an ihren Mann und ahnte, dass er sie suchen würde, wenn sie nicht rechtzeitig zurückkäme. Ich wurde mir klar darüber, dass ich sie frühestens morgen wiedersehen könnte und verspürte plötzlich einen kalten Schauer, der meinen Körper durchfuhr. Was wäre, wenn dieser furchtbare Mensch heute Nacht von ihr die eheliche Pflicht fordern würde? Wenn er den Körper, den ich so begehrte, mit seinen blutverseuchten Händen streicheln und liebkosen würde. Ich spürte, wie mein Blut in den Kopf schoss. Ich durfte nicht daran denken, ich verlor sonst die Kontrolle über mein Handeln. Jetzt erkannte ich, was die Sänger unter Liebe beschworen. Ich merkte zum ersten Mal, dass sie sehr schmerzhaft sein konnte.

Früh wurde ich von den Rufen des Herolds geweckt, der in dänischer und friesischer Sprache die Einwohner der Stadt aufrief, zum Markt zu gehen, um der Bestrafung von Gotteslästerern beizuwohnen. Es schüttelte mich, wenn ich an den gottlosen Schergen des Teufels dachte, der im Namen des Herrn Urteile vollstrecken durfte. Wenn ich mir das gewalttätige Wesen des Mannes vor Augen führte, wie ich es in Husem in den Gasthöfen und später auf dem Blutgerüst kennen gelernt hatte, zweifelte ich, dass Gott an dieser Ausübung der Gerechtigkeit Gefallen finden könnte. Mein Zweifel an der Kirche und ihren Dienern wuchs immer mehr.

Männer, Frauen und Kinder zogen gutgelaunt an diesem sonnigen Morgen zum Marktplatz. Eine Bühne, die mir am Vortag gar nicht aufgefallen war, bildete den Hintergrund des Platzes. Gaukler und kleine Händler mit Minigalgen, an denen kleine Puppen mehr oder weniger theatralisch aufgehängt werden konnten, unterhielten die zahlreich erschienenen Zuschauer. Der Scharfrichter hatte seinen Platz auf der Bühne bereits eingenommen. Auch heute hatte er sich in seine wertvolle Samtkleidung gewandet und stand umgeben von nur zwei Henkersknechten, da die Vollstreckung dieser Urteile nur eine kleine Aufgabe war.

Plötzlich spürte ich eine Hand in der meinen. Agnes stand

neben mir und blickte starr geradeaus.
"Ich musste gestern zurück. Mein Mann durfte nicht misstrauisch werden. Ich treffe dich nachher im Gasthof." Damit verschwand sie. Mein Herz machte einen deutlich hörbaren Sprung. Aber außer mir hatte niemand etwas vernommen.

Die Menge verstummte. Umrahmt von roten Backstein- und Sodenbauten, die den Marktplatz einfriedeten, betrat eine kleine Prozession aus Priestern und Mönchen mit liturgischen Gesängen die Bühne. In der Mitte führten sie den Delinquenten mit sich. Als der Gesang endete, forderten die Priester die Menge auf, mit ihnen gemeinsam zu beten. Da die Beleidigung und Verleumdung Gottes nicht von der Kirche, sondern von der weltlichen Gerichtsbarkeit bestraft wurde, übernahm nach Beendigung des Gemeinschaftsgebets ein Stadtoberer das Wort.

"Hört, Leute, hört, welch schändliche Taten Otto Bolemann gegen Gott und die Kirche begangen hat." Aus der Menge wurde lautes Lachen hörbar. Den Leuten war das Schauspiel wichtiger, als Sinn und Zweck der Bestrafung.

"Otto Bolemann hat sich gegenüber einem Stadtrat von Tuner unreputierlich über die Priester der Kirche und über Gott geäußert. Er hat gesagt, die Pfaffen wollten die Leut nur dumm machen, wenn sie predigten, dass der Leib Christi in einer Oblate sei und sein Blut im Wein. Er verleumdete, dass der Christ, wenn er zum Abendmahl geht, Christus in der Hostie esse und sein Blut im Wein trinke und nachmals, wenn er aufs Häuschen geht, er Christus wieder ausscheiße. Und er log, indem er behauptete, dass Christus bei einem Dieb, der das Abendmahl genommen hat, bevor er gehängt wird, mit aufgehängt wird. Außerdem leugnete der Verurteilte, dass Christus Gottes Sohn sei, da Gott ja keine Frau gehabt habe."

Die Menge stöhnte auf. Auch wenn viele Menschen wegen der Ungerechtigkeiten auf der Welt Gott fluchten, so gaben sie sich nach außen der Tugendhaftig- und Sittlichkeit. Die Tat selbst bedeutete ihnen nichts. Es wäre ihnen recht gewesen, Reden und Gebete einzustellen und umgehend mit dem Schauspiel zu beginnen. Mitleid mit dem Delinquenten hatte kaum jemand, obwohl ihn die meisten kannten. Er hätte den Mund halten sollen, so war er an seinem Schicksal selber schuld. Die meisten Zuschauer bedauerten sogar, dass er nicht durch das Schwert zum Tode befördert wurde. Das Schauspiel wäre noch aufregender gewesen, vor allem für die Kinder und die geschwätzigen Weiber eine Lehre, an der falschen Stelle nicht das Falsche zu sagen. Die Männer konnten ohnehin nicht verstehen, dass Otto Bolemann ausgerechnet einem Ratsherrn gegenüber solche Äußerungen getan hatte.

Dann war es soweit. "Scharfrichter, walte deines Amtes."

Die Knechte packten den Delinquenten, der unbeweglich an einen Pfahl gebunden war und öffneten mit einem Maulhebel seinen Mund. Der Henker griff blitzschnell mit einer Zange in den Rachen, zog die Zunge heraus, durchstach sie unter den grässlichsten Schreien des Mannes mit einem glühenden Pfriemen und, nachdem diese Tortur dem Verurteilten fast die Sinne geraubt hatte, riss der Scharfrichter die Zunge mit einem kräftigen Ruck aus dem Schlund. Der zermarterte Übeltäter brachte noch einen Schrei aus. Das nutzte einer der Knechte, um seinen Mund mit einer Schelle aufzureißen, damit der Henker die klaffende Wunde mit heißem Öl benetzen konnte. Das würde das Blut schnellstens stillen, hörte ich.

Die Zuschauer lachten und applaudierten. Neben mir umarmte ein Mann seine strahlende Frau und daneben schlug ein Mann dem anderen vor Entzücken auf die Schulter. Die Begeisterung galt dem Schauspiel, das vortrefflich von dem mir verhassten Scharfrichter zelebriert worden war, es war aber auch die Freude darüber, dass es wieder einmal einen anderen erwischt hatte. Wer hatte noch nicht geflucht und Gott und die von ihm bestimmte Obrigkeit verteufelt? Wie leicht konnte man selbst denunziert und darob bestraft werden. Heute fassten alle den guten Vorsatz, nie wieder Gott anzuzweifeln und zu fluchen.

Otto Bolemann stand zusammengesunken am Marterpfahl. Sein Kopf war auf die Brust gesunken und Blut floss noch immer aus seinem Mund. Die Henkersknechte lösten die Fesseln und legten den geschundenen Leib auf eine lederbespannte Bahre. Vier Reisige standen schon bereit, um den Gequälten für zwanzig Jahre in den Kerker zu bringen.

Bevor das nächste Drama begann, musste ich schnellstens

zum Gasthof zurück. Die Abflussrinnen in den Straßen führten wegen des öffentlichen Schauspiels auf dem Markt besonders viel Abfall mit sich. Entsprechend ekelerregend war der ungeheure Gestank. Im Gasthof angekommen, erwartete ich den Boten und sehnte mich nach Agnes. Der Bote, der mir die gesiegelte Vollmacht in einer Hülle überreichte, war fast noch ein Kind. Ich vermutete, er war der Enkel von Buntje Lützen, denn in solch einen gefährlichen Beruf sollte man keine Fremden einweihen. Die Pergamentrolle, die meine Handschrift trug, sah mit den Siegeln perfekt nach einer herzoglichen Vollmacht aus. Ich strahlte vor Freude, gab dem jungen Mann die zwei Goldstücke für seine Mutter und ihm noch zusätzlich ein prächtiges Trinkgeld.

Im Zimmer wartete Agnes auf mich. Ihre verzehrenden Blicke erfreuten mein Herz, erinnerten mich aber auch daran, dass ich mir eine schwere Aufgabe auflud.

"Wie entkommst du deinem Mann," fragte ich sie immer noch misstrauisch.

"Nichts leichter als das," lachte sie schelmisch, "ich habe ihm schon gesagt, dass ich umgehend zu einer Pilgerreise aufbrechen werde und dass er mich nicht daran hindern kann. Durch seine Tätigkeit bin ich verflucht und muss nun zusehen, wie ich Gott gnädig stimme und mein Seelenheil finde."

Eine Woche blieben wir im Gasthof "Zum Pfeffersack". Nachdem Agnes sich von ihrem tobenden Mann für ihre lange Wanderschaft verabschiedet hatte, verließ sie kaum unser Zimmer. Sie war entschlossen, sich von ihrem Mann scheiden zu lassen. Da die Ehe als Sakrament galt, war eine Scheidung nur sehr schwer möglich. Agnes meinte aber, da kein Priester sie und ihren Mann verheiraten wollte, mussten sie die Dienste eines Rechtsanwalts in einer kleinen Stadt in der Nähe von Köln in Anspruch nehmen. Dieser Anwalt hätte ihr damals gesagt, er könne für Geld Ehen schließen und könne für Geld diese Ehen auch wieder trennen. Sie wollte deshalb zum Ort ihrer Hochzeit reisen, um die Scheidung vornehmen zu lassen.

Ich besuchte einen Schneider im Zentrum von Tuner. Er hatte seine Werkstatt in einem wuchtigen Gebäude mit vier Stockwerken und beschäftigte drei Gesellen und einen Lehrling.

Ich achtete nur darauf, dass ich nicht mit dem Vorsitzenden der Zunft ins Geschäft kam, denn die waren mir zu neugierig.

Ich ließ mir vornehme Kleidung empfehlen, die dem Stand eines höfischen Beamten entsprach.

"Seht her, Hochwohlgeboren," erklärte mir unterwürfig der Meister, "hier habe ich blauen Seidensamt. Etwas Vergleichbares habt ihr sicherlich noch nicht gesehen. Es wurde in einer Manufaktur in Damaskus in Syrien hergestellt. Es ist nicht gesagt, dass Ungläubige den Stoff angefertigt haben. Der Händler, von dem ich dieses wertvolle Gewebe bekommen habe, erzählte mir, dass in Damaskus nicht nur Muselmanen leben, sondern auch viele Christen. Und das seien die tüchtigsten Bürger der Stadt. Es ist also sehr wahrscheinlich, dass Christenhände diesen Seidensamt erzeugt haben."

Ich entschied mich für ein Wams aus diesem geschmeidigen Stoff mit Pelzbesatz. Dazu bestellte ich eine Hose, breitschaftige Lederstiefel und einen Hut mit Pfauenfeder. Für Uwe ließ ich das Lerderkoller, die Pluderhose und die dazugehörige Mütze eines Söldners anfertigen. Die Maße musste ich schätzen, wusste ich doch, dass es bei den Landsknechten weniger auf maßgeschneiderte Vollendung ankam.

Wir waren vorbereitet. Am vorgesehenen Tag erschien Uwe gegen Mittag. Er hatte eine Pike, sein eigenes Schwert und das von Pidder, sowie eine Arkebuse im Gepäck. "Die habe ich vom Landvogt," grinste er. "Pidder Hakenbüche haben die Söldner ja mitgenommen."

Agnes blieb noch in ihrem Zimmer, während Uwe und ich zum Pforthaus zogen. Der Wirt des Gasthofs staunte, als er mich als vornehmen herzoglichen Beamten in Begleitung eines schwerbewaffneten Söldners sah.

Am Gefängnis angekommen zog Uwe als gehorsamer Lakai die Glocke. Ein spitzes Gesicht mit spärlichem Haar erschien in einem kleinen Seitenfenster und grinste zahnlos in seinen schütteren Bart.

"Befehl vom Herzog," kommandierte ich mit arroganter Stimme und hielt die gesiegelte Vollmacht hoch, "öffnet die Tür."

Der Schließer knickte respektvoll in sich zusammen, verschwand vom Fenster und öffnete umgehend die knarrende, aus dickem

Eichenholz bestehende Pforte.

"Hier ist die Vollmacht, vom Herzog und dem Tuner Amtmann gesiegelt. Der Befehl lautet auf Übergabe des Häftlings Pidder Lüng. Ich nehme an, ihr könnt lesen."

"Gewiss, hoher Herr," log der Gefängnisaufseher.

"Gut, wo ist der Gefangene?"

"Folgt mir," schritt der kleine, unscheinbare Mann bücklingssteif voran. Uwe und ich folgten ihm durch einen dämmrigen, kurzen Gang bis zu einer großen, massiven eisenbeschlagenen Tür. Der Schließer beeilte sich, den schweren Einlass mit einem großen Schlüssel zu öffnen. Er zitterte vor Aufregung. Es war wohl noch nicht vorgekommen, dass einem seiner Gefangenen die Aufmerksamkeit des Herzogs entgegengebracht wurde.

Wir blickten in ein nachtdunkles Loch. Ein schrecklicher Gestank drang aus dem Kerker.

"Bist du Pidder Lüng aus Hörnem?", rief ich in die Dunkelheit.

"Ja," klang es kurz und bündig heraus.

"Bring Licht, Schließer," befahl ich, "ich sehe nichts."

Der Schließer brachte buckelnd eine Öllampe und wir sahen eine schmutzige Gestalt, deren beide Arme mit Eisenketten an der Wand angeschlossen waren. Pidder lag in einer Nische, die man in die steinerne Wand eingelassen hatte. Unmittelbar vor seiner Liegestatt erblickte ich auf dem Steinboden seinen eigenen Kot. Ratten wuselten durch diese Schreckenskammer. Zwischen seinen Exkrementen lag verstreut sein Essgeschirr.

"Pidder Lüng aus Hörnem, wegen der Schwere deiner Tat habe ich Auftrag, dich umgehend nach Schleswig zu bringen. Dort wird das herzogliche Gericht über dein Schicksal entscheiden. Schließer, öffne seine Fesseln."

Pidder war frei. Er blieb einen Moment benommen sitzen, da sich der Körper erst wieder an die neue Situation gewöhnen musste. Uwe ging zu ihm hin, packte ihn am Arm und schnauzte: "Du willst wohl Schwäche vortäuschen. Komm weiter, wir haben noch einen weiten Weg vor uns."

Damit legte er Pidders Arm um seine Schulter, packte die Pike fester mit der Linken und schleppte unseren Freund hinaus.

Ich verabschiedete hochnäsig den erneut buckelnden Gefangenenwärter und lief hinter den beiden her. Mir fiel plötzlich auf, dass ich vergessen hatte, den Schließer um eine Handschelle zu bitten. Es war üblich, Gefangene zu fesseln. Hoffentlich wurde er nicht misstrauisch.

Während ich eilig zum Gasthof lief, um Agnes zu holen, verschwand Uwe mit Pidder, der sich allmählich wieder an den Normalzustand und das helle Licht gewöhnt hatte, in Richtung Kahn, der sich an unserer alten Anlegestelle befand. Dann folgte ich mit meiner Geliebten, die sich einen weiten Umhang umgelegt hatte, der sie und ihr Gesicht völlig bedeckte. Ich musste lachen, da wir beide für eine Fahrt durch das Wattenmeer ungeeignet gekleidet waren.

Uwe stakste den Kahn über das Wasser der Wydatu. Wir kamen gut voran. Einige neugierige Augen folgten uns. Ich hoffte jedoch, dass mein hochherrschaftliches Wams, das in einem Fischerkahn fremd wirkte, keine unnötige Aufmerksamkeit erregt hatte.

Draußen auf dem Wasser war es in der Tat sehr rau. Der Wind kam aus Westen, sodass wir in den engen Wasserwegen durch das Watt unser lateinisches Dreiecksegel nicht nutzen konnten. Wir mussten bei ablaufendem Wasser somit rudern, was uns am Fortkommen hinderte.

Der Wind, der uns auf dem Festland noch warm vorgekommen war, kühlte sich auf dem Wattenmeer erheblich ab. Uwe hatte für Pidder einen warmen Umhang mitgebracht. Ich konnte endlich meine vornehme Kleidung gegen die alte austauschen, die ich im Beutel mit mir führte und die mich besser wärmte. Meine noble Samtjacke legte ich Agnes über, der es sehr kühl wurde.

Pidder hatte ein gutes Erinnerungsvermögen an Gesichter. Er hatte Agnes gleich wiedererkannt. Er lächelte anerkennend, als ich mit ihr in Tuner das Boot bestiegen hatte. Als erstes bedankte er sich bei ihr. Agnes sah ihn verständnislos an.

"Du hast Michael in Husem gewarnt und ihn aufgefordert, den Flecken sofort zu verlassen. Weder er noch ich haben auf dich gehört. Es ist uns schlecht bekommen. Aber du wirst verstehen, dass wir nicht anders handeln konnten. Man hätte uns die Flucht als Feigheit ausgelegt."

Ob er wusste, dass Agnes die Frau des Scharfrichters war, war mir nicht klar. Er wusste, dass sie mit dem Henker im Gasthof zusammen war. Aber da der pockennarbige Teufel die Regel missachtet hatte, sich von ehrbaren Menschen fernzuhalten und viele daraufhin unwissentlich seine Gesellschaft teilten, hätte auch Agnes ohne ihr Wissen zu den Betrogenen zählen können. Aber meine Gedanken klangen recht unglaubwürdig. So dumm war mein Freund nicht. Aber andererseits war es unwahrscheinlich, dass ich als Patrizier aus gutem Hause ein Verhältnis mit der Frau eines Henkers einging. Somit musste Agnes wohl doch etwas besseres sein. Auf jeden Fall verriet sich Pidder mit keinem Wort und Uwe hatte fraglos keine Ahnung. Dabei beließen wir es auch.

Die Wellen zeigten weiße Kämme. Das schmale Schiff hob und senkte sich schwerfällig in den langen flachen Wogen. Das Wasser leuchtete smaragdgrün unter uns und weißer Schaum sprühte wallend um unseren Kahn. In der Ferne trennte das flache Ufer der Insel Syld erwartungsvoll den leicht bewölkten Himmel vom endlosen Wasser. Pidder, der froh war, dass unsere Befreiungsaktion so gut geklappt hatte, war nach kurzer Zeit wieder voller Tatendrang. Er ruderte mit mir zusammen im Gleichtakt, während Uwe mit seiner Stange am Heck stehend dem Boot Schub gab und gleichzeitig die Richtung durch den Priel bestimmte. Je mehr das Salzwasser zurückging, umso eindringlicher roch es nach Moder und toten Wassertieren. Aber was bedeutete das schon. Wir waren froh, dass niemand etwas von unserer Entführungsaktion bemerkt hatte und wir unentdeckt das offene Meer erreichen konnten.

"Wir müssen so bald wie möglich nach List und zusehen, dass wir dort ein Schiff finden. Auf Syld können wir nicht bleiben, dort wird man uns sofort suchen. In List müssen wir uns vor den Dänen hüten. Ich hoffe, Pidder, du kennst dort jemanden, dem wir trauen können. Denn auch Catharinen und Inken müssen weg. Ich fürchte, man wird sie gefangen nehmen, um dich zur Rückkehr zu zwingen."

"In List kenne ich jemanden. Die Eltern von Catharinen wohnen dort. Wenn wir ein Schiff gefunden haben, müssen alle von der Insel verschwinden. Nur wird kein Schiff die Frauen mitnehmen, denn Weiber an Bord bedeuten Unglück."

"Ich bringe mit Erik die Frauen nach Helgoland," meldete sich

Uwe zu Wort. "Ich wollte ohnehin einmal die Fischgründe dort ausprobieren. Man hört die reinsten Wunderdinge über die Mengen, die in diesen Gewässern zu fangen sind. Dort soll es Fische in Massen geben."

Wir schwiegen einen Moment. Ich legte mich mit aller Kraft in die Riemen und hatte den Eindruck, dass sich Pidder nur halb so stark anstrengte. Verständlicherweise. Hätte er so kraftvoll die Ruder betätigt wie ich, wären wir im Kreis gefahren. Die urwüchsige Kraft des Hörnemers hätte Uwe kaum mit der Pinne, schon gar nicht mit seiner Stange ausgleichen können. "Am besten, ihr kommt gar nicht mehr mit nach Hause. Der Pogwisch ließe Sylder foltern, um zu erfahren, wo ihr seid. Deshalb ist es besser, ihr werdet von niemandem mehr gesehen." Uwes Gesicht strahlte freudig. Das war das Richtige für ihn. Er liebte das Kommando und konnte dabei noch zusätzlich seinem besten Freund das Leben retten.

"Das betrifft vor allem deine und Eriks Familie," rief ich gequält, während mein Ruderblatt flach auf die Wasseroberfläche klatschte.

"Wir werden unsere Familien mitnehmen und werden zusammen mit Agnes eine Pilgerreise unternehmen. Immerhin haben wir mit unserem Protest in Husem große Schuld auf uns geladen und müssen daher Gott um Vergebung bitten." Uwe lachte bitter und fuhr dann fort: "Da wir bereits unterwegs sind, können wir mit deiner Flucht aus Tuner nichts zu tun haben. Und da Michael mich in dieses schmucke Kostüm gesteckt hat, hat mich mit Sicherheit auch niemand erkannt."

Die Vorschläge Uwes waren die beste Lösung. An Hoijertyff entschieden wir uns daher, die Richtung nach List einzuschlagen. Wir schafften es noch bis in die Nähe der Insel Jordsandt. Die Sonne zögerte, an diesem sonnigen Maitag Abschied von der Welt zu nehmen. Dann zwang uns die Dunkelheit aber doch zu ankern. Um uns herum hob und senkte sich das Meer. Hin und wieder blinkte durch den aufziehenden Nachtnebel ein Stern über uns und die Segelstange an unserem Nachen knarrte im Takt der Wellen. Ein Schwarm Seehunde schwamm lautlos um unser Schiff herum. Dann klatschten die schweren, aber gelenkigen Leiber der Tiere in das wieder ansteigende Wasser und verschwanden wie Nachtgeister. Kurze Wellen schlugen plätschernd gegen den Rumpf unseres Bootes. Das Segel schlug leicht gegen die Rahe, die Rahe gegen den Mast. Das Schiff ächzte, stöhnte und quarrte leise. Wir waren hundemüde und schwiegen. Agnes, die sich im Verlauf unserer Fahrt still und nachdenklich verhalten hatte, war in meinen Armen eingeschlafen. Ich betrachtete sie im Schein unserer Ölfunzel und dachte daran, dass sie aus der Umgebung stammte, in der ich drei Jahre studiert hatte. Welch sonderbarer Zufall. Sollte ich durch sie wieder einmal dort hinkommen? Ich erinnerte mich an das gebirgige Land in der Nähe von Köln. Ich war mit Freunden mehrmals dort gewesen und als Flachländer von dieser bergigen Landschaft entzückt. Ich sah in meiner Erinnerung an diese Eifelhügel vor meinem geistigen Auge die dichten Wälder mit Linden, Buchen und Eichen, in denen die Vögel sangen, zwitscherten und stritten. Ich dachte an die ausgedehnten Blumenwiesen, an die kleinen und größeren Bach- und Flussläufe, die über steinige Berghänge zu Tal rauschten. Ich sah die Rehe auf den Waldlichtungen grasen und den braunen Bär, der im blitzenden Wasser auf Forellen wartete. Und ich dachte daran, dass die Menschen dieser gebirgigen Landschaft viel Ähnlichkeit mit den Menschen im Norden hatten. Sie waren vergleichbar raue und harte Gesellen.

Ich fühlte, wie ich mit der Bewegung des Kahns nach oben gehoben wurde und wieder nach unten sank. Und mir fiel meine schicksalhafte Fahrt mit der "Rose von Burgund" ein. Um mich war es feucht und kalt. Ich drückte mich dichter an Agnes heran, um von ihrer Wärme etwas abzubekommen. Und die Gedanken an damals verfolgten mich. Ich dachte an ein Lied, das ich vor langer Zeit einmal gehört hatte und das etwa folgendermaßen klang: Ich ritt auf hölzernen Planken, und die Planken ritten auf wogender See. Vom Sturm gepeitscht und getrieben fahr ich und weiß nicht wohin. Ich lebe, aber weiß nicht wie lang. Ich werde sterben, aber ich weiß nicht wann. Mich wundert nur, dass ich fröhlich bin.

War ich fröhlich? Oder war ich verzagt? Ich hatte so ziemlich alles verloren, was für meine Familie und für mich einst von Bedeutung war. Aus meiner Braut aus gutem Hause war die

Frau eines Henkers geworden. Meine Eltern mussten sich meiner schämen. Welchem Schicksal hatte ich mich bloß anvertraut? Liebte Gott mich noch oder hatte er mich schon dem Teufel vor die Füße geworfen? Sollte ich mich dem launischen Wind oder dem Sturm, seinem kraftstrotzenderen Bruder überlassen? Welchen Wünschen, welchen Antrieben folgte ich eigentlich noch? Was war es, das mich anspornte und entbrannte, das in mir entflammte und mich antrieb, das mich niederdrückte und mir doch wieder Hoffnung machte, das meine Entschlossenheit steigerte und mich dann wieder verzweifeln ließ, das mir Hoffnung gab und mich hinaufschweben ließ auf die erhabensten Gipfel, so wie das Meer das Schiff, und das mich ebenso plötzlich wieder hinabstürzen ließ in den dunklen Abgrund? Was war es, das mir die Sinne raubte, meinen Atem röcheln machte und meine Gedanken und Sinne anschließend wieder klärte und erregte?

Ich schrak hoch. Das Boot zeigte keine Bewegung, die Rahe knarrte nicht mehr, das weiße Segel hing schlaff am Mast. Kein Geräusch war zu hören. Der Wind stand still. Ich hoffte, dass er sich anschickte, die Richtung zu wechseln, dann würden wir es am Morgen leichter haben, List zu erreichen.

Ich versuchte zu schlafen. Agnes atmete ruhig in meinen Armen. Ich hätte gerne meine Position gewechselt, aber dann wäre sie aufgewacht. Also bewegte ich mich so wenig wie möglich auf meinem steifen Steiß und schloss die Augen. Irgendwann döste ich ein.

Ein lautes Knarren riss mich aus dem unruhigen Schlaf. Ein starker Windzug traf meine Gesicht. Pidder und Uwe hatten sich bereits in der morgendlichen Dämmerung erhoben und zogen gerade das Segel hoch. Auch Agnes war wach und rieb sich überrascht die Augen. Im ersten Augenblick wusste sie nicht, wo sie sich befand. Die Fahrt auf einem Fischerkahn war ungewohnt für sie. Aber dann erinnerte sie sich wieder, sah mich mit ihren betörenden Augen an und lächelte still.

Der Wind war schon da, das Meer fast noch ruhig. Er pfiff uns frisch ins Gesicht und kam wie ein Geschenk Gottes aus südöstlicher Richtung. Das Segel bäumte sich auf, zerrte an der Rahe und der Mast knarrte.

"Hei," rief Uwe, "jetzt schaffen wir es rasch. Die Flut ist schon da und somit können wir schnell fahren. Los geht's."
Er nahm die lange, schwere Pinne, während Pidder am Bug saß und unseren Kahn durch den Priel lotste. Ich hatte die Aufgabe, die Segelstellung bei Bedarf nach Anweisungen von Uwe zu verändern.

Wir fuhren zügig vor dem Wind. Die Küste der Insel näherte sich schnell. Die Sonne erschien als feuerroter Ball am östlichen Horizont. Die ersten Möwen tauchten auf, segelten still über uns im Wind und erwarteten, dass wir sie mit Beute versorgten. Aber sie hatten von uns keinen Nutzen, da wir nicht auf Fischfang waren.

Es kam uns ein Lastkahn entgegen. Wir sahen ihn bei klarer, sonniger Sicht schon von weitem. Als wir auf gleicher Höhe waren, verbargen sich Pidder und Agnes hinter der Bordwand. Uwe rief freundliche Worte hinüber, leutselig klang es zurück.
"Euer Kahn ist leer, scheint uns. Habt ihr keine Waren für den Engländer?"
Uwe schaltete sofort. "Nein, wir warten auf einen Hamburger. Von dem sollen wir Güter übernehmen. Wertvolle Sachen sollen es sein, Seide und samtene Stoffe, kostbare Pelze und Gold- und Silberwaren."
Die letzten Worte brüllte er schon, da der kräftige Wind uns bereits weitergetrieben und Uwe auch nicht die Absicht hatte, unser Boot anzuhalten. Er winkte noch einmal freundlich hinüber und konzentrierte sich wieder auf unsere Weiterfahrt. Sicherlich würden die Bootsleute in Tuner von ihrer Begegnung erzählen. Da sie jedoch nur Uwe und mich sehen konnten, käme gewiss niemand auf den Verdacht, dass wir unseren Fluchtweg über List gewählt hatten. Man würde vielmehr annehmen, wir versuchten, mit Pidder Lüngs eigenem Fischerboot an der Küste entlang aus dem Einflussbereich des Amtmanns und des dänischen Königs zu entkommen. Zudem lebten in List viele Dänen, die mit ihren friesischen Nachbarn in Unfrieden lebten. Das Verhältnis zu den Friesen aus dem herzoglich dütschen Teil der Insel war nach Husem noch gespannter geworden, wie auch nicht anders zu erwarten war.
"Ein Engländer liegt im Hafen," rief Uwe Pidder zu. Der nickte

freudig.

"Hoffentlich lichtet er nicht die Anker, bevor wir ankommen," antwortete der blonde Hüne, "es ist gut möglich, dass uns noch andere Lastkähne entgegen kommen. Wir sind jetzt im tieferen Wasser, sodass wir dem nächsten leicht ausweichen können. Es sollten uns nicht zu viele sehen."

Uwe nickte und zeigte auch gleich achteraus. "Da kommt schon der nächste."

Agnes und Pidder verschwanden wieder hinter der Bordwand und Uwe lenkte das Boot weiter nach Steuerbord. Aber das entgegenkommende folgte. Uwe schüttelte den Kopf. "Was hat das wohl zu bedeuten?"

Wir näherten uns von gutem Wind getrieben sehr schnell. Um nicht unnötigen Verdacht zu erregen, wich Uwe nicht weiter nach Steuerbord aus, sondern hielt jetzt Kurs. Pidder zückte in seinem Versteck für alle Fälle schon sein Schwert. Ich blickte voller Spannung auf den entgegenkommenden Kahn. Er war noch nach der alten Klinkermethode erbaut, während unserer bereits die moderne Form aufwies.

"Soldaten sitzen in dem Kahn," rief Uwe plötzlich. "Ich sehe zwei Bootsleute und zwei Soldaten. Ich fürchte, die wollen uns stoppen und feststellen, ob es etwas zu plündern gibt."

"Kein Problem," lachte Pidder, "wenn es nur zwei Landsknechte sind, haben wir die Angelegenheit schnell gelöst. Wir wissen nur noch nicht, wie die beiden Bootsleute sich verhalten."

Wir waren nur noch wenige Ellen voneinander entfernt. "Halt," rief einer der Soldaten hoch aufgerichtet in mecklenburgischem Akzent. Gleichzeitig legte der zweite eine Arkebuse auf uns an.

"Was wollt ihr," donnerte Uwe zurück.

"Wir suchen entflohene leibeigene Bauern. Wer seid ihr?"

"Wir sind keine entflohenen leibeigenen Bauern," antwortete Uwe. "Wie ihr an meiner Sprache erkennen könnt, bin ich Friese von der Insel Syld. Bei uns gibt es keine Leibeigenschaft."

"Und wer ist dein Begleiter?"

Die Söldner waren mit ihrem Kahn näher gekommen und hatten uns fast erreicht. Die verwitterten Gesichter der Bootsleute, die das Fahrzeug gegen den Wind mit ihren Rudern antrieben, zeigten ein habgieriges Feixen. Pidder hatte recht gehabt. Sie hatten die Absicht, unter einem Vorwand zu stehlen.

Agnes kauerte sich eng zusammen, Pidder war mit seinem breiten Schwert sprungbereit. Uwe zeigte demonstrative Gelassenheit und ich fühlte mich, trotz meines Erfolgs gegen den dänischen Räuber auf dem Weg zur Kirche, als unerfahrener Kämpfer ziemlich unbehaglich.

"Mein Begleiter ist ebenfalls von Syld. Auch er ist kein Leibeigener."

"Aber ihr seid nicht aus List," rief der Söldner, dann rieb sein Boot an den Rumpf unseres und er sah Pidder und Agnes. Pidder Lüng sprang hoch, hechtete über die Reling, hob zum Schrecken der Söldner und der Bootsleute seinen Bihänder mit beiden Händen und spaltete den Kriegsknecht, der die Fragen gestellt hatte und am nächsten stand, mit einem furchtbaren Schlag bis an die Hüfte. Sein Gehirn und sein Blut spritzten weit umher und die Gedärme breiteten sich über die Planken des Bootes aus.

Uwe sprang ebenfalls mit seinem Schwert in der Hand auf das andere Schiff und wollte sich auf den zweiten Söldner stürzen. Der besann sich aber eines besseren. Scheinbar war sein Pulver nass geworden, sodass sich kein Schuss löste. Der Schrecken fuhr ihm dermaßen in die Gelenke, dass er schreiend seine Arkebuse fallenließ und sich mit einem heldenhaften Sprung in die Fluten stürzte. Dort peitschte er wild mit seinen Händen das Wasser, da er nicht schwimmen konnte. Er versuchte, den Kopf weit aus dem Wasser heraus nach hinten zu halten und den Mund aufzureißen, um atmen zu können. Aber es nutzte ihm nichts. Seine Pluderhose hatte sich mit Luft gefüllt, hob die Beine und den Unterleib aus dem Wasser und drückte den Oberkörper nach unten. Der Mann führte einen verzweifelten Kampf um sein Leben. Niemand von uns dachte daran, ihm zu Hilfe zu kommen. Ich konnte zwar wie auch Pidder schwimmen, hatte aber kein Interesse, dass unsere Flucht von einem räuberischen und sicherlich undankbaren Söldner in Tuner angezeigt wurde. Also blickte ich weg von diesem elenden Schicksal und wandte mich den Geschehnissen auf dem Kahn unserer Gegner zu.

Die beiden Bootsleute blickten wachsbleich auf Pidder und Uwe und flehten um Gnade. Es waren Dänen, die in List lebten und in ständigem Streit mit den Friesen waren. Pidder stand hoch aufgerichtet vor ihnen, hob seinen schweren Bihänder und schlug ihn mit voller Kraft in die untersten Planken. Wasser drang in den Kahn. Der blonde Hüne wiederholte es noch zweimal, betrachtete sein Werk und war zufrieden.

"Wenn Gott euch liebt, so wird er euch retten. Wenn nicht, so werdet ihr in kurzer Zeit beim Teufel sein." Damit sprangen er und Uwe zurück auf unser Boot und wir fuhren schweigend weiter.

Agnes hatte sich fest an mich geschmiegt. Sie fröstelte und Tränen standen ihr in den Augen. "Mein Leben besteht nur aus Blut und Todschlag. Wann hört das endlich auf?"

Ich drückte sie an mich und mein Blick suchte den Söldner, der im Wasser um sein Leben gekämpft hatte. Aber ich entdeckte ihn nicht mehr. Er war entweder abgetrieben, oder, und das war wahrscheinlicher, er war bereits untergegangen. Ich kümmerte mich wieder um das Segel, blickte aber dann doch erneut zurück. Ich erkannte, dass das Boot der Dänen bereits zur Hälfte untergegangen war. Die beiden Bootsleute klammerten sich verzweifelt an die Bordwand. Aber es würde alles vergeblich sein. Der Wasserstand war hoch, sodass sie nicht stehen konnten. Außerdem war noch nicht Sommer und das Wasser war kalt. Bei diesen Temperaturen erstarrte der Körper bereits nach einigen Minuten und das war das Ende. Die beiden hatten keine Aussicht auf Überleben.

Wenn uns in List das englische Handelsschiff aufnehmen würde, und daran zweifelte ich nicht, da wir uns als Seeleute verdingen konnten und Männer des Meeres immer gebraucht wurden, waren wir in Sicherheit. Aber was würde die Zukunft bringen? Meiner Heimat beraubt und nun auf der Flucht war ich in der menschlichen Ordnung tief abgesunken. Aber ich hatte Freunde gefunden. Ich blickte mich um und war zufrieden. Es waren einfache Menschen, mit denen ich jetzt zusammen war. Aber ich fühlte mich trotz aller Unbilden wohl und vor allem sicher bei ihnen. Und irgendwie hatte ich das Gefühl, das Leben unter den neuen Bedingungen erst richtig kennen gelernt zu haben. Es war aufregend, zeigte mir aber in deutlicher Schärfe

nie für möglich gehaltene Mängel der Obrigkeit, der ich einmal angehörte. Bei diesem Gedanken schüttelte ich mich in Erinnerung des vielen Bluts, dessen ich in kurzer Zeit angesichtig wurde. Und ich hoffte, dass die Zukunft, der wir nun entgegenstrebten, Besseres mit uns vorhatte.
Beunruhigt war ich nur über das Gefühl, dass ich mich immer mehr von meinem Gott entfernte. Hatte er mich wirklich verlassen oder wollte er mich lediglich prüfen? Aber warum so hart?
Ich blickte nach vorne zu der vom rötlichen Morgenlicht angestrahlten Insel, der wir uns schnell näherten. Sie erschien mir plötzlich trotz ihrer Rauheit wie der Garten Eden, den die Menschen verloren glaubten. Jetzt war ich davon überzeugt, dass die Zukunft für uns Glück bedeuten würde und ich nahm mir vor, eines Tages über meine Erlebnisse und Erkenntnisse zur Mahnung anderer zu berichten.

Fortsetzung der Pidder Lüng Saga: **Der Renegat des Teufels**

Der Renegat des Teufels

Pidder Lüng (2. Buch der Pidder Lüng Saga)

Pidder Lüng und sein Freund Michael erreichen auf ihrer Flucht die flämische Hafenstadt Brügge und heuern dort als Seeleute auf der „Peter von Danzig" an, einem Kaperschiff der gleichnamigen Hansestadt. Da das Schiff jedoch stark reparaturbedürftig ist, nutzen die beiden Freunde die Liegezeit auf Reede und lernen das pralle, aufregende Leben der neben Venedig im 15. Jhd. Wohlhabendsten Stadt Europas kennen. Gleichzeitig kämpfen sie mit Diebsgesindel und Schicksalsschlägen, die manch einem Kameraden das Leben kosten.

Endlich verlässt die „Peter von Danzig" unter dem Kommando von Pawel Beneke, einem Volkshelden der damaligen Zeit, den Hafen von Brügge und die Mannschaft kapert unter der Führung von Pidder Lüng nach heftigem Gefecht ein italienisches Schiff. Es befördert Waren, die für England bestimmt sind. Mit diesem Land führt die Hanse Krieg und hat es einer Blockade unterworfen.

Als die beiden Freunde nach diesem Erfolg den Eindruck gewinnen, Gott hätte sich wieder mit ihnen versöhnt, wendet sich das Schicksal erneut gegen sie. Pidders Angehörige erleiden ein hartes Schicksal und Agnes, die verbotene Geliebte Michaels wird in Hamburg als Hexe angeklagt und erleidet in der Hansestadt schreckliche Folterqualen.

Die beiden Freunde beschließen, ihren gemeinsamen Weg als Kaperer fortzusetzen. Da die Hanse jedoch zum gleichen Zeitpunkt Frieden mit England schließt, stellt sie keine Kaperbriefe mehr aus. Pidder Lüng und Michael fühlen sich als göttliche Rächer. Sie machen den dänischen König und seinen Tondener Amtsmann für ihr Schicksal verantwortlich und wollen sich an den Dänen rächen. Damit sinken sie auf das Niveau von Seeräubern ab und sind von nun an rund um die „Westsee" vom Schwert des Henkers bedroht.

Auf der Insel Sylt, auf der sie sich mit vom König enteigneten

Freunden Pidders verbünden, stellen sich sehr bald unter der Führung des Hörnumer Fischers an der dänischen Küste erste Erfolge ein. Der Siegesjubel der Piraten wird aber jäh unterbrochen, als die Freunde mit ihren Kumpanen im Norden Jütlands in eine Falle stolpern, aus der es scheinbar kein Entrinnen mehr gibt.

Fortsetzung der **Pidder Lüng Saga** zum Preis von **13,90 €**

ISBN: 3-00-027651-4

www.sylterkliffverlag.de

Sylt Im Spiegel der Geschichte

2. überarbeitete Auflage

Eine Insel erlebt die Spannungen zwischen dem Deutschen Kaiserreich und dem Dänischen Königreich

Die Geschichte der Insel Sylt im Konflikt zwischen dänischem König- und deutschem Kaiserreich. Eine weitestgehend unbekannte Geschichte, da Schleswig und Holstein auf der sogenannten cimbrische Halbinsel als rau und abweisend galten und daher kein begehrliches Objekt des Kaisers waren. Somit blieb der Wunsch der Nordfriesen, endlich deutsch zu werden und das dänische „Joch" ablegen zu können, bis gegen Ende des 19. Jhd. unbefriedigt.

Der Autor schildert in diesem Buch das Leben der Friesen und Nordfriesen im Kontext zu den spannenden historischen Ereignissen. Er beschreibt den Marsch der Cimbern und Teutonen, würdigt die Leistungen der Nordfriesen als Erbauer der Deiche, die sie zusammen mit den Holländern aus „Friesland" als technologische Meisterleistung entwickelten und zeigt auf, warum die Sylter und die Bewohner der Nachbarinseln besondere Verdienste an der Seefahrt der kleinen Seefahrernation Deutschland hatten. Wären die Nordfriesen früher zum Deutsche Reich gekommen, wer weiß, ob Deutschland nicht doch eine bedeutende maritime Nation geworden wäre.

Die Sylter und ihre Nachbarn zählten international zu den erfolgreichsten Fischern. Und Fischer waren seit alters her die edelsten Seeleute.

Das spannende Buch vom Hügelgrab bis zur „Sylter Einheit" mit vielen Abbildungen kostet im Handel **19,90 €**.

ISBN: 3-00-015646-1

www.sylterkliffverlag.de